Operation Sonnenwende

Über das **Buch**
Nach dem tödlichen Anschlag auf seine Agentur erinnert sich der Hamburger Geschäftsmann Peter Berg an die Begegnung mit einer geheimnisvollen US-Amerikanerin und gerät in den Strudel einer weitreichenden Verschwörung ungeahnten Ausmaßes ...

Über den **Autor**
Der aus Hamburg stammende Autor van Deus lebt im Sommer an der See und verfasst Erzählungen. Der Titel 'Operation Sonnenwende' ist der erste Band aus der Trilogie „The Triangular Files" und der Einstieg in die dunklen Geheimnisse einer Welt, die wir vielleicht niemals wirklich erfahren werden.

van Deus

Operation Sonnenwende

Thriller

Die Geschichte ist ausgedacht.
Sämtliche Handlungen, Charaktere und Dialoge
in diesem Buch sind rein fiktiv und entspringen der
Fantasie und der Vorstellung des Autors.
Ähnlichkeiten der Akteure mit lebenden oder
verstorbenen Personen und/oder deren Reaktionen,
sowie mit Organisationen usw. sind rein zufällig.
Schon deshalb, weil unter vergleichbaren Umständen in der
Realität andere Verhaltensweisen der handelnden Figuren
nicht vollständig ausgeschlossen werden können.

„Operation Sonnenwende",
Band 1 aus der Trilogie
„The Triangular Files" © 2013

Copyright © 2013
by van Deus
All rights reserved
Cover design, photography and illustrations by
Black:Beck:One Publishing Service
All rights reserved

van.Deus@t-online.de

ISBN-10: 1-481-92294-7
ISBN-13: 978-1-481-92294-4

Für meine Familie

Inhaltsverzeichnis

BUCH I

Tag Eins	Hamburg, *Der Anschlag*	Seite 11
Tag Zwei	Hamburg, *Unerkannt nach Tromsø*	Seite 47
Tag Drei	Tromsø, *Verdammt nah am Feuer*	Seite 63

BUCH II

Kapitel 1	Berlin, *Clärchens Ballhaus*	Seite 75
Kapitel 2	London, *In der Underground*	Seite 79
Kapitel 3	London, *Im Britischen Museum*	Seite 91
Kapitel 4	London, *Nenn mich Joe*	Seite 101
Kapitel 5	London, *Der Aufbruch*	Seite 127
Kapitel 6	Isle of Wight, *Ankunft und Recherche*	Seite 135
Kapitel 7	Isle of Wight, *Wo ist Diana?*	Seite 151
Kapitel 8	Isle of Wight, *Auf in die Schweiz*	Seite 155
Kapitel 9	Zürich, *Wer ist Dr. Weiss?*	Seite 165
Kapitel 10	Zürich, *Immobilien und Flugzeuge*	Seite 175
Kapitel 11	Rom, *Tom Skøby und die Fälschungen*	Seite 205
Kapitel 12	Madrid, *Ankunft in Spanien*	Seite 239
Kapitel 13	Madrid, *Gonzales und der 11. März*	Seite 241

Kapitel 14	Madrid, *Abschied von Gonzales*	Seite 279
Kapitel 15	Wien, *Die Logik des Professors*	Seite 289
Kapitel 16	Hamburg, *Das Tor zur Welt*	Seite 325
Kapitel 17	Hamburg, *Wem gehört das Zebra?*	Seite 337
Kapitel 18	London, *Gefahren an der Themse!*	Seite 369
Kapitel 19	London, *Die Geheimen Gesellschaften*	Seite 379
Kapitel 20	London, *Spuren der Vergangenheit*	Seite 435

BUCH III

| Kapitel 21 | Tag Vier in Tromsø | Seite 485 |

Epilog — Seite 513

Die Akteure — Seite 515
Timeline — Seite 517
Navigation — Seite 519
Playlist — Seite 525

Dank — Seite 529

BUCH I

Tag Eins

18. Juni, 2013

Dienstag

HAMBURG

Es war einmal ... , nein, genaugenommen war auf einmal *nichts* mehr so, wie es vorher war. Peter Berg verfolgte aufmerksam die Nachrichten im Radio und verlangsamte konzentriert die Geschwindigkeit seines Fahrzeugs im dichten Berufsverkehr von Hamburg. Die Meldung betraf eine sensationelle Entdeckung der Marssonde *Curiosity*.

» ... *Heute in den frühen Morgenstunden mitteleuropäischer Zeit nahmen die Kamerasysteme der Marssonde Curiosity im Gestein des Nachbarplaneten ein Lebewesen in Miniaturgröße auf, welches auf vier Beinen durch die rote Gesteinswüste krabbelte. Nur Bruchteile von Sekunden war das einem Salamander ähnliche Wesen sichtbar. Wissenschaftler aus aller Welt stehen vor einem Rätsel ...* «

»Mein Gott, sie werden es tun. Sie werden uns alle vernichten.«
Peter Berg schaute wie traumatisiert durch die Windschutzscheibe und fuhr seelenlos mechanisch durch den Stadtverkehr. Seine Gedanken kreisten. Über Monate hinweg waren immer wieder neue Details von der Mission auf dem Mars an die Oberfläche gekommen. Interessante, aber tendenziell eher unbedeutende Einzelheiten. Ausgetrocknete Flusstäler, von einem ehemaligen Wasserlauf rundgeschliffene Steine und sogar Spuren von Wasser wurden entdeckt. Aber Leben?

Ein Leben da draußen auf dem Mars, in der unendlichen Weite des Weltraums? Unmöglich. Eigentlich. Oder doch nicht? Vom Rest der Nachrichten bekam er kaum noch etwas mit, bis ihn der Wetterbericht in die Wirklichkeit zurückholte.

» ... *Zum Wetter. Genießen sie die sonnig warmen Tage bis zur Mittsommernacht am Wochenende. Im gesamten Norden können wir in den nächsten Tagen mit einem strahlend blauen Himmel rechnen und da am Sonntag gleichzeitig Vollmond ist, ergibt sich eine äußerst seltene Konstellation am Firmament zur Sommersonnenwende* ... «

Es war ein sonniger Morgen im Juni. Endlich Sommer, die beste Zeit des Jahres. Sportlich gekleidet saß Peter Berg hinter dem Steuer und lenkte sein *911er* Porsche-Cabrio routiniert durch den morgendlichen Berufsverkehr von Hamburg. Hamburg, das Tor zur Welt. Die Heimatstadt von Peter Berg. Mit Anfang Vierzig war er ein *Selfmade-Businessman*, wie man ihn sich vorstellte. Smart und elegant. Dennoch bodenständig und niemals abgehoben.

Vor vielen Jahren, fast direkt im Anschluss an sein Studium, hatte er sich selbständig gemacht und zusammen mit seinem Kompagnon, Frederik Koop, in Hamburg eine Handelsagentur gegründet. Anfangs waren es vorwiegend Importgeschäfte von kleinen Elektronikgeräten, die sie günstig aus Fernost bezogen. Mittlerweile hatten Berg und Koop ihr Produktportfolio allerdings deutlich ausgebaut und setzten vorwiegend auf pfiffige Eigenentwicklungen. Dabei hatten sie sich vor allem auf spezielle Netzladegeräte spezialisiert. Mit einem eigenwilligen Design und einer einprägsamen Marke hatten sich die beiden mit ihrem modularen System inzwischen einen soliden Kundenstamm in ganz Europa aufgebaut. Vor einigen Jahren firmierten sie dann um in die *Mobile Electronics Partner GmbH*, die M.E.P., und gaben ihrem Unternehmen einen internationalen Charakter.

Peter Berg lebte für sein Unternehmen und hatte sich seinen gehobenen Lebensstandard von der Pike auf hart erarbeitet. Sein Familienleben musste in all den Jahren kräftig hinter seinem Business zurückstecken, wobei die gescheiterte Ehe eine absehbare Folge davon war. Durch den unermüdlichen Einsatz für das Unternehmen hatte er nicht wirklich viel von seinem Sohn gehabt. Letztendlich war es ein hoher Preis, den er bezahlte. Tunlichst vermied er Gedanken an seine Lebensbilanz und versuchte, sich durch exzessive Freizeitaktivitäten und Reisen in exotische Länder immer wieder aufs Neue abzulenken. Nur nicht, dass sich die Aspekte einer *Midlife-Crisis* auch nur ansatzweise in sein Leben schlichen. Dafür ging es ihm doch - in jeder Beziehung - viel zu gut. Das redete er sich jedenfalls gerne ein. Und in der Tat, seine Geschäfte liefen sehr erfolgreich. Die Büroräume seiner Handelsagentur *M.E.P.* befanden sich in einer der besten Lagen der City. Mit einem einzigartigen Blick auf die Binnenalster, Hamburgs großes Binnengewässer.

Inzwischen war es kurz vor acht. Peter Berg lenkte sein Fahrzeug in die nahe gelegene Tiefgarage und parkte versiert auf seinem markierten Stellplatz ein. Parkraum gehörte in der aufstrebenden Großstadt zur absoluten Mangelware. Ein reservierter Platz in zentraler Lage war ein nicht zu unterschätzendes Privileg. Berg verriegelte sein Cabrio-Verdeck und nahm den Fahrstuhl nach oben ins Erdgeschoss. Hunderte Menschen säumten den Jungfernstieg und waren auf ihrem Weg zur Arbeit. Die Stadt pulsierte regelrecht. Berg musste nur wenige Schritte gehen, bis er vor der Eingangstür des Geschäftshauses stand. Neben seiner Agentur waren darin weitere Firmen sowie eine Rechtsanwaltskanzlei und eine Arztpraxis untergebracht. Mit etwas Stolz strich er noch immer in einer morgendlichen Routine über das chromglänzende Firmenschild, *M.E.P. Mobile Electronics Partner Hamburg*. Mit diesem Ritual begann er seinen Tag.

Er öffnete die Eingangstür und spurtete die Treppe bis zum vierten Obergeschoss nach oben. Dabei nahm er immer zwei Stufen gleichzeitig mit einem Schritt und hielt damit seine körperliche Kondition gut in Schuss. Seit nun schon fast zwei Jahren achtete er verstärkt auf seine gesundheitliche Fitness. Mit einem kurzen Klingeln am Firmenschild signalisierte Peter seiner Assistentin, dass er im Anmarsch war. Er hatte sich aber bereits parallel dazu entschlossen, seinen Schlüssel herauszuholen und selbst die Tür aufzuschließen. Kaum hatte er sie geöffnet, da stand seine Assistentin, Susan Landers, schon am Empfangstresen.

Susan war eine sehr aparte Erscheinung. Sie trug eine Blue Jeans, eine weiße Bluse und Pumps. Eine freche Kurzhaarfrisur umrahmte ihr nettes Gesicht. Sie begrüßte ihn herzlich an diesem Dienstagmorgen. Meistens war sie bereits vor acht Uhr im Büro und hatte frischen Kaffee aufgesetzt.

»Moin, Susan, was gibt's Neues?«

Auch diese Frage gehörte fest zu ihrem Ritual, so begrüßte Peter Berg sein Team fast täglich. Sie sah ihn an.

»Na, voller Energie? Du fragst, was es Neues gibt? Hast du die Nachrichten gehört?«

»Worauf spielst du an, Susan? Meinst du die News von der Krabbelechse auf dem Mars?«

Die Assistentin nickte mit einer besorgten Miene.

»Oh, ja. Aber das war ein Salamander und keine Echse.«

»Ist doch egal, wo ist denn da der Unterschied?«

»Oho, Echsen sind Reptilien, aber Salamander gehören zu den Amphibien. Die kommen als Larve mit Kiemen auf die Welt ... «, fügte Susan mit einem leicht besserwisserischen Unterton erklärend hinzu.

»Hm, dann wird es wohl so sein.«

»Peter, kann das für uns auf der Erde gefährlich werden?«

Berg schüttelte den Kopf und rieb sich die Nase mit den Fingern.

»Nein, gefährlich wird es nur, wenn du Angst hast. Sonst wird dir überhaupt nichts passieren.«

'Wie meinte er das?' Susan wunderte sich, dass Peter jedenfalls keine Befürchtungen zu hegen schien und diese Meldung derart herunterspielte.

»Okay, dann ist ja alles gut und ich kann mich aufs Wochenende freuen.«

»Hey, hey, heute ist erst Dienstag. Aber das Wochenende wird gut und es gibt eine interessante Konstellation am Himmel. Dann ist nicht nur der längste Tag, sondern auch noch Vollmond.«

»Uhh. Da wird's nicht mehr dunkel. Partytime!«

Susan, eine gutaussehende junge Frau, Mitte Zwanzig, war nicht nur außerordentlich lebenslustig, sondern ebenso schlagfertig und vor allem plietsch, um es im Hamburger Jargon zu sagen. Und sie war alles andere als norddeutsch unterkühlt.

Mittlerweile war sie seit über vier Jahren als Assistentin bei der M.E.P. Agentur tätig. Es war damals ihre erste Stelle - direkt nach ihrer Ausbildung. Auf sie war immer Verlass und so manches Mal hatte die hanseatische Blondine für ihre Chefs die heißen Kohlen aus dem Feuer geholt. Peter Berg nannte sie gerne seine Allzweckwaffe. Wann immer Berg und Koop eine neue Produktidee hatten, so war es Susan, die die interne Umsetzung mit den Kollegen am besten koordinieren konnte. Trotz alledem, Dienst war Dienst und Freizeit war Freizeit. Susan war ausgesprochen unternehmungslustig, sobald der Feierabend anbrach. Für dieses Wochenende hatte sie sich bereits für verschiedene Partys und Veranstaltungen angemeldet. Die stellare Konstellation am Himmel schien sie dabei herzlich wenig zu interessieren, Hauptsache es konnte ordentlich gefeiert werden. So witzelte sie in Richtung von Peter Berg:

»Sonne, Mond und Leben auf dem Mars. Was für eine Kombination ... «

Peter schüttelte schmunzelnd den Kopf.

»Keine Bange, da oben gibt es nichts, was dir die Partylaune verderben wird. Sag mal, Susan, welche Termine stehen denn heute auf dem Programm?«

Er bewegte sich zu seinem Schreibtisch hinüber und legte das Sakko auf einen Aktenschrank. Insgesamt waren die Büroräume sehr offen gehalten, ideal für eine direkte und transparente Kommunikation über alle Arbeitsplätze hinweg. In einer kleinen Nische hatten sie sich eine offene Küchenzeile eingerichtet, wo sich jeder aus dem Team nach Belieben etwas zubereiten konnte. Ein angenehmer Kaffeeduft zog bereits durch die Räume, während Susan an ihrem Rechner den Terminkalender studierte.

»Frederik kommt später, er hat noch einen auswärtigen Termin. Norbert müsste aber gleich kommen.«

Norbert Meyer bearbeitete vor allem den deutschsprachigen Kundenstamm. Er war bereits seit einigen Jahren bei der M.E.P. und leitete das Kundenbetreuungsteam. Norbert genoss das Privileg, in der oberen Etage seinen Arbeitsplatz zu haben. Die anderen Kollegen für die Auslandsgeschäfte sowie der Einkauf und die Buchhaltung waren in der Etage darunter angesiedelt. Peter bildete mit Norbert ein eingespieltes Gespann, insbesondere bei der Neukundengewinnung.

Susan blickte noch einmal ins *Outlook* System und checkte die Tagesübersicht.

»Übrigens, du hast heute Vormittag noch einen Kundentermin, das weißt du sicher.«

»Ja, ja, das ist mir bewusst. Da brauch ich dann unbedingt noch die *Präsi*.«

Die Präsentation. Klar. Susan schaute ihre Wiedervorlagen-Mappe durch und zog die gebundenen Ausdrucke heraus. Sie war sich zwar sicher, dass sie in der Vorwoche die Datei sicherheitshalber auch noch auf einem Daten-Stick abgespeichert hatte, fand ihn jedoch nicht in ihren Unterlagen.

» … und dann«, sagte Susan, »kommt heute Vormittag noch ein EDV-Spezialist.«

»Ach ja, richtig. Das hatte ich schon fast vergessen. Gut, dass er kommt, denn ich kann an meinem Rechner überhaupt nicht mehr richtig arbeiten.«

Peter Berg klappte das Display seines Laptops auf, setzte ihn in die Docking Station und fuhr den Rechner hoch. Dann setzte er sich an seinen Schreibtisch und blätterte durch die aktuellen Vorgänge. Das Starten des Betriebssystems dauerte ungewöhnlich lange, deshalb stand er wieder auf und ging ein paar Schritte auf Susan zu.

»Dieser EDV-Mann, wie heißt er noch gleich?«

»Das ist ein Herr Mertens, Claus Mertens, glaube ich. Soll ich noch einmal nachschauen?«

»Nein, nicht nötig.«

»Der war auch noch nie bei uns. Aber den haben sie uns vom IT-Service empfohlen, er soll sich sehr gut auskennen. Die meinten, er würde sehr schnell herausfinden, welchen Virus du dir eingefangen hast und sie sagten, er kriegt deinen Rechner schon wieder in den Griff. Das sei gar kein Problem.«

»Aber meine Präsentation? Wenn der Typ kommt, dann kann ich meinen Laptop nicht zum Kunden mitnehmen, oder?«

Susan nickte und reichte ihm die Ausdrucke.

»Kein Problem, am besten nimmst du die Hardcopies mit. Ich hatte übrigens in der letzten Woche die aktuellste Version der Präsentation als Kopie auf einen Stick gezogen. Der müsste eigentlich noch irgendwo auf deinem Schreibtisch liegen, denn in meinen Unterlagen habe ich nichts mehr gefunden.«

Peter blickte über seinen Tisch, es sah chaotisch darauf aus. Zahlreiche Akten, Verträge und Vorlagenmappen. Eine kreative Unordnung wie aus dem Buche. Nicht ungewöhnlich, eigentlich wie immer. 'Ordnung ist etwas für Kleingeister', sagte Berg bisweilen zu sich selbst, 'nur das Genie überblickt das Chaos', aber er konnte trotzdem keinen Speicherstick zwischen den Unterlagen ausfindig machen. Welchen USB Stick konnte Susan meinen? Egal. Halb so wild, Peter Berg war erfahren genug und würde auch mit den Ausdrucken gut zurecht kommen. Sein Laptop war noch immer nicht im Betriebsmodus gelandet. Wahrscheinlich war es wirklich ein Computervirus. Wild blinkende Zeichen störten die Lesbarkeit auf dem Display und darüber hinaus liefen einige Funktionen und Programme nur noch sehr eingeschränkt. Schließlich konnte Peter die ersten Emails an diesem Morgen checken und registrierte dabei wieder diese merkwürdigen Zeichen auf dem Bildschirm. Kleine Symbole, die unregelmäßig auftauchten. Gab es irgendein erkennbares Muster? Es sah nicht danach aus. Dazu kamen die alarmierenden Geräusche aus dem Laptop. Als ob der Prozessor ständig bis zum Anschlag arbeitete und eine extreme Rechenleistung aufbrachte. Doch wofür? Es waren gar keine ressourcenintensiven Programme geöffnet. Gleichzeitig blinkten die kleinen, grünen LED Lämpchen am Router. Offensichtlich musste ein heftiger Datenaustausch ablaufen. Doch mit wem?

»Schau mal, Susan. Das ist die reinste Lichtorgel.«

»Das sind die Außerirdischen«, sagte sie mit tiefer Stimme und einem ironischen Unterton.

»Merkwürdig, das Ganze fing in der vergangenen Woche an. Wie aus heiterem Himmel, es war eigentlich nie was gewesen und mein Laptop lief immer einwandfrei.«

»Don't worry. Dafür gibt es Experten, die sich mit so etwas auskennen.«

Peter nickte und widmete sich seinen Emails, während Susan die ersten Telefonate an diesem Morgen führte. Inzwischen war es 8.30 Uhr geworden und man konnte das leise Surren der Türklingel im Büro hören. Susan deutete mit der Hand zu Peter hinüber und bat ihn mit ihrer Gestik, die Tür zu öffnen, da sie noch telefonierte. Er gab ihr wortlos zu verstehen, dass er sich darum kümmern würde.

Es lag auf der Hand, dass es sich nur um den EDV-Fachmann handeln konnte. Richtig vermutet. Peter Berg begrüßte den Spezialisten und freute sich, dass er den vermeintlichen Retter seines Rechners vor sich sah. Sie tauschten sich kurz aus und Peter schilderte das Problem. Claus Mertens nickte vielsagend.

»Das klingt ganz nach einem Virus. Da gibt es einige ziemlich hartnäckige Kandidaten.«

Der EDV-Spezialist packte seinen Aluminiumkoffer aus. Peter staunte nicht schlecht, als er den Inhalt sah. Unterschiedlichste Laufwerke, Messgeräte, *docking-stations* und unzählige Verbindungskabel waren darin sorgfältig sortiert. Keine Frage, hier war ein Fachmann am Werk.

»So«, sagte Mertens, »ab in die Quarantäne. Wir werden ihn als erstes vom Netzwerk trennen, weil jeder Datenverkehr mit der Außenwelt das Eingangstor ist. Ich gebe Ihnen einen Vergleich: Eine Erkältung werden sie auch nicht los, wenn sie sich in ein überfülltes Wartezimmer beim Hausarzt setzen.«

'Skurriler Typ', dachte Peter Berg. Er fühlte sich kerngesund und konnte mit dem Vergleich einer Grippe nicht wirklich etwas anfangen.

»Dann wollen wir mal alle Leitungen kappen.«

Gesagt, getan. Mertens zog das LAN-Verbindungskabel aus der Anschlussbuchse heraus und unterbrach anschließend ebenso die drahtlose Internetverbindung, das WLAN. Dann hantierte er an den USB Ports herum und schloss verschiedene Prüfgeräte an.

Anfangs fand Peter die Methodik noch recht faszinierend, aber nach einer Weile sah es nicht so aus, als ob Mertens zu einem baldigen Erfolg kam.

»Nun«, sagte Peter schließlich, »ich kann hier jetzt ehrlich gesagt nichts mehr tun. Sie können mich aber gerne telefonisch erreichen, wenn noch etwas ist.«

Kurzentschlossen packte Berg seine Aktentasche und unterhielt sich mit Susan über den Kundentermin.

»Peter, du weißt, dass das Meeting in Eppendorf ist?«

Er nickte. Der Stadtteil Eppendorf war vor allem bekannt für die großen Universitätskliniken. In den letzten Jahren hatten sich dort allerdings auch einige dynamische *Start-up* Unternehmen angesiedelt. Sein Termin sollte bei einem potentiellen

Neukunden stattfinden, der sich auf den osteuropäischen Markt fokussiert hatte.

»Ich denke, dass ich gegen Mittag wieder hier bin. Wann wollte Frederik ins Büro kommen? Ich muss mit ihm heute unbedingt noch unseren geplanten Orderkatalog für das Weihnachtsgeschäft durchgehen.«

Susan blätterte in ihren Notizen.

»Frederik will gegen drei Uhr hier sein. Soll ich ihm schon telefonisch etwas ausrichten?«

»Nicht nötig. Er kennt das Thema. Ich mach mich jetzt auf den Weg. Dann bin ich halt ein wenig früher da, das macht nichts.«

»Alles klar, die Präsentation hast du bei dir? Und du wirst gegen Mittag wieder im Büro sein, richtig?«

Peter lächelte seine Assistentin an.

»Pass auf *Mister IT* auf, dass er alle Viren killt.«

Claus Mertens schaute kurz auf, verschwand dann wieder hinter dem Schreibtisch und wechselte eine Kabelverbindung nach der nächsten. Susan schmunzelte.

»Alles klar, viel Erfolg. Bis später.«

Peter Berg nahm noch einen Schluck Kaffee und anstatt durch das Treppenhaus am Eingang nach unten zu gehen, öffnete er eine Glastür hinter seinem Schreibtisch, die zu einer kleinen Innenterrasse führte, einem Atrium. Dieser kleine Innenhof in der vierten Etage war gerade im Sommer ein beliebter Treffpunkt, weil man sich dort lauschig im Schatten aufhalten konnte. Auf der gegenüberliegenden Seite führte eine Glastür in ein weiteres Treppenhaus und von dort aus ins Erdgeschoss.

»Da geht er hin«, sagte Susan und fragte Mertens, ob er auch einen Kaffee haben wollte. Er nickte und so ging sie hinüber zur Kaffeemaschine. Mertens war überhaupt nicht ihr Typ. Zu bieder, kein bisschen cool und viel zu alt. Bestimmt schon Ende Dreißig und er hatte bereits schütteres Haar. Trotzdem bemühte sich Susan, nett zu sein und überlegte, ob und worüber sie sich mit ihm unterhalten sollte. Vielleicht über die Meldungen vom Nachbarplaneten? Mitten in ihren Gedanken über ein außerirdisches Leben, fiel ihr Blick auf ein großes Wandbord neben dem Kaffeeautomaten, wo sich unzählige kleine Notizzettel mit den zu erledigenden Aufgaben befanden.

Susan war völlig in die Überlegungen vertieft, als sie plötzlich ein ungewöhnliches Geräusch vernahm. An der Eingangstür zum Büro machte sich jemand zu schaffen. Sie schreckte auf und dachte nur: 'Merkwürdig, wer kann das sein? Wir haben keine anderen Termine für heute Vormittag geplant.' Aber eindeutig, da war jemand an der Tür und durch das Mattglas konnte sie schemenhaft eine dunkle Gestalt erkennen. Dennoch blieb sie völlig ruhig, blickte einmal kurz nach rechts zu Claus Mertens, der unentwegt unter dem Tisch mit den Kabeln beschäftigt war. Sie hörte ein leicht ritzendes Geräusch, als ob jemand am Türschloss herum fummelte. Wer konnte der ungebetene Gast nur sein? Konzentriert kniff sie ihre Augen etwas zusammen und überlegte angestrengt, konnte sich aber kein Bild von der ganzen Sache machen. In diesem Moment surrte die Klingel.

»Aha«, sagte Susan leise, »also doch kein Einbrecher. Der würde schließlich nicht klingeln.«

Sie ging zur Tür, drückte die Klinke herunter, doch in diesem Moment drückte ihr eine kräftige Hand in Kopfhöhe die Tür förmlich ins Gesicht. Sie konnte den Mann nicht erkennen. Er stand bedrohlich im Türrahmen. Ein großer, dunkel gekleideter Mann. Das Gesicht war nicht erkennbar, denn es war durch eine Sturmhaube verdeckt. Einzig die funkelnden Augen blickten sie direkt an und erschreckten sie zu Tode. Wie erstarrt sah sie den Hünen an. Er hatte kräftige, behaarte Hände und am linken Handgelenk trug er eine Armbanduhr mit einem prägnanten, schwarz-weißen Ziffernblatt. Sie riss die Augen auf und fauchte den Mann furchtlos an.

»Was wollen Sie? Was wollen Sie hier?«

Wortlos drückte der Eindringling Susan mit beiden Händen an die Seite und versetzte ihr einen dumpfen Schlag, so dass sie zu Boden ging. Sie kauerte sich benommen in die Ecke unter der Kaffeemaschine und blickte völlig verängstigt nach oben. Sah, wie der Mann mit der dunklen Jeans und den schwarzen Schuhen langsam durch den Raum schritt. Sie zitterte am ganzen Leib. Was ging hier vor sich? Susan kramte in ihrer Hosentasche nach ihrem Mobiltelefon und in ihrem Kopf überschlugen sich die Gedanken. Was sollte man in solch einer Situation machen? Warum war gerade jetzt Peter nicht mehr hier? Er wüsste sicher, was zu tun wäre. Sie hatte keine Ahnung, wie gefährlich dieser

Fremde werden konnte. Ob er etwas von ihr wollte? Oder wollte er gar die Agentur überfallen? Hier gab es doch nichts zu holen. Um was ging es hier eigentlich? Inzwischen fingerte sie nervös an ihrem Mobiltelefon herum. Welche Nummer sollte sie wählen, die *110*? Konnte sie die Ziffern auch wählen, ohne auf das Display zu schauen? Die schwarze Gestalt stand nun mitten im Raum, sah um sich und bemerkte den EDV-Fachmann. Der hockte noch regungslos unter dem Schreibtisch und hielt ein VGA-Kabel in der Hand. Offensichtlich war auch ihm nicht wohl zumute. In gebrochenem Deutsch tönte eine Stimme durch das Büro.

»Kommen Sie hoch. Los, schnell.«

Claus Mertens kam langsam aus seiner Kauerstellung nach oben und ließ das Kabel fallen. Er deutete darauf hin, dass er nichts mehr in den Händen hielt und zog sich behutsam am Schreibtisch hoch, so dass er nur wenige Meter entfernt von der dunklen Gestalt stand. Von Angesicht zu Angesicht. Der fremde Mann blickte auf den Laptop und nahm Mertens ins Visier. Urplötzlich zog er eine Pistole hervor und zielte damit direkt auf Claus Mertens. Dann fragte er nur barsch:

»Peter Berg?«

Mertens riss schockiert den Mund auf und wusste nicht, was er sagen sollte. Hilflos versuchte er etwas zu stammeln.

»Ich, ich ... bin ... «

Weiter kam er nicht. Blitzschnell hatte der dunkle Mann seine Pistole abgefeuert. Zwei Schüsse in kurzer Reihenfolge streckten Claus Mertens nieder. Susan schrie und zitterte am ganzen Leib. Es war schrecklich. Alles geschah in wenigen Sekunden. Herausgerissen aus dem ganz normalen Leben. Unfassbar. Da lag er nun, der unbekannte EDV-Mann. Niedergestreckt. Nicht einmal Zuckungen konnte sie an ihm noch wahrnehmen. War er tot? Sofort tot? Das konnte doch nicht wahr sein. Was passierte hier? Sie schloss die Augen, krümmte sich zusammen und hoffte, dass alles ganz schnell vorübergehen würde. Sollte sie das nächste Opfer sein? Susan traute sich kaum, die Augen zu öffnen und auf Mertens einen Blick zu werfen. Aus den Augenwinkeln sah sie, dass sich eine Blutlache gebildet hatte. Wie schrecklich. Worum ging es hier? Ihr Puls raste bis zum Anschlag. Es war die pure Lebensangst.

Inzwischen hatte sich die dunkle Gestalt auf den Schreibtisch zubewegt und nahm den Laptop an sich. Dann wühlte er die Unterlagen auf dem Schreibtisch durch, als ob er noch irgendetwas suchen würde. Die Papiere wurden dabei einfach von der Platte herunter gewischt und wild im Raum verteilt. Dann riss er die Schubladen auf und durchforstete sämtliche Fächer. Abschließend blickte sich der Eindringling noch einmal um, machte sich auf den Weg zur Tür und fegte dabei mit der flachen rechten Hand ein Blumengesteck vom Tresen. Mit einem lautem Knall ließ er die Glastür ins Schloss fallen und Susan hörte noch seine Schritte im Treppenhaus. Das war alles. Danach herrschte eine Totenstille im Büro der M.E.P. Agentur.

Susan wimmerte und es flossen Tränen über ihr Gesicht. Zitternd wählte sie die Tasten auf ihrem Telefon. Sie drückte sich verzweifelt an die Wand und konnte sich nicht aus ihrer Stellung heraus bewegen. Zu tief saß der Schock in ihren Gliedern. Ihre Worte am Telefon waren nur stotternd und kaum zu verstehen. Hoffentlich würde die Polizei bald kommen. 'Ob sie wohl die Ambulanz verständigt hatten, um dem armen Menschen zu helfen?' Susan traute sich nicht, aufzustehen und ihm Erste Hilfe zu leisten. Sie bibberte am ganzen Körper und konnte überhaupt nicht mehr klar denken. Was konnte man jetzt noch machen, um diesem Menschen zu helfen? Lebte er noch? War er schon tot? 'Außerdem darf ich doch keine Spuren verwischen', wollte sie sich beruhigen.

Die Minuten, bis die Polizei eintraf, erschienen ihr wie eine Ewigkeit. Endlich. Zwei Streifenwagen fuhren mit höchster Geschwindigkeit bis vor die Agentur und hielten quer auf dem Bürgersteig. Die Polizisten stürmten nach oben in das Büro und kurze Zeit danach kamen auch die Sanitäter. Das Sirenengeheul dröhnte über den gesamten Jungfernstieg. Neugierige Passanten versammelten sich an den Einsatzfahrzeugen. Sie tuschelten, dass etwas Schreckliches in der Agentur passiert sei. Einer meinte sogar, dass Schüsse gefallen sein sollten. Niemand wusste etwas Genaues, jeder fügte seine eigene Version hinzu. Während die Beamten die Büroräume absicherten und die Türen und Fenster für die Spurensicherung versiegelten, schüttelte der Notarzt den Kopf.

»Da ist nichts mehr zu machen. Der ist mausetot.«

Susan vernahm die Diagnose und schluchzte erneut lauthals los. Ein Sanitäter ging zu ihr und stütze sie.

»Ich kann ihnen etwas zur Beruhigung geben.«

Mittlerweile traf auch Kommissar Hanno Winter von der Kriminalpolizei ein und stellte sich kurz bei den Polizeibeamten der Streife vor. Winter war ein erfahrener Haudegen. Ihm machte so schnell niemand etwas vor. Seit Jahrzehnten war er ein Profi in seinem Beruf und war durch seine Erfahrungen über die Jahre hinweg ziemlich hartgesotten und abgeklärt geworden. Die Lage am Tatort hatte er schnell gesichtet. Nach einem Raubmord sah der Überfall jedenfalls nicht aus. Ein gestohlener Laptop. Das war schon alles. Da musste eindeutig mehr dahinter stecken. Eine Beziehungstat oder ein Auftragsmord? In welchen Kreisen verkehrte Claus Mertens? Hatte er den Täter vielleicht durch seine Internetaktivitäten auf sich aufmerksam gemacht? Oder galten die tödlichem Schüsse am Ende gar nicht dem EDV-Mann, sondern handelte es sich um eine Verwechslung? Wo war der Inhaber der Agentur? Kommissar Winter musterte den durchwühlten Schreibtisch. Der Tote lag davor auf dem Parkettfußboden, inzwischen abgedeckt mit einem weißen Tuch. Die Fotoapparate der Ermittler blitzen und lichteten den Tatort aus allen Perspektiven ab. Konnten die Zeugen den Tathergang beschreiben und Hinweise auf den Täter geben? Im Nebenraum sprach bereits ein anderer Ermittlungsbeamter mit dem Vertriebsleiter Norbert Meyer, der vor wenigen Minuten eingetroffen war. Winter schritt nachdenklich durch den Raum und ging dann hinüber zu der jungen Frau, die ziemlich verstört auf einem Stuhl saß. Ein Sanitäter stützte Susan immer noch und fühlte ihren Puls.

»Frau Landers, sind sie okay? Kann ich sie ansprechen?«

Susan wagte nicht aufzuschauen und nickte mehrmals.

»Böse Geschichte«, sagte Hanno Winter. »Keine Angst, jetzt sind sie sicher. Was ist hier geschehen? Können sie sprechen?«

Sie schlotterte am ganzen Leib.

»Ja, Herr Kommissar, aber bitte nicht hier.«

Sie erhob sich und zeigte auf die Tür zu einem Besprechungsraum. Um einen kleinen runden Glastisch waren tiefe Sessel in unterschiedlichen, peppigen Farben angeordnet.

Ein großes Wandgemälde mit einem übergroßen stilisierten Ladegerät zierte den Raum. Es war eines der ersten Geräte aus den späten 90er Jahren, als sich die Gründer Berg und Koop auf ihre Eigenentwicklungen konzentrierten. In kleinen kubischen Glasvitrinen waren Prototypen aus der aktuellen Produktserie ansprechend präsentiert und auf einem weißen Sideboard lagen Unternehmensprospekte in verschiedenen Sprachfassungen. Der Kommissar blickte zu Susan.

»Nett eingerichtet haben sie es hier«, sagte er.

»Sie heißen Landers, richtig? Wie lange sind sie schon bei der Firma?«

Susan stellte sich als die Assistentin von Peter Berg und Frederik Koop vor und fing an, über das Business der *M.E.P.* Agentur zu erzählen, bis der Kommissar sie unterbrach.

»Verstanden, ihr Unternehmen ist eine feste Größe in diesem Marktsegment. Aber nun erzählen sie bitte, was heute morgen passiert ist.«

Susan Landers fing erneut an zu schluchzen.

»Ist er ... ist er wirklich tot?«

Kommissar Winter nickte.

»Kannten Sie ihn?«

Susan schüttelte den Kopf. Die Haare fielen ihr ins Gesicht und blieben an den Wangen kleben. Die Tränen hatten ihr Make-up ziemlich ruiniert.

»Nun beruhigen Sie sich. Sie kannten den erschossenen Mann also nicht. Was machte er denn heute Morgen bei ihnen?«

»Nein, ich habe ihn nie zuvor gesehen. Claus Mertens ist ein EDV-Spezialist. Den haben wir angefordert, weil wir einen Virus auf unseren Computern gefunden hatten.«

Der Kommissar notierte sich den Namen des Getöteten und legte den Kopf leicht zur Seite bis seine Halswirbel leicht knackten.

»Glauben sie, dass das Motiv für den Überfall etwas mit dem Virus auf ihrem Computer zu tun hat?«

Susan blickte nicht auf.

»Ich weiß gar nichts. Da war nur dieser Mann ... dieser schwarze Mann.«

Sie hatte sich etwas gefangen und war nun bereit, über den Täter zu sprechen. Hanno Winter warf einen Blick auf das

Protokoll seines Kollegen und auf die Zeugenbeschreibungen über den Angreifer.

»Erzählen sie, Susan. Ich habe bisher noch nicht viel gehört. Sie haben einen Mann in dunkler Kleidung gesehen? Vollkommen schwarz gekleidet.«

Sie nickte.

»Ja, mit einem langärmeligen, schwarzen Pulli, einer dunklen Baumwollhose und schwarzen Schuhen. Der Mann war groß, richtig groß. Seine Hände waren dunkel behaart. Und sonst? Ich weiß es nicht so genau. Er hatte eine Maske auf, da war nichts weiter zu erkennen.«

»Eine Maske?«

»Ja, wie eine Motorradmütze, die man unter dem Helm trägt. Es waren eigentlich nur die Augenschlitze zu sehen. Er sah unheimlich aus. Richtig unheimlich.«

Sie schlotterte wieder. Der Kommissar beruhigte sie.

»Es ist alles gut. Der Mann ist weg. Der wird ihnen nichts tun, er wollte nichts von ihnen. Wissen sie, Frau Landers, sie leben. Wenn er etwas von ihnen gewollt hätte, na glauben sie, dann würden wir beide uns unterhalten?«

Das gab ihr den Rest. Jetzt heulte sie erst recht richtig los. Kommissar Winter merkte, dass er wohl zu unsensibel und herzlos gewesen war. Aber für ihn war sonnenklar, dass dieser Anschlag nicht Susan gegolten hatte. Wem auch immer, Susan Landers war sicher nicht gemeint. Er hakte noch einmal nach.

»Hat der Mann irgendetwas gesagt? Ist ihnen etwas aufgefallen, irgendein Merkmal?«

Susan überlegte und beschrieb dann die Armbanduhr mit dem auffälligen Ziffernblatt. Vielmehr konnte sie zur Aufklärung nicht beitragen, doch dann fiel ihr noch etwas ein.

»Ach, Herr Kommissar, sie wollten wissen, was er gesagt hat?«

»Ja, was sagte er?«

»Er fragte Herrn Mertens, ob er Peter Berg sei. Ich glaube, Mertens konnte gar nicht mehr antworten, dann hat der Kerl schon geschossen. Schrecklich, einfach schrecklich.«

»Habe ich das richtig verstanden? Der Mörder sprach Herrn Mertens darauf an, ob *er* Peter Berg sei?«

Susan nickte und in diesem Moment schoss es ihr durch den Kopf, dass vielleicht ihr Chef in Gefahr sein konnte.

Hanno Winter blätterte durch die Protokollaufzeichnungen.

»Okay, das heißt, der Täter musste in diesem Moment vermuten, dass es Herr Berg sei, weil niemand anders in dieser Agentur zugegen war. Berg war morgens in die Agentur hineingegangen und nicht wieder herausgekommen. Das hatten sie meinem Kollegen gesagt, richtig?«

Sie nickte.

»Ja, Peter hat den hinteren Ausgang genommen.«

»Sehen sie, so passt das zusammen. Ihr Chef ging in das Gebäude hinein, das hatte der Täter beobachtet. In ihrem Büro war dann nur noch eine einzige männliche Person. Der Angriff galt also ihrem Boss. Der Mörder hatte sich mit seiner Frage sogar noch hinsichtlich der Identität absichern wollen. Ich denke ihr Chef ist in ernsthafter Gefahr. Wo ist er?«

Sie reichte dem Kommissar das Mobiltelefon. Peter Berg war in der Rubrik der Favoriten gleich unter den ersten Rufnummern abgespeichert.

»Können sie das machen? Ich kann es nicht, ich kann es nicht.«

Der Kommissar nickte und rief bei Peter Berg an. Da es die Nummer von Susan war, nahm er den Anruf sofort entgegen. Sie wusste schließlich, dass er in einem Termin war. Also musste es sich um etwas wirklich Wichtiges handeln. Völlig schockiert lauschte er am Telefon den Ausführungen des Kommissars. Schnell verabschiedete er sich von seinen Kunden.

»Meine Herren, in meiner Agentur ist etwas Schreckliches passiert. Ein EDV-Spezialist, den wir zur Überprüfung unseres Netzwerkes beauftragt hatten, ist erschossen worden. Ein ganz schrecklicher Unfall. Bitte haben sie Verständnis, dass ich mich auf den Weg machen muss.«

»Oh natürlich, gar kein Problem. Rufen sie uns an, wir können auch später weitermachen. Melden sie sich? ... Bis bald, tschüss.«

Peter Berg holte alles, was tempomäßig im Stadtgebiet von Hamburg erlaubt war, aus seinem Porsche heraus. Er wollte schnellstens zurück zu seiner Agentur.

Auf dem Weg dahin verständigte er seinen Partner Frederik und schilderte ihm die Ereignisse. Auch rief er bei seiner Ex-Frau Claudia an. Claudia Berg war in ihrer Boutique gerade im Gespräch mit einer Kundin und fühlte sich durch seinen Anruf sichtlich gestört.

»Peter, was ist los? Können wir nicht heute Abend telefonieren?«

Sie war genervt. Wie so häufig in der letzten Zeit, wenn er sich bei ihr meldete. Die beiden waren lange verheiratet gewesen, hatten sich jedoch in den vergangenen Jahren mächtig auseinander gelebt und waren bereits seit gut drei Jahren geschieden. Ihr gemeinsamer Sohn Robert war mittlerweile 21 Jahre alt und studierte in Hamburg. Claudia Berg führte eine kleine Modeboutique. Als die Ehe in die Brüche ging, hatten sie ihr Haus im Norden von Hamburg verkauft und Claudia lebte seitdem in einer wesentlich kleineren Wohnung im Stadtgebiet. Beide wussten letztendlich nicht, woran ihre Ehe gescheitert war. Dass der Beruf die überwiegende Zeit in Anspruch nahm, konnte es nicht allein gewesen sein. Das war schließlich schon immer so. War es der Alltag in der Großstadt? War es die eingekehrte Routine? Oder war es, dass beide am Ende aus ihrem Alleinsein mehr Erfüllung schöpften als aus der Zweisamkeit? Sie wussten es nicht, schließlich waren sie auch nicht im Streit auseinander gegangen. Sie hielten nach wie vor einen losen Kontakt und tauschten sich hin und wieder über ihren Sohn aus. Claudia hatte inzwischen längst einen neuen Lebenspartner gefunden, bei Peter sah das anders aus. Nicht, dass es ihm an Möglichkeiten mangelte, aber er war über die Zeit einfach bindungsscheu geworden. Er wollte sich stattdessen mehr um sich selbst kümmern und auf sich selbst verlassen. 'Das Leben kann auch ohne eine feste Partnerin verdammt schön sein', dachte er oft. Claudia schien in diesem Moment keine geeignete Gesprächspartnerin zu sein, um über den Anschlag auf die Agentur zu sprechen. Sie ging mit dem Telefon in einen Nebenraum und wollte Peter nur kurz abspeisen.

»Ich habe wenig Zeit. Du glaubst also, dass der Angriff eurer Agentur galt?«

»Ganz sicher, Claudia, bei uns ist ein Mord passiert. Ein Mord!«, reagierte Peter Berg aufgebracht.

»Was meinst du damit? Heißt das, ihr habt irgendwo Feinde? Das ist doch Quatsch.«

»Nein«, sagte Peter, »wir haben keine Feinde. Ich kann mir überhaupt nicht vorstellen, was der Hintergrund sein soll. Wir arbeiten seit Jahren ganz normal im Business, warum sollte jemand auf unsere Agentur einen Anschlag verüben? Das macht keinen Sinn.«

Spitz sagte Claudia dann noch:

»Oder hast du einem Anderen die Frau ausgespannt?«

»Hey, langsam. Das Attentat muss gar nicht mir gegolten haben, genau so gut konnte dieser EDV-Mensch das Ziel gewesen sein.«

»Ja, sorry. Aber du rufst *mich* jetzt an, was soll ich dir denn sagen? Mir fällt doch auch nichts dazu ein. Wahrscheinlich wird die Polizei jetzt Untersuchungen anstellen. Sag mal, tauchen die womöglich noch vor meiner Boutique auf und befragen mich? Mit Blaulicht? Das kann ich überhaupt nicht gebrauchen. Das geht gar nicht, Peter, ich brauche keine negative Publicity für meinen Shop. Mach das Ding bitte für dich alleine.«

Sie war keine Hilfe. Aber was hatte er denn erwartet?

»Claudia, wenn noch etwas sein sollte, kann ich dich anrufen?«

»Na klar, aber dann heute Abend ... und pass auf dich auf, Peter.«

Damit war das Telefonat beendet und Peter überlegte angestrengt. Was meinte Claudia übrigens mit der *Frau eines Anderen* ? Oder war es nur ein blöder Spruch? Viele Dinge gingen ihm durch den Kopf. Berg zermarterte sich sein Gehirn und gewisse Vermutungen mischten sich in seine Gedanken, doch er wollte die Schatten der Vergangenheit gar nicht erst an sich heran lassen.

Kurz vor halb zwölf kam er an seiner Agentur an und parkte das Fahrzeug. Dieses Mal nicht in der Tiefgarage, sondern in einer nahegelegenen Haltebucht, weil es schneller gehen musste. Peter legte die Parkscheibe auf das Armaturenbrett. Eigentlich hätte er noch einen Parkschein ziehen müssen, aber das war für ihn jetzt nebensächlich. Schlimmstenfalls war mit einem Knöllchen und einer Strafgebühr zu rechnen. Egal. Jetzt wollte er nur schnell genug in seiner Agentur sein. Er flitzte die Treppen nach oben. Die Tür stand offen und war mit merkwürdigen Klebestreifen teilweise abgedeckt. Der Fußboden wiederum war mit Kreidestrichen gekennzeichnet und unter seinem Schreibtisch sah man die weißen Markierungen, wo die Leiche des Mannes gelegen haben musste. Peter schaute sich um.

»Mann«, raunte er. »Das ist ja wie im Film. Beängstigend. Warum bei uns?«

Susan hatte sich inzwischen etwas beruhigt. Peter nahm sich einen Kaffee und setzte sich dann zu Susan und dem Kommissar auf den blauen Sessel. Hanno Winter ging mit beiden noch einmal die Details durch und er schaute durch die Notizen auf seinem Schreibblock.

»Haben sie in den letzten Tagen irgendetwas Verdächtiges bemerkt? Ungewöhnliche Anrufe? Merkwürdige Emails? Etwas, das nicht in den normalen Tagesablauf hineingehörte.«

Peter schüttelte den Kopf.

»Nein, da kann ich mir nichts zusammenreimen. Da war nichts. Wir sind ein ganz normales Unternehmen, eigentlich läuft alles nach Schema 'F' ab.«

»Haben Sie Feinde? Sind Sie jemandem auf die Füße getreten?«

Peter schüttelte den Kopf.

»Nein, da ist nichts. Hey, sie meinen wirklich, das könnte *mir* gegolten haben?«

Der Kommissar schaute ihn fragend an.

»Ich weiß es nicht, vielleicht können sie mir ja diese Frage beantworten. Der Killer hatte jedenfalls ihren Namen genannt.«

»Meinen Namen«, rief Peter erschrocken.

Winter blickte zu Susan und sie bestätigte die Aussage mit einem Nicken. Sichtlich besorgt nahm Peter seine Hände an den Mund. Der Kommissar kombinierte weiter.

»Wenn man also eine Schlussfolgerung ziehen will, würde ich sagen: Ja, sie sind durchaus in Gefahr. Und wenn dem Mörder klar wird, dass er sie nicht erwischt hat, dann bleibt abzuwarten, ob ihm ihr Laptop genügt.«

»Mein Laptop ist weg?«

»So ist es. Ihr Laptop ist aber auch das Einzige, was mitgenommen wurde. Sonst nichts. Was kann denn daran so Besonderes sein?«

»Gar nichts. Überhaupt nichts. Das ist ein ganz normaler Arbeitslaptop. Mit den üblichen Emails und Präsentationen. Gut, hm ... , meine ganzen Firmendaten sind auch darauf. Meinen Sie, es könnte sich um Industriespionage handeln?«

»Was denken sie?«

»Na ja. Ich habe darauf unsere Preisübersichten, die Kundendaten, unsere sämtlichen Lieferanten.«

»Glauben Sie mir, Herr Berg, Industriespionage läuft cleverer ab. Dafür kommt keiner in ein Büro, schießt um sich und nimmt einen Laptop mit. Das passiert vielleicht noch in Krimis oder in Filmen, aber nicht in der Wirklichkeit. Das ist einfach zu weit hergeholt. Wissen sie, von dieser Theorie können sie sich gleich wieder verabschieden.«

Peter Berg nickte.

»Ja, aber was wollen die mit meinem Laptop?«

»*Die*? Bisher habe ich nur von *einem* Eindringling gehört.«

»Schon richtig, das war nur so daher gesagt. Ich habe jedenfalls keine Ahnung.«

»Also, bitte überlegen sie noch einmal. Ist ihnen in den letzten Tagen etwas verdächtig vorgekommen? Oder gab es auf ihrem Rechner nicht doch etwas Wichtiges? Das müssen Sie mir schon sagen.«

Berg schüttelte den Kopf. Dann verharrte er und kniff die Augen zusammen. Der Kommissar spornte ihn weiter an.

»Denken Sie scharf nach.«

Er kaute auf seinen Lippen.

»Nein, mir fällt nichts ein. Außer diesem Virus ... der war ungewöhnlich.«

Der Kommissar rückte seinen Sessel zurecht.

»Den Virus hat Ihre Assistentin auch schon erwähnt. Erzählen sie mir mehr darüber.«

»Der ist in der letzten Woche ganz plötzlich aufgetreten. Wir hatten vorher noch nie Probleme mit den Rechnern, doch seitdem spinnt unser gesamtes Netzwerk. Dadurch sind unsere Dateien zerschossen worden, wir konnten gar nicht mehr vernünftig arbeiten. Und mein Laptop war am schlimmsten betroffen.«

Hanno Winter überlegte.

»Hm, vielleicht sollten wir dieser Sache nachgehen. Wegen eines Computervirus ist zwar soweit ich weiß bisher noch nie jemand umgebracht worden. Aber irgendetwas passt hier nicht zusammen. Seit wann haben sie den Virus bemerkt? Kennen Sie noch den genauen Zeitpunkt?«

Susan schaute zu ihm hinüber.

»Ja, ich glaube, es war der Tag, an dem wir unsere aktuelle Kundenpräsentation zusammengestellt haben. Die meisten Charts hatte Herr Berg auf seinem Rechner. Dann mussten noch ein paar Sachen geändert werden. Diagramme und Abbildungen. Das habe ich an meinem Computer erledigt und schließlich eine Sicherheitskopie gezogen. Das war's im Prinzip. Später tauchten dann diese komischen Zeichen auf.«

»Aha, zeigen sie mir bitte diese Kundenpräsentation.«

Winter witterte eine Spur. Doch Susan schüttelte ihren Kopf.

»Das ist eine Kundenpräsentation. Ganz normale Charts. Nicht mehr und nicht weniger.«

»Trotzdem. Geben Sie mir bitte eine Kopie davon mit. Wir schauen uns auch alle anderen Geräte an und sie fassen die Rechner nicht mehr an, alles wird ab sofort versiegelt. Wir schicken unsere Forensik-Experten.«

Das Telefon von Peter vibrierte und er nahm das Gespräch an.

»Frederik! Gut, dass du anrufst. ... Bist du schon auf dem Weg? ... Okay, bis gleich.«

Der Kommissar wandte sich an sein Team und unterhielt sich mit den Experten von der Spurensicherung. Peter sah zu Susan, sie waren wieder für sich. Dann nahm er sie in den Arm und drückte sie endlich.

»Es tut mir so leid, was hier passiert ist, Susan. Wäre ich doch nur hier gewesen, vielleicht hätten wir das verhindern können.«

Sie schüttelte den Kopf und legte ihn dann ganz fest an sein Schulterblatt.

»Nein. Besser, dass du nicht hier warst. Sonst wärst du jetzt tot.«

Sie schluchzte ganz heftig. Peter strich ihr eine Strähne aus dem verweinten Gesicht und sagte freundschaftlich:

»Susan, es wird alles gut.«

Dann wich er etwas zurück, nahm ihre Hände, so dass er ihr in die Augen sehen konnte.

»Sag, war da noch irgendetwas an dem Mann. Konntest du ihn erkennen?«

»Da war nichts. Das konnte jeder Beliebige gewesen sein. Ich kann ihn nicht genauer beschreiben. Er war groß, in jedem Fall größer als du ... , also um die 1,90 Meter. Seine Uhr war auffällig. Doch wie will man jemanden an seiner Uhr erkennen?«

Peter blickte erstaunt in ihre Augen.

»Eine Armbanduhr?«

»Ja, ich kann dir nicht die Marke nennen, aber mir fiel ein deutliches, schwarz-weißes Ziffernblatt auf. Mehr weiß ich nicht. Ich würde es wahrscheinlich sofort wiedererkennen, aber genauer könnte ich es jetzt nicht beschreiben.«

Ein auffälliges, schwarz-weißes Ziffernblatt? Peter Berg kramte in seinen Erinnerungen und ihn beschlich ein ungutes Gefühl. Ohne, dass er seine Ahnung genauer orten konnte, ängstigten ihn seine Erinnerungen. Betont sachlich ließ er sich jedoch nichts anmerken.

»Ja«, sagte Peter. »Das wird die Polizei sicher noch genauer interessieren. Vielleicht fertigen sie davon eine Zeichnung an.«

»Meinst du, ich muss jetzt auch Angst haben? Weil ich ihn gesehen habe?«

»Ich weiß es nicht. Wir sollten den Kommissar vielleicht um Polizeischutz bitten.«

Berg ging einige Schritte durch das Büro, wobei ihm die Sicherheitsbeamten sofort zu verstehen gaben, dass er nichts anfassen durfte.

»Am besten gehen Sie und ruhen sich etwas aus.«

Er ging zum Kommissar.

»Und, wie geht es nun weiter? Wir sind schließlich Unternehmer. Wie soll unser Geschäft in den nächsten Tagen laufen, wenn sie hier alles absperren?«

»Ehrlich gesagt, das ist nicht mein Problem, Herr Berg. Können sie nicht in ihren Büros in der unteren Etage arbeiten?«

»Das werden wir versuchen. Mein Partner kommt gleich. Wir werden sehen, wie es jetzt weitergeht.«

Der Kommissar sah ihn an.

»Wissen sie, unsere vorrangige Aufgabe ist es, den Mord aufzuklären. Unter ihrem Schreibtisch lag schließlich ein toter Mensch! Vergessen sie das nicht!«

Berg nickte betreten, so sollte das nicht herüberkommen. Hanno Winter schaute ihn mit einem abstrafenden Blick an.

»Wir machen alles so schnell wie möglich. Ich werde ihnen Bescheid geben, sie bekommen eine Info. Geben Sie mir in jedem Fall ihre Telefonnummer, dass ich sie erreiche. Vielleicht brauche ich sie morgen noch einmal auf unserem Präsidium.«

»Benötige ich jetzt so etwas wie Personenschutz? Wenn ich doch in Gefahr bin?«

Peter musterte fragend den Kommissar, der wiederum etwas perplex dreinschaute.

»Was soll ich dazu sagen, haben Sie speziell vor jemandem Angst? Gibt es Feinde in ihrem Leben? Nach allem, was Sie mir erzählt haben, kann es zwar sein, dass Sie in Gefahr sind. Aber konkret, wollen sie, dass man sie auf Schritt und Tritt begleitet? Wenn Sie ins Auto steigen? Auf dem Weg zur Imbissbude? Ich weiß nicht, was für sie praktikabel ist und ganz so einfach ist das auch formal nicht mit dem Personenschutz. Vielleicht fahren Sie einfach ein paar Tage weg und entspannen sich.«

Eigentlich wollte Peter in dieser Phase die Stadt gar nicht verlassen, doch nach dieser Warnung rief er vor seinem geistigen Auge bereits verschiedene europäische Ziele auf.

»Irgendwohin, wo mich keiner kennt? Warum eigentlich nicht.«

»Nicht so schnell, lassen sie uns das morgen Vormittag besprechen. Entweder telefonieren wir oder sie kommen zu mir auf die Dienststelle. Abgemacht?«

Peter nickte, was blieb ihm auch anderes übrig. Hanno Winter klopfte ihm väterlich auf die Schulter und verabschiedete ihn.

»Ich denke, wir werden den Fall aufklären. Wir werden allen Spuren nachgehen. Vielleicht gibt es Fingerabdrücke, Fußspuren oder Aufnahmen von den Überwachungskameras. Von der Auswertung der Rechner verspreche ich mir ebenfalls entscheidende Informationen. Bis morgen also.«

Peter Berg nickte. Er bekam vom Kommissar eine kleine Karte mit seiner Telefonnummer. Für alle Fälle. Umgekehrt notierte Winter die Kontaktdaten von Peter, seinem Kompagnon Frederik Koop und von Susan Landers.

»Susan, ich melde mich nachher bei dir. Brauchst du noch irgendetwas?«

»Nein, vielen Dank, Peter. Ich fahre gleich mit dem Sanitäter nach Hause und lege mich hin. Der Notarzt hat mir eine Beruhigungsspritze gegeben und falls doch noch der Schock nachwirkt, kommt der Arzt zu mir.«

»Okay, dann werde ich sehen, ob ich Frederik treffe. Tschüss, Susan. Keine Sorge, es wird alles gut.«

Peter trottete die Treppenstufen nach unten, trat auf die Straße vor seiner Agentur und blickte nach oben zu den Fenstern im vierten Stock.

Es kam ihm plötzlich so vor wie ein endgültiger Abschied. Die gesamte Unternehmensgeschichte lief in der Retrospektive wie ein Film vor ihm ab. Die Gründung und der Aufbau in den ersten Jahren. Ihren Lebenstraum wollten Sie hier verwirklichen und nun war ein kaltblütiger Mord in ihrer Agentur geschehen. Unbegreiflich. In diesem Augenblick fasste eine Hand von hinten auf seine Schulter und er drehte sich erschrocken um.

»Peter, was ist passiert?«

Frederik stand vor ihm und war ebenso konsterniert.

»Hi Frederik. Ich verstehe es nicht, ich kann es einfach nicht verstehen.«

»Ist Susan okay?«

»Ja, es geht ihr so einigermaßen. Sie wird gleich von den Sanitätern nach Hause gebracht. Ich glaube, sie hat eine Beruhigungsspritze bekommen. Ist vielleicht auch das Beste.«

»Bestimmt. Du, wollen wir schnell etwas essen?«

Peter nickte und sie gingen zu einem gut besuchten Currywurststand direkt am Jungfernstieg. Gerade in der Mittagszeit war hier die Hölle los und es bildeten sich regelrechte Schlangen vor der Ausgabe. Schließlich waren sie an der Reihe.

»Die mit der scharfen Soße bitte«, sagte Frederik und bestellte zwei Portionen Currywurst. Die beiden stellten sich an einen Stehtisch. Peter blickte immer wieder nervös um sich.

»Frederik, weißt du, der Kommissar hat gesagt, der Anschlag könnte *mir* gegolten haben. Susan hatte deutlich gehört, dass der Attentäter *meinen* Namen gerufen hatte. Ich glaube, der Herr Mertens ist irrtümlich erschossen worden.«

Peter schüttelte seinen Kopf.

»Der arme Typ hatte überhaupt keine Chance. Schrecklich.«

»Peter, bleib ruhig. Ist dir bewusst, was du da sagst? Wer sollte dich umbringen wollen? Wir sind normale Geschäftsleute.«

»Trotzdem.«

»Nein, wir kaufen zwar Waren in China ein, aber du glaubst deshalb doch nicht, dass die chinesische Mafia dahintersteckt? Oder? Das ist doch total absurd.«

Peter Berg biss in die Currywurst und nuschelte undeutlich vor sich hin.

»Frederik, warte ... «

» ... und die kommen dann nach Hamburg, um am Schluss deinen Laptop zu klauen? Etwa wegen der Daten? Deshalb wird doch niemand umgebracht. Das ist doch Quatsch. Ich glaube nicht, dass du in Gefahr bist.«

Peter pikste trotzig in die Currywurst und biss herzhaft hinein.

»Da bin ich mir nicht so sicher wie du. Zugegeben, es passt zwar alles nicht zusammen. Aber es ist wirklich so geschehen, die Schüsse sind in unserer Agentur gefallen und es ist ein unschuldiger Mensch gestorben. Und wir stecken da irgendwie mit drin.«

»Ach«, sagte Frederik, »jetzt sind *wir* es schon? Bin ich deiner Meinung nach auch in Gefahr?«

»Nein, so meinte ich es nicht.«

»Schon gut, aber lass uns die Sache mit dem Laptop einmal logisch betrachten. Wenn darauf sensible Daten waren, dann hat der Täter die Daten nun und somit keinen Grund mehr, hinter dir her zu sein, richtig?«

Peter nickte. Das war ein schlagendes Argument. Frederik setzte nach.

»Und? Waren darauf nun sensible Daten oder nicht?«

Peter schluckte.

»Nicht, dass ich wüsste.«

»Upps.« Nun schaute auch Frederik betreten. »Hm. Falls doch keine relevanten Daten darauf waren, dann magst du recht haben und die Gefahr besteht unverändert.«

»D'accord, du Schlaumeier.«

Beide schmunzelten und obwohl sie sich der drohenden Gefahr bewusst waren, machten sie keinen verzweifelten Eindruck. Fast stellte sich die Situation für sie wie eine typische Herausforderung des beruflichen Alltags dar, die sie einfach nur meistern mussten. Der Unterschied zum Business bestand allerdings darin, dass sie sonst niemals mit tödlichen Risiken konfrontiert wurden. Frederik behielt einen klaren Kopf.

»Das Beste wird sein, wenn du dich für ein paar Tage absetzt.«

»Kann sein«, sagte Peter. »Das ist vielleicht für uns alle am sichersten.«

»Warum auch nicht? Nimm dir ein paar Tage frei, bis sich alles beruhigt hat. Eine andere Frage. Geht's dir soweit gut oder brauchst du auch eine Spritze?«

»Nein, ich brauche nichts zur Beruhigung. Ich muss jetzt klar denken können. Wenn hier eine Gefahr lauert, dann muss ich wissen, was es für eine Gefahr ist.«

Berg hatte seine Entschlossenheit wieder gefunden. Sie gingen ein paar Schritte an der Alster entlang und Frederik überlegte.

»Hast du schon mit deiner 'Ex' darüber gesprochen?«

»Mit Claudia? Ja, ich habe sie vorhin angerufen.«

»Und? Kannst du für einige Tage zu ihr ziehen?«

»Das fehlte noch. Die hat ja jetzt schon Angst, dass ein Streifenwagen an ihrer Boutique vorbeifährt und ihr Geschäft darunter leidet. Die wird 'den Teufel' tun. Claudia wird mich nicht wieder aufnehmen, schon gar nicht in meiner Lage. Die wird mir ein Hotel empfehlen.«

»Verstanden. Dann machst du halt etwas anderes. Wie wäre es, wenn du wirklich für ein paar Tage verschwindest? Europa ist groß. Du kannst mich am Wochenende anrufen und dann sehen wir, wie die Lage ist. Vielleicht hat sich bis dahin alles aufgeklärt.«

»Klingt gut.«

»Ich kümmere mich in der Zwischenzeit um unser Geschäft, das ist wirklich kein Problem.«

Ihm fiel ein Stein vom Herzen und Berg entschloss sich, auf den Rat seines Freundes und Geschäftspartners zu hören. Das Risiko in Hamburg zu bleiben, erschien ihm unkalkulierbar. Frederik würde bis zum Wochenende die Aufgaben übernehmen, das war eine ideale Lösung.

»Nachher werde ich zu Susan fahren und sehen, wie es ihr geht. Den Rest mit unserem Büro bekommen wir auch hin. Wahrscheinlich sollten wir alle Aktivitäten in unseren anderen beiden Räumen zusammenziehen. Die sind ja nicht abgesperrt.«

»Es sei denn, der Kommissar holt uns dort auch noch die PCs heraus ...«, argwöhnte Peter Berg.

»Stimmt, Daumen drücken, dass wir davon verschont bleiben. Ich denke, wir bekommen das hin. Telefon und Rechner sind das Einzige, was wir wirklich brauchen, alles andere ist doch in unseren Köpfen.«

Peter stimmte ihm zu.

»Da wäre ich dir echt dankbar.«

Die beiden umarmten sich kurz und verabschiedeten sich ohne Emotionen, hanseatisch eben. Peter Berg blickte seinem Freund und Kompagnon hinterher. Dann blieb er noch eine ganze Weile am Ufer der Alster. Vor ihm lagen die Ausflugsboote für die Touristen. Den Blick in die Ferne gerichtet stand er fast bewegungslos dort. Topmodisch gekleidet in seiner Designerjeans und den sportlichen Sneakers. Die beiden obersten Knöpfe seines Hemds waren geöffnet und darüber trug er das dunkelblaue Sakko mit den silbernen Manschettenknöpfen.

Es hätte so ein schöner Sommertag im Juni werden können. *Hätte.* Peter Berg blickte ein letztes Mal zum Abschied über die Alster und begab sich dann zu seinem Porsche. Glück gehabt, es befand sich kein Strafzettel hinter dem Scheibenwischer. Er brauste davon, auf zu seiner Wohnung. Sein iPhone war drahtlos direkt mit dem Soundsystem des Fahrzeugs verbunden und er wählte aus der Musikbibliothek einige Musiktitel zur Ablenkung an. Ein *Amy Macdonald* Song machte den Anfang, *Don't tell me that it's over.*

Mit einem Mal lächelte Peter Berg, als ob ihn eine ungeahnte Zuversicht übermannt hatte. *'Hey, nichts ist vorbei. Never. Es hat gerade erst angefangen',* dachte er. Ein unbändiges Kribbeln lief Peter über den Rücken und er drehte die Musik auf die maximale Lautstärke. Den nächsten Song hörte er nur bis zum Refrain. Mittlerweile hatte er seine Pläne für die kommenden Tage gedanklich geordnet und beschloss, seinen Sohn anzurufen. Robert. Er wählte die Nummer aus der Liste der gespeicherten Kontakte und die Verbindung baute sich auf.

»Robert?«

»Ja, Dad.«

»Wie geht's dir?«

»Gut, danke der Nachfrage. Was ist los? Es ist mittags, da rufst du nie an.«

»Ja, ja. Sag wie geht es dir? Was machst du gerade?«

»Dad, ich habe jetzt Mittagspause. Du weißt doch, dass ich nebenbei jobbe. Ich muss mir mein Studium schließlich selbst finanzieren.«

Der spitze Vorwurf war Peter Berg nicht entgangen.

»Robert, komm. Es ist doch in Ordnung, denk an die Wohnung und … «

»Aber Dad, du rufst doch nicht an, weil du mich aus heiterem Himmel im Studium kräftiger unterstützen möchtest, oder?«

»Nein, ich wollte eigentlich nur mal hören. Hast du Zeit … können wir uns treffen?«

»Dad, du klingst so geheimnisvoll. Sag doch was los ist. Gibt's 'ne neue Frau in deinem Leben?«

»Robert, nun sag schon, hast du Zeit? Wollen wir uns auf einen Kaffee treffen?«

»Können wir machen. Ich bin gerade in der Gegend von Harvestehude in einem kleinen Eckcafé. Soll ich dir die Adresse simsen?«

»Gerne, ich werde in circa zehn bis fünfzehn Minuten da sein. Ist das okay?«

»Gut, Dad, bis gleich.«

Peter Berg gab Gas und fuhr die Strecke entlang der Außenalster. Manchmal fanden hier sogar Tauchkurse für Anfänger statt. Peter genoss die schönen Anblicke seiner Stadt. Hier war er aufgewachsen, inzwischen fest verwurzelt, und er konnte sich nicht vorstellen, woanders zu leben. Zu sehr war seine eigene Lebensgeschichte verbunden mit seiner Heimatstadt. Er freute sich darauf, seinen Sohn zu sehen. In der letzten Zeit waren es eher unregelmäßige Besuche gewesen. Manchmal nur einmal im Monat. Dafür telefonierten sie recht oft miteinander. Peter bemerkte, dass sich sein Sohn nach und nach sein eigenes Leben aufbaute. Das Display im Mobiltelefon leuchtete auf. Es war eine eintreffende SMS von Robert. Peter senkte die Musiklautstärke mit den Fingern am Lenkrad ab und tippte im Navigationsmenü die Adresse ein, die soeben per Textmessage angekommen war. Kurze Zeit später hatte er den Stadtteil Harvestehude erreicht, sah seinen Sohn, winkte ihn herbei, der dann auf dem Beifahrersitz Platz nahm.

»Hi Dad, wohin fahren wir?«

»Tag Robert, was hältst du von einem Eiscafé?«

So fuhren sie weiter und fanden ein ansprechendes, kleines Café an der Außenalster mit einem herrlichen Blick auf die Segelboote und die Ausflugsdampfer. Die beiden hatten sich einen Café Latte bestellt und schlürften ihn genüsslich.

Robert drängte seinen Vater, nun doch endlich zu erzählen, was ihm so wichtig war. Peter Berg holte tief Luft und erzählte vom Mordanschlag in der Agentur. Robert schien dabei weniger geschockt, als durchaus interessiert zu sein.

»Klingt spannend. Ein Computervirus wütet auf deinem Laptop und deshalb wurde ein Mann erschossen? Das ist ein ziemliche schräge Geschichte. Cool.«

Peter Berg schaute ihn fassungslos an.

»Das ist nicht *cool*, Robert. Das ist schrecklich. Einfach schrecklich. Das ist die Realität. Hier ist ein Mensch gestorben.«

»Sorry, bitte nicht falsch verstehen. So war das *cool* nicht gemeint. Aber Dad, das Opfer hättest du sein können. Dann wäre es richtig schrecklich.«

»Robert, sag so etwas nicht.«

Peter sah seinen Sohn ratlos an, und Robert merkte, dass er nicht die passenden Worte gefunden hatte.

»Dad, wie geht's jetzt weiter? Wenn du in Gefahr bist, dann sollte ich mich am besten gar nicht in deiner Nähe aufhalten.«

Er lächelte salomonisch. Jetzt musste auch Peter Berg schmunzeln. 'Mein Sohn ist schon okay', dachte er. Er hatte schon immer eine gute Portion Humor besessen. Und in diesem Punkt hatte er recht. Peter durfte nicht mit Menschen unterwegs sein, die er liebte. Er würde sie nur in Gefahr bringen.

»Robert was hältst du davon, wenn ... ich hatte schon mit deiner Mutter gesprochen, aber sie will nicht mit mir ... «

»Ach, ich verstehe. Sie will nicht, dass du bei ihr einziehst ... aber in meine Bude? Du kennst meine Wohnung, das ist ein besseres Einzelzimmer. Ich glaube nicht, dass das eine Lösung wäre. Aber wie gesagt, sonst wärst du herzlich willkommen.«

»Nein, nein, Robert, das meine ich nicht. Ich hatte eher daran gedacht, ein paar Tage wegzufahren und ich wollte dich einfach fragen, ob du nicht Zeit hast und mitkommen möchtest. Für ein paar Tage raus aus dem Alltag und aus allen Verpflichtungen. Ganz weit weg. Hast du Lust und Zeit? Wir suchen uns ein Ziel aus, wohin du immer schon mal wolltest. Nur so als Idee.«

Beide bewegten sich in diesem Moment auf unsicherem Terrain. Peter hatte sich in den vergangenen Jahren nicht allzu intensiv um seinen Sohn gekümmert und konnte die Reaktion nicht abschätzen. Wie würde Robert den Vorschlag aufnehmen?

Der wiederum überlegte ebenso. War es der Versuch, die Vater-Sohn Beziehung zu reaktivieren und das gerade zu einem Zeitpunkt, da sein Vater möglicherweise in Lebensgefahr schwebte? Oder war es ein ernstgemeintes Signal, an alte Familientraditionen anzuknüpfen, die mit vielen erlebnisreichen Sommerurlauben verbunden waren? Robert wägte die Optionen in Windeseile gegeneinander ab. In seinem Aushilfsjob war es überhaupt kein Problem, ein paar Tage Urlaub zu nehmen. Warum eigentlich nicht? Robert schaute seinen Vater an.

»Hey Dad, die Idee gefällt mir. Fast wie früher mit der *Family*. Die Sommerurlaube waren immer klasse, obwohl du ständig am Telefon warst. Morgens, mittags, abends. Immer gab es irgendwelche Telefonate. Deine sogenannten *Telcos*, die Telefonkonferenzen.«

»Versprochen, ich werde kein Telefon mitnehmen.«

Das meinte Berg tatsächlich so und er begann gedanklich bereits mit der Reisevorbereitung.

»Ich kann nur nicht allzu lange weg, am nächsten Dienstag müsste ich in jedem Fall wieder hier sein. Da habe ich eine wichtige Veranstaltung in der Uni.«

»Robert, warte mal ... welchen Tag haben wir heute? Dienstag. Bis nächste Woche Dienstag, das klappt.«

»Hey, und ich darf mir wünschen, wohin es geht?«

Sein Vater nickte und schränkte zugleich etwas ein.

»Ja, aber es muss natürlich machbar sein und eine gewisse Abgeschiedenheit wäre auch ideal. Was denkst du? Wohin möchtest du?«

Robert dachte nach und griff zu seinem Café Latte.

»Weißt du, was ich immer schon mal machen wollte? Hast du mal auf das Datum geschaut? Am Freitag ist der 21. Juni.«

Peter Berg nickte. Fast ahnte er, was seinem Sohn durch den Kopf ging.

»Mittsommernacht, Dad! Am Wochenende, in ein paar Tagen ist die Sommersonnenwende.«

Er erinnerte sich! Damals war Robert noch ein kleiner Junge, vielleicht zehn Jahre alt. Die Familie Berg verbrachte ihren Sommerurlaub in Norddänemark und an diesem Abend saßen die beiden Männer, wie Claudia sie immer nannte, in den Dünen und beobachteten den Sonnenuntergang über dem Meer.

Dieses einmalige Naturschauspiel hatte Robert seitdem nie vergessen. Sie hockten damals zu zweit im Sand und verzehrten eine ganze Packung Kartoffelchips. Dabei unterhielten sie sich über die Astronomie und die Konstellationen der Sterne. Schließlich wollte Robert alles über die Sommersonnenwende wissen. Wie viele Sommer waren seitdem vergangen? Peter Berg nickte und freute sich, dass sein Sohn ein so gutes Gedächtnis zu haben schien. Er spürte förmlich die Begeisterung von Robert bei dem Wort *Sommersonnenwende*.

»Abgemacht, Robert. Dann lass uns irgendwohin fliegen, wo wir die Sonnenwende erleben können. Den Tag mit dem höchsten Sonnenstand, wenn die Sonne nicht untergeht und nicht hinter dem Horizont verschwindet. Super Idee. Das klingt richtig spannend.«

Jetzt gab Peter die Attribute der Begeisterung zurück. Robert sah ihn an und dachte bereits an die in Frage kommenden Ziele auf der Nordhalbkugel.

»Wir müssen nach Nordnorwegen. Zum Nordkap nach Hammerfest oder auf die Lofoten, das wäre die richtige Ecke.«

'Exzellent', schoss es Peter durch den Kopf. Das war weit weg von der mitteleuropäischen Zivilisation. Zu diesem Ziel passten alle Bedingungen, die ihm vorschwebten.

»Dann lass uns nach Flugverbindungen schauen, wie wir da am besten hinkommen.«

»Also machen wir das wirklich?«, fragte Robert.

»Ja, das ist unser Deal, mein Sohn. Das machen wir.«

Beide hoben ihre Hand und schlugen mit der flachen rechten Hand ein und lächelten sich an. *Give me five.* 'Was für eine glückliche Vater-Sohn-Beziehung', konnte ein unbeteiligter Beobachter denken. Die beiden verstanden sich und hatten einen guten Draht zueinander gefunden.

Robert stand auf. Das graue T-Shirt schlabberte über seiner Jeans-Hose, die Nike-Sportschuhe mit der hellen Sohle rundeten das Outfit ab. Sein Haar war blond, modisch kurz geschnitten. Peter Berg war stolz auf seinen Sohn. 'Der wird seinen Weg machen', dachte er.

»Wenn ich die Flüge schon für heute bekomme, soll ich dich dann in deiner Bude abholen?«

Robert nickte.

»Gerne. Sobald du weißt, wann die Flüge gehen, kannst du mich ja anrufen. Dad, du brauchst mich nicht fahren, ich nehme die S-Bahn und dann den Bus bis zum Flughafen. Ich werde gleich ein paar Sachen packen, dann können wir direkt los.«

»Prima«, sagte Peter, »ich werde mich um den Rest kümmern. Papiere, Tickets, Unterkunft. Geld tausche ich auch um. Nimm vielleicht noch deinen Führerschein mit, falls du das Mietauto auch mal fahren willst.«

Bevor sein Sohn aus dem Lokal ging, hielt ihn Peter Berg noch an seiner Hand fest und flüsterte ergänzend.

»Und eines noch, Robert, können wir bitte unsere Telefone komplett zu Hause lassen? Alle Geräte mit einer Außenverbindung?«

Sei Sohn kniff die Augen etwas zusammen. 'Was führt Dad im Schilde?', durchfuhr es ihn. 'Meinte er das ernst?' Offensichtlich nahm es sein alter Herr mit der Sicherheit ziemlich genau und war sich der potentiellen Gefahr voll bewusst. Wenn schon keiner wissen sollte, wohin sie aufbrachen, dann sollten sie vor allem auf die Telefone verzichten. Darin steckte durchaus eine gewisse Logik. Robert schaute seinen Vater an und hatte sich entschlossen, ihm voll zuzustimmen.

»*No problem*. Ist verstanden, kein Mobiltelefon und keine Internetverbindung.«

»Danke, Robert.«

»Ja, du hast recht. Du wirst viel besser ausspannen können ohne die ganzen technischen Geräte.«

Dann beugte er sich zu seinem Vater und sagte ganz leise:

»Du denkst, es ist besser so, damit uns keiner verfolgt, oder?«

»Oh, ja, eindeutig.«

»Kann es denn tatsächlich gefährlich werden?«

»Gefährlich? Vielleicht. Aber wenn es auch nur annähernd das ist, was ich befürchte, dann ist es größer als alles, was du dir bisher vorstellen konntest.«

Robert blickte ihn leicht verwirrt an. Größer als alles, was er sich bisher vorstellen konnte? Was konnte das sein? Die Mischung aus Neugier und dem Unbekanntem beschäftigte ihn und jagte ihm einen leichten Schauer ein. Dennoch freute er sich auf den Trip mit seinem Vater und mit einem Wink zum Abschied verließ er das Café.

Peter Berg fuhr direkt danach zum Flughafen Fuhlsbüttel. Er hätte die Flüge zwar auch online buchen können, aber er entsann sich, dass die Daten im Internet komplett mitgelesen werden konnten. Es musste ja nicht unbedingt sein, dass jemand mitverfolgte, welche Flugverbindungen ihn gerade interessierten. Ihm war klar, dass natürlich auch das Telefon abgehört werden konnte, wenn er mit seinem Sohn oder seiner Ex-Frau telefonierte. Doch irgendwie musste er schließlich kommunizieren. Vor allem, *wer* sollte ihn ausspionieren? Sah Peter Berg bereits Gespenster? Am Flughafen begab er sich direkt an den Lufthansa Schalter und erkundigte sich nach den Flugverbindungen in Richtung Nordkap. Die besten Route führte anscheinend über Oslo nach Tromsø.

»Tromsø wird auch das Paris des Nordens genannt, jedenfalls in der Zeit von Mitte Mai bis Juli«, erklärte die freundliche Mitarbeiterin vom Bodenpersonal hinter dem Ticketschalter.

Er lächelte sie an.

»Sie sollten im Reisebüro arbeiten, sie machen mir das Ziel ja richtig schmackhaft.«

»Nein, es ist wirklich schön dort«, entgegnete die junge Frau, »ich war schon mal in Tromsø. In dieser Zeit findet dort der Sommermarathon statt. Das ist eine megagroße Veranstaltung mit hunderten von Läufern. Die Mittsommernacht ist ein einmaliges Erlebnis. Wissen sie, bei vielen Partys wird die ganze Nacht hindurch gefeiert, es ist fantastisch.«

Er lächelte sie weiter an. 'Bezaubernd', dachte er. Spätestens jetzt war die Entscheidung für die norwegische Stadt gefallen. Das wäre auch ein Ziel für Susan gewesen. Es klang alles sehr ansprechend, wobei der eigentliche Grund in diese Richtung zu fliegen, in keinster Weise mit einer Party zusammenhing. Berg kaufte die Tickets und schrieb alle Flugverbindungen auf einen Notizzettel. Der Abflug war für den nächsten Tag um 14.30 Uhr eingeplant. Ein knapp neunzig minütiger Flug. Die Ankunft in Oslo sollte um kurz vor vier sein. 'Das war in Ordnung', dachte Peter. Nach einem gut zweistündigen Aufenthalt in Oslo würde es dann mit der skandinavischen Fluggesellschaft SAS um halb sieben weitergehen. Die Landung in Tromsø war erst gegen 20.25 Uhr zu erwarten. Peter stutzte? Mit solch einer langen Flugzeit hatte er nicht gerechnet.

Die geografische Ausdehnung von Norwegen verblüffte ihn geradezu, als er auf eine Landkarte im Lufthansa Bordmagazin am Schalter schaute. Er nahm die Tickets an sich und bedankte sich herzlich für die ausgezeichnete Beratung. Anschließend fuhr Berg in sein Stamm-Reisebüro. Obwohl er die letzten Urlaube ausschließlich online gebucht hatte, zog er an diesem Tag den althergebrachten Weg bei der Reiseplanung vor. Er fand in den Angeboten ein Ferienhaus am Stadtrand von Tromsø. Ideal, es sollte in einem abgelegenen Waldgebiet liegen. Über das Reisebüro reservierte er dann noch ein Mietfahrzeug, das sie direkt am Flughafen abholen könnten. Dann machte er sich auf den Heimweg zu seiner Wohnung. Aus dem Auto heraus rief er bei seinem Sohn an.

»Hi Robert, die Flüge gehen erst morgen Nachmittag. Du kennst das Ziel, deshalb erwähne ich es jetzt nicht extra.«

Sein Sohn verstand sofort, warum sein Vater das Wort *Nordkap* nicht aussprach.

»Robert, ich packe auch gleich meine Sachen und komme dann später bei dir vorbei, ist das okay für dich?«

»Ja, Dad. Heißt das, du willst heute Nacht bei mir schlafen?«

»Nein, das muss nicht sein. Ich kann dich auch abholen und wir nehmen uns ein Hotel am Flughafen, was immer dir lieber ist.«

»Ach, Blödsinn«, sagte sein Sohn. »Das Geld fürs Hotel können wir doch sparen. Komm einfach zu mir, ich habe noch ein Bier im Kühlschrank, es passt schon.«

Diese Variante war Peter auch viel lieber. Endlich wieder bei seinem Sohn zu sein und ein Bier zusammen zu trinken. Die Vorstellung gefiel ihm. Daraufhin fuhr er zu seiner Wohnung und packte seine Kleidung für einige Tage zusammen, verstaut in einem Handgepäckkoffer. Peter ging abschließend durch seine Wohnung. Es gab keine Blumen, die versorgt werden mussten. Darauf hatte er bei der Inneneinrichtung tunlichst geachtet, alles war pflegeleicht gestaltet. Sein prüfender Blick in den Kühlschrank ließ keine schnell verderblichen Lebensmittel vermuten. Er schnappte sich den iPod Touch, so dass wenigstens seine Musikbibliothek die Reise mit antreten durfte, plus einem stylischen Ladegerät. Stolz strich Peter über den darauf eingeprägten Markennamen mit den Buchstaben *M, E* und *P*.

Beim Hinausgehen fiel sein letzter Blick auf den Briefkasten. Könnte die Post in der Abwesenheit überquellen? Eher nicht, das Abonnement für die Tageszeitung hatte er bereits vor einigen Monaten abbestellt und er war auf die E-Version für sein iPad umgestiegen. Dann verschloss Peter Berg die Wohnung und drehte den Sicherheitsschlüssel gleich dreimal im Schloss herum.

Bei seinem Sohn angekommen parkte er den Porsche nicht direkt vor der Wohnung, sondern vorsichtshalber in einer Parallelstraße. Sah er mittlerweile wirklich Gespenster? Er schaute sich noch einmal um, bevor er in das Mehrfamilienhaus ging. Robert hatte für den Abend noch verschiedene Sachen besorgt. Die beiden machten sich einige schöne Stunden. Sie unterhielten sich über alte Zeiten, blätterten in vergilbten Unterlagen und in den Fotoalben aus der glücklichen Familienzeit. Dabei fiel ihnen ein Urlaubsfoto aus Dänemark in die Hände. Zu dritt am Strand. Im Sommer 2002. Peter hielt auf dem Foto Claudia im Arm, Robert saß mit einem Holzgewehr vor ihnen im Sand. Der Fotoapparat mit dem Selbstauslöser war auf einem Holzpfahl postiert, daran konnte sich Peter nur allzu gut erinnern. Es war seine erste Digitalkamera und kurz nach dem Foto rutschte die Kamera hinunter in den Sand. Alle waren besorgt, dass das Gerät und die optischen Linsen dadurch keinen Schaden nahmen. Heute war das egal und die beiden freuten sich über das fotografische Andenken.

»Erinnerst du dich daran, Dad, als du mir von der Mittsommernacht erzählt hast? Ich weiß es noch, als wäre es erst gestern gewesen.«

»Natürlich. Wie schnell die Zeit verging«, sagte Peter. »Kommt dir das auch so vor, Robert?«

»Ach«, sagte er, »es war schon okay, wir hatten eine gute Zeit. Es gab genügend Stress, aber auch viel Spaß. Es passte schon.«

Am Ende holte Robert sogar noch das alte Schachbrett unter seinem Bett hervor und sie spielten eine Partie. Das hatten die beiden schon seit Jahren nicht mehr gemacht. Die Partie und der Spielverlauf waren unwichtig. Es lief quasi nebenbei bis Robert schließlich mit einer gewitzten Kombination 'Schachmatt' rief. Peter gratulierte seinem Sohn.

»Hey, weißt du übrigens woher der Begriff Schachmatt kommt?«

Robert schüttelte unwissend den Kopf. Anstatt zu raten, wollte er lieber seinem Vater den Triumph gönnen, die Erklärung von sich zu geben.

»Schachmatt kommt von *Shah mat*. Das ist persisch und heißt übersetzt, der 'König ist tot'. Verstehst du? Der Shah ist der König.«

Anerkennend nickte Robert und sagte dann spaßhaft:

»*By the way*, ich fühle mich jetzt auch schon ziemlich matt.«

Es war spät geworden und irgendwann nach dem dritten oder vierten Bier legten sich die beiden hin. Peter wählte den Liegesessel und zog sich eine leichte Decke über. Irgendwie war er froh, dass er nicht alleine in seiner Wohnung sein musste. Die Gedanken und Erinnerungen kreisten in seinem Kopf, bis er schließlich einschlief.

Tag Zwei

19. Juni, 2013

Mittwoch

HAMBURG

Am nächsten Morgen schrillte der musikalische Wecker von Roberts *iPod*. Peter Berg war augenblicklich hellwach.
»Okay, dann wollen wir mal. Reise, Reise, aufstehen.«
Es war ihr 'Schlachtruf' aus früheren Tagen, wenn es in den Urlaub ging. Robert Berg erinnerte sich sehr gerne daran, auch wenn es zumeist mit einem sehr zeitigen Aufstehen verbunden war. Sie machten sich schnell im Bad fertig, packten ihre Sachen zusammen und verfrachteten ihr Gepäck im kleinen Kofferraum des Porsche 911. Peter Berg war mit seinem Sohn bereits um zehn Uhr unterwegs in Richtung Flughafen, denn sie wollten die Zeit lieber dort verbringen als in der City, als plötzlich das Autotelefon von Peter Berg klingelte. Es war eine unbekannte Nummer und vorsichtig tastete sich Peter heran.
»Ja ... , hallo?«
»Hallo, Herr Berg, moin moin. Hier spricht Winter, Kommissar Winter. Sind sie noch in Hamburg? Dann wäre es jetzt ganz nett, wenn sie bei uns auf der Dienststelle hineinschauen könnten. Ich möchte mich mit ihnen noch über zwei oder drei Sachen unterhalten.«
Viele Wahlmöglichkeiten hatte Peter Berg bei seiner Antwort ohnehin nicht. Er schaute kurz auf seine Uhr und dann hinüber zu seinem Sohn, der die Flugzeiten vor sich liegen hatte.
»Um 14.30 Uhr ist der Abflug«, flüsterte er seinem Vater zu.
Schnell rechnete Peter die Zeiten durch. Es müsste noch reichen und genügend Zeit bis zum Abflug verbleiben.

Vorausgesetzt, dass nichts Unerwartetes mehr dazwischen kam. Insofern sagte Peter dem Kommissar sein Kommen zu.

»In Ordnung, Herr Kommissar, wir sind gleich da, kein Thema.«

Nachdem er die Adresse notiert hatte, wendete er das Fahrzeug und fuhr in Richtung der Polizeidienststelle. Dort angekommen begrüßte sie der Kommissar freundlich.

»Na, sie sind der Junior, richtig? Ich hatte mich schon gefragt, wer sich wohl hinter dem *Wir* verbirgt.«

Robert nickte. In Richtung Peter Berg gewandt informierte Hanno Winter über den Ermittlungsstand.

»Wir haben gestern noch einiges bei ihnen in der Agentur untersucht und dabei auch die Rechner ihrer Kollegen abgeklemmt und analysiert. Das dürfte sie interessieren. Ich möchte sie jetzt mit unserem Forensik Experten bekannt machen, Herrn Professor Hofer. Er ist eine echte Koryphäe auf seinem Gebiet.«

Wenn Peter Berg nun einen älteren, grauhaarigen Professor erwartet hatte, so lag er gänzlich falsch. Aus dem angrenzenden Büro kam Professor Hofer herein. Professor Antonius Hofer war der IT-Forensik-Experte von der *Hochschule der Polizei* in Hamburg. Er selbst nannte sich nur Toni und hatte die Vorsilbe 'An' aus seinem Vornamen immer gerne verschluckt, da sie ihm zu hausbacken vorkam. Hofer war erstaunlich jung. Ein hagerer, glatzköpfiger Mann mit einem sympathischen Lächeln und einer modischen Hornbrille auf der Nase. Vor einigen Jahren war er aus Süddeutschland an die Elbe gekommen und hatte sich einen exzellenten Ruf erworben, der weit über das nördliche Bundesland hinausging. Gerade in den letzten Jahren ergaben sich zahlreiche forensische Aktivitäten im Bereich der Informationstechnologie, so dass die Polizei der Hansestadt immer intensiver auf die Informationen aus dem Internet zurückgriff. Bei vielen Ermittlungen gehörte eine routinemäßige Analyse der Täterprofile mittlerweile zur Tagesordnung. Vor allem wurden die Daten in den sozialen Netzwerken überprüft, wie beispielsweise bei Facebook. Daraus konnten immer häufiger weiterführende Erkenntnisse abgeleitet werden. Bequem ließ sich nachvollziehen, ob bestimmte Personen aus dem Umfeld der Täter bereits bei der Polizei bekannt waren.

Ergänzende Informationen aus den sozialen Netzwerken gaben Aufschluss darüber, ob jemand ein viel zu teures Auto fuhr, sich mit Luxusgegenständen eingedeckt hatte oder extrem teure Kleidungsstücke trug. Falls das Einkommen nicht dazu passte, konnten sich die Ermittlungsbeamten schnell ein Bild davon machen und weiter nachforschen. Ebenfalls hatten viele verdächtige Personen unbedarft und naiv ihre Geodaten über die Fotos auf den Plattformen hinterlassen. Vielen war überhaupt nicht bewusst, wie viel sie von sich preis gaben, wenn sie ihre Bilder, die sie kurz zuvor mit ihrem *Smartphone* geschossen hatten, ebenfalls auf ihre private Kontaktseite stellten.

»Guten Tag, Herr Berg«, begrüßte der Professor die beiden. »Mein Name ist Hofer, Toni Hofer. Nehmen Sie doch bitte Platz.«

Er wies den beiden Bergs zwei Drehstühle hinter einem alten Holztisch an. Kommissar Winter lehnte sich an den Türrahmen und beobachtete das Geschehen. Peter Berg stützte sich mit beiden Händen auf die Tischplatte und blickte Professor Hofer fordernd an.

»Haben sie etwas gefunden?«

»Ich bin noch nicht sicher, aber ich denke, es könnte sich um den *Flame*-Virus handeln. Das wäre in der Tat recht böse.«

»Flame?« Robert hob die Augenbrauen hoch, ihm schien der Begriff wohl etwas zu sagen.

Peter schüttelte einfach nur den Kopf.

»Das verstehe ich nicht, was meinen sie mit *Flame*?«

»Flame? Oh, sie kennen ihn nicht? Es wäre natürlich ein Hammer, wenn sie diesen Virus auf ihrem Laptop hatten. Das ist schon eine sehr ernsthafte Angelegenheit. Von einem harmlosen Virus kann in diesem Falle keine Rede mehr sein.«

Peter verstand nur noch Bahnhof. Wovon redete der Professor? Wofür stand die Bezeichnung *Flame*? Flamme, Feuer, Brand? Ein Flächenbrand? So wie es Professor Hofer schilderte, klang es fast nach einer lebensbedrohenden Gefahr. Dabei waren doch nur einige Rechnerfunktionen eingeschränkt, eigentlich nichts wirklich Schlimmes. Mit dieser Einschätzung lag Peter Berg allerdings vollkommen daneben. Aber er war neugierig geworden.

»Wollen sie mir sagen, was sich dahinter verbirgt?«

»Gerne. Das ist schließlich mein Metier. Den *Flame* Virus hat man im letzten Jahr zum ersten Mal entdeckt. Er ist einer der gefährlichsten Datenspione, mit dem wir es je zu tun gehabt haben. *Flame* hat eine lange Geschichte und er ist relativ lange geheim gehalten worden. Eigentlich ist er nur durch einen Zufall ans Tageslicht gekommen. Vielleicht sagt ihnen der *Stuxnet* Virus etwas? Er stammt aus einer ähnliche Familie der Viren.«

»*Stuxnet, Stuxnet*. Ja, da war mal etwas in den Nachrichten. War das nicht die Story mit den Atomanlagen im Iran?« Robert war auf diesem Gebiet erstaunlich gut bewandert.

Hofer nickte und ermutigte Robert Berg durch seine Gestik weiter zu sprechen.

»Die Anlagen sind doch durch einen Virus attackiert worden oder stillgelegt worden in ihren Funktionen. Das war doch dieser *Stuxnet* Virus, oder? Herr Professor, stimmt das?«

Peter war angetan von dem Wissen seines Sohnes und Toni Hofer nickte.

»Ja, schon ganz richtig. Der *Stuxnet* Angriff, das war im Jahre 2010. Es wurde sogar offen von der amerikanischen Regierung eingeräumt, dass man mit einem eingeschleusten Virus ganz bewusst die technischen Anlagen im Iran überwacht hatte und bis zu einem gewissen Grad auch steuern konnte. Diejenigen, die den *Stuxnet* Virus in den Umlauf gebracht hatten, waren wahrscheinlich mächtig stolz auf die ganze Aktion. Letztendlich ist er über einen USB-Stick eingeschleust worden. Aufgefallen ist der Virus nur, weil ihn jemand über einen anderen USB-Stick unbewusst aus dem geschlossenen System herausgebracht hatte. Damit war die Struktur durchlässig und *Stuxnet* war plötzlich im Internet unterwegs. Dann endlich konnte er identifiziert werden. Soviel zum *Stuxnet*. Und zum *Flame* kann ich ihnen nur sagen: Das ist ein ganz anderes Kaliber und um viele Stufen komplexer. Der *Flame* ist ein *Killer-Tool*.«

Peter Berg schaute besorgt. Wie konnte es sein, dass solche Dateien auf seinen Rechner gelangt waren?

»Ein *Killer-Tool*? Wie und wo ist denn dieser *Flame* überhaupt entdeckt worden?«

Hofer war in seinem Element. Wie immer, wenn er dozieren durfte und seine Kompetenz und sein Hintergrundwissen ausspielen konnte. Nun war er kaum noch zu stoppen.

»Ja, der *Flame* Virus ist zuerst in Russland im *Kaspersky Lab* aufgetaucht. *Kaspersky* ist einer der Weltmarktführer im Bereich der Antivirensoftware. Bei routinemäßigen Analysen hatten die Techniker ein ganz neues Spionageprogramm gefunden. Ein Späher-Programm mit völlig unbekannten Mechanismen. Sie nannten ihn den *Flame* Virus. Wenn *Flame* einmal auf einem Rechner ist, kann er nicht nur Screenshots während jeder Sitzung schießen und an den Auftraggeber übermitteln, er kann auch sämtliche Tastatureingaben protokollieren, überwachen und zurücksenden. Aber es kommt noch viel schlimmer. *Flame* durchsucht die Festplatte und kann *remote*, also ferngesteuert, eine Bildschirmkamera einschalten oder auch das Mikrofon, das heute in fast jedem Rechner eingebaut ist. Damit kann *Flame* quasi den ganzen Raum abhören und der User, der vor dem PC sitzt, bekommt überhaupt nichts davon mit. Um dann noch einen weiteren Aspekt darauf zu setzen: Falls sich der Rechner in einer Bluetooth Umgebung befindet, kann sich *Flame* sogar auf solche Geräte in der näheren Umgebung einloggen.«

Peter und Robert sahen sich besorgt an. Es klang nach der totalen Überwachung. George Orwell und sein Werk *1984* ließen grüßen. Unbeeindruckt fuhr Professor Hofer fort.

»Sie gehen beispielsweise mit ihrem Mobiltelefon an dem infizierten Rechner vorbei und *Flame* greift innerhalb weniger Sekunden auf ihr Mobiltelefon zu. Ganze Adressbücher werden abgesaugt und ihre Textnachrichten. Oder auch die Anruflisten, wann welches Telefonat geführt wurde. Das ist schon starker Tobak, oder? *Flame* kann sich anschließend quasi selbst auf den Rechnern vernichten und total unsichtbar bleiben. Die neueren Virenschutzprogramme spüren auch den *Flame* auf und vernichten ihn. Nun hat aber nicht jeder die passende Software auf dem Rechner.«

»Ich bin nicht sicher, was wir im Einsatz hatten«, sagte Peter Berg verlegen. »Und sie sagen, sie haben den *Flame* Virus bei uns gefunden?«

»Nein, nicht direkt, wir haben jedoch einige Spuren in den Datenprotokollen gefunden, die darauf hindeuten. Einige Daten wurden bei ihnen automatisch gelöscht, das sind die typischen Spuren vom *Flame*. Er ist ein wahrlich heimtückischer digitaler Spähroboter.«

»Und warum sollten wir ihrer Meinung nach das Ziel eines solchen Spähangriffs geworden sein? Das trifft doch eigentlich nur große Firmen, die sich in der Rüstungsindustrie bewegen? Wir sind doch nur eine Agentur für Netztrafos und Multimediageräte. Das passt doch nicht zusammen.«

»Ja, das ist in der Tat ein Rätsel.«

Toni Hofer stand auf, strich sich mit der Hand über seinen glattrasierten Kopf und deutete anschließend auf das Bildschirmdisplay eines PCs, auf dem gerade einige Demodateien abliefen.

»Es ist wirklich ein Mysterium, weil der *Flame* normalerweise ganz anders eingesetzt wird. Private Rechner und die PCs von kleinen Unternehmen waren bisher noch nie ein Ziel für den *Flame* gewesen, aber es ist natürlich möglich. Ich kann ihnen nicht sagen, wie er bei ihnen eingeschleust wurde, aber der Virus stammt aus ihrem Büro. Dann hat der Daten-Eindringling wahrscheinlich das Signal an seinen Kontrolleur geschickt und im Umkehrweg wurde das 20 Megabyte große Programm auf den Rechner gespielt. Seitdem wurde von ihrem Rechner pausenlos mitgeschnitten, gesendet, empfangen, analysiert und gelöscht. Also, ich habe mir einige Protokolle angesehen und bin mir ziemlich sicher, dass es sich bei ihnen um diese Virus-Art handelt. Vielleicht war es sogar eine weiterentwickelte Variante.«

Peter Berg fuhr sich durch die Haare. 'Shit'. Er hatte eine bestimmte Befürchtung gehabt, jetzt schien sie zur Gewissheit zu werden.

»Es macht mich jetzt schon etwas nervös. Das heißt, wir sind permanent ausspioniert worden? Irgendwo in der Welt konnte jemand genau zuhören, was bei uns im Büro gesprochen wurde?«

»Ja, das ist sehr gut möglich.«

Kommissar Hanno Winter räusperte sich im Türrahmen und sprach die drei Männer an.

»Meine Herren, was sagt uns das alles jetzt? Der *Stuxnet* Virus, der eigentlich nur in der Rüstungsindustrie zur Überwachung eingesetzt wird, und von dem keiner genau weiß, woher der Virus eigentlich stammt? Ich habe über die Cyberkriege der großen Nationen gelesen und jetzt höre ich vom *Flame-Virus*, dass er bei Rechnern einen Kollateralschaden anrichten kann.

Das scheinen mir ziemlich heiße Themen zu sein, und offensichtlich weiß niemand, wer die Drahtzieher sind und wo diese Schadprogramme entwickelt wurden, richtig Toni?«

Toni Hofer nickte zustimmend.

»Ja, man weiß bis heute noch nicht, wo diese Spezialsoftware entwickelt wurde. Es gab einige verstreute Hinweise, dass der Virus aus Israel kommen könnte. Da gibt es eine gewisse *Unit 8200*. Aus dieser Einheit sind nicht nur viele israelische Computerfirmen hervorgegangen, nein, diese Einheit ist ebenso fest verknüpft mit den Entwicklungen für die Internetsicherheit beim Militär. Allerdings kamen aus Israel starke Dementi, dass man irgendetwas mit diesen Viren zu tun habe. Es ist auch nicht auszuschließen, dass kriminelle Kräfte die Viren entwickelt haben. Hier wird sich in Zukunft ein wahrer Cyberkrieg abspielen und dann sind viele Einrichtungen und Institutionen gefährdet - und nicht nur das Militär. Die Reaktorsicherheit bei Atomkraftwerken gehört genauso dazu, wie die Steuerung von Windkraftanlagen. Eigentlich kann es jede Art von Automation im täglichen Leben treffen. Damit kann man ganze Wirtschaftszweige komplett außer Kontrolle setzen.«

Professor Hofer zündete sein gesamtes Feuerwerk des Gruselkabinetts, während der Kommissar den Kopf schüttelte.

»Lieber Toni, das ist ja alles hoch interessant. Aber lassen sie uns von diesen hochtrabenden Ansätzen wieder zur normalen Tagesordnung zurückkehren. Wir haben den Mord an einem IT-Spezialisten zu untersuchen. Möglicherweise sollte verhindert werden, dass er den *Flame* Virus entdeckt. Aber so ganz logisch ist das nicht, denn sie haben den Virus schließlich doch gefunden.«

Professor Toni Hofer empfand das als Kompliment und fühlte sich geschmeichelt. Peter Berg fiel auf, dass der Kommissar den Professor mit dem Vornamen ansprach und ihn dennoch respektvoll siezte. Sie wirkten wie ein eingespieltes Team.

»Ich kann immer noch nicht die Steine richtig zusammen setzen. Warum sollte erst ein Virus in die Agentur eingeschleust werden, und gerade mal eine Woche später kommt aus demselben Stall ein professioneller Killer in ihre Büroräume und erschießt dort gezielt einen Menschen. Das ist doch nicht logisch. Also Herr Berg, fällt ihnen noch etwas dazu ein?«

Peter Berg schüttelte den Kopf.

»Ganz ehrlich, ich bin jetzt noch ratloser als vorher. Keine Ahnung, ich bin völlig verloren. Haben sie schon meinen Partner angerufen, Frederik? Vielleicht kann er ihnen weiterhelfen.«

»Ja, das ist eine gute Idee«, sagte Kommissar Winter. »Werde ich tun und wie gesagt, wenn noch etwas ist, melden sie sich. Von der Spurensicherung haben wir die ersten Auswertungen erhalten. Doch die gesicherten Spuren geben nichts her. Reinweg gar nichts. Wir werten noch die Kameras aus der näheren Umgebung aus. Von Parkhäusern und den umliegenden Geschäften. Mein Zwischenfazit lautet: Da war ein Profi am Werk. Ein absoluter Profi, bleiben sie auf der Hut, Herr Berg.«

Peter nickte und schaute zu seinem Sohn. Robert überlegte. Gestern hatte sein Vater in einem warnenden Ton 'große Zusammenhänge' angedeutet, die sein Vorstellungsvermögen übersteigen würden. Heute hörten sie von den aggressiven Computerviren, die jedoch erst seit einer Woche auf den Rechnern der Agentur waren. Falls es also einen größeren Zusammenhang geben sollte, so schlussfolgerte Robert, musste dieser bereits länger als eine Woche zurückliegen. Wusste sein Dad mehr darüber, als er zu erkennen gab? Robert wurde von Minute zu Minute neugieriger. Dann wurde er jäh aus seiner Gedankenkette gerissen.

»Robert, wollen wir los?«

»Klar, lass uns starten.«

Der Kommissar verabschiedete die beiden aus seinem Büro und schaute ihnen hinterher. Eigentlich wollte er sie noch fragen, zu welchem Ziel sie aufbrechen wollten. Denn irgendwie gab ihm dieses Signal *'Lass uns starten'* das Gefühl, dass die beiden aus der Stadt wollten. Trotzdem fragte er sie nicht und wollte auf der anderen Seite auch gar nichts darüber wissen. Falls sich Peter Berg wirklich in Gefahr befand, war es vielleicht gar nicht falsch, dass er sich für ein paar Tage aus der Schusslinie brachte und niemand wusste, wohin die Reise gehen sollte. Nun machten sich die Bergs also ein zweites Mal an diesem Tag auf den Weg zum Hamburger Flughafen. Den Wagen stellten sie im Parkhaus direkt am Terminal ab. Peter holte die Tickets aus seiner Tasche und sie gingen an den Schalter. Nur mit Handgepäck, so hatten sie es abgemacht.

»Dein Mobiltelefon hast du im Auto gelassen?«
Robert nickte.
»Ja, wie vereinbart. Kein Laptop, kein Internet, kein Handy. Das ist es. Aber meine Uhr darf ich doch wohl mitnehmen, oder?«
Sein Vater schmunzelte.
»Aber natürlich, nur bitte keine Online-Verbindung.«
Sie gingen zur Sicherheitskontrolle und legten ihre Koffer auf das Band. Die Flüssigkeiten waren separat im Klarsichtbeutel verpackt. Peter Berg sah, wie sein Sohn noch ein kleines Gerät in einer Lederhülle in die Kunststoffkiste legte.
»Robert, das ist doch wohl kein Telefon, oder?«
»Nein, das ist nur mein *iPod Touch*, damit kann ich nicht telefonieren. Aber ein bisschen Musikhören muss doch drin sein, oder?«
»Ach klar«, sagte Peter, »es geht mir nur um das Telefonieren und die Ortungsmöglichkeit. Meinen *iPod* habe ich auch dabei.«
Sie gingen durch die Sicherheits-Schleuse. Beide waren passend für ihre Reise angezogen. Sie trugen eine Jeans mit einem T-Shirt darüber und eine dunkelblaue Softshell-Jacke, falls es abends kühler sein sollte. Bei Robert schlug der Alarm an und er wurde noch einmal abgetastet. Entwarnung, er hatte kein Metall am Körper und konnte passieren. Wahrscheinlich war es der Zufallsgenerator. Die beiden hatten nach der Sicherheitskontrolle noch ausreichend Zeit, um sich in ein Café im Abflugbereich zu setzen. Robert interessierte sich für die Route und fragte seinen Vater nach den Verbindungen.
»Erzähl mal Dad, was hast du denn jetzt für uns gebucht? Geht die Reise zum Nordkap? Was heißt das, welchen Flughafen werden wir anfliegen?«
»Ja, zuerst geht es nach Oslo. Dort haben wir einen zweistündigen Aufenthalt, bis es nach Tromsø weitergeht. Es ist eine richtig weite Strecke. Von hier aus bis nach Tromsø sind es mit dem Auto sogar 2.500 Kilometer.«
Robert drückte sein Erstaunen aus, die Entfernungen kamen ihm gewaltig vor, von der Stadt Tromsø hatte er hingegen noch nie etwas gehört.
»So groß kann die Stadt aber nicht sein, dafür ist sie viel zu unbekannt.«

»Doch, doch! Höre auf deinen Vater, ich habe mich seit gestern damit beschäftigt. Tromsø ist eine der größten Städte jenseits des nördlichen Wendekreises. Dort leben 70.000 Menschen und flächenmäßig ist Tromsø sogar die größte Stadt in Norwegen. Übrigens genauso groß wie Luxemburg.«

»Okay, okay. Ist es denn nördlich genug? Ich meine, dass die Sonne dort nicht untergeht?«

»Absolut! Wenn du die Sonne den ganzen Tag lang sehen willst, funktioniert das erst ab dem 66. Breitengrad aufwärts. Man nennt diesen Breitengrad auch den Polarkreis.«

Sein Dad war in Form. Früher nervte es Robert, wenn ihm sein Vater das Allgemeinwissen vermitteln wollte – oder besser gesagt eintrichtern wollte. Heute jedoch schien er Gefallen daran zu finden.

»Ich nehme an, dass Tromsø genau in dieser Region liegt, oder?«

»Richtig! Tromsø liegt sogar 400 Kilometer nördlicher. Auf dem 70.Breitengrad. Tromsø ist das Tor zum Eismeer und wird auch das Paris des Nordens genannt, jedenfalls von Mai bis Juli. Das habe ich gestern gelernt.«

Peter schmunzelte und dachte an die nette junge Frau am Ticketschalter zurück.

»Nicht schlecht, Dad. Das klingt richtig malerisch.«

»Ist es wohl auch. Der höchste Punkt von Tromsø liegt über 400 Meter hoch. Wir können über eine 40 Meter hohe Brücke über den Sund gehen und haben einen einmaligen Blick auf die Eismeerkathedrale und auf die norwegische Bergwelt.«

»Gut, gut. Sag mal, wo werden wir wohnen?«

»Es ist ein kleines Ferienhaus in einem Vorort, es liegt in einem Waldgebiet nach Westen heraus. Und wir sind mobil, denn ich habe ein Fahrzeug für uns reserviert.«

»Perfekt! Aber, so bist du eben.«

Peter Berg freute sich, denn die Anerkennung von Robert schien ernstgemeint. Berg kramte aus einem Rucksack eine Übersichtskarte, die er im Reisebüro bekommen hatte, und breitete sie über den Koffern aus.

»Hier schau, da können wir bis an die westliche Küste fahren.«

Robert versuchte, den Namen der Ortschaft zu entziffern.

»Sommarøy?«

»Richtig. Es muss dort traumhaft sein.«

Er drehte die Landkarte um und verwies auf die Panorama Aufnahmen der kleinen, idyllischen Insel, die über eine weit geschwungene, jedoch relativ flache Brücke mit dem Festland verbunden war. Robert war begeistert.

»Wow, das sieht ein bisschen so aus wie die Inseln am Great Barrier Reef in Australien, wie hießen die noch?«

»Du meinst die *Whitsunday* Inseln. *Brampton Island* und Co, oder?«

Robert nickte und erinnerte sich nur zu gerne an einen früheren Familienurlaub zum Jahreswechsel, der die Bergs nach Down Under führte. Die *Whitsunday* Inselgruppe war benannt nach dem Tag ihrer Entdeckung, dem Pfingstsonntag. James Cook hatte die 74 Inseln im Jahre 1770 entdeckt. Heute waren es traumhafte Urlaubsziele und auch Peter dachte begeistert an den Urlaub auf *Brampton Island* zurück. Es waren die guten, alten Zeiten, wie es ihm schien. Tatsächlich hatte die norwegische Inselgruppe auf dem Foto damit eine gewisse Ähnlichkeit, nur dass die Temperaturen selbst an den wärmsten Sommertagen nicht einmal annähernd mit den tropischen Graden an der Australischen Küste mithalten konnten. Dennoch strahlte Sommarøy bereits auf den Abbildungen eine perfekte Urlaubsatmosphäre aus. Robert freute sich nun noch mehr auf die Reise.

»Das sieht echt cool aus. Dort können wir uns einen Platz am Strand suchen. Vielleicht zünden wir ein Lagerfeuer an und passen auf, ob die Sonne nicht doch untergeht.«

Peter lachte.

»Keine Bange, die Sonne wird ganz bestimmt nicht verschwinden. Es soll klares Wetter geben, außerdem sind wir auch kurz vorm Vollmond. Am Freitag erleben wir die Mittsommernacht mit dem höchsten Sonnenstand und am Sonntag dann den Vollmond. Das wird schon beeindruckend werden.«

Allmählich schienen sie die grausamen Ereignisse des Vortags zu verdrängen und die beiden freuten sich auf das gemeinsame Reiseziel. Tromsø, das Paris des Nordens. Es klang verlockend und die Bilder im Kopf nahmen bereits Gestalt an. Warum hatten sie diese Reise nicht schon viel früher zusammen unternommen?

»Klingt stark, ich danke dir, ist echt super. Für wie lange hast du gebucht?«

»Ach, ich habe bis Sonntag geplant. Wir können auch noch bis Montag verlängern, wenn du möchtest.«

Robert schlürfte an seinem Kaffee, als der Flug endlich aufgerufen wurde. Die beiden gingen zum Gate und nahmen ihre Plätze im Flieger ein.

In Oslo hatten sie einen zweistündigen Aufenthalt. Die Transferzeit war zu kurz, um den Flughafen zu verlassen und einen Stadtbummel in der Norwegischen Hauptstadt einzuplanen. Schließlich wurde der Anschlussflug mit der SAS Airline pünktlich aufgerufen, ohne jede Verspätung. Nun ging es mit einer deutlich kleineren Maschine weiter. Der Flug nach Tromsø dauerte noch einmal zwei Stunden. Doch die lange Anreise lohnte sich. Robert hatte einen Fensterplatz erwischt und es boten sich atemberaubende Blicke.

»Gut, dass ich den iPod mitgenommen habe, so kann ich wenigstens das ein oder andere Foto schießen.«

Peter lächelte zufrieden, es war ein wenig wie früher und die Verbundenheit zu seinem Sohn empfand er als sehr angenehm. Diese – wenn auch nur flüchtigen – Augenblicke des Glücks waren einfach schön. Peter genoss jeden einzelnen Moment und ihn durchfluteten die Gefühle. Doch es waren ganz unterschiedliche Emotionen, die plötzlich in ihm hochkamen. Eine Mischung aus Erinnerungen an die Familienzeit, aber auch an Erlebnisse, die nunmehr fast zwei Jahre zurück lagen und ihn damals ziemlich aus dem Gleichgewicht gebracht hatten. Lange hatte er gehofft, dass ihn die schattenhaften Bedrohungen der Vergangenheit verschonen würden. Seit gestern jedoch baute sich Stück für Stück eine immer höhere Pyramide auf, die Berg mit jedem Baustein klarer erkannte. Was half es, die Gedanken verdrängen zu wollen? Sie waren allgegenwärtig. Die innere Unruhe war auf dem Siegespfad. Bedauerlicherweise.

Dabei hatte er sich so gut vorbereitet, seinem Sohn einen unvergesslichen Trip zu bieten. Auf zum nördlichen Wendekreis. Die Tage um den 21. Juni markierten die Mittsommernächte, die Weißen Nächte, in denen es nicht wirklich dunkel wurde. Es waren die Jahresdaten mit einer mystischen Bedeutung.

Die Sommersonnenwende war zugleich der Wendepunkt und ein zentraler Bestandteil in den unterschiedlichsten Religionen und Kulturen. Denn beginnend mit der Nacht vom 21. Juni wurden die Tage wieder kürzer. Dazu kam in diesem Jahr das sehr seltene Schauspiel, dass sowohl die Sonnenwende als auch der Vollmond fast auf das gleiche Datum fielen.

'Schön, dass wir uns dieses Ziel vorgenommen haben', dachte Peter Berg. Er sah seinen Sohn an und genoss wortlos den Moment. Einige Zeit später kam die Durchsage des Kapitäns, der die baldige Landung ankündigte. Der Flughafen von Tromsø war so ziemlich der kleinste Flughafen, den Peter Berg je gesehen hatte. Die Landung war ziemlich holprig und das Fahrwerk knallte unsanft auf die Landebahn. Egal. Gelandet war gelandet!

Sie nahmen ihr Handgepäck aus den oberen Ablagefächern und machten sich auf den Weg durch das überschaubare Terminal. Die Suche nach der Autovermietung gestaltete sich recht einfach. Die *Rent-a-Car* Hinweisschilder waren nicht zu übersehen und das rot-weiße AVIS Zeichen prangte gut sichtbar neben den Anzeigetafeln.

Dort wurden sie von einer brünetten, jungen Dame in der einheitlichen rot-weißen Uniform herzlich begrüßt und bekamen schon nach kurzer Zeit das Fahrzeug, welches Peter vorbestellt hatte, einen weißen *Rover Evoque*. Das große Panorama Glasdach ließ viel Licht hinein und versprach prächtige Ausblicke. Peter musterte die Autolackierung. 'Die weiße Farbe passt ja hervorragend zu der Jahreszeit und den Weißen Nächten', dachte er.

Die Übergabe des Fahrzeugs auf dem Parkplatz dauert dann relativ lange; alle Funktionen des Fahrzeugs wurden akribisch erklärt. Normalerweise wäre Peter ziemlich schnell ungeduldig geworden, aber jetzt hatte er Urlaub und war die Ruhe selbst. Er wunderte sich selbst etwas darüber. Fast so, als ob der Anschlag in Hamburg niemals passiert war. Manchmal griff er instinktiv nach seinem Mobiltelefon, um dann zu realisieren, dass er es ja gar nicht mitgenommen hatte. Peter ließ sich abschließend vom Servicepersonal das Navigationsgerät erklären und fragte nach dem kürzesten Weg, um zum Ferienhaus zu kommen. Eine weitere Frage galt den Einkaufsmöglichkeiten, damit sie den Kühlschrank für die nächsten Tage gut füllen konnten.

Mit einem abschließenden, prüfenden Blick auf das Fahrzeug, dass es auch ja keine Schäden, Beulen oder Kratzer vom Vormieter hatte, setzten sie sich hinein und starteten den Motor. Tromsø lag vor ihnen. Obwohl es mittlerweile neun Uhr abends war, gab es keine Anzeichen einer Dämmerung. Es war taghell. Die Temperaturen waren angenehm, auf der Außenanzeige im Armaturendisplay waren selbst um diese Uhrzeit noch 18° Grad Celsius zu sehen. Sie fuhren die Straße vom Flughafengelände hinunter. Überall waren an den Laternenpfosten Hinweisschilder auf den Marathon postiert. *Tromsø Midnight Marathon*. Peter schaute seinen Sohn an.

»Was meinst du, wollen wir nicht erst etwas essen, bevor wir zum Haus fahren?«

»Das ist eine gute Idee. Was schwebt dir vor? Im Bordmagazin war eine Anzeige von der Panoramabar im *Ricsa Ishavshotel*.«

Robert hatte die Seite aus dem Magazin gerissen und zeigte auf den Papierschnipsel mit der Adresse.

»Ja, das habe ich auch im Flugzeug gelesen. Es scheint ein guter Tipp zu sein. Lass uns da mal hinfahren. Wir sollten nur vorher bei unserer Vermieterin vorbei schauen und die Schlüssel holen.«

Gesagt, getan. So machten sie sich auf den Weg in die Innenstadt zu ihrer Vermieterin und parkten vor dem Haus. Daneben gab es einen kleinen Kiosk, bei dem man Andenken kaufen konnte. Eine Klingel gab es nicht. Peter klopfte an die Tür und rief den Namen der Vermieterin.

»Misses Sørensen, sind sie hier?«

Sie bekamen aber keine Antwort. Deshalb warteten die beiden einige Minuten vor dem Haus und genossen die abendliche Sonne. Dann trat unvermittelt eine junge Frau aus der Tür.

»Peter? Peter Berg?«

»Ja, der bin ich.«

»Mein Name ist Christina Sørensen. Du hast ein Haus reserviert?«

Peter Berg war erstaunt, wie jung die Vermieterin war. Verführerisch formten sich ihre Brüste unter dem enganliegenden, hellblauen Pulli ab. Irgendwie hatte er sich eine ältere Frau vorgestellt, als er den Namen in den Reiseunterlagen gelesen hatte. Sehr nett, doch, doch. Wie und wo *sie* wohl die

Mittsommernacht in den nächsten Tagen feiern würde. Peter hielt sich mit seiner Frage zurück, obwohl sie ihm auf der Zunge lag. Sie tauschten die Formalitäten aus und Christina gab den beiden außer dem Hausschlüssel noch eine Anfahrtskizze mit, da die Nebenstraßen anscheinend nicht bei jedem Navigerät abgespeichert waren. Bevor sie aufbrachen, erkundigte sich Robert noch nach der Panoramabar.

»Das ist eine exzellente Wahl. Das kann ich euch empfehlen. Heute bin ich leider woanders. Hey, vielleicht sehen wir uns morgen dort.«

Christina Sørensen begleitete ihre Worte mit einem durchaus einladenden Blick. Ihr gefielen beide Männer auf Anhieb und sie nahm sich vor, wenigstens an einem Abend mit ihnen auszugehen. Die beiden waren schließlich nur die wenigen Tage zur Mittsommernacht hier, da wollte sie schon das Beste daraus machen. Auch Robert war von Christina sehr angetan, obwohl sie eine gehörige Portion älter als er sein musste. Nach einem kurzen *Good-Bye* übernahmen sie die Schlüssel und fuhren zu der Panoramabar des *Ricsa Ishavshotels*. Dort parkten sie ihr Auto und gingen in das Restaurant. Es war prall gefüllt. Peak Season, absolute Hauptsaison. Ein buntes, internationales Publikum drängte sich um die letzten verfügbaren Plätze.

Nach kurzer Zeit hatten sie ihr erstes Bier in den Händen und prosteten sich zu. Anschließend trank Peter nur noch alkoholfreies Bier, da die Promillegrenze in Norwegen sehr streng gehandhabt wurde. Die Stunden flossen geradezu dahin. Sie führten interessante Unterhaltungen und bestellten sich zwischendurch nur noch einen kleinen Snack. Der überwiegende Verzehr lief an diesem Abend in der flüssigen Form ab. Aus den Lautsprecherboxen dröhnten aktuelle Sommerhits und die Gäste schienen sich prächtig zu amüsieren. Anhand der Helligkeit war nicht auszumachen, wie spät es war. Irgendwann lief der Alanis Morisette Song *Guardian*.

Es war lange nach Mitternacht und Peter beschloss aufzubrechen. Schließlich hatten sie noch nicht einmal ihre Koffer ausgepackt. Er riss Robert am Tresen aus dem Flirtversuch mit einer jungen Norwegerin, indem er ihm permanent auf die Schulter tippte.

»Junger Mann, morgen ist auch noch ein Tag.«

»Dad, hier ist jetzt immer Tag. Darf ich dir eine Freundin vorstellen? Das ist Stella ... «

Robert hatte seine linke Hand leicht unter ihren Pulli an der Hüfte geschoben. Er hatte schon recht ordentlich getankt und Peter beschloss, seinen Sohn aus den Fängen der attraktiven Frau zu retten.

»Stella, erlauben sie? Wir haben noch eine 'Verabredung' mit unserem Ferienhaus. Wenn sie möchten, sind wir morgen oder am Freitagabend wieder hier.«

Die junge Frau küsste Robert zum Abschied mit einem plakativen Zungenkuss. Sie drückte zwar ihr Bedauern aus, dass er schon gehen musste, hatte sich jedoch genauso schnell einem anderen männlichen Begleiter an der Bar zugewandt. Robert registrierte das und war froh, dass sein Dad den Aufbruch eingeleitet hatte. Schließlich war es ein verdammt langer Tag gewesen.

Es war nicht allzu schwierig, das Haus unter den Bäumen zu finden. Hell genug war es allemal. Es lag ziemlich abgeschieden, weit und breit war kein anderes Ferienhaus zu sehen. Eine eigene Zufahrt führte zu dem typisch skandinavischen Holzhaus. Alle Räume waren ebenerdig angeordnet. Robert fiel völlig übermüdet auf sein Bett und zog sich gar nicht erst aus. Peter räumte seine Sachen auf die Schnelle in die Schrankfächer ein und suchte sich dann ebenfalls seinen Schlafplatz.

Tag Drei

20. Juni, 2013

Donnerstag

TROMSØ

Es war schon fast mittags als die beiden wach wurden. Das lange Ausschlafen kam ihnen sehr entgegen, denn die weite Anreise steckte Vater und Sohn noch in den Knochen. Peter zog die lichten Vorhänge zurück und öffnete die Fenster. Die frische, klare Luft drang ins Zimmer. Das tat gut. Die Planung für den Tag war schnell ausgemacht. Zunächst stand ein entspanntes Frühstück auf der Tagesordnung, welches sich später als Brunch herausstellen sollte. Während Robert sich im Bad fertig machte, hatte Peter einige Lebensmittel im nahe gelegenen Supermarkt besorgt. Dann frühstückten sie auf der sonnigen Holzterrasse und genossen die eindrucksvolle Landschaft.

»Möchtest du einen Blick in die Tageszeitung werfen?«

Robert schaute seinen Vater etwas ratlos an.

»Dad, du hast ein Norwegisches Tagesblatt gekauft. Was soll ich damit?«

»Na, ich dachte, wir können uns die Sprache einigermaßen zusammenreimen ... «

Peter schlug die Zeitung auf und legte sie quer über den Tisch. Die Aufmacher beschäftigten sich mit der Meldung über das angebliche Leben auf dem Mars. Kontrovers wurde von Wissenschaftlern und selbsternannten Experten diskutiert, ob es sich nur um eine optische Täuschung handeln könnte oder ob die Aufnahmen einen validen Anlass zur Besorgnis geben mussten. Alles vermochte Peter aus den Texten nicht zu entziffern, doch in groben Zügen waren das wohl die Kernbotschaften.

»Siehst du, Dad. Ohne Internet sind wir wie abgeschnitten. In Hamburg hätte ich dir schon längst dazu hunderte an Kommentaren und Analysen liefern können.«

»Und? Wären wir dann viel schlauer?«

»Nun, ja. Weiß ich nicht. Sag, wann wollen wir in Richtung Sommarøy aufbrechen?«

Noch deutlicher konnte Robert sein Desinteresse an dem außerirdischen Leben wohl kaum zum Ausdruck bringen. Doch Peter insistierte nicht auf eine Fortsetzung der Unterhaltung, ob ein Salamander vom Mars nun eine Gefahr darstellen konnte oder eben nicht. Peter hatte seine eigene Meinung dazu. Vor allem beschlichen ihn seltsame Assoziationen. Nun gut, sein Sohn bestand auf einen Themenwechsel. Sommarøy! Peter packte die Zeitung weg und holte aus dem Haus die Landkarte sowie einige Prospekte und legte diese auf den großen Holztisch auf der Terrasse. Nach einigem Hin und Her hatten sie ihren favorisierten Platz auf der Insel ausgemacht. In jedem Falle sollte die Blickrichtung am Strand vom Westen bis zum Norden reichen, damit sie ihren Logenplatz für das Naturschauspiel einnehmen konnten. Dann überlegten sie, was sie noch zusätzlich mitnehmen sollten. Im Anbau für die Gartengeräte fanden sie noch zwei Klappstühle aus Eukalyptusholz und einen kleinen Tisch aus Aluminium. Das ließ sich gut im Auto verstauen. Robert notierte auf einem Papierzettel schließlich alle Sachen, die sie für ihren Ausflug besorgen wollten. Lebensmittel und Getränke. Genügend Holz und Anzünder für ein Lagerfeuer am Strand, sicherheitshalber einen kleinen Feuerlöscher. Decken, falls es in der Nacht zu stark abkühlen würde, denn bei klarem Himmel konnten die Temperaturen nachts durchaus auf nur 10° Grad Celsius fallen. Nach ihrer ausgiebigen Planungsphase machten sie sich auf den Weg zum Supermarkt und einem gegenüberliegenden Baustoffhandel.

Die Verkäuferin im Markt war außerordentlich hilfsbereit und auf die Frage, was denn nun zu einem originalen Mittsommernacht – *Bonfire* gehören würde, zählte sie die Zutaten nicht nur auf, sondern legte sie sofort in den Einkaufswagen. Verschiedene Sorten von Weißwein und Rotwein. Eine kleine Flasche Aquavit, das skandinavische 'Lebenswasser' mit dem leichten Kümmelgeschmack. Für die passende Stimmung wählte die Verkäuferin Kerzen und Fackeln aus, die zusätzlich am Strand aufgebaut werden konnten. Dazu gab es frisches Stangenweißbrot und Knäckebrot sowie Shrimps mit Mayonnaise und aufgeschnittenen Räucherlachs, den *Graved Lachs*. Und zum Abschluss durften die Waffeln und der Kaffee nicht fehlen, wofür sie den beiden eine Thermoskanne gleich mit verkaufte. Peter staunte nicht schlecht, als er den finalen Betrag an der Kasse erblickte. Doch, was sollte es ihn sorgen? Dafür verbrachte er unbezahlbare Stunden mit seinem Sohn.

Im Baustoffhandel besorgten sie sich dann das Holz und die Anzünder. War es das? Waren sie nun komplett ausgestattet? Es sah ganz danach aus. Vor dem Markt war ein kleines mobiles Café aufgebaut, dort ließen sie sich die Thermoskanne mit Kaffee füllen.

»Direkt nach Sommaroy? Oder was denkst du, Robert?«

»Von mir aus können wir auch erst Tromsø erkunden, da gibt es doch einiges zu sehen, nicht wahr?«

Peter nickte und lenkte den Wagen in Richtung der City. Überall säumten die Plakate des *Tromsø Midnight Marathon* die Straßenränder. Auf dem Weg zur Stadtmitte kamen sie am Polarmuseum vorbei und überlegten für einen Moment, ob sie auch dort einen Blick hineinwerfen sollten. Robert hatte die Prospekte auf dem Schoß und übernahm die Rolle des ortskundigen Reiseführers. Er dirigierte seinen Vater von einem Ziel zum nächsten. Von der berühmten Kirche, der sogenannten Eismeerkathedrale, waren sie total begeistert und beschlossen, ihre *Sightseeing Tour* mit einem späten Mittagessen im *Amundsen Restaurant Hus* abzuschließen. Sie lernten, dass viele Erkundungstouren des berühmten Polarforschers hier in Tromsø ihren Anfang genommen hatten und dass zur damaligen Zeit der Walfang in dieser Gegend noch sehr verbreitet war. Beim Essen, es gab Schellfisch, stellten die beiden fest, wie schnell sie Abstand vom guten, alten Deutschland gewonnen hatten. Alles lag bereits weit hinter ihnen und die Gedanken an den tödlichen Anschlag auf die Agentur waren so gut wie verdrängt. 'Das war ja auch der Sinn der Sache', dachte Peter. Robert hatte mit seinem *iPod Touch* noch einige Fotos geschossen und nutzte im Restaurant den Netzanschluss, um sein Gerät noch einmal vollständig aufzuladen.

Gegen vier Uhr brachen sie dann auf und nahmen von Tromsø aus die Landstraße 862 entlang der pittoresken Küste in Richtung der vorgelagerten Inseln. Sommarøy lag eine gute Autostunde westlich von Tromsø. An einer Bushaltestelle auf dem Weg dorthin standen zwei Anhalterinnen und sie nahmen sie mit bis ins nächste Dorf. Die jungen Mädchen unterhielten sich lebendig auf den Rücksitzen, ohne dass Robert oder Peter auch nur ein einziges Wort verstanden. Nur beim Abschied schienen die beiden ein ausgezeichnetes Englisch zu sprechen. *'So what'*, dachte Peter. Er hatte zumindest seine freundliche Einstellung an den Tag gelegt. Weiter ging die Fahrt über die langgezogene Brücke schließlich auf die Insel Hillesøya und nach Sommarøy. Die Verbindungsbrücke war bereits seit dem April 2001 für den Autoverkehr freigegeben.

An ihrem Zielort suchten sie sich den ausgekundschafteten Platz und fanden einen Parkplatz direkt oberhalb des Strandabschnitts. Sommarøy war eine wahrlich verträumte Gegend. Nur wenige Touristen hatten den Weg hierher gefunden und Peter war richtig glücklich mit der Wahl des Ortes. Sie trugen ihre Sachen zum Strand und richteten sich ihre Feuerstelle ein. Obwohl die Sonne noch hoch oben am Himmel stand, meinten sie, dass es sich bereits leicht abkühlte und so beschlossen sie, ihr Lagerfeuer - das *Bonfire* - anzufachen. Immerhin hatten sie den gesamten Kofferraum voller Holzscheite und mussten mit keiner Knappheit rechnen. Dann machten sie es sich richtig gemütlich, die Klappstühle postierten sie in einer sicheren Entfernung vom Feuer und setzten den kleinen Aluminiumtisch dazwischen in den Sand. Am Strand fand Robert einige Holzbohlen, die sie auf die Steine legten und sich daraus eine behelfsmäßige Anrichte für ihr skandinavisches Buffet bastelten. Als alles soweit fertig schien, lief Peter noch einmal hoch zum Wagen und holte einen Karton heraus.

»Hier, schau. Jetzt haben wir auch unsere Livemusik dabei.«

Peter hatte eine kleine, portable *Bose* Musikanlage mitgenommen, die mit einem eingebauten Akku betrieben wurde.

»Die Batterie hält zehn Stunden«, verkündete er stolz.

Kein Wunder, bei solch einem *Technik-Freak* wie seinem Vater war es nicht überraschend, dass er trotz aller Romantik und

Abgeschiedenheit nicht auf die modernste Technik verzichten wollte, dachte Robert.

»Wow, ich bin begeistert und wie schließt du die Musik an?«

Peter holte seinen iPod aus der Jackentasche und zeigte voller Begeisterung auf die Songs in der Musikbibliothek.

»Aufgepasst! Die Geräte kommunizieren über Bluetooth miteinander.«

»Na, da bin ich ja froh, dass wenigstens wir beide uns noch normal unterhalten können.«

Peter lachte, er mochte den trockenen Humor seines Sohnes. Dann legte er die Verstärkerbox auf eine Decke und stellte die Verbindung zwischen den mobilen Geräten in wenigen Sekunden her. Immerhin hatte er bei den technischen Dingen die Nase vorn. Der Sound war erstaunlich gut, mit einem satten Bassrhythmus. Als erstes steuerte Peter einen Song von *Amy Macdonald* an. Denselben Song, den er schon am Tag zuvor im Auto gehört hatte. *'Don't tell me that it's over'*. Er lächelte und spürte erneut eine fast mystische Zuversicht. Dieselben Gedanken des Vortags kamen ihm in den Sinn. *'Hey, nichts ist vorbei. Es hat gerade erst angefangen'*, dachte er. Er spürte dieses Kribbeln und drehte die Musik auf die maximale Lautstärke.

»Hm, Dad. Genug der Demonstration. Ich glaube dir ja, dass da ein toller Sound aus der kleinen Anlage kommt. Jetzt kannst du wieder auf eine normale Lautstärke zurückgehen.«

Irgendetwas schien in seinem Vater vor sich zu gehen. Viel zu lange kannte er ihn, und gerade wenn er sich spezielle Musikstücke auswählte, verband er meistens eine bestimmte Assoziation damit. Was konnte es sein? Robert grübelte, fand jedoch keinen Anhaltspunkt, deshalb ließ er seine Beobachtung auf sich beruhen. Sie schenkten sich ein Glas Weißwein ein und eröffneten mit einem improvisierten Zeremoniell ihr Buffet.

»Prost! Auf ein paar schöne Tage zur Mittsommernacht.«

»*Vice versa*. Prost, Dad. Ich finde es übrigens echt klasse, dass wir diesen Trip machen.«

Schnell kamen sie auf ganz unterschiedliche Themen. Vom Studium zur aktuellen Geschäftslage in der Agentur, bis sie bei den Erinnerungen ihres Familienlebens landeten. Ihren Austausch unterbrachen sie immer einmal wieder, um die Leckereien vom Buffet zu kosten.

Über ihnen erstreckte sich der klare Himmel, vor ihnen lag die ruhige See. Alles wirkte unendlich friedlich. Der Vollmond zeichnete sich bereits gut sichtbar am Firmament ab. Genaugenommen war es noch nicht ganz Vollmond. In vollem Umfang würde der Erdtrabant erst am kommenden Sonntag sichtbar sein. Dennoch war es auch so schon ein wirklich beeindruckendes Naturereignis. Robert blickte seinen Vater an.

»Darf ich dich mal was fragen?«

»Klar, jederzeit.«

»Glaubst du, dass die Astronauten da oben vor 40 Jahren gelandet sind?«

Peter schaute seinen Sohn überrascht an.

»Wie kommst du darauf?«

»Was meinst du? Wie ich auf die Frage komme oder darauf, dass überhaupt schon Menschen auf dem Mond gewesen sein könnten?«

'Intelligentes Kerlchen', dachte Peter Berg und überlegte kurz.

»Ich weiß es nicht, es ist schon echt lange her, dass ich das letzte Mal darüber nachgedacht habe. Wieso? Hast du Zweifel?«

Peter wechselte die Playlist auf seinem iPod auf ruhige Lounge Musik.

»Zweifel? Nee, habe ich nicht. Mich würde nur interessieren, was *du* darüber denkst.«

Beide schauten nach oben. Der Mond war klar und deutlich sichtbar. Es waren sogar die Konturen der großen Krater mit bloßem Auge auszumachen. Peter wich mit seiner Antwort auf die Frage aus.

»Die Astronauten und die NASA sagten jedenfalls, dass sie zwölfmal erfolgreich auf dem Mond gelandet waren.«

»Du glaubst also, dass sie oben waren?«

»Das habe ich nicht gesagt, Robert. Das Mondgestein zum Beispiel ... «

Robert unterbrach seinen Vater.

»Nun musst du dich festlegen. Waren sie oben oder nicht? Stammen die Steine vom Mond oder nicht?«

»Woher soll ich das wissen? Aber ich wollte dir gerade dazu etwas sagen. Warte, jetzt schaue ich ganz genau nach.«

Peter kramte in seinem Rucksack nach einem ganz speziellen Notizbuch in Postkartengröße. Es sah wie ein richtiges Buch aus.

Dabei handelte es sich um eine sehr elegante Ausführung mit einem schwarzen Ledereinband, außen war es mit einem Gummizug gesichert. Das Buch musste recht häufig im Einsatz gewesen sein, das konnte man deutlich an den Kanten der Seiten erkennen. Demonstrativ zeigte Peter die Kladde seinem Sohn und tippte mit dem Finger auf den Einband.

»Hier, mein zweites Gedächtnis. Da habe ich mir viele interessante Notizen gemacht. Warte kurz, ich suche die Stelle.«

Er blätterte die Seiten von hinten beginnend durch. Dann wurde er fündig.

»Voilá. Ein Zeitungsbericht aus Holland. Ist noch gar nicht so lange her. Die Meldung ist aus dem August 2009. *Moon rock in Dutch museum is just petrified wood*, das ist die Überschrift vom Artikel. Hier steht es. Am 9. Oktober 1969 bekam der ehemalige Niederländische Premier Minister Willem Drees im Rahmen der Apollo 11 *Giant Leap - Goodwill* Tour ein Exemplar vom Mondgestein geschenkt. Im Jahre 1988 hatte das Holländische Nationalmuseum diesen Stein aus dem Privatbesitz käuflich erworben. Zusammen mit dem Stein kamen die originalen Beschilderungen inklusive der eingravierten Widmungen in das Museum und für lange Zeit war der Stein mit einem Wert von einer halben Million Dollar versichert. Überlege dir das, Robert: Versichert für eine halbe Million Dollar! Jetzt hat sich allerdings herausgestellt, dass es sich nur um ein Derivat aus versteinertem Holz handelte und nicht viel mehr als 70 Dollar wert sei. Hey, was hältst du davon? Der Stein war nur so lange echtes Mondgestein, wie es Menschen gab, die daran glaubten!«

Robert nickte anerkennend.

»Also waren doch keine Astronauten auf dem Mond?«

»Robert, was weiß ich denn. Ein gefälschter Stein beweist doch weder das eine noch das andere. Ist es nicht einfacher, daran zu glauben, was man uns sagt? So wie jetzt bei der Story vom Mars?«

Wollte Peter seinen Sohn provozieren? Robert kam es jedenfalls so vor, als ob sich sein Vater ganz behutsam an eine bestimmte Thematik heranwagen wollte. Er wusste nur noch nicht, was es war.

»Na ja. Die Mission zum Mars ist jedenfalls unbemannt. Falls da etwas schief geht, kommt niemand zu Schaden.«

Peter griff zu seinem Weinglas, schaute zum Horizont und sagte dann mit einem verschmitzten Lächeln.

»Warten wir mal ab, vielleicht fliegen ja am Ende die Mars-Salamander mit der Raumfähre zur Erde zurück!«

Robert lachte ebenfalls.

»Im Ernst, Dad, was da draußen in der Welt oder im Himmel geschieht, ist für mich nicht wirklich wichtig. Hauptsache, *mein* Leben ist im Lot.«

Peter widersprach seinem Sohn.

»Hey, so darfst du das wirklich nicht sehen. Es *muss* dich interessieren!«

Und nach einem kurzen Überlegen fügte er fast flüsternd ein Zitat hinzu.

»Robert, *Our lives begin to end the day we become silent about things that matter*.«

Sein Sohn verinnerlichte die Worte.

»Von wem ist das?«

»Du meinst diesen Satz?«

Robert nickte.

»Von Martin Luther King.«

»Und du meinst, dass eine Diskussion über die Mondlandung oder die Marsmission in diese Kategorie fällt? *Things that matter*?«

»Absolut, Robert.«

»Ich hätte gedacht, dass Luther King damit eher die Lebensumstände von Menschen im Sinn hatte.«

»Ja, da hast du sicher recht. Aber ich für mich beziehe den Spruch auch auf alles, was Menschen einfach kritiklos als gegeben akzeptieren.«

Robert musterte seinen Vater. Ein Weltverbesserer mit versteckten Idealen? Von dieser Seite hatte er seinen Vater noch gar nicht kennengelernt. Sie aßen vom Buffet und setzten sich wieder an das wärmende Feuer. Robert schoss mit seinem iPod einige Fotos der Szenerie und werkelte dann noch etwas auf dem Display des kleinen *Handhelds* herum und steckte das Gerät in die Brusttasche seines Oberhemds.

»Was denkst du, wer steckt wirklich hinter dem Anschlag auf eure Agentur?«

Peter blickte leicht irritiert und Robert setzte nach.

»*Things that matter*, Dad! Du musst doch eine Ahnung haben, dafür kenne ich dich viel zu lange. Du würdest dich doch sonst nicht mit mir auf den weiten Weg bis zum Nordkap machen.«

Ganz langsam senkte Peter seinen Kopf. Er rang mit sich. Konnte er, ... sollte er Robert von seinen Vermutungen erzählen? Er war eine ganze Weile still geblieben, bis ihn Robert mit einem weiteren Hinweis aus der Reserve locken wollte.

»Gestern sagtest du im Auto zu mir etwas im Sinne von, *wenn es annähernd das ist, was du befürchtest, dann ist es größer als alles, was man sich vorstellen kann*. Das sagtest du doch, oder so ähnlich. Was meintest du damit?«

»Du bist gut, Robert.«

»Also sag, Dad. Wer steckt hinter dem Anschlag?«

Peter atmete tief durch.

»Weißt du, ich wurde stutzig, als meine Assistentin, Susan ... , du kennst sie ... , als sie etwas über den Angreifer erzählte.«

»Was?«

»Dass er eine Armbanduhr trug. Eine ganz spezielle Uhr. Mit einem schwarz-weißen Ziffernblatt ... «

»Was soll daran so besonders sein? Viele Uhren sehen so aus.«

»Es waren wohl Segmente darauf, abwechselnd schwarz und weiß. Mich erinnerte ihre Beschreibung an eine ganz bestimmte Uhr, die ich schon einmal vor fast zwei Jahren gesehen hatte. Quasi ein Déjà-vu. Als Susan dann noch erwähnte, dass der Angreifer völlig schwarz gekleidet war, kam mir eine schlimme Vermutung in den Sinn.«

»Willst du mir davon erzählen?«

»Lass es mich einmal so sagen, wenn du erst einmal vom Baum der Erkenntnis gegessen hast, wird dein Leben anschließend nie mehr so sein wie zuvor.«

»Dad! Was soll das, wir sind hier an einem gottverlassenen Strand und nicht im Religionsunterricht. Mich kann so schnell nichts erschüttern.«

»Okay. Du behältst alles für dich. Versprichst du mir das?«

»Großes Ehrenwort.«

Peter stand auf und drehte voller Konzentration eine Runde um das Lagerfeuer. Dann rückte er mit seinem Holzklappstuhl ganz nahe an Robert heran und blätterte in seinem schwarzen Notizbuch bis zu den ersten handschriftlichen Einträgen zurück.

»Die Geschichte begann vor zwei Jahren im Sommer 2011. Ende August, glaube ich. Warte, hier habe ich den Eintrag.«

Er blätterte im Buch durch die Anfangsseiten. Offensichtlich hatte er manche Bemerkungen einige Tage später hinzugefügt. Peter las seine Notizen, blickte fasziniert in die lodernde Glut des Feuers und fühlte eine seltsame Geborgenheit. Dann fing er an zu erzählen.

»Das Ganze begann mit einem Flug nach London. Doch nein, Moment mal. Genaugenommen fing es schon eine Woche zuvor in Berlin an. Es war ein Donnerstagabend ... «

BUCH II

Kapitel 1

25. August, 2011

Donnerstag

BERLIN

Das Ganze begann mit einem Flug nach London. Doch nein, Moment mal. Genaugenommen fing es schon eine Woche zuvor in Berlin an. Es war ein Donnerstagabend. Ich hatte dort an einer Businessveranstaltung der Berliner Wirtschaftskammer teilgenommen, und am Vorabend der Tagung fand ein Empfang in einer In-Location im östlichen Teil der Metropole statt. Die Lokalität nannte sich *Clärchens Ballhaus*. Es war ein altes, fast verfallenes Gebäude mit einem gewissen morbiden Charme der Vergangenheit. Vor hundert Jahren mussten hier einmal feierliche Tanzbälle ausgerichtet worden sein. Man konnte noch ansatzweise erahnen, wo sich früher einmal die Bühne und der Saal befanden. Die Räumlichkeiten waren nicht restauriert worden, was ihnen einen einmaligen Charakter verlieh. Große, alte, angelaufene Spiegel schmückten die Wände. Für den offiziellen Empfang waren die Räume ansprechend hergerichtet worden und die mit Kerzenleuchtern festlich gedeckten Tische sorgten für eine ausdrucksvolle Atmosphäre. Ein buntgemischtes Publikum übte sich im bekannten Small-Talk und tauschte Nebensächlichkeiten aus. Auch einige Politiker der Hauptstadt zeigten sich und mischten sich unter die Gäste. Meine Erwartungshaltung war gedämpft. Häufig genug hatte ich an solchen Empfängen teilgenommen und wusste, wie sich der Ablauf gestalten würde. Eine Rede zur Begrüßung, eine Vorschau auf die Themen der morgigen Tagung. Danksagungen an die Förderer, der Wunsch nach einer weiteren Unterstützung.

Einige hinein gestreute Bonmots und vor allem ein exzellentes Dinner mit ausgesuchten Weinen. Meine Erwartungen wurden voll bestätigt. Interessant war, dass sich die Gäste nach jedem Menügang an den Tischen neu zusammensetzen sollten. Das kannte ich nicht. Es führte zu interessanten Konstellationen an den 6er Tischen und man lernte schnell die unterschiedlichen Tagungsteilnehmer kennen. Mittlerweile waren wir beim Dessert angekommen, als neben mir eine attraktive, blonde Frau Platz nahm. Sie stellte sich als Madeleine Adams vor. Kurz vor dem Ende der DDR, der Deutschen Demokratischen Republik, war sie auf die Welt gekommen und im Osten der Stadt aufgewachsen. Damit gab sie mir einen einfach zu entschlüsselnden Fingerzeig auf ihr Alter. Die DDR hatte sich im Herbst 1989 friedlich selbst erledigt. Seitdem war Deutschland wieder vereinigt. Madeleine Adams musste damit um die 22 Jahre alt gewesen sein. Sie hatte ein sehr offenes Wesen und flirtete unbefangen mit mir. Ihr reges Interesse schmeichelte mir. Ich war damals solo und genoss die Unterhaltung mit dieser aufgeschlossenen, jungen Frau. Wir hatten bereits mit einigen Gläsern Rotwein angestoßen und waren beim vertrauten *'Du'* gelandet, da sprachen wir über den Mond, der nur als schmale Sichel über Berlin am Nachthimmel prangte. Am kommenden Montag war Neumond zu erwarten, dann würde der Erdtrabant gar nicht mehr zu sehen sein. So ließen wir unser astronomisches Halbwissen mit in unsere philosophischen Betrachtungen einfließen.

»Vom Mond aus betrachtet ist doch alles hier auf der Erde klein und unwichtig«, stellte ich fest.

»Du Poet, wer soll uns beide denn vom Mond aus betrachten?«, entgegnete sie forsch.

»Ich meinte nicht uns beide, ich meinte das generell. Bezogen, na ja, auf das, was hier so passiert ... «

»Trotzdem. Niemand kann uns vom Mond aus sehen. Da ist doch keiner – und da war auch noch nie jemand!«

Sie griff zum Weinglas und prostete mir demonstrativ zu. Was sollte das denn jetzt? Es klang provokant. Mein gesunder Menschenverstand wollte sofort dagegen anhalten.

»Madeleine, aber natürlich! Neil Armstrong war doch schon da oben.«

»Wirklich?«

»Ja.«

»Woher willst du das wissen?«

»Hör mal, alle wissen das. Es wurde live im Fernsehen übertragen.«

»Die Tricks in einem Kinofilm nimmst du doch auch nicht für bare Münze.«

»Das ist doch etwas ganz anderes. Nein, die Amis waren ganz bestimmt auf dem Mond. Warum zweifelst du daran?«

»Warum? Weil noch nie ein Mensch lebendig auf dem Mond war. Es hätte schief gehen können. Tote Astronauten wären keine Helden geworden, da war es doch sicherer, alles parallel aus einem Filmstudio zu senden.«

Das war hoffnungslos. Sie stellte ihre Behauptungen unumstößlich wie ein Axiom in den Raum. Widerspruch war zwecklos und hätte meine Erfolgschancen beim Flirt erheblich gesenkt. So lenkte ich ein.

»Okay. Menschen waren noch nicht auf dem Mond. Du hast mich überzeugt. Es war nur eine Verfilmung von Jules Vernes *Reise zum Mond*.«

Da lachte sie entspannt und wir unterhielten uns anschließend über völlig unverfängliche Themen. Uns wurde ein Digestif an den Tisch gebracht und innerhalb weniger Minuten löste sich die Veranstaltung auf. Obwohl ich noch versuchte, mit ihr eine Telefonnummer oder eine Email Adresse auszutauschen, war sie unvermittelt mit einem schnellen Winken und einem 'Ciao' verschwunden. Auf eine gewisse Weise war die ganze Begegnung etwas merkwürdig, doch ich maß ihr keine besondere Bedeutung bei. Für mich war es ein angebrochener Donnerstagabend, dennoch begab ich mich auf direktem Weg in mein Hotel und genehmigte mir nur noch einen abschließenden Drink an der Hotelbar.

Kapitel 2

29. August, 2011

Montag

LONDON

In der darauffolgenden Woche hatte ich das Intermezzo von Berlin bereits vergessen. Das Ziel meiner Geschäftsreise zum Wochenbeginn hieß London. Ich hatte den Abendflieger ab Hamburg genommen. Es war ein Montagabend und es war Neumond.

Ich landete in Heathrow am Terminal 1. London tauchte als Ziel relativ häufig in meinem Terminkalender auf, denn viele meiner Kontakte aus dem europäischen Partnernetz trafen in der englischen Hauptstadt zusammen. In dieser Woche fand die alljährliche Konferenz der *Mobile Electronics* Branche statt. Es ging dabei um die neuen Entwicklungen im Segment der Zubehörteile für Mobilfunk-Geräte, Navigationsgeräte und alle sonstigen elektronischen Gadgets. Traditionell wurden die aktuellsten Innovationen und Trends vorgestellt, mit einem besonderen Augenmerk auf die Neuerungen für das anstehende Weihnachtsgeschäft. Vielfältige Produkte wurden präsentiert, vom Netzteil bis hin zu Bluetooth-Tastaturen. Ich hatte schon des öfteren an dieser Konferenz teilgenommen und sie war nicht nur ein idealer Marktplatz für alle Teilnehmer zum Ausbau ihrer Netzwerke sondern auch ein wichtiges Forum für den Austausch über die neuesten Branchentrends. Vor vielen Jahren hatte ich mich zusammen mit meinem Partner, Frederik Koop, in diesem Marktsegment selbständig gemacht und mit unserem Unternehmen, der *M.E.P.-Mobile Electronics Partner GmbH,* hatten wir uns inzwischen einen festen Platz in diesem Markt gesichert.

Seit Beginn hatten wir uns vor allem auf ein individuelles Design und eine einprägsame Marke spezialisiert, mit der wir uns aus dem großen Anbieter-Feld von der Konkurrenz abheben wollten. Dabei hatten wir ein sehr pfiffiges Wechselsystem für Netzteile entwickelt, welches sich vor allem durch seine flexiblen Anschlussmöglichkeiten auszeichnete. Häufig genug war es ein bekanntes Ärgernis für die Konsumenten, dass man für jedes noch so kleine technische Gerät einen eigenen Adapter zur Netzstromversorgung benötigte. Unser Wechseladapter war extrem flach gestaltet und sah in den poppigen, glänzenden Farben sehr stylisch aus. Ich freute mich auf diese Messe, auch über mein Geschäftsinteresse hinaus, denn erstmals sollte die Konferenz im Britischen Museum stattfinden. Das Museum hatte mich schon immer interessiert. Am Wochenende hatte ich schon viel darüber zur Vorbereitung gelesen. Während meiner Internet Recherche hatte ich sogar einen Satelliten-Blick bei Google Maps auf die Umgebung geworfen. Absolut eindrucksvoll. Ja, ich freute mich auf die Veranstaltung, schnappte mir mein Handgepäck und machte mich auf den Weg durch das Terminal zur Underground Station, die sich direkt unter dem Flughafengelände befand.

Wenn ich in London war, wählte ich nach Möglichkeit die Underground Bahn, um in die City zu fahren. Die elf Linien bildeten ein hunderte Kilometer langes Streckennetz und man konnte bequem und schnell zu allen zentralen und wichtigen Orten in London gelangen. Die ersten Streckenabschnitte dieses faszinierenden Transport-Netzes wurden bereits im Januar 1863 eröffnet und es war damit das älteste U-Bahn System der Welt. Das typische Tunnelsystem mit den unterirdischen Röhren gab den Zügen ihren bekannten Namen. Aus diesem Grund nannte man die Züge deshalb auch die *Tube*. Darüber hinaus war für mich das Reisen jedes Mal ein unvergessliches Erlebnis, denn schließlich war es ein kosmopolitischer Schmelztiegel von Menschen aller Nationen, die in der *Tube* fuhren. Allein das Mitfahren bedeutete ein Abtauchen in die Anonymität und war eine besondere Erfahrung. In den teilweise extrem dicht gedrängten Zügen waren es tausende, wenn nicht gar zehntausende von Gesichtern, die man für Sekundenbruchteile sah und danach vermutlich niemals wieder.

Täglich reisten mehr als drei Millionen Fahrgäste in den *Underground* Zügen und jährlich waren es mehr als eine Milliarde Menschen. Unvorstellbar! So ging ich routiniert an den Ticketautomaten und wählte die Tages-Travelcard, die die Zonen eins bis sechs umfasste. Damit konnte ich pauschal fast im gesamten Streckennetz einen ganzen Tag lang fahren. Bargeldlos bezahlt per Kreditkarte, und nach wenigen Sekunden kam das Ticket aus dem Automaten. Das Praktische war, dass man nach London reisen konnte und außer seinem Personalausweis, dem Flug-Ticket und einer Kreditkarte eigentlich keine weiteren Unterlagen brauchte. Denn selbst kleinste Beträge konnte man fast überall in London mit der Kreditkarte begleichen. Das war insofern ideal, weil wir ja in den meisten Ländern Europas bereits durch die einheitliche Euro-Währung verwöhnt waren, Großbritannien hingegen war bei seinem Pfund Sterling geblieben.

Über die Rolltreppe ging es hinunter in die Katakomben und ich wartete auf dem Bahnsteig auf den nächsten Zug der *Picadilly* Linie. Nur wenige Reisende hatten sich um diese Uhrzeit eingefunden, tagsüber drängten sich hier die Massen. Ich warf einen schnellen Blick auf die Übersichtskarte an der Wand und hatte die elf Linien des *Underground* Netzes sowie die ungefähren Transferzeiten ausgemacht. Die *Picadilly* Linie würde ich ohne Umsteigen direkt bis zur Station *Russel Square* nehmen können, um dann direkt an meinem Hotel anzukommen – bestens. Ich blickte mich noch kurz auf dem Bahnsteig um, andere Reisende mit ihrem Gepäck warteten ebenfalls auf den Zug. Keine bekannten Gesichter. Aus der Ferne der Röhre nahte der Zug - anfangs sah man nur die grellen Frontscheinwerfer. Bei der Einfahrt in die Station verlangsamte er sein Tempo. Ich schaute durch die Fenster, der Zug war relativ leer, was wohl mit der abendlichen Uhrzeit zusammenhing. Kein Vergleich zu den Zügen im morgendlichen Berufsverkehr, wenn stündlich mehr als 150.000 Menschen gleichzeitig unterwegs waren. *Mind the Gap* ertönte es markant durch die Station. Dann wählte ich einen beliebigen Wagen und stieg ein. Der Zug hielt nur kurz und für wenige Momente wurde auf die letzten Gäste gewartet, die noch die Rolltreppe hinunter hasteten. Auch in mein Abteil kamen noch einige Personen, dann schlossen sich die Türen.

Ich war relativ müde, denn es war ein langer Tag im Büro, an den sich abends dann der Flug anschloss. Das zehrte an meinen Kräften. Die eine Stunde Zeitverschiebung kam noch dazu. So holte ich mein Mobiltelefon und meinen Blackberry aus meiner Jackentasche, checkte noch einmal die letzten Nachrichten und schaltete dann den Funkmodus in den Geräten aus, da im Tunnelsystem der Empfang sowieso nicht möglich war. Bei der ständigen Suche nach dem Signal würden sich meine Akkus viel zu schnell entleeren.

Ich ordnete die Kleinigkeiten, die ich in meiner Jackentasche fand. Mein Kleingeld, die Schlüssel, eine Underground-Streckennetzkarte im Miniaturformat. Anschließend checkte ich meine Visitenkarten: *M.E.P. Mobile Electronics Partner Hamburg. Managing Director/Geschäftsführer Peter Berg.* War es eine ausreichende Menge für die Konferenz? Wie viele neue Kontakte würde ich schließen können? Dann studierte ich die Hotelunterlagen in meiner Vorlagenmappe und blätterte noch in einigen Prospekten und Broschüren, die ich im Vorfeld für die Konferenz mitgenommen hatte. Es waren sicherlich einige Minuten, in denen mein beschäftigter Blick ausschließlich auf mich selbst und auf die Unterlagen gerichtet war. Was sich in dieser Zeit sonst noch im Zug abspielte, wer auf welchem Platz saß und wer sich mit wem unterhielt, von alledem hatte ich herzlich wenig mitbekommen.

Als ich all meine Unterlagen wieder verstaut hatte, blickte ich etwas auf und sah quer gegenüber von mir eine sehr attraktive Frau. Im Grunde genommen sah ich zunächst nur ihre Beine. Sie trug eine eng sitzende Jeans, die Beine lässig übereinander geschlagen, und dunkle High Heels. Ganz langsam und unauffällig schaute ich weiter an ihr hinauf. Sie trug einen türkisblauen Sommerpulli und eine hellbraune Lederjacke, die sie um ihre Schultern gelegt hatte. Sie hatte langes, leicht gewelltes, dunkelbraunes Haar, sehr ebene Gesichtszüge mit hohen Wangenknochen. Sehr attraktiv. Sie checkte wohl gerade ihre Emails, denn sie blickte auf ihr Mobiltelefon auf ihrem Schoß. Ihre Hände wirkten sehr ebenmäßig und ihre Fingernägel waren dunkelrot lackiert. 'Wow, sie sieht verdammt gut aus', dachte ich.

Für Zehntelsekunden wanderte mein Blick immer wieder einmal hinüber zu ihr und dann zurück auf meine Unterlagen. So gerne ich auch die Mitmenschen bei Fahrten in der *Underground* beobachtete, so wenig war ich versucht, sie anzustarren und so ging auch hier mein Blick immer wieder nach einem kurzen Augenblick zurück in das seelenlose 'Geradeaus' oder mit leichter Verlegenheit auf die Werbetafeln im Abteil. Einmal allerdings, kurz nach der Station *Acton Town*, trafen sich unsere Blicke und für einen Sekundenbruchteil schauten wir uns direkt in die Augen. Ein völlig unerwartetes, intensives Vis-a-Vis. Mir fiel auf, dass dieser Moment viel länger war, als ich ihn beabsichtigte. Wie magnetisch blieb mein Blick unverändert. Es war fast wie eine innere Kraft, die mich davon abhielt, einfach wieder woanders hinzuschauen oder mich in meine Unterlagen zu vertiefen. Meinem weiblichen Gegenüber schien es ganz genauso zu gehen. Ich bemerkte, dass sie ihre Augen ganz leicht zukniff, als schien sie ihren Geist mächtig anzustrengen. Das wiederum führte bei mir zu einer leichten Verwirrung. Konnte es sein, dass sie gerade über *mich* nachdachte und herauszufinden versuchte, ob sie mich irgendwie einordnen konnte? Konnte es sein, dass ich ihr bekannt vorkam? Sollte ich sie etwa auch kennen? Es war einer dieser seltenen Augenblicke, die ganz schwer zu fassen waren. Voller Intuition und frei von jeder Rationalität. Mir war nicht bewusst, woran ich in diesem Moment dachte, es war jedenfalls eine merkwürdige Faszination, die mich erfasste. Ich wühlte in meinen Erinnerungen, konnte aber beim besten Willen nichts finden. Hatte ich mit ihr schon mal beruflich zu tun gehabt? War sie eine frühere Studienkollegin, eine Urlaubsbekanntschaft? Bestenfalls Fragmente einer möglichen Assoziation schossen mir durch den Kopf, aber kein echter Gedanke. Fast kam es mir vor wie bei einem Déjà-vu. War sie also jemand, den ich vielleicht kannte, aber überhaupt nicht mehr zuordnen konnte? Es waren wie gesagt nur wenige Zehntelsekunden, alles lief blitzartig in meinem Kopf ab. Dann bemerkte ich ihr Lächeln, was mich ein gutes Stück weiter verwirrte. Sollte jetzt etwa die vorsichtige, leise gestellte Frage kommen, ob wir uns kannten? Doch diese Frage kam nicht, ganz im Gegenteil. Es kam mit einer sehr großen Bestimmtheit ein Satz, der die Stille komplett unterbrach.

»Wir kennen uns! Du bist Peter.«

Mein gesamter Gesichtsausdruck musste schlagartig ein großes Erstaunen ausgedrückt haben. Es war für mich eine Mischung aus Überraschung, aber auch einer gewissen Verlegenheit. Wir waren also vertraut und sogar *per du*? So eine attraktive Frau und ich hatte nicht die geringste Ahnung, woher ich sie kennen sollte. Nicht die geringste Ahnung. Ich versuchte die Situation etwas zu überspielen.

»Ja, mir kam es auch so vor, dass wir uns kennen. Aber ich weiß ehrlich gesagt gar nicht, wann wir uns das letzte Mal gesehen haben.«

»Oh, das ist lange her, sehr lange her. Sechs, vielleicht sieben Jahre.«

In diesem Moment lief ein Film vor mir ab und ich ließ die Jahre im Schnelldurchgang Revue passieren. Sechs oder sieben Jahre? Meine Güte, das war eine lange Zeit. Was war damals gewesen, wie sollte ich das jetzt zusammen bekommen? Damals war ich noch verheiratet und ... nein, ich bekam den Zusammenhang nicht hin. Ich schaute sie an und versuchte, irgendwelche Assoziationen zu finden, irgendeine Verbindung oder ein Detail ihres Äußeren, welches mir einen Tipp geben könnte. Waren auf ihrem Gepäck vielleicht ihre Namensinitialen zu lesen? Aber ich fand keinen Ansatz und beschloss zu improvisieren.

»Ist das wirklich schon so lange her ... sechs bis sieben Jahre? Das ist ja kaum zu glauben. Hm ... «

Sie bemerkte mein Zögern und wollte mir sofort auf die Sprünge helfen.

»Rosanna ... mein Name ist Rosanna.«

»Richtig ... richtig ... jetzt ... jetzt erinnere ich mich.«

Nun, nicht wirklich. Was eben noch als blitzschnelle Bildfolge wie ein Actionfilm in meinem Kopf ablief, wandte sich schlagartig in eine Ausführung in Zeitlupe. Ich drehte die Uhr vor meinem geistigen Auge zeitlich zurück. Rosanna ... kennengelernt vor sechs oder sieben Jahren ... ja ..., da war etwas. Ganz langsam formierten sich meine Erinnerungen. Ich war einmal vor Jahren mit meiner Frau Claudia in Paris, es musste ein Wochenende im Spätsommer gewesen sein. Wir hatten dort zunächst exklusiv zu Abend gegessen und anschließend in einem angesagten Club gefeiert, in einer Art Discothek. Irgendwann im Verlaufe des Abends lernten wir dort eine fröhliche, aufgeschlossene Gruppe von Amerikanern kennen. Sie waren in Paris im Rahmen einer europäischen Städtetour gelandet und wollten an diesem Abend ausgelassen feiern. Es war nett, absolut nett. Soweit ich mich erinnerte, war Rosanna mit ihrem Mann dort. Auf seinen Namen kam ich nicht mehr, aber ich wusste noch soviel, dass wir uns angeregt unterhalten hatten, zusammen getanzt und getrunken hatten, und dann noch nachts, als wir aus der Disco kamen, über den Champs-Élysées gelaufen waren, alle zusammen, Arm in Arm. Am Ende hatten wir noch unsere Email Adressen ausgetauscht, uns zum Abschied umarmt, Küsschen links und Küsschen rechts. Wir hatten uns noch einige Male geschrieben, schließlich verloren wir uns jedoch aus den Augen. Zwar hatten wir die Absicht, uns vielleicht in den USA oder in Europa einmal wieder zu treffen, aber unsere Terminkalender waren prall gefüllt und fast alle Wochenenden waren verplant. Wenn wirklich einmal freie Zeit war, dann wollten Claudia und ich die Zeit mit unserem Sohn verbringen. Danach hatten wir uns nie wieder gesehen. Allmählich kamen die wenigen Erinnerungsfragmente in mein Bewusstsein zurück. Aber außer, dass wir damals in fröhlicher Feierlaune waren, hatte ich kein wirkliches Bild mehr von ihr, ihrem Mann oder ihren Freunden vor meinen Augen. Wahrscheinlich hätte ich sie nie in meinem Leben auf der Straße wieder erkannt. Insofern war ich absolut überrascht, dass sie mich erkannt hatte. Rosanna. Was für ein Zufall und nun saß sie mir gegenüber in der Londoner Underground. Ich versuchte, die Unterhaltung wieder aufzunehmen.

»Wie kommt es, dass du in London bist und wir uns nach so vielen Jahren zufällig treffen?«

»Du sagst es, zufällig! So etwas hätten wir nie planen können, da muss man schon nach London kommen und sich in der Untergrundbahn begegnen. Ist doch witzig, oder?«

»Ja, das kann man wohl sagen. Und was machst du hier?«

»Ach, ich möchte eigentlich eine Freundin besuchen und ... du kennst sie nicht, Diana heißt sie. Wir haben in Kürze ein Klassentreffen, so eine Art *High School Reunion*, weißt du?«

Ich nickte und sie fuhr fort.

»Und da wollen wir uns alle einmal wiedersehen. Mal sehen, ob ich sie hier aufstöbern kann. Ich bin für ein paar Nächte in London. Was machst *du* hier in London, Peter?«

»Es ist geschäftlich, ich bin im *Mobile Electronics* Business tätig. Wir bieten Spezialprodukte an, Peripheriegeräte in einem modularen System.«

Hoffentlich hatte ich sie nicht mit den Fachbegriffen verschreckt. Aber sie zeigte sich interessiert.

»Das klingt aufregend. Was ist das?«

»Ja, ... eigentlich ... das sind die Zubehörteile für das gesamte Kommunikationsequipment. In diesem Segment habe ich vor Jahren mit einem Partner eine Firma gegründet. In Hamburg, weißt du das noch?«

Ich war mir überhaupt nicht sicher, was ich damals in Paris erzählt hatte und woran sie sich noch erinnerte.

»Richtig, du kommst ja aus Hamburg.«

»Ja, und in dieser Woche ist hier in London eine Konferenz im Britischen Museum. Ab morgen werde ich mir einen Überblick über die neuen Entwicklungen am Markt verschaffen.«

»Oh, das klingt spannend ... sag mal ... jetzt, wo wir beide hier in London sind, wollen wir nicht mal zusammen Essen gehen? Morgen Mittag vielleicht? Oder bist du schon verplant?«

Das war ein verlockendes Angebot. Lunch mit einer bildhübschen US-Amerikanerin.

»Ja, ich bin eigentlich die ganze Zeit auf der Konferenz. Der Tag ist vor allem mit Vorträgen durch getaktet und morgen Abend ist unser Networking - Event. Da gibt es Kanapees und Drinks ... und ja, am Mittwoch werde ich nach der Konferenz zurückfliegen. Vielleicht können wir uns am Mittwoch zum Lunch verabreden? Hast du eine Telefonnummer, unter der ich dich erreiche?«

Sie lächelte mich an. Dann zückte sie ein kleines, weißes Kärtchen aus ihrer Lederjacke, nahm einen Kugelschreiber und schrieb ihre Telefonnummer darauf. Eine amerikanische Vorwahl. Sie musste direkt heute aus den USA angereist sein und fuhr jetzt vom Flughafen in Heathrow zu ihrem Hotel in die City. Schließlich hatte sie auch ihr Gepäck dabei. Sie musste eigentlich ziemlich müde und kaputt sein, allein schon aufgrund der großen Zeitverschiebung. Dafür war sie erstaunlich rege und kontaktfreudig, was ich wiederum gut fand. Der Gedanke an ein gemeinsames Lunch begeisterte mich. Am Mittwoch sollte das klappen, denn erfahrungsgemäß spielten sich die wichtigen Meetings bei der Konferenz immer am ersten Tag ab.

Wir hatten mittlerweile den Bahnhof *Earls Court* erreicht. Von der nächsten Station an, *Gloucester Road*, würde sie mit einer anderen *Tube* Linie weiterfahren, nämlich mit der *Circle Line*, die bis zur Station *Tower* durchfuhr. Sie stand auf, schnappte sich ihre Tasche und den Koffer, verabschiedete sich überraschend schnell von mir und sagte:

»Echt klasse, dass wir uns getroffen haben, Peter. Ruf mich einfach an und wir machen etwas aus. Für morgen oder übermorgen. Ich habe sicher Zeit, es dauert eh einige Tage, bis ich meine Freundin finde. Ciao.«

»Mach's gut, Rosanna. Ich ruf dich an.«

Genauso schnell wie sie an diesem Abend in mein Leben gekommen war, genauso schnell hatte sie nun den Zug verlassen. Der Sitzplatz war leer. Ich schaute mich im Abteil um. Auf der anderen Seite, hinten in der Ecke des Zuges saß noch ein Pärchen, das war's. Ansonsten war niemand mehr in diesem Zugabschnitt. Ich schüttelte leicht den Kopf, hatte ein Lächeln aufgelegt und konnte es irgendwie nicht ganz fassen. Was für ein Zufall. Sich in so einer großen Stadt ausgerechnet im selben Zugabteil zu treffen. Vorher hatte ich noch darüber nachgedacht, wie viele unterschiedliche Menschen in den Zügen reisten, die man anschließend nie wieder sah. 'Nun gut', dachte ich, und für einen kurzen Augenblick kamen mir Zweifel, ob sie es denn wirklich gewesen war. Meine Erinnerungen an Paris waren derart schemenhaft, dass sie genau so gut jemand anderes sein konnte. Wer sagte mir schon, dass die Telefonnummer wirklich zu Rosanna gehörte? Ganz sicher war ich mir nicht. 'Ach Quatsch, warum kamen mir überhaupt solche Gedanken?' Ich beruhigte mich, mein Erinnerungsvermögen war in diesem Falle einfach zu schwach ausgeprägt. Die Karte mit der Telefonnummer steckte ich sorgsam ein und beschloss, Rosanna am nächsten Tag anzurufen. Dann studierte ich die informative Übersichtskarte und zählte die weiteren Stationen der *Tube* bis zu meinem Ziel. Nach ungefähr einer weiteren Viertelstunde erreichte der Zug den Bahnhof *Russel Square*.

Ich nahm meine Tasche und den kleinen Koffer und verließ die *Tube*. Gegenüber von der Underground Station befand sich ein Lebensmittelladen, der auch um diese Uhrzeit noch hell erleuchtet war. Kurzentschlossen ging ich auf die andere Straßenseite und versorgte mich mit ein paar Snacks wie Käse, einer Stange Brot und einer Packung Kartoffelchips. Für ein richtiges Dinner war es zu spät, daher wollte ich die Kleinigkeiten auf meinem Zimmer essen. Zusammen mit einer Flasche Wein aus der Minibar stellte ich mir das recht heimelig vor. So verstaute ich die Sachen in meinem Gepäck, überquerte die Straße und checkte in meinem Hotel ein, welches direkt um die Ecke lag. Es war das *Russel Hotel*, urig, alt und alles andere als ein Luxushotel, aber es war ideal gelegen, ganz in der Nähe des Britischen Museums. Am nächsten Morgen würde ich nur quer durch den Park gehen und einige Straßen weiter wäre ich direkt am Museum.

Auf meinem Zimmer angekommen musterte ich erst einmal die Lage. 'Was für ein kleines Zimmer', dachte ich. Aber was sollte das Klagen, schließlich reichte es zum Schlafen und die Konditionen passten auch. Die Hotelpreise in der Londoner Innenstadt hatten über die Jahre mächtig angezogen und die nächste Steigerung war für das darauffolgende Jahr mit den Olympischen Spielen zu erwarten. Routiniert packte ich meine Sachen aus. Die Oberhemden kamen in den Schrank, ebenso der Anzug und das Sakko. Dann verteilte ich mein Waschzeug im Bad. Nach wenigen Minuten war ich komplett eingerichtet, setzte mich in den Sessel am Fenster und blickte durch meine Unterlagen. Anschließend schnitt ich den Käse auf, goss mir ein Glas Rotwein ein und genoss meinen mitternächtlichen Imbiss.

Mein Telefon lag auf einem kleinen runden Tisch neben dem Fernseher. Hin und wieder ging mein Blick in Richtung des Telefons. In diesen Momenten dachte ich an Rosanna und meine Begegnung mit ihr in der *Tube*. Rosanna, und wie weiter? Ich klapperte mein Gedächtnis nach ihrem Nachnamen ab, aber ich kam nicht darauf. Wann war Paris? 2005 oder schon 2004? In jedem Fall war es viele Jahre her. Bei jedem Blick auf das Telefon, spielte ich mit dem Gedanken, ihre Nummer anzurufen. Ich griff in meine Tasche, holte die Karte mit der handgeschriebenen Ziffernkombination heraus und legte sie neben das Telefon.

Doch ich zögerte. 'Es wird ihr sicher nicht gefallen, wenn ich jetzt noch so spät am Abend aufdringlich anrufe.' Überhaupt, was sollte ich in diesem Moment sagen? Sie nach ihrem Nachnamen fragen? Oder vorschlagen, ob wir noch heute essen gehen würden? 'Forget it', dachte ich und steckte die Karte zurück in mein Portemonnaie. Immerhin freute ich mich auf den morgigen Tag, auf das Britische Museum und auf die Konferenz. Mit einem letzten Blick auf das Mobiltelefon kontrollierte ich den Akkustand für den morgigen Konferenztag, dann schaltete ich das Telefon auf 'lautlos', damit ich in der Nacht nicht durch einen Anruf geweckt würde. Ich stellte den Wecker und ließ meinen Montagabend mit Musik aus dem Radio ausklingen. 'Es war ein ereignisreicher Tag', so dachte ich jedenfalls. Im Vergleich zu dem, was mich in den kommenden Tagen erwarten sollte, war er gleichwohl harmlos.

Kapitel 3

30. August, 2011

Dienstag

LONDON

Am nächsten Morgen ging alles recht alltäglich zu. Mechanisch, routiniert, eingefahren. Rasieren, duschen, ab in die Businesskleidung, ein letzter Blick in den Spiegel und dann auf in den Tag. Da es erwartungsgemäß bei der Konferenz einen traditionellen Morgenkaffee gab und vielleicht sogar ein paar belegte Brötchen, Donuts oder Kuchenteilchen, beschloss ich, das Frühstück im Hotel ausfallen zu lassen und ging zu Fuß quer durch den Russel-Park hinüber zum Britischen Museum. Es war ein etwa fünfzehn minütiger Spaziergang bei schönem, sommerlichen Wetter. Ich telefonierte parallel dazu mit unserem Hamburger Büro und begrüßte meine Kollegin. Dort war der Tag bereits eine Stunde weiter fortgeschritten und ich fragte Susan, was es Neues gab, welche Termine und Calls auf der Agenda standen und welche Angebote noch erstellt werden mussten. Da ich soweit alle Updates hatte, konnte ich nun zufrieden und bestens informiert zu meiner Konferenz gehen. Vor mir lag das Museum. Der Eintritt war frei und man ging zunächst durch ein großes Eisentor. Dort war sogar Sicherheitspersonal positioniert, welches die Besucher überwachte und einem kritischen Blick unterwarf. Man wollte natürlich gewährleisten, dass an einem so prominenten Ort die Sicherheitsvorkehrungen vorbildlich waren. Direkt am Eingang stand auch ein Mitarbeiter des Konferenzteams. Er hakte meinen Namen auf der Teilnehmerliste ab und wies mir den Weg zu den Tagungsräumen.

Hinein ging es durch das große Eingangsportal, an dem die riesigen Säulen das Dach stützten. Man kam in eine große überdachte Halle. Durch das monumentale Glasdach fiel das Tageslicht diffus hinein und schaffte eine behagliche Atmosphäre. Fast, als wäre man in einer eigenen Welt gelandet. Zur Konferenz führte ein markierter Weg rechts durch die Halle, wo eine Treppe in das Untergeschoss führte. Dort war auch der Plenarsaal, in dem die Konferenz mit den Präsentationen stattfand. Ich registrierte mich bei der Anmeldung zur Konferenz, bekam mein Namensschild und eine praktische Umhängetasche für die Tagungsunterlagen. In der Tasche waren wie üblich einige Gimmicks und Werbeprospekte der Sponsoren, ein kleines, schwarzes Notizbuch war ebenfalls dabei. Wie praktisch, im DinA6 Format, so groß wie eine Postkarte. Mit einem Gummizugverschluss und einer Stiftschlaufe. Perfekt. Nur auf der Frontseite befand sich eine unscheinbare, dezente Blindprägung des Sponsors. Ich blätterte kurz durch die fast 200 Seiten, alle leer. Nun ja, es konnte vielleicht noch einmal nützlich sein. Was wusste ich schon, wie viele Notizen ich mir in den nächsten Tagen gerade in dieses Büchlein machen sollte. Es passte jedenfalls sehr gut in meine linke Sakko Innentasche. Ein schneller Blick auf die Uhr, es war früh und ich musste wohl einer der ersten Teilnehmer sein. Noch war nicht einmal der Kaffeeservice vor der Konferenzzone aufgebaut. Daher beschloss ich, einen kurzen Gang durch die Räumlichkeiten zu machen.

Das Britische Museum war architektonisch atemberaubend angelegt, vor allem mit der beeindruckenden Dachkonstruktion. Nach und nach füllten sich der Räume mit den Besuchern. Vor allem waren es Touristen, die sich mit der Geschichte der letzten Jahrtausende beschäftigen wollten. Die einzigartigen Objekte aus den ägyptischen, griechischen und römischen Epochen waren themenbezogen zusammengestellt. Es kam einem Zeitsprung in die Vergangenheit gleich und die verschwundenen Kulturen wurden für kurze Zeit wieder lebendig. Ich drehte eine Innenrunde, in der Mitte der Anlage gab es Souvenir-Shops mit den typischen Andenken. Es gab Bücher, T-Shirts und historische Artefakte, zumindest in der Nachbildung. Insgesamt war das Erscheinungsbild hell und freundlich, das ganze Museum strahlte eine wohltuende Ruhe aus und man fühlte sich wie auf einer geschichtsträchtigen Exkursion in ein vergangenes Zeitalter.

Einige der Besucher starrten mich an und einer bat mich direkt um eine Auskunft, wo er die babylonischen Ausstellungsstücke finden konnte. Zunächst wusste ich gar nicht, wie ich zu der Ehre kam, als kompetenter Geschichtskenner eingeordnet zu werden, bis ich merkte, dass ich noch mein offizielles Namensschild von der Konferenz um den Hals hängen hatte. Das musste wohl bei den Besuchern den Eindruck erweckt haben, dass ich vom Museumspersonal war. 'Erstaunlich, mit welch kleinen Details fremde Menschen einem dadurch eine andere Funktion und Kompetenz zutrauen.' Ich nahm augenblicklich meinen Namensanhänger ab, wenigstens solange ich mich in der öffentlichen Zone im Museum aufhielt. Denn ich hatte keine Ahnung, wo sich in diesem Gebäude das babylonische Zeitalter versteckte.

Schließlich ging ich die Treppe hinunter zu meiner Konferenz. Erfreulicherweise wurde bereits der Morgenkaffee serviert und ich ließ mir von einer aparten Hostess einen großen Pott Kaffee bringen. Mit dem anregenden Kaffeegenuss begann der Tag richtig positiv. So betrat ich den Vorraum und schaute mich um. Sofort konnte ich einige bekannte Gesichter ausmachen, ging auf sie zu, begrüßte sie und ich war in meiner Rolle angekommen. Viele, die wie ich im Business standen, schlüpften täglich in ihre Rolle und wollten sie so perfekt wie möglich wahrnehmen. Man war dann ein anderer Mensch, fast wie auf einer Bühne. Drehte sich doch das gesamte Businessleben im Grunde genommen um Menschen, die miteinander Geschäfte machen. *The show must go on* und je besser man seine Rolle wahrnahm, um so größer war die Chance erfolgreich zu sein. Ich war wieder inmitten meiner Welt. Bekannte Gesichter, bekannte Stimmen, der Austausch über die letzten Neuigkeiten, über neue Produkte und Spekulationen darüber, wie es den anderen Marktteilnehmern der Branche erging und wer zur Zeit das schnellste Wachstum hinlegte. Es waren die typischen Gespräche, ein belebender und erfrischender Smalltalk. Im gesamten Raum herrschte durch das Murmeln ein Grundgeräuschpegel, der hin und wieder mit humorvollen Äußerungen und Gelächter aufgehellt wurde. Es war eben eine dynamische Branche.

Ich schaute noch einmal aufs Tagungsprogramm und machte die Punkte aus, die mich interessierten. Dann faltete ich das Blatt und steckte es in meine Hosentasche. Dabei stieß ich auf die Karte von Rosanna. Urplötzlich war ich aus meiner Businesswelt wieder bei der Begegnung des gestrigen Abends angekommen. 'Rosanna', schoss es mir durch den Kopf. Jetzt war es gleich halb zehn und unsere Konferenz begann, sollte ich sie jetzt noch anrufen und etwas zum Lunch vorschlagen? Ich fühlte mich plötzlich unsicher, denn eigentlich war die Frau, die ich gestern Abend in der *Tube* wiedergesehen hatte, eine Fremde. Aber eine wirklich attraktive Fremde und das allein war Grund genug, ihren Vorschlag eines Treffens anzunehmen. Dennoch zögerte ich, blickte schnell noch einmal auf die Uhr, steckte die Karte wieder ein und wollte den Anruf auf später verschieben. So ging ich in das Auditorium, die Begrüßung hatte gerade angefangen. Nahtlos ging es mit Präsentationen auf der großen Leinwand weiter. Dann folgte eine Panel - Session, inklusive der berühmten *Q&A's*. Das waren die *Questions and Answers* mit den vorbereiteten Fragen und den ebenso im Vorfeld ausgearbeiteten Antworten, die trotz alledem einen guten Einblick über die aktuelle Marktsituation geben konnten. Um halb zwölf war eine weitere Kaffeepause zum *Networking* eingeplant. Danach sollte es noch eine weitere Diskussionsrunde auf der Bühne geben, bevor es gegen ein Uhr in die Pause zum Lunch ging.

Sollte ich sie jetzt anrufen? Ich schaute noch einmal auf mein Mobiltelefon und zögerte erneut. Irgendetwas hielt mich zurück, ihre Nummer zu wählen. Vielleicht war es jetzt auch schon zu spät, vielleicht hatte sie gleich heute morgen damit gerechnet? Eventuell hatte ich den passenden Moment bereits versäumt. Ich war unentschlossen und es überraschte mich, wie sehr mich dieser Anruf beschäftigte. So nahm ich meinen Kaffeepott, ging einige Schritte weiter durch das Museum und steckte mein Telefon wieder in die Innentasche. Letztendlich fühlte ich mich frei und unabhängig, und nichts in der Welt würde mich jetzt zu einem Telefonat zwingen, obschon ich den Wunsch verspürte, bei ihr anzurufen. Ich konnte mir gar nicht erklären, warum mich in diesem Moment eine solche Unentschlossenheit erfüllte. Während ich durch weitere Räume des Museums ging, bemerkte ich, dass ich wie zuvor vergessen hatte, mein Namensschild abzunehmen. Noch einmal wollte ich nicht mit einem Museumswärter verwechselt werden. Kurzentschlossen nahm ich das Schild ab und steckte es in meine Umhängetasche. Dann tauchte ich in die faszinierenden Welten der Vergangenheit ab. Ich sah ägyptische Obelisken, die großen Säulen, an die sich mythologische Tiere lehnten und den Zugang zu alten Grabmälern bewachten. Wann immer ich interessante Ausstellungsstücke erspähte, ging ich auf die kleinen Schilder zu und las die historischen Daten und Erklärungen zu der jeweiligen Epoche, aus der die Relikte stammten. Der ägyptische Bereich hatte mich dabei am meisten gefesselt. Eine Sphinx auf einem großen Podest blickte mich geradezu an. Ich stand still und gebannt vor diesen Schönheiten, da spürte ich urplötzlich, wie sich eine Hand auf meine linke Schulter legte, sich sanft über meinen Rücken bis zur rechten Schulter bewegte und mich dann fast zärtlich an sich heranzog. Ich blickte mich um und schaute in diese wundervollen Augen.

»Rosanna, du bist hier?«

»Ja, Peter. Ich konnte deinen Anruf kaum erwarten.«

»Zufall?«

»Nein. Heute nicht! Du hattest gestern doch erwähnt, dass du deine Konferenz hier im Britischen Museum hast und ehrlich gesagt … ich hatte ja deine Telefonnummer nicht. Und so ganz wollte ich mich nicht darauf verlassen, dass du mich anrufst.«

»Doch, doch, ich hätte dich noch angerufen, bestimmt«, strahlte ich selbstbewusst aus.

»Ach, ich weiß nicht. Wenn du hier erst einmal so richtig im Business drin bist, dann geht dein Tag ganz schnell herum. Und so wie du es gestern erzählt hast, kann es sein, dass uns Heute als einzige Chance vor deinem Rückflug bleibt. Da habe ich einfach beschlossen, einen Abstecher ins Britische Museum zu machen. Es war eine kurze Taxifahrt und nun bin ich hier.«

Es klang so simpel. Was hatte ich mir für Gedanken gemacht. Anrufen oder nicht. Jetzt oder später. Sie stand einfach vor mir und alles wirkte so leicht.

»Hey, das ist schön. Ob Zufall oder nicht. Finde ich klasse, dass du hier bist. Ich schaue mir gerade die ägyptische Sphinx an. Bei der Konferenz ist gerade Pause, insofern geht das. Willst du mit mir eine Runde durch das alte Ägypten drehen?«

»Oh, ja, liebend gerne.«

Sie lächelte mich an und ihre Leichtigkeit verblüffte mich. Sie machte einen absolut unbeschwerten Eindruck, der geradezu ansteckend wirkte. Voller Fröhlichkeit, Lebensfreude und Dynamik. Darüber hinaus war sie in ihrem sportlichen Dress eine bildhübsche Erscheinung, die alle andere Frauen hier in den Schatten stellte. Mit allem hatte ich gerechnet, aber dass sie mich hier im Museum aufspürte, damit nicht. Für einen Moment lang bildete ich mir ein, dass sie ein echtes Interesse an mir hatte und dafür sogar ihre eigentlichen Tagespläne geändert hatte. 'Ach, keep cool', sagte ich mir. 'Das hat nichts weiter zu bedeuten.' Rosanna wich ein paar Schritte von der Sphinx zurück und stand dann vor einem Ausstellungsstück, welches sich in einem quadratischen Glaskasten befand.

»Schau mal, Peter, das musst du sehen!«

Ich ging zu ihr hinüber und sah einen großen, schwarzen Stein. Das Material sah aus wie schwarzer Basalt und auf seiner Oberfläche waren viele unterschiedliche Schriftzeichen zu sehen. Der Stein hatte eine prägnante, unregelmäßige Form. Ursprünglich musste er anders ausgesehen haben, denn er schien nicht mehr komplett zu sein. Es war eindeutig ein Fragment. Ich schaute sie fragend an. Wusste sie mehr darüber?

»Das ist der *Rosetta-Stone*, eines der bekanntesten Stücke hier im Museum.«

Ich konnte an dieser Stelle nichts dazu beitragen. Der Rosetta-Stone als historische Kostbarkeit, das sagte mir irgendwie rein gar nichts. Den Begriff *Rosetta-Stone* hatte ich zwar schon einmal gehört, aber eigentlich in einem ganz anderem Zusammenhang. Ich glaubte mich zu erinnern, dass es dabei um Sprachkurse im angloamerikanischen Sprachraum ging. Als Artefakt im Britischen Museum konnte ich damit nichts anfangen.

»Der *Rosetta-Stone* wurde im Juli 1799 in Ägypten von den napoleonischen Truppen gefunden. Die hatten bereits viele historische Funde gemacht und einige davon nach Paris geschickt. Du kennst sicher den berühmten Obelisken in Paris, das sind einmalige Stücke aus allen Jahrhunderten, unersetzliche Dokumente der Vergangenheit. Den *Rosetta-Stone* haben sie in der Nähe der Stadt *Rashid* ausfindig gemacht. Ursprünglich hieß das Dorf *Rosetta* und danach ist auch dieser Stein benannt. Er war ursprünglich Teil einer Stele, einem hochstehenden Pfeiler, und wiegt - so wie wir ihn sehen - immer noch über 750 Kilo.«

»Applaus!« Ich deutete leise ein Klatschen in die Hände an. »Du weißt ja mehr als jeder Museumsführer.«

»Der Stein ist zwar nicht mehr ganz vollständig, aber das interessante ist, ... schau mal genau hin. Siehst du die verschiedenen Zeichen?«

Ich ging etwas näher an den Glaskasten heran.

»Da oben, sind das die Hieroglyphen?«

»Ja, richtig. Das sind Hieroglyphen. Die konnte in der napoleonischen Zeit niemand entziffern. Aber wie du siehst, gibt es darunter noch zwei Segmente mit verschiedenen anderen Schriftzeichen. Weißt du, das absolut Faszinierende an dem Rosetta Stone ist, dass der Stein ein Dekret enthält, welches im Jahre 196 vor Christus herausgegeben wurde. Dieses Dekret wurde nämlich in drei verschiedenen Sprachen herausgegeben. Damals war Ägypten von Griechenland besetzt und deshalb wurde es sowohl in der damaligen Amtssprache wie auch in der lokalen, ägyptischen Sprache veröffentlicht und obendrein noch in der hieroglyphischen, altägyptischen Schrift. Diese jedoch konnte selbst zum damaligen Zeitpunkt nur noch von wenigen Priestern gelesen werden.«

Ich war begeistert, es gab demnach drei verschiedene Sprachen auf einem einzigen Stein. Drei Ebenen. 'Drei Sprachen und drei Bewusstseinsebenen', schoss es mir durch den Kopf.

»Und das ist einmalig an dem Stein, richtig?«

Rosanna blickte mich an und setzte ihre Erläuterungen lebendig fort.

»Ja, denn weil der Erlass in drei verschiedenen Sprachen verfasst war, also drei Sprachen mit jeweils demselben Inhalt, war es erstmals möglich, die Schriften miteinander zu vergleichen und eine Übersetzung anzufertigen.«

»Und damit«, ergänzte ich, »konnten die Hieroglyphen entziffert werden?«

»Im Prinzip ja. Es hat zwar noch sehr lange gedauert. Die ersten französischen Experten waren nach Kairo und Rashid angereist und wollten den Stein entziffern. Allerdings kamen sie zu spät, da inzwischen die britischen Truppen in Ägypten einmarschiert waren und der Stein in den Besitz der Briten fiel.

Statt nach Paris ging der Stein nun ins britische Empire, da half auch kein noch so flehentliches Bitten der französischen Wissenschaftler. Die Franzosen hatten zwar vorher schon Papier-Kopien angefertigt. So wie man früher im Steindruck Farbe auf die Steine aufgetragen hatte und dann mit einer Andruckrolle die Zeichen aufs Papier übertrug. Aber das eigentliche Fundstück fand nie den Weg nach Frankreich. Dennoch, der *Rosetta-Stone* ist und bleibt ein Schlüssel, ein wahrer Übersetzungsschlüssel.«

Ich folgte ihren Worten und war total fasziniert.

»Interessant, woher weißt du das alles?«

»Ach, nichts weiter. Ich hatte gestern Abend zum Stichwort des Britischen Museums noch ein bisschen im Netz gesurft und mich einfach etwas vorbereitet. Der *Rosetta Stone* ist eines der bekanntesten Fundstücke im Museum. Als ich dann über den Übersetzungsschlüssel gelesen hatte, diesen *Key*, da dachte ich, dass wir uns diesen Stein doch unbedingt genauer anschauen sollten.«

Ich stutzte leicht. Sollten *wir* uns gemeinsam angucken? 'Wow, die ist ganz schön forsch', dachte ich. Sie hatte also geplant, mich im Britischen Museum zu treffen, wahrscheinlich sogar abgepasst und sie wollte sich mit mir diesen *Rosetta Stone* ansehen. Ich fühlte mich leicht geschmeichelt und in Verbindung mit ihrem bezaubernden Wesen konnte ich gar nicht anders, als sie anzulächeln. Ich war fasziniert. So aktiv und initiativ hatte ich selten eine Frau erlebt. Schon gar nicht eine so attraktive Frau wie Rosanna. Wir gingen aus dem Saal der ägyptischen Ausstellungsstücke und kamen gegenüber an einem Souvenir Shop vorbei. Jetzt fiel es mir ganz prägnant in die Augen, wie viele verschiedene Souvenirs es mit dem *Rosetta-Stone* gab. Nachbildungen, Repliken in unterschiedlichen Größen und Bücher in Hülle und Fülle. Ich nahm einige der Souvenirs in die Hand und schaute sie mir bewertend an. Die Preise kamen mir doch etwas überhöht vor, so dass ich davon absah, etwas zu kaufen.

Rosanna stand bereits an der Kasse, sie hatte sich einige kleine Gegenstände ausgesucht. Stolz kam sie dann mit ihrer Tüte auf mich zu und sagte:

»Schau mal, ist das nicht pfiffig?«

Es war ein kleiner, nachgebildeter *Rosetta-Stone* aus Kunststoff. Wenn man ihn sorgfältig in der Mitte anfasste und mit den Fingern auseinander zog, trennte er sich in zwei Teile und es kam ein innen liegender USB-Stick zum Vorschein. Wirklich clever. Das vermutete man nicht.

»Ja, das ist eine coole Idee. Der Übersetzungsschlüssel, also der Rosetta Stone, in einer Ausführung als USB-Stick! Den musste ich einfach kaufen.«

Sie steckte die kleine Tüte mit dem neu erworbenen Speicher-Stick in ihre Handtasche, die sie um die Schulter gelegt hatte, und wir gingen noch einige Schritte weiter durch das Museum. Sie spürte schließlich, dass ich wieder in die Tagung zurück wollte.

»Peter, was hältst du von folgendem? Unser Mittagessen morgen könnte wohl ziemlich eng werden. Ich habe auch noch zwei wichtige Termine, die ich wahrnehmen möchte. Was hältst du davon, wenn wir stattdessen heute Abend Essen gehen? Bist du verplant?«

»Ich habe den Cocktailempfang. Aber das ist kein richtiges Dinner. Es gibt die üblichen kleinen Häppchen beim Smalltalk. Ich denke, das wird bis ungefähr sieben Uhr dauern. Wenn wir danach Essen gehen wollen, ... gerne! Hast du einen Tipp?«

»Gib mir deine Telefonnummer. Ich sende dir eine SMS mit der Adresse.«

Ich zog eine Visitenkarte aus meinem Sakko und kreiste darauf mit einem Kugelschreiber meine Mobilnummer ein. Mit einem freudigen Wink verabschiedete sich Rosanna. Sie blickte sich noch einmal um, warf ihr Haar über ihre Schulter und verließ das Museum. 'Was für eine Frau', dachte ich und freute mich bereits darauf, sie am Abend wiederzusehen.

Im Sitzungssaal nahm ich das kleine Buch mit dem schwarzen Ledereinband aus den Unterlagen und starrte auf die erste, leere Seite. Einige Minuten lang überlegte ich sorgfältig. Dann verfasste ich meine ersten Reisenotizen, was ich üblicherweise bisher nie gemacht hatte. Aber diesmal war es irgendwie anders, das spürte ich sofort, und ich erstellte einige Stichworte zum *Rosetta Stone*, zu London und zu dem gestrigen Zufalls-Treffen mit Rosanna. Als ich ihren Namen niederschrieb, fiel mir auf, dass ich noch immer nicht auf ihren Nachnamen kam.

Meine Notizen füllten nicht einmal die erste Seite aus, und ich war skeptisch, ob sich dieses Buch jemals bis zum Ende füllen würde. Dann konzentrierte ich mich voll und ganz auf die Konferenz und war wieder in meiner Welt angekommen.

Kapitel 4

30. August, 2011

Dienstagabend

LONDON

Gegen sieben Uhr erhielt ich ihre Nachricht per SMS. Wir hatten uns verabredet und wollten uns in dem Restaurant *Babylon*, in der Nähe des Hyde Parks, zum Dinner treffen. Mittlerweile hatten sich die meisten Tagungsteilnehmer bereits vom Cocktail Empfang verabschiedet, so verließ auch ich die Räumlichkeiten des Britischen Museums und kehrte zu meinem Hotel zurück. Schnell hatte ich ein paar frische Sachen angezogen, einen dezenten Duft aufgelegt. Dann eilte ich aus dem Hotel und nahm die *Tube*. Acht Stationen zählte ich bis South Kensington, dann musste ich für zwei weitere Halts die Linie wechseln und nahm die *Circle Line* bis zum Ziel, *High Street Kensington*. Vor der Station orientierte ich mich. Ein Blick nach rechts, dort lag der Hyde-Park. Zum Restaurant musste ich ebenfalls einige Schritte nach rechts gehen und dann in die *Derry Street* einbiegen. Es waren wirklich nur wenige Minuten zu Fuß und ich lag gut in der Zeit. Ein kleines Schild an der Hauswand deutete auf das Restaurant *Babylon* hin. Vor dem Eingang ging ich etwas auf und ab und hielt Ausschau nach Rosanna. Ich musste nicht lange warten. Sie kam, begrüßte mich sehr vertraut. Küsschen links, Küsschen rechts. Ihr Parfum versprühte eine ganz eigene Aura. Ich wusste nicht, welches es war. Parfums konnte ich mir noch nie merken, ich nahm sie einfach wahr und genoss den Duft. Dann sah ich sie kurz an und machte ihr ein Kompliment zu ihrem Dress. Ich meinte es beileibe nicht formal, sondern sehr herzlich, denn sie sah wirklich atemberaubend aus.

Sie trug ein dunkelblaues Kostüm mit einem eng geschnittenen Blazer und einer taillierten Bluse. Wir gingen hinein und meldeten uns an der Rezeption im Erdgeschoss an. Die Assistentin blätterte in der großformatigen Terminübersicht.

»Reserviert auf den Namen Sands, richtig?«

Das war es. Sie hieß 'Sands'. Dass ich darauf nicht selbst gekommen war! Wir nahmen den Aufzug nach oben. Das Restaurant lag im obersten Stock und bot einen fantastischen Ausblick über London. Ein freundlicher Kellner wies uns einen wunderschönen Platz am Fenster zu, der zudem eine gewisse Abgeschiedenheit bot. Er nahm unsere Jacken und wir bestellten uns etwas zu essen. Rosanna warf einen Blick in die Weinkarte.

»Trinkst du auch einen Rotwein?«

Ich nickte und zögerte zugleich. Sie hatte die Weinkarte an sich genommen und wollte offensichtlich den Wein aussuchen. So wie ich es kannte, hieß diese Initiative, dass sie auch bereit war, die Rechnung zu übernehmen. Da fühlte ich mich nicht ganz wohl und drückte das dementsprechend aus.

»Rosanna, soll ich den Wein vielleicht aussuchen?«

»Nein, nein, ist schon in Ordnung. Das möchte ich gerne übernehmen. Es wäre mir eine absolute Freude, wenn ich dich heute einladen darf.«

»Okay, wenn du möchtest, dann will ich das nicht ausschlagen.« Dennoch war ich perplex.

Sie bestellte einen italienischen Barolo-Wein und strahlte dabei souverän und voller Selbstsicherheit. Ich schaute mich im Restaurant um. Es war ein Dienstagabend und an diesem Wochentag traten im *Babylon* turnusmäßig talentierte junge Bands auf und sorgten mit ihrer Live-Musik für ein unvergleichliches Ambiente. Ohne Frage, es war eine tolle Atmosphäre. Wir unterhielten uns über *Dies und Das*, über unser gestriges Treffen, den Tag im Britischen Museum und was uns momentan nach London führte. Sie wollte genau wissen, wie sich meine Selbstständigkeit über die Jahre hinweg entwickelt hatte und ob ich denn jemals darüber nachgedacht hatte, aus Hamburg wegzuziehen, um vielleicht auch einmal andere Ecken der Welt kennenzulernen. Nach der Vorspeise kam sie dann ziemlich direkt zu dem Thema, das sie am meisten beschäftigte. Dabei beugte sie sich etwas nach vorne.

»Peter, ich bin nach London gekommen, um meine Freundin zu suchen. Diana. Diana Woods. Weißt du, wir hatten früher vieles zusammen unternommen. Eigentlich kenne ich sie schon seit der Schulzeit. Plötzlich riss unser Kontakt ab.«

»Das ist doch nicht ungewöhnlich, kann immer mal passieren. Wir haben uns doch auch jahrelang aus den Augen verloren.« Damit versuchte ich den aktuellen Bezug zu uns herzustellen.

»Tja, hier ist es anders. Sie ist plötzlich wie vom Erdboden verschwunden. Wir möchten wie gesagt ein Jubiläum organisieren, in diesem Jahr sind wir nämlich zwanzig Jahre aus der Schule heraus. Dazu wollen wir unsere alten Kontakte mobilisieren, damit möglichst viele von uns bei diesem Treffen erscheinen. Bei der Vorbereitung habe ich auch ein paar Kontakte als Aufgabe übernommen und einer von ihnen ist meine Freundin Diana. Dann habe ich gewühlt, alte Briefe und Postkarten von ihr gelesen und frühere Emails gecheckt.«

»Über die *Social Networks* findest du doch heutzutage fast jeden, oder?«

»Du sagst es. Fast. Denn seit einigen Monaten führen sämtliche Spuren von ihr ins Nichts. Ich finde einfach gar nichts mehr. Was ich auch versucht habe, ob über ihren früheren Bekanntenkreis oder selbst über ihre familiären Verbindungen, es war so gut wie nichts mehr herauszufinden, keine Chance. Na ja, sie war schon als Kind Halbwaise und am Ende war sie ganz für sich.«

»Hey, Rosanna, eventuell solltest du einen Haken daran machen. Vielleicht ist sie ja inzwischen mit einem vermögenden Mann in der weiten Welt unterwegs und lebt ganz woanders.«

Sie warf mir einen leicht vorwurfsvollen Blick entgegen.

»Vermögender Mann? Was hast du denn für ein Bild von Diana?«

Upps, ich wollte ihre Freundin unbekannterweise nicht in ein falsches Licht rücken, vielleicht hätte ich besser die Formulierung *gut situiert* wählen sollen? Doch sei's drum. Diese Diana war mir gänzlich unbekannt, warum also sollte ich mich sorgen? Zum Glück schien mir Rosanna diesen kleinen Fauxpas nicht übel zu nehmen und fuhr fort.

»Peter, sie ist selbst – sagen wir mal so - wohlhabend. Wenn sie also mit einem Mann unterwegs ist, dann bringt der sicher andere Qualitäten als Geld mit sich.«

»Aber wer weiß? Es könnte trotzdem sein. Irgendwann schreibt sie dir vielleicht eine Karte aus den Flitterwochen und denkt an ganz andere Dinge, vielleicht möchte sie gar nicht mehr an die Vergangenheit erinnert werden oder an die Schulzeit, das überrascht mich jetzt nicht. Oder sie will gar nicht an Eurem Klassentreffen teilnehmen.«

»Kann sein, dass du richtig liegst. Aber weißt du, plötzlich hatte ich dann doch eine Spur gefunden, und zwar eine, die nach London führte. Eine kleine Notiz, die ich erst im Spamfilter meines Email Accounts aufspürte, vor vier bis fünf Wochen. Sie schrieb, dass sie hier etwas erledigen müsse, danach wollte sie ein paar Tage ausspannen, auf der *Isle of Wight* im Süden von England.«

»Okay, dann hast du sie gefunden.«

Erst die große Geschichte der verschwundenen Freundin und jetzt stellte sich heraus, dass sie einen Kurzurlaub auf einer Insel verbrachte. Viel Wind um Nichts, so kam es mir vor. Wozu die Aufregung? Ein wenig hielt ich die gesamte Suche für ein Luxusproblem.

»Nein, noch habe ich sie nicht gefunden. Außerdem wurde ich stutzig bei der letzten Zeile in ihrer Mail. Sie warnte mich. Auf gar keinen Fall sollte ich ihr folgen und den Kontakt mit ihr suchen, es könnte gefährlich werden. Jedenfalls habe ich mich trotzdem entschlossen, hierher zu kommen. Ich habe mich in einem Hotel eingenistet und versuche jetzt mein Glück. Was meinst du? Klingt doch abenteuerlich, oder?«

»Ja, Rosanna. Ein Hauch von Abenteuer. Was meint sie mit *gefährlich*?«

»Keine Ahnung. Das ist es ja, was mich etwas beunruhigt.«

So ganz konnte ich die Situation nicht einordnen. Ehrlich gesagt hatte auch ich nur noch den Kontakt zu den wenigsten meiner früheren Kollegen aus der Schulzeit und aus dem Studium. Man verlor sich über die Jahre aus den Augen. Um Freunde aus der Jugend zu suchen, würde ich mit Sicherheit nicht so viel Zeit dafür aufbringen wie Rosanna. Scheinbar war das für sie eine willkommene Abwechslung, verbunden mit einem Trip nach Europa.

»Du willst Detektiv spielen, Rosanna. Aber warum nicht, vielleicht findest du sie ja. Irgendwo am Strand auf der Isle of

Wight und sie wird sich überschwänglich freuen, wenn sie dich wiedersieht.«

»Ja, so ähnlich habe ich mir das vorgestellt. Willst du mich bei der Suche begleiten?«

Ich zog eine Augenbraue nach oben. Das kam überraschend und ohne Vorwarnung. Wie stellte sie sich das vor. Mir nichts, dir nichts aus meinem Umfeld aussteigen und eine wildfremde Frau suchen? Ein detektivischer Zeitvertreib?

»Rosanna, das geht nicht. Ich stecke voll im Beruf und meine Woche ist komplett durchgeplant. Das musst du bitte verstehen … das passt zeitlich überhaupt nicht bei mir.«

Sie ging mit keiner Silbe auf meine Argumente ein. Stattdessen erhob sie sich und zeigte mit einem Finger in die Richtung der Musikband.

»Warte mal gerade … «

Sie stand auf und ging auf die Band zu. Sie blieb dort stehen und hörte noch den letzten Takten des aktuellen Titels zu. Als hätte sie es gewusst, legten die Musiker nach diesem Song eine Pause ein. Sie ging zum Keyboarder und flüsterte ihm etwas ins Ohr. Dann kam sie wieder an den Tisch zurück, nahm das Glas Wein in die Hand und wir prosteten uns zu.

»Cheers, auf dass du deine Freundin bald finden wirst.«

»Danke, Peter. Darauf stoße ich gerne an. Darf ich mir trotzdem wünschen, dass du meine Suche für ein paar Tage unterstützt?«

Sie begleitete ihre Worte mit einem Augenzwinkern, aber ich entgegnete nichts auf ihren Wunsch. Im Hintergrund hörte man die Playback Musik vom Band. Rosanna schaute mir tief in die Augen.

»Hörst du die Musik? Die habe ich mir gewünscht.«

Ich konzentrierte mich auf die Klänge und lauschte dem Stück. Irgendwie kam mir der Titel zwar bekannt vor und möglicherweise hatte ich ihn schon mal gehört. Aber mehr fiel mir dazu nicht ein.

»Von wem ist der Titel?«

»Ach«, sagte sie, »der Song ist bereits einige Jahre alt. Er ist von der Band *Zero7* und heißt *Out of Town*. Passt doch, oder? Denn ich bin gerade sehr weit weg von meiner Heimatstadt, *Out of Town* eben.«

»*Zero7* mit *Out of Town* ... okay, das kann man sich merken, *werde* ich mir auch merken, denn es ist ja schließlich unser erster gemeinsamer Song hier in London.«

Die melodische Lounge Musik mit den leichten, beschwingten Takten von *Zero7* passte gut zu unserem Abend.

»Und, Peter, kannst du dir nicht ein paar Tage frei nehmen?«

Mir rasten die Gedanken durch den Kopf. Was für eine gutaussehende, attraktive Frau. Diese bezaubernden braunen Augen. Ihr charmantes, offenes Wesen. Natürlich reizte mich der Gedanke, zusammen mit ihr ein paar Tage in London zu verbringen. Einfach mal alles Alltägliche hinter mir zu lassen und drei oder vier Tage bis zum Wochenende auszuspannen. Vielleicht auf der Isle of Wright, mit einer Traumfrau? Was sprach denn eigentlich dagegen? Ich war schließlich Single und eine so direkte Art wie bei ihr, hatte ich schon lange bei keiner Frau mehr erlebt. 'Why not', schoss es mir durch den Kopf. Dennoch war ich hin und her gerissen und versuchte, die Unterhaltung wieder in eine andere Richtung zu lenken. Wir sprachen über London und über die Olympischen Spiele, die hier im nächsten Jahr stattfinden sollten. Dann kamen wir zu den europäischen Themen und diskutierten die aktuelle wirtschaftliche Verfassung der südeuropäischen Staaten und die drohende Eurokrise. Nebenbei streiften wir die Musikcharts und die neuesten Trends in der Kommunikationstechnik. Es war eine lebendige, angeregte Unterhaltung.

So wurde es spät und schließlich waren wir beim Espresso angekommen. Rosanna bat um die Rechnung und beglich die Summe. Ich bedankte mich herzlich und bekräftigte, dass ich sie gerne im Gegenzug bei nächster Gelegenheit einladen würde. Anschließend gingen wir zur Garderobe, holten unsere Jacken und fuhren mit dem Lift wieder ins Erdgeschoss.

'Wie konnte es jetzt weiter gehen?', dachte ich. 'Zurück ins Hotel? Ich in meines, sie in ihres?' Würde ich mich am nächsten Tag wieder ganz normal in meine Businesswelt auf der Konferenz stürzen und dann am Nachmittag zurück nach Hamburg fliegen? Oder gab es irgendeine Chance auf eine Fortsetzung des Abends? Zögernd und in Gedanken versunken standen wir vor dem Eingang des *Babylon* und schauten uns in die Augen. So anziehend ich sie fand, so gehemmt war ich plötzlich und traute mich nicht, aktiver zu werden, ihr näher zu kommen, vielleicht ihre Hand zu halten. Oder sollte ich gar versuchen, sie zu küssen? Erwartete sie das von mir? Wir standen gespannt an der Gebäudewand und außer uns waren keine Passanten mehr in dieser abgelegenen Seitenstraße. In diese stille Atmosphäre zischte auf einmal unerwartet ein Schuss, völlig überraschend und unvermittelt. Ein Schuss, der knapp über unseren Köpfen hinweg an die Hauswand prallte. Wir erschraken uns zu Tode, Rosanna schrie.

»Hilfe. Was war das?«

Voller Schrecken blickten wir zur anderen Seite der Straße und erkannten dort eine schemenhafte, dunkle Gestalt, die sich an einen Wandvorsprung kauerte. Was um alles in der Welt passierte hier? Wir rückten schlagartig aneinander und ich nahm Rosanna schützend in die Arme. Welche Gefahr ging von dem Angreifer aus, galt der Schuss uns? Fest erstarrt verfolgten wir die Szenerie.

Der dunkle Mann stand auf der gegenüberliegenden Straßenseite in einem Hauseingang etwas links von uns, in Richtung der Kensington High-Street. Voller Angst sah ich Rosanna an. 'Was nun?', schoss es mir durch den Kopf. Ich wusste nicht, ob vor oder zurück - wie angewurzelt standen meine Beine fest auf dem Boden. Angreifen? Fliehen? Ich war unschlüssig angesichts dieser extremen Gefahrensituation. Es war der absolute Stress. Mein Körper schüttete Unmengen von Adrenalin und Cortisol aus. Die Stresshormone. Seit Urzeiten. Innerhalb von Sekundenbruchteilen beschleunigte sich meine Atemfrequenz und ich hörte mein Herz pochen. Alle Sinne waren geschärft. Meine Muskeln waren angespannt. Was sollte ich tun? Ein Kampf oder Angriff kam überhaupt nicht in Frage - schon aufgrund der Unverhältnismäßigkeit der Mittel, da wir ohne jeden Schutz waren und ohne jede Waffe. Wenn der Schuss uns gegolten haben sollte, dann mussten wir fliehen. Doch irgendetwas hielt mich noch zurück. Warum konnte ich mich nicht entscheiden?

»Lass uns weg von hier«, flüsterte Rosanna hastig.

Wie paralysiert stand ich neben ihr. Hilflos suchten meine Augen nach einem Ausweg aus dieser misslichen Lage. Ich sah hinüber in die Ecke, wo die dunkle Person verharrte.

Ich glaubte zu erkennen, dass der Mann seinen Arm hob und mit einer Waffe auf uns zielte. Wollte er etwa noch einmal auf uns schießen? Shit! Rosanna setzte noch einmal nach und fauchte mich an.

»Los, weg hier, bloß weg.«

Mich durchfuhr es. Mein ganzer Körper zitterte und ich fühlte, es war Zeit zu handeln. Ich nahm sie bei der Hand und wir rannten los. Rechts hinunter, immer weiter die dunkle Straße hinab. Wenigstens waren wir nicht verletzt, wir lebten und konnten fliehen. Was auch immer gerade passiert war, wir mussten dieser Situation entkommen. Wir liefen weiter und unsere Schritte hallten als Echo von den Häuserwänden wider. Ich traute mich gar nicht, einen Blick zurück über meine Schulter zu werfen. Aber ganz deutlich vernahm ich weitere Laufschritte, die nicht zu unseren Bewegungen passten. Der Mann folgte uns. Er war hinter uns her! Unsere Schritte wurden schneller und schneller. Wann immer es eine Möglichkeit gab, in eine Straße einzubiegen, wir nahmen sie wahr.

Den Verfolger abschütteln, darum ging es. Um nichts anderes. Angsterfüllt rannten wir Straßenzug um Straßenzug, es wurde immer dunkler und ich konnte mich kaum noch orientieren. Völlig außer Atem blieben wir an einer Hausecke stehen, nur für eine kurze Verschnaufpause. Nun gab es die Möglichkeit, weiter geradeaus zu rennen oder den Weg nach rechts oder links einzuschlagen. Wir verharrten für einen Moment und schauten uns tief in die Augen.

»Tut mir leid, Peter. Ich weiß nicht, was hier los ist, aber das wäre dir sonst wahrscheinlich nicht passiert.«

»Ach, Rosanna, das hat doch nichts mit dir zu tun. Wir sind in einer Großstadt. Vielleicht will uns der Kerl ausrauben.«

Rosanna schüttelte den Kopf.

»Dann hätte er nicht gleich geschossen, sondern wäre zu uns gekommen und hätte uns um Feuer gebeten oder was weiß ich.«

»Mir ist ganz schön mulmig zumute. Gibt es denn hier niemanden, den wir um Hilfe bitten können? Oder sollen wir an einer Tür klingeln?«

»Nein, Peter, bevor uns da irgendjemand hinein lässt, kann dieser Wahnsinnige doch schon hier sein und wir wären verloren.«

»Ja, du hast recht, dann lass uns lieber weiter rennen.«
»Peter, warte noch. Hilfst du mir, meine Freundin Diana zu suchen?«
Ich blickte sie scharf an. Was sollte das? Ich fühlte mich in Lebensgefahr und sie fing schon wieder von ihrer Freundin an. Das musste ihr unglaublich wichtig sein.
»Rosanna, wir sollten uns erst einmal in Sicherheit bringen. Aber wenn es dich beruhigt ... okay ... für ein paar Tage kann ich dich begleiten. Lass uns das später bereden.«
»Okay, danke.«
Intuitiv hatten wir uns für den rechten Weg entschieden, kamen dann an eine weitere Kreuzung und so ging es noch zwei-, dreimal weiter. Im schnellen Schritt liefen wir die Straße hinunter und kamen in einen Bezirk, in dem sie sich wieder sehr gut auszukennen schien. Irgendwann waren keine weiteren Schritte mehr zu hören. Wir versteckten uns hinter einem parkenden Lieferwagen und beobachteten die Szenerie. Aufmerksam lauschten wir. Erst wenn alles still blieb, wollten wir weiter gehen.
»Peter, danke, dass du bei mir bist und mich bei der Suche unterstützt. Vielleicht hat der Angriff doch etwas mit Diana zu tun?«
»Ach Quatsch, das ist viel zu weit hergeholt. Dazu reicht meine Fantasie nicht aus. Wir sind hier beide unbekannt in der Stadt.«
Sie zog mich ganz nahe an sich heran und hauchte mir einen Satz ins Ohr, den ich nicht mehr vergessen sollte.
»Hast du Lust auf ein Abenteuer? Ein Abenteuer, wie du es noch nie erlebt hast?«
Ich schaute ihr tief in die Augen. Lust auf ein Abenteuer? Es war die pure Erotik, die in diesem Satz zum Ausdruck kam. Es knisterte mächtig. Ich spürte ein merkwürdiges Gefühl des Begehrens, welches sich durch meinen ganzen Körper zog und mir einen wohligen Schauer über den Rücken jagte. Für einen kurzen Moment vergaß ich alles um mich herum, auch die Bedrohung durch den Unbekannten. Lust auf ein Abenteuer, ein Abenteuer, wie ich es noch nie erlebt hatte? War das eine Drohung, ein Versprechen, eine Ankündigung? Es war eine Mischung von alledem und machte mich neugierig.

Sie hatte den Kopf leicht zur Seite gelegt und ein leichter Windzug wehte ihr Haar sanft nach hinten. 'Verführerisch, der Traum von einer Frau', dachte ich und lächelte, ich konnte gar nicht anders. Sie sah mich an, lächelte zurück und stieß mich dann wieder von sich.
»Komm, wir müssen weiter.«

Der Schock saß uns beiden noch ziemlich in den Knochen, wir rannten die dunkle Straße hinunter. Rosanna schien sich sehr gut auszukennen in dieser Gegend von London. Ich kam kaum hinterher.
»Können wir nicht ein Taxi nehmen, du weißt doch gar nicht, wohin wir jetzt laufen.«
Sie drehte sich nur kurz um, lächelte und sagte:
»Komm einfach!«
Meine sportliche Kondition war nicht so gut, wie ich sie mir gewünscht hätte und ich dachte, 'okay, noch zwei, drei Straßen dann gebe ich auf. Warum mache ich das hier eigentlich? Warum geschah dieser Angriff, wir waren doch Unbekannte hier?!'
Rosanna blieb stehen und drehte sich zu mir um. Sie stand am Anfang einer kleinen Gasse, winkte mit der Hand und gab mir zu verstehen, dass wir am Ziel waren. Ich schaute mich noch einmal um und prüfte, dass uns wirklich niemand bis hierher gefolgt war. Dann warf ich noch einen kurzen Blick nach oben in den dunklen Nachthimmel, ohne jede Ahnung, wo wir waren. Diese Ecke von London war mir völlig unbekannt. Wir standen vor einem recht alten Gebäude, etwas verfallen und verwittert. Es ging drei Stufen die Eingangstreppe hinauf, die Tür zum Hausflur war nur angelehnt. Sie knarrte als wir hinein gingen. Dann standen wir an der Wand im dunklen Eingangsbereich und warteten bis draußen wieder völlige Ruhe eingekehrt war. Außer dem Schrei einer Katze war nichts zu hören. Wir gingen die Treppen nach oben. Erstes Stockwerk, zweites Stockwerk, drittes Stockwerk und als die Treppen nicht mehr weiter führten, gab es nur noch eine Dachgeschosswohnung. Dort standen wir vor einer alten Holztür. Auf dem Türschild befand sich kein Name, daneben war allerdings ein modernes Zahlenschloss angebracht. Wie selbstverständlich stellte Rosanna den Zahlencode ein und die Tür öffnete sich. Sie lächelte mich an.

»Wo sind wir, Rosanna, wieso kennst du den Code?«
Mit leiser Stimme antwortete sie mir.
»Ein Freund wohnt hier. Der kann uns ein paar Tipps geben.«
Wir gingen einen langen Flur hinunter und es war nahezu finster. Durch die oberen Deckenfenster fiel nur ein wenig Licht vom Sternenhimmel und von den Lichtern der Großstadt. Am Ende des Flures war wieder eine Tür, eine eiserne Tür, vielleicht eine Feuerschutztür. Wieder gab es ein Zahlenschloss, aber diesmal auf beiden Seiten der Tür. Ich beobachtete wie Rosanna die Zahlenkombinationen zuerst rechts von der Tür und dann links eingab. Ich wunderte mich; normalerweise würde man doch auf der linken Seite anfangen, so wie man Texte liest. Aber was wusste ich schon?

Das leise Surren des elektrischen Türöffners signalisierte, dass wir hinein konnten. Ich warf noch einen Blick zurück, die erste Tür war bereits ins Schloss gefallen und auch diesmal vergewisserte ich mich, dass die Tür hinter uns fest verschlossen war. Jetzt blickten wir in einen großen Raum, im Stil eines Studios. 'Sehr unordentlich', dachte ich. Überall lagen Kleidungsstücke in den Ecken, Stühle standen vor fast jedem Monitor und der Raum war mit Bildschirmen nahezu voll gepflastert. Akten und aufgeschlagene Ordner verteilten sich willkürlich auf dem Boden. In jedem Winkel des Raumes blinkten irgendwelche kleinen Lämpchen an zahlreichen Routern, die mich sofort an mein Wi-Fi Netzwerk zuhause erinnerten. Nur, in diesem Raum gab es sie in hundertfacher Ausführung. Neben den Monitoren drangen Geräusche und leise Stimmen aus irgendwelchen Lautsprechern. Dazu kamen diverse TV Sender und mehrere parallel laufende Musiksender. Flüsternde *Liveblogs* unterlegten den unruhigen Klangteppich.

Geradeaus vor einem LCD-Flachbildschirm saß jemand mit einem grauen Kapuzenpullover. Die Kapuze über den Kopf gezogen. Dazu trug er eine Bluejeans und Sneakers. Saß dort in sich zusammen gehockt. Rechts neben ihm stand ein Glas Cola auf dem Schreibtisch und gleich daneben lag eine Tüte Kartoffelchips. 'Aha', dachte ich. 'Das scheint einer dieser Computer-Freaks zu sein. Woher Rosanna ihn wohl kannte?' Wir gingen normalen Schrittes auf den Mann zu, er drehte sich nicht um.

»Rosanna, schön, dass du da bist!«

Mich durchfuhr es, wie konnte er wissen, dass es Rosanna war?

»Wen bringst du mit?«

Sie legte ihre Hand auf seine Schulter.

»Ich bin froh, dass ich hier bin. Wir wurden verfolgt. Aber wer es auch war, wir haben ihn abgeschüttelt.«

Er drehte sich um, musterte mich mit einem Blick, wobei er mir zuerst in die Augen sah und dann langsam an meinem Körper hinab glitt.

»Wer bist *du*?«

»Mein Name ist Peter Berg. Ich bin eigentlich auf einer Geschäftsreise hier in London, als Teilnehmer bei einer Konferenz.«

Er blickte mich an und sah mir direkt in die Augen.

»Okay.«

Eine Stille lag in dem Raum, als ob er mir tausend Fragen stellen wollte, aber sein Interesse komplett unter Kontrolle behielt. Und so unterbrach ich dieses leichte Schweigen.

»Und wer bist du?«

Ein Lächeln spielte um seine Lippen.

»Nenn mich Joe, alle nennen mich Joe. Mein wirklicher Name tut nichts zur Sache. Und eine Identität ist heutzutage nicht gerade das, was ich anstrebe!«

Etwas verwirrt dachte ich, 'so sind die Nerds von heute.'

»Nimm Platz«, sagte Joe und wir setzten uns auf zwei Hocker, die um seinen Schreibtisch herum standen.

Am Computer startete er den Bildschirmschoner. Rosanna drehte sich zum Schreibtisch, öffnete eine Schublade und holte zwei Gläser und eine Flasche Whisky heraus. 'Mann', dachte ich, 'sie kennt sich hier wirklich gut aus!' Kurz schoss mir durch den Kopf, ob die beiden mal etwas miteinander gehabt hatten. Doch, nein, das konnte ich mir nicht ernsthaft vorstellen. Joe, wie ich ihn nennen sollte, war vielleicht Ende zwanzig, älter mit Sicherheit nicht, und damit auch deutlich jünger als Rosanna. Aber die beiden schienen sich wirklich gut zu kennen und waren sehr vertraut miteinander. Rosanna stellte die beiden Gläser vor uns hin und goss ein wenig Whisky in jedes Glas. Ich blickte auf das Flaschenetikett, *Glen Morangie*. Es war ein Single Malt

Whisky aus den schottischen Highlands und älter als 12 Jahre. Sehr edel. Wortlos griff ich das Glas, nahm einen kleinen Schluck und ließ den exklusiven Geschmack um meinen Gaumen spielen. Irgendwie saß mir der Schock des Angriffs doch noch in den Gliedern. Joe nahm die Flasche Cola, die hinter ihm stand, setzte kurz an und schaute dann erwartungsvoll in ihre Augen.

»Joe, erzähl uns bitte etwas über die Sicherheit, die Sicherheit von Daten und darüber, was Peter benutzen sollte und was nicht.«

»Klar, gerne … aber warum? Was ist der Hintergrund?«

»Wir wurden vorhin angegriffen, Joe! Und ich vermute das hängt mit Diana zusammen. Ich will zu gerne wissen, was mit ihr passiert ist.«

»Ihr wurdet angegriffen? Wow. Von wem?«

»Keine Ahnung, Joe. Wir konnten entkommen.«

»Hey. Nicht, dass euch dieser Verwirrte bis zu meiner Bleibe gefolgt ist. Das kann ich nun wirklich nicht gebrauchen.«

»Sei beruhigt. Wir haben ihn abgeschüttelt.«

»Das klingt trotzdem gefährlich, Rosanna. Wir sind in London und eigentlich ist man hier sicher. Ihr wurdet wirklich angegriffen? Heute Abend?«, fragte Joe ungläubig.

»Ja, angegriffen. Wie oft soll ich es noch wiederholen? Wir kamen aus unserem Restaurant, dem *Babylon*, in der Nähe des Hyde Parks. Da war jemand und zielte mit einer Pistole auf uns. Wahrscheinlich mit einem Schalldämpfer. Es gab einen Schuss, der aber in der Häuserwand stecken blieb. Dann sind wir gelaufen, nur noch gelaufen.«

Joe atmete einmal tief durch und sah mich dabei an.

»Okay, ihr müsst natürlich zur Polizei gehen und den Vorfall melden. Wobei, das allein wird euch keine Sicherheit geben. Vielleicht war die Attacke ein Baustein, ein kleiner Baustein in einem großen Mosaik und jeden Tag wird das Puzzle größer.«

»Meinst du, es kann wirklich damit zusammenhängen, dass ich Diana suche?«

»Woher soll ich das wissen. Aber es kann sein, dass da etwas dran ist.«

»Ich finde sie nicht mehr. Nirgendwo. Es gibt kein Lebenszeichen von ihr. Keine Daten, keine Email-Adressen, kein Telefon. Sie ist wie vom Erdboden verschwunden.«

»Ja, das hast du mir letzte Woche geschrieben, ich weiß. Deshalb wolltest du ja auch nach London kommen, um hier wieder ihre Spur aufzunehmen. Nur, wie soll denn davon jemand Wind bekommen haben?«

»Ich glaube, wir wurden abgehört oder jemand hat meine Emails gehackt. Vielleicht hat Diana Feinde und die Suche nach ihr stört irgendwelche Kreise und stellt für die eine Gefahr dar. Jedenfalls ist heute Abend auf uns geschossen worden. Das war keine Einbildung und keine Illusion.«

»Ihr müsst euch schützen.«

»Wie?«

»Das ist relativ einfach. Ihr müsst als Erstes jede Verbindung nach außen abbrechen, komplett stilllegen. Angefangen beim Internet, eurem Rechner, bei jeder Email-Abfrage, beim Telefon, Handy, deinem Fotoapparat - vor allem wenn der eine eingebaute Geolocation hat. Selbst MP3-Musikplayer mit Bluetooth könnten betroffen sein. Denkt an alles, wo eine Internetverbindung, Wi-Fi oder sonst etwas Drahtloses enthalten ist.«

'Jetzt übertreibt er', dachte ich.

»Und glaubt mir, dass hört nicht bei den elektrischen Geräten auf. Ihr müsst auf eure Kleidung aufpassen. Peter ... «

Er musterte mich ganz genau.

»Hm ... an deiner Stelle würde ich mich neu einkleiden! Wer weiß, was du schon an RFID - Chips in deiner Kleidung hast.«

»Oh«, ich schmunzelte. »Ist das nicht ein bisschen weit hergeholt, Joe.«

»Nein, das würde ich nicht sagen. Es gibt einige Hersteller, die bereits diese Chips versteckt mit einnähen. Eigentlich soll damit gecheckt werden, wann du wieder in die Läden hineingehst, man will dein Kaufverhalten überprüfen. Nur, all diese Daten sind abrufbar. Sie werden schon bei dem Kauf der Kleidung mit deiner Kreditkarte verknüpft. Untrennbar verwoben mit dir und deiner Adresse. So kann man bestimmte Bewegungsprofile anlegen. Deine gesamten Einkäufe per Kreditkarte - das alles sind eindeutige Profile. Genau wie dein Bankkonto. Denke an die *Swift*-Daten bei deinen Überweisungen. Ein bekannter Spruch lautet: Folge dem Weg des Geldes. Du siehst, man kann alles nachvollziehen, wenn du sorglos deinen *Foot-print* hinterlässt.«

Ich atmete tief durch. 'Was wird das hier', dachte ich. Eigentlich war es doch nur eine Geschäftsreise. Jetzt saß ich hier in einem merkwürdigen Computerraum mit einem absoluten *Nerd*, der mir etwas über Überwachung und Datensicherheit erzählte. Joe griff ein paar Potato Chips, kaute genüsslich und fuhr fort.

»Weißt du, der gläserne Bürger ist eigentlich nur der Anfang. Es geht darum, die Profile kontinuierlich zu beobachten und eigentlich schon vorher zu wissen, was Menschen vorhaben und was passieren wird.«

Ich blickte auf, wollte aber nicht widersprechen.

»Und?«

»Ja, das ist eigentlich alles ganz einfach. Stell dir vor, du sitzt vor irgendeinem Rechner – an einem beliebigen Ort auf der Welt - und du darfst über eine Suchmaschine, nehmen wir Google, einfach ein bisschen herumspielen. Viele Menschen geben ihren eigenen Namen ein und schauen erst einmal nach, was über sie selbst im Netz steht. Gut, sagen wir mal, du bist etwas vorsichtiger und gibst nicht deinen Namen in das Suchfeld, wühlst aber nach deinen Interessen. Du surfst von einer Seite zur nächsten. Die sogenannten Cookies hinterlassen ihre Spuren im Netz. Daraus lassen sich Profile erstellen, manchmal dauert es weniger als eine Stunde, bis man anhand dieser Daten sehr einfach feststellen kann, wer du bist, wo du bist, was dich interessiert und vielleicht ahnt man schon, was du denkst.«

Ich blickte zu Rosanna, für sie schien das alles nicht neu zu sein. Sie nickte.

»Joe, kannst du mal tiefer in die Materie eindringen.«

»*No problem*. Irgendwann ist dein Profil hinterlegt bei einem *Social Network* oder wo auch immer. Da kann man genau orten, wo du auf der Erde bist, welches Foto du schießt, mit wem du sprichst, wen du magst, wen du nicht magst, wo deine Probleme liegen und welche anderen Menschen mit dir überhaupt zusammenhängen. Man kann dokumentieren, wann du mit wem telefonierst, wann und wofür du dein Geld ausgibst. Und wenn man das alles weiß, kann man mit hoher Wahrscheinlichkeit vorhersagen, wann du das nächste Mal ins Internet gehst, wonach du schaust und was dich interessiert. Letztendlich ist das der beste Weg, um deine Gedanken zu lesen.«

Ich schluckte.

»Ja, das kann sein, aber ich hab doch nichts zu verbergen ... «

Joe schmunzelte.

»Genau das ist das gängige Argument. Fast alle Menschen denken so und geben sich naiv hin, dass keine Gefahr droht. Gerade das macht es so gefährlich. *Welcome to the Chicken Farm*. Sie leben wie Hühner in der Legebatterie, die niemals realisieren werden, dass es eine höhere Lebensform, wie beispielsweise den Menschen, gibt. In der Welt eines Huhns haben wir und unsere Gedanken keine Relevanz. Und genauso geben die Menschen freiwillig fast alles von sich preis. Sie stellen unzählige private Bilder ins Netz, erzählen von ihren Reisen, ihren Begegnungen, von der letzten Party. Das macht sich die Polizei bereits zunutze und kann Handys orten, Profile erstellen und natürlich auch die User abhören. Jedes Mobiltelefon kann eine Wanze sein. Jedes Foto, das du ins Netz stellst, erzählt eine Geschichte. Mit den *EXIF* Daten, die in den Fotodateien enthalten sind und den *Geotagging* - Informationen, kann man leicht ausspionieren, wann du wo gewesen bist. Und nun stell dir mal vor, du bist in einer Stadt der einzige, der das nicht tut. Das alleine kann dich schon verdächtig machen.«

Ich atmete tief durch, sah ihn an. Ich wusste noch nicht ganz, worauf er hinaus wollte. Er sah mich an.

»Du fragst dich, wer das wissen will? Woher die Mittel kommen, um das zu initialisieren und durchzuführen?«

Ich schaute ihn zustimmend an und schwieg auf die Frage.

»Die Mittel? Die Mittel sind unerschöpflich! Es geht um Macht, es geht um Einfluss, um globale Interessenlagen und die totale Kontrolle.«

Joe spielte sodann mit einem Kugelschreiber zwischen seinen Fingern. Er drückte den Stift mit der Minenspitze nach oben zeigend auf die Schreibtischplatte. Ein paar Mal, bis er ihn losließ, so dass der Stift einige Zentimeter nach oben sprang.

»Die Menschen leben ja nicht friedlich auf dieser Erde. Es ist der immerwährende Kampf um Macht, um Einfluss und um Kontrolle. Das Ganze liegt eigentlich unendlich lange in der Geschichte zurück. Die Staaten haben sich gegenseitig ausgekundschaftet. So kam die Spionage in unsere Welt! Es ging um das Abfangen von Nachrichten und darum, Spione hinter die feindlichen Linien zu bringen und soviel wie möglich über den Gegner herauszufinden. Aber es ist unglaublich schwierig, auf fremden Terrain wirklich an Informationen zu kommen und idealerweise gleich an der Quelle zu sitzen. Eigentlich ist es ja viel smarter, die Übertragungswege anzuzapfen. Früher konnte man Brieftauben abfangen, die Dokumente öffnen, lesen und dechiffrieren. Anschließend wurde die Nachricht wieder so verschlossen, dass es der Empfänger nicht merkte. Dann hatte man ein Vorwissen, welches manchmal noch wichtiger war, als die Nachricht einfach nicht ankommen zu lassen. Später wurden dann die Kuriere auf dem Weg zum Ziel überfallen. Die Kommunikationsleitung anzuzapfen, das ist der Clou! Verstehst du, Peter?«

Joe sprudelte förmlich, er war in seinem Element.

»Das ist viel eleganter, als Spione ins Feindesland zu schicken und alles auszukundschaften. Wusstest du, dass das gerade nach dem Zweiten Weltkrieg eine der zentralen Aufgaben war? Getrieben durch den Eisernen Vorhang und die Angst, dass es irgendwann wieder zu einem Überraschungsangriff wie 1941 kommen konnte. US-Präsident Eisenhower hatte 1954 eine Geheimdienstkommission eingesetzt. Die Aufgabe, die er Allen Dulles, dem damaligen CIA-Chef gab, lautete: 'Wir wollen doch kein zweites Pearl Harbour'. Dulles wiederum bestimmte James Killian zum Leiter dieser Arbeitsgruppe. Das Interessante daran war, dass Killian auch der Präsident des *MIT* war, also vom *Massachusetts Institute of Technology*. Seine Aufgabe lautete: Wie kann man eine effiziente elektronische Überwachung inklusive einer Frühwarnung *vor* einem drohenden Angriff erreichen.«

Joe erhob sich von seinem Stuhl und ging ein paar Schritte durch das Zimmer. An der Wand zog er eine aufgerollte Landkarte von Europa herunter. Die Karte war schon älter und musste aus den 70er Jahren des letzten Jahrhunderts stammen, denn die politischen Grenzen wiesen noch den Eisernen Vorhang auf, der sich wie ein Riss quer durch Europa zog. Deutschland war auf dieser Karte noch geteilt. Er zeigte demonstrativ auf die Stadt Berlin.

»Die Geschichte hat sich in Berlin abgespielt. Berlin war nach dem Weltkrieg eine geteilte Stadt. Das wirst du, Peter, als Deutscher doch besonders gut wissen.«

Klar, mir kamen Erinnerungen aus den späten 80er Jahren von meiner Studienfahrt in den östlichen Teil der Stadt kurz vor der Maueröffnung in den Sinn. Die bedrückende Atmosphäre mit dem ständigen Gefühl, dass man von der Stasi, der Staatssicherheit der damaligen DDR, beobachtet wurde, hatte ich nie vergessen. Es war wirklich erstaunlich, wie sehr sich die Stadt nach der Maueröffnung am 9. November 1989 verändert hatte. Dieser Tag, der *9.11.*, war das wichtigste Datum der jüngeren deutschen Geschichte und war ganz eng mit Berlin verknüpft. Erst in der letzten Woche war ich dort wegen einer Businessveranstaltung gewesen und hatte das pulsierende Leben der Stadt erlebt. Ich dachte an mein Zusammentreffen mit der jungen Frau, Madeleine Adams, und an die interessanten Diskussionen um die Mondlandungen.

Was für ein Zufall, dass Joe sich gerade Berlin als Schauplatz für seine Ausführungen ausgesucht hatte. Er faltete die Hände, deutete auf Berlin und schob seine Hände sodann nach rechts und links auseinander, um damit die frühere politische Trennung anzudeuten. Joe zelebrierte seine Geschichte regelrecht. Ich nickte und war sehr angetan von seiner Argumentationsfreude und seiner Erzählkunst.

»Berlin war der Schnittpunkt zwischen Ost und West. Einer der großen Brennpunkte des Kalten Krieges. Eine westdeutsche Enklave inmitten der Deutschen Demokratischen Republik. Viele Agentengeschichten ranken sich um die berühmten Plätze in der Stadt. Die Glienicker Brücke beispielsweise war die Verbindung zwischen dem Westberliner Stadtteil Wannsee und Potsdam auf dem Boden der DDR. Die Brücke ist auch bekannt als die *Bridge of Spies*. Drei großangelegte Aktionen zum Austausch von Spionen fanden dort statt. Nach 1962 und 1985 wurde die letzte Austauschaktion am 11. Februar 1986 auf der Glienicker Brücke durchgeführt.«

Joe zeigte auf die Monitore und auf die schwarz-weißen Bilder, die eine Brücke darstellten. Vor vielen Jahren war ich mit meiner Ex-Frau Claudia an einem verlängerten Wochenende am Wannsee gewesen. Sicherlich waren wir damals auch über die Glienicker Brücke mit dem Auto gefahren, allerdings war mir der historische Zusammenhang gar nicht so bewusst gewesen. Joe gestikulierte lebhaft und rief ein weiteres Browserfenster auf.

»Aber zurück zu dem Ausspionieren von geheimen Informationen. Killian hatte in den 50er Jahren die Schriften und Nachrichten in der Hauptstadt der DDR im Fokus. Erst wurden die Dokumente aus der Ostberliner Postverwaltung entwendet und abfotografiert. Auf dem traditionellen Weg. Dann aber haben sie das Berliner Tunnelprojekt ins Leben gerufen. Es sollte ein fast fünfhundert Meter langer Tunnel unter der Erde in Richtung Ostberlin, also bis in die sowjetische Besatzungszone, getrieben werden.«

»Ein Tunnel?«

Davon hatte ich noch nie etwas gehört. Joe öffnete eine Schublade und zog ein großes Foto hervor, welches Männer in ihrer Bergwerkmontur zeigte.

»Hier schau! Das Ziel war das Fernmeldedatenkabel. Wenn man dieses anzapfen konnte, dann hatte man direkt die Informationen. Genial nicht wahr? Genau das wurde gemeinsam von den Amerikanern und den Briten unter dem Projektnamen *Jointly* geplant. Hunderte von Mitarbeitern aus der *Agency* sollten später mit der Abschrift der abgefangenen Fernmeldedaten beschäftigt werden. Der Tunnel wurde gegen Ende 1955 fertiggestellt und kurze Zeit danach wurden die Leitungen angezapft. Mehrere 10.000 Stunden an Informationen inklusive wertvoller Details über Kernwaffen wurden abgehört.«

Er machte eine Pause und ich sah ihn an.

»Wow, und das war wirklich so? Woher weißt du das alles über den Berliner Tunnel? Das ist ja faszinierend.«

Er blickte mich an.

»Yep, über das Berliner Tunnelprojekt wurde 1967 ein Dossier erstellt. Aber dieser Geheimbericht blieb weitere 40 Jahre unter Verschluss. Erst im Jahre 2007 wurde er zugänglich gemacht. Das Faszinierende ist eigentlich, dass das Prinzip der richtige Ansatz war: Nämlich die Daten auf dem Übertragungswege abzufangen. Nicht da, wo sie entstehen oder wo sie empfangen werden, sondern irgendwo dazwischen. Wo es niemand mitbekommt, wenn jemand mitliest. Du glaubst gar nicht, wie effektiv man das in der heutigen Zeit über die digitalen *Content Delivery Networks* umsetzen kann.«

Joe sah mich mit einem warnenden Blick an. Die *CDNs*, die *Content Delivery Networks*, davon hatte ich bereits gehört.

»Allerdings war das Projekt *Jointly* nicht so erfolgreich und nachhaltig wie gedacht. Nach kurzer Zeit, es hat nicht mal ein Jahr gedauert, ist die Operation aufgeflogen. Eigentlich war es sogar so, dass die Sowjets bereits *vor* dem Bau des Tunnel Bescheid wussten. Sie hatten durch einen Doppelagenten davon erfahren und konnten massiv falsche Informationen einspeisen und die Amerikaner wirkungsvoll täuschen. Die Daten und Informationen waren also schlussendlich wertlos.«

Es war fast so, als ob ich durch diese letzten Worte wieder etwas erleichtert war.

»Na, dann scheint das ja doch nicht so einfach zu sein.«

»Okay, Peter, das war ein Beispiel, wo es nicht funktioniert hat. Heute aber, wo unzählige Daten über das Internet verbreitet werden, musst du nur an den Schaltstellen sitzen. Nämlich an den Knotenpunkten, wo die Informationen fließen. Und wenn du dann das Puzzle richtig zusammensetzt, dann hast du ein Wissen, dass unerschöpflich ist.«

Rosanna nahm noch einen Schluck Whisky.

»Das ist der Schlüssel, damit hat man die Möglichkeit, die totale Kontrolle auszuüben.«

»Ja«, sagte ich zustimmend. »Dann braucht man keine Tunnel mehr graben und Datenleitungen anzapfen. Man muss sich nur selbst an die richtige Stelle im Datenkreislauf setzen.«

»Klar, das ist viel einfacher als mit riesigen Antennen Telefonate abzuhören und mit vielen Mitarbeitern nach Schlüsselwörtern in den Unterhaltungen zu suchen. Deshalb haben sie bei der *Agency* schon damals begonnen, die Experten auf das Internet umzupolen. Heute können wir davon ausgehen, dass Schlüsselwörter systematisch herausgefiltert werden. Ob in Emails, in Telefonaten, im Schriftverkehr, in Gesprächen oder im *Social Network Chat*. Du musst damit rechnen, dass du beobachtet wirst. Ständig.«

Er blickte an die Zimmerdecke und drehte dabei langsam seinen Kopf. Ich fand das etwas theatralisch, aber so wie er prüfend an die Decke schaute, konnte ich gar nicht anders und blickte ebenfalls nach oben, den Kopf leicht in den Nacken gelegt.

»Joe, was soll das? Du hast doch hier keine Wanzen oder Überwachungskameras installiert.«

Er schaute mich an.

»Nein, natürlich nicht! Aber wo auch immer du bist. Denke daran, dass es so sein könnte. *Be prepared*. Sei einfach vorbereitet. Du musst immer schon den nächsten Schritt des Gegners vorausdenken. Das, was er machen *könnte*, ist nicht das, was er als nächstes macht. Aber weil er es machen kann, wird er es früher oder später machen. Es ist wie beim Tennis Spiel. Du musst den Ball, den du gerade übers Netz gespielt hast, schon wieder in deiner Hälfte erwarten und erahnen! Du solltest nicht darauf warten, bis der Ball wirklich da ist. Und beobachte die Beobachter. Wenn du dir in einem Stadion ein Sportevent anschaust, beispielsweise ein Tennismatch, blicke doch einfach mal zu den anderen Zuschauern. An ihren Reaktionen kannst du ebenso gut erkennen, wie spannend das Geschehen unten auf dem Spielfeld ist. Beobachte die Beobachter. Die verschiedenen Layer, die operativen Ebenen, sind alle miteinander verbunden. Unten auf dem Rasenfeld sind es die Spieler und das direkte Geschehen. Das ist also die erste Wirklichkeitsebene. Die Zuschauer markieren die zweite Ebene. Wenn Du das Publikum beobachtest, bist du schon auf der dritten Metaebene angekommen. Das gleiche kannst du auch im Kino bei einem Hollywood-Blockbuster erleben. Oder, wenn du das nächste Mal einen Fotografen siehst, wenn er bei einem *Fotoshooting* aktiv ist. Stell dir immer vor, wer auf welcher Wahrnehmungsebene ist und wo du dich selbst befindest. Beobachte die Beobachter.«

»Okay«, sagte ich. »Verstanden! Die Informationen sind also überall. Was rätst du uns, wie sollen wir uns nun verhalten?«

»Wie schon gesagt: Legt eure elektronischen Geräte zur Seite oder noch besser, schickt sie auf eine Reise. Sende dein Telefon doch einfach mit einem vollen Akku an deine Heimatadresse. Entledige dich deiner Kleidung, gib sie im Hotel ab oder bring sie in eine Wäscherei. Was auch immer. Rosanna habe ich das alles schon einmal erzählt. Sie kennt sich aus. Du kannst eigentlich sehr gut deine Spuren verwischen und in eine andere Richtung lenken. Und wenn du dann ins Internet gehen willst, nutze die entsprechenden *Shields*. Wenn ihr euch über das Festnetz einwählt, weiß man genau, welchen Anschluss ihr nutzt. Nehmt deshalb *IP-Scrambler*, die eure Standortdaten verschleiern, wenn ihr online geht. Ihr braucht einen *VPN*

Clienten, der euren Internetverkehr über einen Proxy-Server umleitet und somit eure Identität verschleiert. Wichtig ist, dass eure Internet Adresse, eure IP-Adresse, geheim bleibt. Wählt euch über mobile Dienste in die Internet Verbindungen ein, die nur das Land zurückmelden und nicht euren genauen Aufenthaltsort. Verbindungen über einen Satelliten gehen auch - es gibt einige sichere Möglichkeiten. Du brauchst eine wirklich gute *Stealth* Technik, die dich versteckt.«

Joe war ein Profi, durch und durch. Es hätte mich schon interessiert, womit er sich seinen Lebensunterhalt verdiente und ob er auch einem normalen Beruf nachging. Viele Fragen schossen mir durch den Kopf, da bemerkte ich, dass Rosanna aufgestanden war und Joe ihr etwas übergab. Es war eine Laptop Tasche, erstaunlich klein und kompakt. Er beschrieb ihr den Inhalt und deutete auf die Komponenten.

»Dieses Hochleistungs-Notebook hat den besten Virenschutz und ist mit allen Shields ausgerüstet. Ihr könnt mobil ins Netz gehen. Über UMTS oder über ein 3G Netz. Cookies sind genauso unterbunden wie das Mikrofon oder die Kamerafunktionen. Alle wichtigen Programme zur Recherche und zur Bildanalyse sind schon installiert. Es ist das Sicherste, was ihr heute in dem Segment bekommt.«

Rosanna gab ihm ein Bündel großer Pfundnoten in die Hand.

»Danke dir, Joe.«

Sie drückte ihn und legte die Arme um seinen Hals. Am Fenster sah ich einen hellen Lichtschein. Joe hatte zwar die Gardinen vorgezogen, dennoch war es eindeutig ein heller Lichtkegel, der dort hinein blinkte. Ich erschrak. War uns doch jemand bis hierher gefolgt? Joe blickte zum Fenster.

»*No problem*, da passiert nichts. Wir haben einen neuen Hausmeister, der geht jetzt die Gasse entlang. Er macht abends immer seinen Kontrollgang. Ich denke nicht, dass irgendein Fremder in der Nähe ist.«

Rosanna nahm den letzten Schluck und warf Joe eine dankende Geste zu. Ich leerte mein Glas und stand auch auf.

»Danke, Joe.«

»Wenn ihr mich irgendwie brauchen solltet oder falls euch etwas Merkwürdiges auffällt, es ist eine kleine App auf dem Notebook. Nennt sich *Tele'write*. Meldet euch einfach unter dem

User Passwort *Joey11OK* an. Alles weitere und die Kontrollfragen ergeben sich über die *App*. So könnt ihr mit mir in Kontakt treten.«

Zur Sicherheit wiederholte ich das Passwort.

»*Joey11OK*? Das ist einprägsam. Die Elf steht dabei sicher für unser aktuelles Kalenderjahr, das ist leicht zu merken.«

»Hm, das Kalenderjahr. Ja, wenn du so willst, Peter. Eigentlich ist die Zahl Elf allerdings die Meisterzahl und trägt in vielen okkulten Schulen eine gewaltige Bedeutung in sich. Die Elf steht nicht nur für die Übertretung der zehn biblischen Gebote und markiert den Schritt in das Reich der Sünde. Die Elf ist auch der Ausbruch aus einem geschlossenen System und wird oft mit jemandem assoziiert, der sich auf einer höheren Ebene der Existenz befindet. Es ist die Zahl des Krieges. Eine böse Zahl, eine teuflische Zahl, die für Magie und Zauberei steht. Daran solltest du immer denken, wenn dir diese Zahl begegnet.«

Joe hatte sich mit diesem warnenden Hinweis geradezu in Rage geredet und sprach fast wie ein Prediger. Er gestikulierte dabei wild mit seinen Händen. Als wurden ihm seine eigenen Emotionen augenblicklich bewusst, hielt er inne, und er deutete mit seiner Hand wortlos einen Abschiedsgruß an. Wir verabschiedeten uns und gingen. An der Eingangstür schauten wir noch einmal zurück. Joe saß schon wieder an seinen Rechnern und tauchte ab in das tiefe Universum des weltweiten Internets. Er drehte die Musik lauter. Ich glaubte, den orchestralen *Led Zeppelin* Titel *Kashmir* zu erkennen. Ein Subwoofer dröhnte mit stakkatoartigen Basstönen und die rhythmischen Klänge erfassten den gesamten Raum.

Wir verschlossen die Tür, gingen den Gang hinunter und verließen die Wohnung. Unten im Flur blickten wir noch kurz nach rechts und links, gingen dann an die Straßenecke. Wir nahmen ein herannahendes Taxi und fuhren zum Hotel. Nicht zu Rosannas Hotel, das war uns zu gefährlich. Wir wählten stattdessen den Weg zu meinem Hotel, dem *Russel Hotel,* ganz in der Nähe des Britischen Museums.

Wir kamen im Hotel an und gingen bewusst unauffällig durch die Lobby an der Rezeption vorbei direkt zum Fahrstuhl. Rosanna stand neben mir und etwas verlegen warteten wir auf den Lift.

Irgendwie war es mir doch ein wenig unangenehm, dass ich mich mit ihr an der Rezeption vorbei geschlichen hatte, ohne dass sie eincheckte, denn ich hatte ja nur ein Einzelzimmer. Aber wir wollten allen Formalitäten aus dem Wege gehen. Es dauerte ziemlich lange, bis der Aufzug im Erdgeschoss ankam und so blickten wir uns schweigend in der Lobby um. Das Hotel hatte einen recht altmodischen Charakter, aber auch einen gewissen Charme. Es war nicht übermäßig komfortabel, dafür jedoch sehr gemütlich. Gut gelegen und ideal für meine Tagung im Britischen Museum.

Wir fuhren in den vierten Stock und gingen zu meinem Zimmer. Ich öffnete die Tür und wir huschten hinein. Ich verschloss sofort die Tür und verriegelte sie mit der Sicherheitskette. Dann lächelte ich Rosanna an.

»Voilà und willkommen in meinem bescheidenen Zuhause.«

Sie schmunzelte.

»Ja, es ist wirklich nicht besonders groß. Mein Zimmer wäre bedeutend großzügiger gewesen.«

Sie legte ihre Handtasche und die Laptoptasche auf den Tisch, streifte sich ihre Jacke ab und zog ihre Schuhe aus. Ich verharrte etwas, hielt mich mit meiner linken Hand am Türrahmen zum Badezimmer fest. Sie kam mit dem linken Fuß einen kleinen Schritt näher, winkelte ihr rechtes Bein leicht nach hinten an, griff mit ihrer linken Hand in Richtung der Wand und stützte sich ab. Und sie kam mir näher und näher.

Mir schossen unendlich viele Gedanken in diesem Moment durch den Kopf. Es war nicht die Konferenz, es waren nicht die beruflichen Themen, die mich beschäftigten. Es war der heutige Tag, die vielen Eindrücke, das Wiedersehen mit Rosanna im Britischen Museum, unser Walk durch die Ausstellung und der *Rosetta Stone*. Das Dinner im Restaurant *Babylon*. Die Diskussion über ihre verschwundene Freundin. Der versuchte Anschlag auf uns und dann dieser paranoide Internetfreak, der mich weiter eingeschüchtert hatte – das alles schoss mir durch den Kopf, während Rosanna immer näher an mich heranrückte.

Der schmale, schwarze Träger ihres BH's war auf ihrer Schulter sichtbar neben die Bluse gerutscht. Es wirkte sehr erotisch. Ich blickte ihr in die Augen und sah, dass sich ihr Mund ganz leicht öffnete und sich die Lippen zu einem Kuss formten.

Mit meiner rechten Hand griff ich in Richtung ihrer Taille. Rosanna kam mir immer näher, bis sie quasi stehend gegen meinen Körper fiel. Wir küssten uns leidenschaftlich. Ich umarmte sie und wir drehten uns im Uhrzeigersinn an der Wand entlang.

Es war ja nur ein Einzelzimmer und nicht besonders geräumig. So drehten wir uns einmal, zweimal und beim dritten Mal, bevor es am Ende der Wand ins Leere ging, ließen wir uns mit einem Schritt in Richtung Bett fallen. Auf der weichen Matratze küssten wir uns heftig. Es war schön und voller Gefühl. Mit einem Hauch von Unendlichkeit. Wir drehten uns erneut und sanken tiefer in die Matratze. Meine Hände und ihre Hände waren überall. Es drehte sich alles in meinem Kopf. Hastig streiften wir unsere Kleidung vom Körper. Ich fühlte ihre Haut. So zart, so unergründlich. Ich folgte wie gefangen an ihrem Hals dem Geruch ihres Parfums und war hemmungslos berauscht. Die Gardine wehte am Fenster. Es war zum Glück geöffnet und ein leichter Windzug kam herein. Der Sternenhimmel draußen war klar. Irgendwann schliefen wir erschöpft und glücklich ein.

Kapitel 5

31. August, 2011

Mittwochvormittag

LONDON

Vom Fenster her, es musste einige Stunden später gewesen sein, drangen kräftige Lichtstrahlen in das Zimmer. Langsam öffnete ich die Augen, schaute um mich. Ich fand mich allein im Bett. Niemand sonst war im Zimmer. Ein Schreck durchfuhr mich. Wo war sie? Hatte sie in der Nacht das Zimmer verlassen, ohne dass ich es bemerkt hatte? Ich konzentrierte meine Sinne und hörte aus dem Badezimmer das Geräusch der Dusche. Es war dieses unbeschreibliche Glücksgefühl, welches mir augenblicklich durch den ganzen Körper schoss. Sie war noch da! Denn so sehr ich auch den gestrigen Tag verwirrend fand und noch immer ziemlich verstört war, so wenig hätte ich mir jetzt gewünscht, dass alles jetzt einfach so vorbei wäre und sie wieder verschwunden wäre. Nein, irgendwie hatten sich mir Rätsel aufgetan und ich war neugierig geworden. Ich stand auf. Sie kam im Bademantel und mit einem Handtuch über dem Kopf zu einem Turban zusammengebunden aus dem Badezimmer, gab mir einen Kuss auf die Wange und lächelte mich an.

»Mach dich fertig, wir haben noch viel vor.«

»Okay, ganz wie du meinst«, sagte ich und verschwand im Bad. Keine zwei Minuten stand ich unter der Dusche, als sie die Glastür aufschob und zu mir unter den Wasserstrahl folgte. Rosanna umarmte mich und drückte ihren nackten Körper gegen meinen. Wir seiften uns zärtlich ein, das Shampoo rann an unserer Haut hinunter. Heiß, es war wirklich heiß. Dann trockneten wir uns gegenseitig ab und zogen uns an.

In kürzester Zeit waren wir unten an der Rezeption und ich checkte aus. Rosanna hatte sich taktvoll mit meinem Koffer zum Concierge begeben. Nicht auszudenken, wenn ich an der Rezeption auch noch hätte erklären müssen, ob ich denn alleine in meinem Einzelzimmer übernachtet hätte. Ich sah, wie Rosanna meinen Koffer abgab. So hatten wir es besprochen: Alle meine Sachen sollten hier bleiben, bis wir wieder zurückkehrten. Rosanna wollte dieselbe Prozedur in ihrem Hotel erledigen und dort ihre gesamten Kleidungsstücke sowie ihr Mobiltelefon in einem gesonderten Koffer im Hotel deponieren. Mein Telefon und meinen Blackberry hatten wir bereits oben in meinem Zimmer in einen großen Umschlag gepackt. Die Idee war, dass beide Geräte an meine Agenturadresse in Hamburg geschickt wurden. Wer auch immer meine Log-In Spuren verfolgen würde, wäre auf einer ganz anderen Fährte gelandet. Eine Email schickte ich an Frederik und meldete mich offiziell bei ihm ab. 'Bis zum Ende der nächsten Woche könnte es dauern', schrieb ich ihm. Das wären zehn Tage und an einen längeren Zeitraum wollte ich wohlweislich nicht denken. Frederik würde sich um unsere Businesskontakte kümmern und ich musste mich sicher nicht sorgen. Eine weitere Mail schickte ich an meinen Sohn sowie an meine Ex-Frau, dass ich für ein paar Tage nicht erreichbar sei. Ein letzter Gedankencheck, ob ich an alles gedacht hatte, dann waren meine mobilen Geräte in dem gepolsterten Umschlag verschwunden. Mit voll aufgeladenem Akku sollten sie nun ihre Reise zurück nach Hamburg antreten.

Rosanna organisierte alle Formalitäten mit dem Concierge. Ich hatte in der Zwischenzeit an der Rezeption ausgecheckt und bekam die Rechnungskopie. Anschließend ging ich einige Schritte hinüber zu Rosanna. Sie gab mir den Quittungsbeleg für den Koffer.

»Hier, Peter, nimm den Abschnitt. Damit kannst du all deine Sachen zu einem späteren Zeitpunkt abholen.«

Ich schaute sie an.

»Wann wird das sein, Rosanna?«

Sie nahm mich in den Arm und wir gingen durch die Drehtür und verließen das Hotel.

»Quando? Ich weiß nicht, wann das sein wird.«

Sie lächelte und wollte meine Befürchtungen zerstreuen.

»Egal wann, Peter, es ist kein Problem. Ich habe dem Concierge ein gutes Trinkgeld gegeben. Er wird ein Auge auf deinen Koffer werfen. Auch wenn es zwei Wochen sein sollten.«

Ich sah sie an. Zwei Wochen? Na das konnte ja abenteuerlich werden. Solange hatte ich mir das eigentlich nicht vorgestellt. Abwarten. Denn wann hatte ich je zuvor eine so attraktive Frau an meiner Seite gehabt? Daher wollte ich diesen Zeitraum nicht von vorne herein in Frage stellen.

»Hast du ihm auch mein Handy und meinen Blackberry gegeben?«

»Ja, klar, das wird heute noch an die Adresse verschickt, die du mir gegeben hast. Die Geräte gehen auf die Reise und werden eine schöne Spur hinterlassen. Irgendwann wird sich dein Handy nicht mehr einloggen, weil der Akku aufgebraucht ist. Dann weiß niemand, wo du bist oder wo du vorher warst.«

Sie musterte mit einem prüfenden Blick meine Kleidung.

»Und das, was du anhast, das müssen wir heute auch noch wechseln … !«

Sie dachte wirklich an alles. Ich war beeindruckt.

Wir winkten ein Taxi herbei und Rosanna nannte das Ziel, das *Guoman Hotel* an der Tower Bridge. Auf dem Weg dorthin kamen wir an vielen Sehenswürdigkeiten vorbei. Aus dem Taxifenster heraus sah ich ein pyramidenförmiges Gebäude, welches sich noch im Bau befand. *The Shard*, 'Die Scherbe', genannt. Das unübersehbare Bauwerk sollte eigentlich im Olympia-Jahr 2012, fertiggestellt sein. Eigentlich. Denn erst 2013 sollte es schließlich eröffnet werden. Wir kamen näher an unser Ziel. Vor dem eindrucksvollen Gebäude *Ten Trinity Square* befand sich ein kleiner Park und viele leicht bekleidete Menschen verbrachten dort auf dem Rasen ihre Mittagspause. Ich blickte nach rechts aus dem Taxifenster und sah direkt auf den Tower von London.

Der Aufbewahrungsort der Kronjuwelen! Der Tower war die älteste Sehenswürdigkeit der Stadt und wurde schon vor 1000 Jahren gebaut. Die neueste Attraktion sollte nun die Pyramide, *The Shard*, werden. In den Londoner Ostgebieten kamen letztlich die neuerbauten Olympischen Stätten hinzu. Überhaupt gab es so viele geschichtsträchtige Orte in London und überall waren die Straßen gesäumt von den vielen internationalen Touristen.

Es war der deutsche Dichter Theodor Fontane, der bereits im 19. Jahrhundert begeistert über London schrieb: *Der Zauber Londons ist seine Massenhaftigkeit. Wenn Neapel durch seinen Himmel, Moskau durch seine funkelnden Kuppeln, Rom durch seine Erinnerungen wirkt, so ist es beim Anblick Londons das Gefühl des Unendlichen, was uns überwältigt.* 'Wie wahr', dachte ich und genoss jeden Augenblick und jede Sekunde.

Wir fuhren in die Hoteleinfahrt und rechter Hand erhob sich imposant die Tower Bridge über die Themse. Das alte Wahrzeichen der Stadt wurde im Jahre 1894 erbaut und thronte noch immer vor den neuen Wolkenkratzern. Rosanna beugte sich im Taxi nach vorne zum mittleren Innenfenster und instruierte den Fahrer.

»Warten sie hier, ich muss nur mein Gepäck holen.«

Sie verschwand im Hotel und ich versuchte mich etwas im Smalltalk mit dem Fahrer. Wir sprachen über das Wetter, drückten unsere Skepsis angesichts der Finanzkrise aus und gaben unseren Spekulationen über Griechenland und den Euro neue Nahrung. Nach einigen Minuten wurde ich dann doch leicht ungeduldig, stieg aus und vertrat mir die Beine. Ich blickte am Gebäude hoch, *The Tower Hotel*. Der Name war naheliegend, da sich die Tower-Bridge und der Tower in nächster Nähe befanden. Hinter dem Hotel kam man über eine kleine Holzbrücke zu einem Yachthafen, der durch eine Schleuse mit der Themse verbunden war. So wurden die Gezeiten ausgeglichen. Nobel, so lagen die Luxusyachten unabhängig von der Tide niemals auf dem Trockenen und die Eigner mussten bei Hochwasser nicht auf ihre Schiffe klettern. 'Welch ein Vermögen muss es in London und vor allem in der Londoner City geben', dachte ich. Das war schon eine andere Welt.

Ich kehrte zum Taxi zurück. Zeitlich war es genau passend, denn Rosanna kam gerade aus der gläsernen Drehtür. Inmitten des Rondells vor dem Hotel standen bereits zwei Koffer in Handgepäckgröße sowie daran angelehnt eine Tragetasche und unsere spezielle Laptoptasche mit dem gesamten technischen Equipment. Wieso waren es zwei Koffer? Ich ging ihr entgegen, sie deutete auf eines der Gepäckstücke.

»Hier nimm mal, bitte.«

Der Koffer war relativ leicht und wir gingen zum Taxi zurück.

»Wir reisen mit Handgepäck, das ist einfacher beim Fliegen und es kann nichts verloren gehen. Das ist dein Koffer!«
Sie erstaunte mich schon wieder.
»Meiner?«
»Ja, habe ich alles arrangiert. Ein paar Hemden und Hosen.«
»Rosanna, wie geht das? Woher wusstest du ... ?«
Unmöglich. Wie konnte sie das so schnell besorgt haben? Gut, meine Körpergröße und die Konfektionsgröße, dies alles mag für eine Frau mit geübtem Auge vielleicht kein großes Geheimnis sein. Dennoch verblüffte und faszinierte es mich. Damit hatte ich nun wirklich nicht gerechnet.
»Frag nicht so viel. Das habe ich über das Hotel organisieren lassen. Ich kenne doch deine Größen. Ein Blick heute früh in die Etiketten deiner Kleidung und ein Anruf hier bei der Rezeption, das reichte aus. Die Jungs sind fit, ich hoffe, die Sachen gefallen dir.«
Rosanna Sands, was für eine Frau. Ich schaute sie begeistert an. Sie hatte eine beigefarbene, eng geschnittene Röhrenjeans an und schwarze Pumps. Dazu trug sie ein knapp anliegendes, leuchtend blaues T-Shirt, welches ihre ohnehin schon attraktive Figur noch zusätzlich betonte. Eine leichte, hellbraune Lederjacke hatte sie über die Schultern geworfen. *Tres chic.* Ich selbst hatte heute morgen meine bevorzugte Reisekleidung angezogen. Eine leichte Jeans, meine grauen *Boxfresh* Wildleder Schuhe. Dazu das blau weiß gestreifte *Hilfiger* Hemd und meine dunkelblaue Softshell Jacke. Das war's. Von allen anderen Kleidungsstücken musste ich mich bereits heute morgen trennen. Etwas verrückt war es ja schon. Rosanna schaute mich musternd an, deutete mit dem Zeigefinger von Kopf bis Fuß auf meine Kleidung und legte ihren Kopf leicht auf die Seite. Ich verstand, sie wollte mich auffordern, nun auch meine verbleibende Kleidung zu wechseln. Schon kam der Concierge mit einer weiteren Tragetasche zu uns und ich stellte zu meiner Überraschung fest, dass es fast haargenau dieselben Kleidungsstücke waren, die ich gerade trug. Wow, ich war begeistert und lief schnell noch einmal ins Hotel. Ich wechselte die Kleidung und übergab anschließend die Tasche dem Concierge.
»Können sie darauf auch bitte einen Blick werfen?«

Er nickte großzügig.

Wir kehrten zurück zum Taxi, doch bevor wir uns zu der nächsten Autovermietung fahren ließen, wollten wir noch einen Mittagssnack zu uns nehmen. Wir überquerten die Themse und legten einen Zwischenstopp beim *Oxo Tower* ein. Der Taxifahrer sollte auf uns warten und ich blickte beim Aussteigen neugierig auf den Stand des Taxameters. Wenn es nach mir gegangen wäre, hätten wir einfach das Gepäck mit in das Restaurant genommen und uns anschließend ein neues Taxi bestellt. Rosanna nahm allerdings nur ihre Handtasche und die Laptop-Tasche mit. So überließen wir dem Fahrer vertrauensvoll unsere Koffer.

In der obersten Etage, im achten Stock, hatten wir einen atemberaubenden Blick über die Stadt. Der *Oxo Tower* war ursprünglich einmal als Energiestation für das nahegelegene Postamt gegen Ende des 19. Jahrhunderts gebaut worden. Der Name *Oxo* war demnach schon seit langer Zeit mit dem Gebäude verwurzelt. Ich verband mit der Bezeichnung *Oxo* eine zusätzliche Bedeutung, denn *Oxo* stand seit Anfang der 50er Jahre auch für das erste Computerspiel. *Tic–Tac-Toe*. Es war weltweit die erste graphische Darstellung eines digitalen Spiels. Bis heute hatte sich daraus eine milliardenschwere Industrie entwickelt. Die virtuellen Welten wurden immer realistischer und in vielen Kinderzimmern fanden bereits die Kriegsspiele auf dem Bildschirm statt. Realität und Spiel verschmolzen mehr und mehr.

»Das Wort *Oxo* an sich ist ein Anagramm«, führte Rosanna aus. »Anagramme lassen sich von vorne wie auch von hinten gleich lesen. Oder es werden die Buchstaben in einer anderen Reihenfolge intelligent angeordnet und dann ergeben sich ganz neue Wörter. Die frühere Japanische Kaiserstadt von 794 bis zum Jahre 1868 hieß Kyoto und der Name der heutigen Hauptstadt Tokyo ist ein perfektes Anagramm dazu. Anagramme funktionieren natürlich auch mit Zahlen oder mit einer Kombination von Zahlen und Buchstaben.«

Abermals überraschte mich die exzellente Allgemeinbildung von Rosanna. Ich hatte schon von Anagrammen gehört, als ich vor langer Zeit ein Seminar zur Entwicklung von Werbebotschaften besucht hatte. Sogar manche Autonamen wurden auf diese Weise kreiert. Der *Camry* von Toyota entsprang angeblich aus den Buchstaben von *My Car*. Und *Subaru* sollte vorgeblich aus dem Slogan *You are a bus, du bist ein Bus* entstanden sein. Man hatte die englische Kurzform der Wörter *You are a bus*, nämlich *u, r, a Bus*, rückwärts angeordnet und so ergab sich der Kunstname *Subaru*. Anagramme wurden unter anderem eingesetzt, um verborgene Botschaften an die Eingeweihten mitzuteilen. Mit einer speziellen Software ließen sich im Internet sogar auf eine simple Art und Weise aus beliebigen Namen neue Anagramme gestalten. Wir gingen nach dem Essen noch ein paar Schritte auf die Dachterrasse und sammelten unsere Energie für die nächsten Stunden.

»Du willst also wirklich auf die Isle of Wight fahren?«

»Ja, Peter. Eindeutig. Diana hatte mir geschrieben, dass sie sich dort für einige Tage einnisten wollte. Ich habe den Namen des Vermieters und seine Adresse. Ich denke, dass wir sie dort finden werden.«

»Meinst Du nicht, wir sollten uns vorher noch bei der Polizei melden und über den Anschlag von gestern eine Anzeige aufgeben?«

»Was soll das bringen? Wir haben doch nichts Greifbares in der Hand. Da werden wir viele Stunden in der Bürokratie verbringen. Protokolle aufgeben, gegenlesen und korrigieren. Das war's dann. Mehr wird nicht passieren. Schlimmstenfalls wird man uns die ganze Story nicht einmal glauben.«

Anschließend brachen wir auf und ließen uns zur nächsten *Rent–a-Car* Zentrale von AVIS bringen. Der Taxifahrer hatte ein gutes Geschäft mit uns gemacht, genaugenommen mit Rosanna. Für die Wartezeit vor dem *Oxo Tower* wurde er fürstlich entlohnt. Wir mieteten ein Fahrzeug der Mittelklasse und Rosanna hinterlegte die Kaution mit Bargeld in relativ großen Pfundnoten. Ich wunderte mich, aber es passte ins Bild, dass es finanziell recht gut um sie bestellt sein musste. Die Anzeichen waren evident. Die Wahl des Hotels, ihr Lebensstil und ihre Kleidung. 'Es muss ihr richtig gut gehen', dachte ich. Nach der Klärung der Anmeldeformalitäten nahmen wir unser Auto in Empfang. Wir erhielten noch ein paar nützliche Informationen, wie wir am besten aus der Stadt kämen, so dass wir nicht in die Mautzonen geraten würden.

Schnell verstauten wir unser Gepäck im Fahrzeug. Rosanna wollte unbedingt fahren, was mir nicht unlieb war.

»Etwas ungewohnt ist es schon, beim Fahren auf der falschen Seite zu sitzen«, sagte ich und sie lächelte.

»Was meinst du, wie es mir erst geht. Wir sind doch beide den Linksverkehr nicht gewohnt.«

Nach wie vor war Großbritannien eines der wenigen Länder in Europa, die nicht den Rechtsverkehr übernommen hatten. Selbst in Schweden wurde schließlich am 3. September 1967 umgestellt, um fünf Uhr morgens in der Früh - an einem Sonntagmorgen. Allerdings gab es nach wie vor keine Anzeichen, dass das Vereinigte Königreich je über eine solche Umstellung nachdenken würde. Auf den Motorways war das Fahren zum Glück erheblich einfacher als im Stadtverkehr und wir kamen zügig in Richtung Southampton voran. Nachdem wir alle Radiosender durchgeklickt hatten, bat sie um ihre Handtasche und ich sollte ihr eine CD herausgeben. Es war eine unbeschriftete CD-R. Offensichtlich hatte sie sich ihre eigene *Playlist* zusammengestellt.

»Hey, hey, das ist doch wohl keine Raubkopie, Rosanna?«

»Nein, überhaupt nicht. Das sind viele meiner Lieblingssongs. Die habe ich alle auf verschiedenen CDs gekauft und mir nur neu zusammengestellt. Leg doch mal bitte die Disc ein.«

Der erste Song kam mir auf Anhieb bekannt vor. Den hatten wir gestern im Restaurant *Babylon* gehört, als sie sich bei der Band die Musik gewünscht hatte.

»Das war doch dieser Titel von gestern Abend, *Out of town* oder so ähnlich?«

»Ja, du bist gut. Ist von *Zero 7*. Dass du dir das gemerkt hast, Peter! Das Stück ist zwar schon einige Jahre alt, genau zehn Jahre sind's mittlerweile ... aber immer noch okay. Was meinst Du, wie lange müssen wir noch fahren?«

Es war nicht mehr weit und schon bald waren wir im Stadtgebiet von Southampton. Die Beschilderung war ziemlich übersichtlich und wir kamen ohne Umwege am Fährterminal im Hafengebiet an. Die Fähren der *Red Funnel* Linie fuhren in einem regelmäßigen Rhythmus und wir mussten nicht einmal eine halbe Stunde warten, bis wir auf das Schiff konnten.

Kapitel 6

31. August, 2011

Mittwochnachmittag

ISLE OF WIGHT

Die See war ruhig. Wir holten uns einen frisch aufgebrühten Kaffee und gingen an Deck, um die Sonne zu genießen. Es gab viele Sitzplätze und man hatte einen herrlichen Ausblick auf die Englische See. *The Solent*, so hieß das beliebte Segelrevier südlich der Küste. Southampton entschwand mehr und mehr aus unseren Blicken. Vor uns lag die Isle of Wright, die größte Insel an der Südküste Englands. Trotzdem war es eine recht überschaubare Insel, kaum größer als 20 mal 30 km, mit ihren 130.000 Einwohnern und dem Hauptort Newport. Die Insel war seit 1964 eigenständig und darauf legten die Bewohner großen Wert. Dabei verfügte die Insel über eine einzigartige Landschaft voller Ruhe und Natürlichkeit. Gerade im Sommer fand man hier perfekte Möglichkeiten zur Entspannung oder für Erkundungstouren. Für den Wassersport war die Insel geradezu ideal: Die traumhaften Strände boten sich fürs Segeln oder Kitesurfen geradezu an. Wir aber waren leider nicht zum Relaxen hergekommen. Schade eigentlich, das hätte mir ebenfalls sehr gut gefallen können.

So kamen wir nach einer ruhigen Überfahrt im Hafen von *Cowes* an und fuhren mit unserem Auto von der Fähre. Ich stellte das GPS-System auf die Zieladresse im Süden der Insel ein.

»Glaubst du eigentlich, dass auch solche Navigationssysteme verfolgt werden können?«

»Ach, ich weiß nicht. Bisher dachte ich, dass sich die Geräte nur die Daten von den Satelliten holen und nicht interaktiv sind.

Mindestens drei Satellitensignale brauchst du, sonst kannst du deine Position nicht orten. So ein Navi ist damit eigentlich nur ein Empfänger, aber so ganz ausschließen würde ich es nicht«, spottete sie und bog in die nächste Straßenkreuzung ein.

Die Straßen wurden enger und kurviger. Wir fuhren durch kleine Orte und hatten hin und wieder einen Blick aufs Meer. Von der Fähre hatte ich mir einige Broschüren über die Isle of Wight mitgenommen und studierte sie jetzt. Ich freute mich, dass ich nun auch einmal ein bisschen glänzen konnte.

»Wusstest du, dass es auf der Isle of Wight zwei Flüsse gibt? Beide haben ihre Quelle im Süden der Insel. Der eine ist der Fluss Medina. Er fließt nach Norden, durch Newport und dann bei Cowes ins Meer.« Ich legte eine kurze Pause ein.

»Und wie heißt der andere?«, fragte Rosanna.

»Das ist der Fluss Yar. Der nimmt fast den gleichen Weg wie der Medina bis zur Mitte der Insel. Dann aber windet er sich nach Osten und fließt bei St. Helens ins Meer.«

Sie schaute mich an.

»Ist ja fantastisch. Was steht denn noch in deinen Prospekten?«

Sie machte sich einen Spaß aus meinen begrenzten Reiseführer-Fähigkeiten und hatte dazu ein ironisches, breites Grinsen aufgesetzt. Unbeirrt blätterte ich weiter in meinem Infoblättchen, schaute aber immer wieder zu Rosanna hinüber. Eine faszinierende, wundervolle, aber auch sehr geheimnisvolle Frau. Ich betrachtete sie und stellte mir vor, was in ihr vorging. Warum hatte sie überhaupt keine Angst? Es sah doch gestern ganz nach einem Anschlag auf *sie* aus. War es geschehen, weil sie eine frühere Freundin suchte? Das machte keinen Sinn. Wer war diese Diana Woods? Eine US-Amerikanerin, die sich in Europa aufhielt. Na und? Oder steckte dahinter ein Geheimnis, was für uns richtig gefährlich werden konnte? Warum bat mich Rosanna so sehr darum, dass ich ihr bei der Suche helfen sollte? Meine Gedanken drehten sich im Kreis.

Die Strecke führte uns weiter in Richtung Westen nach Newport und schließlich kamen wir in Yarmouth an. Wir fuhren ins Zentrum und suchten die Adresse der besagten Bed & Breakfast Pension. Der Besitzer sollte ein gewisser Ben Howard sein. Rosanna schaltete das Navigationsgerät aus und holte eine kleine, zerknitterte Landkarte aus ihrer Jackentasche. Sie drehte die Karte bis sie in Fahrtrichtung lag und fuhr dann die letzten Meter weiter. Ich hätte die Karte immer so gehalten, dass Norden oben lag. Aber egal, wir waren kurz danach am Ziel, parkten unser Fahrzeug und gingen zur Pension. Es war ein altes, verwinkeltes Haus mit bunten Blumen vor den Fenstern. Alles wirkte sehr friedlich. Ein älterer, recht korpulenter Mann trat vor die Tür. Mit einem grauen Vollbart, tief gebräunter Haut und einer tief ins Gesicht gezogenen Schirmmütze. 'Ein richtiger Seebär', dachte ich. Seine Hände erzählten von einem arbeitsreichen, handwerklichen Leben. Es war der Wirt Ben Howard. Er begrüßte uns freundlich und wollte wissen, ob wir eine Unterkunft suchten und wie lange wir bleiben wollten. Er hätte noch ein schönes Zimmer im Obergeschoss frei. Rosanna hatte jedoch etwas anderes im Sinn.

»Besten Dank für ihr Angebot, aber wir hatten eher an ein Haus gedacht. Sie vermieten doch auch Ferienwohnungen an der Küste, oder?«

»Kann schon sein, ist aber deutlich teurer.«

»Wissen sie, eine gute Freundin von mir kam vor kurzem hierher und gab mir ihre Adresse.«

Der Wirt schaute skeptisch zu uns beiden herüber.

»Sie meinen die Amerikanerin. Die war ziemlich verschlossen und ist vor einigen Tagen schon wieder abgereist. Das Haus ist noch für ein paar Tage frei. Es liegt unten in Easten, nicht weit vom Meer. Für wie viele Tage möchten sie denn bleiben.«

Rosanna überlegte nur kurz.

»So etwa zwei bis drei Tage, ist das okay?«

Der Wirt nickte.

»Das ist okay. Erst zum Wochenende, am Sonntag, werden neue Gäste kommen, so lange können sie bleiben. Kostet 80 Pfund die Nacht, wenn sie aber weniger als die vier Nächte bleiben, wären es 100 pro Nacht.«

Ich schaute zu Rosanna, sie nickte.

»Drei Nächte zu 100 Pfund sind schon in Ordnung. Am Samstag können wir ja sehen, ob wir noch eine Nacht dranhängen wollen.«

Und wieder schoss es mir durch den Kopf, dass es ihr auf die 20 £ pro Nacht nicht anzukommen schien. 'Nun gut', dachte ich, 'gestern Abend im Restaurant hatte sie das genau so dargestellt.'

Sie würde alle Kosten übernehmen und ich sollte mir über die finanziellen Aspekte keine Gedanken machen. Dennoch beschlich mich ein schlechtes Gewissen und ich nahm mir vor, sie bei nächster Gelegenheit darauf anzusprechen. Es konnte nicht sein, dass sie alles bezahlte. Auf der anderen Seite machte Rosanna das so bestimmend, dass ich gar nicht widersprechen konnte. Sie gab dem Wirt das Geld in bar, übernahm den Schlüssel für das Haus sowie eine Skizze für die Anfahrt und wir machten uns auf den Weg nach Easten.

Das Haus war eingeschossig, mit einer schönen Naturstein Terrasse und einem herrlichen Blick direkt über den langgezogenen Badestrand bis auf das Meer. Uns bot sich eine fantastische Aussicht. Die leichten Wellen brandeten an den Strand.

Das Ferienhaus war gut eingerichtet. Es gab einen großen Wohnraum mit einer Essküche, zwei abgetrennte Schlafräume und ein Badezimmer. Alles Notwendige war vorhanden. Kühlschrank, Herd, ein Wasserkocher und eine Kaffeemaschine. Das Mobiliar war puristisch und modern. Zweckmäßig und perfekt. Schnell holten wir unser Gepäck aus dem Auto und verteilten unsere Sachen. Da es nur das Handgepäck war, ging es recht zügig. Neugierig öffnete ich meinen Koffer und bestaunte die Kleidungsstücke darin. Rosanna hatte ihre Freude, als ich die Hemden hochhielt und eines nach dem anderen musterte.

»Das könnte dir gut stehen«.

»Gute Wahl, Rosanna. Das gilt aber auch für das Haus. Deine Freundin Diana hat einen guten Geschmack. Wollen wir noch hinunter an den Strand bevor es dunkel wird?«

Wir zogen uns schnell frische Sachen an, machten uns dann auf den Weg an die *Freshwater Bay* und schlenderten den Strand entlang. Irgendwann zogen wir uns die Schuhe aus und gingen Hand in Hand in Richtung des Sonnenuntergangs. Es waren wunderschöne Momente, der Abendhimmel färbte sich orangerot. Hin und wieder bückte sie sich und hob kleine Muscheln auf. Aus einer Turmschnecke kroch ein kleiner, völlig versandeter Krebs. Er fiel in den Sand und krabbelte hinunter zum Meer. Wir lachten und blickten uns immer wieder verträumt in die Augen. Ihr Haar wehte im Wind. Dann umarmten wir uns und drückten uns ganz fest aneinander.

Dieses tiefe Gefühl der Sehnsucht hatte ich seit Jahren nicht mehr verspürt. Ich war wie verzaubert.

Wir wanderten noch etwas am Strand entlang und kehrten dann zu unserem Ferienhaus zurück. Ich suchte in der Schublade beim Kaffeeautomaten nach den Pads und bereitete uns beiden einen frischen Kaffee zu. Sie trank ihn schwarz, ich nahm etwas Sahne hinzu. Der intensive Kaffeeduft erfüllte den Raum. An einem kleinen Sekretär, einem spartanischen Schreibtisch mit einigen Fächern, wollten wir unseren Arbeitsplatz einrichten. Ich zog die Schubladen auf und suchte nach irgendwelchen Spuren. Vielleicht hatte uns Diana eine Nachricht hinterlassen? Nichts. Es gab keine einzige Spur. Na toll. Wir waren zwar aller Wahrscheinlichkeit nach in dem selben Haus, in dem sie einige Tage verbracht hatte. Doch wozu? Wenn es hier keine weiteren Hinweise gab, dann hätten wir auch in London bleiben können. Doch unbeirrt schloss Rosanna sämtliche Geräte an die Stromversorgung an. Die Akkus der Geräte wurden aufgeladen. Das Notebook wirkte brandneu. Über das mobile Spezialtelefon von Joe richteten wir unser mobiles Wi-Fi ein. So stellten wir eine sichere Internetverbindung her, ohne dass man unsere Einwahldaten zurückverfolgen konnte. Das hatte Joe wenigstens versprochen. Ich legte einen weißen Schreibblock für Notizen neben den Rechner und setzte mich auf den Drehstuhl.

»*Voilá*, jetzt sind wir perfekt ausgestattet. Und nun?«

»Du kannst deine Recherche beginnen.«

»Ich?«

Irgendwie hatte ich mir die Rollenverteilung anders vorgestellt. Sie ging hinüber zu dem Esstisch und nahm mit einem leicht triumphierenden Blick die Tasse in die Hand. Ihr wortloses Nicken war eine unmissverständliche Aufforderung 'Also gut', dachte ich und lenkte ein.

»Rosanna, wo soll ich beginnen? Du bist doch schon viel weiter. Ich weiß doch gar nichts.«

»Ja, Peter, vielleicht ist genau *das* der Fehler gewesen. Ich habe mit *meinen* Augen gesucht und bin am Ende nur noch in Sackgassen gelandet. Es führte auf alle Fälle nicht mehr weiter. Abgesehen von ihrer Nachricht aus London und dieser Adresse habe ich nichts mehr von ihr. Vielleicht wählst du einen völlig anderen Ansatz und wir finden etwas.«

»Aber was hilft es, wenn wir im Internet in ihrer Vergangenheit wühlen. Das bringt uns im Hier und Jetzt doch auch nicht näher an sie heran. Wir wissen, dass Diana hier war. Sollten wir da nicht ansetzen. Wir könnten doch die Leute im Ort fragen. Hast Du eigentlich ein Foto von ihr?«

»Ich laufe doch nicht mit einem Foto über die Insel und frage wildfremde Leute nach ihrem Verbleib. Die denken doch, ich spinne oder sie vermuten, dass es um ein Verbrechen geht. Am Schluss heißt es womöglich, dass Diana nicht mehr am Leben sei und wir haben sämtliche Behörden auf der Insel alarmiert.«

»Gut, Rosanna. Ich werde mich an die Arbeit machen. Nur, versprechen kann ich gar nichts.«

»Danke, Peter. Ich fahre kurz in den Ort und besorge etwas für den Kühlschrank, in Ordnung?«

Ich nickte ihr wortlos zu.

»Vielleicht bekomme ich auch noch 'ne Pizza.«

»Soll ich schnell mal danach googeln?«

»Lass ruhig, ich werde schon etwas finden.«

»Bis später und pass auf dich auf!«

»Denke daran: Nur über den sicheren Browser surfen. Ciao.«

Ihre Dynamik faszinierte mich. Sie winkte noch kurz und ließ die Tür ins Schloss fallen. Zunächst machte ich mich mit allen Funktionen des Rechners vertraut, spielte an den Tasten für die Lautstärke-Regelung und hörte einigen Testgeräuschen zu. Dann fing ich ganz belanglos an. Ich musste mich erst einmal akklimatisieren, ich war ja schließlich keine Maschine, die auf Knopfdruck am Rad drehte. So gab ich den Begriff 'Isle of Wight' in das Suchfenster ein und wollte nach weiteren Informationen über die Insel suchen. In den 70er Jahren gab es hier viele Rockkonzerte. Ich kam von den Rolling Stones bis zu Paul McCartney. Sämtliche Browser-Fenster ließ ich geöffnet und freute mich schon, davon Rosanna zu berichten, wenn sie zurückkäme.

Dann wühlte ich im Netz; es waren ja eigentlich nur ein paar Namen, Daten, Verbindungen, Spuren. So fing ich also an, öffnete verschiedene Suchmaschinen und kam von einem Portal für Personenprofile zum nächsten. Ich fühlte mich recht fit, was die Internetrecherchen betraf, weil ich das bereits häufig für unsere Firma gemacht hatte. Immer wenn es darum ging, neue

Lieferanten zu finden, Kontakte nach China und Fernost aufzubauen oder um Zubehörteile günstiger zu beziehen, so war das meine Aufgabe. Mein Partner Frederik hatte sich vor allem um unsere Finanzpartner gekümmert. Frederik und ich hatten uns zu einem eingespielten Team entwickelt. Manchmal war es genau dieser Wissensvorsprung, verbunden mit einem kleinen Wettbewerbsvorteil, den wir brauchten, um im Business erfolgreich zu sein.

Viel gab es nicht über Diana Woods zu finden. Ich fand die Schulen, die sie besucht hatte inklusive der Jahrbücher, und einige Blogeinträge in den *Social Media*. Manchmal hatte ich über zwanzig verschiedene Browserfenster gleichzeitig geöffnet und versuchte, alle Daten gegeneinander abzuwägen. Dennoch war ich bei Diana nicht zielführend fündig geworden. Es waren tendenziell immer wieder Sackgassen. Ich kam auf beliebige Seiten, fand wenige, uralte Fotos von ihr und wunderte mich, dass die meisten Spuren viele Jahre zurück lagen. Die meisten Einträge waren größtenteils recht dürftig. Speziell über die letzten zwölf Monate war kaum noch etwas gegenwartsnah zu finden. Sie war tatsächlich wie vom Erdboden verschwunden. In den letzten Monaten gab es keine aktuellen Einträge mehr. Nichts über ihre beruflichen Tätigkeiten, rein gar nichts und keine aktuellen Fotos. Ich hatte meine Zweifel, ob ich überhaupt etwas finden würde. Andere Menschen versuchten sich im Netz zu verewigen, wann immer sie eine Möglichkeit dafür sahen. Doch bei dieser Diana hatte es fast den Anschein, als ob sie ganz bewusst alle Drähte selbst gekappt hatte.

Das fand ich ziemlich merkwürdig und überlegte angestrengt. Warum war Rosanna die Geschichte so wichtig? Klar, sie waren Freundinnen aus der Jugend und aus der Schulzeit. Für das anstehende Klassentreffen wollten sich alle einmal wiedersehen. Alles schön und gut, aber so extrem wichtig konnte das doch gar nicht sein.

Ich stand auf und ging einige Schritte durch den Raum. Der Blick zum Meer war viel belebender als das ständige Starren auf den Monitor. Ich verspürte ein leichtes Hungergefühl, aber da von Rosanna keine Spur war, setzte ich mich nach einigen Momenten wieder an den Rechner. Alternativ versuchte ich einige andere Links und stieß auf die Verwandten von Diana.

Schließlich fand ich ihre Mutter, Margreth. Mit erstaunlich zahlreichen Treffern und etlichen Einträgen. Dann las ich es.

Margreth Woods, gestorben am 11. September 2001. Sie saß in einem der abgestürzten Flugzeuge. In Sekundenschnelle schoss meine Aufmerksamkeit in die Höhe. Die Bilder der vergangenen Tage rasselten im Zeitraffer durch meinen Kopf. In meine Emotionen mischten sich wie im Staccato die Erinnerungen an die Anschläge von vor annähernd zehn Jahren einerseits und andererseits an die Eliminierung des Terroristenführers Osama Bin Laden aus dem Mai in diesem Jahr.

Die Bilder von damals waren wie eingebrannt in meinem Kopf. Wieder und wieder sahen wir die schrecklichen Fernsehbilder auf allen Nachrichtenkanälen. Alles war damals so unfassbar bedrohlich. Niemand von uns hatte zwar direkt etwas damit zu tun. Dennoch waren wir auf diese Weise live dabei, wie bei keinem anderen Ereignis. Später hieß es, die Attentäter sollten sogar eine Zeit in Harburg, also südlich von Hamburg, verbracht haben. Damit herrschte dann auch bei uns in Hamburg der Terroralarm. Am Tag der Anschläge waren ehemalige Studienkollegen von mir in New York und es waren endlose Stunden der Angst, in denen ich um sie gebangt hatte. Erst am Abend hörte ich erleichtert, dass sie wohlauf waren. Noch nie zuvor hatten wir so gebannt vor dem TV Schirm gezittert und harrten vor den Entwicklungen der Weltgeschichte. Fast jeder Mensch wusste seitdem genau, wo er an diesem Tag gewesen war. Über die vielen Jahre hinweg hatte ich meine Erinnerungen allerdings mehr und mehr verdrängt und sie spielten in meinem Alltag so gut wie keine Rolle mehr. Schlagartig war alles wieder gegenwärtig. Wie durch ein fragiles Netz mit entscheidenden Knotenpunkten brannte sich eine Zündschnur von Event zu Event. Margreth, Diana, Rosanna, ich selbst. Verbunden durch das größte Terror-Ereignis seit Menschengedenken.

Ein Schauer lief mir über den Rücken und ich drückte unweigerlich meine Schulterblätter nach hinten. Es fröstelte mich, ich verschränkte die Arme und kauerte mich instinktiv zusammen. Ich lehnte mich auf dem Stuhl zurück und legte meine Hände langsam auf meinen Kopf. Behutsam strich ich sie rückwärts nach hinten bis ich die Hände in meinem Nacken fixierte und ineinander verschränkte, als ob ich beten wollte.

Ich atmete tief durch und saß mit halb geöffnetem Mund vor dem Bildschirm. Margreth, Diana, Rosanna, ich selbst. Es war eine erschreckend kurze Kette.

Meine Finger trafen die Tasten nun in erstaunlich kurzen Intervallen. Ich hastete durch *Memorials*, studierte die Lebensgeschichte von Margreth, betrachtete ihre Fotos und las die Beileidsbekundungen. Bald wusste ich ziemlich viel über Margreth. Wie besessen suchte ich nach ergänzenden Details und klickte mich von einem Link zum nächsten. Aus meiner Konzentration riss mich ein lautes Klopfen.

Rosanna stand in der Tür und ich musste sie wohl ziemlich entgeistert angesehen haben.

»Ist alles gut, Peter?«

Sie hatte zwei Schachteln Pizza in der Hand und einen Korb mit Lebensmitteln. Daraus lugten einige Weinflaschen und Mineralwasser hervor. Wir setzten uns in unsere kleine Küchenecke, aßen, scherzten und lachten. Ich hatte den Weißwein geöffnet, sie hatte einen französischen Chardonnay ausgesucht. Für einen Moment lang hatte es irgendwie den Hauch einer Urlaubsstimmung. 'Okay, wenn das die Art von Abenteuer war, von der sie gestern sprach, warum nicht? Mir würden diese Tage vielleicht ganz gut tun.' Ich war froh, dass ich meine bestürzenden Gedanken so schnell an die Seite schieben konnte.

»Und, hast du schon etwas Gravierendes gefunden?«

Das Wort *Gravierendes* wirkte geradezu bedrohlich auf mich. Da waren sie wieder. All meine Ängste der letzten Minuten. Sie blickte mich fragend, nahezu fordernd an und ich fühlte mich ein wenig in die Enge gedrängt. Schlagfertig fiel mir zunächst etwas anderes ein.

»Na klar. Es gab hier in den 70er Jahren viele berühmte Musikfestivals mit den *Doors, The Who, Supertramp* und *Jimmy Hendrix*. Da siehst du, wozu die Internetrecherchen gut sind.«

Ihr fragender Blick blieb unverändert.

»Oh, ja, und außerdem war Paul McCartney schon mal hier und hatte sich ein Ferienhaus gemietet und wenn ich mich recht erinnere, hat er den Song *When I'm 64* hier auf der Insel geschrieben.«

Sie schaute mich leicht provozierend an.

»Hey Peter, so alt sind wir noch lange nicht. Aber sag, das ist doch sicher nicht alles, was du gefunden hast, oder?«

Wir gingen beide hinüber zum Sekretär und dem Laptop. Ich ging mit ihr die Webseiten durch, klickte die Fenster an und war fast stolz auf die vielen Themenseiten, die ich gleichzeitig geöffnet hatte.

»So ziemlich alles, was ich über deine Diana gefunden habe, endet in einer Sackgasse. In den letzten 12 Monaten kam überraschenderweise so gut wie nichts Neues mehr hinzu.«

Rosanna hörte mir interessiert zu und letztlich konnte ich es nicht mehr abwarten, ihr auch über meine Entdeckung bei Margreth Woods zu berichten.

»Weißt du, was interessant ist? Man findet viel mehr über ihre Mutter Margreth. Sie ist am 11. September gestorben. An *dem* bestimmten 11. September. Vor zehn Jahren!«

Rosanna schaute mich an und zögerte für einen kurzen Augenblick.

»Ja, ich weiß, eine traurige Geschichte.«

Ich sah sie ratlos an.

»Kann das Verschwinden von Diana irgendwie mit dem 11. September zu tun haben? Dass sie quasi als Angehörige irgendetwas wusste oder herausgefunden hatte?«

Rosanna blickte mich an und ihre Augen gingen wechselnd von rechts nach links, sie musterte mich.

»Was meinst du?«

»Ich meine, dass es eventuell irgendeine verborgene Verbindung gibt. Ich finde viel zu wenig über Diana, das ist sehr ungewöhnlich. Bei ihrer Mutter dagegen überschlagen sich die Stories förmlich. Vielleicht weiß Diana trotzdem mehr, als in den offiziellen Versionen verbreitet wurde.«

»Ich weiß es nicht, ich hatte auch früher so gut wie nie mit Diana darüber gesprochen. Es war zwischen uns im normalen Leben wie ein Tabu. Aber es ist mir natürlich auch sofort in den Sinn gekommen, ob es da eine Verbindung geben könnte. Vielleicht liegt ebendort das Geheimnis begraben. Lass uns weiter suchen.«

Unvorstellbar, aber geradezu magisch fühlte ich mich hingezogen, die Ereignisse des 11. Septembers zu ergründen. Nie zuvor hatte mich die Thematik mehr interessiert.

Ich hatte die offizielle Erklärung über viele Jahre hinweg verinnerlicht. Ein fanatischer Anführer, Osama Bin Laden, hatte mutmaßlich den teuflischen Befehl gegeben und 19 Attentäter, die Flugzeugentführer, die Hijacker, führten den Terroranschlag auf die verschiedenen Ziele in den USA aus. Ein Anführer und 19 Täter. *119* oder anders herum gelesen *911*. Da war sie, die Zahlenkombination, die den Tag der Anschläge markierte. Urplötzlich war ich sensibilisiert auf diese Zahlenfolge. Wie noch nie in meinem Leben zuvor. Einen Zweifel an der offiziellen Darstellung hatte ich bis dato nicht – warum sollte ich auch. Es gab zwar vereinzelt Sendungen im TV, die zu den Jahrestagen ausgestrahlt wurden und die sich mit bisweilen abstrusen Gegentheorien beschäftigten. Die Türme seien gesprengt worden, die US Regierung hätte bereits vorher von den Anschlägen gewusst und sie geschehen lassen. Aber am Schluss eines jeden Berichtes wurde das Weltbild wieder gerade gerückt und man konnte beruhigt zu einem anderen Programm wechseln.

Mir kam plötzlich die Begegnung mir der blonden Frau aus Berlin in den Sinn. Madeleine Adams. Gerade mal eine Woche war es her, dass ich mich mit ihr bei dem Empfang im ehemaligen Berliner Tanzlokal, *Clärchens Ballhaus*, so angeregt unterhalten hatte. Am Schluss brachte sie mich tatsächlich ins Grübeln, ob die Mondlandungen in den 60er und 70er Jahren wirklich so stattgefunden hatten. Apollo 11, die erste bemannte Landung auf dem Mond. Da war sie wieder, die Zahl 11. Jetzt hatte mich ein wahres Fieber gepackt und ich wollte alles über diese Zahl und über die Mondlandungen herausfinden. Elf war die teuflische Alarmzahl der Sünde, wie es auf einer Webseite hieß, die sich mit den Bedeutungen in der Numerologie beschäftigte.

Dann fand ich eine Webseite über die missglückte Mission der Apollo 13. Dreizehn, die Unglückszahl. War es nicht so, dass der Start der Apollo 13 am 11. April 1970 genau zur Ortszeit in Houston um 13.13 Uhr erfolgt war? Das war schon merkwürdig. Die Nachrichtenmeldung mit dem markanten Satz *'Houston, wir haben ein Problem gehabt'* unterbrach im amerikanischen TV zudem eine musikalische Aufführung der bekannten Sinfonie *Also sprach Zarathustra* von Richard Strauss.

Ausgerechnet diese Sinfonie! Strauss hatte das Hauptwerk des deutschen Philosophen Friedrich Nietzsche vertont. Nietzsche beschrieb in *Also sprach Zarathustra, Ein Buch für Alle und für Keinen* die drei wesentlichen Stadien, die der menschliche Geist bis zur Wahrheit und bis zu seiner Selbstfindung durchlaufen musste. Anmaßend hatte Nietzsche selbst sein Werk als *'das tiefste Buch, das die Menschheit besitzt'*, bezeichnet. Neben dem *Übermenschen* brachte er auch das Motiv vom *Willen zur Macht* mit ein. Der Wille zur Macht. Der Übermensch. *'Man is something that shall be overcome'*. Ich erschauderte schon immer bei diesen Passagen. Gut erinnerte ich mich an meine Ausarbeitungen, die ich darüber in meiner Schulzeit im Philosophie-Unterricht verfasste.

Ausgerechnet diese Sinfonie von Richard Strauss lief im April 1970 im Fernsehen, als die Meldung über die Komplikationen von der Mondmission der Apollo 13 die Welt erschreckte. Ausgerechnet war diese Sinfonie auch die Titelmelodie aus dem Stanley Kubrick Klassiker *2001 – Odyssee im Weltraum*. Und bezeichnenderweise trug das Apolloraumschiff den Namen *Odyssee*. Wiederum eine Parallele zu dem Film. Kubrick hatte sich angeblich an dem Buch *Also sprach Zarathustra* orientiert und einige Elemente daraus übernommen. Mir kam sofort der geheimnisvolle Monolith in den Sinn, der im Film ein durchgängiges Motiv bildete. Der dunkle Stein mit den idealtypischen Abmessungen seiner Kantenlängen. Im Verhältnis von eins zu vier zu neun. Eins, vier und neun? Das waren die Quadratzahlen der ersten drei Ziffern! Nur hochintelligente Wesen könnten einen solchen Monolithen bewusst in dieser Form gestalten.

Die Informationen im Internet waren sehr detailliert. Blitzschnell fand ich nach kurzer Zeit einen Hinweis auf ein Gebäude, welches ganz in der Nähe des World Trade Center Komplexes stand und den Tag der Terrorangriffe unbeschadet überstanden hatte. Das Millennium Hotel in Manhattan. Es war ein schwarzes Gebäude und man konnte meinen, dass es an die Abmessungen des Kubrick Monolithen angelehnt war. Quasi als Reminiszenz? Da war sie, die Brücke zum 11. September. Konnte es einen geheimen Zusammenhang geben? Intensiv beschäftigten mich die mystischen Zahlen, von Apollo 11 bis zur Apollo 13.

Der Kubrick Film mit dem Titel *2001* und dann das schwarze, monolithische Hotel, welches als neue Bewusstseinserkenntnis den 11. September überdauert hatte? So viele Zeichen. Oder waren es gar Botschaften? Hieß es nicht auch, dass die 11 oft mit jemandem assoziiert wurde, der sich auf einer höheren Ebene der Existenz befand?

'Blödsinn', sagte ich zu mir selbst. 'Das war keine Koinzidenz, sondern ein reiner Zufall.' Dennoch, die Thematik hatte mich gepackt. Ganze zwei menschliche Verbindungen trennten mich unvermittelt von einem Opfer des damaligen Terroranschlags. Rosanna und ihre Freundin Diana.

Ich las die Texte auf dem Bildschirm im Schnelldurchgang. Manche Passagen wurden einfach überflogen. Immer, wenn ich in einem Pfad feststeckte, mischte sich Rosanna ein. Sie gab dann neue Schlüsselwörter in das Suchfenster ein, und wir drangen ständig tiefer in die Zusammenhänge ein. Es gab hervorragende Dokumentationen mit unzähligen Links und Quellen-Angaben. Zunächst studierte ich die zeitliche Abfolge der Geschehnisse, die sogenannte *Timeline* des 11. Septembers 2001. Die beste Adresse, die ich finden konnte, war die Seite *HistoryCommons* mit der Endung *org*. Auf dieser Projektseite fanden sich die gesamten Abläufe des 11. Septembers 2001. Es hätte Tage gedauert, wenn ich alle Dokumente, die dort zusammengetragen worden waren, komplett lesen wollte. Schwerpunktmäßig konzentrierte ich mich daher auf die Ereignisse jenes Dienstagmorgens. Im Mittelpunkt standen einhundert und zwei Minuten. Vom Crash des ersten Flugzeuges um 8.46 Uhr in den Nordturm des World Trade Centers bis zum Einsturz des Südturmes um 10.28 Uhr. Genau 102 Minuten lagen dazwischen. Interessant war auch, dass der Südturm, der um 9.03 Uhr getroffen wurde, bereits nach einer Stunde, um 10.05 Uhr, völlig in sich zusammenstürzte. Die Nachrichten überschlugen sich in diesen ersten Stunden. Vom Einschlag bis zum Einsturz. In Spielfilmlänge. Einhundert und zwei Minuten.

Wobei die eigentliche *Timeline* viel weiter ausholte. Da ging es bereits morgens schon früh los, als die mutmaßlichen Attentäter die ersten Zubringerflugzeuge nach Boston bestiegen hatten. Außerdem wurde detailliert beschrieben, was im weiteren Tagesverlauf folgte.

Der Einschlag eines Jets in das Pentagon wurde ebenso ausführlich dargestellt, wie auch alles, was man über das abgestürzte Passagierflugzeug in Shanksville wusste. Eine sehr komplette und informative Übersicht, die alle Details auflistete bis hin zum rätselhaften Einsturz des World Trade Center Gebäudes mit der Nummer Sieben um 17.20 Uhr. Das war merkwürdig. Denn dieses Gebäude, das WTC 7, war ebenfalls in sich zusammengestürzt, obwohl gar kein Flugzeug hinein geflogen war. Das war in den Beschreibungen auf einigen bestimmten Webseiten dann auch der erste sehr kritisch kommentierte Punkt. Noch nie zuvor war ein Hochhaus in sich zusammengefallen, auch wenn es darin noch so heftig gebrannt hatte. Denn es waren immerhin solide Stahlkonstruktionen aus den 70er Jahren.

Mit der Konstruktion des WTC Komplexes hatten die Bautrupps am 5. August 1966 begonnen, doch bis zur offiziellen Eröffnung am 4. April 1973 vergingen fast sieben Jahre. Die beiden Türme waren exakt 411 Meter hoch, mit jeweils 110 Stockwerken. Sie waren quadratisch angelegt mit einer Kantenlänge von 63,5 Metern und einem Gebäudekern von 24 mal 42 Metern. Die Türme galten in der Architektur als *state-of-the-art* der Stahlkonstruktionen.

Schon einige Tage nach den Attentaten analysierte der Ingenieur Charles Clifton die möglichen Alternativen, die zum Kollaps geführt hatten. Clifton verfügte über mehr als 17 Jahre Erfahrung in der Beurteilung von Stahlbetonbauten. Seine besondere Expertise wurde vor allem bei Bauten eingeholt, die unter dem Einfluss von extremen Bedingungen standen - wie beispielsweise der Einwirkung von einem Erdbeben. Die Gutachten über den Zusammensturz der Zwillingstürme hatte er bereits sechs Tage nach den Ereignissen erstellt, daher konnte man wohl jeden Einfluss von behördlicher Seite auf Cliftons Schlussfolgerungen ausschließen. Er kam interessanterweise zu der Auffassung, dass das Feuer in den Türmen jedenfalls *nicht* zum Einsturz der Türme geführt hatte. Die Temperaturen waren dafür einfach nicht hoch genug. Clifton machte stattdessen die heftigen Einschläge durch die Flugzeuge dafür verantwortlich. Die Wucht der Kollisionen sollte demnach die Ursache für den Einsturz der Türme gewesen sein?

Ich stutzte. Also waren es doch nicht die Kerosin-Explosionen und die Brände? Aber wie ließ sich dann der Einsturz des Gebäudes mit der Nummer 7 erklären? Denn in dieses Gebäude war ja kein Flugzeug geflogen. Anschließend las ich die Berichte der offiziellen Untersuchungskommission und verglich die Argumentationen. Die Texte und die Abbildungen ballerten geradezu auf mich ein. Das Ganze führte mehr und mehr zu meiner Verwirrung, denn im Regierungsbericht wiederum waren eindeutig die extremen Temperaturen als Ursache für den Zusammenbruch der Türme erklärt worden und eben nicht die Wucht der Einschläge durch die Flugzeuge.

Dann fand ich auf YouTube ein weiteres Video aus dem Jahre 1988. Es handelte sich um ein Interview mit dem angesehenen Statik-Experten Charles Thornton. Er schätzte selbst den Einschlag eines Jumbojets – immerhin mit einer Masse von 300 Tonnen - als ungefährlich für jeden der beiden Wolkenkratzer ein, da diese vom Design her die Krafteinwirkungen von bis zu 13.000 Tonnen aushalten konnten. Ich wusste gar nicht mehr, was ich glauben sollte und was nicht.

Die nächsten Stunden wühlte ich mich durch die zahllosen Webseiten. Unglaublich, wie viele Menschen sich damit beschäftigt hatten und ihre eigenen Theorien und Erklärungsmodelle entwickelt hatten. Es nahm kein Ende. Stunde um Stunde - bis tief in die Nacht. Schließlich dämmerte es bereits. Müde blickte ich zu Rosanna, die nur wortlos nickte. Wir krabbelten hinüber auf die Couch und schliefen für einige Stunden ein.

Kapitel 7

01. September, 2011

Donnerstag

ISLE OF WIGHT

Es war bereits um die Mittagszeit, als wir wieder aufwachten. Nach einem schnellen Frühstücksbrunch ging es direkt zurück an unseren Rechner. Zurück zu den Videos, den Dokumentationen und den Theorien. Wir gelangten immer tiefer in die Geschehnisse. Immer, wenn ich zu lange bei einem Text verharrte, bewegten sich die Finger von Rosanna über die Tastatur und sie gab neue Begriffe ein.

»Peter, ich zeige dir mal einen Bericht, den musst du unbedingt sehen.«

Unablässig lockte sie mein Interesse. Wir entdeckten die TV Ausschnitte eines britischen Senders, in denen bereits *vor* dem tatsächlichen Zusammensturz des World Trade Center Gebäudes Nummer 7 davon berichtet wurde. Ich sah Rosanna erstaunt an.

»Das ist merkwürdig. Da wurde schon vorher von dem Kollaps berichtet? Das war doch gar nicht vorhersehbar?«

Wir klicken uns von einem Video zum nächsten. Ich hatte inzwischen völlig vergessen, wo ich eigentlich war und was um uns herum geschah. Ohne jedes Zeitgefühl. Erst am frühen Abend legten wir eine Pause ein. Wir zogen uns frische Sachen an. Rosanna hatte nur schnell ihr Haar frisiert und einen Pulli über die Schultern geworfen. Ich blieb unrasiert. Wenn uns in diesem Outfit jemand begegnet wäre, hätten wir wohl einen ziemlich unaufgeräumten Eindruck hinterlassen. Wir fuhren mit dem Auto zu einem kleinen, nahegelegenen *Fish and Chips* Restaurant.

Die meiste Zeit schauten wir uns dabei einfach nur an. Ohne zu sprechen. Meine Gedanken kreisten. Es waren zu viele Details, die in so kurzer Zeit auf mich eingeprasselt waren. Immer, wenn ich dachte, dass ich einen Gedanken logisch weiterspinnen konnte, überlagerte er sich mit anderen Aspekten und ich verlor mich in der Komplexität der Informationen.

Nach nicht einmal einer Stunde saßen wir wieder in unserem Ferienhaus. Alles um mich herum war wie unter einer Dunstglocke, mein Blick war gebannt auf den Bildschirm gerichtet. Rechts von mir lag der Kugelschreiber für Notizen. Eine innere Unruhe erfasste mich und ich war hin und her gerissen. Warum machte ich mir so viele Gedanken dazu? Konnte ich nicht genauso weiterleben wie bisher? Ohne mich mit dem 11. September zu beschäftigen? Nein, das konnte ich nicht. Ich war an einem der menschlichsten Momente angekommen, die man überhaupt erleben konnte. Fragen zu stellen, über den Sinn und die Zusammenhänge des Lebens. Nach Antworten zu suchen.

Wie im Rausch folgten wir den verschiedensten Theorien und den logischen Erklärungen. Die Zeit floss nur so dahin. Es war bestimmt schon nach Mitternacht. Rosanna holte eine weitere Flasche vom Chardonnay aus dem Kühlschrank und wir legten eine Pause in unseren Recherchen ein.

»Hast du eine Ahnung wohin das alles führt? Es sind so viele Fragen und Ungereimtheiten. Ganz ehrlich, es scheint immer unübersichtlicher zu werden.«

»Ich weiß, Peter. Vor einigen Wochen habe ich mich genauso herangetastet. Irgendwann habe ich den Überblick verloren und aufgegeben. Die vielen Theorien sind verwirrend. Es sind so viele Spinner unterwegs und man könnte meinen, jeder erfindet seine eigene Theorie. Wie heißt es so schön, *'Every minute another sucker is born'*. Und in den Foren bekämpfen sie sich gegenseitig. Echt krass.«

»Also, entweder ist die ganze Sache total irrelevant und wir verschwenden unsere Zeit oder irgendetwas stimmt vorne und hinten nicht.«

»Und, wozu tendierst du?«

Ich griff zum Weinglas, nahm einen großen Schluck und streichelte mit den Fingern meiner linken Hand über mein Kinn.

»Rationalität bestimmt mein Leben, Rosanna. Wenn ich mich *nicht* mit den Anschlägen beschäftigen wollte, würde ich jetzt argumentieren, dass alle Verschwörungstheorien aus der Luft gegriffen seien. Doch nach allem, was ich in den vergangenen Stunden gesehen habe, sagt mir meine Intuition, dass da so einiges nicht zusammen passt.«

»Mach weiter, Peter, mach weiter.«

Wir arbeiteten uns durch die absurdesten Theorien, wägten jedes Pro und Contra gegeneinander ab. Wieder und wieder ging es um die einfallenden Gebäude. Schließlich sahen wir einen Film mit dem Titel *Die Türme wurden gesprengt*. Die Dokumentation war gespickt mit Hinweisen auf Bomben, Explosionen und die kontrollierte Sprengung der Türme. Die sogenannte *Controlled Demolition*. Später fand ich einen zweistündigen Film mit dem Titel *Loose Change*. Er musste augenscheinlich zum Basiswissen gehören. In vielen Foren wurde der Film zumindest als wichtiger Einstieg in die Materie bezeichnet. Immer wieder fanden sich Verweise auf diesen Film. Ich beschloss, den Film per Download auf den Rechner zu laden. Dann könnte ich ihn mir auch unterwegs ansehen, wenn wir keinen Internetzugang hatten. Es wurde spät. Mittlerweile war die nächste Weinflasche fast leer und irgendwann sah ich, dass Rosanna im Sessel eingeschlafen war. Ich wollte noch einige Textbeiträge lesen und dann den Rechner hinunterfahren. Es wurde drei Uhr, es wurde halb vier und mir fielen die Augen zu. Als ich plötzlich aus dem Halbschlaf aufschreckte, weil mich die intensiven Bilder der vergangenen Tage bis in meine Träume und mein Unterbewusstsein verfolgten, entschied ich, für heute abzubrechen. Ich legte Rosanna hinüber aufs Bett, bedeckte sie mit einer Decke und legte mich daneben, um auch ein paar Stunden Schlaf zu bekommen.

Kapitel 8

02. September, 2011

Freitag

ISLE OF WIGHT

Das Haus am Meer hatte keine Vorhänge und keine Jalousien. Die ersten morgendlichen Sonnenstrahlen erhellten nach und nach den Raum. Wir zogen uns die Decke über den Kopf und drehten uns noch einmal zur Seite. Mich hatte unsere Internetanalyse ziemlich aufgewühlt und ich hatte eine höchst unruhige Nacht hinter mir. Nach dem versuchten Attentat am Dienstag in London war das einfach zu viel für mich und meinen bislang eher überschaubaren Alltag. Ich hatte mich die ganze Nacht hindurch gewälzt und schwere Träume gehabt. Vielleicht hatte auch der Alkohol seinen Anteil daran gehabt. Jetzt am Morgen kam es mir jedenfalls so vor, als hätte ich überhaupt nicht geschlafen. Ich verkroch mich ins Bad und wollte erst einmal richtig heiß duschen. Das tat gut. Das Wasser rann meinen Körper hinab und mit ihm so manche Belastung und Unsicherheit der letzten Tage. Da es keine Entlüftung im Badezimmer gab, hatte die Luftfeuchtigkeit die maximalen Werte schnell erreicht.

»Hey, wie lange willst du noch unter der Brause bleiben?«

Rosanna stand in der Tür. Ich lugte hinter dem Duschvorhang zu ihr hinüber. Sie hatte sich den Bademantel lose übergezogen und war nackt darunter. Verführerisch. Sehr verführerisch. Rosanna reichte mir ein Handtuch und ich stieg aus der Duschwanne. Ich rubbelte meine Haare mit dem Frotté Stoff und war allmählich wieder ganz ich selbst.

»Guten Morgen, schöne Frau. Wie hast du geschlafen?«

»Mir geht's gut, danke und dir?«

»Ach, so richtig zur Ruhe bin ich nicht gekommen. Ich glaube, ich habe kaum geschlafen. Die Theorien sind total verwirrend. Außerdem ... so interessant unsere Webexkursionen auch waren, wir sind keinen einzigen Schritt weitergekommen. Über Diana haben wir nichts herausgefunden.«

Ich beschloss, mich in der Wirklichkeit zurückzumelden. Wollte wieder zurück nach Hamburg, in meine Firma, zu meinen Kollegen. Es war sicherlich verlockend, mit einer absolut attraktiven Frau wie Rosanna einige Tage auf der Isle of Wight zu verbringen. Dennoch sollte sie besser ihren Rückflug in die Vereinigten Staaten antreten und die ganze Geschichte auf sich beruhen lassen. Auf krude Verschwörungstheorien wollte ich mich nicht einlassen und war fest entschlossen, die Oberhand an diesem Tag zu gewinnen. Das Badezimmer war durch mein langes Duschen fast zu einem Dampfbad geworden und der Spiegel war stark beschlagen. Sie tippte auf meine Schulter.

»Schau mal.«

Für den Bruchteil einer Sekunde stellte ich mir vor, dass Rosanna den Bademantel hinab gleiten lassen würde und sich ihr Satz darauf beziehen könnte. Doch sie deutete auf den Spiegel. Er war noch völlig beschlagen, nur unten rechts sah man vier Buchstaben, die offensichtlich von Hand darauf gezeichnet worden waren. Mit einer Handcreme? Vor dem Duschen hatte ich dort mit Sicherheit nichts wahrgenommen.

»N-R-U-T. Was soll das?«

Ich versuchte, die Buchstaben zu entziffern. Waren es Initialen? Rosanna war schneller als ich.

»Du musst die Buchstaben in der umgekehrten Reihenfolge lesen, T-U-R-N. *TURN*. Es muss etwas hinter dem Spiegel sein. Wir sollen ihn umdrehen, Peter.«

Eine geheime Botschaft! Ich ließ das Handtuch fallen und griff mit beiden Händen an die Halterung. Der Spiegel ließ sich relativ leicht herunter heben und ich stellte ihn neben das Waschbecken. Es befand sich ein Briefumschlag auf der Rückseite, festgeklebt mit einigen Pflaster-Streifen. Ich wusste nicht, was mich mehr stutzig machen sollte. Die Pflaster oder der Brief. Rosanna griff zielstrebig zum Umschlag, riss ihn auf und war außer sich vor Freude. Das musste die Bestätigung sein, dass ihre Freundin wenige Tage vor uns in diesem Haus war.

»Sie war hier, sie war wirklich hier! Der Brief ist von Diana, das hatte ich mir sofort gedacht.«

Wir gingen erleichtert in den Wohnraum und ich zog mir schnell einen Pulli und eine leichte Hose über. Am Fenster, wo es am hellsten war, las Rosanna die Zeilen und ich schaute ihr über die Schulter.

Wow, das war weitaus mehr als die gute Diana in den letzten zwölf Monaten im weltweiten Internet an Lebensspuren hinterlassen hatte. Sie schrieb von dem Klassentreffen und dass sie nicht kommen könne. Es gäbe noch etwas, das sie erledigen müsse. In Zürich. Sie hatte sich unlängst auf den Weg in die Schweiz gemacht. Zu einem Immobilienmakler namens Hubert Moser. Es folgte die Adresse eines kleinen Ortes, der wohl in der Nähe der Schweizer Metropole liegen musste. Der abschließende Satz klang wie eine Warnung. *Rosanna, lass die Vergangenheit ruhen. Mach niemals mein Problem zu deinem Problem.*

Rosanna faltete den Brief zusammen und strich mit dem Zeigefinger kräftig über den Falz. Mehrmals, als wollte sie den Inhalt des Briefes so nicht akzeptieren. Sie war dabei erstaunlich ruhig und still. Ich wollte sie in ihren Überlegungen nicht stören und kümmerte mich um das Frühstück. Rosanna saß wie gebannt am Laptop und checkte in hektischer Folge Adressen, Landkarten und anschließend die Fahrpläne von Zügen und Flugverbindungen.

»Wir müssen ihr hinterher.«

Das klang dogmatisch. Wir hatten das Ferienhaus ja eigentlich noch für eine weitere Nacht gebucht und hätten die Tage an der See genießen können. Aber ich ahnte sofort, dass sich Rosannas Planungen erneut geändert hatten.

Zürich, Zürich. Schade, innerlich hatte ich mich auf einige nette Tage auf dieser Insel eingerichtet. Gerade einmal 36 Stunden hatte es gedauert und ich sah mich bereits wieder beim Packen meines Handgepäcks. Rosanna hatte offensichtlich alle Verkehrsverbindungen bereits gecheckt.

»Willst du mich in deine Pläne einweihen?«

»Ach, es tut mir leid. Aber die Nachricht von Diana scheint nur wenige Tage alt zu sein und sie hat den Brief wohl ganz absichtlich hier platziert. Sie wusste, dass ich ihr folgen würde. Vielleicht ist sie in Gefahr und braucht meine Hilfe.«

»Lass uns die Polizei rufen und wir geben die Adresse in der Schweiz durch. Dann wird sich alles aufklären.«

»Niemals, Peter. Du glaubst doch nicht im Ernst, dass in Europa etwas länderübergreifend funktioniert.«

Da musste ich ihr recht geben. Unser schöner europäischer Traum. Ein Europa ohne Grenzen, das war einmal das Ziel. Was über Jahrzehnte friedlich in den Kulturen zusammengewachsen war, wurde durch die aktuelle Finanzkrise auf eine harte Probe gestellt. Die Verschuldungsquoten der Staaten zeigten schneller die Grenzen auf, als es allen recht war.

»Wie kommen wir nach Zürich?«

»Zu Lande, zu Wasser und in der Luft.« Rosanna schmunzelte, ihr machte das Wortspiel sichtlich Spaß.

»Das heißt, dass wir zunächst die Fähre nehmen müssen ... «

»Yes, Sir. Anders werden wir die Insel leider nicht verlassen können. Dann geht es mit dem Zug aufs europäische Festland in Richtung Paris und von dort aus nehmen wir das Flugzeug.«

Nie zuvor hatte ich einen Menschen kennengelernt, der so geradlinig organisieren konnte. Ihre Konsequenz und Beharrlichkeit waren ihre unverkennbaren Wesenszüge.

Trotz allem kam es mir vor, als würden wir eine Nadel im Heuhaufen suchen. Eine unlösbare Aufgabe. Wir nahmen an, dass die Geschichte von Diana so stimmte und wir versuchten daraus abzuleiten, was mit ihr passiert war.

Es war wie ein klassisches Axiom, wir setzten diese Annahmen ohne Beweise voraus. Axiome unterscheiden sich ja von allen anderen Aussagen vor allem dadurch, dass sie nicht abgeleitet sind. Galt nicht genau das auch für Rosanna, wenn sie über Diana sprach? Sie stellte die Angaben von Diana überhaupt nicht in Frage. Wie um alles in der Welt wollten wir Diana in Zürich finden und erkennen. Inmitten von Millionen von Menschen. Wie in der Londoner *Tube*. Von den unzähligen Menschen, die einem tagtäglich begegneten, würde man normalerweise keinen einzigen in seinem gesamten Leben ein zweites Mal treffen. Und wir wollten Diana in Zürich aufstöbern? Unmöglich. Für mich erschien es wirklich aussichtsreicher, eine Nadel im Heuhaufen zu suchen.

Es war noch vormittags als wir unser Haus verließen. Wir fuhren nach Easten und zeitlich gerade so passend, dass wir den

Schlüssel noch vor der Mittagspause beim Vermieter, Ben Howard, abgeben konnten. Er wunderte sich, dass wir schon so früh wieder bei ihm auftauchten.

»Und, war alles zu ihrer Zufriedenheit? Haben sie das Haus gut hinterlassen?«

Wir nickten stumm, verabschiedeten uns kurz und machten uns auf den Weg. Im Seitenspiegel sah ich, wie er den Kopf schüttelte. Er hatte das Geld für drei Nächte kassiert und wir hatten nicht einmal versucht, für die eine nicht in Anspruch genommene Nacht noch etwas herauszuschlagen. Die Fähre von Cowes zurück aufs Festland nach Southampton dauerte eine knappe Stunde, die wir für ein typisches englisches Lunch an Bord nutzten. Weiter ging es an der Südküste entlang, so dass wir am frühen Nachmittag in Folkstone ankamen. Folkstone? Warum Folkstone? Ich hatte zunächst an den Hochgeschwindigkeitszug, den *Eurostar*, gedacht. Mit dem *Eurostar* würden wir in zweieinhalb Stunden die Strecke zwischen London und Paris zurücklegen und kämen nach knappen fünfhundert Kilometer vom Londoner Bahnhof *St.Pancras* direkt im Pariser *Gare du Nord* an. Aber Rosanna hatte sich die Alternative mit dem Eurotunnel überlegt. Viermal in jeder Stunde fuhr der Zug von Folkstone nach Calais, wobei die Fahrzeit etwas über eine halbe Stunde betrug. Das Ticket für unser Fahrzeug kostete um die 150 Pfund. England war noch immer nicht dem europäischen *Schengen Abkommen* beigetreten und so war jede Ein- und Ausreise mit einer Passkontrolle verbunden. Wir bildeten uns ein, dass die Überprüfung an den Fährübergängen aufgrund der vielen Tagesgäste vielleicht lockerer gehandhabt wurde. War auch die Erfassung der Passdaten nicht so ausgeprägt wie an den Flughäfen? Ich vermutete, dass Rosanna genau dieses im Sinn gehabt hatte.

So fuhren wir also mit dem Autozug durch den Tunnel unter dem englischen Kanal von Folkstone nach Calais. Nun waren wir wieder auf dem Festland, auf französischem Boden. Hier galten andere Regeln, zumindest im Straßenverkehr. Ich bot Rosanna an, dass ich das Steuer übernehmen würde, aber sie bestand darauf, weiter zu fahren. Mir war nicht klar, wie das mit dem Mietfahrzeug überhaupt funktionieren sollte. Alle Fahrzeuge in Frankreich hatten schließlich das Lenkrad auf der linken Seite.

Unser Fahrzeug musste definitiv zurück nach Großbritannien. Wie schön, dass eine so unbeschwerte Person wie Rosanna neben mir saß und ich mir keine Gedanken darüber machen musste.

Die nächste Etappe unserer Europareise schloss sich an. Ich hatte beinahe das Gefühl, in einem Spiel zu sein und eine Station nach der nächsten anzufahren. Über die nur mäßig befahrene Autobahn kamen wir nach wenigen Stunden in Paris an. Bereits nördlich von der Großstadt verließen wir die Autobahn und bogen ab zum Flughafen Charles de Gaulle.

»Erinnerst du dich Peter, als wir uns das erste Mal in Paris getroffen haben?«

Ich erinnerte mich jedenfalls, dass sie das bereits am Dienstagabend beim Dinner angesprochen hatte. Wiederum versuchte ich, meine Erinnerungen zusammenzusetzen. Denn es war bereits einige Jahre her gewesen. Dieses zufällige Treffen, in diesem sehr exquisiten Club in Paris. Trendy würde man sagen. Nur schemenhaft kamen mir die Bilder von damals in den Sinn. Ich war mit meiner Frau Claudia in Paris und wir wollten uns ein schönes Wochenende machen. Nur für uns. Jetzt erinnerte ich mich an einige weitere Details. Tagsüber bestiegen wir den Eiffelturm und bummelten in der Nähe des Champs-Élysées. Der Tipp eines Freundes führte uns am Abend zu der besagten Club-Adresse, alles war sehr exklusiv und vornehm eingerichtet. *French Cuisine* vom Feinsten, dazu wurden ausgesuchte, edle Weine gereicht. Nach dem Dinner setzten wir uns in eine angrenzende Lounge. Erstklassig. Der Club erstreckte sich über mehrere Etagen. Passend zum Musikstil gab es auf jeder Ebene unterschiedlich entworfene Tanzflächen und das Geschehen verteilte sich auf viele stilvoll gestaltete Räume. Es wurden die angesagtesten französischen Club-Beats gespielt und auf dem *Dancefloor* wurde extravagant und heiß getanzt. Irgendwann an diesem Abend hatten wir Rosanna mit ihrem Mann und ihren Freunden kennengelernt. Nett war es, sehr nett. Wir unterhielten uns angeregt und schlürften einige fruchtige Cocktails. Später hatten wir unsere Email Adressen ausgetauscht. Es gab ein oder zwei Mails im Nachgang, aber das war es. Nicht mehr und nicht weniger. Ehrlich gesagt, meine Erinnerungen an Paris waren bestenfalls schemenhaft. Wenn ich mich an alle Abende der vergangenen zehn Jahre so gut erinnern sollte, ich käme gar nicht mehr in die Realität zurück. Ohne ihren Hinweis hätte ich weder den Trip nach Paris noch die Begegnungen des Abends aus meinem Gedächtnis abrufen können. Wieso spielte sie eigentlich schon wieder auf den damaligen Abend in Paris an? Wie automatisch antworte ich Rosanna.

»Ja, das war nett damals.«

Der Flughafen Komplex *Charles de Gaulles* lag vor uns. Die Gebilde sahen immer noch futuristisch aus. Mir kam bei diesem Anblick immer die Assoziation zu einem Album von *Alan Parsons Project* in den Sinn. Es musste das Album *I Robot* gewesen sein, auf dem die architektonischen Besonderheiten des Flughafens abgebildet waren. Die verschachtelten, gläsernen Röhren mit den innen liegenden Rollbändern.

Als erstes fuhren wir jedoch zur AVIS Station und gaben das Fahrzeug ab. Ein Angestellter wies uns den Platz zu. Er kam mit seinem mobilen Annahmegerät und einem sehr bestimmten Gesichtsausdruck auf uns zu. Erstaunlich, wie wichtig manche Menschen werden, wenn sie eine Uniform tragen, und sei es nur die Dienstkleidung eines Autovermieters. Rosanna gab ihm den Autoschlüssel. Er wiederum staunte nicht schlecht, als er sich ins Fahrzeug setzte und das Lenkrad auf der linken Seite vermisste.

»*Madame*, sie haben das Fahrzeug in UK übernommen und wollen es hier abgeben? Das geht nicht. Das ist nicht Bestandteil des Vertrages, das können sie nicht machen.«

Ich witterte förmlich, dass es schwierig werden könnte. Rosanna diskutierte mit dem Franzosen und erklärte ihm, dass er das Fahrzeug doch nur mit der Fähre wieder auf die andere Seite bringen müsste.

»Ja, klar, ganz einfach. Aber wer kümmert sich darum?«

Irgendwie war mir diese ganze Situation etwas unangenehm. Ich wandte mich mit einem Zeichen ab, dass ich mir schnell einmal die Hände waschen wollte. Ich vertraute in diesem Moment völlig darauf, dass Rosanna die Situation regelte, was sie - wie erwartet - dann auch tat. Als ich zu ihr zurückkam, stand sie dort mit einem freudestrahlenden Gesicht.

»Situation gelöst!«

»Wie hast du das gemacht?«

»Kein Problem. Die werden sich darum kümmern. Lass uns jetzt die Tickets holen.«

Wir nahmen einen Shuttle Bus zum Terminal und gingen zum Ticketschalter. Rosanna erkundigte sich nach den verfügbaren Plätzen. In der Zwischenzeit wollte ich die Gelegenheit nutzen und mich revanchieren.

»Soll ich bezahlen?«

»Nein, lass man, Peter. Ich hatte doch versprochen, dass alle Kosten auf mich gehen.«

»Hast du denn genug Bargeld? Sonst könnte ich gerade an einen Geld-Automaten gehen.«

»Kein Problem, ich habe genug in bar dabei.«

Ergänzend flüsterte sie mir zu.

»Und du weißt ja, an so einem Automaten hinterlässt man wieder seine Spuren.«

Ich schwankte. War das alles Wirklichkeit? Manchmal hatte ich das Gefühl, dass sie irgendwie mit mir spielte. Noch war ich völlig normal, gefasst und stark. Das dachte ich jedenfalls. Aber ich entdeckte immer häufiger, dass ich mich umblickte und meine Umgebung viel sensibler als sonst wahrnahm. Gab es Menschen um uns herum, die uns beobachteten? Die registrierten, wo wir waren und was wir machten?

»Hm, du mit deinen Spuren. Ich kann mir nicht vorstellen, dass es Leute gibt, die all unsere Daten checken und überprüfen. Was haben die denn davon, das ist doch paranoid!«

Es war fast ein mitleidiges Lächeln, was mir Rosanna als Antwort entgegenbrachte.

»*Auch wenn du nicht paranoid bist, heißt das nicht, dass sie nicht hinter dir her sind.* Das soll einmal Henry Kissinger gesagt haben und da ist etwas dran. Du weißt doch, was Joe gesagt hatte, sei stets auf der Hut, *be prepared!*«

Unsere Tickets wurden ausgedruckt. Zweimal Zürich. One-way. Sie gab mir mein Ticket und wir nahmen den Rollweg durch den Glastunnel in Richtung der Sicherheitskontrolle. Der Check war einfach, wir hatten ja nur Handgepäck dabei. Danach hatten wir fast noch eine Stunde Wartezeit bis zum Boarden unseres Fliegers. Rosanna schien die *Frequent Traveller Cards* von allen gängigen Fluggesellschaften zu haben. Sie wühlte nur kurz in ihrem Portemonnaie, als wir vor dem Eingang der *Air France* Lounge standen. Wir suchten uns einen gemütlichen Platz und machten es uns in den Ledersesseln bequem. Dann bestellten wir uns ein Glas Wein sowie etwas Salzgebäck. Erdnüsse und Cracker. Ich holte den Laptop aus der Tasche und stöpselte die Minikopfhörer in die Anschlussbuchse. Der gestrige Download von *Loose Change* befand sich noch auf dem Desktop und ich startete die Videodatei. Nach den Schlussfolgerungen des Films mussten hinter den arabischen Terroristen noch andere Drahtzieher stecken. Angeblich sollte ein Vorwissen der Anschläge sogar bis in Regierungskreise hinein vorhanden sein. Oder gab es sogar eine Mitwirkung? Die Gedanken schossen mir durch den Kopf, die Internetrecherchen machten mich zunehmend nachdenklicher. Dass generell von islamistischen Terroristen eine ernstzunehmende Gefahr ausging, war unstrittig. Doch was hatte sich damals in New York wirklich abgespielt? Wer hatte die Fäden gezogen? Konnte es sein, dass die vermeintlichen Attentäter nicht alleine gehandelt hatten? Konnten andere Kräfte, andere Mächte ihre Hände mit im Spiel gehabt haben? Die Müdigkeit überfiel mich, denn die letzte Nacht war extrem kurz gewesen. Ich war froh, dass ich etwas vor mich hin dösen konnte.

Unser Flug wurde aufgerufen. Bevor wir an Board gehen konnten, wurden unsere Namen auf den Tickets mit den Pässen abgeglichen. Das wurde an den europäischen Flughäfen völlig unterschiedlich gehandhabt. In Paris war der Vergleich mit den Passdaten Gang und Gäbe. An vielen anderen Flughäfen kam man jedoch in das Flugzeug, ohne dass zuvor überprüft wurde, ob der Passagier überhaupt derjenige war, dessen Name auf dem Ticket stand. Aber stellte das wirklich ein Sicherheitsrisiko dar? Ich überlegte. Letztendlich war das Fliegen wie Busfahren. Mindestens genauso komfortabel nur viel, viel sicherer.

Kapitel 9

02. September, 2011

Freitagabend

ZÜRICH

Wir landeten in Zürich bereits am frühen Abend. Für uns bot sich ein Airport Hotel an. Das *Radisson Blu* lag ideal. Wir brauchten quasi nur aus dem Terminal hinüber zum Hotel zu gehen. Problemlos konnten wir ein freies Zimmer für uns buchen. Zunächst für eine Nacht, mit der Option auf eine zweite Übernachtung. Alles andere hätte mich bei dem Tempo von Rosanna auch gewundert. Mittlerweile hatte ich mich daran gewöhnt, mein Gepäck gar nicht mehr auszupacken. Ich schichtete meine Kleidung im Koffer nur nach Bedarf um.

»Was denkst Du über Zürich?«, fragte sie mich.

»Ich war hier schon ein oder zwei Mal. Es ist halt ein Finanzzentrum. Im Sommer sicher ganz nett.«

»Ganz nett? Hey, Peter. Zürich zählt zu lebenswertesten Städten der Welt. Die Stadt rangiert seit Jahren ganz weit oben auf der Beliebtheitsskala. Nenne mir eine Stadt, die attraktiver ist.«

»Kann gut sein. Aber mir gefällt Hamburg immer noch am besten.«

»Dann zeige ich dir einige Locations in Zürich, die du noch nicht kennst. Ich habe hier einmal für ein gutes Jahr gelebt und ich denke echt gerne an die Zeit zurück.«

Sie nahm einige Sachen aus ihrem Koffer und hatte sich ein elegantes Dress für den Abend herausgesucht Sie trug einen dunkelblauen, knielangen Rock und eine weiße Bluse mit einem hochgestellten Kragen. Eine silberne Kette mit einem Amulett schmückte ihren Hals.

Dazu trug sie eine weiße Uhr, besetzt mit glitzernden Steinen und mit einem weißen, gummiartigen Armband. Das Haar ließ sie offen und ich konnte ihre Perlenohrringe glänzen sehen. Ein dunkler Blazer und ihre schwarzblauen Pumps rundeten die perfekte Erscheinung ab. Ich zog mir eine klassische Kombination an, eine schwarze Hose, mein dunkelblaues Jackett und darunter ein weißes Oberhemd. Obwohl ich nicht die geringste Ahnung hatte, was uns heute Abend erwarten würde, freute ich mich darauf. Auch wenn ich heute morgen auf der Isle of Wight noch gedacht hatte, möglichst schnell in meine Realität zurückzukehren, so fand ich die ganze Geschichte mit jedem Moment spannender und war auf den Geschmack gekommen.

Hamburg und meine Firma waren für mich in eine weite Ferne gerückt. Kein Telefon, keine Nachrichten. Wie kam Frederik mit unseren Kunden klar? Was machte das Geschäft? Was mochte wohl zuhause inzwischen geschehen sein? Alles war unendlich weit weg und ich genoss diese Tage. Mit einer faszinierenden Frau in einer fremden Stadt.

Wir nahmen den Lift zum Hotelempfang. Rosanna wollte in ein ganz bestimmtes Restaurant in der Stadt und fragte wegen der Tischreservierung zunächst an der Rezeption. Dort schien sie nicht wirklich zum Erfolg zu kommen und anschließend telefonierte sie von einem Wandtelefon auf der Festnetzleitung. Ich hatte es mir zwischenzeitlich im Bereich der Lobby bequem gemacht. Als sie mit ihrem bezaubernden Lächeln auf mich zukam, wusste ich, dass sie ihren Willen bekommen hatte.

»Hey, wir haben einen Tisch. Das Restaurant wird dir gefallen. Wir haben allerdings noch etwas Zeit.«

Daher bestellten wir uns an der Bar noch etwas zu trinken. In der Mitte des Hotels befand sich ein großer Turm und darin waren unzählige Weinflaschen aufgeschichtet. Um dieses gläserne Rundregal herum war im Erdgeschoss eine stylische Bar angeordnet. Wir fragten die Bedienung nach der Bewandtnis dieses Turms.

»Das ist unser *Angeltower*. Unser Engelsturm. Es ist halt so; wenn sie einen Wein bestellen, dann wird eine leicht bekleidete junge Dame mit einem Seil nach oben gezogen und die holt dann den Wein herunter, den sie bestellt haben. Die Dame ist sehr hübsch angezogen, mit einem Röckchen. Wie ein kleiner Engel.

Es ist also durchaus ansprechend zu beobachten, wenn sie nach oben fliegt.«

Der Kellner schmunzelte mit einer leichten erotischen Anspielung, die man genauso gut als chauvinistisch deuten konnte. 'Wenn der wüsste wie tough Rosanna darauf reagieren könnte, wenn sie wollte. Eine junge Dame, klar. It's a man's world', dachte ich zu mir. Dennoch fand ich diese Art einer Weinbestellung durchaus reizvoll, da aber Rosanna neben mir saß, musste ich mich zusammennehmen. Wir ließen uns beide jedenfalls nichts anmerken.

»Oho, und der exzellente Wein ist wahrscheinlich ganz oben, oder?«

»Ja, klar, das ist so und der Wein wird nach oben hin auch immer teurer. Wollen sie eine Flasche?«

»Nein, danke. Vielleicht ist ein Aperitif zu dieser Zeit doch die bessere Wahl. Machen sie uns bitte zwei *Aperol Spritz*.«

Wir blätterten etwas belanglos in den Getränkekarten bis unsere Drinks kamen. Es waren kurze Momente der Ruhe. Kaum hatten wir mit einem Prost auf einen schönen Abend angestoßen, kam ein hochgewachsener Mann in einem dunklen Anzug in die Hotel Lobby und sprach uns an.

»Misses Sands?«

»Ja, aber etwas dezenter können sie ruhig sein. Wir sind hier schließlich in der Schweiz, oder?«

»Gewiss, Ma'am, entschuldigen sie. War es richtig, dass sie in die Talstraße möchten?«

»Zum Hochhaus an der Schanze, korrekt.«

Wir stiegen in die Limousine und ließen uns in die City kutschieren. Im Hochhaus an der Schanze nahmen wir den Aufzug bis nach ganz oben.

Im 13. und 14. Stock befand sich ein exklusives Restaurant. *Members only* - nur für Mitglieder. In den geschmackvoll eingerichteten Räumlichkeiten bot der private Club einen einmaligen Blick über die Stadt Zürich. Über den Züricher See bis hin zu den Alpen. 'Ein absolutes In-Restaurant', dachte ich.

»Willkommen im *Haute*«, wurden wir freundlich begrüßt.

Haute, der französische Begriff für oben oder gehoben. Und in beiderlei Hinsicht war der Name zutreffend. Dann lief es zunächst sehr förmlich ab.

Das Restaurant war nur den Mitgliedern vorbehalten. Rosanna gab die Reservierung und die Referenz an. Sie musste nach wie vor über sehr gute Kontakte in der Schweiz verfügen, sonst wären wir niemals in diese Location hineingekommen. Ich schaute auf das Logo und auf die Schreibweise des Restaurants.

Haute, wobei der Buchstabe 'H' aus zwei senkrechten Strichen gestaltet war. Eins und eins. Wie eine *Elf*, da war sie wieder, die Alarmzahl. Sah ich mittlerweile überall Gespenster? Ich musste mich bereits zusammenreißen, dass ich nicht überreagierte. Die kleine Visitenkarte vom Restaurant nahm ich als Andenken mit, während die freundliche Dame am Empfang unsere Reservierung bestätigte. Sie wies uns den Weg, wir konnten hinein.

»Rosanna, wie hast du das geschafft?«

»Wie ich schon sagte, Zürich wird dir gefallen. Übrigens, es ist wirklich sehr exklusiv hier. Man sagt, dass sich sogar einige bekannte Künstler unter den Clubmitgliedern befinden. Es geht doch nichts über eine gewisse Exklusivität, oder?«

Ich glaubte, sogar ein leichtes Schwyzer-Deutsch in ihrer Betonung wahrzunehmen. Wir gingen ein paar Schritte durch die Bar und kamen nach draußen auf die Terrasse. Man konnte fast ringsherum um das Gebäude auf dem Balkon spazieren und hatte eine atemberaubende Aussicht. Sehr lohnenswert. Uns bot sich ein fantastischer Blick über den Zürichsee. Die kleinen Ortschaften am Ufer waren von hier oben sehr gut zu erkennen. Wir gingen hinein und nahmen einen Drink an der Bar.

»Cheers«, sagte sie und wir stießen die Gläser aneinander.

»Auf Zürich ... wann warst du eigentlich hier, Rosanna?«

»Ach, das ist schon ein paar Jahre her. Es war interessant, es war lebendig. Ich habe die Stadt gemocht.«

»Hattest du damals Diana getroffen? Sie war doch ebenfalls für eine gewisse Zeit in der Schweiz?«

»Nein, von ihr habe ich jahrelang überhaupt nichts gehört. Gar nichts. Ich weiß auch nicht, was sie in Zürich macht. Irgendetwas mit Immobilien und mit Bankangelegenheiten, das hat sie geschrieben. Vielleicht hatte sie Geld in der Schweiz angelegt. *Who knows?* Ab morgen heften wir uns jedenfalls an ihre Spur.«

»Rosanna ich kann dir nicht folgen. Wir sind doch keine Detektive. Lass doch die Polizei nach deiner Freundin suchen.«

»Peter, nur noch ein oder zwei Tage. Entweder ist sie hier und wir finden sie oder sie ist weg und für immer verschwunden.«

»Na gut, ich muss wohl aufgeben. Aber glaubst du nicht, dass das alles sehr merkwürdig ist?«

»Was meinst Du?«

»Alles, was ich in den letzten Tagen über *9/11* gelesen habe, hat mich völlig durcheinander gebracht. Ich habe mehr Zweifel als je zuvor. Das alles ist sehr erschütternd. Kann es nicht sein, dass das irgendwie mit deiner Freundin zusammenhängt? Oder mit dem Schicksal ihrer Mutter, Margreth Woods?«

Rosanna sagte zunächst nichts zu meinen Vermutungen.

»Glaubst du an die offizielle Story, Peter?«

Ihr Blick war fragend und hilfesuchend zugleich. Was sollte ich dazu sagen? Bis vor kurzem war die offizielle Version ohnehin die einzige Erklärung für die Anschläge und fest in meinem Weltbild abgespeichert. Niemals hatte ich Alternativen erwogen und an etwas anderes gedacht. Ich hatte schließlich die Flugzeuge im TV gesehen. Immer wieder wurden damals die Lebensgeschichten der Terroristen im Fernsehen gesendet. Die allgegenwärtige Terrorgefahr wurde uns sozusagen eingebläut. Überhaupt, wie sollte es denn sonst passiert sein? Wenn es andere Täter gewesen sein sollten, was war dann mit den angeblichen, arabischen Terroristen passiert? Mit denen, die ich bislang für die Attentäter hielt? Was war in diesem Falle mit *Mohammed Atta* und seinen Kunpanen geschehen? Nein, durch derart abstruse Gedanken wurde es nur noch verwirrender.

»Ich glaube, Rosanna, du bist den gleichen Weg auch schon gegangen.«

»Du sagst es.«

Sie kannte sich jedenfalls mit allen Theorien bestens aus. So redeten wir noch eine ganze Zeit darüber, dann gingen wir eine Etage nach oben zum Dinner. Das Menü war exzellent. Es wurde spät, bald war es elf Uhr und die Restauration sollte geschlossen werden. Höflich wurden wir nach unserem Espresso darauf hingewiesen, dass nur noch die Bar weiter geöffnet war. Also gingen wir eine Etage nach unten an die Bar und genossen dort den fantastischen Blick über die Alpen und auf den Zürichsee. Man sah die hell erleuchteten Häuser. Rosanna zeigte mit ihrem Arm in die Richtung des linken Seeufers.

»Siehst du die Häuser?«

Ich schaute in dieselbe Richtung wie sie.

»Das ist die Sonnenseite, dort scheint die Sonne sehr, sehr lange bevor sie am Nachmittag hinter den Bergen untergeht. Wenn du ein Haus auf dieser Seite des Ufers hast, dann hast du es geschafft. Dort wohnen sehr viele Vermögende. Außerdem haben dort viele Prominente ihre Anwesen. Einige von ihnen sind übrigens auch Mitglied in diesem Club.«.

» ... und was ist mit der anderen Seite?«

»Tja, das ist die Schattenseite. Da ist es auch ganz nett. Es ist aber halt die Schattenseite und längst nicht so exklusiv wie die Ostseite. Ist aber egal. Ich liebe Zürich und die Schweizer sind sehr freundlich und außerordentlich diskret. Eigentlich interessiert sich keiner für seinen Nachbarn. Jeder lebt hier für sich und wahrt seine Privatsphäre. Wenn du Nachbarn hast, dann fragt dich keiner, woher du kommst oder was du machst. Das schätze ich so an den Schweizern. Es ist angenehm hier, sehr behaglich und trotzdem international.«

Rosanna ging an die Theke und wollte noch etwas zu trinken für uns bestellen. Neben ihr stand ein großgewachsener Mann mittleren Alters. Er hatte bereits graues Haar, war aber sehr gepflegt und trug einen maßgeschneiderten, dunklen Anzug. 'Eine sehr aparte Erscheinung', dachte ich. Er sah Rosanna und freute sich, legte seine Arme um sie und küsste sie einmal links und rechts auf ihre Wangen.

»Rosanna, Darling, was treibt dich hierher?«

»Hey, Doktor Weiss. Das ist ja schon eine Ewigkeit her, dass ich sie gesehen habe.«

Ich war verblüfft, dass sie ihn so förmlich ansprach. Doktor Weiss? Er musste nicht nur wegen seines Doktortitels so etwas wie eine graue Eminenz hier sein. Die beiden unterhielten sich sehr vertraut und ich sah, wie Rosanna ihren Kopf interessiert mal zur linken und mal zur rechten Seite legte. Wie sie sich mit der Hand liebevoll durchs Haar strich – alles an ihr signalisierte ein Interesse an diesem Doktor Weiss. Ein leichter abendlicher Windzug wehte durch die Bar und blies in ihr Haar. In diesem Moment sah ich, wie er seine Hand um ihre Taille legte und ganz leicht ihre Hüfte streichelte.

Nicht, dass mich das auch nur ansatzweise eifersüchtig machte. Nein. Dennoch war ich etwas überrascht. Es wirkte irgendwie unpassend auf mich. Er duzte sie, sie siezte ihn. Und das, obwohl ihre Blicke doch sehr vertraut wirkten. Das Ganze war doch sehr rätselhaft. Es waren Minuten, die mir wie eine Ewigkeit vorkamen. Sie würdigte mich keines Blickes, drehte ihren Kopf nicht zu mir. Als ob ich gar nicht mehr da wäre. Sie plauderte munter und alles schien sich nur um diesen Doktor Weiss zu drehen. Die Bedienung an der Theke goss einen edlen Cognac in zwei große bauchige Gläser. Rosanna nahm ihr Glas, blickte zu Doktor Weiss, der auf das verbleibende Glas auf der Theke starrte. In diesem Moment registrierte Rosanna, dass ich ja auch noch da war. Aufmerksam stellte sie umgehend wieder ihr Glas auf die Theke. Sie drehte sich zu mir um, nahm meine Hand und zog mich an sich heran.

»Peter, ich muss dir unbedingt Doktor Weiss vorstellen.«

Ich schaute ihn an, noch etwas verblüfft und perplex. Er starrte mich an, mit einem direkten Blick in meine Augen. 'Warum schaut er so eindringlich?', dachte ich.

»Sie sind Peter?«

Fast wie ein Schüler in der Schule nickte ich brav. Wer war dieser Mensch? Er stellte sich nicht etwa vor, nein! Wahrscheinlich hatte ihm Rosanna bereits alles über uns erzählt. Sie war bemüht, in diese kurzzeitige Stille hineinzufallen.

»Peter, du musst wissen, Doktor Weiss ist hier in Zürich der Mann, dem ... «

Ich schaute sie fragend an und sie ergänzte.

»Nun, er ist der Mann, dem die Frauen vertrauen. Aber, nicht nur die Frauen.«

Nun verstand ich gar nichts mehr. Wovon redete sie?

»Also es ist so. Doktor Weiss ist hier in Zürich so etwas wie die 'Erste Adresse', wenn es darum geht, Frauen - und vielleicht auch Männer - ein klein bisschen schöner zu machen. Hier ein kleiner Schnitt, dort eine Spritze und schon ist die Falte weg.«

Er lauschte sichtlich geschmeichelt und sein Gesichtsausdruck wirkte zufrieden. Rosanna rührte für ihn die Werbetrommel.

»Das können die Fältchen an den Augen sein, die Nase, der Mund oder das Kinn. Das sind alles sehr beliebte Zonen in der Schönheitschirurgie. Aber es hat auch seinen Preis.«

»Was ist schon Geld?«

Die graue Eminenz gab sich überlegen und Rosanna fuhr fort.

»Wenn du einmal unter seinem Messer gelegen hast, Peter, dann bist du anschließend ein anderer Mensch.«

Sie lächelte und schaute mich an. Ich bemühte mich um einen zustimmenden Ausdruck und dachte an die Reichen und die Schönen, die dafür bereitwillig ein Vermögen ausgeben würden. Das konnte ich mir hier in Zürich sehr gut vorstellen. Zürich war bekannt für die besten und gefragtesten Schönheitschirurgen der Welt. Fast wollte ich schon fragen, woher die beiden sich kannten und ob Rosanna vielleicht auch bei ihm schon einmal unter dem Messer gelegen hatte, aber ich verkniff es mir. Rosanna war eine so wunderbare, attraktive Frau. Bezaubernd und mit einem offenen, intelligenten Wesen und voller Dynamik. Nein, eine Frage in diese Richtung wäre nicht gut angekommen. Das wäre ein Affront gewesen. Wer weiß, was ich mir damit alles verdorben hätte. Nein, die beiden schienen sich einfach gut zu kennen. Sie mussten alte Bekannte, gute Freunde sein und ich wollte das Gespräch nicht durch eine unangebrachte Frage in eine völlig falsche Richtung lenken. Als sicherer empfand ich den Small-Talk über die City, den Zürichsee und die hier lebenden Menschen. Die Atmosphäre in dem Clubrestaurant *Haute* war sehr ansprechend. Ich fühlte mich, als sei ich in eine andere Welt hinein getaucht. Es wurde spät, es musste bereits nach Mitternacht gewesen sein, als wir uns endlich von der grauen Eminenz verabschiedeten. Für den Rückweg beschlossen wir, die Treppe nach unten zu nehmen. Dreizehn Stockwerke bedeuteten viele Stufen, aber es tat uns gut nach dem reichhaltigen Dinner.

Es war ein langer Tag. Als wir schließlich im Hotel ankamen, wollten wir nur noch einen letzten Drink an der Hotelbar zu uns nehmen. Wohl wissend, dass morgen ein weiterer Tag mit einem vollen Programm auf uns warten würde. Einige Geschäftsleute hatten sich an der Bar und in den Sesseln verteilt und spähten nach dem weiblichen Geschlecht. Immer auf der Suche nach einem möglichen Flirt. Junge Leute an der Bar diskutierten über ihre Urlaubserlebnisse. Im Hintergrund lief Musik vom Band und es gab eine kleine, gefliese Tanzfläche zwischen der Bar und den Sesseln in der Lounge.

Die ausgewählten Titel waren bewusst in langsamen Rhythmen gehalten. Als ein Song von den BeeGees erklang, *More than a woman*, legte Rosanna ihre Hand auf meine.

»Wollen wir?«

Was für eine Frage. Und wie ich wollte. Wir gingen die zwei Stufen hinunter zur Tanzfläche. Zunächst versuchten wir, unsere Schritte mit dem Takt der Musik in Einklang zu bringen. Am Schluss wollten wir einfach nur eng umschlungen tanzen. Mit jeder Drehung fühlte ich mich ihr näher und näher. Der Song ging mit einer weichen Überblendung in den nächsten über. Ohne zu zögern tanzten wir weiter. Es war die Titelmelodie aus einem James Bond Film, gesungen von Nancy Sinatra. *You only live twice*. Die Text-Fragmente passten ideal zu uns. Sie war die Fremde, mit der ich liebend gerne ein zweites Leben beginnen würde. Beim Refrain hauchte sie mir das *You only live twice* in mein Ohr. Ein wohliger Schauer lief durch meinen gesamten Körper. Wie sehr ich sie in diesem Moment begehrte.

»Und du? Lebst du auch zweimal, Rosanna?«

»Ich weiß es noch nicht, Peter, ich weiß es noch nicht.«

Sie legte den Kopf auf meine Schulter und schmiegte sich ganz fest an mich heran. Als ob hunderttausend kleine Pfeile auf meine Gefühlslandschaft hernieder prasseln würden. Ein unbeschreibliches Glücksgefühl erfüllte mich. So, als wollte ich, dass es die gesamte Welt erfuhr. War ich verliebt? Von den Klängen der Musik berieselt, fiel es mir nicht schwer, in meine Fantasiewelt einzutauchen.

Wir nahmen den nächsten Aufzug nach oben zu unserem Zimmer. Unser technisches Equipment blieb an diesem Abend komplett aus. Die Nacht gehörte nur uns beiden. Wir rissen uns die Kleider vom Körper. Wilde Küsse, heftige Umarmungen. Zärtliche Hände. Unendliches Streicheln und Fingernägel, die sich in meinen Rücken krallten. So intensiv war ich noch nie mit einer Frau zusammen. Was für eine berauschende Stellungsvielfalt. Wir liebten uns. Einmal, zweimal. Immer wieder. Wir konnten einfach nicht genug voneinander bekommen. Wie im siebten Himmel. Dieses unbändige erotische Kribbeln. Als ob ich das Leben wieder ganz neu entdecken würde, als wäre ich wieder sechzehn und würde ein *I love you* in die Welt hinausschreien.

Kapitel 10

03. September, 2011

Samstag

ZÜRICH

Gut gelaunt standen wir am nächsten Morgen recht früh auf. Es war erst kurz nach sechs. 'Morgens ist die ganze Welt noch in Ordnung', sagte früher meine Mutter, was optimistisch klang und alle Hoffnungen in den Beginn eines neuen Tages legte. Wir lagen uns noch geborgen in den Armen und ich schaute Rosanna mit einem verliebten Blick an.

»Gut geschlafen, Babe?«

Da war es wieder, ihr bezauberndes Lächeln. Ein unendliches Lächeln. Sie streifte sich die Haare aus dem Gesicht.

»Geschlafen? Da war ja wohl nicht viel mit ... *Schlafen*.«

Ich zog sie an mich heran und küsste sie leidenschaftlich. Kein Gestern, kein Morgen, es zählte nur das Hier und Jetzt. Verloren in Gefühlen, ohne jeden ordnenden Gedanken. Niemals sollte es mit uns aufhören. Alles um mich herum drehte sich. Bis der Radiowecker uns ein zweites Mal aufschreckte. Willkommen in der Wirklichkeit.

Mit einem zärtlichen Streicheln fuhr ich mit meiner Hand über ihren Arm und löste mich. Der Tag hatte es in sich und war mit einem vollen Programm gefüllt. Ich fuhr unsere Gerätschaften in den Betriebszustand hoch. Die Dateien waren noch in den Browserfenstern geöffnet. Die Seiten über Diana Woods, über ihre Mutter, Margreth Woods und über die verschiedenen Verschwörungstheorien, was sich am 11. September abgespielt haben könnte. Die Filme hatten mich nachdenklich gemacht. Nur eines stand für mich fest: Die Zwillingstürme waren an jenem tragischen Morgen wirklich eingestürzt.

Ich selbst hatte mich Jahre später an den Ort, *Ground Zero*, im Süden von Manhattan begeben und mir die Baustelle angesehen, wo das neue World Trade Center Projekt mit dem *Freedom Tower* bereits geplant war. Der neue Tower sollte eine Höhe von 1776 Fuß erreichen. Sinnbildlich stand die Zahl für das Jahr der Unabhängigkeitserklärung der Vereinigten Staaten von Amerika. Viele Jahre zuvor, damals standen die Türme noch, war ich einmal mit Claudia in New York gewesen. Damals wollten wir die ganze Welt bereisen. Wir hatten so viele gemeinsame Ziele und New York stand ganz oben auf unserer Liste. Zu den touristischen Highlights gehörte für uns selbstverständlich auch der Aufstieg auf das World Trade Center und wir waren auf der Aussichtsplattform. Ich konnte diese Eindrücke niemals vergessen.

Gut, dass der Zutritt für die Touristen immer erst ab zehn Uhr morgens zugelassen war. Da die Anschläge an diesem schicksalhaften Morgen lange vor zehn Uhr passierten, waren die großen Massen der internationalen Besucher zum Glück noch gar nicht in der Nähe des Komplexes. Falls die Attentäter eine noch höhere Zahl von Opfern beabsichtigt hätten, so hätten sie die Anschläge wahrscheinlich einige Stunden später an jenem Dienstag durchgeführt. Die Gedanken daran beunruhigten mich zutiefst. Die Türme waren zusammengestürzt, das stand fest. Aber wie geschah es und von wem wurden die Attacken initiiert? Das wurde in den Foren vehement und kontrovers diskutiert. Gewiss, es gab viele Hinweise auf die arabischen Attentäter an den Tatorten. Bis hin zu einem Ausweis, der in der Nähe gefunden wurde. Erstaunlich unbeschädigt. Auf unerklärliche Weise musste er den Weg aus dem brennenden Flugzeug völlig ohne Beeinträchtigungen überstanden haben. Es wurden die Taschen der Attentäter gefunden. Das aufgegebene Gepäck, welches den Anschlussflug ab Boston verpasst hatte. Ja, es gab viele Hinweise, die zu den arabischen Flugschülern führten. Dennoch, in einigen Foren stand fest: Das waren bewusst platzierte Indizien, die für jedermann weltweit die terroristische Urheberschaft der Terroranschläge beweisen sollten. Warum hatte sich eine kleine, aber erstaunlich agile Gemeinde im Internet so darauf versteift, dass die angeblichen Attentäter gar nichts mit den Anschlägen zu tun hatten?

Nämlich dass die Attentäter nur kleine Elemente im großen Zusammenspiel der Zahnräder gewesen sein sollten. In öffentlichen Umfragen vermuteten zunehmend mehr Menschen, dass die Anschläge möglicherweise hingenommen worden waren, um die Kriege gegen Afghanistan und gegen den Irak zu rechtfertigen. Das klang absurd. War der 11. September ein zweites *Pearl Harbour*? Ich war hin- und hergerissen. Es gab so viele Ungereimtheiten, je mehr ich mich damit beschäftigte.

Das Interessanteste, was ich an diesem Morgen entdeckte, waren die beiden Lager, die es wiederum auf der Seite der Zweifler gab. Diejenigen, die zumindest an alle TV Bilder von den Flugzeugattacken glaubten. Sie vermuteten Sprengungen und nahmen ein Vorwissen bestimmter Kreise an. Das wirkte auf mich schon abenteuerlich genug. Doch weit gefehlt. Ihnen gegenüber stand ein wesentlich extremeres Lager: Nämlich die sogenannten *No-Planer*. Diese Gruppe behauptete, dass gar keine Flugzeuge in die Türme oder in das Pentagon gerast waren. Auch der Flugzeugabsturz über Shanksville hätte sich so nicht zugetragen. *No Planes*? Keine Flugzeuge? Ich hatte sie doch mit meinen eigenen Augen gesehen, wieder und wieder im Fernsehen. Sie verschwanden einfach in den Gebäuden. Zack und weg. Es wurden doch immer weitere Aufnahmen gezeigt. Unfassbar, nun gab es unter den Verschwörungstheorien tatsächlich ein Szenario, welches selbst die Flugzeuge komplett in Frage stellte. Wie verrückt konnte die Sache denn noch werden?

Doch die Argumente der Zweifler mehrten sich und letztendlich waren es nur die TV Aufnahmen und einige Augenzeugen, die mir das Bild vermittelten, dass es Flugzeuge gewesen sein mussten. Diese Thematik sollte mich von diesem Moment an nie wieder loslassen. War ich, waren wir alle einer gigantischen, optischen Täuschung zum Opfer gefallen?

Gewiss, es gab in der Nähe Trümmerteile von Flugzeugen. Sogar ein Triebwerk wurde gefunden. Allerdings konnte nicht eindeutig geklärt werden, ob diese Teile zu den verunglückten Flugzeugen gehörten oder ob sie an diesen Fundorten platziert worden waren und somit ebenfalls Teil eines vorgetäuschten Attentats waren. Ein vorgetäuschter Terroranschlag? Wo war der Knopf zum Abschalten, bevor ich den Verstand verlor?

Derart ungeheuerlich erschienen mir die Vorstellungen. Eine innere Unruhe, die von Sekunde zu Sekunde stärker wurde, erfasste mich. Nun, es gab immerhin Augenzeugen, die von den Flugzeugen berichteten. Von einem kleinen Sportflugzeug war die Rede, andere sprachen von Verkehrsmaschinen. Von Flugzeugen, die keine Fenster hatten. Es war so ziemlich jede Variante vorhanden. Andere wiederum berichteten von Raketenangriffen, von den *Missiles*. Das passte eigentlich gar nicht ins Bild. Außerdem gab es sogar Zeugen, die live vor der Kamera berichteten, dass es *gar kein* Flugzeug gewesen war, sondern nur eine große, schreckliche Explosion. Wer wusste wirklich, was geschehen war? Allein die Vorstellung, dass es möglicherweise *keine* Flugzeuge gewesen waren, machte mich sehr, sehr unruhig.

Ich fand schließlich im Internet den Film *September Clues*. Eine sehr umfangreiche Dokumentation, die sogar noch einige Schritte weiter ging. Zum einen wurden viele Videoanalysen der Flugzeuge gezeigt. Zum anderen wurde sogar die Theorie aufgestellt, dass im Grunde genommen *alles* nur eine TV Fälschung sei. Eine hundertprozentige *TV Fakery*. Wie besessen schaute ich mir den Film an. Spulte einige Szenen vor, andere musste ich mir mehrmals ansehen.

»Rosanna, komm mal. Das musst du sehen.«

Sie war bereits angezogen und für den Tag perfekt gestylt.

»*September Clues*. Hm, du bist wirklich weit gekommen und mitten in der Szene gelandet. Ab jetzt wird es abenteuerlich. Demnach war alles nicht echt. Geh mal ins Bad und schau in den Spiegel, ob du überhaupt noch da bist.«

In der Tat. Die Amplitudenausschläge wurden immer größer. Wie das Wasser in einem See an einem windstillen Tag. Anfangs war die Wasseroberfläche noch völlig glatt und ohne jede Welle. Mit dem aufkommenden Wind verstärkte sich jedoch nicht nur der Wellenberg, sondern auch das Wellental.

Genauso kam es mir mit den Theorien in den Foren vor. Manche Ansätze waren in sich schon so unglaubwürdig, dass man sie kaum ernst nehmen konnte. Wie jedoch konnte man verhindern, dass man nicht total ins *Konspirative* abtauchte und sich von der wirklichen Welt entfernte? Was aber war noch die Realität?

Je weiter ich mich mit den Fragestellungen beschäftigte, kam ich mehr und mehr ins Grübeln und sinnierte, dass wir die Welt, wie sie wirklich war, nie richtig erfahren würden. War es nicht Albert Einstein, der einmal sagte: *'Die Realität ist nur eine Illusion, aber eine sehr hartnäckige.'* Ich schaute Rosanna an.

»Ja, du hast recht, aber interessant ist es allemal.«

Nach dem Frühstück nahmen wir das Taxi zu der Adresse, die wir in dem Brief von Diana vorgefunden hatten. *Immobilien und Fachberatung - Hubert Moser.* So stand es auf dem Firmenschild. Ein Assistentin führte uns zu Herrn Moser, einem verschlossenen Mann mit einer etwas gedrungenen Haltung.

»Was kann ich für sie tun?«

Erstmals ergriff ich das Wort und kam Rosanna zuvor.

»Lieber Herr Moser, wir danken ihnen, dass sie sofort die Zeit gefunden haben. Meine Bekannte und ich sind auf der Suche nach einer Jugendfreundin namens Diana Woods. Sie hatte uns mitgeteilt, dass sie sich mit ihnen über ihre Immobilie in der Schweiz unterhalten wollte. Da wir sonst keine aktuelle Adresse von ihr haben, hoffen wir, dass sie uns vielleicht weiter helfen können.«

»Woods, Woods. Ja, richtig. Die junge Amerikanerin. Sie hatte seit Jahren ein schönes Haus in der Nähe des Züricher Sees. Ein freistehendes Einfamilienhaus. Prächtige Lage. Das wollte sie schon seit langem verkaufen. Jetzt pressierte es wohl. Der Preis war plötzlich nicht mehr vorrangig, sie wollte einfach nur schnell verkaufen.«

»Und, waren sie erfolgreich?«

»Oh, ja. Es ist doch alles eine Frage des Preises. Wir sind solange hinuntergegangen, bis sich ein Käufer fand. Wissen sie, Immobilien sind in der Schweiz immer noch die beste Wertanlage überhaupt. Normalerweise erzielen sie hier Spitzenpreise, aber wenn ein Verkauf schnell gehen soll, dann muss man schon mal Zugeständnisse machen. Dennoch, Frau Woods hat einen sehr ordentlichen Kaufpreis bekommen und mir zu einer angemessenen Provision verholfen.«

Mich hätte nun die Lage des besagten Hauses interessiert. War es auf der Sonnenseite des Sees angesiedelt, was auf einen hohen Vermögenswert hindeuten würde. So hatte ich es am Vorabend jedenfalls gelernt. Wer war der Käufer? Doch diese Details schienen Rosanna herzlich wenig zu interessieren.

»Wann war sie hier? Wann haben sie den Verkauf mit ihr über die Bühne gebracht?«

»Misses Sands, wissen sie. Das ist gerade ein paar Tage her. Vorher war ihre Bekannte richtig nervös. Wir hatten ständig miteinander telefoniert. Sie erkundigte sich haargenau, wann sie das Geld bekommen könnte und ich half ihr dabei, die Kontoverbindungen in der Schweiz zu eröffnen. Alles war ihr ganz, ganz wichtig. Alle Transfers mussten noch am selben Tag geschehen.«

»Und wo ist sie jetzt?«

»Misses, das weiß ich doch nicht. Es ist auch nicht mein Business. Jeder hat seinen Teil bekommen. Das Haus hat den Besitzer gewechselt, ihre Bekannte ist nun eine reiche Frau. Was soll ich denn noch über sie wissen. Warum interessiert sie das überhaupt?«

»Nichts für ungut. Vielen Dank. Eine Frage noch, haben sie eine Adresse von ihr? Kennen sie das Hotel, in dem sie abgestiegen war? Oder eine Telefonnummer?«

»Meine Sekretärin wird gerne einmal nachschauen. Ich muss mich nun wieder meinen Angelegenheiten zuwenden. Ich hoffe, das ist für sie in Ordnung.«

Wir nickten und verabschiedeten uns von Hubert Moser. Eine große Hilfe war er nicht gewesen. Diana Woods hatte ihr Haus verkauft und verfügte nun offensichtlich über ein prallgefülltes Bankkonto. Sicher, als Wertanlage war ein solches Haus in der bevorzugten Lage von Zürich unvergleichbar solide. Doch von einer Immobilie konnte man schließlich nicht leben. Brauchte sie dringend das Geld? Wenn ja, wofür? War es das, was sie so nervös gemacht hatte? Für mich passte es in das Bild, welches Rosanna schon zuvor von ihrer Freundin gezeichnet hatte. Sie wollte untertauchen und verschwinden. Dafür musste sie ihre Güter zu Geld machen, um irgendwo auf der Welt ein neues Leben zu beginnen. Hatte sie Angst davor, dass jemand sie daran hindern könnte und sie nicht an ihr Geld käme? Es hatte fast schon wieder den Hauch des Banalen. Eine Frau im mittleren Alter wollte aussteigen, verkaufte ihr Eigentum, um ein neues Leben anzufangen.

Vor zehn Jahren hatte sie ihre Mutter bei den grausamen Terroranschlägen verloren, zehn Jahre lang stand auch sie als Angehörige im öffentlichen Interesse. Zehn Jahre waren eine lange Zeit. Der Entschluss, nun endlich ein neues, freies Leben zu beginnen, kam mir gar nicht so abwegig vor. So einfach konnte es doch gewesen sein. Rosanna jedoch wollte sich damit bei weitem nicht zufrieden geben. Sie vermutete, dass es eine geheime Verbindung von Diana und ihrer Mutter, Margreth, zu den schrecklichen Ereignissen vom 11. September 2001 gab, die Diana zu Tode ängstigte. Was konnte das sein?

Von der Sekretärin des Immobilienmaklers Moser erhielten wir freundlicherweise eine Mobiltelefonnummer. Mit einer schweizerischen Vorwahl. Rosanna wollte sofort eine Textmessage an Diana schreiben. Intelligenterweise hatten wir selbst nun keine Telefone mehr bei uns, konnten also keine SMS versenden und umgekehrt auch keine Nachrichten empfangen. Die Sekretärin ließ uns ein Taxi kommen. Wir warteten draußen vor dem Maklerbüro und stellten uns in die Sonne.

»Ich brauche nun doch ein Telefon. Wir sind ja wie abgeschnitten von der Welt.«

»Das war nicht meine Idee, Rosanna. Es sollte aber kein Problem sein, ein *Pre-Paid* Handy zu kaufen. Doch ob mit oder ohne Telefon, bei Diana werden wir wohl nicht recht weiterkommen.«

»Leider, es ist wie verhext. Eine Sackgasse. Es gibt keine Hoteladresse von ihr. Einzig eine Telefonnummer. Wer weiß, ob sie überhaupt noch im Lande ist und falls sie die *Roaming* Funktion nicht freigeschaltet hat, wird sie auch meine SMS nicht bekommen. Dann haben wir sie endgültig verloren.«

»Das glaube ich auch, Rosanna. Ganz ehrlich. Sie ist an ihr Geld gekommen und das war es. Sie wird dich nicht mehr brauchen. Sag mal, hast du eine Idee, was wir heute stattdessen unternehmen können?«

Sie überlegte für einen kurzen Moment.

»Wenn du willst, können wir einen sehr netten Bekannten von mir treffen. Er war früher Berufspilot. Also, wenn du einen echten Experten für Flugzeuge kennenlernen möchtest, dann ist *er* es.«

»Ein ehemaliger Pilot?«

»Ja, er ist viele Jahre aktiv geflogen. Inklusive der großen Verkehrsmaschinen. Bestimmt hat er auch heute noch seine Fluglizenz. Ich weiß allerdings nicht, ob er Zeit für uns hat. Einen Versuch ist es aber wert.«

Das war einen ausgezeichneter Vorschlag. Ich war gedanklich wieder bei den Recherchen über die *No-Planer*, die mich ziemlich aufgewühlt hatten. Statt mich immer tiefer in die Theorien hineinzusteigern, war es sicherlich viel besser, direkt mit anderen Menschen darüber zu sprechen.

»Wo finden wir ihn, wie heißt er?«

»Hans Frey ist sein Name, ein ausgesprochen umgänglicher Mann. Du wirst ihn mögen. Lass mich mal checken. Erst vor kurzem hatte ich von ihm gehört, dass er einen Nebenjob im Museum der Airforce annehmen wollte.«

»Hier gibt es ein Museum der Luftwaffe?«

Davon hatte ich noch nie etwas gehört.

»Du, das ist ganz in der Nähe. In Dübendorf. Es wurde von einem Verein gegründet. Sie nennen sich *'Die Freunde der schweizerischen Luftwaffe'* oder so ähnlich. Hans wollte dort als Tourguide jobben und den Besuchern die Flugzeuge und das Fliegen erklären.«

Unser Taxi war vorgefahren und die folgenden Stationen waren somit klar. Ein Fachgeschäft für Mobiltelefone war die nächste Adresse. Schnell waren die Formalitäten erledigt und es ging relativ zügig mit der Freischaltung. Dann saßen wir bereits wieder in einem Taxi. Dieses Mal auf dem Weg nach Dübendorf. Rosanna kramte ein kleines, blaues Notizbuch aus ihrer Handtasche und suchte die Nummer von Hans Frey heraus. Dann rief sie mit dem neuen Telefon ihren Bekannten an und vereinbarte mit ihm ein Treffen im Museum. Inzwischen hatte sie auch eine SMS Nachricht an Diana abgesetzt. Verbunden mit der Hoffnung, dass sie wohl auf sei und sich doch bitte bei ihr melden möge. Danach nahm sie unverzüglich den Akku aus dem Handy und legte die Teile einzeln in ihre Handtasche. 'Sehr umsichtig und konzentriert', dachte ich. 'Nur keine Spuren hinterlassen.' Diana mochte ähnlich vorsichtig gewesen sein, vielleicht hatte auch sie sich in der Schweiz ein *Pre-Paid* Gerät besorgt, denn uns war eine lokale Telefonnummer genannt worden.

Ich bereitete mich derweil auf meine Fragen zu den Flugzeugen vor. Unsicher war ich, wie weit ich einen direkten Bezug zu den Geschehnissen vom 11. September nehmen konnte oder ob ich besser alle Fragen sehr allgemein formulieren sollte. Wie mochte er sein, dieser Hans Frey? Wie unmittelbar würde ich mit ihm sprechen können?

Ich erinnerte mich an die Videoclips aus den letzten Tagen und in meinen Gedanken sah ich alle Aufnahmen von den Flugzeugen lebendig vor mir. Sah, wie die Flugzeuge aus allen möglichen Perspektiven in die Türme geflogen waren. Von rechts oder von links kommend. Es gab Aufnahmen von oben aus einem Helikopter oder von unten, vom Straßenlevel. Unabhängig davon, ob es sich um die Fernsehaufnahmen oder die Amateur-Videos handelte, wilde Sequenzen schossen durch meinen Kopf. Insbesondere die sogenannten *nose out* Szenen hatten die Gemüter erhitzt. Denn auf einer der Live-Aufnahmen konnte man die unbeschädigte Spitze des Flugzeuges, welches den Südturm getroffen und durchbohrt hatte, auf der anderen Seite wieder austreten sehen. Diese Aufnahme konnte nicht real sein. Vor allem, weil die Frontpartie eines Flugzeuges unfassbar empfindlich war. Schon der Aufprall mit einem Vogel in der Luft würde zu einer heftigen Deformationen führen und einen Zusammenstoß mit einem massiven Stahlbetonbau konnte eine Flugzeugspitze mit Sicherheit nicht ohne kollaterale Schäden überstehen. Das war völlig unmöglich.

Dennoch, diese Bilder hatten wir gesehen. Sie wurden live im Fernsehen übertragen. Gerade die n*ose out* Filmaufnahmen gehörten zu den großen Mysterien des 11. Septembers 2001. Einige *Blogger* führten an, dass Flugzeuge mit fliegenden Aluminiumdosen vergleichbar waren. Wie eine Bierdose in der Luft? Dazu passten die Crash Aufnahmen im TV überhaupt nicht. Als die Flugzeuge in den Türmen förmlich verschwanden, sah es vielmehr so aus, als ob ein Messer in weiche Butter schnitt! Kein Flugzeug konnte einen solchen Zusammenprall ohne eine totale Deformation überstehen. Unmöglich, es müsste komplett zerstört worden sein. Dennoch haben Millionen von Menschen das genau so im Fernsehen gesehen. Auch, dass die Flugzeuge offensichtlich ganz unterschiedliche Flugbahnen aufwiesen, passte nicht zu einer realen Darstellung.

Mal nahm der Flieger einen sehr geradlinigen Anflug, mal flog er fast in einer Kurvenbahn. Die Aufnahmen waren alles andere als deckungsgleich. Waren sie manipuliert worden? Rosanna bemerkte, dass ich in den letzten Minuten völlig in Gedanken versunken war.

»Hey Peter, was hältst du für die wahrscheinlichste Variante? Du denkst doch sicher über die Flugzeugmanöver nach, oder?«

»Ich weiß nicht, das wird immer merkwürdiger und ich blicke kaum noch durch die Zusammenhänge. Es gibt so viele unterschiedliche Ansichten. Flugzeuge oder keine Flugzeuge. Einige behaupten sogar, es waren *Missiles*, also Raketen. Ich habe Zeugen in Videos gehört, die meinten, dass sie eine *Missile* gehört hatten.«

Wir waren mit dem Taxi auf dem Weg nach Dübendorf und hatten unser Ziel fast erreicht. Das Ausstellungszentrum lag nur ungefähr zehn Kilometer außerhalb von Zürich und es befand sich ganz in der Nähe des Militärflughafens. Wir bogen von der Hauptstraße ab. Willkommen im *Aviationcenter Dübendorf*, im Museum der schweizerischen Luftwaffe. Vor nahezu vierzig Jahren wurde mit der Sammlung der Exponate begonnen. In zwei Hallen waren wunderschöne, historische Flugzeuge und Hubschrauber ausgestellt. Sie dokumentierten die Ursprünge der militärischen Luftfahrt in der Schweiz. Teilweise hingen die Fluggeräte unter der Decke, teilweise waren sie in liebevoll gestalteten Szenen hergerichtet. Einige Flugzeuge waren zusätzlich mit Simulatoren ausgestattet, so konnten die Besucher selbst einmal in ein Cockpit steigen. Ich blickte mich begeistert um. Gerade wollten wir uns in Richtung des Ticketschalters begeben und die Eintrittskarten lösen, da kam ein älterer Mann auf uns zu. Er schien Rosanna sofort erkannt zu haben und ging ihr freudestrahlend entgegen. Er hatte einen leicht schleppenden Gang, der Mann mochte deutlich über sechzig Jahre gewesen sein.

»Rosanna!«, rief er erfreut.

Hans Frey streckte seine Arme weit aus, um Rosanna dann herzlich zu umarmen. Sie schenkte ihm ein bezauberndes Lächeln und warf das Haar leicht nach hinten.

»Hans, du siehst blendend aus, geht es dir gut?«

»Gut, gut. Und, ist bei dir auch alles im Lot?«

Sie lösten sich wieder voneinander und schauten nun mich an.

»Hans, darf ich dir Peter Berg vorstellen. Wir haben uns vor vielen Jahren kennengelernt und zufällig vor einigen Tagen wiedergetroffen.«

Hans schaute mich freundlich an und er begrüßte mich in seinem schweizerischen Dialekt.

»Grüezi, seien sie willkommen in Zürich, in Dübendorf.«

Höflich reichte ich ihm meine Hand.

»Ganz meinerseits, ich freue mich, sie kennenzulernen.«

Er legte seinen großen Arm um Rosanna.

»Lasst uns ein paar Schritte gehen. Wir machen einen Rundgang und ich zeige euch alles. Die Tickets braucht ihr nicht zu lösen, ich bin hier quasi zuhause.«

Hans Frey führte uns durch die Hallen. Voller Hingabe erklärte er uns die wunderschönen Flugzeuge. *De Havilland, Juncker, Messerschmidt,* die wohlklingenden Namen von legendären Flugzeugen, mit deren Geschichten Hans Frey uns auf dem Rundgang in die Geheimnisse der schweizerischen Luftwaffe einweihte. Vor einem besonderen Prachtstück machten wir eine kleine Pause. Es war eine *Mirage 3S*.

»Ihr Lieben, wir haben hier mehr als vierzig Flugzeuge und Hubschrauber. Alles wurde sorgfältig zusammengetragen. Ist es nicht fantastisch? Das sind echte Schmuckstücke!«

Abrupt wandte er sich an Rosanna.

»Wie geht's dir mein Mädchen?«

Sie lächelte.

»Man schlägt sich so durch. Wirre Zeiten, bin viel unterwegs.«

»Du hast dich von deinem Mann getrennt, ist es nicht so?«

»Das ist eine lange Geschichte, Hans. Einiges konnte ich nicht ändern oder wollte es vielleicht auch nicht. Es war nicht einfach in den letzten Monaten.«

Ich schaute zwischen den beiden Gesichtern hin und her und entdeckte bei Rosanna sehr menschliche, emotionale Züge. Eine Seite, die ich so noch nicht von ihr kannte. Sie räumte Schwächen ein und dass sie in den letzten Jahren und Monaten keine einfache Zeit hatte. Hans drückte ihre Hand.

»Ist doch alles gut, es ist doch alles gut.«

Er hob den Blick, schaute nach vorne auf seine Flugzeuge, die Augen etwas nach oben gerichtet und sinnierte vor sich hin.

»Fliegen ist schön und es wird umso schöner, je weiter man sich von der Erde entfernt und in den Wolken seinen Gedanken einen freien Lauf lassen kann.«

Wir waren am Ende des Rundgangs, gingen eine Empore nach oben und konnten von dort noch einmal einen Blick auf alle Flugzeuge werfen. Wir blieben stehen und beugten uns etwas über die Brüstung. Hans stand in der Mitte zwischen uns. Rosanna zu seiner rechten, ich zu seiner linken Seite. Ich schaute mir begeistert die Flugzeuge an. Teilweise waren sie unter der Decke aufgehängt und man konnte sie von hier oben fast noch besser betrachten als vom Erdgeschoss. Rosanna spürte wohl, dass ich ihm die Fragen zu den Flugzeugen stellen wollte, jedenfalls ging sie einige Schritte zur Seite.

»Hans«, nun endlich sprach ich ihn an.

»Ich habe in den letzten Tagen mit Rosanna im Internet über das Fliegen und über Flugzeuge recherchiert.«

Er hob den Kopf, sah mich aber nicht an.

»So«, war sein einziger Kommentar.

»Ja. Und wir sind dabei auf die Ereignisse des 11. Septembers gekommen.«

Er blieb regungslos, blickte starr nach vorne auf eines der Flugzeuge, das unter der Decke hing. Offensichtlich wollte er die Distanz wahren.

»Wenn sie erlauben, möchte ich sie etwas fragen. Sie sind doch ein erfahrener Pilot. Rosanna sagte mir, dass sie in ihrer aktiven Zeit große Verkehrsmaschinen geflogen sind. Sowohl eine Boeing 737 als auch eine Boeing 757. Hans, wie sehen sie die Ereignisse? Es ist fast zehn Jahre her. Können die Flugzeuge - so wie wir es gesehen haben - in die Türme geflogen sein?«

Schlagartig drehte er seinen Kopf nach links und schaute mich eisern an. Er sagte nichts. Es war ein versteinerter Blick. Suchend bewegten sich seine Augen von rechts nach links. Als ob er mich einordnen wollte. Hans legte eine weitere kurze Pause ein, bevor er sehr bestimmt zu mir sprach.

»Niemals, so funktioniert das nicht. Man kann Flugzeuge nicht in einer geringen Höhe nahe des Meeresspiegels auf diese Geschwindigkeit bringen. Die Luft ist dort viel zu dick.«

Zunächst wollte ich einhaken, wartete aber einen kurzen Moment und er fuhr fort.

»Man konnte anhand der Fernsehaufnahmen die Geschwindigkeiten ermitteln. Demnach mussten die Flugzeuge weit über vierhundert Meilen pro Stunde geflogen sein. Das ist aber unmöglich. Du kannst kein Flugzeug in dieser Geschwindigkeit in Meereshöhe steuern und lenken. Das geht einfach nicht. Ab einer gewissen Geschwindigkeit sind Flugzeuge nicht mehr kontrollierbar. Sie werden instabil und fliegen einem - im wahrsten Sinne des Wortes - um die Ohren. Erst in einer sehr großen Höhe können Flugzeuge ihre Höchstgeschwindigkeiten erreichen. In der Nähe der Erdoberfläche ist der Luftwiderstand viel zu hoch. Da können die Maschinen nur maximal zweihundert Meilen pro Stunde fliegen. Nein, was wir gesehen haben, waren keine Flugzeuge. Kein Pilot dieser Welt hätte mit dieser Geschwindigkeit zielgenau in einen Turm fliegen können. Das geht einfach nicht. Es ist absurd. Absurd und unmöglich.«

Ich blickte ihn schockiert an. Er sprach seine Worte mit solch einer Überzeugung, dass nicht der leiseste Hauch eines Zweifels darin zu finden war.

»Und noch etwas, Peter. So heißen sie doch, richtig?«

Ich nickte.

»Peter, ein Flugzeug verschwindet nicht einfach in einem Turm, in einem Hochhaus, vergessen sie es.«

Dann machte Hans Frey eine Pause. Ich schluckte, sah ihn an und legte nach.

»Die Flugzeuge können nicht in die Türme geflogen sein und darin verschwinden, das meinen sie?«

»Richtig, Flugzeuge zerschellen, sie hinterlassen Trümmer, leider. Es hätten Teile direkt beim Aufprall hinabstürzen müssen. Nichts davon sah man in den Fernsehaufnahmen. Nichts. Nach den Gesetzen der Physik ist es übrigens auch völlig egal, ob ein Flugzeug gegen einen Turm fliegt oder umgekehrt der Turm gegen das Flugzeug. Nur, wenn es anders herum gewesen wäre, hätte wohl jeder sofort erkannt, dass das leicht gebaute Flugzeug von dem massiven Turm einfach zerdrückt worden wäre. Und wenn es so einfach wäre, mit ganz normalen Flugzeugen Gebäude zum Einsturz zu bringen, dann müssten die Militärs doch gar keine Raketen und *Cruise Missiles* weiter entwickeln. Es gibt bedauerlicherweise genügend dokumentierte Unglücksfälle in der zivilen Luftfahrt. Aber noch nie sind Flugzeuge verschwunden oder vom Boden verschluckt worden, wie bei dem Unglück in Shanksville. Dass eine komplette Maschine direktemang vom Erdboden verschluckt wird, das geht einfach nicht.«

»Sie kennen sich sehr gut aus, Hans. Sie müssen sich detailliert damit beschäftigt haben, oder?«

»Natürlich. Aber die offizielle Story hält sich derart hartnäckig, dass man gar nicht logisch dagegen argumentieren kann. Ich hatte gleich am Anfang meine Zweifel gehabt. Im Jahre 2002, ich glaube es war im März, gab es bereits die ersten Spekulationen. Eine gewisse *Carol A. Valentine* veröffentlichte in ihrem Forum die Erklärung eines Bloggers, der sich *Snake Plissken* nannte. Es war die Theorie der *'Bumble Planes'*. Nämlich, dass die gesamten Flugmanöver wie eine große Täuschungsaktion angelegt waren. So wie ein Zauberkünstler seine Zuschauer verwirrt. Vor allem geht es bei einem Zaubertrick um eine wirkungsvolle Ablenkung. Daher wurden wohl die *Transponder* in den Fliegern ausgeschaltet, so dass niemand mehr verfolgen konnte, wo sich die Flugzeuge überhaupt befanden. Man konnte sie zwar noch über den Radar orten, aber niemand konnte mehr zuordnen, welches Signal zu welchem Flugzeug gehörte. Verwirrung, das war die Strategie. Die Alarmcodes wurden von den Piloten jedenfalls nicht ausgelöst. Und das, obwohl sie nur einen einfachen *Hijack* Code abgeben mussten. Es ist ein einfacher *Vier-Buchstaben-Code*. *HJCK*. Die Eingabe hätte übrigens auch vom Kabinenpersonal an verschiedenen Stellen im Flugzeug erfolgen können. Ist es aber nicht. In keinem der vier Flugzeuge!«

Hans Frey war nun richtig in Fahrt.

»Das war alles sehr merkwürdig. Gerard Holmgren, ein Australier, hatte ebenfalls sehr früh darauf hingewiesen. Demnach waren zwei der Flüge, die American Airlines AA 11 und der Flug AA 77, an diesem Morgen gar nicht gestartet. Gerard war einer der ersten Skeptiker. Clevere Kerle waren das. Sie hatten die Flugdaten in den offiziellen Reports recherchiert und einige Unstimmigkeiten herausgefunden. Normalerweise, wenn damals wirklich Flugzeuge entführt worden wären, hätte das Militär die Maschinen doch innerhalb weniger Minuten abfangen müssen – mit dem sogenannten *Scrambling*. Das kommt im regulären Flugbetrieb sogar recht häufig vor. Beispielsweise wenn die Kommunikation unklar ist oder sobald auch nur das geringste Sicherheitsrisiko vermutet wird. Allerdings ist am 11. September keines der Flugzeuge abgefangen worden. Das war dann wohl das totale Versagen des Militärs, oder?«

»Aber ... , was ist stattdessen vorgefallen?«

Unbeabsichtigt hatte ich seinen Redefluss damit abgewürgt. Denn so sehr Hans Frey seinen Zweifeln Ausdruck verlieh, so wenig konnte er plausible Antworten bieten.

»Du kannst die Fragen stellen. Doch die Antworten werde ich dir nicht geben können. Ich weiß nur, dass es keine Flugzeuge waren. Das ist evident.«

»Aber, die ganze Welt glaubt daran ... «

»Vergiss es. Die ganze Welt glaubt daran? Hah. Die ganze Welt hat auch daran geglaubt, dass die Erde eine Scheibe ist. Dass sich die Sonne um die Erde dreht, oder? Viermal musste sich Galileo Galilei im Jahre 1633 dem Verhör der Inquisition stellen. Viermal, bis er am Ende seine angeblich ketzerische Erkenntnis widerrief, dass die Planeten die Sonne umkreisen.«

Ich war sehr nachdenklich geworden. Unfassbar, dass ein erfahrener Pilot mit seiner Überzeugung das gesamte Modell zum Einsturz bringen konnte. Obwohl die ganze Welt die bisherigen Erklärungsmodelle als die Wahrheit annahm? Ich schaute Rosanna etwas hilflos an. Konnte es sein? Konnte es wirklich sein, dass keine Flugzeuge in die Türme geflogen waren? Sie sagte nichts. Ihr Ausdruck verriet auch nicht, was sie dachte. Hans Frey drehte sich zu ihr um.

»Rosanna, und was gibt es sonst Neues in deinem Leben?«

Es wirkte auf mich, als ob er seinen Auftritt gehabt hatte und jetzt wieder in Ruhe gelassen werden wollte. Rosanna antwortete nicht auf die Frage und mit einer Geste deutete sie an, dass sie wieder nach unten wollte. Wir gingen von der Balustrade die Treppe hinunter ins Erdgeschoss. Kurz bevor wir das Gebäude wieder verlassen wollten, zog mich Hans etwas zu sich heran.

»Hör mal, du bist ja fast auf dem Weg zu einem *'No-Planer'* zu werden.«

Erstaunt sah ich ihn an und er flüsterte mir zu.

»Stimmt's? Du kannst auch nicht daran glauben, dass Flugzeuge in die Türme geflogen sind, oder?«

»Ganz ehrlich, ich bin mir nicht sicher, was geschehen ist. Aber so, wie sie es mir gerade erklärt haben, finde ich es wirklich nachvollziehbar.«

»Ja genau. Und diejenigen, die nicht daran glauben, werden oft die *No-Planer* genannt.«

»Ich weiß. Ich habe darüber in den Foren gelesen. Es gibt dazu die heftigsten Diskussionen. Die Anhänger der offiziellen Story stellen sich gegen die *No-Planer*. Die *No-Planer* wettern gegen die Anhänger der *Missile* Theorie und so weiter. Allmählich blickt man kaum noch durch.«

»Trotzdem, es lohnt sich, tiefer einzusteigen. Wenn ihr jetzt sowieso in Europa unterwegs seid, dann fahrt doch mal nach Rom. Da sitzt einer, der sich ganz intensiv mit den Theorien beschäftigt hat.«

Ich schaute ihn erstaunt an und Hans Frey nannte den Namen.

»Tom Skøby. Er forscht seit einigen Jahren und hat sich speziell mit den Fernsehaufnahmen beschäftigt. Den solltet ihr darauf ansprechen. Der kann dir noch ganz andere Hinweise geben. Übrigens, Tom ist nicht nur jemand, der die Flugzeuge anzweifelt, er bringt auch gleich eine Erklärung mit.«

Ich zögerte. Was wusste Hans Frey? Woher wusste er so viel? Offensichtlich musste er sich seit langer Zeit mit den Fragen beschäftigt haben. Häppchenweise brachte er ein Detail nach dem anderen zutage.

»Tom wird dir alles erzählen. Sein Credo ist eigentlich weniger eine versuchte Beweisführung der *No-Planer*, als vielmehr die These einer kompletten *TV-Fakery*. Er behauptet nämlich, dass alle Aufnahmen, die wir im Fernsehen gesehen haben, nicht real waren. Und wenn die Aufnahmen nicht echt waren, dann können sie auch nicht als Beweis für die Flugzeuge herhalten. Das heißt, theoretisch hätten natürlich Flugzeuge hinein geflogen sein können, aber durch die bekannten Fernsehaufnahmen wurde das zumindest nicht dokumentiert.«

»Heh, sie wollen mich noch mehr verwirren, oder?«

»Nein, sicher nicht. Sprecht mal mit ihm. Es lohnt sich.«

Als ob er meine Frage gar nicht abwarten wollte, holte er einen kleinen Notizblock und einen Stift aus seiner Jacke. Er schrieb fein säuberlich die Adresse von Tom auf und drückte mir den Zettel in die Hand.

»Wenn ihr wollt, kann ich euch ankündigen. Hin und wieder telefoniere ich mit ihm über *Skype*.«

Ich nickte dankend. Rosanna, die bereits ein paar Schritte vorgegangen war, kam wieder zu uns zurück.

»Wo bleibt ihr denn?«

Sie sah den Zettel und zeigte ihr Interesse.

»Ist das eine Adresse in Rom?«

»Ja, ein Tipp für dich und Peter. Sprecht mal mit ihm, er hat einige sehr interessante Hintergründe recherchiert.«

Sie zog einen Schmollmund und irgendwie hatte ich in diesem Moment den Eindruck, dass ein Abstecher nach Rom nicht so ganz in ihren Plan passte. Offensichtlich wollte sie ein anderes Ziel mit mir anpeilen. Aber jetzt hatte ich mir ein Treffen mit diesem Tom Skøby in den Kopf gesetzt und das gefiel ihr nicht.

»Hältst du das wirklich für eine gute Idee? Er ist einer von denjenigen, die enorm stark polarisieren. Dadurch werden wir nur in falsche Bahnen gelenkt.«

Offenbar hatte sie von Tom bereits gehört und hatte kein Interesse, mit ihm zu sprechen. Ich hatte zwar das untrügliche Gefühl, dass es ihren Zeitplan durcheinander brachte, aber mit einem fast bittenden Blick wandte ich mich zu ihr.

»Rosanna. Warum sollen wir ihn nicht treffen? Vielleicht rundet es das Bild noch weiter ab.«

Ohne unseren Besuch in Rom noch weiter auszudiskutieren, verabschiedeten wir uns herzlich von Hans Frey.

Das Taxi hatte draußen auf uns gewartet. Ich ging ein paar Schritte vor und als ich in das Fahrzeug stieg, sah ich wie sich Rosanna bei Hans bedankte und ihm etwas ins Ohr flüsterte. Sie drückte ihn zum Abschied. Dann kam sie zu mir herüber.

»Netter Kerl«, sagte ich.

»Ja, Hans ist ein ganz lieber Mensch. Ich hatte mich mit ihm vor einigen Jahren unterhalten und fast die gleichen Fragen gestellt, wie du jetzt. Er kennt sich verdammt gut aus.«

»Was mir nicht aus dem Kopf geht, ist die Frage, warum die ganze Welt widerspruchslos die offizielle Version akzeptiert?«

»Na ja. Wer weiß, vielleicht stimmt die offizielle Version. Es kann nach wie vor so gewesen sein, wie es alle Welt glaubt. Eventuell hat man bloß noch nicht die richtigen Aufnahmen gefunden, die das belegen.«

»Huuh, verwirre mich jetzt nicht noch mehr! Ich war gerade drauf und dran, nicht mehr an die Flugzeuge zu glauben, sondern an die *Missiles*.«

Sie lachte und fasst meine Hand.

»Ja, Peter, du bist auf demselben Weg, den ich auch schon gegangen bin.«

Ich nahm das schwarze Büchlein aus meinen Unterlagen und verfasste einige Notizen darin. Das Treffen mit Hans Frey hatte sich wirklich gelohnt. Ich staunte, denn so langsam füllten sich die Seiten. Der Taxifahrer beschleunigte und warf einen Blick auf die Adresskarte, die ihm Rosanna in die Hand gedrückt hatte.

»Ist es richtig, dass wir zum Gasthaus Sternen fahren?«

»Ja«, sagte Rosanna, »dahin möchten wir gerne.«

Ich lehnte mich gemütlich in den Sitz zurück.

»Wie ist es bei *dir* eigentlich privat gelaufen? Das klang vorhin gar nicht so toll, als Hans fragte. Ihr wart doch damals in Paris ein sehr glückliches Paar?«

»Ach, weißt du Peter, das Leben ist nicht immer so, wie man es sich vorstellt. Wir waren damals ... ja ... eigentlich waren wir damals glücklich. Wir waren gut drauf und hatten das Leben in vollen Zügen genossen. *Leben XXL*, sagten mir so manches Mal. Wir wollten so ziemlich alles mitnehmen und ausprobieren, was es gab. Aber irgendwann vor einigen Jahren, da war es nicht mehr so, wie wir es gedacht hatten. Wir haben uns auseinander gelebt und inzwischen völlig aus den Augen verloren. Finanziell geht es mir aber seitdem gut. Extrem gut. Deshalb mach dir bitte keine Gedanken, wenn ich die Kosten übernehme. Ich bin jetzt wieder ganz für mich. Und du? Wie ist es bei dir?«

'Oh', dachte ich. 'Sie ist erstaunlich schnell um ihre private Story herumgekommen.' In wenigen Worten und Sätzen hatte sie ihre Lebensgeschichte zusammengefasst. Rosanna war eindeutig wieder Single und offensichtlich vermögend. In gewisser Weise war ich beruhigt, dass sie in keiner aktuellen Beziehung lebte. Das hätte unser Zusammensein unnötig weiter verkompliziert. Augenblicklich wollte ich zwar überhaupt nicht an eine gemeinsame Zukunft denken, denn was zählte, war einfach nur der Moment, den wir gemeinsam erlebten. Okay, sie wollte wissen, wie es bei mir gewesen war. Ich überlegte. Würde ich meine private Situation ähnlich knapp beschreiben können?

»Weißt du, ich habe mein ganzes Leben für den Beruf gelebt und mit meinem Partner, Frederik, die Firma aufgebaut. Ohne dass ich es richtig gemerkt habe, ist mein Privatleben an mir vorbeigelaufen. Meine Frau, Claudia, war irgendwann nicht mehr zufrieden, wie es mit uns lief. Es war eigentlich ein stilles Auseinanderleben. Wir hatten uns im wahrsten Sinne des Wortes aus den Augen verloren und lebten im Grunde genommen schon lange in verschiedenen Welten, ohne es zu merken. Es gab keinen Streit, bloß irgendwann war es nicht mehr so, wie wir dachten, dass es sein sollte. Das war dann das *Aus*. Wir verstehen uns immer noch ganz gut. Nur, zusammenleben können wir nie wieder.«

Ich hielt kurz inne und dachte zurück an die glückliche Zeit als wir eine junge Familie waren. Das waren schöne Momente und wir hatten so viele gemeinsame Ziele. Irgendwann, ganz unbemerkt, kam uns die Liebe abhanden.

»Weißt du, seitdem habe ich mich noch mehr in meine Firma und in meinen Job gestürzt. Und irgendwie geht es dann doch immer weiter.«

Kurze Zeit später kamen wir an einem sehr gepflegten Gebäude an, dem ältesten Gasthaus in der Schweiz. Der Name, *Gasthof Sternen*, prangte gut sichtbar über dem Eingang. Die ersten Berichte darüber gingen zurück bis in das Jahr 1227 und beschrieben das von dem Ritter Heinrich von Rapperswil gegründete Zisterzienserkloster *Stella Maris*. 'Daher kam bestimmt der Bezug zum Namen *Sternen*', dachte ich. Ab 1254 diente es als Gästehaus für die Besucher des Klosters.

Wir gingen hinein. An den Wänden fanden sich zahlreiche Ölgemälde aus Österreich-Ungarn mit biblischen Motiven. Die Wirtsleute hatten dem Gasthof einen sehr eigenen, historischen Charakter gegeben. Es gab dort fünf farbige Kabinettscheiben, die mehr als fünfhundert Jahre alt waren und auf die Nähe zum Kloster hindeuteten. Im Eingangsbereich war eine Ritterrüstung aufgebaut. Wahrscheinlich als Bezug zum Ritter Heinrich, dem Gründer vor mehr als 780 Jahren.

»Herzlich willkommen im Sternen, genießen sie unsere Gastronomie, denn sie ist eine Sprache, mit der wir Harmonie, Kreativität, Glück, Schönheit, Magie und Humor ausdrücken wollen.«

Was für eine freundliche Begrüßung. Voller Poesie. Ich schaute mich interessiert im Restaurant um. Es war sehr traditionell eingerichtet und wirkte etwas hausbacken. Das war also das älteste Gasthaus der Schweiz! Begeistert blickte ich auf die Dekoration des Raumes. Rosanna bemerkte dieses.

»Gefällt es dir?«

»Ja, durchaus. Ich bin überrascht. Alles an Zürich gefällt mir, so kannte ich die Stadt noch gar nicht.«

»Wusstest du übrigens, dass Zürich von dem lateinischen Begriff *La Turicum* herstammt?«

»La Turicum?«

»Der Turm. Es waren alte Wehrtürme, die hier standen. Zürich heißt übersetzt *Der Turm*.«

»Was? Schon wieder ein Turm? Das fasse ich nicht, es scheint ja überall symbolische Türme zu geben. Erst die Twin Towers und jetzt ist sogar Zürich nach einem Turm benannt. Ergibt sich hier etwa ein Muster? Hm, und wahrscheinlich gibt es in Zürich auch ein World Trade Center.«

»Das gibt es hier tatsächlich, Peter. Aber die World Trade Center gibt es als Wirtschaftszentren in vielen anderen Städten weltweit. Ein weiteres WTC in Europa ist in Amsterdam, am Airport in Schipol. Darin sind viele Unternehmen und Konferenzräume untergebracht. Doch nein, ich möchte dich nicht über sensibilisieren. Verzeih mir bitte, aber die lateinische Bedeutung von Zürich fiel mir gerade so ein. Zürich ist vor allem eine der lebenswertesten Städte der Welt. Hier kann man es aushalten und ich weiß, wovon ich spreche.«

Wir setzten uns an einen Ecktisch und ließen das Gespräch mit Hans Frey noch einmal Revue passieren. Es war schon ein recht schweres Fahrwasser, in dem wir uns bewegten. Seitdem wir in der Schweiz waren, hatten wir allerdings nichts substanziell Neues über Diana erfahren. Meiner Meinung nach hatte sie ihre Immobilien zu Geld gemacht und sich nun abgesetzt. Rosanna hatte ihr zwar eine SMS geschickt, die aber unbeantwortet blieb. Also, keine Spur von Diana. Meine Zweifel an den Ereignissen vom 11. September stiegen dagegen unaufhörlich an.

»Du hast es gewusst, nicht wahr? Seit du mich mit Hans bekannt gemacht hast, wusstest du, dass mich die Thematik vollends fesseln wird.«

»Ich habe es geahnt, Peter. Dass es dir genauso geht wie mir. Irgendetwas passt nicht mit der ganzen Geschichte.«

»Du glaubst also auch nicht, dass Flugzeuge in die Türme geflogen sind?«

»Ich weiß es nicht. Aber können es Raketen oder *Cruise Missiles* gewesen sein? Wer würde solche Waffen auf amerikanischem Boden einsetzen?«

Sie schaute mich fragend an. Eine Antwort hatte ich allerdings ebenfalls nicht.

»Ehrlich gesagt, ich habe keine Ahnung. Aber ich möchte weiter recherchieren. Ich möchte herausfinden, was passiert ist.«

In diesem Moment hörte ich aus einiger Entfernung im Restaurant einen Satz, der mich aufhorchen ließ.

»Peter, schau bitte am Tisch Vier nach den Gästen.«

Augenblicklich waren meine Sinne geschärft und meine ganze Aufmerksamkeit widmete sich der Unterhaltung des Personals. Es war so, als ob man sich auf einer Party angeregt mit einem Bekannten unterhielt und durch den gleichmäßigen Geräuschpegel von allen anderen Gesprächen nichts mitbekam. Bis man seinen eigenen Namen heraushörte. Urplötzlich wurden die Filter neu gesetzt und meine Konzentration wanderte zu der anderen Unterhaltung, selbst wenn diese viele Meter im Raum entfernt stattfand. Wie im Alarmzustand. Denn die Bemerkung konnte sich ja schließlich auf mich selbst beziehen.

Der Kellner kam an unseren Tisch und nahm unsere Bestellung auf. Ich sprach ihn darauf an, dass wir Namensvettern seien. Peter war ein junger Student, der im Gasthof *Sternen* zur Aushilfe jobbte. Er verstand seinen Job sehr gut und konnte uns nicht nur exzellent die Historie des Klosters erklären, sondern auch die Bedeutung des Namens. *Stella Maris* bezeichnete nämlich einen Beinamen für die Mutter Jesu. Dadurch wurde der Zusammenhang mit dem Kloster hergestellt. *Stella* bedeutete aber auch *der Stern*. Bei dem Stichwort *Stern* war er in seinem Element. Überhaupt schienen die Sterne sein Hobby zu sein.

»Die Astronomie ist die älteste Wissenschaft unserer Welt. Am Anfang wurden die Himmelskörper kultisch verehrt. Wussten sie, dass die Sterne auch die Grundlage für fast alle Kalender sind? Was wäre die Zeit ohne Kalender? Was wären wir ohne die Zeit?«

Ich wollte ihn nicht abkanzeln und signalisierte mein Interesse. Mehr als mein Schulwissen konnte ich allerdings dazu nicht beitragen.

»Kalender gibt es seit Urzeiten. Das sind Konstanten, so wie die Sterne.«

Er fühlte sich dadurch ermuntert fortzufahren.

»Absolut richtig. Wissen sie, dass der Ägyptische Kalender zu den ältesten Kalendern der Welt gehört und immer noch als Alexandrinischer Kalender im Einsatz ist? Über 5.000 Jahre ist er alt. Ein Naturkalender, basierend auf der stellaren Ausrichtung und dem Aufgang des Sterns Sirius.«

»Des Sirius? Nein, das wusste ich noch nicht.«

Mein junger Namensvetter war außerordentlich bewandert in seinem Metier.

»Der Sirius ist ein Fixstern am Firmament. Da aber unsere Erde keine vollkommene Kugelform aufweist, beschreibt sie durch die sogenannte Präzession eine leicht schlingernde Bewegung. Wie ein Kreisel, den Kinder auf dem Boden kreisen lassen. Bei unserer Erde dauert ein solcher, kompletter Drehzyklus mehr als 25.000 Jahre. Zusätzlich hat ein Fixstern wie der Sirius noch eine Eigenbewegung. Und durch die Kombination von beiden Bewegungen ergeben sich die scheinbaren Positionen der Fixsterne am nächtlichen Himmel. Der Umlauf, den der Sirius einmal im Jahr durchläuft, wird auch der *Sothis Zyklus* genannt. Im alten Ägypten fiel nun der Aufgang des Sirius mit der Sommersonnenwende zusammen. Sie wissen vielleicht, was das ist, oder?«

Meinem fragenden Blick konnte Peter offensichtlich entnehmen, dass ich ihn in seinen Ausführungen nicht bremsen wollte.

»Die Sommersonnenwende markiert nicht nur den höchsten Stand der Sonne, also die kürzeste Nacht des Jahres, auf der Nordhalbkugel, sondern sie fiel in Ägypten in die Zeit der Nilschwemme im Nildelta. Das war zumeist in den Tagen vor oder nach dem 21. Juni und wurde immer groß gefeiert. Auf diese jährliche Übereinstimmung vom Wiedererscheinen des Sirius am Sternenhimmel und auf den Beginn der Nilschwemme, darauf war der Ägyptische Kalender ausgerichtet. Ist das nicht fantastisch?«

Seine Begeisterung war ihm förmlich anzusehen.

»Das sind fünftausend Jahre alte Erkenntnisse, stellen sie sich das bitte vor. Und im Alexandrinischen Kalender lebt das bis heute fort. Er wird heute noch in Ägypten verwendet und auch von der Koptisch-Orthodoxen Kirche benutzt. Es gibt dort ebenfalls zwölf Monate mit dreißig Tagen und einen dreizehnten Monat mit den verbleibenden Tagen.«

Ich fand seine Schilderungen sehr faszinierend, denn unser westlicher Gregorianische Kalender wurde ja erst vor gut vierhundert Jahren eingeführt.

»Ich nehme an, dass vieles von diesen alten Systemen übernommen wurde. So wie das Jahr wahrscheinlich schon immer am 1. Januar anfing.«

»Ganz und gar nicht! Lange galt die Julianische Zeitrechnung. Erst mit der Reformierung durch den Gregorianischen Kalender im Jahre 1582 wurde der Jahresbeginn auf den 1. Januar umgestellt. Im Alexandrinischen Kalender, also im Koptischen Kalender, fängt das Jahr nach unserer heutigen Daten am 11. September an. Es sei denn, es folgt ein Schaltjahr, dann fängt das Jahr am 12. September an. Sonst beginnt es immer am 11. September.«

»Am 11. September?«

Entgeistert blickte ich ihn an. Entweder hatte mich die intensive Beschäftigung der letzten Tage übermäßig für alles sensibilisiert, was mit dem 11. September zusammenhing, oder aber es lag tatsächlich etwas in der Luft. So wie sich meine Sinne zuvor augenblicklich auf meine Namensnennung konzentrierten, nahm ich seit einigen Tagen Zusammenhänge wahr, die ich vorher als solche gar nicht erkannt hatte. Unfassbar, *9/11* war zugleich der Jahresbeginn im Koptischen Kalender!

Zugegebenermaßen, das war absolut neu für mich. Das Datum des 11. September war sowohl bei mir - als auch bei allen anderen Menschen - fest mit den Terroranschlägen verknüpft. Nicht mit dem 11. September 1609, als Henry Hudson die Insel Manhattan entdeckte. Nicht mit dem 11. September 1941, als der Grundstein für das Pentagon gelegt wurde. Auch nicht mit dem 11. September 1990, als George H.W.Bush eine Rede hielt, in der er vor einem großen Publikum erstmals über die Neue Weltordnung sprach, über die *New World Order*.

Konnte sich mit dem Jahresanfang des Alexandrinischen Kalenders sogar ein archaisches, kultisches Kalenderdatum in die Symbolik der Anschläge gemischt haben? Etwa ein rituelles Datum? Welches nicht nur dem Jahresbeginn der historischen, stellaren Kalendern folgte, sondern den Anbruch einer neuen Zeitrechnung markierte?

Nach dem Essen im Gasthof *Sternen* machten wir uns auf den Rückweg und kamen recht bald wieder im Hotel an. Wir hatten uns für eine weitere Übernachtung entschieden. Offen war nach wie vor, ob wir als nächstes Rom einplanen würden. Sobald wir in unserem Zimmer waren, checkte ich die verfügbaren Netzwerke.

»Rosanna, hier gibt es auch einen freien Hotspot. Wir könnten direkt darüber die Verbindung ins Netz einrichten. Funktioniert dann trotzdem noch der *Security-Shield*?«

»Ja, das können wir zwar machen, aber dann ist sofort erkennbar, dass wir uns aus der Schweiz einwählen. Manche Seiten *tracken* alle Besucher mit jedem Detail, sobald du auf die Website gehst.«

»Okay, verstanden, du möchtest das nicht. Dann wäre unsere Spur wieder sichtbar. Es gibt zwar genügend Blogger und Analysten, die zeitgleich recherchieren. Einige sitzen direkt hier in der Schweiz, andere in London und in UK, in Australien, in Holland und in Kanada. In Frankreich, Schweden, Italien und in Deutschland. Die meisten sitzen natürlich in den USA. Aber du hast schon recht, es muss ja niemand wissen, dass auch wir beide die Zusammenhänge erforschen.«

Schnell hatte ich den Rechner hochgefahren und wählte mich über die sichere Verbindung ein, die uns Joe in London eingerichtet hatte. Die bekannten Klicks führten mich auf die Webseiten und die Bilder flackerten auf. Das Thema der Flugzeuge ließ mich nicht mehr los. Keine Flugzeuge - *no planes*?

An diesem Nachmittag wurde mir noch klarer, wie sehr die Lager in den Foren gespalten waren. Auf der einen Seite waren es diejenigen, die an die Flugzeuge glaubten. An Flugzeuge, die in die Türme geflogen waren, ins Pentagon stürzten und bei Shanksville vom Sandboden nahe dem Wald verschluckt wurden. Manche von ihnen glaubten dabei an ein Vorwissen des

Militärs und der Regierung. Und daran, dass man die Anschläge geschehen ließ. *Let it happen on purpose, LIHOP*. 'Was für ein Schwachsinn', dachte ich. 'Die Anschläge geschehen zu lassen? Das wäre ein Zeichen der Schwäche und der Ohnmacht gewesen.'

Dann gab es andere, die von der Version der 'ferngesteuerten Flugzeuge' überzeugt waren. Also dass weder Piloten noch Terroristen aktiv die Attacken flogen, sondern dass es ferngesteuert geschah. Wie abstrus! Aber nach allem, was ich von Hans Frey gehört hatte, war es völlig unerheblich, ob die Flugzeuge von Menschen oder von einer Fernsteuerung gelenkt wurden, weil die Manöver und die Zusammenstöße in Meereshöhe einfach nicht möglich waren. Das wiederum entsprach genau den Argumenten der *No Planer*.

Aber auch in diesem Lager gab es wieder einige feine Unterschiede. Einige glaubten an die *Cruise Missiles*, nämlich dass stattdessen Raketen in die Türme eingeschlagen sein sollten. Die Aussagen einiger Zeugen und die Geräusche bei verschiedenen Filmaufnahmen konnten dazu sogar passen. Akribisch wurden die Einsturzgeometrien dargestellt. Für die Verfechter der *Missile* Theorie war es eindeutig: Das Militär selbst hatte die Projektile in die Gebäude gefeuert und fremde Angriffe vorgetäuscht. Wenn es allerdings Raketen waren, dann mussten alle Fernsehaufnahmen mit Flugzeugen gefälscht worden sein. Gefälschte Fernsehaufnahmen? In diesem Fall waren sehr viele Mitwisser und Eingeweihte in die Abläufe involviert. War das überhaupt vorstellbar?

Schließlich gab es noch diejenigen *No Planer*, die im Extrem davon ausgingen, dass *alle* TV Übertragungen gefälscht waren und nicht das wirkliche Geschehen übertragen wurde. Ich war weder von dem einen, noch von dem anderen überzeugt. Eigentlich war ich nur verwirrt. Insbesondere von den Versionen der Anschläge *ohne* die Flugzeuge.

Denn wenn es keine Flugzeuge waren, wo waren dann die Terroristen geblieben? Eben jene arabischen Terroristen, von denen man sogar die Ausweispapiere in der Umgebung der eingestürzten Türme gefunden hatte. Ausweise der Terroristen, die in den explodierenden Flugzeugen gesessen haben sollten? Papiere, unbeschädigt und frei von jeder Brandspur? Unfassbar.

Das musste jedem klar denkenden Menschen als konstruiert vorkommen. Wurden diese 'Beweise' also ganz bewusst vorbereitet? Angeblich fand man auch eine Stewardess in den Trümmern oder besser gesagt ihre Überreste. Einem Bericht zufolge war sie mit Plastikhandschellen an ihren Sitz gefesselt gewesen. Das erschien mir ziemlich absonderlich und unglaubwürdig.

Schließlich war auch ein Triebwerk gefunden worden und einzelne Flugzeugteile. Diese konnten natürlich schon vorher an den Fundstellen platziert worden sein. Hinter irgendwelchen Abdeckungen, die dann im Moment der Explosionen in den Türmen einfach aufgedeckt wurden. An anderer Stelle las ich, dass das gefundene Triebwerk gar nicht zu den angegebenen Flugzeugen passen würde. Waren es also wirklich vorbereitete Trümmerteile? Aber von *wem* sollte das vorbereitet worden sein? Es passte einfach noch nichts zusammen.

Ich arbeitete mich auf vielen Webseiten durch die Beweisketten. Einige Blogger drehten sich im Kreis und gaben schließlich auf. Andere schienen immer mehr Argumente zu sammeln, dass gar keine Flugzeuge in die Türme geflogen waren. Falls sich diese Vermutung jedoch irgendwann einmal als wahr herausstellen sollte, so wären die Attacken des 11. Septembers der wohl außergewöhnlichste Betrug in der Geschichte der Menschheit gewesen und ich bemühte mich, diesen Gedanken zunächst wieder an die Seite zu schieben.

Denn exakt darum rankte sich alles. Ohne Flugzeuge konnten die Einstürze der Türme nicht von den arabischen Terroristen verursacht worden sein. Ohne die Flugzeuge mussten die TV Aufnahmen manipuliert gewesen sein, denn darauf waren die Maschinen zu sehen. Ohne die Flugzeuge gab es vor allem keine Entführungen. Waren dann die Anrufe aus den Fliegern genau so gefälscht wie die Abstürze? Und schließlich, was war in diesem Fall mit den Passagieren passiert, die in den Flugzeugen saßen? Was war mit Margreth Woods geschehen?

Oder gab es die Flugzeugentführungen doch, nur eben nicht über New York, Washington und Shanksville? Wurden sie vielleicht von Militärmaschinen abgeschossen? Oder gar schlimmer, wurden die Flugreisenden umgebracht, damit sie ein Teil der *9/11* Geschichte wurden?

An diesem Nachmittag hatte mir Rosanna Links zu vielen weiteren Videos gezeigt. Dann sah ich mir erneut das Video *September Clues* an. Noch einmal schaute ich mir die aufwühlendsten Szenen an, darunter die *nose out* Übertragung von einem der TV Sender. Da sah man bekanntlich die Spitze des Flugzeuges unversehrt auf der anderen Seite des Towers wieder austreten, die mysteriöse *nose out* Szene. Für mich war die *nose out* Aufnahme nicht mehr authentisch. Nur bei einer Rakete oder einer *Cruise Missile* konnte ich mir vorstellen, dass das Gebäude davon förmlich durchschlagen wurde. Über genau diese Aufnahme wollte ich mit Tom diskutieren. Endlich konnte ich Rosanna überzeugen und sie gab ihren Widerstand auf. Schließlich nahmen wir über *Skype* den Kontakt zu ihm auf.

Rom! Schon für den folgenden Tag hatten wir uns mit Tom verabredet. Hans Frey hatte uns bereits bei ihm angekündigt. Es hatte nun nichts mehr isoliert mit Diana zu tun. Vorrangig ging es um den 11. September. Erst dann interessierte mich Margreth Woods und das Verschwinden von Diana.

Rosanna war die Theorie einer *TV Fakery* viel zu extrem und ich war froh, dass sie schließlich einwilligte. In dieser Nacht wühlten wir uns durch sämtliche Blogs und Threads im Forum von *September Clues*. Am Ende kamen wir zu einer weiteren Hauptplattform der Meinungsbildung über *9/11*. Es war das *Let's Roll Forum*. *Let's Roll*, so lautete auch der angeblich letzte Ausruf der Passagiere auf dem Flug UA 93, als sie sich entschlossen hatten, gegen die Entführer zu kämpfen. Ähnlich energisch und konsequent wurden die Argumente in den Foren vorgetragen.

Es blieben nur diese beiden Foren in meiner engeren Auswahl. Die Informationen überschlugen sich, so schnell konnte ich gar nicht alles aufnehmen. Es waren imponierende Fakten, die sehr detailliert zusammengetragen waren. Wie Puzzle-Teile, die sich allmählich zu einem großen Gesamtbild ineinander fügten. Ich las die Reports und Zusammenfassungen. Vielen Fragen standen nur wenige Erklärungsmodelle gegenüber. Eine Variante beschrieb die *Hollow-Towers*, die hohlen Türme. Gab es zum Zeitpunkt der Angriffe so gut wie keine Mieter in den Türmen? Hatten angesehene Unternehmen dort nur Briefkastenfirmen betrieben und unwissentlich an der Story mitgewirkt?

War es vorstellbar, dass letztlich nur sehr wenige Mitarbeiter wirklich ihren Arbeitsplatz in den Türmen hatten? Mir kamen diese Behauptungen sehr abwegig vor, dennoch war ich verwundert, wie viele Anhänger in den Foren davon bereits überzeugt waren. Und zu guter Letzt: Gab es bei manchen Personen ein Vorwissen und ließen sich damit die Börsenspekulationen mit den Aktien der Fluggesellschaften erklären? War nicht der gesamte World Trade Center Komplex erst wenige Wochen zuvor von der New Yorker Hafenbehörde an einen privaten Investor verkauft worden? Und waren die Gebäude tatsächlich erst kurz vorher gegen Terroranschläge in einer Höhe von mehreren Milliarden Dollar versichert worden? War es nicht am Ende so, dass die Versicherungsgesellschaften weit über sieben Milliarden Dollar erstatten mussten?

Keine Flugzeuge? Eine *TV-Fakery* mit gefälschten Aufnahmen im Fernsehen? Das alles erschien mir zu fantastisch und konnte doch nicht wahr sein. Denn wo waren dann die Flugzeuge geblieben? Es waren doch Passagiere in die Flieger eingestiegen. Zumindest zwei der Maschinen waren gemäß der Flugstatistik geflogen. Wer waren die Drahtzieher? Wer steckte dahinter? Wie überhaupt konnte eine solche Aktion organisiert worden sein? Oder war die Theorie einer großen Verschwörung am Ende doch nur das Hirngespinst von ein paar harmlosen Spinnern?

Wir ließen uns eine Pizza und eine Flasche Rotwein auf unser Zimmer bringen. Ich schaltete das Radio auf dem Nachttisch ein. Es lief eine leichte klassische Musik. Von Jacques Offenbach, *The Tales of Hoffmann* aus der *Barcarolle*. Mir schwirrte der Kopf, so dass ich keinen klaren Gedanken mehr fassen konnte. Die unzähligen Opfer der Anschläge, wessen Opfer waren sie geworden? Ich hatte viele erschütternde Geschichten gelesen. Von Angehörigen voller Trauer. Auf der anderen Seite standen die zahlreichen verworrenen Theorien. Das alles passte nicht zusammen. Ich schaute Rosanna nachdenklich an.

»Wenn aber keine Flugzeuge in die Türme geflogen sind, Rosanna, dann sind die Opfer der Flugzeuge auch nicht in den Türmen gestorben! Wo sind dann diese Menschen geblieben? Wo sind sie gestorben? Was hat man uns verkauft, was haben wir geglaubt? Wie sind die Türme zusammengefallen?«

Sie sagte nichts und zog ihre Schultern leicht nach oben. Die Fragen schienen unbegrenzt zu sein und stündlich kamen neue hinzu. Ich nahm das Briefpapier der Hotelkette aus der Schreibtischschublade und verfasste einige Skizzen. Später übernahm ich die wesentlichen Elemente in mein schwarzes Notizbuch.

Eine der zentralen Fragen war untrennbar verbunden mit dem ersten Flug, dem American Airlines Flug AA 11. Das Boarding erfolgte in Boston. Über das Abfluggate gab es widersprüchliche Meldungen. Sowohl das *Gate 32* wie auch das *Gate 26* wurde in den Berichten genannt. Der regelmäßige, tägliche Flug AA 11 an die US-Westküste sollte auch an jenem Morgen im Terminal B am *Gate 32* boarden. Obgleich das Flughafenpersonal angab, dass dort die Fluggäste das Flugzeug bestiegen hatten, meinten andere Zeugen, dass sie die Passagiere vielmehr am *Gate 26* gesehen hatten. Sehr merkwürdig, denn vom *Gate 32* wiederum erfolgte um 7.45 Uhr die Kommunikation mit dem Cockpit:

'*Ground Control. American eleven heavy boston ground gate thirty two you're going to wait for a Saab to go by then push back.*'

Beginnend mit diesem Wortwechsel war dann auch der Flug AA 11 dokumentiert. Oder besser gesagt, es wurde *ein* Flug aufgezeichnet, den alle für den Flug AA 11 hielten. Die Flugdaten wurden dabei zunächst über den Transponder aus dem Flugzeug heraus übermittelt. Später, als der Transponder von der Besatzung aus unerklärlichen Gründen ausgeschaltet wurde, konnte man die Position des Flugzeugs nicht mehr genau bestimmen und man musste sich auf die Radarsignale der Bodenüberwachung verlassen.

Die Passagiere jedoch wurden an dem *Gate 26* gesehen? So wies es auch der offizielle Kommissionsbericht der Regierung aus. Welcher Quelle sollte man denn nun den Glauben schenken? Gab es möglicherweise *zwei* Flüge AA 11? Oder war ab dem *Gate 32* gar kein Flieger an dem Morgen gestartet? Denn eine halbe Stunde später, als die Flughafenkontrolle in Boston von der entführten Maschine AA 11 über einen Anruf aus dem Flugzeug informiert wurde - eine Stewardess hatte dabei das *Gate 32* genannt - , begab sich das Flughafenpersonal zu eben jenem Gate. Und fand angeblich ein leeres Flugzeug am *Gate 32* vor!

Ein *leeres* Flugzeug? Unfassbar! Ich las die Dokumente mehrmals. Wie war das möglich? Gab es denn sowohl am *Gate 32* als auch am *Gate 26* ein Flugzeug? War bereits nach dem Boarden etwas Schlimmes mit den Passagieren geschehen? Wurden sie möglicherweise entführt und verschleppt - aber eben nicht in einem Flugzeug?

Mir schien, dass hier ein wichtiger Schlüssel für die gesamten Ereignisse lag. Es gab eine klare Diskrepanz zwischen dem Kommissionsbericht und den Zeugenaussagen einerseits, sowie der Kommunikation zwischen der Flugzeugbesatzung und dem Tower andererseits. Und wie fügte sich die aufgezeichnete Route in das Bild? Schon an dieser Stelle hätten clevere Ermittler das aufgestapelte Kartenhaus zum Einsturz bringen können. Wer waren die Passagiere des ersten Fluges? Was hatte sich an diesem Morgen tatsächlich abgespielt? Ich verfasste weitere Notizen und zog Pfeile und Verbindungslinien auf dem Papier. In dieser Nacht erfasste mich eine ruhelose Dynamik und sie war stärker als meine Müdigkeit. Im Radio lief das nächste klassische Stück, der *Bolero* von Maurice Ravel. Mehr als 17 Minuten lang. Die gleichmäßigen Rhythmen hatten etwas Beschwörendes an sich. Wir leerten die Bestände der Minibar. Neben Bier und Wein waren auch kleine Fläschchen mit Whisky und Wodka darunter. Rosanna legte ihren Kopf an meine Schulter und las die Texte parallel mit. Hin und wieder fielen mir die Augen zu. Irgendwann schlief ich erschöpft in ihren Armen ein. Als ich in den frühen Morgenstunden aufwachte, sah ich, dass auch Rosanna schlief, den Kopf zurück gelehnt im großen, bequemen Ledersessel. Ihre rechte Hand ruhte noch auf der Tastatur des Rechners. Ich loggte uns aus allen Programmen aus und schleppte sie hinüber auf das Bett. Eine unendliche Müdigkeit überfiel mich erneut. Fragen und immer noch keine Antworten. Wer würde dieses Puzzle je zusammen setzen können?

Kapitel 11

04. September, 2011

Sonntag

ZÜRICH - ROM

Das nächste, was ich wahrnahm, war, dass es schon heller Tag war. Ich hatte mir die Bettdecke über den Kopf gezogen. Rosanna ruckelte an mir und nörgelte.

»Komm, es ist bereits zehn Uhr. Wir müssen aus dem Hotel. Zürich ist Zürich gewesen. Du willst doch heute noch in Rom sein, oder?«

Meine Antwort war ein Lächeln und ein Kuss auf ihre Wange. Rom war das Schlüsselwort und ich war augenblicklich hellwach. Ich machte mich fertig und wir checkten ohne Frühstück aus. Da unser Hotel direkt am Flughafen war, konnten wir zu Fuß ins Terminal gehen. Wir nahmen eine Rolltreppe nach oben zur Abflughalle und ein letztes Mal vergewisserte sie sich, dass es bei unserem Reiseziel blieb.

»Du möchtest also wirklich nach Rom? Und willst mit einem echten Insider sprechen, mit einem großen Polemiker? Ganz sicher?«

»Warum nicht? Es kann sein, dass die *TV Fakery* Theorie am Ende nichts als bloße Fantasie ist. Aber hör es dir doch einfach mal an.«

»Was meinst du? Sollen wir da als wirkliche Personen hingehen mit unseren echten Namen?«

»Warum denn nicht? In den Foren hat zwar jeder seinen *Nickname*, aber hier treffen wir uns als quicklebendige, echte Menschen. Außerdem bekommt es niemand mit. Keiner hört uns ab oder verfolgt unsere Unterhaltung, so wie im Internet.«

»Okay«, sagte Rosanna, »aber du musst ihm ja nicht sagen, in welchem Business du tätig bist oder sonst irgendwelche Details zu unserem Background herauslassen.«
»Abgemacht, ich halte mich zurück.«

Wir landeten in Rom und fast schon routinemäßig bahnten wir uns den Weg durch den Flughafenkomplex. Der Ausschilderung für die Mietwagen folgend, entschieden wir uns am Schalter für einen italienischen Stadtflitzer. Klein, überschaubar und dennoch gut motorisiert, so dass wir die Strecke von Rom bis zu unserem Zielort gut und schnell einkalkulieren konnten. Wir wollten direkt zu Tom Skøby fahren. Tom Skøby war ein Skandinavier, der seit vielen Jahren in Rom lebte. Alles lief wie geplant, Hans Frey hatte uns bereits angekündigt. Tom sollte seiner Meinung nach einer der renommiertesten Experten sein, wenn es um die Fragestellung ging, ob nun Flugzeuge oder *Cruise Missiles* in die Türme geflogen waren oder ob es sich ausschließlich um gefälschte Fernsehaufnahmen handelte. Wir gaben die Zieladresse in das Navigationsgerät ein und machten uns auf den Weg. Es wurde zunehmend ländlicher als wir in die Gegend kamen, in der Tom Skøby wohnte. Sein Haus befand sich auf einer Anhöhe und bot einen grandiosen Anblick auf das entfernte Rom. Es gab keine Hausnummer und auch kein Namensschild. Das Haus machte einen recht verwitterten Eindruck, auch die Fensterläden hätten seit Jahren einen neuen Anstrich vertragen können. Der umliegende Garten sah ziemlich verwildert aus. Als Naturliebhaber konnte man diesem Refugium sicherlich einen gewissen Charme abgewinnen, das Gras stand hoch und vereinzelt lugten daraus blaue und rote Blüten hervor. Allerdings waren auch die Spuren des trockenen Sommers zu spüren. Der dürftige Bewuchs deutete darauf hin, dass es schon lange nicht mehr geregnet hatte. Wir parkten unser Mietfahrzeug am Ende der engen Hofzufahrt und schauten mit einem skeptischen Blick am Haus hinauf. Vor vielen Jahren mochte es vielleicht eine vornehme Villa gewesen sein, doch viel war davon im jetzigen Zustand augenscheinlich nicht übrig geblieben. Nur die Lage des Hauses blieb unverändert - und die war einmalig schön. Tom öffnete uns die Tür und er hieß uns herzlich willkommen.

»Hey, ihr müsst Rosanna und Peter sein. Schön, euch zu sehen. Kommt hinein!«

Wir nickten und begrüßten Tom freundlich. Man kam durch den Flur direkt in sein Wohnzimmer und konnte auf die dahinterliegende Terrasse schauen. Auf dem Weg dorthin sah ich auf einer Kommode ein uraltes, klassisches Telefon mit einer Wählscheibe. Tom nahm sofort wahr, dass ich einen Blick darauf geworfen hatte.

»Das funktioniert leider nicht mehr, Peter. Das habe ich aus reiner Nostalgie. Ich telefoniere lieber über Skype.«

Wir gingen weiter und kamen ins Wohnzimmer. Im Hintergrund lief ein CD-Player und ich glaubte, das Album *Legend* von Bob Marley zu erkennen. Mit den bekannten Reggae Melodien zählte es zu den bestverkauften Alben aller Zeiten. Als wir hineinkamen lief der Song *Could you be loved*. An den Wänden hingen viele farbenfrohe Gemälde mit abstrakten Malereien. Der ganze Raum hatte eine wohlige Ausstrahlung, obgleich er von einer kreativen Unordnung geprägt war. Verschiedenste Dinge lagen wild verteilt auf dem Boden, Kleidungsstücke, Kisten mit Büchern und geleerte Weinflaschen. Aber dieses Durcheinander strahlte auch eine gewisse Ruhe und Harmonie aus, so wie Tom selbst.

Ich schätzte ihn auf Mitte vierzig. Er hatte langes, hellbraunes Haar. Der *Drei Tage Bart* und seine verschmitzten Augen ließen ihn verwegen aussehen. Er trug ein blaues T-Shirt über die weiße Baumwollhose und *Nike* Turnschuhe. 'Sehr sportlich, der hält sich in Schuss', dachte ich. Tom wirkte selbstbewusst und ausgeglichen. Er war in der Mitte seines Lebens und ich fragte mich, warum er sich den Stress mit den Internetrecherchen antat. Warum forschte er mit diesem immensen Zeitaufwand? Gab es für ihn nicht wichtigere Aufgaben, denen er nachgehen konnte? Stattdessen stellte er sich von morgens bis abends immer wieder neuen Provokationen in den Forumsbeiträgen. Nach einer gewissen Zeit wiederholten sich wahrscheinlich die Fragen. Die in mühevoller Detailarbeit erstellte Theorie wurde sicherlich von vielen Besuchern angezweifelt oder verrissen. Es musste ihn doch nerven, dass sich das Ganze möglicherweise schon seit Jahren im Kreis drehte. Ich war neugierig, warum er sich so vehement dieser Aufgabe verschrieben hatte.

Was trieb ihn an? War es die Suche nach der Wahrheit? So wie Menschen seit Jahrtausenden die Fragen stellten und nach den Antworten suchten. Vor allem, *wer* waren die *Macher* in den Foren? Handelte es sich um eine Handvoll verlorener Querköpfe, die sich einfach nicht mit den Schlussfolgerungen der Masse und mit den Trends der Mainstream Medien abfinden wollten? Ich war neugierig: Wo hatten die genialen Teams ihre Videostudios? Oder schnitten sie die Szenen an handelsüblichen PCs zusammen? Mit welchen Programmen hatten Tom und seine Kollegen die vielen hundert Stunden Videomaterial bearbeitet?

Je mehr ich mir darüber Gedanken machte, was Tom eigentlich antrieb, stellte ich mir selbst diese Frage. Was scheuchte mich eigentlich hierher? Seit Tagen war ich jetzt schon mit Rosanna unterwegs auf der Suche nach ihrer verschwundenen Schulfreundin. Es entwickelte sich zu einem regelrechten Abenteuer. Seit der bedrohlichen Situation in London drangen wir immer tiefer ein in die Hintergründe vom 11. September 2001. Was übte auf mich diesen steten Druck des Weitermachens aus? Zum Glück kam ich nicht zum weiteren Nachdenken, denn Tom klopfte mir auf die Schulter und weckte mich aus meinen Überlegungen.

»Es ist immer gut, auf andere zu treffen, die der Sache nachgehen wollen. Und wie es scheint, seid ihr ja zwei richtig existierende Personen, die sich auch trauen, zu mir zu kommen«, sagte er mit einem vielsagenden Schmunzeln.

Das war schon der erste Hinweis, denn Tom und viele seiner Kollegen hatten sich bei ihren Recherchen auf die *TV Fakery* Theorie konzentriert. Sie meinten, dass fast alles, was an jenem Tag gesendet wurde, gar nicht real war. Darüber hinaus waren sie überzeugte Verfechter der *Vicsim* These und zweifelten bei vielen Opfern deren Echtheit an und argumentierten, dass es keine - beziehungsweise nur sehr wenige - wirkliche Opfer am 11. September zu beklagen gab. Keine wirklichen Opfer? Noch extremer konnte man sich das Spektrum der konkurrierenden Erklärungsmodelle wirklich nicht ausmalen.

»Wie sieht es aus? Möchtet ihr beide erst mal etwas trinken, ihr habt doch eine lange Fahrt hinter euch. Wie war es in Zürich?«

Woher wusste Tom das? Ich hatte es nicht erwähnt.

»In Zürich? Du meinst in Dübendorf?«

»Dübendorf, Zürich. Das ist doch so gut wie eines. Ihr hattet euch doch mit Hans getroffen. Hans gab mir gestern Abend noch einen Call und hatte mir von eurem Gespräch erzählt. Schön, dass ihr da seid. Wie sieht's nun aus? Wollt ihr einen Kaffee oder lieber einen Tee?«

Ohne seine Frage nach dem Getränkewunsch zu beantworten, interessierte mich vorrangig die Verbindung zwischen Tom Skøby und Hans Frey.

»Ihr kennt euch schon länger?«

Gut möglich, dass Tom meine Neugier und dieses lavierende Abtasten ungewohnt vorkamen, doch ich witterte inzwischen überall verdächtige Verbindungen. Für ihn stellte dieses schrittweise Herantasten glücklicherweise überhaupt kein Problem dar.

»Ach, wir kennen uns schon seit vielen Jahren. Der Hans ist ein cooler Typ. Wir hatten uns des öfteren über die Flugzeuge ausgetauscht. Er ist ein ausgezeichneter Spezialist. An die meisten Piloten kommt man ja nicht dran. Das ist wie eine große Mauer, die wollen dazu einfach nichts sagen. Vielleicht haben sie Angst, dass sie sich damit ihre Karriere verbauen. Wer öffentlich das Establishment anzweifelt, muss ganz schön couragiert sein. Und bei einem Tabubruch muss man höllisch aufpassen. Ganz plötzlich sieht man sich Repressalien ausgesetzt und dann kann es bei den künftigen Berufschancen ganz schön eng werden. Aber Hans war immer schon anders. Jetzt ist er im Ruhestand und sagt, was er denkt. Nun sagt, was möchtet ihr trinken?«

»Ein Glas Wasser wäre prima.«

Rosanna zog ihre braune Lederjacke aus und legte sie über einen Stuhl. Sie sah atemberaubend aus. Hautenge Blue-Jeans, braune Stiefeletten und ein enganliegendes weißes T-Shirt. Tom verließ kurz den Raum und holte eine Karaffe mit Wasser. Er stellte drei Gläser auf den Tisch und goss uns ein. Das kalte, natürliche Mineralwasser schmeckte sehr erfrischend und hatte den leichten Geschmack einer aufgeschnittenen Limette angenommen, die sich in der Glaskaraffe befand. Wir setzten uns in die bequemen Sessel, die um den Tisch herum platziert waren. Tom faltete die Hände und schaute uns mit einem forschen Blick an.

»Nun sagt, was interessiert euch am meisten?«

Ich ergriff das Wort und fing direkt mit der Geschichte von Diana Woods an.

»Also das war der eigentliche Auslöser, Tom. Wir suchen die Schulfreundin von Rosanna und bislang führten alle Spuren ins Nichts. Dann fanden wir heraus, dass ihre Mutter, Margreth Woods, bei den Anschlägen am 11. September ums Leben gekommen war. Das war für uns die Initialzündung.«

»Margreth Woods ... Margreth Woods. Hm, ja. Eher eine Nebenfigur. Dazu fällt mir *ad hoc* nichts ein. Wie ging es bei euch weiter?«

»Eigentlich war es ein ziemlich direkter Weg. Von den *9/11* Videos auf Youtube gelangten wir auf die besagten Webseiten. Früher oder später landet man automatisch auf den Seiten von *SeptemberClues* und beim *Let's Roll Forum*. Ich glaube, das sind die führenden Seiten. Wir fanden dort jedenfalls die besten Recherchen und Analysen. Diese *Communities* sind auch diejenigen, die sich am intensivsten mit den Theorien auseinandersetzen.«

»Ja, da stimme ich dir voll und ganz zu«, sagte Tom.

»Ehrlich gesagt ist es weltweit nur eine Handvoll Menschen, die sich so ausgeprägt damit beschäftigt. Und richtig, ein Teil von ihnen hat sich in den Foren *Let's Roll* und *SeptemberClues* versammelt. Dort gibt es viele sehr helle Köpfe. Außerhalb von *LFR* und *SC* gibt es nur noch vereinzelte Zweifler, die sich kritisch artikulieren. Alles in allem denke ich, dass sich weltweit nicht mehr als zweihundert Menschen damit beschäftigen. In keinem Falle sind es Tausende. Eigentlich stehen wir demnach auf einem verlorenen Posten. Und die große Masse da draußen mag zwar das eine oder andere in Frage stellen - das ergibt sich immer wieder in den Umfragen - aber so richtig interessieren sich die Menschen nicht für die Auflösung der Anschläge. Die meisten wollen am Ende doch lieber ihre Ruhe haben und unbeschwert durchs Leben gehen.«

»Na ja, Tom. Ohne die Suche nach Diana wäre es auch uns nicht anders ergangen. Wie bist *du* eigentlich auf das Thema gekommen? Was hat bei dir den Anstoß gegeben?«

»Peter, wie du schon sagtest. Auch bei mir gab es einen Auslöser. Es waren letztendlich die TV-Aufnahmen. Kleine Ungereimtheiten hier und andere Merkwürdigkeiten dort.

Irgendwann packte mich das Thema. Man kann sich recht schnell festbeißen. Bei mir ging es erst vor ein paar Jahren los. Die ersten kritischen Berichte dagegen gehen unmittelbar bis in das Jahr 2002 zurück. Habt ihr bereits von dem Australier Gerald Holmgren gehört?«

Wir nickten. Erst gestern hatte auch Hans Frey diesen Namen erwähnt. Holmgren galt offensichtlich als einer der Pioniere.

»Ihm war aufgefallen, dass bei den Flügen etwas nicht stimmte. Holmgren behauptete, dass von den angeblichen vier Flügen zwei gar nicht stattgefunden hatten, denn es gab für die Flüge keine obligatorischen *Take-Off* Zeiten. Die *BTS* - also das ist die amtliche Statistik, in der alle Flüge in den Vereinigten Staaten aufgelistet sind - belegte das eindeutig. Das war der Beginn einer ganzen Kette von Theorien. Die Kernfrage lautete: Was war mit den Flugzeugen? Es herrschte Verwirrung über das Abflug-Gate. War es nun das *Gate 26* oder war es das *Gate 32*, an dem der Flug AA 11 angeblich startete? Beide Angaben tauchten in den Protokollen auf. Vielleicht hast du davon gelesen, dass es sogar ein leeres Flugzeug an dem einen der beiden Gates gegeben haben soll?«

Ich nickte wissend und Tom setzte seinen Redefluss unbeirrt fort.

»Wo sind denn die Videoaufzeichnungen der Flughäfen? Unvorstellbar, es gab keinerlei dokumentiertes Material über die Passagiere und wann sie in welches Flugzeug eingestiegen waren. Hinzu kamen die großen Verwirrungen bei den Passagierlisten. Die Attentäter wurden zunächst gar nicht namentlich erwähnt, hatten sie überhaupt eingecheckt? Es gab sehr früh die Theorie der *bumple planes* von einem gewissen *Snake Plissken*. Das war natürlich nur ein Pseudonym, den Namen hatte er sich aus dem Film *Die Klapperschlange* abgeguckt. Aber der Typ war echt smart. *Snake* hatte bereits kurz nach den Anschlägen eine These präsentiert, wie seiner Meinung nach die Flugzeugentführungen inszeniert sein konnten.«

Tom nahm einen Schluck Wasser. Ich konnte ihm fasziniert zuhören, er kannte sich hervorragend in den Details aus.

»Es war wie ein perfekt ausgeführter Zaubertrick mit geschickten Ablenkungsmanövern. So, dass der Betrachter nicht mehr folgen konnte und völlig durcheinander kam, wann welches Flugzeug in der Luft war und wer es wohin gesteuert hatte. An dem Morgen waren ohnehin schon alle verwirrt. Das Militär, die Reporter und die Kommentatoren. Keiner wusste mehr so richtig, was da abging und im Minutentakt schlugen neue in sich widersprüchliche Meldungen in den Redaktionen auf. Es gab sogar Informationen über angebliche Raketen, über *Cruise Missiles*, die angeblich von einem anderen Hochhaus in New York abgeschossen sein sollten. Hallo? Raketen in New York?«

Tom echauffierte sich. Ich hatte bereits von dieser Meldung gehört, mich hatte sie gleichermaßen erstaunt. Woher kam eine solche Nachricht, wenn später offensichtlich nie mehr etwas dazu veröffentlicht wurde? Tom setzte seine Ausführungen unvermindert fort.

»Raketen also? Einige Zeugen hörten Lärmgeräusche, die auf eine *Cruise Missiles* hindeuteten. Aber was heißt das schon? Andere Zeugen glaubten, ein kleines Propellerflugzeug gehört und gesehen zu haben. Ob Verkehrsmaschine, Kleinflugzeug oder Rakete. Es gab für jede Version die entsprechenden Zeugen. Das einzig Konstante an diesem Morgen war, dass *nichts* in sich stimmig und konstant war. Es wurden so viele verschiedene Varianten präsentiert, dass sich jeder aussuchen konnte, welche Version seiner Meinung nach nun die wirkliche war.«

»Und was glaubst du, Tom? Wenn ich deine Berichte im *September Clues* Forum lese, dann hat sich vielleicht *gar nichts* so abgespielt, wie wir es im Fernsehen sahen?«

»Ach, das weiß ich nicht. Am Anfang war es ein Teil *Provokation* und eine gehörige Portion *Spekulation*. Am Ende blieben jedoch zahlreiche Indizien, die keinen anderen logischen Schluss mehr zuließen. Unser Team setzt ein Puzzle zusammen. Aus den *einzigen Beweisen*, die bis heute unversehrt übrig geblieben sind. Nämlich aus den vielen hundert Stunden der Fernsehaufzeichnungen. Es gibt tausende, hunderttausende Haushalte, die an diesem Vormittag ihren Videorekorder angeschaltet hatten. Jeder, der eine freie Kassette hatte, drückte auf die *Record* Taste und zeichnete das Geschehen auf.«

In diesem Moment erinnerte ich mich daran, dass auch ich an jenem Tag die Abendnachrichten aufgezeichnet hatte. Mein alter Videorekorder musste noch in den Umzugskartons eingemottet sein. Ob ich dort verschollene Schätze entdecken würde? Ohne Frage, Tom hatte recht. Es musste weltweit unzählige Mitschnitte auf Videokassetten geben.

»Leute, die Intensität der Ereignisse war dermaßen überwältigend. Solche Aufnahmen hatte man vorher bestenfalls im Kino bei Hollywoodfilmen gesehen. Niemand konnte sich diesen Bildern entziehen, die ganze Welt hielt den Atem an. Jeder weiß noch ganz genau, wo er vor zehn Jahren an diesem Tag war. Wisst ihr, all diese Filmaufnahmen gibt es noch. Sie schlummern in den alten Videoarchiven. Manche davon haben wir uns ganz genau angesehen. Schon seit einigen Jahren. Unzählige Male habe ich bestimmte Szenen analysiert und mit anderen Einstellungen verglichen. Wir haben ausgewählte *Shots* übereinander gelegt, die Farbgebungen kontrolliert und wir sind auf immer neue Ungeheuerlichkeiten gestoßen. Auf Absurditäten, die nie und nimmer mit der Realität in Einklang zu bringen sind. *Guys*, die Story geht einfach nicht auf. Das, was damals über die Mattscheibe flimmerte, hat nicht die wahren Ereignisse abgebildet. No, no, never.«

»Tom, du sprichst in Rätseln. Behauptest du damit, dass keine Flugzeuge in die Türme geflogen sind?«

»Halt, nicht so schnell. Stopp und einen Schritt zurück. Ersteinmal stelle ich nur in den Raum, dass das, was wir im Fernsehen gesehen haben, manipuliert war. Es war schlichtweg die größte *TV-Fakery* aller Zeiten und ich bin hundertprozentig davon überzeugt, dass uns alles nur vorgegaukelt worden ist. Das heißt jedoch noch nicht im Umkehrschluss, dass alles was da draußen wirklich passierte, auch zwangsläufig von dem abwich, was wir gesehen haben. Ihr versteht die Gesetze der Logik, oder?«

Ich nickte langsam. Tom hatte ein wahnsinniges Tempo vorgelegt. Ihm waren die Zusammenhänge und die Argumentationsketten wohl vertraut, so dass wir kaum in der Geschwindigkeit hinterher kamen. Er wollte sich demnach bei den Einschlägen und den Flugzeugen zunächst auf nichts festlegen. Unabhängig davon, was real abgelaufen war, beschränkte er sich in seiner Beweisführung zuallererst darauf, dass die *gesendeten Beiträge* falsch waren. Okay, soweit, so gut. Ich hatte seine Strategie verstanden.

Die *TV Fakery* für sich genommen würde noch nicht die offizielle Story zum Einsturz bringen. Allerdings wäre dieses der entscheidende erste Schritt auf dem Weg dorthin.

Ich schaute mich in dem Raum von Tom Skøby um. Überall lagen Zeitungsschnipsel herum und es waren Fotos sowie Ausdrucke von Webseiten an die Wand gepinnt. Ungeordnet, aber dennoch in einer gewissen Abfolge. Tom war zu seiner Kaffeemaschine gegangen und füllte frisches Wasser ein. Nach kurzer Zeit erfüllte der wohlige Kaffeeduft den gesamten Raum.

Mit einem Mal war es ein bunter Blumenstrauß an Gerüchen und Düften, die durch das ganze Haus zogen. Ich schloss die Augen und gab mich voll und ganz den Sinnen hin. Es war wie ein Déjà-vu der Düfte. Dieses Odeur Gemisch löste bei mir tiefsitzende, archaische Erinnerungen an meine früheste Kindheit aus. Ich spürte ein wohliges Kribbeln in meinem Nacken und hatte das Gefühl, als ob sich all meine Haare aufrichteten. Das hatte ich seit Jahren nicht mehr erlebt. Ein absolut behagliches Glücksgefühl. Woher kam dieses unvermittelte Gefühl der Geborgenheit?

Ich erschrak. Blitzschnell war ich wieder im Hier und Jetzt angelangt und öffnete meine Augen. Tom hatte eine Datei angeklickt und schrecklich laute Töne erschallten aus den Lautsprechern. Er war jetzt voll in seinem Element und führte uns rasant von einer Datei zur nächsten.

»Schaut mal.«

Tom holte uns näher an seinen Monitor heran und klickte auf verschiedene Videodateien. Er führte uns durch die Einstellungen des Films *SeptemberClues,* wobei er einige sehr prägnante Szenen exemplarisch herausstellte. Natürlich war auch das *nose out* Manöver mit dabei.

»Seht, das kennt ihr wahrscheinlich schon. Die Szene ist an jenem Morgen live gesendet worden. Ein Flugzeug, bei dem normalerweise der Bug so empfindlich ist, dass schon der Zusammenstoß mit einem Vogel in der Luft zu den stärksten Verformungen führt, solch eine Flugzeugspitze dringt in ein Stahlgebäude hinein und kommt unbeschadet auf der anderen Seite wieder heraus? Unmöglich, völlig abstrus. Ein Joke!«

Tom klickte auf die Detailaufnahmen und die Zweitmonitore an der Wand zeigten parallel dazu die Kameraeinstellungen.

»Ja, Tom ... das ist unglaublich und ich gebe dir recht, vieles passt nicht zusammen. Aber warum ist dann die offizielle Meinung immer noch so fest zementiert? Ihr seid doch die absoluten Außenseiter und keiner will doch an so etwas wie die *TV-Fakery* glauben?«

»Peter, nun denk doch mal nach. Die Konsequenzen wären ungeheuerlich. Eine offene, transparente Diskussion, dass es die Flugzeuge an dem Morgen gar nicht gegeben haben kann, dürfen die Urheber der Verbrechen beim besten Willen nicht zulassen. Die *Perps* passen da äußerst gut auf.«

Ich runzelte meine Stirn. Wer waren denn nun die *Perps*? Pausenlos und in loser Folge warf er neue Insider-Begriffe in unsere Unterhaltung.

»Die *Perps*?«, fragte ich ihn.

»Ja, die *Perpetrators*, die Drahtzieher. Diejenigen, die hinter der Inszenierung und den Verbrechen stecken. Die müssen doch jede Theorie im Keime ersticken, die an den Flugzeugen zweifelt. Was meint ihr, wie viele *Shills* wir in den Foren haben.«

Shills? Der nächste Begriff. Doch ich traute mich nicht, nach der Bedeutung zu fragen. Ungefähr konnte ich mir ausmalen, was er damit meinte.

»Manchmal loggen sich bei uns beliebige, unbekannte Personen ein. Konstatieren, dass sie eines der Opfer gekannt haben. Anstatt konstruktiv an der Auflösung mitzuwirken, wollen sie uns in Wirklichkeit nur unterminieren. Unsere Theorien sollen lächerlich gemacht werden. Es gibt sogar einige, die vorgaukeln, dass sie auf unserer Seite seien. Angebliche Mitstreiter, die *vorgeben* ebenfalls zu glauben, dass die TV-Aufnahmen gefälscht waren. Genauso wie die Flugzeuge *Drohnen* waren und die Zeugen in Wirklichkeit nur Schauspieler. Dann jedoch, wenn wir uns fast über einen neuen Anhänger freuen, machen sich diese Personen selbst lächerlich und unglaubwürdig. Sie demontieren sich quasi selbst, so dass es ein Leichtes für jeden Gegner ist, die Personen übelst schnell zu diskreditieren. Das geschieht bewusst, um uns zu schaden.«

Er schluckte. Es ging ihm nahe, dass in dem anonymen Internetumfeld kein Vertrauen zu anderen möglich schien.

»Sie stellen sich selbst in eine Ecke, als Clown oder als ein konfuser Weltverbesserer. So funktioniert das. Das sind keine wirklich Interessierten, das sind die organisierten 'Störenfriede'. Es ist verdammt *tricky*, wahre Mitstreiter zu finden. Ihr glaubt gar nicht, wie viele Webseiten manipuliert sind. Außerdem wird genau mitgelesen und verfolgt, welcher Besucher sich wann in welchem Forum tummelt. Täglich laufen *Monitoring*-Programme mit. Die Beobachter wissen exakt, wer sich wann einloggt. Wollt ihr das mal sehen? Ich kann euch das exemplarisch an dem sogenannten *Flagcounter* zeigen.«

Ich war verwirrt über die vielen neuen Begriffe. Tom öffnete ein Browserfenster und zeigte uns, welche *User* sich gerade in die *Threads* und *Blogs* eingeloggt hatten. Wir konnten die Herkunft der IP-Adressen klar erkennen. Die Länder wurden als Flaggen dargestellt, daher kam der Name *Flagcounter*. Sogar die nächstgelegen Einwahlknoten und Städtenamen wurden angezeigt.

»Siehst du, hier ist dokumentiert, wer sich in diesem Moment bei *Let's Roll* gerade einwählt und aus welcher Ecke der Welt die Besucher stammen. Schau, das sind wir mit meinem Anschluss.«

Tom zeigte auf das italienische Flaggensymbol und seinen Wohnort.

»Genial! Dann weiß man sogar, *wer* sich für welches Thema interessiert?«

»Oh, ja. Das kennzeichnet die zweite Ebene bei unseren Recherchen. Natürlich werfen auch wir hin und wieder einen Appetithappen in den Ring und können beobachten, ob sich ein 'hungriger Tiger' darauf stürzt. Ebenso können wir die IP Adressen zurückverfolgen. Dann wissen wir, wo der Rechner des Besuchers steht.«

Ich musste unweigerlich an Joe denken. Sicherlich hatte sich mancher *User* durch den Besuch bestimmter Diskussionsthemen selbst demaskiert. Das fand ich sehr beunruhigend. Tom fuhr fort.

»Übrigens, diese Techniken wenden die *Perps* ganz genauso an. Sie müssen ja immer befürchten, dass wir ihre komplette Geschichte aufdecken.«

»Aber das habt ihr doch schon, oder?«

Tom lächelte.

»Du bist gut. Ja, mittlerweile sind wir nicht mehr davon abzubringen. Doch ehrlicherweise gibt es noch einige Lücken.«

»Doch von der *No-Planer* Theorie bist du ja eh nicht abzubringen, oder?«

»Peter, sag nicht *No-Planer*. Wir, also ich spreche nun von unserem gesamten Team, wir sind halt überzeugt, dass *nichts*, was an jenem Tag im Fernsehen gezeigt wurde, der Realität entsprach. Das betraf nicht nur die Flugzeuge! Sondern alles. Nicht einmal die angeblichen Verwundeten hatte es gegeben. Übrigens, das ist ein großes Thema für sich. Bei solchen Unglücken werden normalerweise Hunderte oder gar Tausende verletzt. Menschen erleiden Wunden und Verletzungen von herunter fallenden Trümmern oder Gebäudeteilen. In den umliegenden Straßenzügen waren viele Rettungskräfte darauf vorbereitet und hatten schon Liegen für die ambulante Hilfe aufgebaut. Am Ende gab es aber nur eine Handvoll sogenannter Überlebende, die in den Krankenhäusern landeten. Hunderte von Verletzten hat es nie gegeben. Die Ärzte ... , kommt, ich zeige euch ein Interview. Hier ist ein Arzt vor der Kamera und er wundert sich, warum keine Verletzten in das Krankenhaus gebracht wurden. Stattdessen fallen die Türme in Schutt und Asche zusammen, begraben alles darunter mit einem tödlichen Feinstaub. Hier liegt das eigentliche Verbrechen. Die wahren Geschädigten erkrankten später durch den Staub.«

Seine Logik war nicht von der Hand zu weisen. Tatsächlich hatte ich in den letzten Tagen nur wenige Berichte von den Verwundeten gefunden, dafür gab es in der Zeit nach den Anschlägen unendlich viel Leid bei den Menschen, die bei den Hilfsaktionen den Feinstaub eingeatmet hatten.

»Dann passierten die Explosionen im Pentagon. Übrigens kann man auf diesem Foto ein Einsturzloch erkennen, in das nie und nimmer eine Boeing gepasst hätte. Schaut, hier fällt eine Wand des Pentagons in sich zusammen und auf der anderen Seite, an einer offenen, intakten Wand, sieht man einen Schreibtisch mit einem Telefon darauf und einem Stapel Papier. Wie um alles in der Welt sollte das denn möglich sein?«

Sein Detailwissen war phänomenal. Er sprudelte geradezu vor Energie und war dabei sehr emotional.

»Unmöglich. Bei dem Inferno eines abstürzenden Flugzeuges entsteht ein Feuerball, bei dem alles in Flammen aufgegangen wäre. Die Sammlung unserer Beweise wird an jedem Tag größer.

Ich bleibe dabei, die Anschläge waren ähnlich inszeniert wie ein monumentaler Hollywoodfilm.«

Ich nahm mein Glas, schlürfte einen Schluck Wasser und ließ das Gesagte erst einmal sacken. 'Er ist ja sehr von seiner Theorie überzeugt', dachte ich. Allerdings hatten die Teams in den Foren erstaunlich viel Material gesammelt.

» ... und eure Supporter sitzen überall auf der Welt?«

»Oh ja, überall. In den USA, in Europa, in Australien. Mittlerweile sind wir in einem weltweit umspannten Netz aktiv.«

»Tom, erzähl uns bitte vom *Vicsim-Report*. Was verbirgt sich dahinter?«

Er machte ein paar Schritte, nahm einen dicken Stapel von Papierausdrucken vom Schreibtisch und hielt ihn demonstrativ in die Luft.

»Der *Vicsim-Report* von HoiPolloi. Tja, ... das ist eine ganz interessante Sache. Der Begriff ist ja ein Wortspiel. Zusammengesetzt aus den *Victims*, also den Opfern, und der Bezeichnung *Sims*, was soviel wie Simulation heißt. Mit *Vicsims* sind 'simulierte Opfer' gemeint.«

»Hey, du meinst, an der Theorie der künstlichen Identitäten ist wirklich etwas dran? Wie seid ihr darauf gekommen?«

»Wisst ihr, das hat sich sukzessive entwickelt, als einer unserer Forumskollegen feststellte, dass viele der Fotos mit einer Software überarbeitet worden waren. Manche Gesichter wurden mittels sogenannter *Morphing-Techniken* in andere Gesichter verwandelt. Manchmal schien es so zu sein, dass ein Kopf einfach nur grafisch auf einen Körper aufgesetzt worden war. In anderen Beispielen erkennt man die Fotobearbeitung so deutlich, dass es auch einem Laien auffällt. Viele Aufnahmen von den Opfern waren fehlerhaft oder es wurden immer wieder dieselben Gesichtsausdrücke in neue Hintergründe einkopiert. Durch diese Ähnlichkeiten sind wir darauf gestoßen, dass möglicherweise einige der Opfer gar nicht reale, lebende Personen waren. Außerdem werden normalerweise alle Verstorbenen in einer bestimmten Liste geführt, im *Social Security Death Index*. Der sogenannte *SSDI*. Unfassbar, darin sind erstaunlich wenige der Opfer zu finden. Aus den verunglückten Flugzeugen hätten in Summe insgesamt 245 Verstorbene darin auftauchen müssen.

Nämlich 212 Passagiere und 33 Crew Mitglieder. Wisst ihr wie viele sich darin fanden? Na?«

Wir zuckten mit den Schultern, woher sollten wir diese Statistiken auch kennen?

»Ganze 73 Personen! Wo war der Rest geblieben? Dann gibt es noch Listen über diejenigen, die eine staatliche Kompensation erhalten haben. Es wurden großzügig ausgestattete Fonds ins Leben gerufen. Einer davon war der sogenannte *Victims Compensation Fund*, der *VCF*. Mit hohen Geldsummen sollte den Angehörigen geholfen werden. Mehrere Milliarden Dollar lagen in diesem 'Topf'. Theoretisch hätten Ansprüche für mehrere tausend Tote gestellt werden können. *Surprise, surprise*. Die Ansprüche sind gar nicht in der möglichen Höhe gestellt worden und die abgerufenen Gelder waren ziemlich überschaubar. Warum? Wenn man in beiden Listen schaut, welche Opfer sowohl in der Sterbetafel als 'verstorben' aufgeführt waren und für wen die Angehörigen die Kompensationen aus dem *VCF* Hilfsfond abgerufen hatten, so waren es bei den angeblichen Flugzeugopfern nur ganze vier Personen. Vier! Von angeblich 245 Opfern!«

Ich musste unwillkürlich schlucken. Nur vier Opfer aus den Flugzeugen sollten faktisch in der Sterbeübersicht *und* im *Compensation Fund* aufgeführt worden sein? Obwohl es 245 hätten sein müssen? Wie konnte das sein? Tom fuhr fort.

»Von allen vermeintlichen Opfern an diesem Tag, ich habe eine Zahl von 3.023 im Kopf, waren nur circa 600 im *SSDI* Index aufgeführt. Wenn man den *SSDI* mit dem *Victims Compensation Fund* zusammen nimmt, waren nur 63 der 3023 Opfer tatsächlich in beiden Listen aufgeführt. Wie passt das zusammen? Angeblich waren tausende von Menschen gestorben, sie wurden jedoch weder in der Sterbetafel *SSDI* geführt, noch haben die Familien die Kompensationsgelder abgefordert. Ihr versteht, dass es diese Fragen zu beantworten gilt.«

»Ich weiß nicht, vielleicht ist die Liste, diese *SSDI* Übersicht, in sich schon unvollständig?«, mutmaßte ich.

»Guter Einwand. Auch dem sind wir nachgegangen. Einer der Blogger hat das in seiner Kleinstadt im mittleren Westen der USA im eigenen Umfeld überprüft. Im Freundeskreis und in der Familie. Die Quoten bei der Übereinstimmung waren sehr hoch.

Bei den sogenannten Opfern vom 11. September galt das jedoch nicht. Unser Fazit lautet, dass es möglicherweise *gar keine* Opfer gab. Die meisten der abgebildeten Gesichter waren reine Computeranimationen.«

Tom legte eine weihevolle Pause ein und goss sich frischen Kaffee in seinen Becher. *Gar keine* Opfer? Ich war erschüttert. Das war mir zu radikal und ich hielt das für eine Provokation. Welche Agenda verfolgte diese Gruppe? Hatten sie sich nicht durch derart extreme Theorien völlig isoliert? Selbst wenn einige der Opfer nicht ganz der Wirklichkeit entsprachen, so konnte es doch auch sein, dass das zum Persönlichkeitsschutz der Opfer geschah. Ich entschied mich, dagegen zu halten.

»*Alle* Identitäten sollen nicht stimmen? Das ist doch nicht dein Ernst, Tom, oder?«

»Na ja, man muss vielleicht gewisse Aspekte einräumen. In dem einen oder anderen Falle könnte es sich um real existierende Personen handeln, zugegeben. Unter Umständen sind auch einige der Identitäten einfach gestohlen worden. Sie wurden quasi von Menschen ausgeliehen, die vorher schon gestorben waren. Aber jetzt haltet euch fest. In vielen Fotos der Opfer sind immer noch die sogenannten *EXIF* Daten verborgen. Mit einer besonderen Software kann man diese Werte wieder auslesen. Damit hatte sicherlich niemand in 2001 gerechnet. Darüber gibt es im *Let's Roll Forum* sehr interessante Berichte. Sie haben Daten und Begleittexte in den Fotos gefunden, in denen die Anschläge und die Todesursache des jeweiligen Opfers erwähnt wurden. Und ratet mal, auf welchen Tag diese Texte in den Fotos datiert waren? In den *EXIF* Dateien finden sich nämlich die Daten verräterisch im Zeitstempel. Die Texte wurden an Tagen angelegt, die lange *vor* dem 11. September lagen. Hey Leute, das ist irre, total irre.«

Rosanna wandte sich ab und ich spürte, dass sie in diesem Moment an Diana und Margreth Woods dachte. Die Worte mussten ihr sehr nahe gehen, denn sie kannte beide persönlich. Das Opfer und eine Angehörige. Ich wollte ihr unbedingt zur Seite stehen und in der Diskussion ein Gegengewicht aufbauen.

»Tom, ich kann dir ja in vielen Punkten folgen, aber es waren doch sicher überwiegend reale Personen, die an dem Tag bei der Katastrophe ums Leben gekommen sind, oder?«

»Na ja, wie ich bereits sagte. Es mag reale Personen gegeben haben, die an dem Tag selbst gestorben sind, vielleicht auch schon vorher oder nachher, und denen eine ungewollte Rolle als angebliches Anschlagsopfer zugedacht wurde. Klar, wenn wir solche extremen Szenarien aufstellen, dann wollen wir damit eben polarisieren, denn sonst kommt die Diskussion gar nicht richtig in Gang.«

»Das mag sein, aber es geht hier schließlich um Menschen. Um Menschen, die gestorben sind«, empörte ich mich.

»Menschen sterben, das stimmt. Identitäten hingegen verschwinden oder werden ausgelöscht. Und bei unserer Theorie reden wir nicht von echten Menschen, sondern von konstruierten Identitäten. Und natürlich sterben Menschen. In den USA sind es an jedem Tag im Durchschnitt 6.000 Menschen. Dieser Wert verteilt sich ziemlich gleichmäßig über den Monat. Nur zwei Tage weisen in jedem Monat einen *Peak* auf. Es ist der erste und vor allem der fünfzehnte Tag. Das liegt wohl daran, dass an bestimmten Tagen die Meldungen gesammelt werden und in die Statistiken einfließen. Ansonsten verlaufen die Werte recht nahe am Durchschnitt. Insofern hätten die gemeldeten Sterberaten am 11. September, oder von mir aus in den Tagen danach, *deutlich über* dem Durchschnitt liegen müssen. Das ist aber überraschenderweise nicht der Fall. Wenn man nur die Sterbetafel kennen würde, könnte man ebenso gut sagen, dass der 11. September 2001 ein ganz normaler Tag in Amerika war. Gibt uns das nicht zu denken und zwar *richtig* zu denken?«

Rosanna kam wieder zu uns herüber und trank ein Schluck Wasser.

»Das ist alles schwer zu glauben. Ich kann mir das nicht vorstellen. Manipulierte TV-Aufnahmen und hineinkopierte Flugzeuge? Das klingt zu fantastisch, zu ungeheuerlich. Das ist doch nur eine Räubergeschichte. Ich glaube, ihr holt viel zu weit aus. Wenn die Fakten so offensichtlich und evident wären, dann müssten ja schon Hunderttausende auf der Welt davon überzugt sein und ähnlich denken. Wieso sollte eine Handvoll von *Web-Bloggern* mehr wissen? Außerdem gibt es doch zahlreiche andere Theorien, habt ihr die völlig außer Acht gelassen?«

»Nein, natürlich nicht«, sagte Tom.

»Ich weiß, für viele Menschen stehen wir mit unserer Theorie am extremen Ende der Analysen. Dafür sind wir völlig frei von jeder denkbaren Kontrolle und wir passen sehr genau auf, wer sich bei uns einloggt.«

Tom hatte in vielen Punkten den Finger in die Wunde gelegt. Mit ihm hätte ich noch unendlich weiter argumentieren können. Allerdings wollten wir uns nun auf den Weg machen und erhoben uns aus den Sesseln. Nach einigen Schritten durch sein Wohnzimmer standen wir im Türrahmen und ich verabschiedete mich von Tom mit einem kräftigen Händedruck. Er fand es belebend, dass wir bei ihm vorbeischauten und mit ihm so intensiv diskutiert hatten. Bevor ich seine Hand losließ und Rosanna sich von ihm verabschieden konnte, zögerte ich noch etwas.

»Tom, noch etwas. Die Theorie der *Vicsims,* also von den künstlich geschaffenen Identitäten, das geht mir nicht mehr aus dem Kopf. Gibt es noch jemanden, den ich dazu sprechen kann?«

Er blickte mich sichtlich enttäuscht an.

»Habe ich dir nicht schon genug erzählt? Hast du immer noch Zweifel und suchst eine weitere Bestätigung?«

»Nein, nein. Darum geht es gar nicht. Du hast so viele Bezugspunkte erwähnt und ich bin einfach nur verwirrt. Gab es eigentlich vorher schon ähnliche Identitätsfälschungen, vielleicht in einem anderen Zusammenhang? Das würde mich riesig interessieren. Also, sorry Tom, bitte nicht falsch verstehen.«

»Schon gut, Peter.«

Er drehte sich zu der Kommode im Eingangsbereich um und schrieb etwas auf einen kleinen Notizblock.

»Schaut doch mal hier vorbei, in der *Via San Domenica.* Ich habe dir die Adresse aufgeschrieben. Es ist witzigerweise die Hausnummer 11, aber das hat nichts zu sagen.«

Ein schelmisches Schmunzeln umfuhr seine Mundpartie.

»Fragt nach Signor Baralos.«

Ich bedankte mich und war angesichts des zusätzlichen Anhaltspunktes sehr zufrieden. Rosanna wirkte dagegen ungeduldig. Es schien ihr generell nicht zu gefallen, dass wir bei Tom waren. Erst recht nicht, dass ich jetzt noch nach einem weiteren Kontakt in Rom nachhakte. Das merkte ich ganz deutlich. Sie wippte leicht auf den Füßen hin und her und fuhr sich mit der Hand durch ihr Haar. So als ob sie mir sagen wollte, dass wir lange genug hier waren. Mit einem letzten italienischen *Ciao* verabschiedeten wir uns und machten uns mit dem Wagen wieder auf den Weg in Richtung der City von Rom. Wie gut, dass wir ein Navigationsgerät dabei hatten, so fanden wir sofort die richtige Strecke. Das Wetter war ausgezeichnet, die Sonne brannte vom Himmel und die Klimaanlage des Kleinwagens kam nicht wirklich gegen die Außentemperaturen an.

Im Autoradio suchte ich nach einem internationalen Sender, was gar nicht so einfach war. Schließlich wurden auf einem Musiksender die europäischen Neuvorstellungen gespielt. Ein Titel, der gerade erst aktuell in den Niederlanden veröffentlicht worden war, ging sofort ins Ohr. *Somebody that i used to know.* Es war eine schöne, eingängige Melodie und bei dem Titel dachte ich sofort wieder an die Theorie der vorgetäuschten Identitäten. Wen hatte man in seinem Leben eigentlich wirklich gekannt und wusste, was in ihm vorging? *Somebody that i used to know.* Das Stück gefiel mir. 'Das könnte ein echter Hit werden', dachte ich und drehte den Lautstärkeregler weiter nach rechts. Was sagte der DJ am Ende des Titels? Neue Musik aus Down Under, aus Australien, von dem Künstler *Gotye*. Der Song wurde erstmals im Juli veröffentlicht. Vom Label *Eleven Music*. Eleven Music? Meine Antennen waren wieder weit ausgefahren. Ich musste aufpassen, denn allmählich witterte ich schon hinter den harmlosesten Dingen eine verborgene Botschaft. Es war bereits am späten Nachmittag als wir unser Ziel erreichten.

Bewusst hatten wir das Auto ein paar Meter weiter entfernt geparkt und gingen die letzten Schritte zu Fuß. Ich war mittlerweile viel ruhiger geworden und drehte mich nicht mehr um, als wir das Auto verließen. Ich bemerkte aber, dass Rosanna sich jetzt häufiger umblickte. Das überraschte mich, denn seit dem Überfall in London war nicht das geringste Anzeichen zu spüren, dass uns jemand folgen würde.

»Glaubst du, dass wir verfolgt werden?«

»Nein, kein Problem. Ich schaue bloß, wo wir geparkt haben, so dass wir nachher unser Auto leichter wiederfinden.«

So richtig überzeugend fand ich diese Antwort nicht, denn die Adresse musste ganz in der Nähe sein. Aber sollte ich darüber lamentieren?

Nach wenigen Minuten kamen wir in der *Via San Domenica* an und erspähten die Hausnummer 11. Wir klopften an die Tür und ein älterer Mann mit grauen Haaren öffnete uns. Seine Augen wirkten blitzgescheit, er musterte uns akribisch.

»Genau wie Tom euch beschrieben hat. Kommt rein. Bei mir gibt es immer ein Gläschen Wein, wenn ihr mögt.«

Als Reaktion auf meinen Verweis, dass ich noch Auto fahren musste, nickte er und stellte mir ein großen Glas Wasser auf den Tisch.

»*Molto bene*, aber ein kleines Schlückchen von einem guten italienischen Vino Rosso werden sie doch nicht ablehnen?«

Wir setzten uns hin und nachdem wir uns einige Minuten über Rom, über die finanzpolitische Lage in Europa, über den Sommer und über das traumhafte Wetter ausgetauscht hatten, gingen wir *in medias res*.

»Signor Baralos, wie sie vielleicht wissen, haben wir mit Tom einige Diskussionen geführt. Er vertritt die Ansicht, dass bei einigen Tragödien viele der Opfer erfunden worden sind.«

»Ja, ich weiß, wie er denkt. Für meinen Geschmack ist es manchmal einen Hauch zu extrem. Dennoch, es ist ziemlich pfiffig, was die Jungs herausgefunden haben.«

»Im Falle des 11. Septembers glaubt er sogar daran, dass *alle* Opfer konstruiert wurden und dass kein einziger Mensch tatsächlich ums Leben gekommen ist.«

Signor Baralos schenkte den Wein in die Gläser.

»Menschen leben, Menschen sterben. Das ist der Lauf der Dinge. Nur wenn jemand wirklich existiert, kann er auch wirklich sterben. Das ist so.«

Er prostete mir mit seinem Weinglas zu und fuhr in einem lapidaren Tonfall fort.

»Sehen sie, in den Vereinigten Staaten sterben an jedem beliebigen Tag viele Tausend Menschen. Im Durchschnitt sind es ungefähr fünf bis sechs tausend Tote. Tag für Tag. In der Statistik liegen die Zahlen nur am fünfzehnten Tag in jedem Monat leicht darüber. Glauben sie, dass im September vor zehn Jahren nach den Anschlägen die Opferzahlen in den offiziellen Sterbetafeln um Tausende nach oben schnellten? Nein, weit gefehlt! Die Zahlen spiegelten das tragische Geschehen überhaupt nicht in der angenommenen Tragweite wider. Seltsam, nicht wahr?«

Seltsam fand ich vor allem, dass ich dieselben Argumente schon einmal am heutigen Tag gehört hatte. Nämlich als Tom nur wenige Stunden zuvor den Vergleich zu den Sterbetafeln gezogen hatte. Entweder waren die beiden durch ihre Diskussionen bereits zu Brüdern im Geiste geworden oder es waren tatsächlich so offenkundige Indizien. In jedem Falle waren Tom Skøby und Signor Baralos auf der gleichen Wellenlänge.

»Aber verehrter Signor Baralos. Dass es damals überhaupt keine Opfer gegeben haben soll und dass rein gar nichts real war, das kann ich mir nun beim besten Willen nicht vorstellen.«

»Meinen sie? Uns wird verdammt oft in diesem Leben etwas vorgespielt. Die Frage ist nur, ob man es merkt oder nicht.«

Ich stellte mein Glas ab und blickte zu Rosanna. Sie mischte sich mit keiner Bemerkung ein, schien jedoch gebannt zuzuhören.

»Mir fällt es ja überhaupt nicht schwer, grundsätzlich an einige gefälschte Identitäten zu glauben. Allerdings waren die meisten Opfer doch Personen, die fest im Leben verankert waren. Geschäftsleute zum Beispiel. Die waren doch bei den Kollegen und ihren Businesspartnern bekannt. Die kann man doch nicht einfach so erfunden haben.«

Der alte Mann nickte.

»*Benissimo*. Ja, da ist was dran! Vielleicht war die geschaffene Illusion der konstruierten Opfer doch nicht ganz so umfänglich, wie Tom es annimmt. Aber im Grunde genommen liegt er richtig.«

Er sprach etwas gestelzt. Warum? Ich schaute ihn musternd an.

»Nun gut. Tom hat mir ihre Adresse sicher nicht gegeben, damit sie mich vom Gegenteil seiner Recherchen überzeugen.«

»Ach, weißt du«, sagte der alte Mann und ich bemerkte, dass er mich plötzlich duzte.

»Mit Tom habe ich oft diskutiert. Ich war früher, ... sagen wir mal so, im weitesten Sinne war ich im diplomatischen Dienst hier in Rom beschäftigt und da bin ich mit vielen Menschen in Kontakt gekommen. In den letzten Jahren habe ich mich zwar ziemlich zurückgezogen, aber ich beobachte noch sehr genau, was in der Welt vor sich geht. Wenn du glaubst, immer die wirkliche Identität eines Menschen zu erkennen, dann irrst du.

Schlüpfen nicht sogar ganz normale Menschen täglich in ihre 'Rolle', wenn sie ihren Beruf ausüben? Stecke einen Beamten in eine Uniform, dann wird er augenblicklich zu einem anderen Menschen.«

»Ja. Das mag sein. Wobei die Theorie von Tom doch weit darüber hinaus geht.«

»Oh, natürlich. Früher wurden die Namen von Agenten dadurch definiert, dass man wahllos ein Telefonbuch aufschlug und einen beliebigen Namen auswählte. Real existierende Personen wurden gedoppelt und der Agent konnte sich quasi in dessen Windschatten unbehelligt in der Öffentlichkeit bewegen. Heute läuft das viel distinguierter ab.«

Fast theatralisch legte er eine kleine Pause ein.

»Vielleicht erinnert ihr euch noch an den Januar 2010. Da geschah in Dubai ein Mord, der weltweites Aufsehen erregt hat.«

Ich versuchte mich zu erinnern. Was war im Januar 2010 geschehen? In Dubai?

»Es war der Mord an einem berühmten Führer der *Hamas Bewegung* und dieser Mord wurde in Dubai in einem Luxushotel verübt. Eines vorweg: Der Tag, an dem dieser Mord geschah, war der 19. Januar 2010. Merkt ihr etwas? Es war sicherlich ein symbolisches Zeichen, denn wie schreibt man international das Datum? *Januar 19* oder auch 1/19. Das wiederum ist spiegelbildlich 9, 1, 1 - aber seid unbesorgt, in diesem Falle gibt es keinen direkten Zusammenhang. Es war nur ein kleines Zitat - nicht mehr und nicht weniger. Viel interessanter aber ist, wie dieser Mord vonstatten gegangen ist. Es waren mindestens elf Täter und sie waren von überall her angereist. Sie kamen, um den Hamasführer Hahmud al-Mabhuh zu ermorden. Es gibt sogar einige Sicherheitsexperten, die behaupten, dass dahinter der israelische Geheimdienst Mossad stehen könnte. Aber das wurde natürlich sofort dementiert. Richtig aufgeklärt wurde das Verbrechen nie. Allerdings wurden konsequent die Telefonverbindungen ausgewertet und interessanterweise konnte man die Kommunikation aller Täter über ihre sieben Mobiltelefone bis nach Österreich zurückverfolgen. Die Kommandozentrale lag in Wien! Von dort aus wurden die Instruktionen und der Mordauftrag verschlüsselt an die Killer weitergeleitet. Später setzte sich alles wie ein Puzzle zusammen.

Demnach kamen fünf Mitglieder des mörderischen Teams mit dem Flieger aus Deutschland, weitere vier aus Zürich, wiederum vier der Täter kamen aus Rom und zwei weitere aus Paris.«

Als er die Orte nannte, schossen mir die Assoziationen zu Zürich durch den Kopf. Warum kamen einige der Täter ausgerechnet aus Zürich? Welch ein Zufall.

»Das Interessanteste ist eigentlich das folgende: Die Täter waren ganz offiziell in die *VAE*, die Vereinigten Arabischen Emirate, eingereist und hatten sogar im selben Hotel in Dubai eingecheckt wie ihr Opfer. Ganz offiziell, mit ihren Pässen. Und da die Personalien erfasst wurden, konnte man anschließend namentlich nach den verdächtigen Personen fahnden. Den Papieren zufolge waren es europäische Bürger. Aus Deutschland, Frankreich, Großbritannien und Irland. Zusätzlich wurden ihre Vorbereitungen zur Tat anhand der Hotel-Videoaufnahmen lückenlos dokumentiert. Vielleicht wussten die Täter sogar, dass dort Videokameras installiert waren, vielleicht war es aber auch die einzige Nachlässigkeit in dem perfekt geplanten Mordkomplott. Die lokalen Polizei- und Sicherheitsbehörden konnten jedenfalls relativ genau nachvollziehen, wie sich alles abgespielt hatte. Die Täter kamen verkleidet ins Hotel, teilweise in Sportbekleidung und mit Tennisschlägern in der Händen. Kaltblütig, um zu töten. Der eigentliche Mord im Hotelzimmer soll nur zehn Minuten gedauert haben. Eine Zeitung behauptete, dass man Mabhuh ein Gift gespritzt haben könnte, welches einen sofortigen Herzinfarkt auslöste. Es dauerte über eine Woche bis wirklich klar war, dass es sich bei dem Toten um Mabhuh handelte. Denn auch er reiste unter einem falschen Namen, weil er eine ständige Angst vor einem Attentat hatte. Richtig aufgeklärt wurde der Fall bis heute nicht. Aber anhand der Reisepass Kopien, den Einreiseformularen und den Passagierdaten war schon nach kurzer Zeit klar, dass sich die Täter die Identitäten von real existierenden Personen aus den Ländern UK, Frankreich, Deutschland und der Schweiz ausgeliehen hatten. Einzig für den Mord waren sie als Dubletten gezielt fabriziert worden. Die Täter reisten mit eben diesen geborgten Identitäten quer durch Europa und vollzogen die heimtückische Tat in Dubai. Im Schatten einer gefälschten Identität.«

Signor Baralos ging einige Schritte zum Fenster und zog die Gardine etwas zur Seite. Als wollte er sicher gehen, dass uns niemand zu seinem Haus gefolgt war. Ich nickte ihm zu und zollte ihm meine Anerkennung. In der Tat, die Fakten des Dubai-Mords sprachen für sich.

»Peter, *scusi,* mir fällt dazu gerade noch etwas ein. Bei einem anderen Attentat gab es schon einmal eine Telefon-Spur, die nach Österreich führte. Als im Dezember 2008 eine Bombe in einem indischen Hotel in Mumbay explodierte, wurde im Mobiltelefon eines Attentäters ebenfalls eine österreichische SIM Karte gefunden. Es gibt hier also eine professionelle Systematik, die sich die Täter zu Nutze machten. Sie suchen immerzu nach Lücken im System oder nach Orten, wo sie am wenigsten auffallen. Doch zurück zum Dubai Mord. Da die Täter unter dem Deckmantel von wirklichen Personen am Werke waren, ist es fast unmöglich die Tat aufzuklären. Man müsste die Fotos der Überwachungskameras auswerten und abgleichen, ob es irgendwo auf der Welt einen ähnlich aussehenden Menschen gibt. Und da sind wir beim Grundproblem. Ein guter Visagist kann jemanden in kurzer Zeit total verändern. So, dass junge Menschen plötzlich zehn oder zwanzig Jahre älter aussehen oder ältere Menschen nach dem Schminken deutlich jünger wirken. Man kann die Augenfarbe ändern oder eine neue Frisur auswählen. Alles in allem glaube ich, dass die Profis heute fast alles arrangieren können.«

»Wie um alles in der Welt soll man dann die wahren Täter jemals finden? So manche Tat wird vielleicht niemals gesühnt werden können.«

»Ja. Ihr seht, dass es sehr leicht ist, die Identitäten zu doppeln. Damit kann man quer durch Europa reisen. Innerhalb des *Schengen Bereichs* ist es sogar noch viel einfacher. Auf vielen Flügen wird nicht kontrolliert, ob der aufgedruckte Name auf dem Ticket mit dem in deinem Pass identisch ist. In Paris wird zumindest der Ausweis beim Boarden verlangt, aber das ist eher die Ausnahme. Du kannst durchaus von mehreren europäischen Flughäfen beispielsweise nach Stockholm fliegen und keiner wird deine Identität überprüfen. Nirgendwo wird nach einem Reisepass oder einem Ausweis gefragt. Es ist relativ einfach, mit gedoppelten Identitäten zu reisen. Kriminelle können Taten in einem anderen Land ausüben und keiner wird ihnen auf die Schliche kommen. Alles was man braucht, sind gut vorbereitete Identitäten, professionelle Ausweispapiere und eine dezidierte Herangehensweise.«

Fasziniert hatten wir Signor Baralos zugehört. Nach und nach kamen mir schemenhaft die Zeitungsberichte über den Dubai-Mord ins Bewusstsein zurück. Es klang nach einer perfekten Tarnung. Die Täter übernahmen die Rollen und Identitäten von ganz normalen, unschuldigen Bürgern. Die Fahnder verfolgten letztendlich nur ein Phantom. Das Konzept der bewusst irreführenden Identitäten traf bei mir zunehmend auf fruchtbaren Boden.

»Ich glaube, mit geliehenen Identitäten kann man sehr viel Böses anstellen. Nicht nur die Zusammenhänge verschleiern. Man kann ja auch Identitäten schaffen und diese zu einem bestimmten Zeitpunkt wieder aufgeben. Mag sein, dass die Welt dann glaubt, dass jemand gestorben ist. Doch in Wirklichkeit wurde nur die gefälschte Identität aus dem Verkehr gezogen.«

Er nickte und zog die Gardinen ganz zu.

»*Bene.* Du hast es erfasst. Und richtig effizient werden solche Geschichten, wenn sie als Propaganda eingesetzt werden. Du musst mal darauf achten, wenn tagtäglich die Nachrichten über den Ticker laufen. Wir hören von Massakern in Kriegsgebieten und man kann ganz schnell ablesen, wie das Echo auf solche Nachrichten in der die Öffentlichkeit ausfällt. Richtig heftig werden die Reaktionen, wenn es um zivile Opfer geht – vor allem, wenn Kinder, Minderjährige oder Frauen betroffen sind. Immer, wenn diese Berichte hochgradig emotional sind, dann solltest du dir die Frage stellen, ob alles genau so passiert ist, wie es uns über die Nachrichten erreicht. Propaganda ist ein mächtiges Werkzeug. Und dieses Tool wird viel perfider eingesetzt, als es sich die meisten Menschen vorstellen können. Im Idealfall geschieht das *sublim*, so dass es keiner merkt. Denn wenn eine Manipulation bemerkt wird, verkehrt sie sich ins Gegenteil.«

Ich wurde innerlich unruhig, denn gegen jede Art von Manipulation reagierte ich geradezu allergisch. Wohl wissend, dass die Kunst der geheimen Verführung seit Jahrzehnten in der Werbung sehr erfolgreich eingesetzt wurde, fand ich die

Methodik trotzdem nicht in Ordnung. Wurden dadurch die Menschen betrogen, ohne dass es ihnen bewusst war? Wie sagte Joe in London so treffend: *Welcome to the chicken farm.*

»Propaganda, Manipulation. Das klingt schon sehr nach diktatorischen Machenschaften, oder?«

»Peter, was glaubst du denn? Mit propagandistischen Nachrichten wurde die Weltgeschichte nicht nur einmal beeinflusst – *unter falscher Flagge segeln* nennt man das. *False flags*.«

»*False Flags* ...« Ich sinnierte, diesen Begriff hatte ich bereits gehört. Der Signor kannte sich gut in der Weltgeschichte aus.

»Hey, was markierte denn den Beginn des Zweiten Weltkrieges? War es nicht so, dass deutsche Soldaten in feindlichen, polnischen Uniformen im Morgengrauen den Kriegsfall herausgefordert hatten? Der Krieg ist der Vater aller Dinge und das *False flags* Konzept ist so alt wie die Kriegsführung. Was sich bewährt hat, wird überall auf der Welt fortgeführt. Also seid auf der Hut. Wühlt nicht zu sehr im Hornissen-Nest. Der Gegner, mit dem ihr es zu tun habt, ist mächtiger, als es eure wildesten Träume erahnen lassen.«

Er hatte sein Plädoyer wie ein Anwalt vortragen. Gespickt mit Warnungen.

»Lasst euch niemals ein *X* für ein *U* vormachen, hört ihr!«

Das rief bei Rosanna einen fragenden Ausdruck hervor.

»Ein *X*, ein *U* ?«

»Signora. *X* und *V*. Die römischen Zahlen! Wir sind hier schließlich in Rom. Das *X* hat den Zahlenwert zehn, das *U* oder anders geschrieben das *V*, hat aber nur den Zahlenwert fünf. Als früher den römischen Legionären der Sold ausgezahlt wurde, da wurde so manches Mal die obere Hälfte des X-Symbols mit der Hand abgedeckt. Und was blieb? Ein V, und nur noch der halbe Lohn. Also passt auf. Wenn man euch nicht alle Details zeigt, könnt ihr nie das ganze Bild entziffern!«

Wir blieben noch eine Weile und er schenkte etwas Wein nach. Dazu stellte Signor Baralos typisches, italienisches Salzgebäck auf den kleinen runden Tisch. Ich ergänzte noch die eine oder andere Frage zu den *Vicsims*, den simulierten Opfern, und wie man die Fotos mittels einer Bearbeitungssoftware gefälscht haben könnte. Rosanna hatte in der Zwischenzeit den Akku wieder in ihr Mobiltelefon eingesetzt und schrieb an einer Textmessage. Ob Diana sich bereits zurückgemeldet hatte? Unser Gespräch mit dem Signor mochte vielleicht eine Stunde gedauert haben, bis wir merkten, dass wir seine Zeit lange genug in Anspruch genommen hatten. Ich schaute demonstrativ auf die Uhr und stand auf.

»Ich denke, es wird allmählich Zeit für uns.«

Rosanna pflichtete mir bei und wir bedankten uns sehr freundlich bei ihm. Er bot noch an, dass wir ihn jederzeit kontaktieren könnten, falls wir weitere Fragen hätten. Als wir das Haus verließen, blickte ich nochmal an der Fassade nach oben. Das Haus hatte diesen charakteristischen, italienischen Charme. Die Worte von Signor Baralos blieben mir im Gedächtnis. Insbesondere die Geschichte vom Dubai Mord machte mich stutzig. Gefälschte Identitäten hatten für stichfeste Alibis gesorgt. Clever, sehr clever. Kurz bevor wir an unserem Fahrzeug ankamen, tippte mich Rosanna auf meine Schulter. Sie kam näher an mich heran und flüsterte nahezu.

»Diana hat sich gemeldet, aus Madrid.«

»Sie lebt und ist wohlauf?«

»Ja, Gott sei Dank. Peter, sie ist in Madrid. Ich habe eine Adresse. Sie findet es klasse, wenn wir uns treffen.«

»Klingt fast zu gut, um wahr zu sein. Aber es freut mich total. Dann wird jetzt alles gut, oder?«

Rosanna nickte. Endlich wirkte sie zufrieden und ausgeglichen. Die Nachricht von Diana musste ihr unglaublich gut getan haben. Ich wollte sie weiter bestärken.

»Meinst du, es geht heute noch ein Flug nach Madrid?«

»Hoffentlich! Von mir aus kannst du jetzt alles aus dem Wagen herausholen.«

Gut, das war eine Ansage. Schnell gab ich die Zieladresse vom Flughafen ins Navigationsgerät ein. Ich richtete noch einmal den Rückspiegel aus und fuhr dann flink aus der Parklücke. Die kleinen Reifen drehten durch. 'Sportlich, sportlich', dachte ich und fuhr dann mit angemessener Geschwindigkeit weiter und folgte gehorsam den Anweisungen des GPS-Systems. Rosanna drehte das Radio leiser. Wir unterhielten uns angeregt und ließen noch einmal alle Aspekte unserer Unterhaltung bei Signor Baralos Revue passieren.

Intuitiv ging mein Blick über die Rückspiegel, damit ich mich sicher im italienischen Straßenverkehr bewegte. Hin und wieder betätigte ich die Hupe, was zum italienischen Straßenbild einfach dazugehörte. Wir waren mitten in unserer Unterhaltung, als ich zunächst unbewusst wahrnahm, dass in einem gleichmäßigen Abstand hinter uns ein weißes Fahrzeug die gleiche Wegstrecke nahm.

Zunächst schenkte ich dem Fahrzeug keine weitere Aufmerksamkeit, dann aber versuchte ich, von der vorgegebenen Route abzuweichen und bog unvermittelt in eine Nebenstraße ab. Das Navigationssystem rechnete sofort die Alternativstrecke durch und wollte mich wieder auf den ursprünglichen Weg zurückführen, aber ich wich ein weiteres Mal ab. Ständig blieb das weiße Fahrzeug hinter mir. Inzwischen hatte ich das *Navi* komplett durcheinander gebracht und wir waren ziemlich tief in den Verästelungen des römischen Straßennetzes gelandet. Mit dem direkten Weg zum Flughafen hatte diese Route nun wirklich nichts mehr zu tun. Umso erstaunter war ich, dass das weiße Fahrzeug nach wie vor dieselbe Route nahm.

»Rosanna, ich denke, wir werden verfolgt.«

»Das kann doch nicht sein. Es weiß doch niemand, wo wir sind.«

»Offensichtlich schon. Das Fahrzeug verfolgt uns bestimmt schon seit zehn Minuten. Es nimmt die gleichen Seitenstraßen, biegt in die gleichen Gassen ab. Das ist mehr als merkwürdig.«

Ich beschleunigte und wollte den Verfolger in bester Manier abschütteln. Es war einer jener Momente, in denen ich mir meinen Porsche herbei wünschte, denn ich hatte wirklich keine Lust auf eine Verfolgungsjagd. Immer schneller fuhr ich durch die Kurven und Rosanna hielt sich mittlerweile an den Haltegriffen am Türholm fest. Sie drängte, dass ich doch wieder langsamer fahren sollte. Konnte es nicht doch ein Zufall sein? Das musste doch gar nichts mit uns zu tun haben? Vielleicht war es nur jemand, der zufällig die gleiche Route fuhr. Zu unwahrscheinlich! Dafür blieb mir das Fahrzeug viel zu dicht auf den Fersen. In maximaler Geschwindigkeit fuhr ich deshalb durch die Gassen und nahm sogar eine Einbahnstraße mit. Plötzlich kam mir ein Polizeifahrzeug entgegen. Die Carabinieri!

Das konnte unsere Rettung sein. Als sie mich in diesem irren Tempo durch die Innenstadt fahren sahen, schalteten sie ihr Blaulicht an. Mit einer heftigen Wendung hatten sie die Spur aufgenommen, allerdings waren sie damit direkt hinter meinem Verfolger, was mich nun wiederum beruhigte. Und da dieser genauso schnell fuhr, war nun *er* ins Visier der Ordnungshüter geraten. Ich drehte noch weiter auf, bog dann ruckartig in eine kleine Seitengasse ab und lenkte das Fahrzeug kurz danach wieder in eine Nebengasse. Sie folgten mir, allerdings war der Abstand deutlich größer geworden. Dann beschloss ich, in einem großen Viereck mit einmaligem Rechtsabbiegen und dreimaligem Linksabbiegen zurück auf die ursprüngliche Straße zu kommen - nur in der entgegengesetzten Fahrtrichtung. Damit lag ich goldrichtig. In einiger Entfernung konnte ich beobachten, wie die Carabinieri meinen Verfolger gestoppt hatten, in dem sie sich diagonal vor ihn gestellt hatten und ihn zum Aussteigen zwangen. Offensichtlich nahmen sie bereits seine Papiere und Personalien auf. Näher brauchte ich nicht mehr heranzufahren, denn ich hatte ja genau erreicht, was ich wollte. Ich bog von der Straße ab und fuhr wieder zurück auf eine Hauptstraße.

»Geschafft, Rosanna. Wir haben's geschafft.«

Sie lächelte und quittierte damit meinen Erfolg. Für sie schien es keine große Bedrohung gewesen zu sein, doch für mich war es mehr als ein Kribbeln. Es war ein echter *Thrill*, den ich gespürt hatte. Wer auch immer es gewesen war, wir waren ihm entkommen. Das war die Hauptsache. Wir diskutierten unsere Mutmaßungen, ob es vielleicht mit dem Besuch bei Tom oder bei Signor Baralos zusammenhing, doch letztendlich konnten wir die Fragen nicht beantworten. Wir waren erstaunlich gefasst und wie so oft sollte mir der Schrecken erst mit etwas Abstand richtig bewusst werden.

Am Navigationsgerät regulierte ich die Lautstärke wieder höher und folgte jeder Anweisung ohne Widerspruch. Endlich konnten wir wieder durchatmen. Die Strecke führte uns durch die City und wir kamen an vielen Sehenswürdigkeiten vorbei. Fast hatten wir uns in den verwinkelten Straßen der Innenstadt total verfranzt, da las Rosanna auf einem Hinweisschild, dass der berühmte Trevi-Brunnen gleich um die Ecke sei. Sie schaute mich mit einem auffordernden Blick an.

»Hey, können wir schnell anhalten und zum Trevi-Brunnen hinauf laufen?«

»Für dich mache ich alles, Babe!«

Das waren die Momente, in denen ich dachte, dass uns die Welt gehören konnte. Ich bremste abrupt und parkte das Auto auf dem Bürgersteig. Überall galt striktes Parkverbot.

»Schnell, sonst wird unser Auto abgeschleppt, wir dürfen hier nicht parken.«

Ohne das Auto abzuschließen, rannten wir einige hundert Meter die schmale Seitenstraße hoch und kamen an dem weltberühmten Brunnen an. Schade, dass wir keinen Fotoapparat dabei hatten. Rosanna suchte nach einigen Geldmünzen. Ich hatte noch ein *Zwei-Euro* Geldstück in meiner Hosentasche und warf es in den Brunnen.

»Das bringt Glück!«

Obwohl die städtische Verwaltung in Rom den Münzwurf eigentlich verboten hatte, war diese Tradition für die Stadt zu einer sehr einträglichen Einnahmequelle geworden. Angeblich flossen dadurch über 600.000 Euro jährlich zusätzlich ins Stadtsäckel. Hunderte von Touristen säumten die Treppenstufen um den Brunnen und Rosanna strahlte.

»Ich weiß. Das wird uns Glück bringen.«

Sie hielt demonstrativ drei Münzen in die Luft und warf sie in einem hohen Bogen hinein.

»Warum denn gleich drei Münzen?«

»Lass mich doch. Wie ich dich kenne, wirst du irgendwann die Antwort darauf herausfinden.«

Sie schenkte mir dabei dieses unendliche Lächeln, welches für sich alleine schon Antwort genug war. Drei Münzen, warum *drei* Münzen? So fuhren wir zum Flughafen, gaben unser Fahrzeug wieder ab und gingen an den Ticketschalter. Tatsächlich, es gab noch einen Abendflug und wir konnten die Tickets direkt kaufen und ausdrucken lassen.

Da wir noch etwas Zeit bis zum Abflug hatten, gingen wir in ein kleines Café am Terminal. Wir bestellten uns einen original cremigen Cappuccino und warfen einen Blick in die Speisekarte. Für ein kleines Café fand sich darauf ein reichhaltiges Angebot, und da wir in Italien waren, entschieden wir uns für eine Pizza.

»Welche möchtest du, Rosanna. Eine *Quattro Stagioni*?«
Sie lächelte.
»Nein, nichts von Vivaldi, keine 'Vier Jahreszeiten'. Ich versuche es mal mit der Spezialität des Hauses. *Pizza Mafiosi*.«
Ich musste herzlich lachen.
»Na, du bist ja gut drauf.«
Es erleichterte mich, bei Rosanna eine Fröhlichkeit und Unbeschwertheit zu spüren. Denn heute Nachmittag wurde mir klar, dass die Gefahr nicht gebannt war. Jemand war uns gefolgt und wollte uns einschüchtern. Noch nie zuvor in meinen Leben wurde ich von einem Fahrzeug verfolgt. Und das war eine reale Situation. Mochten sich die Diskussionen mit Tom und Signor Baralos um die gefälschten Personendaten in einem quasi theoretischen Modus abgespielt haben, so hatte mich die Verfolgungsfahrt in die direkteste Wirklichkeit zurückgeholt, die ich mir vorstellen konnte. In London war auf uns geschossen worden, in Rom wurden wir von einem Auto in die Enge getrieben. Meine Angst war existentiell und ich war erfasst von einer inneren Unruhe. Hatten wir unbewusst irgendetwas entdeckt, was eine Bedrohung darstellen konnte? Dass wir Diana suchten? Dass wir die Hintergründe zu *9/11* recherchierten? Andere waren da doch eigentlich viel aktiver als wir Zwei. Für einen kurzen Augenblick zog ich mein Fazit der vergangenen Tage. Diana hatte sich gemeldet. Wenn alles optimal verlief, würden wir sie am nächsten Tag in Madrid treffen. Dann würden sich wahrscheinlich alle Fragen aufklären lassen. Fragen zu Zürich, zu der Immobilie und zu ihrem offensichtlichen 'Untertauchen'. Was auch immer den verrückten Angreifer getrieben hatte, würde sich hoffentlich ebenfalls auflösen.

Davon unabhängig blieb die Story des 11. Septembers. Trotz der vielen ungeklärten Fragen, hätte ich wahrscheinlich immer noch die offizielle Version akzeptiert, wenn damit endlich alles beendet wäre. Ich hatte genug von den heftigen Theorien und Spekulationen und sehnte mich nach einem ganz normalen Leben in Hamburg zurück. Endlich wieder im täglichen Business zu sein und mit Frederik neue Projekte zu starten. Hoffentlich würde sich alles in den nächsten Tagen aufklären und wir hätten unseren Frieden zurück. Nur, ein untrügliches Gefühl sagte mir, dass das zu einfach gewesen wäre.

Nach kurzer Zeit kamen die Durchsagen und wir wurden aufgefordert zu unserem Gate zu gehen. Inzwischen war es für uns eine geübte Prozedur in der Sicherheitskontrolle. Das Handgepäck wurde aufs Band gelegt, die Flüssigkeiten kamen extra in den Kunststoffbeutel. Laptop, Uhr und Gürtel in die Plastikbox und ab durch die Sicherheitsschleuse. Inzwischen hatten wir viel Routine, so dass es kaum noch die Signaltöne gab.

Wir stiegen ins Flugzeug und nahmen unsere Plätze in der Business Class ein. Rosanna saß am Fenster und blickte hinaus. Wir konnten den herrlichen Blick auf Rom bei Einbruch der Dunkelheit erleben. Ich nahm mein Notizbuch aus der Tasche, worin ich meine gesammelten Anmerkungen niedergeschrieben hatte. Während des Fluges wollte ich mich mit Rosanna nicht darüber unterhalten. Wer wusste schon, wer im Flugzeug hinter einem saß und vielleicht mithörte. So kritzelte ich die Ereignisse und Stichworte des heutigen Tages vor mich hin. Die Kernaussagen von Tom, der sich ehrgeizig engagierte und sich fast schon fanatisch mit diesen Themen beschäftigte. Ich notierte Daten, Zahlen, Fakten und zog Verbindungspfeile wie in einer Mindmap.

So richtig rund war die Geschichte immer noch nicht für mich. Die Hauptfrage drehte sich um den Zusammensturz der Türme. Falls es wirklich keine Flugzeuge gewesen sein sollten, weil sie nicht so schnell in Erdbodennähe fliegen konnten und weil die Fernsehaufnahmen gefälscht waren, was hatte die Explosionen in den Türmen verursacht? Wer hatte die Bomben gezündet, welche Täter steckten dahinter? Waren die Terroristen vielleicht gar nicht in den Flugzeugen, sondern von vornherein in den Türmen? Und falls wirklich keine Flugzeuge in die Türme geflogen sein sollten, wo waren die Passagiere geblieben? Die Menschen waren doch an Bord der Flieger gegangen. Nun gut, gefilmt hatte man sie dabei nicht. Das war ja das Merkwürdige, dass es keine Filmaufnahmen von den Passagieren im gesamten Flughafen gab. Die offizielle Story war tatsächlich ziemlich löchrig. Und die Opfer in den Zwillingstürmen? Sollten auch sie frei erfundene Identitäten gewesen sein? Das konnte ich mir nicht vorstellen, denn wie sonst konnte man die trauernden Menschen, die Angehörigen, die Zeugen, die Geschichten und die vielen Fotos erklären?

Dennoch, Tom Skøby hatte mich verwirrt und es war einleuchtend, dass manche der Fotos schon vorher manipuliert worden waren. Bereits lange vor den eigentlichen Geschehnissen wurden die Fotos der späteren Opfer angelegt. Das ging aus bestimmten Daten in den *EXIF* Kennungen hervor. Dass man fast zehn Jahre später diese *EXIF* Daten mit einer speziellen Software wieder auslesen konnte, damit hatte wohl niemand in 2001 gerechnet, als die Bilddateien angelegt wurden. Ja, er hatte mich sehr nachdenklich gemacht. Dass aber die meisten Opfer nicht den Attentaten zum Opfer gefallen sein sollten, war letztendlich unvorstellbar für mich – unvorstellbar! Ich schloss das Büchlein mit meinen Notizen. Die wichtigen Details und Äußerungen hatte ich akribisch vermerkt. Meine nächsten Gedanken galten Madrid. Was würde uns dort erwarten? Das nächste Teil des Puzzle? Oder die finalen Antworten über ihre Freundin Diana und die Rückkehr in mein normales Leben?

Kapitel 12

04. September, 2011

Sonntagabend

MADRID

Wir landeten in Madrid auf dem internationalen Flughafen Barajas. Das neue Terminal war vor fünf Jahren im Februar 2006 eröffnet worden und mit nunmehr über 50 Millionen Passagieren wurde der Airport zu einem der größten in Europa. Da wir jetzt noch weiter im Westen von Europa waren, war es immer noch leicht dämmrig. Madrid, als die am höchsten gelegene Hauptstadt Europas, zählte mehr als drei Millionen Einwohner und das sogar ohne die Vororte, durch die sich die Einwohnerzahl ansonsten nahezu verdoppeln würde. Damit war Madrid nach London und Berlin die drittgrößte Stadt in der Europäischen Union. Durch die Höhenlage von annähernd 700 Metern waren die Sommer in Madrid sehr trocken und heiß. Uns kam ein regelrechter Hitzeschwall entgegen, als wir das Flughafengebäude verließen. Auf dem Weg zum Taxistand schaute ich Rosanna an und fragte sie.

»Was meinst du, wollen wir ein Hotel in der City suchen oder eines hier am Flughafen?«

»Ach, lass es uns doch im Zentrum versuchen. Denn wir wollen uns mit Diana morgen sowieso direkt in Madrid treffen.«

Das machte Sinn, denn bislang hatten wir keine weiteren Anlaufpunkte in Madrid geplant. Wir nahmen uns ein Taxi und ließen uns in die Innenstadt fahren. Sie unterhielt sich mit dem Fahrer und ich war erstaunt, wie gut Rosanna spanisch sprach. Er gab uns eine Empfehlung für ein zentral gelegenes Hotel und wir stimmten einfach zu.

Auf dem Weg zum Hotel ließen wir die pulsierende Großstadt auf uns wirken. Der Ursprung von Madrid reichte bis in das Jahr 852 zurück, als an der Stelle des heutigen Madrider Königspalastes eine maurische Burg errichtet wurde. Seit Mitte des 16. Jahrhunderts, als der königliche Hof hierher verlagert wurde, galt Madrid als die Hauptstadt von Spanien. Wir fuhren auf breiten Prachtstraßen, die immer wieder von parkartigen Alleen aufgelockert wurden. Auf der wichtigsten Madrider Straßenachse, dem *Paseo de la Castellana*, zählte ich sagenhafte zehn Verkehrsspuren nebeneinander. Schließlich kamen wir zum *Paseo del Prado*, der uns bis in die Gegend unseres Hotel führte. Ich machte mir einige kurze Notizen in meinem schwarzen Büchlein und steckte es wieder weg. Eigentlich merkte man es im Stadtbild gar nicht, dass die Wirtschaft in Spanien in den vergangenen Jahren dermaßen stark zurückgegangen war.

Die Finanzkrise hatte in ganz Europa eine große Schneise der Arbeitslosigkeit hinterlassen, vor allem in Südeuropa. Spanien hatte es besonders stark getroffen. Die Arbeitslosigkeit lag inzwischen bei über zwanzig Prozent und bei den Jüngeren unter fünfundzwanzig Jahren war sie bereits bei über fünfzig Prozent gelandet. Unfassbar hoch.

Wir checkten in dem kleinen Stadthotel in der Nähe des Hauptbahnhofs ein. Mich überraschte, dass wir unsere Pässe vorzeigen mussten und unsere persönlichen Daten erfasst wurden. Obwohl diese Prozedur sicherlich im Meldegesetz verankert war, hatte ich noch nie von irgendwelchen Auswertungen der Daten gehört. Wir nahmen unser Gepäck und setzten uns noch auf ein Glas Wein an die Hotelbar. Im Hintergrund lief Musik vom Band. Ich erkundigte mich beim Barkeeper nach dem Titel, weil mir der rhythmische Gitarrenklang so gut gefiel. Es war eine typische spanische Melodie. *Entre dos Aguas* von Paco De Lucia. Der Titel bedeutete soviel wie 'zwischen zwei Stühlen sitzen'. Und beschrieb das nicht exakt die Situation, wie ich mich fühlte? Zwischen den Welten? Der Tag war anstrengend. Wir leerten unsere Gläser, um danach erschöpft in unser Bett zu fallen.

Kapitel 13

05. September, 2011

Montag

MADRID

Am nächsten Morgen hatte uns der Weckanruf des Hotels wie verabredet um kurz vor neun aus dem Schlaf geholt. Wir wollten gegen halb zehn zum Frühstück gehen und uns anschließend um elf Uhr mit Diana treffen. Wir gaben uns fünf zusätzliche Minuten, um in Ruhe wach zu werden und damit wir uns noch einmal aneinander kuscheln konnten. Nun konnte unser Tag stressfrei beginnen. Es war schon richtig hell draußen, Sommerzeit eben. Auf dem Zimmerkärtchen war der Vermerk *Desayuno incluido* zu lesen, das Frühstück war im Zimmerpreis enthalten und ich freute mich, dass ich mit meinen rudimentären Spanisch-Kenntnissen das ein oder andere entziffern konnte. Nach dem Frühstück fragten wir noch an der Rezeption wie weit es bis zu der angegebenen Adresse sei. Nachdem sie mit dem Concierge gesprochen hatte, meinte Rosanna:

»Es ist zu weit zum Laufen. Lass uns ein Taxi nehmen.«

Es warteten ausreichend Taxen vor dem Hotel und so konnten wir sofort abfahren. Die Fahrt dauerte ungefähr eine Viertelstunde, es wäre zu Fuß doch deutlich zu weit gewesen. Die Umgebung hatte überhaupt nicht mehr den Charakter der Innenstadt. Eher verlassen. Eine sehr staubige Straße führte uns auf eine Anhöhe. Ich konnte keine Straßennamen entdecken, aber der Fahrer kannte die Gegend. An einer Straßenkreuzung ließ er uns hinaus. Rosanna bat ihn, auf uns zu warten. Ich blickte mich skeptisch um. Es war eine heruntergekommene Siedlung und wir gingen durch einen kleinen Atriumhof.

»Bist du sicher, dass wir hier richtig sind?«
»Es muss hier sein. Diana hat es genau so angegeben.«
»Ich weiß nicht. Was hat sie in dieser Ecke verloren. In einem Hotel wäre sie doch viel besser aufgehoben.«

Wir kamen zu einem Hauseingang, der für mehrere Wohnungen angelegt war. Es gab eine ganze Reihe an Klingelknöpfen und Namensschildern. Eine alte Frau saß vor dem Eingang und schaute uns skeptisch an. Ich konnte mir nicht vorstellen, was ihr durch den Kopf ging. Wen sah sie vor sich? Zwei Touristen? Zwei gutsituierte Großstadtbürger? *Cosmopolitans*, die sich in diese spanische Hinterhofsiedlung wagten? Ich hatte keine Ahnung, was ihr durch den Kopf ging, aber ehrlich gesagt, ich wollte sie auch nicht danach fragen.

»Siehst du einen Namen 'Gonzales Jose' auf einem Namensschild? Bei ihm wird sie sein.«

Gesucht, gefunden. In der zweiten Etage wohnte ein gewisser Gonzales Jose. Wir gingen direkt durch den Hausflur nach oben und klopften an die Tür, sie schien nicht mal abgeschlossen zu sein.

Wir warteten trotzdem die Momente im Hausflur ab, bis sich die Tür öffnete und ein junger Mann mit wuscheligem, schwarzen Haar erschien. Er begrüßte uns und reichte mir seine Hand entgegen. Ich war insofern überrascht, da es doch bei der Begrüßung eigentlich immer 'Ladies first' hieß - aber weit gefehlt. Er kam direkt auf mich zu und schüttelte meine Hand recht heftig. Nach einer kleinen Pause begrüßte er Rosanna ebenso offen und es wirkte fast vertraut. Die spanische Lebensfreude war deutlich spürbar.

»*Hola*, ihr seid Rosanna und Peter? Diana hat es mir erzählt.«
»Erzählt? Ist sie gar nicht hier?«

Rosanna änderte urplötzlich ihre Gesichtsfarbe und hatte einen besorgten Ausdruck. Wie kam sie so schnell auf diese Vermutung? Konnte sie das anhand der Wortwahl ablesen?

»Doch, doch. Sie *war* hier bei mir. Gestern. Ich weiß, sie wollte euch eigentlich jetzt treffen. Es ist ihr noch etwas dazwischen gekommen.«

'Verdammt', dachte ich. Das konnte doch wohl nicht wahr sein. Seit fast einer Woche jagten wir hinter Diana Woods her. Wie ein Phantom war sie immer gerade dann verschwunden, wenn wir in ihre Nähe kamen. Dieses Mal wollte auch ich nicht locker lassen.

»Das heißt, sie kommt später?«

Gonzales sah zu mir herüber, ließ seine Augenlider mit einer leichten Verzögerung etwas länger als normal geschlossen und nickte beruhigend.

»Ja, sicher. Sie rief erst vorhin an. Ich soll dich, Rosanna, schön grüßen. Sie meldet sich später bei dir auf dem Telefon.«

Rosanna war trotz dieser Info sichtlich aufgebracht und fuhr Gonzales an, obwohl er meiner Meinung nach gar nichts für die Situation konnte.

»Hör mal. Das finde ich nicht prickelnd. Wenn Diana sagt, dass ich sie genau hier bei dir treffen soll und sie ist nicht da, dann stimmt doch etwas nicht. Wo ist sie?«

»Hey Lady, nur die Ruhe. *Don't shoot the messenger.* Ich habe keine Ahnung, wo deine Freundin ist. Ruf sie doch an.«

Diese Logik überzeugte. Rosanna griff zu ihrem Telefon und wählte hektisch eine Ziffernkombination. Jedoch schien die Verbindung nicht zu klappen.

»Nicht erreichbar.«

Wir blickten uns alle an. Fast wie im Vakuum herrschte für einen kurzen Augenblick eine Orientierungslosigkeit. Keiner sprach ein Wort. Diese Stille durchbrach ich mit einer belanglosen Äußerung.

»Wollen wir nicht erst einmal hinein gehen? Dann müssen wir das nicht im Treppenhaus besprechen.«

Gonzales führte uns in seine Küche, wir setzen uns auf die schlichten Holzstühle.

»Also, von vorne. Diana war gestern bei dir. Hier? Worüber habt ihr gesprochen?«

Rosanna konnte sich gar nicht beruhigen. Doch diese forsche Art gefiel Gonzales ganz und gar nicht.

»Heh, heh, kein Verhör! Wir erzählen, verstanden?! Und wenn ich nicht mehr erzählen möchte, dann geht ihr einfach und verlasst meine Wohnung, okay?«

Das war eine deutliche Ansage, ein klares Zeichen.

»*Hola*«, sagte Rosanna und pfiff leise durch die Zähne. Mit einer abwiegelnden Geste gab sie ihm zu verstehen, dass er der Chef im Ring war.

Gonzales wirkte nun viel verschlossener, als ich am Anfang gedacht hatte. Er erzählte, wie er Diana einige Male getroffen und gesprochen hatte. Demnach war sie bereits zuvor einige Male in Madrid.

»Das erste Mal sah ich sie gegen Ende 2003 und obwohl es schon viele Jahre zurückliegt, kann ich mich daran erinnern als wäre es heute. Sie stand im hellen Sonnenlicht vor mir, das weiße Kleid und ihr Haar glänzten wie bei einem Engel. Ich war hin und weg.«

»2003?«

Was wurde hier gespielt? Die Adresse von Gonzales José war offenbar nicht nur eine beliebige, zufällige Kontaktadresse. Es musste eine langjährige Verbindung zwischen ihm und Diana Woods geben. Was hatte Diana in Madrid gemacht? Sie war die Tochter eines der Opfer vom 11. September. Konnte das eine neue Spur sein? Warum hatte Gonzales sie schon damals hier getroffen?

»Ja, im Herbst 2003. Dann kam 2004. Das war ein böses Jahr, ein richtig böses Jahr.«

Vor einigen Tagen, als ich nachts in den verschiedenen Foren unterwegs war, hatte ich über die früheren Anschläge in Madrid gelesen. So horchte ich auf und hakte ein.

»Gonzales, du meinst die Anschläge? Die Anschläge im März, richtig?«

»Ja, ja, eine böse Sache. Es war der 11. März 2004 – der Tag mit den Terroranschlägen auf die Vorstadtzüge. Frühmorgens auf dem Weg nach Madrid. In unserer Bahnstation.«

»Atocha«, warf ich ein.

»Richtig. Du kennst dich aus.«

Er warf mir einen anerkennenden Blick zu.

»*11-M*. So heißt die Tragödie hier bei uns in Spanien. Es war einer der schlimmsten terroristischen Anschläge in Europa. 191 Menschen verloren dabei ihr Leben.«

Da war sie wieder, die mystische Zahlenkombination aus den Ziffern *eins, neun* und *eins*. *191* oder auch *9/11*. Ein Zufall?

»Zehn Sprengsätze wurden in den vier Vorstadtzügen morgens gegen viertel vor acht gezündet. Direkt im Bahnhof von Atocha stand der Zug mit der Nummer 21431, da explodierten gleich drei Bomben. Ich werde das nie vergessen.«

Schnell addierte ich die Ziffern im Kopf. 2-1-4-3-1. Es ergab die Quersumme 11. Elf! Außerdem ließ ich mir das Datum durch den Kopf gehen. Der 11. März 2004. Die Elf steckte bereits darin, und wenn man aus den anderen Zahlen des Datums die Summe bildete, kam die *Neun* heraus: *Drei* plus *zwei* plus *vier*. Unheimlich. Doch bevor ich meine Schlussfolgerungen mit einbringen konnte, fuhr Gonzales bereits fort.

»Man fand noch weitere Sprengsätze, die mit Mobiltelefonen ausgelöst werden sollten. Erst hieß es, dass die *ETA* dahinter steckte. Später wurde Al-Qaida verdächtigt.«

Gonzales schüttelte den Kopf.

»Böse Attentate waren das. Und weißt du was? Wenn man die westliche Zeitzone der USA annimmt, waren es genau 911 Tage nach dem 11. September 2001, als unsere Anschläge passierten. Das kann doch kein Zufall sein.«

Rosanna murmelte vor sich hin.

»*9/11*, immer wieder diese Zahlenkombination.«

Es gab einen kleinen Moment der Stille und um die Spannung wieder aufzulösen, schaute ich Gonzales an und fragte ihn nach den Attentätern. Er setzte seine Erzählung fort.

»Alle sind gestorben. Drei Wochen später umstellte die Polizei ein Gebäude, in dem man die Verdächtigen von Al-Qaida vermutete. Dann sprengten sie sich selbst in die Luft. Alle sieben waren tot. Wie praktisch. Da konnte man sich das Gerichtsverfahren sparen.«

In seiner Stimme schwang ein gewisser Sarkasmus mit und ich versuchte zu deuten, wie er das meinte.

»Es war also Al-Qaida, wirklich? Kein Zweifel? Wurde nicht im Untersuchungsbericht später festgestellt, dass es keine erkennbaren Verbindungen zu der Terrororganisation gegeben hatte?«

Ganz sicher war ich mir mit meiner Behauptung nicht, denn ich hatte so viele Berichte in den vergangenen Tagen gelesen.

»Ja, ich weiß. Die ganze Untersuchung und auch die Suche nach den Drahtziehern war dann ziemlich schnell im Sande verlaufen. So richtig wurde das Attentat nie aufgeklärt.«

Ich ordnete meine Gedankengänge. Wir waren hierher gekommen, um Diana Woods zu treffen. Die Angehörige eines der *9/11* Opfer.

Dann kam heraus, dass eben diese Diana schon 2004 in Madrid war. In jenem Jahr, als sich die Anschläge auf die vier Vorstadtzüge abgespielt hatten. Zu alledem lagen zwischen den beiden Attentaten genau 911 Tage. All meine Signalzeichen standen auf Rot. Das konnte kein Zufall mehr sein. Für meine Begriffe kam Gonzales - ohne jede Aufforderung - viel zu schnell zu seiner Assoziationskette mit den Eckdaten des Jahres 2004 und zu den Anschlägen. Ich beschloss, mich behutsam an Gonzales heran zu tasten.

»Das muss für euch alle eine schwere Zeit gewesen sein. Ein totaler Schock, oder?«

Er entgegnete nichts, hielt seine Hände aber gefaltet vor den Mund und atmete hörbar in die Handinnenflächen. Ich spürte förmlich wie Gonzales innerlich kämpfte.

»Und Diana? Du hast sie hier zu der Zeit getroffen?«

Gonzales nickte. Dass er weiter nichts sagte, bedeutete mir, dass ich weiter fragen durfte.

»Sie war schon vor den Anschlägen in Madrid, richtig?«

Nun hielt er es nicht mehr aus. Er sprang nervös vom Stuhl auf und ging ans Fenster. Nach einigen prüfenden Blicken in den Atriumhof schaute er mich eindringlich an.

»Ich weiß nichts. Ich habe Angst.« Seine Stimme zitterte.

Schlagartig änderte sich die Stimmung und zwar für uns alle. Das Wort 'Angst' nahm nun die Deutungshoheit ein. Jeder von uns suchte nach seiner Agenda. Rosanna griff zu ihrem Mobiltelefon und wählte die Nummer von Diana.

»Ich will jetzt endlich wissen, wo sie ist.«

Das klang fast hysterisch und der Blick auf das Handy wirkte beschwörend. Doch der Funkruf ging erneut ins Leere.

»Gonzales, du weißt doch, wo sie ist. Sag es mir, sag es mir!«

Rosanna war derart aggressiv, wie ich sie bisher noch nicht erlebt hatte. Gonzales wiederum war völlig verunsichert und schlotterte fast vor Aufregung. Ich goss etwas Wasser in ein Glas und reichte es ihm.

»Hier, beruhige dich erst einmal.«

»*Amigos*, ich weiß wirklich nicht, wo die Lady ist.«

Das klang glaubhaft. Vielleicht überforderten wir ihn mit unseren Erwartungen. Doch die damaligen Verbindungen zwischen ihm und Diana hatten mein Interesse geweckt.

»Wie war das, als sie das erste Mal bei dir in Spanien war, Gonzales?«

»Ich war ein ... ach, ich weiß gar nicht, wer ich war. Wir waren bei den Vorbereitungen und dann kam plötzlich Diana und alles war anders. Ich habe einiges gesehen und ... nein, eigentlich doch nicht ... und, ich weiß es nicht. Ich habe Angst.«

Er stotterte. Wie konnte jemand nach sieben Jahren noch so angsterfüllt sein? 'Das ist total wirres Zeug, was er da faselt', dachte ich. Rosanna rückte etwas näher an ihn heran.

»Du brauchst keine Angst zu haben. Was hast du gesehen?«

»Gesehen, gesehen. Diana, ich habe damals mit ihr ... aber nein, wir kannten uns eigentlich nicht näher. Sie war nur kurze Zeit hier. Dann war sie weg. Verschwunden. Und jetzt ist sie wieder da. Wie ein Phönix aus der Asche.«

»War Diana damals hier als die Anschläge passierten?«

»Ja, klar«, Gonzales schien sich für einen kurzen Moment wieder gefangen zu haben.

»Viele Leute waren damals hier. Mächtig viele Leute. Es ging um die Übungen, um die Vorbereitungen. Doch dann waren da die echten Anschläge, die Bomben, die Opfer und keine Opfer. Die Aufnahmen, Fotos und die Presse. Am Ende blieb nur noch die Verwirrung. Schrecklich, ganz schrecklich.«

Er redete plötzlich wieder in völlig unzusammenhängenden Fragmenten und ich konnte mir überhaupt nicht vorstellen, was er überhaupt sagen wollte.

»Gonzales, was ist los?«

»Ich weiß nicht ... es war alles so anders, ganz anders.«

Er saß auf seinem Stuhl und hatte seinen Kopf gesenkt. Rosanna schaute mich an.

»Er ist durcheinander und weiß nicht mehr, was er sagt.«

Gonzales stammelte vor sich hin.

»Nein, nein. Ich bin in Ordnung ... ich brauche nur etwas Ruhe ... es ist alles zu heftig, es ist alles wieder da.«

Wir standen auf und waren uns beide sicher, dass es jetzt wohl das beste sei, ihn erst einmal zur Ruhe kommen zu lassen. Er schien sehr verwirrt zu sein. Als ob er sich traumatisch an die schrecklichen Anschläge vom März 2004 erinnerte, so als wären sie erst am Vortage passiert.

»Gonzales, wollen wir uns für später verabreden? Wäre das für dich okay?«

»Ja, das passt. Bitte gebt mir nur ein oder zwei Stunden. Ich muss erst einmal wieder herunterkommen.«

»Wir können uns zum Lunch treffen. Sollen wir gegen zwei Uhr bei dir vorbeikommen?«

»*Hola*, das geht in Ordnung. Wenn es euch interessiert, kann ich noch ein paar Bilder von damals mitbringen. Mal sehen, ob ich in meiner Asservatenkammer einige Fotos von Diana finde. Vielleicht habe ich ja eine neue Spur für euch.«

Wir verabschiedeten uns schnell, beschlossen ein paar Schritte zu gehen und Gonzales alleine zu lassen. Er schien sehr durcheinander zu sein und musste sich erst einmal fangen. Wir kamen durch den Atriumhof wieder ins Freie. Der Schotterweg war staubig und es stieg eine extreme Hitze vom Boden auf. Weit und breit sah ich kein Taxi. Der Fahrer hatte offensichtlich nicht auf uns gewartet. Wenige hundert Meter von Gonzales' Wohnung entfernt, setzten wir uns in einer kleinen Parkanlage auf eine Bank in den Schatten. Rosanna griff in ihre Handtasche und holte eine Wasserflasche heraus und reichte sie mir. Wann immer sie die Möglichkeit hatte, besorgte sie sich eine kleine Flasche für unterwegs, das war mir bereits aufgefallen. Erfrischend, so ein Schluck Wasser in der Mittagshitze. Ich schaute auf meine Uhr. Es war gerade kurz nach Zwölf.

»Was machen wir jetzt? Wollen wir etwa zwei Stunden auf dieser Bank sitzen bleiben und warten?«

»Was sonst?«

»Hm, wenn ich dich so ansehe, da fallen mir noch eine ganze Menge anderer Dinge ein.«

Rosanna sah hinreißend aus. Die hellblaue Bluse war verführerisch weit aufgeknöpft, so dass ich ihren BH sehen konnte. Die Beine hatte sie lasziv übereinander geschlagen, dadurch hatte sich ihr Rock etwas nach oben geschoben. Sie warf den Kopf leicht nach hinten und fuhr sich mit der Hand durch ihre Haare. Sie lächelte mich an, ihre Augen strahlten geradezu in der Mittagssonne.

»Hey, alter Charmeur. Es ist mittags.«

»*Siesta*! Wir sind in Spanien.«

Ich beugte mich zu ihr und wir tauchten in einen tiefen Blickkontakt ab. Wie sehr ich diese Frau begehrte. Die Mischung aus dem Geheimnisvollen, dem Unergründbaren und ihrem dynamischen Wesen. Ein Hauch von Unendlichkeit wohnte diesen Augenblicken inne. Ich wollte nur noch mit ihr zusammen sein. Mich völlig in ihr verlieren. Ich wollte sie küssen. Ich wollte mit ihr schlafen. Hier und Jetzt.

»Aufwachen, Peter!«, sagte sie mit einem fast strengen Gesichtsausdruck und bremste mich.

»So, so, dir fallen ganz viele andere Dinge ein? Dafür haben wir später auch noch Zeit. Das geht hier doch nicht ... «

Wie um alles in der Welt konnte ich ihrem sympathischen Lächeln widersprechen.

»Du hast ja recht. Aber dann lass uns doch sehen, dass wir ein kleines Café in der Nähe finden.«

Wir gingen die Straße hinunter. Es gab so gut wie keinen Verkehr in dieser Gegend und einige Kreuzungen später fanden wir ein typisches spanisches Straßenrestaurant. Von der Optik her war es wenig einladend, jedoch offensichtlich die einzige Option und so gingen wir hinein. Außer uns waren nur zwei ältere Männer in dem Raum, sie saßen an einer Ecke am Fenster. Wir setzten uns an die Theke und bestellten uns einen Café Americano, einen schwarzen Kaffee.

»Verstehst du, warum sie sich nicht meldet?«

Ihre Gedanken galten Diana.

»Erst hinterlässt sie mir die Nachricht von Madrid, hat mich quasi hierher bestellt. Dann ist sie nicht hier. Sehr merkwürdig. Als ob man mal so eben nach Madrid fliegt.«

»Du liegst richtig. Die lässt dich durch ganz Europa jetten und dann versetzt sie dich.«

Die feine Art war das wirklich nicht. Ich hatte Rosanna versprochen, ihr bei der Suche nach Diana zu helfen. Das hatte ich getan, wenn auch mit begrenztem Erfolg. Nun war es aber an der Zeit, dass die Sache einem Ende entgegen ging.

»Es ist ein bisschen viel Aufwand, um eure Truppe für das Schuljubiläum zusammen zu bekommen, meinst du das nicht auch, Rosanna?«

»Mag sein. Entweder spielt sie wirklich 'Hase und Igel' mit mir. Oder sie ist wirklich in Gefahr.«

»Aber nun mal ganz nüchtern. Warum sollte sie in Gefahr sein? Ich denke eher, dass es für *uns* gefährlich werden könnte. In London wurde auf uns geschossen, in Rom wurden wir im Auto verfolgt. Und dieser Gonzales, der ist doch auch nicht ganz dicht.«

»Peter, sie bereitet doch offensichtlich ihr Abtauchen vor. Sie hat ihre Immobilien verkauft, trifft sich hier in Madrid mit uralten Kontakten von früher. Ich denke, dass sie aus irgendwelchen Gründen verschwinden will.«

»Na, dann kannst du den Schulevent mit ihr sowieso vergessen.«

Rosanna zog einen leichten Schmollmund und musste mir wohl recht geben. Nun wollte ich meine Sicht der Dinge in den Raum stellen.

»Du denkst also, sie will verschwinden? Kann es sein, dass sie sich nach dem Tod ihrer Mutter in irgendetwas verrannt hat? Hegt sie vielleicht Rachegedanken und hat sich Gruppierungen angeschlossen, die gegen die Al Qaida eine Front bilden?«

Mir war klar, dass ich mich damit weit aus dem Fenster lehnte. Doch in der letzten Woche waren derart viele Theorien auf mich eingeprasselt, dass es auf einen weiteren neuen Gedankenansatz nun auch nicht mehr ankommen sollte. Rosanna schaute mich entgeistert an.

»Peter, Moment mal. Wir reden von Diana. Sie ist eine Fremdsprachenkorrespondentin und keine Aktivistin. Vielleicht ist sie nur in etwas hinein geraten, ohne es zu wollen.«

»Kann ja sein, aber es ist doch Jahre her, seit du sie das letzte Mal gesehen und getroffen hast. Wer weiß, was inzwischen alles passiert ist. Vielleicht ist sie durch 9/11 total verändert worden.«

Beim '9/11' blickte ich mich mit einem kontrollierenden Blick im Restaurant um, es sollten schließlich keine schlafenden Hunde geweckt werden und ich senkte meine Lautstärke etwas.

»Schau, wir fliegen von Zürich nach Rom und jetzt nach Madrid. Das kostet doch auch nicht gerade wenig.«

»Es ist *mein* Geld, Peter. Ich bezahle alles und das war auch unser Deal. Vergiss das nicht.«

»Sorry, so meinte ich das nicht. Du weißt, wie sehr ich jeden Augenblick mit dir genieße. Nur, irgendwann muss doch mal der Punkt sein, dass wir bei Diana der Realität ins Auge sehen.«

»Hm. Wir sind doch schon ganz nahe dran.«

In ihren bittenden Blick legte sie all ihren Charme. Glaubte sie, dass wir ganz nahe an Diana waren oder meinte sie die Erklärungsversuche zum 11. September?

»Rosanna denkst du, dass wir dem Schlüssel zur Lösung näher gekommen sind? Halten wir so etwas wie den *Rosetta Stone* in unseren Händen?«

Sie nickte.

»Mag sein, dass es zwischen den Anschlägen in New York und in Madrid eine Verbindung gab - und vielleicht sogar zu den Anschlägen in London im Jahr danach.«

London? Vage erinnerte ich mich daran, dass es in London ebenfalls Bombenanschläge gegeben hatte. Doch warum erhöhte Rosanna damit die Komplexität um eine weitere Stufe?

»Möglicherweise ist es ein Netz, in dem sich drei Attentate wie ein magisches Dreieck schließen. Der 11. September 2001, der 11. März 2004 und der 7.Juli 2005.«

»Aber wie soll das alles zusammenhängen?«, fragte ich.

»Meinst du, dass alle drei Anschlagsserien einem gleichen Muster folgten? Dass also entweder doch Al Qaida alle Attentate geplant und durchgeführt hatte. Oder dass alle drei Attentate von ganz anderen Drahtziehern verübt wurden und man es Al Qaida nur in die Schuhe schieben wollte?«

»Ich weiß es nicht, Peter. Aber nimm alle Informationen zusammen. Vielleicht ist Madrid ein Baustein in dem großen Puzzle. Denk an die Worte von Gonzales. *Viele waren damals hier.* Wer weiß, wer hier die Fäden gezogen hat.«

Wir saßen eine ganz Weile einfach nur so da. Die Gedanken kreisten durch meinen Kopf, wohin sollte das Ganze führen? Wir waren auf der Suche nach Diana Woods in Madrid gelandet. Tausende Kilometer von meiner Heimat entfernt und auf einmal schien sich der Fokus von der Suche nach ihrer Freundin, zu der Frage 'Was geschah wirklich am 11. September' zu verschieben. Wer steckte dahinter? Gab es gar Verbindungen von *9/11* bis hin zu den Attentaten in Spanien und sogar nach London? Tendenziell hatte ich die Rolle eines Skeptikers eingenommen. An der offiziellen Darstellung hatte ich erhebliche Zweifel. Doch solange keine plausible Erklärung für die Alternativszenarien erkennbar war, wollte ich mich für keine der Varianten festlegen.

Ebenso wenig konnte ich einschätzen, woran Rosanna wirklich glaubte. Möglicherweise war sie durch die Suche nach ihrer Freundin ähnlich in diese Themen geraten und hatte inzwischen ihre Zweifel. Ob sie ihrer eigenen Regierung und den offiziellen Darstellungen auch nicht mehr glaubte?

Nach einer Weile schauten wir auf die Uhr. Es war kurz vor 14.00 Uhr und wir gingen wieder zurück zu dem Wohngebäude, in dem Gonzales wohnte. Er kam uns schon auf der Treppe entgegen und wirkte plötzlich viel gelöster. Er hatte sich umgezogen und trug jetzt eine weiße Hose und braune Lederschuhe. Dazu ein luftiges, offenes weißes Hemd, wobei seine dunklen, schwarzen Brusthaare geradezu aus dem Hemd herausquollen. 'Richtig fesch', dachte ich.

»*Hola*, ihr seid gut in der Zeit. Gleich um die Ecke steht mein Auto, es sind nur ein paar Meter. Es ist zwar nur ein kleiner Seat, aber für den kurzen Weg zum Restaurant wird er ausreichen. Kommt!«

Wir folgten Gonzales. Ich war verwundert, wie aufgeräumt und stringent er wirkte. Erstaunlich, wie schnell er sich beruhigt hatte. Kein Vergleich zu dem verunsicherten Menschen von heute Vormittag. Hatte er etwa Beruhigungstabletten genommen? Gemeinsam machten wir uns auf den Weg. Er bestand darauf, dass ich aufgrund meiner Größe vorne sitzen sollte und Rosanna zwängte sich auf den Rücksitz. Gonzales hatte einen recht flotten Fahrstil. Vor allem bei seiner zügigen Fahrt durch die recht engen Seitengassen merkte man, wie gut er sich in diesem Stadtteil auskannte.

Inzwischen waren wir aus der Innenstadt hinaus zu einer leichten Anhöhe gefahren und hatten einen herrlichen Blick auf die Stadt. Wir hielten vor einer Finca, die aus mehreren Gebäudeteilen bestand. In einem davon befand sich ein landestypisches Restaurant.

»Kommt. Ich habe für uns eine ruhige Ecke reserviert.«

Wie nett und zuvorkommend er plötzlich war. Gonzales nahm noch einen Rucksack aus dem Kofferraum. Ich nahm an, dass er darin die angekündigten Fotoalben verstaut hatte. Das Restaurant drückte eine sehr traditionelle Stimmung aus und dunkle Holzbalken zierten die Decke. Wir bekamen einen urigen Platz am Fenster.

Gonzales überflog mit einem schnellen Blick die Weine auf der Karte und wählte entscheidungsfreudig seinen Favoriten.

»Der wird euch munden.«

Es wurde Wasser in einer großen Karaffe auf den Tisch gestellt und dann kamen zwei Kellner, die uns die Tapas auf großen silbernen Platten servierten. Datteln mit einem Mandelkern im Speckmantel, Backpflaumen mit Schinken umhüllt, Cocktailtomaten mit Thunfischcreme gefüllt, grüner Spargel im Serranoschinken, Knoblauchgarnelen mit Wasabi-Limetten Mayonnaise, Tortilla mit Chorizzo und Paprika. Einfach köstlich, diese spanischen Vorspeisen. Dazu stellte er uns große grüne Oliven mit Holzsticks auf den Tisch. Ein weiterer Kellner kam und stellte die Flasche Wein auf den Tisch. Gonzales warf einen prüfenden Blick auf das Etikett und den Jahrgang.

»Hier, ich habe euch etwas ganz Besonderes ausgesucht. Das ist ein *Aalto*, schaut mal ... «

Ich erkannt sofort seinen Feinsinn. Er spielte wohl auf das doppelte 'A' im Namen des Weines an.

»Eine kleine Erinnerung an den American Airlines Flug. Geht euch das nicht auch so? Ich muss immer daran denken, wenn ich den Wein sehe. Und 'A' als erster Buchstabe des Alphabets könnte auch für die '1' stehen. AA bedeutet also 11.«

Rosanna schüttelte den Kopf.

»Ich glaube, du hast dich da in etwas verrannt, Gonzales. Du siehst Gespenster.«

Er schmunzelte.

»Klar, das war nur Spaß. Der Wein ist ausgezeichnet. Mein Lieblingswein. Er stammt aus den Bodegas des Ribera del Duero. Die Trauben kommen aus sieben Dörfern und die Reben sind an die hundert Jahre alt. Schaut euch diese Farbe an.«

Er hob sein Glas gegen das Licht, welches vom Fenster hineinfiel und prostete uns zu. Exzellent. Der Aalto war ein außergewöhnlicher Wein.

»Fürwahr, ausgezeichnet!«

Inzwischen hatte uns der Kellner eine weitere Platte mit hauchdünn geschnittenem Serrano Schinken auf den Tisch gestellt. Stilecht aßen wir den Schinken mit unseren Fingern. Eine wohlschmeckende Kombination, die Vorspeisen passten hervorragend zum Rotwein.

»Schön, dass er dir gefällt, Peter. Der sogenannte Jahrhundertjahrgang im Ribera del Duero ist übrigens der Wein aus dem Jahre 2001 ... «

Ich schaute Gonzales an.

»Womit wir wieder beim Thema sind.«

»*Si*, Peter. So, nun zu euren Fragen. Und entschuldigt, dass ich vorhin so durcheinander war. Es kam für mich zu überraschend. Jahrelang hatte mich niemand mehr von außen damit konfrontiert.«

Rosanna nickte verständnisvoll und wandte sich zu ihm.

»Hast du inzwischen von ihr gehört? Hat sie sich gemeldet?«

»Ja, Diana wusste nicht genau, ob es klappt. Sie sagte, sie müsse noch etwas erledigen. Also, die Sache mit Diana ... ja, sie war ein paar Mal hier, aber eines sag ich dir, liebe Rosanna, deine Freundin war ganz sicher keine Touristin.«

Sein Redefluss erstaunte mich.

»Wenn du mich fragst, war sie in einer geheimen Organisation beschäftigt und saß an einer wichtigen Schaltstelle.«

»In einer geheimen Organisation? Blödsinn. Diana ist eine Fremdsprachenkorrespondentin, sie hat in verschiedenen Firmen gearbeitet. Ich weiß nicht, wo sie damals gearbeitet hat, aber ganz bestimmt nicht in einer dubiosen Organisation. Das ist ausgemachter Blödsinn!«

Gonzales lächelte, fast schelmisch. Offensichtlich hatte er sich entschieden zu reden und war bereit, mehr zu sagen als je zuvor.

»Ha, wie gut kennst du sie denn? Kennst du sie *überhaupt*?«

Rosanna erschrak.

»Was soll das? Natürlich kenne ich sie, wir sind zusammen zur High School gegangen.«

»Also, ich weiß nicht, ob wir über die gleiche Diana Woods sprechen. Sie war damals eine mächtige Person. Ich habe nicht viel mitbekommen. Eigentlich war ich nur ein kleiner Mitläufer, ein Wasserträger für unsere 'Big Guys'. Es gab unzählige geheime Treffen, immer wieder an neuen Orten. Ohne die Zugangswörter konnte keiner an den Meetings teilnehmen, ich sowieso nicht. Meistens war ich nur der Fahrer. Es waren immer mehrere Ausländer hier. Sie kamen, organisierten, gaben ihre Parolen aus und dann wurden Aktionen und Manöver geplant. Die eigentlichen Anweisungen kamen aber von ganz woanders.

So richtig blickte ich da nicht durch. Und immer wenn es spannend wurde, ging es hinter verschlossenen Türen weiter. Ich habe nicht viel mitgekriegt. Aber deine Diana, die war ziemlich weit oben in der Hierarchie.«

Rosanna wirkte bleich. Sollte ihre Freundin ein verdecktes zweites Leben geführt haben? Wir schienen auf eine Spur gestoßen zu sein. Gebannt verfolgte ich seine Ausführungen und beugte mich etwas nach vorne.

»Diana ist also immer eingereist, woher kam sie denn?«

»Das weiß ich nicht genau. Ich denke, dass sie oftmals aus Europa kam. Es war merkwürdig, manchmal sollte ich sie vom Flieger abholen, aber es war für mich nicht nachvollziehbar, mit welchen Flugzeug sie gelandet war. Anhand der Ankunftszeit versuchte ich, die Flüge zu erahnen, es ging jedoch nicht. Sie wich jedes Mal aus, wenn ich danach fragte. Es war mir dann auch zu blöd und ich fragte nicht mehr. Wenn ich dachte, sie kam aus Frankfurt, dann kam sie garantiert an diesem Tag *nicht* aus Frankfurt. Wahrscheinlich hatte sie sich nach Landung in der Lounge aufgehalten und einfach gewartet. Meistens wusste ich nicht, woher sie kam und umgekehrt auch nicht, wohin sie flog, wenn ich sie zum Flughafen gebracht habe. Hin und wieder bekam ich mal ein Telefonat mit, aber es wirkte auf mich unzusammenhängend.«

Gonzales rückte näher an uns heran und sprach nun deutlich leiser.

»Aber eines weiß ich. Sie hatte mit ihren Kumpanen an jenem 11. März die Fäden gezogen. Ob sie es nun selber organisiert haben oder auf der Spur der Attentäter waren, das weiß ich nicht. Aber sie waren ganz nahe dran. Und ich weiß auch, dass einige von uns bei einer Übung mitmachen sollten und dabei wie schwerverletzte Opfer aussehen sollten. Immer wieder wurde geprobt, wir wurden wie Schauspieler ausgebildet. Dann wurden wir geschminkt. Und alle wurden eingeschüchtert. 'Wer redet, spielt mit seinem Leben', hieß es immer wieder. Es fielen Begriffe wie *unerwarteter Todesfall* oder *Anthrax*. Dass man aufpassen sollte, wenn man einen Brief öffnet, ob sich nicht Spuren von Anthrax darin befänden oder aus welchem Becher man trinkt. Ich hatte unsägliche Angst und wollte gar nichts mehr mitbekommen von der ganzen Sache.«

Ich erschauderte, als er die Einschüchterungen schilderte. Anthrax? Ein hochgiftiges Pulver, welches schon in kleinsten Dosierungen innerhalb weniger Tage tödlich wirkte und in den Wochen nach dem 11. September in Form von verschickten Briefen weitere Opfer gefordert hatte. Rosanna schaute ihn spitz an.

»Aber *jetzt* redest du. Woher der plötzliche Sinneswandel?«

Er hatte wieder diesen zufriedenen Augenausdruck.

»*Amigos*, irgendwann ist es an der Zeit. Es liegt lange zurück. Sieben lange Jahre. Ich habe hier so viel verloren. Ihr seht, wie unser Land zur Zeit am Boden liegt. Für wen soll ich meine Geschichte eigentlich noch geheim halten? Die Wahrheit von damals war jedenfalls eine andere. Die schrecklichen Anschläge liefen immerhin nicht so ab, wie es in den Zeitungen stand. So schlimm das alles war, es hätte noch viel schlimmer kommen können, wenn die Bomben wirklich im Hauptbahnhof von Atocha gezündet worden wären. Es lief in gewisser Weise kontrolliert ab. Und von den Fotoaufnahmen sind viele gefälscht worden.«

Ich war beunruhigt. Schon wieder jemand, der mein bisheriges Weltbild erschütterte. Der Kontext kam mir bekannt vor: Opfer, die möglicherweise gar keine waren. Gab es doch andere Urheber als diejenigen, die man bisher vermutete? Und eine Storyline, die nicht mit dem übereinstimmte, was man in allen Magazinen der Welt gelesen hatte.

»Gonzales, du glaubst nicht an die offizielle Geschichte?«

»Nein, überhaupt nicht. Das hat auch nichts mit 'Glauben' zu tun, ich weiß es. Aber ich habe bei *11-M* trotzdem Freunde und Bekannte verloren, deshalb muss das irgendwann einmal aufgeklärt werden.«

Er nahm einen großen Schluck vom Wein und schaute mich eindringlich an.

»Ja, das kann man sich schwer vorstellen, nicht wahr? Es steckt ja auch viel mehr dahinter und die Ausmaße sind viel größer, als ihr glaubt.«

Er holte sein *iPhone* aus der Hosentasche und spielte uns eine YouTube Datei vor.

»Wisst ihr, was das ist? Das ist eine Rede von John F. Kennedy aus dem Jahre 1961. Das ist jetzt genau 50 Jahre her. Er hatte die

Rede damals im April gehalten. Über die *Secret Societies*. JFK wusste, welche geheimen Clubs hinter den Kulissen die Fäden ziehen.«

Gebannt starrten wir auf den kleinen Monitor und lauschten der markanten Stimme des früheren Präsidenten. Minutenlang hielten wir uns mit jedem Kommentar zurück, bis die Rede beendet war. Gonzales schaute mich an.

»Habt ihr gehört. *Man will be what he was born to be, free and independent*. Sind wir das denn noch? Wir werden doch überall beherrscht und manipuliert. Was immer damals hier in Madrid geschehen war, die *Secret Society* steckte auch hinter diesem Ereignis.«

»Aber wer ist die *Secret Society*? Wer?«, fragte ich fordernd.

»Ahh, die geheimen Clubs? Da gibt es so viele. JFK hatte schon recht. Wir müssen uns vor ihnen hüten. Es war ein abgemachtes Spiel. Du weißt es vielleicht. Seine Militärs hatten ihm das *Projekt Northwoods* vorgestellt. Das Projekt zielte darauf ab, wie man in der Kuba Krise auf eine sehr clevere Art und Weise die Schuld und die Verantwortung auf Fidel Castro lenken konnte.«

Mir dämmerte etwas. Von dem *Projekt Northwoods* hatte ich gelesen. Gonzales schien sich sehr gut auszukennen. Er öffnete auf seinem *iPhone* einen weitere Dateiordner und holte das Dokument *Projekt Northwoods* hervor.

»Hier. Siehst du? Hier hast du die ganze Akte, sie wurde inzwischen lückenlos veröffentlicht. Du kannst alles nachlesen. Es ist wie ein Drehbuch. Ein getarntes Flugzeug, angeblich voll besetzt mit einer kompletten Sportmannschaft, sollte unterwegs nach Kuba sein und über dem Meer abgeschossen werden. Mutmaßlich von einem kubanischen Jagdflieger mit kubanischen Raketen. Man würde Trümmerteile finden. Trauernde Familien sollten ein großes Desaster beklagen und einen stichhaltigen Kriegsgrund gegenüber Kuba liefern. Die Opfer wären allesamt sorgfältig vorbereitete *Aliasnamen* gewesen und es wäre niemand von ihnen wirklich ums Leben gekommen. Gefälschte Identitäten können nicht wirklich sterben. Eigentlich war das Manöver perfekt vorbereitet. Und wer hatte es verhindert?«

Gonzales schaute mich fragend und sehr eindringlich an, aber seine Frage war rhetorischer Natur. Er selbst lieferte die Antwort.

»JFK hatte seine Zustimmung zur Durchführung verweigert!«

'Die Kunst der Kriegsführung', schoss es mir durch den Kopf. War das Manöver aus Sicht des Präsidenten zu riskant? Stellte er sich zu recht gegen die perfiden Pläne seines Militärs?

»Peter, ganz ehrlich. Wenn schon in den 60er Jahren solche Pläne ersonnen worden sind, um mit ausgetauschten Identitäten dem Feind etwas in die Schuhe zu schieben, warum sollte das nicht auch später in anderen Zusammenhängen in Erwägung gezogen worden sein? Es gibt diese Geheimgesellschaften, diese geheimen Clubs und die organisieren das. Sie ziehen die Fäden, so dass Regierungen wie Marionetten hin und her geschaukelt werden.«

Rosanna bremste Gonzales nun in seinem Redefluss.

»Werde doch bitte konkret, Gonzales. Was weißt du von Diana? Du faselst etwas von Geheimgesellschaften, aber die haben doch nichts mit Diana zu tun.«

Ein gefälliges Schmunzeln lief um seine Lippen.

»Du hast *keine* Ahnung, Rosanna. Was weißt *du* denn von Diana? Sie war eine von denen. Ich habe sie immer abgeholt und gefahren und ich habe das mitbekommen. Dahinter steckt eine mächtige Gruppe, ich weiß zwar nichts Genaues. Einmal jedoch bekam ich mit, wie sie von der *Company* sprach und ich habe gesehen, was sie auf einen Zettel gekritzelt hatte: *Esprit and Company* und einige Zeilen darunter *Enco*.«

»Leiser!«, zischte Rosanna ihn an.

Ich holte mein Notizbuch hervor und schrieb die Worte nieder *Esprit and Company*.

»*Esprit* steht für Geist oder Gehirn«, schob ich mit ein und wollte damit deutlich machen, dass ich sprachlich mithalten konnte. »*Esprit* bedeutet aber auch das Organisationsvermögen und die Intelligenz. Und wenn ich es richtig vor Augen habe, dann steht *Esprit* auch für überraschende Assoziationen.«

Gonzales warf einen Blick auf meine Notiz und korrigierte die Schreibweise.

»Richtig, Peter! Wobei das *and* nicht ausgeschrieben wurde, sondern es war nur der kleingeschriebene Buchstabe 'n mit einem Apostroph. Aus *Esprit 'n Company* ergab sich dann wohl die Abkürzung *Enco*. Leider hatte sie den Zettel zerknüllt und in ihre Tasche gesteckt. Es ist mir aber im Gedächtnis geblieben.

Denn es war der einzige Hinweis, dass etwas anderes dahinter steckte. Ich habe lange nach einer möglichen Verbindung zu dem Namen *Enco* gesucht, jedoch nie was gefunden.«

»*Enco*, das klingt so ähnlich wie *encode*. Enkodieren, hm. Das heißt doch soviel, wie *'etwas in einem Code schreiben'*, so dass es andere Leute nicht lesen oder erkennen können, richtig?«

Die beiden warfen mir einen anerkennenden Blick zu und dann fuhr Gonzales in seinen Schilderungen fort.

»Ja, kann gut sein, dass sich das ebenfalls im Namen versteckt. Aber wie gesagt, ich hatte in alle Richtungen gesucht. Es gab nichts. Keine Verbindung. Alles lief ins Leere. Und so bin ich irgendwann auf die geheimen Gesellschaften gekommen. Interessant, was du da alles so findest. Den Bohemian Club, die Skulls and Bones, den CFR ... «

Von manchen der sogenannten Geheimen Gesellschaften hatte ich zuvor gehört, doch diese Buchstaben sagten mir überhaupt nichts.

»*CFR*, wofür steht das denn, Gonzales?«

»Das *CFR* ist das *Council on Foreign Relations*. Das *CFR* wurde Anfang der 20er Jahre in New York gegründet. Es gilt als so etwas wie ein 'Think Tank', ist weit verzweigt und mit viel Einfluss. Sogar amerikanische Präsidenten nahmen an den Meetings teil.«

»Und du meinst, die haben etwas damit zu tun?«

»Nein, das habe ich nicht gesagt. Ich bin nur bei meiner Suche auf all diese Vereinigungen gestoßen. Aber ganz bestimmt gibt es einige dunkle Geheimnisse in den uralten Gesellschaften, über die wir nichts wissen. Bekannt sind allen voran die Freimaurer. Die *Freemasons*. Ich glaube, die halten immer noch viel weitreichender die Zügel in der Hand, als wir es wahrnehmen. Vielleicht wurden sogar die staatlichen Geheimdienste mit eingebunden. Ob nun CIA, NSA oder der Mossad. Vielleicht arbeiten sie übergreifend und konspirativ zusammen. Wisst ihr, es ist eine ganz große Verschwörung.«

Rosanna sah ihn etwas mitleidig an und antwortete ihm in einem ironischen Unterton.

»Sicher, Gonzales, dahinter steckt eine große, weltweite Verschwörung und die bösen Geheimbünde haben alles organisiert. Auch die Anschläge in Madrid.«

»Ja, klar«, schoss es aus ihm heraus. »Natürlich. JFK hat es schon damals gewusst, es gibt diese Geheimen Gesellschaften. Die organisieren alles auf der Welt und die haben uns auch die Anschläge hier in Madrid beschert.«

Ich trank einen Schluck vom kühlen Wasser, schaute mich in der Finca um und war beruhigt, dass keine anderen Gäste um uns herum waren.

»Das glaube ich nicht. Ich kann mir das nicht vorstellen.«

»Doch, so war es!«

Gonzales griff nach seinem Rucksack und kramte ein Bilderalbum hervor. Das Album bestand aus Fotos, Zeitungsausschnitten und kleinen Papierschnipseln. Akribisch hatte er sie gesammelt und sortiert. Er schlug eine Seite auf. Sie war voller Schlagzeilen aus den Zeitungen.

»Hier, schaut. Es war der 11. März und es sind 191 Menschen ums Leben gekommen. Baut euch doch die Zahlen mal richtig auf. Hundert und einundneunzig Menschen, das ergibt wieder die magische Ziffernkombination *9/11*. Die Sprengsätze waren in gewöhnlichen Reisetaschen versteckt. Die Vorstadtzüge waren auf ihrem Weg im morgendlichen Berufsverkehr und in vier Zügen explodierten die Sprengsätze. Vier Züge! Vier Flugzeuge waren es bei *9/11*, das sind doch alles Parallelen.«

Gonzales blätterte wie besessen in den Seiten seines Albums. Zwischendurch wurden wir vom Kellner nach unserem Wunsch für das Hauptmenü gefragt. Doch da die Vorspeisen so köstlich waren, bestellten wir uns davon eine weitere Portion und verzichteten auf den Hauptgang. Gonzales wirkte im wahrsten Sinne des Wortes gelöst. Die Informationen sprudelten förmlich aus ihm heraus. Wie viel Dichtung sich in seine Wahrheiten gemischt hatte, konnte ich nicht entziffern, aber packend waren seine Enthüllungen allemal.

»Schaut her. Erst hatte man die ETA, also die baskische Terrororganisation, dafür verantwortlich gemacht. Dann wurden allerdings Lieferwagen mit Sprengstoff entdeckt, mit weiteren Zündern und man fand ein Tonband mit Koranversen darin. Die Story war kristallklar. In dem Lieferwagen lag natürlich auch ein Bekennerschreiben und schon waren die Verdächtigen als Drahtzieher ausgemacht. Perfekt, nicht wahr? Alle Indizien führten wieder zu Al Qaida. Allerdings stellte sich später heraus, dass der Sprengstoff eine ganz andere Sorte war und nicht zu den Zuganschlägen passte. Was soll's, inzwischen standen bereits die Attentäter für die Öffentlichkeit fest, und nur darum ging es. Nun ratet mal, wer bei der Spurenlegung kräftig mit geholfen hatte?«

Wir sagten nichts.

»Ich sage euch, wir waren parallel vorbereitet. Es gab sehr viele aktive Gruppen. Jede Truppe war für etwas anderes verantwortlich. In meinem Team haben wir für die Bilder und das Tonmaterial gesorgt. Anschließend sind alle Akteure wieder verschwunden. Außerdem hatten wir vorsichtshalber auch einige Opferidentitäten vorbereitet, die gar keine waren. Wir mussten ja auf die Zielzahl von 191 kommen.«

Rosanna war vollkommen bestürzt und hielt sich die Hand vor den Mund.

»Aber was erzählst du denn da, Gonzales? Du sagst, du hast mitgemacht? Gehen die Anschläge in Atocha somit auch auf dein Konto?«

»No, Senora. Wir waren doch die Guten. Das dachte ich zumindest. Und mitgemacht? Nein, nicht direkt. Ich war nur eine ganz kleine Nummer. Wir hatten für einige Monate zusammen gearbeitet. Es ist immer reichlich Geld geflossen und die Aktionen waren perfekt organisiert. Danach waren plötzlich alle weg. Ich hatte manche von uns noch auf den Fotos oder in den Videoaufnahmen entdeckt. Einige von den gefilmten Augenzeugen waren unsere Leute. Die sahen am Ende so schwer verletzt aus, dass ich fast glaubte, dass es doch echte Verletzungen gewesen sein mussten. Am Schluss wusste ich selbst nicht mehr, was ich glauben sollte. Anfangs dachte ich immer, wir bereiteten uns nur auf eine Übung vor, auf ein großes Manöver zur Terrorbekämpfung. Doch in den folgenden Wochen vermischte sich so viel mit der Realität, dass ich nicht mehr wusste, was ich glauben sollte.«

Er machte eine kurze Pause und griff zum Weinglas. Gonzales wischte sich mit den Fingern über die Stirn und mit dem Handballen drückte er sich leicht gegen die Schläfe, als wollte er seine ganze Konzentration auf die Erinnerungen lenken.

»Heute vermute ich sogar, dass es einige von unseren Teams waren, die die Sprengsätze platziert hatten. Vielleicht dachten sie, dass es kein echter Sprengstoff war und nur ein Teil unserer Übung war. Wisst ihr, alles wurde inszeniert, alles!«

Das war starker Tobak. Am meisten überraschte mich, dass sich die Überlegungen von Gonzales José fast nahtlos in die Reihe der vielen Verschwörungstheorien einreihen ließen, mit denen wir uns in den vergangenen Tagen so eingehend beschäftigt hatten. Ich setzte noch mal nach.

»Das ist unglaublich. Aber was ist, wenn du richtig liegst? Die vermeintlichen Attentäter hatten sich am Ende selbst in die Luft gesprengt, man wird nie mehr etwas beweisen können. Nur eines, glaubst du wirklich, dass der spanische 11. März 2004 so etwas wie eine Fortsetzung von *9/11* war?«

»*Si, si*! Ich glaube, die Attentate hatten sogar unser politisches Geschehen und die Wahl unserer Regierung beeinflusst. Fragt mich nicht, wer genau dahinter steckte. Alle waren anschließend weg. Aber ich glaube, es waren die Geheimbünde. Findet sie und fragt sie, vielleicht wissen sie mehr darüber. Findet die *Enco* und ihr seid auf der Spur der richtigen Antwort.«

In meinem schwarzen Notizbuch vermerkte ich seine Äußerungen. Mittlerweile hatte sich mein Buch annähernd bis zur Hälfte gefüllt und bildete für mich eine der wichtigsten Gedankenstützen. Rosanna wollte nun noch mehr von ihm über ihre Bekannte wissen.

»Das muss alles sehr schwer für dich gewesen sein. Und Diana? Nach sieben Jahren hast du sie jetzt erstmals wieder getroffen?«

»Diana. Das war eine Frau. Eine Traumfrau. Seitdem ich sie das erste Mal gesehen hatte, ging sie mir nicht mehr aus dem Kopf. Ich kann es euch ja verraten, einmal haben wir sogar miteinander geschlafen. Es gab eines Abends Alkohol und viel spanische Sangria. Es wurde Flamenco Musik gespielt, wir hatten Live Musiker mit ihren Gitarren in unserem Camp. Irgendwann sind Diana und ich uns näher gekommen. Wir bewegten uns im Rhythmus des Flamenco und küssten uns. Später landeten wir zusammen im Bett. Hey, war das eine heiße Nacht. Mann, was haben wir gefickt. Aber Diana war schon am nächsten Tag wieder voll bei der Mission, total professionell eben. Wir haben nie wieder eine Chance bekommen. Irgendwie hatte ich die ganzen Jahre darauf gehofft, dass ich sie noch einmal wiedersehen würde. Vor ein paar Tagen bekam ich dann völlig überraschend eine verklausulierte Nachricht. Sie wolle gerne über damals sprechen. Was ich noch wüsste und wie sich das Leben für mich entwickelt hat. Dann war sie hier bei mir. Ziemlich kurz. Sie war kühl und hektisch. Kein Vergleich mehr zu früher. Genau so schnell wie sie auftauchte, war sie wieder verschwunden. Sie müsse noch etwas erledigen, sagte sie und konnte nicht warten, bis ihr bei mir auftauchen würdet. Es war absolut merkwürdig. Sie schien sich gar nicht für mich und mein Leben zu interessieren. *No*, für mich hat sich das Leben seitdem nicht gut entwickelt.«

Rosanna übernahm die Rolle, das Gespräch fortzuführen. Einfühlsam schaute sie ihn an und legte ihre Hand auf seine.

»Was ist mit dir passiert? Was ist mit dir passiert, Gonzales?«

»Ach, es läuft nicht gut. Vor wenigen Wochen ist meine Mutter gestorben und wisst ihr ... ich hing wirklich sehr an ihr. Mein Leben, ach, es hätte anders kommen sollen. Ich hatte damals, in 2003, mein Studium abgebrochen. Eigentlich wollte ich Architekt werden. Ich schlug mich irgendwie durchs Leben. Dann geriet ich in diese Aktivistengruppe. Alles schien dort so wichtig zu sein und ich hoffte, dass mich das nach vorne bringt und ich in der Organisation einen Job bekommen würde. Aber seit den Anschlägen war alles anders und mein Leben ist nur noch Makulatur. Meine Freunde sind alle weg, sie sind ins Ausland gegangen. Nur ich blieb hier, um meine Mutter zu pflegen. Jetzt ist mir alles egal. Ich habe nichts mehr zu verlieren.«

Mir schoss es durch den Kopf. 'Der spricht die Wahrheit. Er hat zu viel mitgemacht.' Es klang, als ob er mit seinem Leben abgeschlossen hatte. Rosanna schaute ihm fest in die Augen.

»Du hast keine Angst, Gonzales? Keine Angst, dass du mit deinen Aussagen über die Madrider Anschläge aneckst und mächtig Staub aufwirbelst?«

»Ach, blabla. Ich habe nichts mehr zu verlieren. Mir ist jetzt alles egal. Außerdem, wer sollte mir denn etwas anhaben? Die Guys von damals sind doch alle verschwunden. Anthraxbriefe habe ich auch nicht erhalten. Okay, bisher habe ich auch mit niemandem darüber gesprochen, aber selbst wenn. Ich weiß, dass auch andere Menschen erforschen, was wirklich passiert ist. Es gibt gute Recherchen im Internet. Man muss den 'Schrott' natürlich aussortieren. Von den Drahtziehern werden viele Nebelkerzen in die Reports geworfen, damit gerade die Unentschlossenen den Weg zur Wahrheit nicht finden. Glaubt mir, wir müssen die Zusammenhänge bald aufklären, sonst werden wir alle unterjocht. Die Herrschenden werden immer mächtiger. Sie werden uns in den Bankrott treiben und unsere Werte und Währungen vernichten. In nicht allzu ferner Zukunft wird es wieder Kriege geben, große Kriege. Es ist besorgniserregend, dass die Menschen an fast alles glauben, was ihnen vorgesetzt wird. Wir fallen auf die Propaganda herein und in Wirklichkeit ist alles ganz anders. Die Meisten werden nie die Wahrheit und die anderen Ebenen entdecken. Das ist fast wie die Frage, ob es eine höhere Lebensform als die unsere gibt. Die Frage an sich ist ja schon ein Paradoxon. Denn wenn es eine höhere Lebensform gibt, werden wir sie nicht als solche erkennen. Denn genau das qualifiziert eine wirklich höhere Lebensform. Was meint ihr? Wollen die Menschen überhaupt wissen, was um sie herum *wirklich* passiert? Ich habe meine Zweifel. Aber dann sind wir alle verloren. Alle verloren. Wir können nicht mehr entkommen. *Das Schicksal ereilt uns oft auf Wegen, die man eingeschlagen hat, um ihm zu entgehen.*«

Seine Worte waren beängstigend und eindringlich. Er intonierte inzwischen fast wie ein Prediger und er begann mich zu faszinieren.

»Du bist ja ein echter Philosoph, Gonzales.«

»Ach, du meinst den Spruch? Diese Lebensweisheit ist nicht von mir, sie ist schon über dreihundert Jahre alt und stammt von einem französischen Schriftsteller, glaube ich. La Fontaine oder so ähnlich. *Amigos* glaubt mir, wir sind alle verloren.«

Er hob das Glas nochmal an, trank es in einem Zuge aus.

»Hey«, sagte ich. »Nicht so schnell. Genieße den Wein!«

»Ach, ich fühle mich so müde und so verbrannt.« Er seufzte.

Dem Personal signalisierte er durch das Emporhalten der leeren Flasche, dass wir noch eine weitere bestellen wollten. Ich winkte ab und machte mir stattdessen einige Notizen in meinem Büchlein. Dennoch kam die nächste Flasche des *Aalto* innerhalb weniger Minuten. Ich erspähte das Etikett und nahm den Jahrgang wahr. 2001, der Jahrhundertjahrgang. 'Edel, edel', dachte ich.

»Ist zwar gut gemeint, aber besten Dank. Wir wollen bald aufbrechen.«

Gonzales kostete den Wein und bedeutete dem Kellner, dass die Charge ausgezeichnet war.

»*Gracias.*«

Rosanna nickte.

»Ja, bitte hab Verständnis, wenn wir uns gleich auf den Weg machen. Sag mal, hast du noch irgendetwas von Diana. Eine Info oder einen Hinweis, wohin sie unterwegs ist?«

Verschmitzt blinzelte er uns an.

»Schade, dass ihr gehen wollt, es wird doch gerade erst interessant. Ja, ich habe etwas für euch.«

Er wühlte in seinem schwarzen Rucksack, fand allerdings zunächst nicht, wonach er suchte. Dann öffnete er nacheinander die seitlichen Reißverschlüsse. Schließlich wurde er fündig.

»*Hola.*«

Gonzales hielt mit gestrecktem Arm ein kleines Kärtchen in die Luft. Fast wie eine Trophäe. Sein Blick wirkte triumphierend.

»Als sie heute Vormittag bei mir war, stand sie im Flur und hatte telefoniert. Die Sprache konnte ich nicht verstehen, es klang osteuropäisch, aber da bin ich nicht sicher. Ich konnte sie beim Telefonat beobachten und sie hatte diese kleine Karte in der Hand. Ich war neugierig. Und ich war sauer, denn sie hatte mich vorher total abgespeist. Als sie dann kurz im Bad war, habe ich ihr diese kleine, süße Karte aus dem Portemonnaie genommen.«

»Geklaut?«

Das passte gar nicht in mein Bild, welches ich gerade von ihm aufgebaut hatte.

»Nicht geklaut. Es ist für mich ein Souvenir. Nur ein kleines Andenken an meine amerikanische Freundin.«

»Darf ich einen Blick darauf werfen?«

»Peter, ich schenke sie dir. Es ist nur die Visitenkarte von einem Professor in Wien. Das führt zu nichts. Keine Ahnung, warum Diana einen Akademiker anruft.«

Es war eine Visitenkarte. Unspektakulär. Offensichtlich von einer Privatperson, denn ich konnte darauf keine Firmierung oder ein Unternehmenslogo entdecken. Professor Doktor Emil Habermann aus Wien. Mit dem Zusatz i.R., es musste sich um einen Senior handeln, schloss ich daraus. Im Ruhestand.

Mein Interesse war geweckt und ich bedankte mich gestenreich bei Gonzales, dass er mir diesen Hinweis überließ. Rosanna war nicht so zuversichtlich wie ich.

»Sorry, Gonzales, aber der Tag war eine Einbahnstraße. Ein *Dead end*. Über Diana haben wir nichts weiter erfahren. 2004 liegt viel zu lange zurück. Ihr habt euch getroffen. Mag sein. Deine Story über die ganze Weltverschwörung und dass Diana darin mitgespielt haben soll. Nonsens. Das kaufe ich dir nicht ab. Und jetzt präsentierst du auch noch einen Professor aus Wien. Nonsens. Das ergibt keinen Sinn. Ich werde Diana gleich anrufen und dann sehen wir selbst weiter.«

Rosanna stand vom Tisch auf und ging in Richtung der Theke zum Personal. Ich vermutete, dass sie ein Taxi bestellen wollte. Schon möglich, dass es hier keine weiteren Spuren gab. Dennoch fand ich alles hoch interessant, was er über den 11. März erzählt hatte. Sollte es wirklich eine Verbindung auf europäischer Ebene geben? Gab es womöglich ein globales Netzwerk, welches in die Geschehnisse der Welt ordnend eingriff? Erst einen Tag zuvor hatten wir von dem Dubai-Attentat gehört. Auch dafür wurde möglicherweise ein bestimmter Tag herausgesucht, der sich wie die Zahlenkombination des 11. September lesen ließ. Und hier? Die Anschläge in Madrid geschahen genau 911 Tage nach dem 11. September. Wie konnte das sein? Solch ein Zufall war doch völlig unmöglich.

Rosanna winkte uns zum Ausgang herbei. Rosanna hatte die Rechnung bereits beglichen. Gonzales wollte noch bleiben. Allein der angebrochene Wein war ihm schon Grund genug. Er wollte sich die Vergangenheit durch den Kopf gehen lassen und warten bis die Sonne unterging. Wir verabschiedeten uns von Gonzales und wünschten ihm alles Gute. Dabei hatte ich das ungute Gefühl, dass wir ihn niemals wiedersehen würden. Er wirkte auf mich äußerst perspektivlos und deprimiert.

Wir saßen im Taxi auf dem Weg zum Hotel und Rosanna versuchte mehrmals, die Nummer von Diana zu erreichen. Vielleicht war sie bereits in einem Flugzeug unterwegs, dann war klar, dass die Verbindung nicht aufgebaut werden konnte. Ich schaute zu ihr hinüber.

»Netter Kerl, aber ziemlich verloren.«

Sie schaute mich nun auch an und legte das Telefon zur Seite.

»Ja, kann sein. Aber ganz ehrlich, Gonzales ist unwichtig. Er hat uns nicht weiter gebracht. Diana war nicht hier. Ich glaube, das war eine Sackgasse. Wie ich schon gesagt habe, sie ist weg und verschwunden. Übrigens, Gonzales hat viel gefaselt, und die 911-Tage-Differenz zwischen den Anschlägen passt natürlich nur, wenn man die amerikanische Zeit von der Westküste annimmt. Denn durch die Zeitverschiebung war es dort noch der Tag zuvor. Nur dann kommt es hin mit den 911 Tagen. Ist zwar eine merkwürdige Koinzidenz, aber bereits ein alter Hut. Ich glaube dennoch fest daran, dass die Terrorattentate in Madrid von Al Qaida verübt worden sind und dass Diana bestenfalls an der Aufklärung mitgearbeitet hat!«

»An der Aufklärung? Als Fremdsprachenkorrespondentin?«

Sie war irritiert, aber mein Einwand war logisch. Denn im Gespräch mit Gonzales hatte Rosanna noch darauf bestanden, dass ihre Freundin gerade wegen ihres beruflichen Hintergrundes in keinster Weise für die von Gonzales erwähnten Aktionen in Frage gekommen sein konnte. Nun also sollte sie in die Aufklärung der Anschläge involviert gewesen sein?

»Du hast recht. Das wäre nicht logisch. Ach, was weiß ich.«

In diesem Moment blickte sie begeistert auf ihr Telefon. Ein eingehender Anruf ließ das Display aufleuchten. An der Nummer erkannte sie wohl, dass es Diana Woods sein musste.

»Hi Darling.«

Zweifellos gab Diana ein ausführliches *up-date* über die vergangenen Tage, denn Rosanna schwieg und hörte aufmerksam zu. Ich konnte nichts verstehen und versuchte, an Rosannas Gesichtsausdruck die generelle Stimmung auszuloten. Nur bruchstückhaft kamen Details der Unterhaltung zu Tage.

» ... erst am Donnerstag? Aber wenn du jetzt schon nach London fliegst, warum können wir uns nicht eher sehen?«

Der Taxifahrer hatte mitbekommen, dass auf seiner Rückbank telefoniert wurde und er drehte das Radio ein wenig leiser.

»Warte eine Sekunde. Ich brauche etwas zum Schreiben.«

Ein schneller Griff in meine Sakko-Innentasche, und ich zog die Kladde heraus. Ich reichte sie ihr mit einem Kugelschreiber und sie notierte eine Adresse sowie die Uhrzeit für den Donnerstagnachmittag. Es folgten anschließend noch einige Abschiedsfloskeln. Nahezu überglücklich strahlte sie mich an.

»Sie lebt. Alles in Ordnung, Peter. Ihr ist heute leider etwas dazwischen gekommen. Dicke Entschuldigung. Sie ist bereits auf dem Weg nach England und sie hat meine Nachrichten gelesen, kann aber wohl nicht zu unserer *School-Reunion* kommen. Ich soll dir unbekannterweise auch einen schönen Gruß ausrichten. Sie freut sich auf den Donnerstag.«

Alles in bester Ordnung? 'Das klang einen Hauch zu rund', dachte ich. Dennoch drückte ich Rosannas Hand und nahm sie anschließend in meinen Arm. Was sollte ich ihr in diesem Augenblick die gute Laune verderben? Mein Bauchgefühl sagte mir allerdings, dass Diana genau so gut auf dem Weg nach Wien sein konnte und gar nicht den Kontakt mit Rosanna suchte. Vielleicht störten wir ihre Kreise und es war ihr alles andere als recht, dass wir uns von England über Zürich bis nach Madrid an ihre Fersen geheftet hatten. Mir ging der Aspekt der Kontaktadresse in Wien nicht mehr aus dem Kopf. Wie konnte ich Rosanna für diesen Plan gewinnen? Sie schlug vor, dass wir noch einen Tag in Madrid bleiben könnten, um dann tags darauf nach London zurückzufliegen. Ich hingegen hatte Wien im Sinn.

»Heute ist Montag! Bis Donnerstag sind es noch einige Tage. Können wir nicht für morgen Wien einplanen? Dann bleibt immer noch genügend Zeit, um nach London zurückzukehren.«

Sie überlegte kurz und schien im Kopf die Wochentage durchzugehen. Nach einer Weile nickte sie.

»Wenn du meinst. Vielleicht können wir Zwei uns noch ein paar nette Tage machen. Wien soll sehr sehenswert sein.«

Ihr Lächeln wirkte wundersam. Mit dem Wiener Professor verband sie augenscheinlich keine Verbindung zu unseren Nachforschungen und sie blieb völlig relaxt. Endlich schien der Stress der Gespräche abzufallen. Wir hatten in den letzten Tagen viele Fragen aufgeworfen und in mancher Hinsicht den Lauf der Welt in Frage gestellt. Doch hatte sich dadurch etwas geändert? Der Lauf der Sonne war immer noch derselbe. Nur meine eigene Wahrnehmung war intensiver geworden. Selten zuvor hatte ich so bewusst meinen Gedankengängen Beachtung geschenkt. Fast war es wie der Weg auf einer Treppe der Bewusstseinsstufen. Quasi, als ob man in einem Spiel das nächste Level erreicht hatte. Ohne Rosanna wäre ich diesen Schritt sicherlich nicht gegangen. Sie war eine äußerst attraktive Frau, die genau wusste, wo sie in ihrem Leben stand. Selbstbewusst und gebildet. *Mens sana in corpore sano. Ein gesunder Geist in einem gesunden Körper.* Das traf mit Sicherheit auf Rosanna zu. Mit ihrem durchtrainierten, sportlichen Körper wies ihr *Body Mass Index* sicherlich die Idealwerte auf. Ich fühlte mich gewissermaßen geschmeichelt, dass ich mit solch einer Traumfrau unterwegs war. Konnte es sein, dass sie sich auch in mich verliebt hatte?

In den vergangenen Jahren nach meiner Scheidung waren es eher lockere Beziehungen, die ich eingegangen war. Niemals waren sie auf längere Zeit oder für etwas Festes angelegt. In bestimmter Hinsicht genoss ich seitdem mit mancher Partnerin diese Unverbindlichkeit. So war bei mir trotz einiger Affären - mal lebendig, oftmals hitzig und bisweilen auch ausgesprochen erotisch - niemals der Alltagsschock eingetreten. Warum sollte ich mir auch den guten Sex durch banale Themenstellungen aus dem Tagesgeschehen verderben?

Einige der Beziehungen dauerten Wochen, andere ein paar Monate und es waren einige sehr intensive *ONS* dabei, die *One-Night-Stands*. Da die meisten meiner Beziehungen in den letzten Jahren nicht in die Tiefe gingen, war es auch recht einfach, sie wieder aufzulösen. Diese herrlich bequeme Unverbindlichkeit. Mit Rosanna war alles anders. Nach vielen Jahren hatte ich plötzlich wieder Schmetterlinge im Bauch. Die Textzeile *Feels like I'm seventeen again* von den Eurythmics begleitete meine Gedanken an Rosanna. Jede ihrer Bewegungen zog mich magisch an. Ich fühlte mich ihr so nahe wie keinem anderen Menschen. Vor allem waren es meine Blicke in ihre Augen, so als würde ich hinabgezogen in eine andere Welt. Ich dachte an den alten Neil Young Song *Like a Hurricane* und in gewisser Weise war es wirklich fast ein Traum, den wir beide erlebten. Ich war erfüllt von einer tiefen Sehnsucht, ihre zarte Haut zu spüren, mit ihr zusammen zu sein und mit ihr die Welt zu erfahren. Die Welt erobern!

Mir wurde immer deutlicher, dass ich mich in sie verliebt hatte. Und wie! Meine Gefühle wurden von Tag zu Tag intensiver. *Doch alle Lust will Ewigkeit. Will tiefe, tiefe Ewigkeit,* wie schon Friedrich Nietzsche sagte. 'Nur nicht an morgen denken', redete ich mir immerzu ein. Denn mir war überhaupt nicht klar, wie unsere Story weitergehen konnte.

Hatten wir eine gemeinsame Zukunft? Wie sollte diese aussehen? Ich weigerte mich daran zu denken, dass meine Momente mit Rosanna am Ende nur eine Episode sein konnten und von einer unabwendbaren Endlichkeit bedroht waren.

Wir waren in unserem Hotel angekommen. Ich hatte die Taxirechnung übernommen und war froh, dass ich mich endlich revanchieren konnte. Wir hasteten aufs Zimmer und Rosanna legte sich lasziv aufs Bett.

»Peter, kommst du? Lass uns Siesta machen, komm zu mir.«

Sie lag wirklich aufreizend auf dem Bett in ihrem luftigen Sommerkleid, das rechte Bein leicht angewinkelt. Sie zog sich die Schuhe aus, ihr langes Haar fiel ihr ins Gesicht, so dass sie nur noch mit einem Auge zu mir herüber blinzelte. 'Verführerisch' dachte ich, wirklich verführerisch. Ich schlüpfte aus meinen Slippern und legte mich neben sie. Durch die Fensterläden gelangte nur ein schattenhaftes Licht ins Zimmer. Ich küsste sie und zog ihr langsam das Kleid aus. Sie hatte nur noch ihren Slip an und ich streichelte sie am Rücken. Nach wenigen Momenten merkte ich, dass sie eingeschlummert war.

Der Wein war ausgezeichnet. Ausgezeichnet und schwer genug. Und unwillkürlich die beste Voraussetzung für einen Mittagsschlaf - auch wenn es schon spät am Nachmittag war. Kurz dachte ich an den Moment, als wir am Mittag auf der Bank in dem kleinen Park saßen. 'Dafür haben wir doch auch noch später Zeit', hatte sie gesagt. Und nun? *Lady, wenn man schläft, wird leider nichts daraus.* Ich ließ meine Blicke fasziniert an ihrem Körper entlang gleiten und deckte sie dann mit dem leichten Bettlaken zu. Hätte ich in jenem Moment einen Musikwunsch frei gehabt, so wäre es das *Nights in white satin* von den Moody Blues gewesen. Ich löste mich langsam von ihr und ging an den Schreibtisch. Dann klappte ich den Bildschirm des Laptops hoch und fuhr den Rechner in den Betriebszustand. Mein Notizbuch lag daneben, ich gab die Begriffe in die Web Suchmaschinen ein und hakte meine Stichworte eines nach dem anderen ab.

Einer meiner ersten Suchbegriffe war das *Projekt Northwoods* und ich wühlte nach dem Dokument aus dem Jahre 1962. Ich fand tatsächlich alle Spuren, auf die auch schon Gonzales hingewiesen hatte. Ich rief die Text-Dateien ab und überprüfte die Aussagen. Das ehemals als *top secret* eingestufte Dokument war inzwischen von der höchsten Stufe der Geheimhaltung heruntergenommen worden und ließ sich problemlos im Internet einsehen. Es war datiert auf den 13. März 1962. Auf fünfzehn Seiten fand sich eine detaillierte Beschreibung des Plans. Eine perfide Mischung aus einer offenen und einer verdeckten Operation. *Overt and covert.*

Es war das Dokument eines hochrangigen Zirkels, *The Joint Chiefs of Staff, Memorandum for the Secretary of Defense.* Das Ziel des Projektes fand sich direkt auf der ersten Seite. *Subject – Justification for US Military Intervention in Cuba.*

Tatsächlich. Es sollten Flugzeugangriffe vorgetäuscht werden. Junge Soldaten sollten in die Rollen von erfundenen Identitäten schlüpfen und als College Studenten das komplette Team einer Sportmannschaft verkörpern. Diese würden in einem gecharterten Flugzeug auf einer offiziellen Flugroute in die Karibik fliegen, allerdings zum Teil über kubanisches Gebiet. Erfundene Identitäten, so las ich es schwarz auf weiß, in einem offiziellen Dokument. *All boarded under carefully prepared aliases.* Ebenso sollten nach dem Abschuss organisierte Angehörige um die getöteten Studenten trauern.

Das echte Flugzeug sollte bei diesem Projekt gegen eine Drohne ausgetauscht werden, die dann einem vorgetäuschten Bombenangriff zum Opfer fiele. *The actual registered aircraft would be converted to a drone.*

Der Notruf wie auch die angeblichen Wrackteile sollten lückenlos vorbereitet werden und einen unwiderlegbaren Kriegsgrund liefern. *When over Cuba the drone will be transmitting on the international distress frequency a »MAY DAY« message stating he is under attack by Cuban MIG aircraft. The transmission will be interruppted by destruction of the aircraft which will be triggered by radio signal.*

Wow, hatte ich gerade den Masterplan gelesen, der auch für andere Manöver als Vorbild gedient haben konnte? So abwegig war das gar nicht. *Projekt Northwoods!* Dieses offizielle Geheimdokument wurde jahrzehntelang unter Verschluss gehalten. Dass der Plan nicht durchgeführt wurde, lag nur daran, dass John F. Kennedy seine Genehmigung verweigert hatte. Konnte ich in diesem Plan Hinweise finden, die mit 9/11 in Verbindung zu bringen waren?

Ich riss ein Blatt Papier vom Schreibblock und schrieb alle Begriffe auf, die mir durch den Kopf gingen. Flugzeuge oder keine Flugzeuge. *Planes* versus *no-planes*. Notrufe und Telefonanrufe aus den Fliegern. Die Einbeziehung der Radiostationen, die im Falle *Northwoods* die Story untermauern sollten, und im Vergleich dazu sah ich die koordinierten Berichterstattungen vom 11. September 2001.

Warum gab es keine abgesetzten *Hijack* Codes in den Flugzeugen? Diese hätte der Pilot oder sein Co-Pilot ganz simpel in jedem der vier Flugzeuge senden können. Ich entdeckte einige Parallelen und konnte mir vorstellen, dass das *Projekt Northwoods* nicht die einzige militärische Aktion gewesen war, die in der Planung vorgetäuschte Angriffe einschloss, um einen Kriegsgrund zu generieren. Das vorliegende Dokument wurde sicherlich nur veröffentlicht, weil der Plan in den 60er Jahren eben *nicht* umgesetzt wurde. Aber wo waren dann die Dokumentationen von den Projekten, die umgesetzt wurden?

Als nächstes schrieb ich das Stichwort der mobilen Telefonanrufe auf. War es überhaupt möglich, aus der vorgeblichen Flughöhe mobil zu telefonieren? Ich selbst hatte schon auf mehreren Flügen vergessen, mein Telefon auszuschalten. Aber ab einer gewissen Höhe fand das Gerät kein Signal mehr oder es loggte sich nur für wenige Sekunden in das Netz ein. Die angeblichen Telefonate bei den September Attacken stellten ein deutliches Fragezeichen dar. Allerdings passten sie nahtlos in eine propagandistisch geprägte Berichterstattung a lá *Northwoods*. Dann blätterte ich in meinen Tagesnotizen und kam zu den Geheimbünden und den Geheimgesellschaften. Ich tippte die Begriffe in die Browserfenster ein und studierte die Informationen. Als erstes landete ich beim *Bohemian Club*, abgekürzt *BC,* mit seinen geheimen, kultischen Ritualen.

Ins Leben gerufen wurde die Vereinigung im Jahre 1872. Eines der Gründungsmitglieder war Henry Edwards. Edwards war damals ein Theaterschauspieler. Als er sechs Jahre später nach New York übersiedelte, kamen die bis dahin knapp hundert Mitglieder, ausschließlich Männer, zu einer Abschiedsparty für Henry in der Gegend der Redwoods Wälder bei San Francisco zusammen. Es war ein Mittsommer Event, es wurde ausgelassen gefeiert und seitdem fand dort alljährlich das bekannte Summer Camp des *Bohemian Club* statt. Die Mitglieder waren bis in die heutige Zeit Künstler und Musiker, führende Wirtschaftsgrößen sowie offizielle Vertreter der Politik, bis hin zu einigen US-Präsidenten. Daneben zählten vor allem Top-Executives aus dem Medienbusiness und einflussreiche Persönlichkeiten zu den Mitgliedern.

Die Treffen fanden fast immer auf dem privaten Grund und Boden des Clubs statt, dem *Bohemian Grove*. Ein über 1.000 Hektar großes Gelände. Die Zusammenkünfte waren von festgelegten Ritualen und Zeremonien geprägt. Seit 1881 wurde in den Sommer Camps die Zeremonie des *crimation of care* durchgeführt. Dieses Ritual wirkte auf mich ziemlich krude. Eines der Mitglieder nahm die Rolle eines Hohepriesters wahr und führte vor einer zwölf Meter großen Statue, die eine Eule verkörperte, die Zeremonie durch. Es wurden höhere Kräfte beschworen und mit viel Tamtam, Musik und Feuerwerk begleitet. Viele Jahre soll dazu die Stimme von Walter Cronkite eingespielt worden sein. Ich überlegte und klickte mich weiter nach dem Namen *Cronkite* durch. Ich hatte mich richtig erinnert. Die markante Stimme hatte unzählige Ereignisse des Weltgeschehens untermalt, unvergessen war seine Reportage bei der Mondlandung.

Aber konnte dieser Männerclub in die Wendungen der Welt eingreifen? Ich suchte weiter und fand einen Hinweis, dass sich im *Bohemian Grove* im Jahre 1942 führende Militärs, der Präsident von Harvard und Topmanager aus der Wirtschaft zu einem Planungsmeeting im *Manhattan Projekt* getroffen haben sollten. Das *Manhattan Projekt*, welches später zur Entwicklung der Atombombe führte!

Wow. Es schien doch mehr dahinter zu stecken als nur effekthaschende Rituale. Bei so vielen Begriffen zu den Bohemians kam mir unweigerlich die Melodie *Bohemian Rhapsody* von der Band *The Queen* in den Sinn. Ein Klassiker der Musikgeschichte. Ich wählte auf YouTube die Version von *Pink*, genaugenommen die Live Version von ihrem Konzert in Australien, und untermalte damit meine weiteren Recherchen. Die Lautstärke regelte ich natürlich so leise wie möglich, um Rosanna nicht zu wecken.

Ich klickte auf die anderen Begriffe, die ich mir notiert hatte. Von den *Bilderbergern* hatte ich auch schon vorher gelesen. Die *Scull and Bones* wirkten mit dem markanten Symbol eines Totenschädels eher furchteinflößend.

Es durchfuhr mich plötzlich mit Angst und Schrecken und ich dachte an die Rede von John F. Kennedy. Konnte es wirklich sein, dass es andere Kreise gab, die die Welt organisierten? Schnell lud ich das YouTube Video von John F. Kennedy hoch. Der Suchbegriff der *secret societies* in Verbindung mit *JFK* brachte sofort die erhofften Treffer. Die eigentliche Botschaft am Ende der Rede hörte ich mir mehrmals an. Der eindringliche Apell, dass wir uns als freie und unabhängige Menschen definieren sollten. Geheime Gesellschaften schienen allerdings etwas ganz anderes im Sinn zu haben und sogar die Presse für ihre Zwecke einsetzen zu wollen.

Wer organisierte diese Kreise? Es war so gut wie nichts Konkretes über die Geheimgesellschaften zu erfahren. Stanley Kubrick hatte darüber einen Film gedreht. *Eyes Wide Shut*. Es war der letzte Film des großen Regisseurs. Angelehnt an die *Traumnovelle* von *Arthur Schnitzler*, ging es um eine geheime Gesellschaft, um obskure Zeremonien und um sexuelle Orgien. Die Verbindung zwischen der realen Welt und der Geheimgesellschaft zog sich wie ein Grundmotiv durch den Film. Die Hauptdarsteller, Mann und Frau, wandelten hin und her zwischen der Traumwelt und der Wirklichkeit. Eine geheimnisvolle Maske und das letzte von der Frau gesprochene Wort am Ende des Films, sollten einen meisterlichen Abschluss setzen. *Eyes wide shut*, als ob ein Großteil der Menschen die Augen verschloss vor dem, was wirklich passierte.

Gab es einen tieferen Zusammenhang im Lebenswerk des großen Regisseurs? Wie lautete das letzte gesprochene Wort im Film? Und wurde nicht der US Kinostart für den Film *Eyes wide shut* auf den 16. Juli 1999 gelegt, auf den Tag genau 30 Jahre nach dem Start der *Apollo 11* Mission? Alles Zufall? Der deutsche Kinostart fand am 9.9.99 statt. Als ob auf die Zahlenkombinationen ein ganz besonderes Augenmerk gelegt wurde. Ich schrieb auf meinen Block die Stichworte: *Eyes wide shut. 2001 - Odyssee im Weltraum. Der Monolith.* Hatten einzelne Menschen immer schon mehr gewusst als alle anderen?

Wieso drehte sich immer so vieles um mystischen Zahlen, waren sie ein Teil der Rituale? Ich gab weitere Suchbegriffe in diesem Kontext ein und ein Link führte mich zu den Filmsequenzen des Titels *Das Megaritual*. 'Wirre Theorien von weltumspannenden Ritualen', dachte ich zunächst. Doch später wurde ich nachdenklich. Waren am Ende *alle* darin verstrickt? Gab es eine Wahrnehmungsebene, die mir bisher verschlossen geblieben war? Und war ich einer der wenigen, der *nicht* die Wahrheit kannte? 'Quatsch. Nein. Bleib normal', sagte ich zu mir selbst. Zahlen, Daten, Fakten. Sicher erstaunten die Menschen immer wieder bei bestimmten Koinzidenzen. Die historischen Astronomen konnten damit normale Menschen verwirren, wenn sie Ereignisse wie eine Sonnenfinsternis vorhersagen konnten. Ich konnte mir auch vorstellen, dass in gewissem Maße auch Trends und Meinungsströmungen schon im Vorfeld manipuliert wurden, aber eine so mächtige Verschwörung, die das gesamte Weltgeschehen umfasste? Das war nicht möglich. Viel zu viele Menschen hätten dichthalten müssen. Ich dachte an die Worte von Gonzales. Er hatte vielleicht wirklich einiges mitbekommen, aber mehr als einen Spalt hatte auch er nicht durch das Fenster zur Erkenntnis blicken können. Wenn er nun anfing zu reden, konnte es sehr schnell für ihn gefährlich werden. Die Welt würde ihn zwar nur für einen kleinen Spinner halten, einen Verrückten. Er würde nichts beweisen können, es gab ja keine Spuren, keine Protokolle. Nichts war aufgezeichnet worden, gar nichts. Selbst wenn Diana Woods eine der Beteiligten war, man würde sie nicht finden, sie nicht anklagen können. Und überhaupt ... was für ein Quatsch! Sie war schließlich die Tochter eines der Opfer vom 11. September 2001.

Ich war ziemlich verwirrt nachdem ich die verschiedenen Seiten über die Geheimbünde aufgerufen hatte. Einerseits faszinierten mich die Vereinigungen und ich überlegte, wie wir darüber mit einem echten Insider sprechen konnten. Ich dachte angestrengt nach, wen ich aus meinem Freundeskreis kannte und in die Nähe eines solchen Zirkels einordnen würde. Vielleicht konnte Rosanna einen Kontakt herstellen, sie war ja hervorragend verdrahtet. Andererseits erhoffte ich mir damit auch auszuschließen, wer eben *nicht* mit den Terroranschlägen verbunden sein konnte.

Denn ganz im Ernst, am Ende war es der pure Terror und wer sollte hinter den Anschlägen stecken, wenn nicht doch einige durchgeknallte Terroristen. Dann nahm ich wieder mein Blatt Papier und schrieb darauf die Stichworte aus dem *Projekt Northwoods*. Die gefälschten Identitäten. Opfer, die keine Opfer waren. Aus dem Wort *Victim* strich ich das *'t'* heraus und ersetzte es durch ein *'s'*. *Vicsims*, die simulierten Opfer. Und dann strich ich alles wieder mit einem großen X durch. Das alles machte noch keinen Sinn.

Millionen von Menschen glaubten an die offizielle Variante. 'Dann muss es auch so gewesen sein', sagte ich zu mir selbst. Es konnte ja nicht sein, dass die paar Leute, die ich in den letzten Tagen getroffen hatte, zufällig näher an der Wahrheit waren, als die vielen tausend anderen, die journalistisch die Opfer und die Angriffe dokumentiert haben. Oder etwa doch?

Ich zog die Visitenkarte von Professor Habermann aus meiner Hosentasche, nahm das Mobiltelefon von Rosanna und schlich mich ins Badezimmer, denn ich wollte sie unter keinen Umständen wecken. Ich wählte die Telefonnummer und konnte direkt mit dem Professor sprechen. Habermann war ein Professor der Psychologie im Ruhestand. Sehr sympathisch fand ich, dass er vor vielen Jahren in Hamburg aufgewachsen war, so wie ich. Ob er für eine Vortragsserie zur Verfügung stehen würde, die ich im Rahmen von Business Seminaren plante, krückte ich ihm vor. Es würde sehr gut in den Kontext passen, die menschlichen Urinstinkte für Handlungen zu ergründen und in kurzen Vorträgen anschaulich darzustellen. Da ich vorher im Internet gelesen hatte, dass er sich seit Jahren auf die Motive von Verbrechen spezialisiert hatte, wollte ich diese Aspekte gerne mit einbauen. Er war sehr angetan von meinem Konzept. Vielleicht witterte er nur eine Zuverdienstmöglichkeit. Jedenfalls hatte ich erfolgreich einen Termin für den nächsten Tag vereinbart. Passende Flüge würden wir sicher bekommen. Wien war eine europäische Großstadt und eine Drehscheibe in den Osten. Da gab es sicherlich mehrmals täglich Flüge ab Madrid.

Ich wurde müde, legte mich zu Rosanna aufs Bett und legte meinen Arm um sie. Dann zog ich sie ganz nah an mich ran. Eine Zeitlang lag ich noch wach im Bett und die Gedanken gingen mir durch den Kopf. Es war nicht nur, dass ich sie mochte. Nein, ich hatte mich wirklich in sie verliebt. Wir waren uns durch die Reise in den letzten Tagen immer näher gekommen. Schritt für Schritt konnte ich sie immer besser verstehen. Eigentlich war es doch ganz einfach. Sie war nach Europa gekommen, um ihre Freundin Diana zu suchen. Mich hatte sie zufällig getroffen und gebeten, ihr bei der Suche zu helfen. Sie selbst hatte schon vorher geforscht, denn sie wusste zumindest, dass die Mutter von Diana bei dem Flugzeugabsturz im Jahre 2001 ums Leben gekommen war. Dann hatte sie halt auch recherchiert, was mit 9/11 war. Möglicherweise war sie auf ähnlichen Spuren gestoßen, wie ich. Manchmal kam es mir so vor, als wollte sie durch mein Verhalten und meine Bewertung eine Bestätigung erhalten, wie sie selbst die Geschehnisse einordnete. Je weiter wir uns von der offiziellen Darstellung entfernten, umso unklarer wurde allerdings die Gesamtsituation. Es machte noch keinen Sinn, aber ich hatte die untrügliche Ahnung, dass irgendetwas an der ganzen Sache mächtig faul war. Ich wandte meine Gedanken dem morgigen Tag zu und ich schlief ein.

Als ich wach wurde, sah ich, dass Rosanna an unserem Rechner saß. Es war immer noch sehr warm im Zimmer und außer ihrem Slip hatte sie nichts weiter an. Verdammt hübsch sah sie aus und ich starrte auf ihren Rücken. Bei mancher Bewegung ihrer Arme konnte ich ihren wunderschön geformten Busen sehen. Ich hatte mir das Bettlaken um die Hüften geschwungen, stellte mich hinter sie und legte meine Hände auf ihre Schultern.

»Wie geht es dir, Babe? Hast du gut geschlafen?«

Sie drehte sich um, ihre Augen strahlten und sie legte ihre Arme um meinen Hals. Ich sah nur auf ihre Lippen und bildete mir ein, dass ich sie auf diese Weise an mich heranziehen konnte. Dann küssten wir uns minutenlang. Das Bettlaken fiel herunter. Es gab für uns kein Halten mehr. Rosanna blieb auf dem Stuhl sitzen und zog mich zu sich heran. Ich streichelte sie und küsste ihre schönen festen Brüste. Sie spreizte leicht ihre Beine und ich drückte meinen Oberkörper ganz nah an ihren heran.

Es war wundervoll. Über uns drehte sich langsam ein Deckenventilator und der sanfte Luftzug auf der Haut tat richtig gut. Unsere Körper wurden eins, sie erhob sich aus dem Sessel und wir taumelten durch unser Zimmer. Wie in Zeitlupe landeten wir auf dem Boden und zogen das Laken aus dem Bett zu uns herunter. Wir küssten uns, wir drehten uns und wir hatten jedes Zeitgefühl verloren.

Anschließend nahmen wir zusammen ein kühles Duschbad und waren wieder hellwach. Es war bereits nach neun. In Spanien war das allerdings die richtige Zeit für ein Dinner. Schnell zogen wir uns etwas über. Lockere Sachen. Wir setzten uns in ein kleines Restaurant - gleich um die Ecke beim Hotel - und bestellten uns ohne Vorspeisen jeder ein Thunfischsteak. Im Gleichklang. Wir hatten einen Platz im Außenbereich und die meiste Zeit schauten wir uns einfach nur wortlos an. Im Hintergrund spielte ein Pianist. Je später es wurde und je mehr die Lichter von Madrid verlöschten, umso besser konnten wir den Sternenhimmel sehen.

»Eine Sternschnuppe! Lass uns etwas wünschen.«

Rosanna hielt meine Hand ganz fest. Ich blickte nach oben und suchte das Firmament nach den Lichterscheinungen ab. Und obwohl ich keine Sternschnuppe sah, wünschte ich mir auch etwas. Für einen kurzen Augenblick kam mir noch einmal der Trevi-Brunnen in den Sinn und ich fragte mich, warum sich Menschen bei bestimmten Ereignissen etwas wünschen. Was konnte es bedeuten, gleich drei Münzen in diesem berühmten Wasserbecken zu versenken? Waren es vielleicht Überbleibsel von einem früheren Aberglauben? Aber was sollte auch dagegen sprechen, wenn Menschen dadurch neue Hoffnung schöpften?

Später gingen wir eng umschlungen zum Hotel zurück. Es war ein langer Tag. Wir fielen geradezu in unser Bett und wir schliefen noch ein weiteres Mal an diesem Tag miteinander. Der Rechner und die Elektronik blieben in dieser Nacht aus.

Kapitel 14

06. September, 2011

Dienstagmorgen

MADRID

Am nächsten Morgen, es war Dienstag, waren wir gut ausgeschlafen und besprachen noch vor dem Frühstück unser Tagesprogramm.

Ich fing an und erzählte, wie ich am gestrigen Nachmittag den Kontakt zu Professor Emil Habermann aufgenommen hatte und gab ihr weitere Informationen zu ihm. Rosanna hingegen hatte sich bereits um die Reiseverbindungen gekümmert.

»Ich habe unsere Flüge schon gestern Abend online gebucht. Wir müssen gegen halb neun zum Flughafen. Ist doch okay, oder?«

»Passt super, der Herr Professor wird uns vom Flughafen in Wien abholen. Ich habe gestern Abend mit ihm telefoniert und gebe ihm nachher unsere genaue Ankunftszeit durch.«

»Ich bin gespannt, welche neuen Erkenntnisse uns ein Professor der Psychologie geben wird. Wie bist du eigentlich an ihn herangekommen?«

»Gut, nicht wahr? Ich hatte ihm von meiner geplanten Seminar- Reihe erzählt und ... «

»Du planst eine Seminar-Reihe? Das ist ja was ganz Neues. Worüber denn, Peter?«

»Ach, nein. Das war doch nur mein Türöffner. Wie sollte ich sonst plausibel machen, dass wir ihn gerne treffen würden? Ich konnte ihm doch schlecht die Story von einer Visitenkarte auftischen, die wir in Madrid von einem spanischen Bekannten bekommen hatten. Das macht doch nur misstrauisch.«

»Nee, ist doch toll, dass es geklappt hat. Erst war ich nicht sicher, ob das eine gute Idee ist. Aber du hast recht, wir haben genügend Zeit für den Tag und Wien muss eine sehr schöne Stadt sein.«

»Du kennst Wien noch nicht?«

»Nein, nur das, was ich gestern im Internet gelesen hatte. Es klang aber vielversprechend. Und, ob du es glaubst oder nicht, auch Wien zählt zu den lebenswertesten Städten der Welt ... «

»So wie Zürich?« Ich lächelte besserwisserisch.

»Ganz genau. Vor allem die Parkanlagen und die Grünflächen sollen sehr schön sein.«

»Vergiss nicht die vielen historischen Bauten. Mal sehen, ob wir Zeit für eine Stadtrundfahrt haben. Dann schauen wir uns den Prater an, den Stephansdom und vielleicht auch noch das Schloss Schönbrunn.«

»Gerne, Peter!«

In wenigen Minuten hatten wir alles gepackt. Den Rechner, die Ausrüstung und unsere persönlichen Sachen. Wir checkten aus unserem Hotel aus und ließen uns mit dem Taxi zum Flughafen Madrid Barajas, genaugenommen zum Iberia Terminal fahren. Wir ordneten im Taxi unsere Unterlagen und ich blätterte in meinem Notizbuch und überschlug die letzten Stichworte.

Auf dem Weg zum Flughafen, wir waren kurz vor dem Terminal, drehte der Taxifahrer sein Radio etwas lauter. Der Radiobericht musste von etwas Schlimmen gehandelt haben. Rosanna schlug die Hand vors Gesicht.

»Oh, mein Gott.«

Ich schaute sie erschrocken an.

»Peter, gestern Abend ist ein Mann mittleren Alters erschossen worden. Er hatte dunkles, gelocktes Haar und es geschah in einem der Vororte von Madrid. Der Tote trug helle Kleidung und lag in einer Blutlache. Neben ihm fand man ein Bilderalbum mit vielen Aufnahmen der Anschläge vom 11. März 2004.«

Ich zuckte zusammen und war fassungslos.

»Gonzales?«

Stumm nickte sie.

»Ja, ich glaube Gonzales ist erschossen worden.«

Wir waren am Terminal angekommen, der Taxifahrer drehte sich um und warf uns einen misstrauischen Blick zu. Was mochte er in diesem Moment gedacht haben? Ob seine Fahrgäste irgendetwas damit zu tun hatten? Ob wir den Toten vielleicht kannten? Hatte er uns vielleicht sogar verstanden und verdächtigte uns? Schnell bezahlten wir, verließen das Taxi und gingen zum Terminal. Der Taxifahrer war aus seinem Fahrzeug gestiegen und schaute uns nach. Mir war mulmig zumute. 'Was, wenn der Kerl nun die Guardia Civil alarmieren würde?' Rosanna ging unbeeindruckt an den Ticketschalter, zog die Tickets und ging mit einem sehr bestimmten Schritt in Richtung der Sicherheitskontrolle. Ich verlangsamte meinen Schritt etwas und hielt sie an der Hand zurück.

»Rosanna?«

Sie blickte sich um und, als ob sie meine Gedanken lesen konnte, antwortete sie.

»Nein, wir müssen nicht hierbleiben. Wir können nichts mehr für ihn tun.«

»Aber vielleicht müssen wir noch etwas aussagen. Es kann doch sein, dass wir die letzten Menschen waren, die ihn lebendig gesehen haben.«

»Peter, Gonzales ist ermordet worden. Das ist kein Spiel mehr. Hier ist ein Mensch gestorben!«, entgegnete sie energisch.

»Das Restaurant hat er ja sicher noch lebend verlassen. Also waren wir nicht die letzten Menschen, die mit ihm zusammen waren. Außerdem, was um alles in der Welt willst du denen denn erzählen? Dass wir mit ihm über Terroranschläge und weltweite Drahtzieher diskutiert haben? Bist du noch bei Trost? Die buchten uns erst mal ein. Dann sind *wir* beide plötzlich ein nationales Risiko und der Killer rennt draußen frei herum.«

Sie hatte recht. Wir waren wahrscheinlich in größerer Gefahr, als dass wir zur Aufklärung beitragen konnten. Trotzdem war mir nicht wohl zu Mute. Es ging mir nicht aus dem Kopf. Als ob wir eine unsichtbare Demarkationslinie überschritten hatten. Dass wir den Anschlag auf uns in London nicht bei der Polizei gemeldet hatten, damit konnte ich inzwischen leben. Aber *das* jetzt? Was passierte hier? Warum wurde Gonzales umgebracht? Von wem und warum? Hing es damit zusammen, dass er begann, die Geheimnisse von früher auszuplaudern? War das Attentat im Umkehrschluss der Beweis, dass Gonzales die Wahrheit gesagt hatte?

Was, wenn er recht hatte und wir dadurch nun ebenfalls zu Mitwissern geworden waren? Mein ganzer Körper war von einer inneren Unruhe erfasst. Ich zitterte. 'Um Gottes willen, Gonzales wurde umgebracht.'

Wir gingen zur Sicherheitskontrolle, doch ich war ziemlich geistesabwesend. Die Zugangswege in der Wartezone waren mäanderförmig gestaltet und wir mussten in der Schlange warten. Nervös drehte ich mich alle paar Sekunden um, ob Polizisten auf dem Flughafen nach uns Ausschau hielten. Eine kleine Fruchtfliege ärgerte mich und setzte sich in schöner Regelmäßigkeit auf meine linke Hand. Ich fixierte sie mit meinem Blick und einmal war sie in direkter Reichweite meiner rechten Hand. Es wäre ein Klacks gewesen, sie auszulöschen. Doch ich zögerte, es war nicht der Moment, in dem ich als vermeintlich höhere Lebensform über das Leben einer anderen Stufe entscheiden wollte.

In geübter Routine passierten wir die *Security*. Bis zum Abflug war noch etwas Zeit und wir schlenderten durch die Duty Free Zone. In einem der Läden sah ich ein kleines Weinsortiment, ich ging näher heran und entdeckte die Sorte, die wir am gestrigen Tage noch mit Gonzales getrunken hatten. *Aalto*. Spontan beschloss ich, davon eine Flasche zu kaufen und verstaute sie in meinem Handgepäck.

Danach setzten wir uns in die Airline Lounge von Iberia. Rosanna hatte offensichtlich die Vielfliegerkarten von allen wichtigen Fluggesellschaften. Mit einem Kaffee und kleinen Croissants zum zweiten Frühstück begaben wir uns in eine Ecke mit tiefen, bequemen Sesseln.

»Was meinst du, Rosanna? Sind wir bald am Ende unserer Reise angekommen?«

»Dich hat das ziemlich mitgenommen. Ich verstehe das.«

Da ertönte ein melodischer Sound, ein Nachrichtendongle, und urplötzlich lenkte dieser Klang unsere Aufmerksamkeit in eine andere Richtung. Wenige Meter entfernt befand sich ein großer TV Monitor unter der Decke und es liefen die neuesten Nachrichten. Der Nachrichtensprecher ratterte in einer atemberaubenden Geschwindigkeit durch seinen Text. Ich verstand kein Wort, doch anhand der Bildaufnahmen war klar, dass es um den Mordanschlag auf Gonzales José ging. Es wurden Bildaufnahmen aus dem Jahre 2004 von den Terroranschlägen in die Reportage gemischt. Klar, alleine durch das Bilderalbum waren alle Spuren darauf gelenkt. Gerade wollte ich Rosanna ansprechen und sie bitten, mir die Informationen zu übersetzen, da deutete sie mir an, dass ich inne halten sollte.

»Psst, warte.«

Sie lauschte hoch konzentriert. Dann wurde im Fernsehen eine Phantomzeichnung eingeblendet und es war gar nicht viel Fantasie notwendig, um uns selbst in dieser Zeichnung wiederzuerkennen. 'Sie haben uns', durchfuhr es mich. Die alte Frau vor dem Haus von Gonzales hatte uns gesehen, der Wirt an der Straßenecke und nachmittags der Kellner in der Finca. Jetzt musste uns am Ende nur noch der Taxifahrer auf den Phantomzeichnungen erkennen, und das Netz würde sich zuziehen.

'Die werden den Flughafen dicht machen und kein Flugzeug wird mehr starten', dachte ich. Wir waren wichtige Zeugen, darüber konnte kein Zweifel bestehen. Und wir hatten uns aus dem Staub gemacht. Der Taxifahrer würde bezeugen, dass wir die Nachricht im Radio gehört hätten und das Personal hier in der Lounge würde schwören, dass wir uns die Nachrichten über den Mord auf dem TV Monitor angesehen hatten. Keine Chance, in jedem Augenblick konnten die Beamten durch die Glastür der Lounge kommen.

Mein Herz pochte und ich spürte den kräftigen, schnellen Pulsschlag hinauf bis an meinen Hals. Zum Glück lief inzwischen ein neuer Bericht. Über die Sport- und Fußballergebnisse vom vergangenen Sonntag. Rosanna deutete mir mit ihrer Handbewegung an, dass ich näher kommen sollte.

»Die machen um den Mord einen ganz schönen Wirbel. Das mit dem Album war blöd. Jetzt ist das ein nationales Thema. Die werden ziemlich viel wühlen. Wir gelten als ausländisches Paar, dass sich mit ihm getroffen hatte und vielleicht Hinweise auf den Täter geben könnte. Ich entnehme daraus, dass wir nicht direkt verdächtigt werden, aber man erhofft sich weitere Anhaltspunkte aus unseren Aussagen. Wer uns gesehen hat, soll das melden.«

»Na, herzlichen Dank. Und nun?«

Rosanna holte eine Sonnenbrille aus ihrer Handtasche. Trotz der total stressigen Situation behielt sie vollkommen die Contenance und rückte die stylische *Ray-Ban* Brille passend zurecht.

»Wie steht dir eigentlich ein Hut, Peter?«

Verstanden. Zügig griffen wir unser Handgepäck und durchforsteten die Shopping Zone ein weiteres Mal. Bei einem Herrenausstatter wurden wir fündig. Für mich war es die Hauptsache, dass das Personal nichts von dem Mord in den Nachrichten mitbekommen hatte. Neben zahlreichen, sehr edlen Anzügen gab es in dem Geschäft zwar ebenfalls einen Monitor, der jedoch ausschließlich Musikvideos und Werbeclips für Markenkleidung zeigte. Zum Glück lief kein Nachrichtenkanal darauf. Rosanna griff nach verschiedenen Kopfbedeckungen.

»Wie wäre es hiermit?«

Sie lachte und ehe ich mich versah, hatte ich einen Torero Hut auf meinem Kopf.

»Hey, ich bin doch kein Matador!«

»Keine schlechte Idee, willst du heute Nacht mein heißblütiger Stierkämpfer sein?«

Sie hatte einen unverwechselbaren, verführerischen Blick aufgelegt und brachte mich zum Schmunzeln. Ich hingegen hoffte, dass uns der Verkäufer nicht verstanden hatte und schüttelte den Kopf.

»Was gibt es denn sonst noch zur Auswahl?«

Als nächstes sah ich mich im Spiegel mit einem Zorrohut. Auch dieses Exemplar fiel durch meine Wertung. Schließlich fand sich ein schwarzer Sombrero. Ein *Sombrero Cordobes*. Der sah klasse aus, passte wie angegossen und fügte sich nahtlos in mein Outfit ein. Beim Griff in meine Brieftasche zog ich fast automatisch meine Kreditkarte heraus, besann mich kurz und schob sie wieder in den Lederschlitz. Mit der Kreditkarte war auch die Assoziation zu Joe in London wieder augenblicklich lebendig. Ich bezahlte in bar und wir verließen den Laden. Anstatt wie sonst hielten wir einen gehörigen Abstand voneinander. Mindestens zehn Meter - ohne uns aus den Augen zu verlieren. Auch beim Einsteigen, kurz danach, gingen wir nicht gemeinsam an Bord, sondern trafen uns erst an unseren Sitzplätzen.

Sehnsüchtig wartete ich auf die Ansage 'Boarding completed'. Erst dann wären wir in Sicherheit. Fast jedenfalls. Vor vielen Jahren hatte ich die Ausnahme von dieser Regel auf einem Flug nach London erlebt. Selbst nachdem die Türen geschlossen waren, wurde nach einem Klopfen die Luke wieder geöffnet und ein Passagier wurde von Polizeibeamten aus dem Flieger geholt. Ich zermarterte mir das Gehirn. Konnte uns einer der gestrigen Kontakte mit unseren Namen in Verbindung bringen? Hatten wir an irgendeiner Stelle unbemerkt einen Rückschluss zu unserem Hotel ermöglicht? Die Rechnung in der Finca hatte Rosanna mit Bargeld beglichen, zum Glück. Bei einem Kreditkartenbeleg wären wir jetzt bereits identifiziert und gefasst worden. Mein Puls schlug bis zum Anschlag. Ich hatte mir den schwarzen Hut tief in die Stirn gedrückt und den Kragen meines Polo-Shirts nach oben geschlagen. Dabei hatten wir doch nichts Unrechtes gemacht, sollten sich doch die Untersuchungen auf die Suche nach dem Mörder konzentrieren. *Der* war der Kriminelle!

Wie eine Erlösung wurden endlich die Fertigmeldungen durchgegeben und die Flugbegleiter überprüften, ob alle Sicherheitsgurte angelegt waren. Selten zuvor genoss ich so sehr den Start eines Düsenjets. Mit jedem Meter, den wir durch den Auftrieb in die Höhe rauschten, wich meine Anspannung. Ich hatte einen Fensterplatz und blickte hinaus auf die Kulisse von Madrid am Horizont. Geschafft! Gen Osten, quer durch Europa. Über drei Stunden führte uns die Flugroute auf direktem Wege nach Wien. Wir waren in der letzten Woche zu echten Globetrottern geworden. Von Hamburg nach London bis zur Isle of Wight. Von Paris nach Zürich. Dann Rom, Madrid und als nächstes Wien. Während des Flugs waren wir eher ruhig und vertieften uns in das Magazin der Fluglinie oder lauschten der Musik aus dem Bordprogramm. Wir schwiegen behutsam. In keinster Weise wollten wir durch irgendwelche Schlüsselwörter, die sich in einer Unterhaltung kaum vermeiden ließen, den anderen Fluggästen Anhaltspunkte liefern, was uns so intensiv beschäftigte. Erst gegen Ende des Fluges, als die Anschnallzeichen bereits aufleuchteten, unterhielten wir uns vorsichtig.

»So richtig weit sind wir trotzdem nicht gekommen, oder?«

»Doch, Peter! Meiner Meinung nach schon.«

»Na ja, in jedem Falle haben wir Europa kennengelernt, London, Zürich, Rom und Madrid. In Wien werden wir sowieso nichts über Diana erfahren.«

»Ja, denn sie wird bereits in London sein.«

»Denkst du, dass sie schon weg war, als das mit Mister 'G' passierte?« Bewusst nannte ich seinen Namen nicht und flüsterte. »Oder kann es sein, dass sie in der Nähe war?«

»Ich weiß nicht, das ging mir auch schon durch den Kopf. Wir können sie am Donnerstag fragen. Aber du hältst Diana doch nicht für eine ... eine *Verd* ... «

Sie sprach das Wort *Verdächtige* nicht weiter aus. Ich schüttelte meinen Kopf.

»Möglich ist zwar alles. Doch das würde nicht ins Bild passen.«

»Nein, absolut nicht. Könnte es nicht derselbe gewesen sein, der auch uns angegriffen hatte. In London, in Rom. Vielleicht war er auch hier.«

»Der Mann aus London?«

»Nennen wir ihn den *Schatten*. Dunkel genug war es am letzten Dienstag ja. Und wie ein Schatten folgt er uns, wohin wir auch gehen.«

Der Schatten, ihre Bezeichnung traf es in der Tat. Doch wie konnten wir unseren Schatten los werden? Eigentlich nur, wenn das Objekt verschwand, welches den Schatten warf. Das waren wir selbst, diese Variante schied somit aus. Oder wenn die Lichtquelle, also die zentrale Ursache, nicht mehr auf uns ausstrahlte. Das war die einzige Lösung, die ich mir vorstellen konnte. Doch wie sollte das konkret vonstatten gehen? Nur verschwommen erahnte ich die Zusammenhänge. Die Achse von Rosanna zu Diana musste eine gewichtige Rolle spielen. Die Terroranschläge von 2001 und 2004 ebenso. Nicht zu vergessen die Geheimen Gesellschaften. Es war für mich wie eine Schachaufgabe. Ein mehrzügiges Matt, welches man in einer verzwickten Stellung herausfinden musste. Doch als ob mir immer ein Zug fehlte, fand ich nicht die entscheidende Zugkombination.

»Was schlägst du vor, Rosanna? Sollen wir aufhören?«

Ich zögerte einen Moment. Sie schaute mich an und schwieg.

»Sollen wir jetzt alles begraben und ruhen lassen? In der Hoffnung, dass der Schatten von selbst verschwindet?«

»Von selbst? Das wird nicht geschehen. Wenn wir näher an die Quelle kommen, wird der Schatten eher noch größer.«

Sie fasste nach meiner Hand. Das Fahrwerk des Flugzeugs wurde gerade ausgefahren und die Landung stand unmittelbar bevor.

Kapitel 15

06. September, 2011

Dienstagmittag

WIEN

Wir nahmen unseren Weg durch das Flughafengebäude. Da wir nicht in Wien übernachten wollten, verstauten wir unser Handgepäck in zwei Schließfächern am Flughafen. Das war eine gute Lösung, so konnten wir uns frei bewegen. Ich hinterließ Professor Habermann eine kurze Nachricht über Rosannas Mobiltelefon und er schickte postwendend seine Antwort per SMS.
»Er wird noch ungefähr zehn Minuten benötigen.«
Wir setzten uns auf eine der Wartebänke und beobachteten das geschäftige Treiben der Reisenden.
»Du, Rosanna?«
Sie ahnte, dass ich wieder mit einer neuen Idee kommen würde und schaute mich erwartungsvoll an.
»Ich habe mir etwas überlegt. Heute sind wir in Wien. Was wäre denn, wenn wir morgen noch eine Station in Hamburg einlegen, bevor wir nach London weiterfliegen?«
»Hamburg? Warum Hamburg? Hast du Sehnsucht nach deiner Heimatstadt?«
»Nein, das ist es nicht. Ich will noch gar nicht in die Firma zurück. Frederik wird sicherlich alles hinbekommen. Nein, ich würde gerne die *TV Fakery* Theorie überprüfen.«
»Die *TV Fakery* Theorie? Das hatten wir doch schon mit diesem Tom Skøby durchgekaut. Das war doch ziemlich abstrus, oder?«
»Abstrus? Nee, nee. Ganz und gar nicht. Für mich ist das der entscheidende Schlüssel zur Auflösung. Nach wie vor. Denn

unser gesamtes Wissen über die Geschehnisse haben wir aus dem Fernsehen. Die Bilder wurden immerzu wiederholt und haben sich geradezu ins Bewusstsein eingebrannt. Wir haben es im Fernsehen gesehen und es für bare Münze genommen. Egal mit wem du sprichst, jeder bezieht sich darauf, dass man es doch im Fernsehen sehen konnte, wie das Flugzeug in den Turm geflogen war.«

»Na, gut«, sagte Rosanna. »Wie wollen wir das angehen?«

»Ich kenne einen Videoexperten, der in Hamburg wohnt. Ein alter Bekannter von mir. Er produziert Auftragsfilme für die Industrie und ab und zu auch Werbespots. Der ist fit, er hat sich seit vielen Jahren mit Videosoftware und der Bildbearbeitung beschäftigt und er ist ein echter Profi. Lass uns versuchen, ihn zu treffen, der kann uns einiges dazu erzählen.«

Ich machte mir einige Notizen. Frank Simmons. Mit ihm hatte ich über viele Jahre hinweg den Kontakt aufrecht erhalten – schon seit der Studentenzeit - und wir waren so manchen Abend durch die Straßen der Hamburger City gezogen. Wenn er nicht im Urlaub sein sollte, würde er sich sicherlich die Zeit für uns nehmen. Leider hatte ich mein Telefon nicht dabei, dort waren nämlich alle Kontakte gespeichert. So musste ich beim nächsten Online-Zugang seine Nummer oder Email Adresse herausfinden.

Am Ticketschalter holen wir uns bereits die Boarding Pässe für unseren Nachmittagsflug nach Hamburg. Dann würde es später schneller gehen. Wir konnten zu diesem Zeitpunkt noch nicht wissen, wie wichtig das an diesem Tag für uns werden sollte. Rosanna schaute auf die Uhr. Lange durfte es nicht mehr dauern, bis der Professor kam. Mir ging in diesen Momenten noch ein weiterer Gedankengang durch den Kopf.

»Weißt du, was mich ebenfalls beschäftigt. Nämlich, was Gonzales erzählt hat über die Geheimen Gesellschaften, quasi die andere Ebene, die dahinter stecken könnte.«

»Ich weiß nicht. Das klang ziemlich weit hergeholt. Nicht, dass wir den Wirklichkeitsbezug verlieren.«

»Mag sein. Aber ganz ehrlich, das würde mich interessieren. Ob beispielsweise ein geheimer Bund die Drähte gesponnen hat und immer noch die Fäden zieht.«

»Ach, Peter. Früher oder später ist doch bisher alles aufgedeckt worden, so viele Menschen können gar nicht das Wasser halten.«

»Eine Frage in diesem Zusammenhang, hast du vielleicht einen Kontakt zu den Freimaurern, Rosanna? Ich würde gerne mehr darüber in Erfahrung bringen.«

Sie zögerte kurz und überlegte.

»Ja, kann sein. Da gab es jemanden in London. Das ist zwar schon viele Jahre her und ich bin ihm nur ein einziges Mal bei einem Cocktail Empfang begegnet. Aber vielleicht gibt es ihn noch, das kann ich heraussuchen. Er müsste zentral in der Londoner City wohnen ... und ... vielleicht kommen wir in die *Freemasons Hall* hinein. Die *Hall* ist eines der Heiligtümer und sie ist übrigens gar nicht so weit entfernt vom Britischen Museum.«

»Das wäre es! Echt klasse, wenn du das organisieren kannst.«

Rosanna machte sich eine Notiz auf einem Zettel, den sie anschließend in ihre Jackentasche steckte. Ich war begeistert. Das Puzzle fügte sich Teil für Teil zusammen. Nach einem kurzen Blick auf die Uhr, standen wir auf und nahmen unsere Sachen. Wir kamen aus dem Flughafengebäude in Wien Schwechat und ich hielt Ausschau nach einem Mann, der dem Foto ähnlich sah, welches ich am Vortag gegoogelt hatte. Im Telefonat hatte ich uns beschrieben, damit er uns erkennen konnte und er hatte im Gegenzug vorgeschlagen, ein rotes Schild hochzuhalten, auf dem in weißen Lettern stehen würde *'Ich hole sie ab'*. Er meinte, dass das nicht zu übersehen sei. Obwohl ich die Idee für ziemlich skurril hielt, kam nun tatsächlich ein älterer Mann mit eben diesem Schild auf uns zu.

»Das muss er sein, Professor Emil Habermann«, flüsterte ich zu Rosanna, die mich daraufhin ungläubig anstarrte.

Der Professor hatte langes, weißes Haar und eine Lesebrille tief auf die Nasenflügel gedrückt. Sein Anzug wirkte ziemlich abgetragen und auch das Oberhemd musste er schon seit vielen Jahre besessen haben, überdies schien es mir viel zu groß zu sein. Auch die Schuhe hätten einmal wieder Schuhcreme vertragen können. Vorher hatte ich mir vorgestellt, dass der Professor ein gut situierter Mann war. Im Ruhestand, Mitte Siebzig und dass er mit einer ansprechend großen Limousine vorfahren würde. Die Realität war meilenweit davon entfernt. Es war ein ungepflegtes Kleinfahrzeug, das schon seit Monaten keine Waschanlage mehr gesehen hatte. Professor Habermann kam auf uns zu und begrüßte uns fast übertrieben förmlich.

»Ich darf sie begrüßen, meine Herrschaften. Gnädige Frau Sands, Herr Berg! Seien sie willkommen in Wien, der schönsten Stadt an der Donau. Und ich darf sie auch gleich zu meinem Auto begleiten, ein prächtiges Auto, sie werden es sehen.«

Ich war leicht irritiert, war das jetzt ernst gemeint oder ironisch? Er öffnete den Kofferraum, wir packten unser Handgepäck und die Taschen hinein und ich wollte Rosanna den Platz auf dem Vordersitz anbieten, aber sie winkte ab.

»Nein, Peter, geh du mal nach vorne. Das passt schon ganz gut.«

In ihren Augen musste Habermann ein schrulliger Kauz sein und ich vermutete, dass sie keinen großen Wert auf die Unterhaltung mit ihm legte. Ich zwängte mich in den kleinen Fond des Innenraums und sah auf der Bodenfußmatte Dreckspuren, Kieselsteine, Brotkrümel und viele kleine Papierschnipsel. Die Displays, sowohl vom Tacho als auch vom Radio, waren völlig verschmiert und voller Fingerabdrücke. Die Innenscheibe war vom Ruß des Stadtverkehrs leicht gräulich beschlagen.

'Das kann doch nicht wahr sein', dachte ich. 'Wie kann man sein Auto in einem dermaßen ungepflegten Zustand lassen?' Professor Habermann schaute mich streng an. Las er meine Gedanken?

»Sehen sie, Herr Berg, das ist mein Reich. Ich sage nur, *my car is my castle*.«

Er untermalte seine Äußerung mit einem großväterlichen Schmunzeln und blinzelte mit den Augen, als ob er sich selbst auf den Arm nehmen wollte.

»Willkommen in meinem Skoda und nicht, dass sie meinen, auch nur ein einziges Detail in diesem Auto wäre unbeabsichtigt. Wissen sie, ich fahre seit vielen Jahren und ich bin viele Autos gefahren, vom Kleinwagen bis zur Luxusklasse. Jetzt fühle ich mich in meinem Skoda Fabia am aller wohlsten. Das ist mein Fahrzeug! Nicht nur, dass es in dieser Größe perfekt für den Stadtverkehr ist und ich überall einen Parkplatz finde, nein, ich habe es auch ganz bewusst in dem scheinbar ungepflegten Outfit gelassen und auch das Interieur ist darauf angepasst.«

Der Professor konnte auch als Autoverkäufer tätig sein, so wie er dieses verdreckte Fahrzeug anpries.

»Mein Auto bekommt keinen Kratzer von irgendwelchen Vandalen. Es ist auch kein Objekt für Kleinkriminelle, die es aufbrechen wollen, ganz im Gegenteil. Schauen sie mal hinein, so sind auch meine Unterlagen und meine Ideen relativ sicher. Ich kann fast alles im Auto liegen lassen, es ist einfach keine Zielscheibe. Prima, nicht wahr?«

Ich griente respektvoll. 'Was für eine Type', dachte ich, 'der Mann hat's drauf.' Er fuhr uns über die Schnellstraße zügig in das Zentrum von Wien und fand auch sehr bald einen Parkplatz in der Nähe vom Stephansdom. Habermann zog ein Parkticket für zwei Stunden und klemmte den kleinen Ausdruck auf das Armaturenbrett unter der Windschutzscheibe.

»Kommen sie, meine Herrschaften. Wir essen jetzt ein schönes Wiener Schnitzel. Das müssen sie einfach probieren, wenn sie schon mal hier sind. Denn nirgendwo schmeckt das Wiener Schnitzel so gut wie hier und übrigens ist es das beste Schnitzel auf der ganzen Welt.«

Wir gingen durch eine schmale Seitengasse und kamen direkt zum Restaurant Figlmüller. Über dem Eingang war auf einem ellipsenförmigen Schild das Gründungsjahr eingraviert: 1905. Über ein Jahrhundert Tradition! Hier sollte es die größten Schnitzel von ganz Wien geben. Bis zu fünfhundert wagenradgroße Schnitzel wurden täglich in dem Restaurant gebacken und gebraten. Die berühmten Schweinesteaks wurden von den sogenannten Schnitzelklopfern zubereitet; sie waren vermutlich die letzten ihres Berufsstands überhaupt. Genaugenommen durften nur die Schnitzel aus Kalbsfleisch den Namen 'Wiener Schnitzel' tragen, diejenigen aus Schweinefleisch mussten den Zusatz 'Schnitzel nach Wiener Art' tragen. Dem regen Zuspruch der Gäste schien dieser begriffliche Unterschied gar nicht so wichtig zu sein. Das Restaurant war jetzt um die Mittagszeit jedenfalls brechend voll.

Professor Habermann hatte extra für uns Plätze reservieren lassen und offensichtlich war er in dem Lokal sehr bekannt. Gleich am Eingang wurde er persönlich begrüßt und nach seinem Wohlbefinden gefragt. Dieser typische *Wiener Schmäh* war von einem gewissen Lokalkolorit geprägt. Wir gingen durch den Hauptraum mit vielen Eckbänken, bis wir in die gemütliche Weinstube kamen und einen etwas ruhigeren Platz bekamen.

Nachdem wir unsere Speisen bestellt hatten, kam er direkt zur Sache.

»Lieber Herr Berg. Darf ich ihnen sagen, dass ich es übrigens sehr nett finde, dass wir uns kennenlernen? Ihre Idee der Vortragsreihe halte ich für sehr interessant und wissen sie, wenn ich mir dadurch ein kleines Honorar zu meiner nicht gerade üppigen Pension hinzuverdienen kann, kommt mir das sehr gelegen. Ich bin gespannt, um was es nun genau geht. Wollen sie starten, Herr Berg?«

»Aber gerne! Die Sache ist so. Ich möchte demnächst eine Seminar-Reihe für meine Geschäftspartner ins Leben rufen, die sich mit Sicherheitstechniken beschäftigt. Insbesondere soll es darum gehen, wie Mobiltelefone eingesetzt werden können, um Diebstähle, Einbrüche und sonstige Verbrechen zu verhindern. Dafür muss man aber wissen, wie die Gangster ticken. Wissen sie, und da habe ich mir gedacht, dass sie als Experte auf diesem Gebiet, uns einen generellen Überblick darüber geben könnten. Welche Beweggründe verfolgt ein Krimineller? So in etwa könnte die Überschrift für ihren Vortrag lauten.«

»Mein lieber Herr Berg. Sie scheinen sich gut über mich informiert zu haben. Ich habe mich über viele Jahre hinweg mit der Psychologie von Verbrechen beschäftigt. Das ist mittlerweile zu meinem Hobby geworden. Und dass sie sich dafür interessieren, finde ich nun wiederum sehr spannend. Ich nehme mir gerne die Zeit und höre ihnen zu, was sie für Überlegungen haben. Wissen sie, ich bin zwar schon seit einigen Jahren pensioniert, aber hin und wieder halte ich noch ein paar Vorlesungen. Mich interessiert halt der Austausch mit jungen Studenten und die Vielschichtigkeit des Lebens ist eine der schönsten Facetten, die ich erleben darf.«

Ich schob die Tischdekoration, einen kleinen Blumentopf, in Richtung des Fensters und beugte mich halb über die Platte.

»Es ist eigentlich so, Herr Professor. Meine Fragestellung lautet: Was bringt Menschen dazu, ein Verbrechen zu begehen und warum glauben sie fest daran, dass die Tat nicht aufgedeckt wird?«

Emil Habermann schaute mich mit großen Augen an und sagte nur ein einziges Wort.

»Hybris.«

Er machte eine ausladende Geste und senkte den Kopf leicht zu mir. Als wollte er mich auffordern, meine Ideen weiter zu formulieren. Nun ließ ich meinen Gedanken freien Lauf.

»Ich sage es ihnen ganz ehrlich. In den letzten Tagen habe ich mit Rosanna, also mit Frau Sands, recherchiert, was wirklich hinter dem 11. September stecken könnte. Wir sind auf so viele Ungereimtheiten gekommen, dass ich inzwischen gar nicht mehr weiß, was ich glauben soll. Ob die offizielle Geschichte mit den arabischen Terroristen stimmt oder ob es andere Drahtzieher geben könnte. Ob die Motive gar nicht im religiösen oder im fanatischen Bereich lagen, sondern ob es wirtschaftliche Hintergründe gab - inklusive der Kursmanipulationen - oder ob es darum ging, einen Kriegsgrund zu schaffen. Mich würde brennend interessieren, wie *sie* das Ganze sehen. Könnte man solche Fragestellungen in einen Vortrag einfließen lassen?«

»Ahhh. *Nine Eleven.* Das ist eine ganze Menge, was sie da erwähnen.«

Er holte weit aus und machte eine große Handbewegung. Habermann hatte jetzt seine Bühne. Wir saßen zum Glück in einer kleinen, abgeschiedenen Nische und es gab um uns herum keine Zuhörer.

Dann stand er auf und zog einen Vorhang zu, so dass die anderen Gäste nichts von unserer Unterhaltung mitbekamen. Wir befanden uns jetzt fast in einem Separee, gleichzeitig boten die Fenster einen wunderschönen Blick nach draußen. Mit seinen Armen gab er uns zu verstehen, dass wir näherkommen sollten und so saßen wir an dem runden Tisch und steckten unsere Köpfe zusammen. Es war nahezu mystisch inszeniert.

»Ja, meine Herrschaften, dieses ist eine der interessantesten Fragen, die man sich stellen kann. Die Frage nach dem Motiv. Vor jeder Aktion, vor jeder Tat, steht das Motiv. Das Handeln, ob menschliches Handeln oder das Handeln an sich, ist ja eine Ausführung, der ein Plan – nennen wir den Plan ruhig *Gedanke* – zugrunde liegt. Das Raubtier, welches ein anderes Tier jagt und erlegt, handelt aus bestimmten Motiven. Aus Instinkten wurden Motive. Der Mensch ist zwar viel komplexer und vielschichtiger angelegt, seine Handlungsmechanismen unterscheiden sich allerdings gar nicht so sehr von den Verwandten im Tierreich. Menschliche Entscheidungen können einerseits zielgerichtet sein, sie können aber auch handlungsbezogen sein. Die Entscheidung für ein bestimmtes Handeln folgt somit einer teleologischen oder einer deontologischen Ausrichtung.«

Vielleicht entdeckte Professor Habermann das Fragezeichen in unseren Augen. Ich kam mir vor, als säße ich in einer wissenschaftlichen Vorlesung in der Universität.

»Teleologisches Handeln ist, wenn man das Ziel vor Augen hat. Damit wird die Ausführungsweise gerechtfertigt. Sie können auch gemeinhin sagen *'Der Zweck heiligt die Mittel'*. Das Ziel steht im Mittelpunkt, das Motiv ist die Erreichung des gesetzten Ziels. Damit können alle denkbaren Mittel eingesetzt werden, um das Ziel zu erreichen. Teleologisches Handeln eben.«

Ein Kellner schob sich durch den Vorhang mit riesigen Tellern und noch größeren Schnitzeln. Es duftete köstlich. Wir verteilten das Besteck. Kurz danach kamen auch die Getränke und wir prosteten uns zu. In diesem Moment war das Schnitzel mein Ziel, hungrig genug war ich in jedem Falle und die Gedankengänge des Professors kamen mir etwas abgehoben vor. Ich war gespannt, was er noch in petto hatte.

»Zielgerichtetes Handeln. Das liegt übrigens den meisten Handlungen, und damit auch den meisten Verbrechen, zugrunde. Denn eine Handlung an sich ist ja per sé noch kein Verbrechen. Erst wenn Leitlinien und Regeln von Menschen gemeinschaftlich definiert worden sind, stellt eine Übertretung eben dieser Regeln - sie können sie auch als Gebote oder Gesetze bezeichnen - ein Vergehen dar. Wenn es besonders schwer ist, sprechen wir von einem Verbrechen. Demgegenüber gibt es natürlich noch das deontologische Handeln. Das ist das *Wie*. Dann geht es darum, ob man einen gewissen Kodex einhält und ob die Verhandlungsweisen in einem allgemeinen Regelwerk verankert sind. Das kulturell verankerte Handeln geht einher mit einem moralisch belastbaren Verhalten, damit das menschliche Zusammenleben funktioniert. Ansonsten würde unsere Welt im Chaos versinken. Wir erwarten in unserem Kulturkreis, dass sich alle anderen Mitmenschen gleichermaßen an diese Handlungsrichtlinien halten. Aber Achtung, wenn dem deontologischen Handeln der Masse die teleologisch geprägten Begehrlichkeiten Einzelner gegenüber stehen, ist die Ordnung gefährdet. Wenn plötzlich Welten aufeinander prallen und jemand brutal, eiskalt und egoistisch seine Zielsetzungen verfolgt, dann sind wir genau an der Grenzlinie angelangt, wo die Verbrechen entstehen.«

Ich blickte Professor Habermann interessiert an. Er wirkte mit seiner sonoren Stimme sehr überzeugend.

»Wissen sie, meine Herrschaften, die meisten Verbrechen sind in ihrer Struktur recht einfach und wenn sie auf bestimmte Ereignisse schauen, dann werden sie das auch erkennen. Die meisten Mitmenschen können jedoch nach einem Verbrechen gar nicht die dahinter liegenden Ziele erkennen und schon gar nicht einordnen. Sie bleiben meist in ihrer Beobachtung an einer gewissen Oberfläche hängen. In die tiefen Metaebenen dringen sie gar nicht vor. Wenn man jedoch die Verbrechen und deren Motive deuten möchte, muss man die Metaebene erkennen.«

'Mein lieber Herr Professor', dachte ich. Ich stellte mir meine Businesskontakte vor und ihre Reaktionen auf einen derart schweren Stoff. Gut, dass das Wiener Schnitzel so gut schmeckte und ein simples Zuhören möglich war.

»Es geht ja schließlich darum, die Motive herauszufinden. Dazu muss man wissen, was die Menschen antreibt. Erstaunlicherweise gibt es viele Verbrechen, die sich in der eigenen Familie abspielen oder auch in Partnerschaften. Als Motive tauchen immer wieder auf: Eifersucht oder die Angst, einen Menschen zu verlieren. Und vor allem sind es Machtmotive. Die Macht über andere Menschen zu haben. Es kann auch um Territorien gehen. Schauen Sie zu unseren Verwandten: So wie Tiere ihren Claim abstecken, verteidigen Menschen mit allen Mitteln ihr Haus und ihre Familie. Insofern stecken auch Menschen ihren Claim ab. Ihnen geht es um Geld, Reichtum und um den Erhalt ihres Leben. In einer gewissen Extremsituation kann für einen Menschen alles - aber auch wirklich alles - gerechtfertigt sein. Wenn eine gewisse Grenze erst einmal überschritten ist, können bestimmte Menschen zu den äußersten Mitteln greifen. Das ist das Gefährliche. Wenn ein Mensch für sich etwas als Extremsituation definiert, dann werden alle kulturell verankerten Regeln außer Kraft gesetzt. Diese Menschen sind die Gefahr für unser menschliches Zusammenleben. *Die Freiheit des Einzelnen endet dort, wo die Freiheit des Anderen beginnt.*«

»Immanuel Kant«, warf ich ein.

Rosanna schien beeindruckt zu sein, dass ich dieses Zitat sofort einem der großen Denker zuordnen konnte.

»Ja, Kant hatte das mit dem kategorischen Imperativ auf den Punkt gebracht: *Handle nur nach derjenigen Maxime, durch die du zugleich wollen kannst, dass sie ein allgemeines Gesetz werde.* Es ist das Gegenteil des teleologischen Handelns. Herr Berg, sie wollten etwas über den 11. September wissen, richtig?«

Ich nickte zustimmend.

»Gut, ich habe mir genau darüber auch schon häufig Gedanken gemacht. Die Geschichte passt einfach nicht zusammen. Potentielle Suizid-Attentäter kann man mit unseren Maßstäben überhaupt nicht begreifen. Es ist einfach unvorstellbar, dass jemand eine Tat verübt und sich anschließend selbst richtet oder opfert. Wer so etwas macht, eifert höheren Zielen hinterher. Das eigene 'Ich' zählt in diesem Moment gar nichts mehr. Wenn ich auf die gesamte Berichterstattung von *9/11* schaue, wirkt die Geschichte ziemlich konstruiert. Ich habe mir auch die Vita eines jeden vermutlichen Attentäters angeschaut. Das gleiche gilt für die später platzierten Beweisstücke. Ich sage ihnen, es gibt sehr, sehr viele Ungereimtheiten. Nehmen sie das Auftreten der möglichen Attentäter in Miami. Ihr Leben passte in keinster Weise zu ihren religiösen Vorgaben. Die ganze Ausbildung als Flugschüler wirkt konstruiert. Es ist eine relativ abgekartete Sündenbock-Story.«

»Sie meinen, die Attentäter wussten nichts von ihrer Mission?« Ich rückte meinen Stuhl etwas zurecht und lauschte gespannt seiner Theorie.

»Mehr noch. Die dachten wahrscheinlich, dass sie eine ganz *andere* Rolle in der Story wahrnehmen würden. Das kann ich nicht beweisen, es ist halt nur mein Eindruck. Von allen Varianten bevorzugt der menschliche Geist eine Version, die einfach gut zusammen passt. Einfache Logik ist am überzeugendsten. Aus *A* ergibt sich *B* und aus *B* folgt *C*. Konsekutiv. Schritt für Schritt. Wie Teile eines Puzzles. Zunächst war es für den Fernsehzuschauer nicht erkennbar, worauf die Geschichte hinauslaufen würde, weil er noch nicht wusste, dass zuvor angeblich die Flugzeuge entführt worden waren. Doch dann baute sich für den Betrachter eine logische Story innerhalb weniger Stunden auf. Und Menschen sind einfach gestrickt, sie brauchen einfache Botschaften und dann passt für sie das Weltbild. Aus diesem Grunde mag die offizielle Darstellung von 9/11 auch für die Mehrheit der Menschen einfach die bequemste Erklärung sein. Zudem nährt sie das Feindbild eines Terroristenanführers in den Bergen. Aus *A* folgt *B*. Wenn man Menschen nach der Negation dieser Regel fragt, antworten die meisten, dass aus *Nicht A* wiederum *Nicht B* folgt. Das ist aber falsch! Verstehen sie? Es ist falsch! Die richtige logische Folgerung lautet nämlich, dass aus *Nicht B Nicht A* herzuleiten ist. Und nicht umgekehrt.«

Triumphierend blitzten seine Augen und er lehnte sich auf seinem Stuhl zurück. Nun waren wir also bei den Gesetzen der Logik angelangt. Ich hatte mir das immer mit der Regenanalogie gemerkt. Wenn es regnete, wurde die Erde nass. Und umgekehrt, wenn die Erde nicht nass wurde, folgte daraus, dass es nicht regnete. Denn die falsche Schlussfolgerung, dass, wenn es nicht regnete, die Erde nicht nass wurde, ließ sich leicht widerlegen, indem man mit einer Gießkanne bei Sonnenschein den Boden wässerte. Meine Güte, wie schnell konnte man dabei durcheinander kommen. Die Gesetze der Logik hatten es in sich. Ich war gespannt, worauf der Professor als nächstes kommen würde, und ich freute mich, dass uns der Kellner in diesem Moment eine weitere Apfelschorle zur Erfrischung brachte.

»Stellen sie sich doch nur einmal folgendes vor. Menschen die vorher noch nie etwas davon gehört haben, dass sich die Erde um die Sonne dreht, erleben jeden Tag wie die Sonne auf der einen Seite des Horizonts aufgeht und auf der anderen Seite des Firmaments im Westen am Abend untergeht. Und diese Menschen kommen zu dem Schluss, dass es die Sonne ist, die sich bewegt. Es gibt ja keine Anzeichen, dass sich die Erde bewegt, warum sollten sie von ihrem egozentrischen Weltbild abrücken? Viel schwieriger ist es doch sich vorzustellen, dass es umgekehrt ist. Nämlich, dass sich die Erde um die Sonne dreht.«

Galileo Galilei, 1633! Das hatte ich doch erst vor wenigen Tagen gehört. Nun holte ich mein kleines schwarzes Buch aus meiner Jackentasche und begann, Stichworte aufzunehmen. Professor Habermann fuhr unbeeindruckt fort.

»Und genauso kann es auch beim 11. September 2001 gewesen sein. Die offizielle Variante ist einfach zu plausibel und die Fakten greifen ineinander wie Zahnräder, als dass man eine Mehrheit finden würde, die genau dieses Erklärungsmodell anzweifeln würde. Vielleicht standen die Chancen selbst für einen Galileo höher, den Sonnenlauf zu erklären, als dass sich die Menschheit von einem anderen Ablauf der Geschehnisse bei *9/11* überzeugen lässt.«

Habermann legte eine Pause ein. Er musterte unsere Reaktionen. Was mochte in seinem Kopf vorgehen?

»Und selbst Galileo hatte seine Thesen am Ende widerrufen«, warf ich ein.

»Meinen sie denn, Herr Professor, dass sich das Rätsel des 11. Septembers überhaupt lösen lässt?«

Seine grauen Zellen schienen auf Hochtouren zu laufen und sein skeptischer Gesichtsausdruck wandelte sich in ein geradezu spitzbübisches Lächeln.

»Kennen sie das Einstein Rätsel?«

Wir schüttelten beide den Kopf und bei Rosanna glaubte ich, einen bereits leicht gelangweilten Ausdruck wahrzunehmen.

»Nein? Das ist eine clevere Variante eines Ratespiels. Sie sollen herausfinden, wem das Zebra gehört. Dabei erhalten sie Sätze als Hinweis für die Lösung. Wie beispielsweise *Der Norweger wohnt im linken Haus. Kaffee wird im grünen Haus getrunken. Der Spanier hat einen Hund.* Davon erhalten sie einige Sätze, die eine komplette Siedlung und deren Bewohner inklusive ihrer Lebensgewohnheiten beschreiben. Wenn die Sätze nahezu alle Informationen enthielten, wäre das Rätsel allerdings zu einfach. Deshalb fehlen die meisten Details, so dass nur noch Fragmente überbleiben. Und in der Tat. Ohne intelligente und logische Verknüpfungen, ist das Rätsel nicht mehr lösbar. Man sagt sogar, dass ohne fremde Hilfe - also indem man die Varianten auf einem Blatt Papier einfach durchprobiert - nur weniger als zwei Prozent der Menschheit in der Lage sind, die Frage nach dem Zebra exakt zu lösen. Weniger als zwei Prozent!«

Er hob zwei Finger der rechten Hand demonstrativ empor. Die beiden Finger hätten an dieser Stelle auch ein Symbol der beiden Türme bedeuten können. Professor Habermann war in seiner Vortragsweise gar nicht mehr aufzuhalten.

»So ähnlich müssen sie sich das Story-Layout vom 11. September vorstellen. Nur, dass die Geschichte hierbei noch um Stufen komplexer angelegt wurde. Richtig konstruiert, meint man auf den ersten Blick mehr Informationen als genug zu besitzen, doch je näher man sich mit der Materie beschäftigt, umso verwirrter wird man, bis man schließlich aufgibt. Die prozentuale Rate derjenigen, die in der Lage sind, aus den zur Verfügung stehenden Details das Puzzle zusammenzusetzen, wird wohl weit unter der zwei Prozent Marke liegen. Es mag vielleicht nur von ganz wenigen hellen Köpfen weltweit überhaupt gelöst werden können.«

Das klang ernüchternd. Gut erinnerte ich mich an die ersten Nächte, in denen ich von einer Variante in die nächste gestürzt war und mich am Ende in der Vielfalt der Szenarien nicht mehr zurecht fand. War es am Ende eine konstruierte Story, die einem festen Drehbuch folgte? Keiner der Mitwirkenden kannte das Gesamtbild, die zahlreichen fehlenden Bindeglieder machten per Definition eine Aufdeckung geradezu unmöglich?

»Aber Professor Habermann, ich höre daraus, dass sie ebenfalls sehr skeptisch gegenüber der offiziellen Sprechweise sind. Stimmt das?«

»Mein lieber Herr Berg, das haben sie richtig vermutet. Es gibt nämlich sehr viele Punkte, die nicht zusammenpassen. Das unübersehbar Gefährliche ist, dass man sich dann ganz schnell auf dem weiten Feld der Spekulationen befindet. Man wittert eine große Weltverschwörung, die so weitreichende Kreise zieht, dass einem der gesunde Menschenverstand eigentlich sagt: Das kann ich mir nicht vorstellen und das will ich mir gar nicht vorstellen.«

Das saß. Ich war sprachlos. Professor Habermann hatte mit seinen Ausführungen genau meinen Nerv getroffen. Er konnte ja nicht wissen, womit ich mich in den vergangenen Tagen so intensiv beschäftigt hatte. Umso mehr war ich verwundert, dass er so tief in die Thematik eingedrungen war. Das war mehr, als ich erwartet hatte. Ich bemühte mich, den Gesprächsfaden wieder in die ursprüngliche Richtung zu lenken. Meine Vermutung war ja, dass sich Diana möglicherweise in Wien aufhielt und vielleicht bereits den Kontakt mit dem Professor gesucht hatte. Ich grübelte über eine logische Verbindung zwischen den beiden nach, fand aber nicht den geringsten Hinweis.

»Herr Professor, ich bin tief beeindruckt. Wenn sie in dieser Art und Weise einen Vortrag während meiner Seminar-Reihe halten, wird die Aktion ein voller Erfolg.«

Doch bevor ich nun die Unterhaltung in meine Richtung wenden konnte, setzte der Professor voller Tatendrang nach und ich kam mit meinen Überlegungen nicht mehr zwischen seinen Redefluss.

»Schauen sie lieber Herr Berg, liebe Frau Sands, es gab damals die sich überlagernden Interessen der Großfinanz. Ebenso merkwürdig war, dass ganze Aktenberge von großen Wirtschaftsskandalen verschwunden sein sollen, dass im US Rüstungsetat am Vortag Beträge in Milliardenhöhe fehlten, die sich aber im Zuge der Ereignisse quasi aufgelöst hatten. Und nicht zu vergessen sind die anschließenden kriegerischen Auseinandersetzungen. Es wird ja sogar spekuliert, dass die Fernsehaufnahmen manipuliert wurden. In diesem Falle hätten wir dann sehr viele Beteiligte. So viele Beteiligte, dass es schon unheimlich wird. Dagegen spricht natürlich das starke Argument, dass man das Wissen von so vielen Mitwirkenden nicht geheim halten kann. Demgegenüber wirkt die offizielle Story in sich selbst schlüssig, denn die Einzigen, die sie bekräftigen oder widerlegen könnten, sind ja bei den Anschlägen als angebliche Attentäter allesamt gestorben. Es ist eine in sich selbst geschlossene Geschichte. Niemals wird es auch nur eine einzige Stimme eines Beteiligten geben, die etwas anderes behauptet. Weil es diese *angeblichen Beteiligten* entweder gar nicht gab oder weil sie alle gestorben sind. Völlig in sich schlüssig. Wie ein Film, bei dem sich am Schluss die Story nahtlos auflöst und in das Gesamtbild fließt. Verstehen sie?«

Nun mischte sich Rosanna ein.

»Einspruch, Euer Ehren. Das klingt zwar nach einem leidenschaftlichen Plädoyer, aber wie wollen sie denn eine so große Anzahl von Mitwissern still halten? Das geht doch nicht. Irgendeiner wird immer dabei sein, der quatscht.«

»Liebe Frau Sands. Dazu muss einem Mitwisser erst einmal bewusst sein, dass er ein solcher ist. Verstehen sie? Wenn es gefälschte Aufnahmen waren, dann heißt das nicht, dass der

Fernsehmoderator zwangsläufig eingeweiht sein musste. Nur weil er die Livebilder kommentiert hat, macht ihn dieses doch nicht zu einem Mitwisser. Was für die Kommentatoren galt, kann man auf die Reporter auf den Straßen übertragen. Ebenso auf das Militär oder auf diejenigen, die die Funksprüche abgehört hatten. Was war mit den angeblichen Passagieren, die ihre Telefonate von ihren mobilen Geräten mit Angehörigen, Freunden oder anderen Personen führten? Waren das auch Eingeweihte oder hatten viele gedacht, dass sie Teil einer ganz anderen Aufgabe waren? Dass sie vielleicht nur an einer Übung teilgenommen hatten? Wussten sie, dass parallel zu den Anschlägen - genau in dieser Woche - militärische Übungen abgehalten wurden, bei denen eben exakt jene Entführungsszenarien simuliert werden sollten? Völlig verwirrt zwischen Simulation und Wirklichkeit, fragte eine Frau im Einsatzkommando, als die Entführung gemeldet wurde: *'Is this real world or excercise?'* Also waren höchstwahrscheinlich doch nur ganz Wenige in den vollen Umfang der Abläufe eingeweiht. Und selbst in dem für mich sehr unwahrscheinlichen Fall, dass man eine größere Anzahl von Personen einweihen musste, gibt es historische Beispiele für die Umsetzbarkeit solcher Szenarien.«

Fast flüsternd beugte er sich über den Tisch.

»Das Manhattan Projekt.«

Ich war sehr nachdenklich geworden, er hatte viele Aspekte auf den Punkt gebracht.

»Das Manhattan Projekt«, sagte ich. »Stimmt, da haben vierhunderttausend Menschen an der Entwicklung der Atombombe gearbeitet und es ist auch nichts bekannt geworden. Na ja, später kam das Ganze aber dann doch heraus.«

»Ja, mein lieber Herr Berg, aber hier liegt es doch noch etwas anders. Beim Manhattan Projekt war die Geheimhaltung ja nur so lange wichtig, bis die Bombe fertig entwickelt war. Beim 11. September darf die Wahrheit im Sinne der wahren Drahtzieher niemals herauskommen. Verstehen sie. Niemals.«

Professor Habermann hauchte das Wort *niemals* so bedrohlich, dass es mir kalt den Rücken hinunter lief. Assoziationen kamen mir in den Sinn, die sich mit dem getöteten Gonzales verbanden oder mit der Verfolgungsjagd in Rom und dem Anschlag auf uns in London.

Dazu machte Habermann große Augen, die mich furchteinflößend ansahen.

»Niemals. Keiner kann je riskieren, dass die Sache auffliegt. Es existieren zu viele Interessen, die sich dabei überlagern. Denken sie nur an die fallenden Kurse der Fluggesellschaften, auf die im Vorfeld gewettet wurde. Das ist eine Tatsache. In Millionenhöhe wurde spekuliert und dem ist man nie richtig nachgegangen. Ja, das Ganze ist eine intelligente Variante des Einstein Rätsels, nur sehr viel komplexer und viele Informationen dienten dabei nur der Verwirrung.«

Ich machte mir einige Notizen. Rosanna schaute Professor Habermann an und hakte nach.

»Lieber Herr Professor, sie sagen, dass nur eine kleine Minderheit solche Rätsel lösen kann, haben sie eine Erklärung dafür? Wie kann es so etwas geben?«

Professor Habermann schaute sie etwas großväterlich an.

»Frau Sands, das ist eine gesicherte Erkenntnis. Vielleicht sagt ihnen die Gauß'sche Verteilungskurve etwas. Die Kurve können sie auf unzählige Beobachtungen anwenden. Die große Masse findet sich immer im mittleren Bereich. Da die Kurve asymptotisch zu beiden Enden hin ausläuft, wird die Luft dort immer dünner. Ein Beispiel dafür ist die menschliche Intelligenzverteilung. Und da finden sie nun einmal nur ganz wenige Menschen, deren Intelligenzquotient über 180 liegt. Jetzt mögen sie argumentieren, dass *9/11* lösbar sein müsste, wenn man nur intelligent genug ist.«

»Dann sind die Urheber aber das Risiko einer Aufdeckung eingegangen, oder? Aber warum?«

»Sie können ruhig die Bezeichnung *Verbrecher* statt *Urheber* benutzen. Denn es war ein Verbrechen. Eine eindeutige Überschreitung der Regeln. Ich denke nicht, dass sie das Risiko bewusst in Kauf nahmen, aber ein perfektes Verbrechen gibt es meiner Meinung nach nicht. Ich glaube, wenn ein Verbrechen groß genug ist, dann wird es bedauerlicherweise weniger schnell als solches entlarvt werden. Wenn die Lüge groß genug ist, wird sie geglaubt. Eine mächtige Propagandamaschine tut ihr übriges.«

Ein Kellner kam und räumte unseren Tisch ab. Wir bestellten einen Kaffee und eine Portion des typischen Kaiserschmarrn.

Wie sollte ich den Professor stoppen? So würde ich niemals auf den Punkt mit Diana kommen. Ich beschloss, die Diskussion zunächst von der 9/11 Thematik wegzuführen.

»Faszinierend wie sie das alles schildern. Für mich ergeben sich daraus gleich zwei Fragen, die ich ihnen stellen möchte. Woher weiß man, ob man zu den elitären zwei Prozent gehört? Und woher weiß ich, was überhaupt die Realität ist?«

»Lieber Herr Berg. Das ist eine großartige Frage. Was ist überhaupt real? Nehmen sie doch eine Weisheit von Konfuzius:

> *Eines Nachts träumte ich, ich wäre ein Schmetterling*
> *und flog von Blume zu Blume.*
> *Da erwachte ich und alles war nur ein Traum.*
> *Jetzt weiß ich nicht.*
> *Bin ich ein Mensch der träumte, er sei ein Schmetterling*
> *oder bin ich ein Schmetterling, der träumt er sei ein Mensch?«*

Professor Emil Habermann rezitierte die philosophische Sicht von Konfuzius in einer geradezu poetischen Weise. 'Was für ein faszinierender Charakter', dachte ich und er fuhr ohne Pause fort.

»Es ist alles eine Frage der Blickrichtung. Die Realität des Menschen wird durch seine Wahrnehmung definiert. Manchmal empfangen unsere Sinnesorgane nur Fragmente und der menschliche Geist setzt sich daraus seine Welt zusammen. Eigentlich sind es nur Optionen einer Realität. Denn die Welt, wie sie wirklich ist, werden wir vielleicht nie erfahren. Schon Einstein sagte: *Die Realität ist nur eine Illusion, aber eine sehr hartnäckige.* Wir können nicht alles erfassen, was draußen in der Welt los ist. Unsere Sinnesorgane öffnen nur ein kleines Fenster zu dem, was wirklich geschieht. Unseren Geist können wir nur damit füttern, was uns über unsere Sinne erreicht. Geschehnisse, die außerhalb dessen liegen, dringen nicht in unsere Wahrnehmungswelt vor. Wir wissen, dass Bienen ganz andere Bereiche des Lichtspektrums erfassen können. Sie nehmen die Welt anders wahr. Ich bleibe dabei: Die Welt, wie sie wirklich ist, werden wir nie erfahren. Die meisten Menschen bevorzugen deshalb ein wenig komplexes Leben, welches in einem einzigen Ursache-Wirkungsmechanismus abläuft. Menschen lieben keine komplizierten Zusammenhänge. So lebt es sich um vieles unbeschwerter. Vielen wäre es sogar egal, wenn sich die Sonne um die Erde dreht und nicht umgekehrt. Solange sie im Osten aufgeht und im Westen untergeht. Wir Menschen bauen uns unsere Welt um unsere Wahrnehmungen herum auf. Wir möchten gar nicht geweckt werden und darauf hingewiesen werden, dass die Welt in Wirklichkeit ganz anders sein könnte.«

Rosanna nickte und auch mich fesselten seine Worte.

»Und zu meiner zweiten Frage?«

Professor Habermann stockte. Er schaute mich etwas irritiert an und konzentrierte seine Gedanken. Offensichtlich wollte er sich nicht die Blöße geben nachzufragen. Nach einigen Sekunden nahm er den Faden wieder auf.

»Richtig, sie wollten wissen, woran sie erkennen, ob sie zu den elitären zwei Prozent auf der Skala gehören. Eine unhöfliche Antwort wäre, dass jemand der eine solche Frage stellt, selbstredend *nicht* dazu gehört. Entschuldigen sie meine flapsige Art. Es wäre nicht nur eine sehr arrogante Beantwortung, ich glaube auch, dass es nicht einmal zutreffend ist. Denn es mag viele begabte Menschen geben, die nichts von ihren verborgenen Talenten ahnen.«

Ich schob unbemerkt den Pulli an meinem Arm etwas hoch und warf einen verstohlenen Blick auf meine Armbanduhr. Der Professor sah es trotzdem und warf mir einen strafenden Blick zu. Ich konnte mir gut vorstellen, wie er früher bei seinen Vorlesungen im Hörsaal der Universität die Aufmerksamkeit seiner Studenten jederzeit im Blick hatte. Meine Armbanduhr war für Habermann nun das willkommene Signal für eine weitere Anekdote.

»Sehen sie, meine Herrschaften. Wenn sie bitte mal auf ihre Uhr blicken. Konzentrieren sie sich bitte auf die Zeiger. Sie wissen natürlich, in welche Richtung sie sich drehen, oder? Im Uhrzeigersinn, rechts herum, na logisch. Aber wissen sie auch, *warum* das so ist?«

Ich wusste es nicht. Darüber hatte ich noch nie zuvor nachgedacht.

»Weil Uhren auf der *Nordhalbkugel* entwickelt worden sind. Also hat man sich bei den Zeigern am Schattenverlauf der vorher verwendeten Sonnenuhren orientiert. So wie die Sonne ihren

Lauf auf der Nordhalbkugel nimmt, wandert auch der Schatten bei den Sonnenuhren nämlich rechts herum, im Uhrzeigersinn, wie wir ihn kennen. Jetzt können sie sich vorstellen, dass die Uhrzeiger bei unseren Armbanduhren anders herum laufen würden, wenn die Uhr auf der Südhalbkugel erfunden worden wäre. Bei den Sonnenuhren auf der Südhalbkugel waren die Zeitskalierungen tatsächlich vertauscht, weil der Schattenverlauf genau umgekehrt verlief. Sehen sie, dass muss man sich erst mal vorstellen können. Es ist ja nicht so, dass sich Uhrzeiger von Natur aus rechtsherum bewegen müssen. Die Welt wie wir sie kennen, ist immer kontextbezogen. Wir haben die Welt so geprägt, wie wir sie sehen. Und an diesem profanen Beispiel einer Armbanduhr sehen sie, wie wichtig es ist, *wo* auf der Erde Erfindungen gemacht werden. Der Mensch schafft sich seine Welt und seine Wirklichkeit.«

Der Professor war eine beeindruckende Persönlichkeit. Er schien auf alles eine Antwort parat zu haben. Apropos Zeit, ich war erschrocken darüber, wie schnell die Mittagsstunden vergangen waren. Endgültig musste ich nun das Gespräch in eine andere Richtung lenken. Ich entschied mich zu einem Paukenschlag.

»Lieber Herr Professor. Haben sie schon einmal etwas von der *Enco* gehört?«

Er wurde kreidebleich. Sein Körper verlor augenblicklich an Kraft, die Schultern sackten herunter. In seiner Stimme war die Selbstsicherheit urplötzlich verschwunden und ein Zittern hatte sich eingeschlichen.

»Wer sind sie? Was wollen sie? Sie suchen keinen Referenten.«

Mich beschlich die Angst, dass ich zu weit gegangen war. Er hatte uns freundlich sein Weltbild geschildert und mich dabei sogar in meiner Skepsis bekräftigt. Im Gegenzug hatte ich ihm nun den Boden unter den Füßen weggezogen. Wie konnte ich das wieder korrigieren?

»Keine Angst, Herr Professor. Wir sind ganz normale Bürger. Und das mit dem Referat hätte gut so sein können. Aber sie haben recht, eigentlich suchen wir eine Jugendfreundin von Frau Sands.«

Rosanna strafte mich mit ihren Blicken. Mein Manöver war wahrscheinlich zu unüberlegt und unangebracht.

Aber auch der schnellste Pfeil konnte das gesprochene Wort nicht mehr einholen. Zum Glück schien sich der Professor langsam wieder zu erholen.

»Sie sind keine Agenten oder vom Geheimdienst?«

»Nein, das sind wir wirklich nicht. Sorry, wenn ich sie verschreckt habe.«

Dieses *mea culpa* ging mir gar nicht so leicht von den Lippen. Irgendwann nach der Scheidung hatte ich mir geschworen, jedes Bedauern nach Möglichkeit zu vermeiden. *No regrets*. Man lebt nur einmal, warum sollte mir etwas leid tun? Mein ganzes Leben vorher hatte ich nach der Devise gelebt: *Was du nicht willst, das man dir tu, das füg auch keinem anderen zu.* Die goldene Regel der praktischen Ethik. *Behandle andere so, wie du von ihnen behandelt werden willst.* Fast im Sinne von Kant und seinem kategorischen Imperativ, der ein harmonisches und vor allem geregeltes Miteinander verfolgte. Vielleicht war das schon in meiner frühesten Kindheit begründet; ich wollte immer versuchen, es anderen recht zu machen und gut mit ihnen klar zu kommen. Nach meiner Scheidung von Claudia wollte ich allerdings nicht mehr soviel Rücksicht nehmen. Schon gar nicht, wenn dieses zu meinem Nachteil sein sollte. Trotz aller Vorsätze war ich glücklicherweise nie zu einem dieser rücksichtslosen Kerle geworden. Viel zu schnell holte mich immer wieder ausgleichend mein schlechtes Gewissen ein. Professor Habermann griff zu dem großen Glas Apfelschorle. Seine Hand zitterte etwas.

»Wie heißt ihre Freundin.«

Er ahnte etwas, das war mir klar. Rosanna zögerte und blickte mich vielsagend an. Wollte sie mich zurückhalten?

»Diana Woods«, ließ ich heraus. »Sie haben sie getroffen, nicht wahr?«

Habermann starrte mich an, als wäre ich ein Geist. Eine innere Stimme gab mir die Zuversicht und ich war hundertprozentig überzeugt, dass ich auf dem richtigen Pfad war.

»Ja.« Die Erleichterung war ihm anzumerken.

»Sie war heute morgen bei mir, aber nur recht kurz.«

Rosanna hatte das *'P'* wie Panik in den Augen. Was hatte diese Wendung zu bedeuten? Das hatte sie offensichtlich nicht erwartet. Meine Bausteine fügten sich nahtlos ineinander.

»Ich weiß, Herr Habermann. Sie war bei ihnen und hatte den Zugang durch die *Enco* erhalten. Wohin schickten sie Diana?«

Meine Worte verfolgten einen Plan, der mir selbst nicht recht bewusst war. Ich unterstellte mehr, als ich wissen konnte. Der Kniff funktionierte. Habermann wirkte eingeschüchtert und antwortete fast automatisch.

»Sie wollte ihre neuen Papiere abholen. Das hatte ich für sie vor einigen Tagen eingestielt.« Er wandte sich zu Rosanna.

»Sie war ihre Freundin, oder?«

»Wieso *war*?«

»Ach, bitte. Legen sie doch nicht jedes Wort auf die Goldwaage. So meinte ich das doch nicht.«

»Neue Papiere?« Mein Herzschlag pochte. Vielleicht waren wir ganz nahe an der Lösung.

»Ja, sie will aussteigen und einen Neuanfang wagen.«

»Ohne die *Enco*?«

»Bitte sprechen sie das Wort nicht mehr aus. Ich habe nichts damit zu tun.«

»Okay. Können sie uns sagen, wo wir sie finden?«

In diesem Moment kam eine etwas korpulente, weibliche Bedienung in unser Separee. Sie servierte den Kaiserschmarrn, diese herrlich leckere Spezialität aus Österreich. Dabei beugte sie sich leicht über den Tisch, so dass ihr tief ausgeschnittenes Dekolleté einen Blick auf ihren wohlgeformten Busen bot. Dennoch ließ mich dieser Anblick völlig kalt. Denn Wichtigeres war in diesem Moment angesagt.

»Wo sie Frau Woods finden? Gar nicht weit von hier. In *walking distance* oder wie sagt man so schön?«

Habermann hatte seine Contenance wieder gefunden. Er nahm einige große Stücke der süßen Eierspeise und schlürfte dazu den heißen Kaffee. Rosanna hatte in der Zwischenzeit einen kleinen weißen Zettel aus ihrer Handtasche gekramt und reichte ihm das Papier zusammen mit einem Kugelschreiber. Er schrieb die Adresse nieder und fügte eine kleine Übersichtsskizze hinzu.

»Es ist etwas verwinkelt. Herbert wohnt im vierten Stock. Herbert Zimmer.«

Was hatte diese alten Gefährten in ihrem Leben verbunden? Ein Professor, der einen Dokumentenfälscher kannte? Führte er ein Doppelleben? Über die *Enco* wollte er partout nicht sprechen.

Gehörte er etwa selbst zu der Organisation. Und Diana war also doch nicht nach London geflogen, sondern besorgte sich offensichtlich in Wien neue Papiere. Rosanna musste eigentlich anerkennend würdigen, dass ich in den letzten Tagen mit meinen Vermutungen gar nicht so falsch lag. Sie war stattdessen jetzt richtig freundlich zu Emil Habermann.

»Vielen Dank. Das wird uns sicher weiterhelfen. Haben sie eine Ahnung, warum Diana mit einer neuen Identität untertauchen will?«

»Genau weiß ich es nicht, das kann ja nun hundert Gründe haben. Vielleicht hat sie sich verliebt und möchte mit einem anderen Menschen irgendwo ein neues Leben anfangen. Wenn ihre Freundin möchte, dass sie gefunden wird, dann werden sie sie auch finden. Frau Woods sprach in kurzen Sätzen davon, dass sie lange genug so wie bisher gelebt habe. *Keine Lüge mehr*, das waren ihre Worte. *Keine Lüge mehr*. Das sagte sie zigmal, bevor sie sich auf den Weg zu Herbert machte.«

Rosanna schaute etwas ratlos. Aber der Professor hatte die Zusammenhänge wohl auf den richtigen Punkt gebracht.

Wir durften keine Zeit verlieren. Nicht, dass wir wieder zu spät kamen. Denn dann wäre Diana womöglich mit einer anderen Identität gar nicht mehr auffindbar. Ich machte mich schnellen Schrittes auf den Weg zur Theke und bezahlte die Rechnung in bar. Während des Bezahlvorgangs checkte ich mit dem Kellner noch einmal die Adresse, die uns der Professor genannt hatte und ließ mir den besten Weg dorthin empfehlen. Als ich wieder zu unserem Tisch zurückkehrte, sprachen die beiden gerade über Wien. Habermann sah mich und holte dann nochmals aus.

»Ja, meine Lieben, Wien ist ja schon immer eine Drehscheibe zwischen Ost und West gewesen. Sie werden sich an die berühmten Geschichten und vielleicht auch an den Film *Der dritte Mann* erinnern. Die Melodie auf der Zither höre ich jetzt noch in meinem Kopf, wenn ich davon erzähle. Die Stadt der Agenten, an der Grenze zum Eisernen Vorhang zwischen Ungarn und Österreich. Wien ist leider auch eine sehr korrupte Stadt, das muss ich leider feststellen, aber dennoch lebt es sich gut hier. Die Menschen sind freundlich. Bleiben sie ein paar Tage, ich kann ihnen schöne Sachen hier zeigen, wir können mal zusammen zum Prater gehen oder vielleicht einmal mit dem Schiff auf der Donau fahren, was halten sie davon?«

Nach *Sightseeing* war mir überhaupt nicht zumute. Wir mussten nun endlich los.

»Vielen Dank, Herr Professor. Es hat uns sehr geholfen und wahrscheinlich könnten wir uns tagelang weiter mit ihnen unterhalten. Aber wissen sie, wir haben ein ziemlich enges Programm vor uns. Übrigens, das mit dem Referat kann vielleicht davon unabhängig etwas werden. Ich würde mich dann bei ihnen melden. Ist das in Ordnung?«

»Gut«, sagte Professor Habermann und erhob sich. »Dann lassen sie mich mal mit dem Chef des Hauses sprechen. Es ist mir eine Freude, sie als Gäste bei mir zu haben.«

»Nicht nötig«, fiel ich ihm ins Wort. »Das habe ich bereits erledigt. Es war wirklich sehr aufmerksam, dass sie sich die Zeit für uns genommen haben.«

Ich sah, wie der Professor sehr galant Rosanna in den Mantel half. Wir verabschiedeten uns. Er setzte sich wieder hin und schaute uns nach. Welches Geheimnis hatte dieser alte Mann? Es musste sich noch viel mehr hinter seiner Fassade verbergen.

Wir drehten uns um und winkten ihm ein letztes Mal zu. Dann verließen wir das Restaurant über ein paar Treppenstufen. Dabei stießen wir unverhofft mit einem Mann und seinem Hund zusammen. Der Schäferhund fletschte die Zähne und knurrte uns bedrohlich an. Ich erschreckte mich zu Tode und wich zurück. Eine Stimme ertönte.

»'s gut, Akka! 's gut.«

Der Hund verstummte. Ich blickte auf einen völlig in schwarz gekleideten Mann mittlerer Statur. Er trug eine schwarze Sonnenbrille und einen dunkelgrauen Hut. An seinem linken Arm hatte er eine gelbe Binde mit drei schwarzen Punkten. Zwei Punkte oben, einer darunter. Das Zeichen für seine Blindheit. Wären die beiden schwarzen Punkte unten gewesen, wäre es das Symbol für einen Gehörlosen. Ich wusste das, weil bei uns in Hamburg ein Mieter mit eben solch einer Binde problemlos die Treppe in unserem Bürogebäude nahm und ich mich vor Jahren darüber gewundert hatte, bis ich über die unterschiedlichen Bedeutungen der Zeichen aufgeklärt wurde. Der Mann zog die Hundeleine enger.

»Komm Akka. Das sind sicher ganz nette Menschen.«

Der Schock saß uns derart in den Gliedern, dass wir gar nichts entgegneten oder uns für das ungestüme Kreuzen seines Weges entschuldigten. Schnellen Schrittes überquerten wir die Straße und folgten der Wegbeschreibung des Professors. Auf dem Weg wechselten wir so gut wie keine Worte. Die engen Gassen wurden immer verwinkelter. Hin und wieder lasen wir zur Kontrolle die Straßenschilder.

Es waren wirklich nur wenige Minuten und wir standen vor dem beschriebenen Mietshaus. Herbert Zimmer. Vierter Stock. Eine Haustür mit eingefasstem undurchsichtigen Milchglas, ganz im Stil der 60er Jahre, versperrte uns den Weg. Wir drückten auf die Klingel. Einmal, zweimal. Keine Reaktion. Wir sahen uns fragend an. Was hatte das zu bedeuten? Wieder eine Spur, die ins 'Nichts' führte? Doch in diesem Moment öffnete sich die Haustür und eine ziemlich dicke Frau füllte fast den gesamten Rahmen aus. Sie wirkte sehr gemütlich und sprach uns mit einem freundlichen *'Grüß Gott'* an. Ganz langsam, als hätte sie alle Zeit der Welt, hob sie die Einkaufstaschen an, die neben ihr standen, und setzte einen Schritt vor den nächsten. 'Noch langsamer ging es nun wirklich nicht', dachte ich und konnte es kaum abwarten, bis sie den Weg freigab. Wir hasteten ins Treppenhaus. Manchmal nahmen wir gleich zwei Stufen auf einmal. In der vierten Etage gab es zwei gegenüberliegende Wohnungen. Ich blickte zur linken Seite, dort war die Wohnungstür nur angelehnt. Instinktiv ging ich in diese Richtung.

»Rosanna, es muss diese Wohnung sein.«

Sie beugte sich zum Türschild und las zustimmend den handgeschriebenen Namen.

»Herbert Zimmer.«

Sie hielt mich am Arm zurück und flüsterte.

»Warte, es ist kein gutes Zeichen, wenn die Tür offen steht. Sei vorsichtig.«

Ich fasste an die Klinke und schob die Tür langsam auf. Es ertönten knisternde Musiklaute aus dem Zimmer. Die Musik klang angestaubt. Fast auf Zehenspitzen schlichen wir uns in den Flur. Es war unheimlich.

»Herr Zimmer?«

Keine Reaktion. Die Musik wurde lauter, wir kamen offensichtlich näher an die Quelle. Es war eine bekannte Melodie und ich versuchte, mich zu erinnern. Das hatte ich schon mal in frühester Jugend gehört. Dann war das Stück zu Ende und man hörte wie eine Mechanik arbeitete.

»Das klingt wie ein alter Schallplattenspieler.«

Rosanna schaute mich ungläubig an. Wir gingen in die Richtung der Stube, aus der die Musik kam. An den Wänden im Flur hingen vergilbte Bilder. Abbildungen aus dem Zweiten Weltkrieg. Sammlerstücke und Abzeichen bildeten eine Galerie. Die Tür zur Wohnstube war ebenfalls nur angelehnt. Ich drückte die Tür in den Raum hinein. Auf einer Kommode stand tatsächlich ein Schallplattenspieler und daneben befand sich eine große Plattensammlung. Der Wiederholungsmodus war eingeschaltet. Die Nadel setzte wieder auf. Mit 45 Umdrehungen pro Minute startete die Single von vorne. Ein eindringlicher Rhythmus hallte durch den Raum. Ja, ich kannte das Lied.

Auf dem Boden lag die Plattenhülle. Das Cover wurde von Gilbert Bécaud geziert. *Nathalie*. Ein Welthit des berühmten französischen Sängers, der 2001 auf seinem Hausboot auf der Seine bei Paris verstarb. Die markante Stimme erfüllte den Raum und schuf eine unwirkliche Atmosphäre. Wir sahen uns um. Kein Mensch war zu sehen. Ein Durchgang führte zum Esszimmer. Mein Blick erfasste den Teppich und ich fuhr zusammen.

»Blut! Das sind eindeutig Blutspuren.«

Die roten Flecken auf dem Boden zogen sich in Richtung des angrenzenden Raumes. Ich schaute um die Ecke und erschrak erneut. Ein Mann saß an einen Stuhl angelehnt auf dem Fußboden. Seine Hosenbeine waren mit Blut durchtränkt, er hielt sich die Hände vor den Bauch. Offenbar drückte er dort eine Wunde zu. Sein Gesicht war schmerzverzerrt und mit weit aufgerissenen Augen starrte er mich an. Rosanna stand hinter mir und hielt sich voller Angst die Hand vor den Mund.

»Herr Zimmer?«, sprach ich ihn an.

Er nickte wortlos mit einer langsamen Kopfbewegung. Rosanna rannte ins Badezimmer und holte geistesgegenwärtig Handtücher. Wir legten ihm einige davon in den Nacken und andere Tücher auf seinen Bauch.

Augenblicklich färbte sich der helle Frotté Stoff mit Blut. Es sah grausig aus. Ich beugte mich zu ihm hinunter und hockte mich neben ihn.

»Was ist hier passiert?«

Er versuchte zu sprechen, aber ich konnte ihn nicht verstehen. Daher näherte ich mich ganz langsam mit meinem Ohr an seinen Mund, bis ich seinen Atem verspürte.

»Es ist das Ende. Ich werde sterben.«

»Meine Güte, was ist mit ihnen geschehen? War Diana hier?«

Ich bemerkte, wie er sich bei jedem Wort anstrengen musste.

»Sie war hier, um die Papiere zu holen. Wollte ihr altes Leben hinter sich lassen. *Nie wieder eine Lüge,* sagte sie immerzu.«

»Hat sie ihnen das angetan?«

Rosanna schaute mich strafend an und schüttelte ihren Kopf voller Unverständnis.

»Nein. Sie nicht. Sie ... sie war schon weg, als der Kerl kam.«

»Was für ein Kerl?«

»Kenne ich nicht. Ein schwarz gekleideter Mann, mit einer auffälligen Armbanduhr. Mit einem schwarz-weißen Ziffernblatt. Er schoss mir in die Beine und in den Bauch. Ahh.«

Sein Gesicht verzerrte sich schmerzerfüllt.

»Ich werde verbluten, mein Gott. Holen sie einen Arzt.«

Rosanna griff hektisch nach ihrem Telefon und wählte die Notrufnummer.

»112?«

Ich wusste es nicht, in Deutschland wäre es die richtige Ziffernfolge. Rosanna hatte jemanden erreicht, ging ins Wohnzimmer und schilderte, dass dringende Hilfe benötigt wurde. Es seien Schüsse gefallen.

Ich wandte mich unterdessen an Herbert Zimmer und stützte seinen Kopf.

»Mit dieser Nummer landet man in Österreich bei der Polizei. Die werden bald hier sein, dann müsst ihr weg sein. Sonst wird man euch verhaften.«

»Bleiben sie ruhig und strengen sie sich nicht an. Sie werden durchkommen.«

»Nein. Sicher nicht. Das war ein Profi. Der hat mir 'ne Pille in den Mund gedrückt, bis die Kapsel aufsprang. Maximal zwanzig Minuten habe ich noch, hat er gesagt. Ich solle in der Zeit über mein Leben nachdenken. Es ist mein Ende. Mein Gott, ich werde sterben.«

Er wimmerte und Tränen flossen über seine Wangen. Wie schrecklich. Ich fühlte mich so hilflos.

»Konnten sie keine Hilfe rufen?«

»Wie denn, der hat alle Kabel der Telefone herausgerissen. Mein Handy unter den Wasserhahn gehalten. Und ich kann mich nicht mehr bewegen.«

»Sie waren noch im Wohnzimmer und ... «, ich zögerte. »Und sie haben eine Schallplatte aufgelegt? Den Song *Nathalie*, warum?«

Er kam mit seinem Kopf ganz nahe und hauchte mir zu.

»Dieser Kerl, der ist doch sicher nur wegen Diana gekommen. Das war mein Schicksal. Deshalb wollte ich ein Zeichen geben, wie man sie findet. Wie man ihn findet.«

Er nahm eine seiner Hände vom Bauch weg und öffnete seine Handflächen. Ich sah einen blutverschmierten Zettel. Gekritzelt, kaum lesbar stand dort *Nathalie Moore*.

»Nathalie Moore? Ist das ihr neuer Name?«

Er nickte und biss dabei voller Schmerzen die Zähne zusammen.

»Daher die Musik, ich verstehe. Hatten sie diesen Namen für sie ausgewählt?«

Er schüttelte langsam seinen Kopf.

»Es war ihre Idee. Verstehen sie. Keine Lüge mehr. *Not a lie anymore*. Das war ihre Parole. Aus *not a lie* wurde Nathalie. So kam sie wohl auf Nathalie Moore.«

Das Blut pulsierte in seiner Bauchgegend immer heftiger und ich drückte weitere Handtücher darauf. Rosanna stand wieder neben mir.

»Ich bin nicht sicher, ob das die Notfallzentrale war, Peter.«

»Zimmer meint, dass es die Nummer von der Polizei ist.«

In diesem Moment war das laute Martinshorn der Einsatzwagen zu hören. Es schallte durch die Straßen und der Klang der Sirene kam Sekunde für Sekunde näher.

»Rosanna. Die kommen. Man wird uns verdächtigen.«

»*Shit*. Du hast recht. Wir müssen weg.«

Meine Gedanken kreisten auf Hochtouren. Purer Stress. Wir durften doch nicht vom Tatort flüchten. Schließlich konnten wir doch beweisen, dass wir unschuldig waren. Oder? Rosanna lugte durch die Gardinen zur Straße.

»Die sind voll bewaffnet.«

Damit war für mich die Entscheidung klar. Bilder von einem Zugriffskommando und einem Kugelhagel, in dem wir zufällig als mutmaßliche Täter ums Leben kommen würden, gaben mir den Rest. Ich legte Herbert Zimmer in eine stabile Seitenlage und schob ihm noch ein Handtuch unter den Kopf. Dann sprang ich auf, griff Rosannas Hand und zog sie vom Fenster weg. Ich riss sie zunächst hinüber zur Wohnungstür.

»Nicht hier entlang. Die kommen doch das Treppenhaus hinauf.«

Das stimmte natürlich und ich änderte schlagartig die Richtung. In diesem Moment setzte die Nadel am Plattenspieler wieder auf und der Song begann von vorne. Nathalie. Wir rannten durch die Wohnung und kamen ins Schlafzimmer. Sämtliche Schranktüren waren aufgerissen und auf dem Boden lagen alle möglichen Dokumente. Personalausweise, Führerscheine, Reisepässe. Von allen verschiedenen Ländern. Eine Fotoausrüstung und mehrere Wechselobjektive waren auf dem Bett verstreut. Ebenso hingeworfene Schuhkartons, die mit allerlei Zetteln und Zeitungsausschnitten vollgestopft waren. Am Schreibtisch sah man spezielle Einrichtungen für die Dokumentenpositionierung, einen Schneideautomaten und verschiedene Leselupen. Das war also seine Werkstatt gewesen. Allerdings gab es hier keinen Ausweg. Wir stürmten durch die nächste Tür ins Badezimmer. Ich stieg auf den Badewannenrand und öffnete das Querfenster. Mit beiden Händen ergriff ich den Fenstersims und zog mich hinauf.

»Rosanna, das könnte klappen. Hier ist ein Dachvorsprung.«

Ich kletterte durch das Fenster und dann half ich ihr. Es war ein kleiner Vorsprung, der nur mit grauer Dachpappe bedeckt war. Leicht abschüssig ging es am Ende zur linken Seite direkt in die Tiefe. Wir tasteten uns weiter an der Hauswand vor. Das Vordach führte seitlich des Hauses um eine Ecke. Wir machten uns auf den Weg, immer vorsichtig und nahe an der Häuserwand entlang. Offensichtlich waren die Stockwerke unter uns mit größeren Wohnräumen ausgestattet und wir tapsten nun Schritt für Schritt auf dem leichten Anbaudach weiter.

Das jedoch war unsere Rettung. Mittlerweile hatten wir den gesamten Häuserblock umrundet und wir kamen zu einer Feuertreppe. Es fiel ein Warnschuss und man konnte einige undeutliche Kommandoschreie hören.

In Windeseile trippelten wir die Stufen nach unten. Wir fassten uns an die Hände und rannten so schnell wir konnten. Je kleiner und verwinkelter die Gassen waren, umso sicherer fühlten wir uns. Am Straßenrand sah ich zwei ältere Männer, die an einem kleinen Tisch saßen und gedankenversunken auf ein Schachbrett starrten. Obwohl ich noch versuchte auszuweichen, rissen wir versehentlich den Tisch mit dem Schachbrett um und die Figuren wirbelten chaotisch durch die Luft.

Die Männer fluchten uns lautstark hinterher. Ich stieß ein kurzes '*Sorry*' hervor, aber wir liefen unvermindert weiter. Plötzlich stolperten wir eine abschüssige Strecke hinab und konnten gar nicht rechtzeitig abbremsen, als von der linken Seite kommend ein Kleinfahrzeug mit quietschenden Reifen nur Zentimeter von uns entfernt zum Stillstand kam. Glück gehabt. Der Fahrer hatte extrem gut reagiert und presste sich schockiert hinter das Lenkrad. Rosanna riss die hintere Tür auf.

»Los, Peter. Wir fahren bei den beiden mit.«

Ohne zu zögern rannte ich um das Auto und stieg auf der linken Seite ein. Völlig verdattert schaute uns der Fahrer an und eine junge Frau auf der Beifahrerseite drehte sich zu uns nach hinten um.

»Hey, Moment mal! Was gibt das denn jetzt? Was macht ihr in unserem Auto?«

Rosanna und ich schauten uns an. Du oder ich, einer von uns beiden musste nun die Initiative an sich reißen. Sie griff in ihre Handtasche und zog ruckartig ein leichtes Halstuch heraus, unter dem sie einen Gegenstand versteckte. Mit einer schnellen Bewegung drückte sie das längliche Etwas unter dem Tuch druckvoll an den Hals der jungen Frau und herrschte den Fahrer an:

»Fahr los, wenn deiner Freundin nichts passieren soll.«

Jetzt standen wir alle unter Schock. Die junge Frau verfiel in eine Todesangst, ihr Freund, der jugendliche Fahrer, riss den Mund weit auf und wusste nicht, was er sagen sollte. Ich selbst war ebenso schockiert. Hatte Rosanna eine Pistole in der Hand?

Das war zu viel für mich. Erst vor wenigen Augenblicken hielt ich einen sterbenden Menschen in meinen Armen und nun eskalierte die Gewalt immer weiter. Rosanna setzte nach.

»Fahr einfach los. Zum Flughafen.«

Der Mann stammelte mit einem Zittern in seiner Stimme.

»Okay, okay, Lady. Ich werde fahren.«

Er gab Gas. Aus dem Autoradio klangen im Dreivierteltakt die klassischen Töne eines Walzers. Kurz vor der nächsten Kreuzung kamen uns zwei Polizeifahrzeuge mit Blaulicht entgegen. Der Fahrer schaute in seinen Rückspiegel und sah uns an. Sicherlich kombinierte er, dass der Polizeieinsatz mit uns zu tun haben konnte. Er traute sich aber nicht, irgendetwas zu sagen. Rosanna drückte nach wie vor bedrohlich gegen den Hals der jungen Frau.

»Kannst du die Musik mal etwas lauter machen?«

Der Fahrer drehte den Regler nach rechts. Es war eine beinahe surreale Atmosphäre. Wir rasten durch die Straßen von Wien zu einem der bekanntesten Walzer von Johann Strauss. Ich kannte mich ein wenig aus mit den Titeln von Strauss; *Wiener Blut* war es nicht. Das wäre jetzt auch mehr als makaber gewesen. Nein, es war die klassische Komposition *An der schönen blauen Donau* und die Bilder der vorbeihuschenden Häuserfronten verschwammen mit der Musik in einer unwirklichen Diskrepanz. Auf der einen Seite die melodischen Klänge, zu denen ich fast harmonisch mitschunkeln wollte, auf der anderen Seite die augenblickliche Brutalität. Der Mord an Herbert Zimmer und jetzt die Entführung eines völlig unschuldigen jungen Paares. Mir wurde schwindelig und ich dachte, dass ich jeden Augenblick ohnmächtig werden konnte.

Rosanna beugte sich nach vorne zwischen die Vordersitze.

»Wie heißt ihr?«

»Ich bin Dirk und sie, also meine Freundin, heißt Stephanie. Tun sie ihr bitte nichts. Bitte!«

Sein Flehen lief mir eiskalt durch den Körper. *Shit*, in was für eine Geschichte war ich bloß hinein geraten?

Rosanna antwortete regungslos.

»Keine Sorge. Euch wird nichts passieren. Aber so ist es für alle sicherer, verstehst Du? Wir wollen gar nichts von euch.«

»Was ist denn passiert? Werden sie verfolgt?«

»Du brauchst uns nicht zu siezen. Wir sind ganz normale Leute und auch keine Verbrecher. Man verdächtigt uns zu unrecht.«

Die beiden, Stephanie und Dirk, waren ein nettes, attraktives Paar. Vielleicht verbrachten sie ihren Urlaub in Wien, vielleicht ihre Flitterwochen. Stephanie hatte ein luftiges, weißes Sommerkleid an und ihre langen, blonden Haare wehten im Fahrtwind, das Seitenfenster war geöffnet. Für einen kurzen Moment fiel mein Blick auf ihre langen, schlanken Beine und die wohlgeformten Waden. Ihre Füße steckten in modischen High Heels, so dass man ihre zartrosa lackierten Fußnägel sah. Verdammt attraktiv. Aber meine Gedanken waren völlig woanders. Jedwede Libido war bis zum Minimum unterdrückt. Dirk gab sich die größte Mühe, uns sicher durch den Wiener Stadtverkehr zu lotsen. Er machte dabei einen dynamischen Eindruck und wirkte absolut konzentriert. Ich hatte nur einen einzigen Wunsch. Nämlich, so schnell wie möglich aus diesem Auto auszusteigen und das nette Paar wieder in Frieden zu lassen. Voller Angst betete ich. Wie konnte sich dieser Tag innerhalb weniger Minuten so bedrohlich entwickeln? Stundenlang hatten wir mit dem Professor völlig harmlos philosophiert. Bis zu dem Moment, als ich die Frage nach der Organisation *Enco* gestellt hatte. War das die entscheidende Wende an diesem Tag. War es meine Schuld, dass es so gekommen war? Sicherlich nicht, redete ich mir ein, da das Schicksal von Herbert Zimmer völlig unabhängig davon bereits besiegelt schien. Oder war es bereits ein Fehler, überhaupt nach Wien zu kommen. War ich nicht derjenige, der so darauf gedrängt hatte? Ich war gefangen in Selbstvorwürfen. Mittlerweile hatten wir die Schnellstraße erreicht und Dirk raste über die Autobahn. Ich tippte auf seine Schulter.

»Nicht so schnell. Sonst werden wir noch wegen der Geschwindigkeit angehalten.«

Er bremste leicht ab und sah in den Spiegel, um mit uns den Blickkontakt aufzunehmen.

»Leute. Wisst ihr, ich hätte euch auch so zum Flughafen gefahren, wenn ihr gefragt hättet. Dazu braucht ihr keine Waffengewalt.«

Rosanna nahm ihre Hand herunter.

»Sorry. Es war aus der Panik heraus. Bringst du uns denn jetzt trotzdem zum Flughafen?«

Dirk lächelte. Mit einem Mal war die Situation entschärft. Mir fiel ein riesengroßer Stein vom Herzen und ich konnte geradezu den Seufzer von der jungen Frau hören, als nichts mehr an ihre Halsschlagader drückte.

Am Horizont konnte ich bereits mehrere Verkehrsmaschinen im Landeanflug erspähen, wir mussten in der Nähe des Flughafens in Schwechat sein. Dirk fuhr nun recht entspannt zum Abflugterminal. Das Pärchen war eigentlich sehr sympathisch. Unter anderen Umständen hätten wir mit den beiden vielleicht sogar Wien zusammen entdecken können. Schade, die Sehenswürdigkeiten von Wien mussten wir auf unbestimmt verschieben.

Anstelle einer touristischen Reise zum Prater oder dem Schloss Schönbrunn, waren wir leider auf der Flucht. Ich wusste nicht genau, wovor wir eigentlich flüchteten und ich grübelte, ob wir uns etwas vorzuwerfen hatten.

Wir verabschiedeten uns von Dirk und Stephanie, beide blieben im Wagen sitzen. Ob wir die beiden je in unserem Leben wiedersehen würden? In einem anderen Leben vielleicht. Was für ein Timing mit der Musik, der Walzer war zeitgleich beim monumentalen Finale angelangt. Nach einigen Schritten verharrte Rosanna für einen kurzen Augenblick und ging zurück zum Auto. Dirk ließ die Fensterscheibe herunter. Rosanna beugte sich zu ihm und griff in ihre Handtasche. In der Hand hielt sie eine Wasserflasche aus Plastik.

»Hey, zu eurer Beruhigung. Ihr wart niemals in Gefahr. Es war nur eine Wasserflasche.«

Dirk und Stephanie schüttelten freudig den Kopf und konnten es nicht fassen. Rosanna lächelte.

»Eine Pistole bekommt man auch recht schwer durch die Security. Vielleicht sehen wir uns irgendwann mal wieder. Dann gibt es aber Sekt statt Selters. Versprochen!«

Die beiden winkten uns noch hinterher. Wir hingegen nahmen nun Tempo auf und sprinteten in das Terminal. Unsere Augen verfolgten die Flugdaten auf der übergroßen Informationstafel.

Hamburg! Wir hatten unser Zeitgefühl in der Hektik verloren und registrierten erst jetzt, wie knapp es bis zum Abflug war.

Gut, dass wir bereits heute Mittag unsere Tickets geholt hatten. Schnellen Schrittes gingen wir durch die Wartehalle. Wir mussten schließlich noch unser Handgepäck aus den Schließfächern holen. Dann ab durch die Security. Mein Koffer wurde herausgefischt. Ich zuckte nervös zusammen. Warum geschah das gerade jetzt? Auf allen anderen Flügen kam ich doch immer anstandslos mit meinem Koffer durch die Scanner-Systeme.

Ich hatte die Weinflasche vergessen! Im Madrider Flughafen hatte ich am Morgen eine Flasche des teuren spanischen Weins erstanden und völlig vergessen, dass ich sie in meinem Handgepäck verstaut hatte. Da war nichts mehr zu machen, denn uns fehlte die Zeit, um den Koffer noch am Schalter aufzugeben. Schweren Herzens übergab ich dem Personal die Flasche.

Wir hatten dadurch einiges an Zeit verloren. Umso schneller rannten wir nach der Sicherheitskontrolle durch den Flughafen. Keinem fiel unsere Eile auf. Auf Flughäfen gehörte das zum alltäglichen Bild. Verstohlen blickte ich auf jeden TV Monitor, den ich entdecken konnte. Im Gegenteil zu Spanien schien man hier in Wien dem Überfall auf den Dokumentenfälscher Herbert Zimmer noch keine außerordentlich hohe Bedeutung in den Nachrichten beizumessen.

Dennoch bauten sich meine Gedanken fast so wie beim Abflug in Spanien auf. Der Professor konnte bezeugen, dass wir auf dem Weg zu Herbert Zimmer waren. Die dicke Frau, die uns im Hausflur begegnet war, würde uns ebenfalls beschreiben können. Und nicht zuletzt konnten Stephanie und Dirk unsere Spur bis zum Flughafen bestätigen. Wahrscheinlich hatten wir in der Wohnung von Herbert Zimmer überall unsere Fingerabdrücke hinterlassen. Es war aussichtslos. Wie im Traum liefen bei mir die Szenarien ab.

Was, wenn man uns verhaften würde? Sicherlich würden wir auch mit dem Mord an Gonzales in Verbindung gebracht werden. Hinter Gittern? Wie sollten wir uns verteidigen? Unser einziger Entlastungszeuge könnte unbekannterweise Diana sein, doch die hatte sich mit einem neuen Namen in eine neue Identität geflüchtet und war wahrscheinlich schon über alle Berge.

War die Lage also hoffnungslos? Wir kamen an die Menschenschlange am Schalter. Das Boarden hatte schon begonnen. Nervös drehte ich mich um. Auf dem Gang patrouillierten zwei Polizisten als einer von beiden plötzlich einen Anruf erhielt. Konnte das mit uns zu tun haben? Ich spürte, wie mein Herz pochte. Die Sekunden der Angst kamen mir vor wie eine Ewigkeit. Erleichtert sah ich, dass sie in die entgegengesetzte Richtung marschierten.

Die Maschine war nicht ausgebucht und wir hatten zwischen uns einen Mittelplatz frei. Dort legte ich einige Tageszeitungen ab, die ich noch am Gate mitgenommen hatte. Es dauerte lange bis mein Blutdruck wieder im normalen Bereich war. Als die Flugbegleiterin mich auf einen Getränkewunsch ansprach, bat ich sie um ein kleines Fläschchen Whisky. Eigentlich gab es das nicht auf diesem Kurzstreckenflug. Ich führte es auf mein charmantes Lächeln zurück, dass sie meinen Wunsch mit den Worten 'Ich schaue mal, was sich da machen lässt' quittierte. Nach einigen Momenten kam sie mit einer kleinen 5 cl Flasche der Marke *Jack Daniel's Tennessee Whiskey* zurück und hatte in der anderen Hand ein Glas, in dem sich einige Eiswürfel befanden. Ich nahm überhaupt nicht wahr, was sich Rosanna bestellte. So sehr war ich noch mit den Erlebnissen der vergangenen Stunden beschäftigt, dass ich den Schluck Whisky um meinen Gaumen spielen ließ und ganz allmählich meine innere Ruhe wieder finden konnte.

Dann zog ich mein schwarzes Büchlein heraus und machte mir Notizen. Da ich mich nicht erinnern konnte, ob Rosanna in der ganzen Aufregung mitbekommen hatte, was es mit dem Namen *Nathalie* auf sich hatte, schrieb ich die Details dazu nieder und zeigte ihr wortlos meine Stichworte. Sie war überrascht.

»Nathalie Moore?«

Hinter den Namen hatte ich die Worte *not a lie anymore* geschrieben. Keine Lüge mehr. Rosanna war von meinen Schlussfolgerungen tief beeindruckt, was ich ihrer respektvollen Mimik entnehmen konnte. Mir war nun wohlig warm geworden und ich genoss einen weiteren Schluck vom Whisky. Rosanna schaute aus dem Fenster in den europäischen Nachthimmel. Sie sah gedankenverloren aus. Vielleicht ließ auch sie den Tag Revue passieren.

Was war geschehen? Von Tag zu Tag eskalierte die Spannung. Was als distanzierte Recherche über den 11. September begonnen hatte, drang zunehmend in unsere Realität. Längst schon ging es nicht mehr um die Suche nach Diana. Spätestens am heutigen Tage war sie als Diana Woods von der Bildfläche verschwunden. Was für eine Bürde musste die Vergangenheit für sie bedeutet haben? Hatte sie fast zehn Jahre die Rolle der trauernden Tochter wahrgenommen und wollte sich nun endlich von ihrem familiären Schicksal lösen? Allerdings musste es Kräfte geben, die genau dieses verhindern wollten. Kräfte, die auch vor einem kaltblütigen Mord nicht zurückschreckten. Aber was um alles in der Welt sollte von einem kleinen, unbedeutenden Fälscher wie Herbert Zimmer zu befürchten sein? Oder wollte der Killer mehr über die neue Identität von Diana herausfinden? Das Rätsel wurde immer größer und die Antworten blieben nach wie vor nebulös.

Trotz der lauten Fluggeräusche konnte ich meinen Atem intensiv wahrnehmen. Ich versuchte in mich hinein zu hören. Warum waren wir in diese Geschichte hineingeraten? Die Trennlinie des Unbeteiligten hatten wir längst überschritten. Wir waren nun *in* der Geschichte und keine Beobachter mehr. Meine Augen fielen zu und ich nickte ein. Erst mit der Ansage der Stewardess, kurz vor der Landung, wurde ich wieder wach.

Kapitel 16

06. September, 2011

Dienstagabend

HAMBURG

Bei trockenem Wetter landeten wir in Hamburg-Fuhlsbüttel. Das Flugzeug dockte am Gate an. Wir nahmen unser Handgepäck aus den Fächern und verließen das Flugzeug. Viele Worte wechselten wir nicht. Mich beschäftigten die Erlebnisse des Tages viel zu sehr, als dass ich mich bereits in der Normalität wiederfinden konnte. Ich blieb stehen und zog mein Portemonnaie aus der Hosentasche. Zwischen den Geldscheinen und meinen Visitenkarten fand ich den Parkschein. Ich hatte mir eine kleine Notiz darauf gemacht, so dass ich mein Auto im Parkhaus einfacher finden konnte. Wir verließen das Terminal und überquerten die Zubringerstraße. Rechts vor uns lag direkt ein Flughafenhotel, Rosanna warf mir einen fragenden Blick zu. Ich schüttelte den Kopf.

»Nein, nicht hier. Ich habe mir etwas anderes überlegt.«

»Doch nicht in deine Wohnung, oder?«

Das hatte ich tatsächlich nicht im Sinn. Doch was sprach eigentlich dagegen? Hamburg war *meine* Stadt, hier war ich zu Hause und ich hatte eine komfortabel eingerichtete Wohnung. Doch nach den Ereignissen der letzten Tage erschien es mir einfach zu gefährlich. Beim nächsten Mal vielleicht.

»Daran gedacht habe ich auch. Aber ich halte es für keine gute Idee, zu mir in die Wohnung zu fahren.«

»Ja, da hast du recht. Dann wärst du sofort wieder in deiner Welt und ... «

Sie stotterte etwas.

»D'accord. Dann bin ich wieder im Hier und Jetzt. Ein Blick in die Tageszeitung, die Briefe, die Emails. Der Anrufbeantworter würde blinken und sofort wäre alles wie vorher ... bevor wir uns getroffen haben. Lieber lassen wir es noch für ein paar Tage wie es ist ... oder?«

Sie nickte stumm. Es lag eine seltsam melancholische Stimmung in unserem Dialog. Erstmals fühlte ich eine Zerbrechlichkeit in unserer Beziehung. Hatte das *Auf Wiedersehen* leise an unsere Tür gepocht? Ich wollte diese Gedanken schnellstens wegschieben.

»Es könnte bei mir im Appartement gefährlich sein. Nach alldem, was heute passiert ist, sollten wir uns besser ein Hotel suchen.«

Damit konnte ich die elektrisierende Spannung zwischen uns wieder auflösen. Rosanna fasste mich an meine Hand und drückte sie fest. Wir begaben uns zum Automaten, ich bezahlte die Parkgebühr und wir gingen ein Stockwerk hinunter zu meinem Fahrzeug. Ich zeigte mit meiner linken Hand auf das Auto und schmunzelte.

»Hier, das ist meiner. Ein Porsche *911*. Hat aber nichts zu bedeuten.«

Ihr Lächeln war bezaubernd. Da war sie wieder, ihre charmante Ausstrahlung. Diesmal lief mir ein *wohliger* Schauer über den Rücken. Mann, war ich verliebt. Wir warfen unsere Taschen in den kleinen Kofferraum und ich startete den Sechs-Zylinder Boxermotor. Der satte Sound war unvergleichbar. Zurück in Hamburg. Wieder auf sicherem Terrain. Dachte ich jedenfalls. Die Schranke vom Parkhaus öffnete sich.

»In welches Hotel wollen wir? Hast du eines im Kopf?«

»Ich dachte an das Hotel 'Hafen Hamburg'. Hoffentlich bekommen wir dort ein Zimmer. Das ist ein uriges Hotel, ein echtes Traditionshaus. Es liegt direkt an der Elbe. Das wird dir gefallen.«

Ein Navigationsgerät brauchte ich nicht. Hier in Hamburg vertraute ich voll und ganz meiner eigenen Orientierung. So fuhren wir etwa zwanzig Minuten. Zunächst an der Außenalster entlang, danach passierten wir die Binnenalster und ich warf einen schnellen Blick auf unser Büro. Es brannte kein Licht mehr. Das gab mir irgendwie ein beruhigendes Gefühl. Wir fuhren durch die Innenstadt bis hinunter auf die Elbchaussee. Schließlich machte die Straße noch einen Schlenker, bis wir beim Hotel ankamen. Ich entdeckte einige freie Parkplätze direkt vor dem Eingang. Das war ein gutes Zeichen, dass das Hotel nicht voll belegt war. Dennoch fuhr ich mit meinem Porsche in die hoteleigene Tiefgarage. An der Rezeption wurden wir freundlich empfangen. Es gab tatsächlich noch ein freies Zimmer und wir checkten ein. Unser Zimmer befand sich im angrenzenden Neubau mit einem Fenster zum Innenhof und es war modern eingerichtet. Auch gut. Es war ein beruhigendes Gefühl, endlich im Zimmer zu sein, die Taschen abzustellen und einfach tief durchzuatmen.

Der Tag hatte es in sich. Erst heute morgen waren wir in Madrid gestartet, verbrachten die Mittagsstunden in Wien und erlebten dort einen grausamen Mord. Endlich war ich wieder in meine Heimatstadt zurückgekehrt.

Ich huschte unter die Dusche und ließ das heiße Wasser über meinen Kopf prasseln. Es war eine Regendusche bei der man nicht ständig den Winkel und die Höhe wie bei einer Handbrause verstellen musste. Ich hielt mir mit den Fingern die Ohren zu und lauschte den Klängen des Wasserstrahls. Dadurch ergab sich eine total veränderte Geräuschkulisse. Einzigartig, wie das Wasser über die Kopfhaut rasselte und eine eigene Geschichte erzählte. Ich genoss die Gleichmäßigkeit des warmen Wassers und bildete mir ein, dass damit auch die Erinnerungen und die Belastungen des heutigen Tages von mir abfielen.

Woher kam eigentlich der Ausdruck, *sich reinwaschen*? Meine Gedanken wurden unterbrochen, denn die Badezimmertür öffnete sich und Rosanna klopfte an die Glasabtrennung.

»Hey, wirst du irgendwann noch mal fertig?«

Mein Zeitgefühl war mir ziemlich abhanden gekommen. Ich trocknete mich ab und zog mir die frischen Sachen an, die ich zuvor ins Bad gelegt hatte. So ging es mir schon deutlich besser. Als ich zurück in das Zimmer kam, saß Rosanna vor dem Rechner. Sie hatte die Nachrichten aus Madrid und Wien verfolgt. Zum Glück gab es keinerlei Hinweise auf uns, oder dass man uns als Zeugen suchen würde. In einem Browserfenster hatte sie den Suchbegriff *Nathalie Moore* eingegeben. Sie war aber nicht richtig fündig geworden.

Wie auch? Nathalie war ja gerade heute erst geschaffen worden. Rosanna blickte vom Monitor auf und drehte sich zu mir um.

»Wie sieht's aus? Lädst du mich noch auf einen Drink ein?«

»Aber gerne doch, schöne Frau.«

Sie klappte den Bildschirm herunter, so dass der Rechner in den *Stand-Bye* Modus fuhr und wir verließen unser Zimmer.

Es waren nur einige Schritte über den Innenhof, der die beiden Hoteltrakte verband. Wir kamen in dem verglasten Treppenhaus an einen Fahrstuhl, der uns zur Hotelbar bringen sollte.

»Es ist die Tower Bar«, sagte ich leicht schmunzelnd und drückte den Knopf im Aufzug.

»Die Tower Bar? Im Ernst?«

»Ja. Es ist sehr nett dort, warte es ab.«

Wir fuhren bis in das oberste Stockwerk. Rosanna wies mit ihrem Zeigefinger auf das digitale Display. Als wir ankamen zeigte es die Zahl *11*, für den elften Stock.

»Elf ... ja«, sagte ich, »reiner Zufall, das hat wohl nichts zu bedeuten.«

Je mehr wir sensibilisiert waren, umso mehr entdeckten wir überall im täglichen Leben Zahlen und Symbole. Als ob uns ständig neue Wahrnehmungsebenen begegneten. Wir verließen den Aufzug und nahmen die letzten Meter in die zwölfte Etage über die Treppe. Die Bar war für einen Dienstagabend sehr gut besucht. Wir suchten nach einem freien Platz. Die Bedienung empfahl uns, nach ganz oben zu gehen, da wären vielleicht noch ein paar Plätze frei. Die oberen Sitzgelegenheiten waren als eine Balustrade angeordnet, so dass man das Geschehen im Geschoss unter uns an der Bar beobachten konnte. Dort oben fanden wir einen Platz direkt am Fenster, mit einem prachtvollen Blick auf die Elbe und die erleuchtete Hansestadt.

Die *Tower Bar* hatte einen quadratischen Grundriss und war wie eine Seerose nach den vier Himmelsrichtungen ausgerichtet, so dass man einen 360° Panoramablick über die ganze Stadt hatte. Wir schauten in südlicher Richtung auf die Elbe und auf den Hafen. Sahen die großen Areale der Ölraffinerien und die vielen Seecontainer, die sich am gegenüberliegenden Flussufer auftürmten. Der hell erleuchtete Containerhafen hatte sich in den letzten Jahren rasant entwickelt und war dadurch zu einem der größten Umschlaghäfen in Europa aufgestiegen. Hunderte von Containerschiffen fanden jährlich den Weg über die Elbe und wurden hier entladen. Vor allem handelte es sich um Waren, die aus China stammten. Insgesamt waren es über zwei Millionen Seecontainer im Jahr. Diese Dynamik hatte sich sehr positiv auf die regionale Wirtschaft und die Infrastruktur ausgewirkt. In der Ferne konnten wir die Köhlbrandbrücke sehen. Zur linken Seite sahen wir auf die neue Oper, die Elbphilharmonie, die sich immer noch im Bau befand. Ein monumentaler Bau, der das ursprünglich geplante Budget inzwischen um ein Vielfaches übertroffen hatte. Hinter der Philharmonie sollten zwei Kreuzfahrtschiffe liegen, das hatte uns die Bedienung erzählt. Sehen konnten wir die Ozeanriesen von hier aus allerdings nicht. Von Hamburg aus starteten inzwischen sehr viele Nordlandtouren, gerade im Sommer, wenn es in Norwegen und Spitzbergen so gut wie nicht mehr dunkel wurde. Hinter uns, zur anderen Seite, lag die Innenstadt und wir konnten den Fernsehturm und den 'Hamburger Michel', eines der Wahrzeichen der Stadt, erspähen. Und gar nicht weit vom Hotel entfernt lag zwischen den Häusergassen die berühmt berüchtigte Reeperbahn, wo auch die Weltkarriere der Beatles vor 50 Jahren begonnen hatte. Rosanna war sehr angetan von dem Ausblick. Die Bedienung kam an unseren Tisch und fragte uns nach unserem Getränkewunsch. Wir bestellten uns ein typisches Hamburger Bier, ein Pils von der Holsten Brauerei. Rosanna blickte mich an und sagte:

»Peter, du bist doch ein echter Hamburger. Sag mir bitte, was muss ich über die Geschichte deiner Stadt wissen?«

»Oh, da gibt es viel zu erzählen. Hamburg war schon immer eine sehr lebendige Stadt mit einer wechselvollen Geschichte. Unvergessen für alle Hamburger ist die große Sturmflut im Jahre 1962, vor fast 50 Jahren. Da drückte eine mächtige Springflut das Wasser der Elbe über alle Deiche und ganze Stadtteile standen unter Wasser. Es war eine riesige Katastrophe. Mein Vater hatte damals mitgeholfen, Menschenleben zu retten. Er war damals beim *THW*, dem Technischen Hilfswerk.«

»Dein Vater war da mit im Einsatz?«

»Oh, ja. Außerdem wurde die Bundeswehr eingesetzt. Die Flutkatastrophe war ein ziemliches Drama. Der damalige

Hamburger Innensenator, Helmut Schmidt, hatte sich durch die Koordination der Hilfsaktionen ausgezeichnet. Er wurde später bekanntlich unser Kanzler.«

»Und sonst? Was gibt es aus der Geschichte?«

Ich freute mich über ihr Interesse an meiner Stadt und ich gab mir Mühe, mein Wissen zu teilen.

»Da gab es den legendären Freibeuter Klaus Störtebeker. Er stellte sich im 14. Jahrhundert den Kaufleuten der Hansestadt entgegen. Das Volk mochte den trinkfesten Seeräuber, dennoch wurde er schließlich mit seiner Mannschaft vor der Insel Helgoland gefangen genommen und auf dem *Grasbrook* bei Hamburg enthauptet. Der Sage nach sollte einigen seiner Kumpanen die Freiheit geschenkt werden. Nämlich denjenigen, an denen der kopflose Körper von Störtebeker vorbei schreiten konnte. Angeblich ging der Geköpfte an elf seiner Gefährten vorbei, bis er durch den Scharfrichter gestoppt wurde.«

»Das klingt ja gruselig. Und es waren wirklich elf seiner Kumpanen?«

»Ach, Rosanna, das ist eine Legende und schon über sechshundert Jahre her. Wer weiß schon genau, was passiert ist. Aber der berühmte Trinkbecher von Störtebeker soll beim Großen Brand von Hamburg zerstört worden sein.«

»Der Große Brand? Wann war das?«

»Der Brand ereignete sich im Mai 1842. Das Feuer brach in einem Haus des Zigarrenmacher Cohen aus. In der Deichstraße, Hausnummer 42. Direkt in der Speicherstadt, wo damals das Getreide gelagert wurde.«

Ich zeigte aus dem Fenster in die Richtung der großen Kaufmannshäuser.

»So, so. Das Haus mit der Nummer 42, im Jahre '42. Merkwürdig, oder? Zweiundvierzig, so lautet doch die Antwort auf alle Fragen.«

Rosanna lächelte und ich verstand ihre Anspielung. Die Zahl '42' galt spätestens nach dem Kult-Roman 'Per Anhalter durch die Galaxis' von Douglas Adams als mystische Zahl. Die '42' war seither die universelle Antwort. Doch in diesem Falle gab es nun wirklich keine Verbindung. Es waren einfach nur Zahlen. Die Details kannte ich aus meiner Schulzeit, als unsere Heimatgeschichte intensivst gepaukt wurde.

»Das Feuer hatte sich von dort rasant ausgebreitet und sprang von einem Stadtteil auf den nächsten über. Es wütete einige Tage lang, es war nicht zu stoppen. Die Verluste waren immens. Es gab nur eine Methode, um einen Flächenbrand zu verhindern. Man musste das Feuer mit einer Brandmauer zurückhalten. Eine Brandmauer hätte allerdings bedeutet, dass man intakte Gebäude anzünden musste. Damit taten sich die damaligen Obrigkeiten außerordentlich schwer. Es hatte mehrere Tage gedauert, bis sie sich zu dieser Entscheidung durchrangen. Doch so bekamen sie das Feuer in den Griff.«

In diesem Moment kam die freundliche junge Dame und stellte uns die Biergläser auf den kleinen Beistelltisch. Sie hatte ein Teelicht mitgebracht, platzierte es neben den Gläsern und zündete die Kerze an. Rosanna ließ eine Bemerkung dazu fallen.

»Sie haben hier in Hamburg das Feuer wirklich im Griff.«

Die Bedienung schaute Rosanna irritiert an.

»Was meinen sie? Haben sie noch einen Wunsch?«

»Nein, vielen Dank. Im Moment nicht.«

Wir prosteten uns zu, das kühle Bier tat richtig gut. Die Geschichtsstunde hatte Rosanna fasziniert, denn sie fragte nach, während sie das Teelicht an die Seite schob.

»Um auf den Brand zurückzukommen. Die Brandmauer war damit ein Opfer, damit Schlimmeres vermieden wurde?«

»Genau. Teleologisches Handeln, das Ziel rechtfertigte die Handlung.«

»Denkst du dabei auch an den Professor, Peter?«

»Hm, ja. An Habermann und vor allem an Herbert Zimmer. Das geht mir nicht mehr aus dem Kopf. Ich habe noch nie jemanden sterben sehen.«

Sie hielt meine Hand und wollte mich beruhigen.

»Psst. Lass uns an etwas anderes denken. Wir wollen doch immer noch unsere Rätsel entschlüsseln.«

»Die da wären?«

»Na, unverändert. Was ist mit Diana? Werden wir sie am Donnerstag treffen? Und daraus ergibt sich die Grundfrage, was hinter den Anschlägen von *9/11* steckt.«

Ich griff zu meinem Bierglas

»Meinst du, wir werden das jemals lösen können?«

»Hey, gib doch mal bitte dein schwarzes Büchlein heraus.«

Meine Kladde im DinA6 Format hatte ich seit London immer dabei. Mittlerweile waren dort so viele Informationen gesammelt, dass sie fast zu meinem zweiten Gedächtnis geworden war.

Ich reichte ihr das Buch und sie blätterte bis zu einer freien Seite. Sie nahm einen Filzstift aus ihrer Handtasche und zeichnete vier waagerechte und vier senkrechte Striche, so dass sich eine Tabelle mit neun Feldern ergab. Ich beobachtete sie und fragte mich, was daraus werden sollte. Dann schrieb sie in die oberen Kästen die Buchstaben 'O', 'T', 'T'. Sie strich die Buchstaben dann allerdings wieder durch, bis man sie nicht mehr erkennen konnte. Stattdessen schrieb sie 'E', 'Z', 'D' in die ersten drei Kästen. Darunter die Buchstaben 'V', 'F', 'S' und in die letzte Reihe 'S' und 'A'. Das neunte Kästchen blieb frei.

Dann reichte sie mir den Stift.

»So, jetzt bist du dran.«

Mehr als ein fragender Blick fiel mir dazu nicht ein.

»Peter, was muss in das letzte Feld?«

Verstanden. Sie wollte mich mit dem kleinen Intelligenzrätsel auf die Probe stellen. Es dauerte einige Minuten. Ich versuchte, die Buchstaben im Alphabet zahlenmäßig zuzuordnen und daraus eine Regel abzuleiten. 'E' war der fünfte Buchstabe, das 'Z' der letzte, noch war keine Systematik zu erkennen. Dann prüfte ich die senkrechten Optionen, anschließend versuchte ich aus den Diagonalen etwas heraus zu lesen. Es war tricky.

Das Lokal war nun brechend voll und es wurden aktuelle Tophits gespielt. Ein Pärchen kam an unseren Tisch und fragte, ob es sich zu uns setzen konnte. Natürlich gerne. Er hatte schwarze Haare und war sehr modisch gekleidet. Ausschließlich Markenkleidung. Ich schätzte ihn auf Mitte dreißig. Sie war bestimmt zehn Jahre jünger. Langes blondes Haar, perfekt gestylt. Rosanna begann eine Unterhaltung mit den beiden, ich hingegen vertiefte mich in das Buchstabenrätsel und grübelte. So sehr ich mich auch konzentrierte, es fiel mir nichts Passendes ein. Dann hörte ich im Hintergrund, wie unsere Bedienung am Nachbartisch eine Bestellung aufnahm und die Anzahl der Drinks wiederholte.

»Also, wer möchte noch etwas bestellen? ... Gut, Jungs. Dann haben wir eins, zwei ... drei Mal Bier und eine Cola.«

Ich hörte ihre Worte. Das war die Lösung. Eine einfache Zahlenreihe! Rosanna hatte die Zahlwörter von eins bis acht aufgeschrieben, vielmehr deren Anfangsbuchstaben.

Eins, zwei, drei, vier und so weiter bis im neunten Feld die Neun erscheinen müsste.

»Es ist ein 'N', was fehlt«, schrie ich heraus. »'N', wie Neun!«

Das Pärchen und Rosanna schauten mich erstaunt an, als käme ich aus einer anderen Welt.

»Sorry, ich war hier noch mit einem Logikrätsel beschäftigt und glaube, dass ich jetzt die Lösung gefunden habe. Stimmt das, Rosanna?« Sie nickte.

Nun war mir auch klar, warum sie zunächst mit den Buchstaben 'O', 'T', 'T' angefangen war: One, two, three, ihre native Zählweise.

Dann mischte ich mich in das Gespräch mit dem Pärchen ein und wir kamen auf ganz unterschiedliche Themen. Sie war Stewardess von Beruf und wollte mit ihrem Freund am kommenden Tag ab Hamburg eine Kreuzfahrt beginnen. Über ihn war nicht viel in Erfahrung zu bringen.

»Es geht nach Norwegen in die Fjorde!«

Wir sprachen dann über die Hafenstädte, die auf der Route angefahren würden und über das Schiff. Es klang nach einem recht abwechslungsreichen Urlaubsprogramm. Beiläufig nahm ich den hochformatigen Werbeprospekt über die Tower Bar in die Hände und las den Slogan vor *Noch ein letzter Blick in die Sterne vor dem Schlafen gehen?* Zu viert blickten wir nach oben; das pyramidenförmige Dach der Bar war als künstlicher Sternenhimmel gestaltet. Dadurch kamen wir in unserer Unterhaltung auf den zunehmenden Mond zu sprechen. Nun waren es nur noch wenige Sätze, bis der männliche Gesprächspartner seine Skepsis gegenüber der Mondlandung von sich gab. Der Mond war mein Stichwort. Durch den Smalltalk und die lockere Atmosphäre waren wir mit den beiden bereits beim vertrauten *'du'* angekommen.

»Glaubst du nicht, dass wir auf dem Mond waren?«

Er schüttelte den Kopf.

»Nee, sicher nicht. Das hatte ich neulich im Fernsehen gesehen. War 'ne Sendung über die Verschwörungstheorien, eigentlich sollte man als Zuschauer überzeugt werden, dass die

Mondlandung doch echt war. Aber je länger ich das sah, umso suspekter wurde für mich die gesamte Apollo Mission.«

»Also kein *Mann auf dem Mond*?«

Ich wollte ihn locken.

»Nee, ich denke, die haben Armstrong und seiner Crew erzählt, dass man eine parallele Mannschaft hoch geschickt hatte. Die Mission durfte einfach nicht schief gehen, schon damit man gegenüber der Sowjetunion als Sieger dastehen konnte. Deshalb übernahmen Neil und Konsorten die Rolle der Astronauten nur für die Öffentlichkeit. Insofern konnte der sogenannte Mondflug in keinster Weise schiefgehen.«

»Du meinst es waren andere Astronauten stattdessen unterwegs? Namenlose Helden?«

»Möglich. Aber ich glaube nicht einmal das. Das stellte nur die Coverstory für diejenigen dar, die schon ziemlich weit involviert waren. Denen wurde erzählt, dass zwar Astronauten auf dem Weg zum Mond waren, es sich aber sicherheitshalber nicht um Neil & Co handelte. In Wirklichkeit ist überhaupt niemand geflogen.«

'Interessanter Gesprächspartner, der sollte sich mal mit der Madeleine aus Berlin treffen', dachte ich und war neugierig, wie er auf die *9/11* Thematik reagierte.

»Gab's in der Sendung auch etwas über den 11. September?«

»Aber logisch. Das kam bei den Verschwörungen sehr intensiv zur Sprache. Am nächsten Wochenende ist ja der zehnte Jahrestag.«

»Und? Woran glaubst du bei der Sache?«

Nun warf er mir einen misstrauischen Blick herüber. Erst löste ich kryptische Rätsel, dann stellte ich zu viele Fragen.

»Tja. Die Araber alleine waren das sicher nicht. Bestimmt gab es ein Vorwissen bei der Regierung, vielleicht haben sie die Anschläge sogar zugelassen. Schließlich gab's dann genügend Gründe, um gegen Afghanistan in den Krieg zu ziehen.«

Ich nickte zustimmend.

»Mag sein. Manche glauben sogar, es waren gar keine Flugzeuge ... «

»Ähh, das ist Quatsch. Raketen oder Hologramme? Darüber wurde in der Sendung auch was gebracht. Ist aber Blödsinn. Die Flugzeuge habe ich damals selbst gesehen. Es wurde doch dauernd im Fernsehen wiederholt. Geht auch nicht anders, solche Türme fallen nicht einfach in sich zusammen.«

Da wollte ich nichts mehr entgegen halten. Eine vorgefasste Meinung zu ändern, war schwieriger als einem Kind das Lesen und Schreiben beizubringen. In der Hintergrundmusik hörte man plötzlich eine Kirchturmglocke schlagen. Mitternacht. Offensichtlich wurde der Sound in die Musik eingemischt, da von draußen keine Laute zu uns drangen. In diesem Moment drehte der DJ in der Etage unter uns die Lautstärke nach oben. Die satten Bässe eines neuen *David Guetta* Songs dröhnten durch die Räume. *Titanium*. Der Song törnte die Besucher förmlich an. Bei dieser Lautstärke war eine normale Unterhaltung kaum noch möglich. In dem Gitarrenriff des Guetta Songs meinte ich fast die Tonfolge des legendären Superhits *Every Breath You Take* von *The Police* erkannt zu haben. *Titanium* hieß der Titel. Vielleicht hätte man auch die Zwillingstürme aus Titanium bauen sollen? Ich sah nach unten, einige junge Frauen tanzten in der Mitte der Bar zu der eingängigen Musik.

Auf der Treppe, die zu uns ins Obergeschoss führte, war eine lebensgroße Figur platziert. Eine frühere Galionsfigur, die den Bug eines Segelschiffes geziert haben musste. Eine barbusige Lady mit langem, wallenden Haar. Meine Gedanken schweiften ab.

Für eine tiefschürfende Analyse der *9/11* Ereignisse war es nun zu unruhig und laut. Und es passte auch nicht mehr hierher. Ich nahm Rosannas Hand. Unsere Finger waren ineinander verschlungen. Wir schauten uns tief in die Augen und wollten einfach nicht mehr sprechen. Alles um uns herum schien an Bedeutung zu verlieren. Ich nahm keine Stimmen mehr wahr, nur die Musik, die im Hintergrund lief. Ich sah ausschließlich Rosanna und ihre Augen. Mit meiner anderen Hand strich ich ihr die letzten Haarsträhnen aus der Stirn und legte meine Hand leicht auf ihre Wange. Sie bewegte ihren Kopf immer weiter auf mich zu und wir küssten uns leidenschaftlich.

Aus dem Hafen fuhr in diesem Moment ein Kreuzfahrtschiff heraus. Zum Abschied von der Hafenstadt Hamburg ertönte dreimal das laute Signalhorn und der Ozeanriese machte sich über die Elbe auf den Weg in Richtung Nordsee und dem Nordmeer. Wie romantisch! Wir unterhielten uns noch einige

Minuten mit dem Paar, wünschten ihnen am Schluss erholsame Urlaubstage auf dem Schiff. Dann verschwanden wir auf unser Zimmer.

»Wie fandst du es?«, wollte ich wissen.

»Es war sehr nett. Aber hey, du kannst es wohl nicht mehr sein lassen, andere Menschen in die 9/11 Themen zu verwickeln.«

»Hör mal, Rosanna, darauf bin ich doch nicht von selbst gekommen. Und du bist auch nicht ganz unschuldig daran.«

»Ja, Hohes Gericht, ich bin nicht ganz unschuldig.«

Ihr verführerisches Lächeln war bezaubernd. Wir küssten uns und sie zog mich auf das Bett. Wir schliefen miteinander. In dieser Nacht zogen wir nicht einmal die Vorhänge zu. Ich hielt Rosanna ganz fest in meinen Armen.

»Es wird alles gut«, flüsterte ich in ihr Ohr.

Kapitel 17

07. September, 2011

Mittwoch

HAMBURG

Am nächsten Morgen klappte ich den Rechner auf und suchte die Adresse von Frank Simmons, meinem Bekannten. Ich notierte die Nummer. Noch war es zu früh für einen Anruf, das wollte ich erst nach dem Frühstück machen.

Da Rosanna noch im Bad war, suchte ich auf dem Rechner nach dem Einstein Rätsel. Irgendwie hatte es mir diese logische Aufgabenstellung angetan. Dabei schien es sich um ein sehr altes Logik-Rätsel zu handeln, welches im Laufe der Zeit immer wieder verändert wurde. Eine Variation des Rätsels wurde dabei angeblich auch Albert Einstein zugeschrieben, die er in seiner Jugend entwickelt hatte. Daher der Name. Es gab unzählige Seiten mit der Aufgabe. Ich fand eine Version mit fünfzehn Hinweissätzen und machte mir eine Notiz in meiner Kladde:

1. Es gibt fünf Häuser.
2. Der Italiener wohnt im roten Haus.
3. Der Spanier hat einen Hund.
4. Im grünen Haus wird Kaffee getrunken.
5. Der Franzose trinkt Tee.
6. Das grüne Haus liegt rechts vom weißen Haus.
7. Der Zigarren Raucher hält einen Hamster als Haustier.
8. Die Zigaretten werden im gelben Haus geraucht.
9. Im mittleren Haus wird Milch getrunken.
10. Der Norweger wohnt im ersten Haus.
11. Der Nachbar vom Zigarillo Raucher hat eine Katze.

12. *Der Nachbar vom Haus mit dem Pferd raucht gerne Pfeife.*
13. *Der Nichtraucher trinkt am liebsten Apfelsaft.*
14. *Der Engländer raucht Menthol-Zigaretten.*
15. *Der Norweger wohnt neben dem blauen Haus*

Am Ende standen die Fragen: Wer trank normalerweise nur Wasser und wem gehörte das Zebra?

Zuerst dachte ich, das sei trivial. Dann entdeckte ich, dass ich nach den ersten logischen Zuordnungen nicht mehr weiterkam. Es überstieg einfach meine Vorstellungskraft. Als dann noch Varianten gegeneinander verprobt werden mussten, gab ich auf. 'Unmöglich, so etwas kann man nicht im Kopf lösen.'

Ich griff zu meinem Notizbuch und zeichnete eine Tabelle aus fünf mal fünf Feldern. Auf der einen Achse trug ich die fünf Positionen der Häuser ein, auf der anderen Achse die fünf Eigenschaften. Die Farbe des Hauses, die Nationalität des Bewohners, dessen bevorzugtes Getränk, die Rauchgewohnheit und schließlich das Haustier. Schnell wurde mir klar, dass es trotzdem keine einfache Herleitung gab. Ich musste neben den logischen Schlussfolgerungen manchmal mit zwei Optionen gleichzeitig weiter rechnen. Rosanna stand derweil unter der Dusche. Selten zuvor hatte ich mir gewünscht, dass eine Frau ruhig noch mehr Zeit im Bad verbringen sollte. In diesem Falle reizte mich die Lösung allerdings so sehr, dass mir jede zusätzliche Minute entgegenkam. Zugegeben, es gab einige Fehlversuche, aber nach einer knappen halben Stunde stand die Lösung im richtigen Feld. Es war erstaunlich, wie sehr mir die gelöste Aufgabe ein Glücksgefühl bescherte.

Rosanna kam zu mir und warf einen Blick auf den Monitor.

»Na, das Einstein Rätsel lässt dich wohl nicht mehr los, oder?«

Triumphierend hob ich mein zugeklapptes Notizbuch in die Höhe.

»Ich weiß, wem das Zebra gehört!«

»Respekt! Dann gehörst du zur Elite?«

Der leichte ironische Unterton blieb mir nicht verborgen.

»Na ja. Im Kopf habe ich es nicht hinbekommen. Das ist auch verdammt schwierig, man verliert den Überblick. Insofern ist eine gewisse Parallele zu *9/11* vielleicht gar nicht so abwegig. Man verliert sich irgendwann in der Komplexität.«

Rosanna setzte sich dann kurz an den Rechner, weil sie ein Hotel in London reservieren wollte. Anschließend machten wir uns fertig für unsere Abreise. Ich wollte unser Gepäck bereits in die Tiefgarage bringen und es im Auto verstauen. Ich erschrak. Hinter meinem Porsche an der Heckpartie lag eine tote Taube, mit ihrem Gefieder flach auf dem Boden ausgebreitet. Nicht, dass ich nicht zuvor tote Vögel gesehen hatte. Dennoch lief mir ein unerklärlicher Schauder über den Rücken. Was hatte diese Taube in der Tiefgarage verloren? Warum musste dieser Vogel ausgerechnet in der Nähe meines Fahrzeuges den Geist aufgeben, es standen doch genügend andere Autos herum? Oder hatte jemand die Taube dort absichtlich platziert? Es war jedoch niemand sonst in der Tiefgarage zu sehen. Ich besorgte mir eine Pappe aus einer Recyclingecke beim Hotelaufgang und schob mit meinem Schuh den toten Vogel darauf. Mit einem leichten Ekel entsorgte ich die Taube samt Pappe in einen Mülleimer. Es blieb das merkwürdige Gefühl, dass es ein Zeichen gewesen sein konnte. Kontrollierend blickte ich mich noch einmal in der Parkgarage um, bevor ich zurück ins Hotel ging.

Von der Rezeption aus rief ich bei Frank Simmons an. Es war ein Volltreffer. Er hatte gleich vormittags Zeit und freute sich auf ein Wiedersehen. Wir gingen zum Frühstücksraum und versorgten uns an dem reichhaltigen Buffet. Von der Außenterrasse genossen wir den Blick über die Landungsbrücken und auf die Elbe. Beim Bezahlen an der Rezeption kam uns das Pärchen vom Vorabend entgegen. Sie wollten zum Frühstück. Nach einem kurzen *Hallo* und *Goodbye* machten wir uns auf den Weg zu meinem Porsche. Es war ein sonniger Tag und ich konnte das Cabrioverdeck öffnen. Als wir eine der unzähligen Brücken von Hamburg überquerten, hielt ich auf der Mitte kurz an.

»Rosanna, kannst du mir mal dein Telefon geben?«

Sie reichte es mir, um völlig überrascht zu sehen, wie ich es in einem hohen Bogen in den Seitenkanal warf und weiterfuhr.

»Sag mal. Bist du noch bei Trost? Das war unsere einzige telefonische Verbindung!«

»Eben deshalb.«

»Aber es war ausgeschaltet, Peter. Schon seit dem Flug nach Hamburg gestern.«

»Trotzdem. Du hattest gestern in Wien die Polizei vom Handy aus angerufen. Bei denen wird jeder Anruf aufgezeichnet. Die Notrufe sowieso. Die können dein Telefon europaweit verfolgen, denk an die Worte von Joe.«

»Ja, das ist richtig ... danke, Peter.«

Wir waren ein gutes Team und ergänzten uns kongenial.

»Ist dir aufgefallen, dass die Verbrechen alle in unserem Umfeld passiert sind? Als ob wir bereits seit einigen Tagen überwacht werden und jemand genau weiß, wo wir sind.«

»Jetzt nicht mehr. Mein Mobiltelefon wird kein Signal mehr von sich geben.«

Ich schaltete das Radio ein, es lief das Morgenmagazin mit einem deutschen Titel von der Band *Klee*. *Willst du bei mir bleiben?* Mir gefiel die sanfte Melodie mit dem verträumten Text. Rosanna schaute neugierig zu mir herüber und schmunzelte.

»Hast du den Radiosender manipuliert? Ist das ein Antrag, *Willst du bei mir bleiben?*«

Ich sagte erst einmal nichts. 'Nur nichts Falsches sagen', nahm ich mir vor. Dann legte ich meine rechte Hand in ihren Nacken.

»Gefällt dir das? Ich meine den Song ... ähh ... den Text?«

Ihr vielsagender Blick ließ alle Interpretationen zu. Wir passierten gerade den Hauptbahnhof, als mir in diesem Augenblick ein megagroßer Sattelschlepper die Vorfahrt nahm. Ich musste abrupt abbremsen und wir wurden kräftig in unsere Gurte gedrückt, waren aber glücklicherweise unverletzt. Wir saßen wie angewurzelt in den Sitzen und atmeten tief durch. Es war verdammt knapp gewesen. Das Manöver kam für mich aus heiterem Himmel, völlig unerwartet. Gut, dass die Airbags nicht aufgegangen waren, sonst hätten wir unsere Weiterfahrt sicherlich vergessen können.

Mehr als lautstark zu hupen, fiel mir dann nicht mehr ein. Der Laster hatte seine Fahrt unvermindert fortgesetzt. Sein Kennzeichen notieren? Das hätte nichts gebracht, schließlich war es ja glimpflich ausgegangen.

Der Schock solcher Situationen wird einem meistens erst mit einiger Verspätung richtig bewusst. Mir war etwas schummrig, als wir an der Außenalster vorbeifuhren. Rosanna genoss die Ausblicke und ich überlegte, ob sie sich in dieser Stadt heimisch fühlen könnte?

»Schau mal, da sind Taucher.« Ich zeigte hinüber zur Alster. An einem Steg machte sich ein Trupp bereit für einem Tauchkurs. Wahrscheinlich handelte es sich um die ersten Basisstunden.

»Wusstest du, dass es einen Weltrekord beim Tauchen und im Luftanhalten gibt?«, fragte mich Rosanna.

»Nee, nie gehört. Wer kommt auf solche verrückten Ideen?«

»Ich glaube ein Schweizer hält zur Zeit den Rekord. Der liegt bei fast zwanzig Minuten.«

»Ach, das gibt es doch gar nicht. Wie soll das denn gehen?«

Rosanna konnte wieder einmal ihr umfassendes Allgemeinwissen ausspielen.

»Die atmen in den letzten zehn Minuten vorher reinen Sauerstoff ein. Und ohne diesen Sauerstofftrick kommen die besten japanischen Perlentaucher immerhin auf über sieben Minuten. Ist aber lebensgefährlich, da das Gehirn den ständigen Befehl zum Atmen gibt.«

»Gut, dass ich nicht in diese Situation komme. Ich wäre wohl hoffnungslos verloren.«

»Gib nicht so schnell auf. Alle Säugetiere, also auch die Menschen, haben einen faszinierenden Reflex entwickelt, der den Sauerstoffvorrat im Wasser besser konserviert. Dadurch können wir den Atem unter Wasser doppelt so lange anhalten wie über Wasser. Der Rekord liegt bei zehn Minuten!«

»Wow. Was würde ich ohne dich machen?«

Sie reagierte überhaupt nicht auf meine Ironie und fügte unbeirrt noch ein weiteres Detail hinzu.

»Yes, diesen Reflex nennt man die *vasculare constriction*. Zusätzlich geht der Puls durch den *Bradycardia* Effekt auf unter 60 Schläge pro Minute. Nun kommst du.«

»Du hast gewonnen. Ich kann ja nicht mal das Gegenteil beweisen. Die Begriffe sind Böhmische Dörfer für mich.«

Ich wühlte in der Mittelkonsole und suchte nach dem Zettel mit der Zieladresse von Frank Simmons. Dann stellte ich den Maßstab beim Navigationsgerät auf die höchste Auflösung. Wir mussten schon in der Nähe sein. Das Videostudio von Frank befand sich in einer vornehmen Wohngegend im Hamburger Norden. Wir fuhren auf die langgezogene Einfahrt seines Grundstücks und parkten vor dem herrschaftlich großen Haus.

Man musste am Eingang einige Treppenstufen nach oben gehen, bis man vor der imposanten Eingangstür die Klingelschilder der angesiedelten Unternehmen sah. Es waren drei verschiedene Firmen und ich wusste, dass alle drei ihm gehörten. Wir klingelten und eine junge Mitarbeiterin machte uns die Tür auf. Sie kannte mich vom letzten Besuch und wir brauchten unsere Namen nicht im Anmeldebuch hinterlassen.

»Herr Berg, sie gehen wahrscheinlich direkt zu Herrn Simmons durch. Sie kennen ja den Weg, Frank wartet bereits auf sie. Möchten sie vielleicht etwas trinken? Kaffee oder Tee?«

Ich nickte.

»Kaffee, einfach schwarz. Und du, Rosanna?«

»Gerne für mich auch eine Tasse Kaffee.«

Wir gingen den Flur entlang und die junge Dame folgte uns. Ich öffnete die Glastür zu Franks Büro, nachdem ich kurz an das Glas geklopft hatte. Die junge Frau schloss die Tür hinter uns. Frank empfing mich mit offenen Armen.

»Peter, altes Haus. Wie lange ist es her, dass du mir einen Besuch abgestattet hast?«

»Viel zu lange. Wie geht es dir?«

»Warte, mein Lieber. Ich möchte erst deiner charmanten Begleitung *Guten Tag* sagen.«

Höflich reichte er Rosanna die Hand, begrüßte sie mit einem aufmerksamen Blick in ihre Augen.

»Rosanna Sands«, warf ich formal ein.

Frank wies auf die Plätze und wir setzten uns in die modernen, hellen Ledersessel.

»Rosanna Sands«, wiederholte er. »Das klingt amerikanisch.«

»Ich bin US-Bürgerin, ja. Aber ganz fremd ist mir Europa nicht, ich habe früher einige Jahre hier verbracht.«

»Darf ich fragen, wie ihr ... wie ihr ... «

Ich vervollständigte seinen Satz.

»Wir haben uns vor zehn Tagen zufällig wiedergetroffen. Rosanna ist auf der Suche nach einer Freundin und das hat uns quer durch Europa geführt.«

Noch kürzer konnte ich es nicht auf den Punkt bringen. Überraschenderweise zeigte Frank mehr Interesse als gedacht.

»Klingt spannend, einmal kreuz und quer durch Europa. Und ihr habt euch rein zufällig getroffen?«

Okay, ich musste gezwungenermaßen wohl doch etwas weiter ausholen.

»Oh, ja. Das erste Mal hatten wir uns vor sieben Jahren kennengelernt und ... «

»Peter, da warst du noch mit Claudia verheiratet.«

Hörte ich da eine gewisse Entrüstung heraus? War es ein erhobener Zeigefinger oder war es freundlich gemeint?

»Claudia war mit dabei, Frank! Und der Mann von Rosanna auch. Wir hatten uns alle Vier zufällig an einem Abend in Paris getroffen. Nicht mehr und nicht weniger.«

Frank spürte, dass ich mich etwas echauffierte.

»Du, ich wollte nicht neugierig sein.«

»Schon gut. Jedenfalls saßen wir letzte Woche zufällig in derselben Underground Bahn in London. Na ja, so fing es an.«

In diesem Moment kam seine Assistentin mit einem Tablett und brachte uns den Kaffee. Frank setzte sich an seinen Schreibtisch, goss sich Wasser aus einer Karaffe ein und musterte mich. Es war nicht zu verheimlichen, dass mich ein konkreter Anlass beschäftigte.

»Peter, was führt dich zu mir? Wie kann ich dir helfen?«

Hanseatisch. Knapp und direkt. Diese Eigenschaften schätzte ich an Frank. Er hatte sich vor Jahren im *Post Production* Bereich selbständig gemacht. Das betraf sämtliche Film- und Schnitttechniken, wobei Frank sich vor allem auf die Videobearbeitung spezialisiert hatte. Zusätzlich gehörten Reportagen sowie Werbefilme zu seinem Serviceangebot. Mittlerweile waren Franks Unternehmen auf mehr als 20 Mitarbeiter gewachsen. Er war in der Videobranche gut verdrahtet und etabliert. Wenn es einen Experten gab, der mir bei den Fragen zur *TV Fakery* weiterhelfen konnte, so war es Frank Simmons.

Ich erzählte, was wir in den letzten Tage erlebt hatten, ließ aber die beiden Toten in Madrid und Wien außen vor. Dass wir auf den Spuren von Diana an die verschiedensten Orte in ganz Europa gelangt waren. Dass die Mutter von Diana ein Opfer der Attentate vom 11. September war. Dass wir inzwischen ziemlich verwirrt waren und sogar die damaligen TV Aufnahmen für eine Manipulation hielten. Und dass ich erst wieder Ruhe finden würde, wenn ich Licht ins Dunkel bringen konnte.

Er hörte interessiert zu, strich sich mit der linken Hand über das Kinn und nickte.

»Und jetzt, Peter, willst du von mir wissen, ob die Filmaufnahmen am 11. September vielleicht gefälscht waren?«

Wir nickten.

»Ihr denkt, die Geschichte war manipuliert und eure Diana war darin verwickelt? Ist es das? Und jetzt ist sie in Gefahr, richtig?«

Wir schwiegen. Frank hatte den Nagel auf den Kopf getroffen.

»Also ... also um es mal ganz ehrlich zu sagen. Was damals im Fernsehen ablief, das war alles andere als eine reale Berichterstattung. Aber was ich euch jetzt sage, möchte ich nie in einer Zeitung oder sonst wo lesen. Das ist meine private Meinung und nicht die des Unternehmers 'Frank Simmons'. Ich möchte bitte nie zitiert werden, ist das in Ordnung?«

Er war sehr erregt und emotional.

»Klar, völlig okay, Frank.«

Er sah uns abwechselnd an und schien zu überlegen, ob er uns trauen konnte.

»Kommt.«

Frank ging zu einer Tür am Ende des Büros, schloss sie mit seinem Zentralschlüssel auf und verriegelte sie wieder hinter uns. Über eine Wendeltreppe gelangten wir ins Untergeschoss. Bewegungsmelder schalteten die Wandlampen an. Wir kamen zu einer weiteren verschlossenen Tür, dahinter hatte sich Frank sein geheimes Videoreich geschaffen. Alle Wände waren mit Monitoren übersät. An einem zentralen Steuerungspult konnte er die unterschiedlichen Bildquellen auswählen. Er weckte die Rechner aus dem Stand-Bye Modus. Fasziniert erkannte ich zur linken eine 'Hitchcock Reminiszenz Ecke'. Auf zwei Bildschirmen starteten die Werke des Meisterregisseurs. Einer der beiden Filme gehörte zu meinen absoluten Favoriten. *Vertigo – Aus dem Reich der Toten*. Der betörende Thriller drehte sich um eine Frau, die in einer anderen Identität - als eine gewisse *Madeleine* - bei einem Verbrechen mitwirkte. Der Polizist *Scottie* hatte sich in sie verliebt und als er sie später in ihrer wahren Identität - als *Judy* - wiedertraf, stellte er eine verblüffende Ähnlichkeit zur toten *Madeleine* fest. Unvergessen waren die legendären Kamerafahrten, in denen Hitchcock die Höhenangst und die Schwindelgefühle nachempfunden hatte. Daneben lief der Klassiker *Psycho*. Noch heute lief mir bei dem Schwarz-Weiß-Film eine Gänsehaut über den Rücken. Einen Monitor weiter lief *The Game* mit Michael Douglas. Darin ging es um eine inszenierte Realität und am Ende waren es doch nur Schauspieler - im wahrsten Sinne der Definition. Ein Movie, der mit seinem eigenen Genre spielte. Eine inszenierte Wirklichkeit? Waren das Fingerzeige, die Frank in voller Absicht in seine Sammlung aufgenommen hatte?

Die mittleren Monitore steuerte Frank aus dem Hauptrechner an. Am unteren Bildschirmrand sah man die Videokanäle und die Tonspuren. Frank orchestrierte seine Quellen.

»Peter, Rosanna, ihr seid die ersten, denen ich das hier zeige. Ich nutze dieses Studio nur ausnahmsweise für mein Business. Eigentlich habe es nur für mein Hobby eingerichtet.«

»Dein Hobby?«

»Ja, nun seid ihr eingeweiht. Kein Wort. Zu niemandem, versprochen?«

»Ehrenwort.«

Rosanna nickte ebenfalls zustimmend.

»Ich beschäftige mich seit Jahren mit der Videoanalyse. Es ist unglaublich, wie viel gefälscht wird. Bilder werden manipuliert und aus dem Zusammenhang gerissen. Es ist eine mächtige Propagandamaschine, die die Menschen im Schach hält.«

Ich hatte mir einiges im Vorfeld von diesem Termin erhofft, weil ich Frank für einen exzellenten Videoexperten hielt. Das hier überstieg allerdings meine kühnsten Erwartungen.

Alle Rechner liefen auf Hochtouren und an den Wänden ergoss sich ein Feuerwerk von Bildsequenzen. YouTube Videos wurden eingespielt und der Film *SeptemberClues* startete ebenso wie Analysen über die Explosionen in den Zwillingstürmen. In einer weiteren Dokumentation *Seeds of Deconstruction* ging es vorrangig um die Londoner Anschläge vom 7. Juli 2005. Dort liefen gerade die Ausschnitte einer Simulation vom *Projekt Northwoods*. Auf einem weiteren Flachbildschirm wurden die Pentagon-Szenen vom 11. September dargestellt. Daneben erlebte man die Mondlandung noch einmal mit. So schnell konnte ich gar nicht alle Szenen erfassen. Die diffusen Tonfragmente rundeten das vielschichtige Bild ab.

»Frank, ich bin begeistert. Du hast alle diese Dokumente ... «

» ... auf meinen Servern und auf den doppelt gespiegelten Festplatten. Ja! Da sind schon einige hundert Terabyte zusammen gekommen. Und nichts hier im Raum hängt im Breitband-Netz.«

»Wegen der Sicherheit, nicht wahr?«

Frank nickte und ging von einem Bildschirm zum nächsten.

»Ihr könnt euch vorstellen, was das für Schätze sind. Es müsste eines der komplettesten Archive der vergangenen zehn Jahre sein. Alle wichtigen Ereignisse habe ich gespeichert.«

»Unfassbar. Das hätte ich nie gedacht. Es gibt so viele Filmdokus über die Verschwörungstheorien.«

»Theorien?«

Er stutzte.

»Hey, wir *müssen* uns damit beschäftigen. Stellt euch vor, wenn eine andere Wahrheit hinter den Ereignissen steckt, als man uns verkauft hat. Was dann?«

Er schritt durch den Raum und zeigte an der Wand demonstrativ auf eine der wenigen Lücken zwischen den Monitoren. Dort hing ein kleiner Glasrahmen mit einem Zitat von Martin Luther King:

Our lives begin to end the day we become silent about things that matter.

»Es ist wichtig, versteht ihr?«

Mit vielem hatte ich gerechnet. Damit nicht. Frank saß an den Quellen, nach denen ich in den vergangenen Tagen bisweilen verzweifelt gesucht hatte. Und er war ein engagierter Kämpfer für die Wahrheit.

»Frank, wie bist du dazu gekommen?«

»Du meinst, seit wann ich die Aufnahmen sammle?«

»Ja, das muss doch Jahre zurückliegen.«

»Wisst ihr, ich hatte eines Tages im Fernsehen eine *Copperfield* Show gesehen. Da wurden einige spektakuläre Zaubertricks gezeigt und anschließend entschlüsselt. Das hatte mich total fasziniert. Ist viele Jahre her. Ob ihr's glaubt oder nicht. Direkt im Anschluss lief eine Reportage über die Terrornetzwerke mit Aufnahmen vom 11. September. Dabei sah ich Bilder, die nicht in sich stimmig waren. Ich habe ja nun genug mit Film und Video durch meinen Beruf zu tun, so dass es mir eindeutig auffiel.

Dieser Moment war für mich der *Eye opener*. Seitdem schneide ich viele Sendungen einfach mit.«

»Du nimmst alles auf?«

»Nee, das wären zu viele Daten. Meistens sind es die Nachrichten und die Reportagen. Vieles lösche ich danach wieder. Ich habe noch einiges ... ach was sage ich, es ist tonnenweise Material bei mir im Keller. Vom 11. September habe ich fast alle Aufnahmen. Ich war schockiert und wollte wissen, warum die Türme einstürzten.«

»Das geht mir ganz genau so. Seit einer Woche suche ich nach Antworten und sauge die Informationen förmlich in mich auf. Dieses *9/11* lässt einen nicht mehr los, wenn man sich erst einmal damit beschäftigt.«

»Und wie. Es gibt sogar einige, die halten nicht einmal die Türme für echt. Das ist natürlich Quatsch und dient nur der Verwirrung. Ich selbst war ein, zwei Jahre danach in New York und hatte mir Ground Zero angesehen. Eine gespenstische Atmosphäre. Tatsache ist, dass der gesamte alte World Trade Center Komplex in Schutt und Asche lag. Insofern musste am 11. September 2001 dort tatsächlich etwas passiert sein und solange ich keine andere Erklärung dafür hatte, glaubte ich an die Flugzeuge. Aber glaub mir eines, Peter. Ich habe die Aufnahmen analysiert, habe sie mir zigmal angesehen.«

»Und?« Ich schaute ihn neugierig an.

Frank hob den rechten Zeigefinger und machte kreisende Bewegungen.

»Nein, das waren keine Aufnahmen von einem echten Flugzeugcrash. Die Aufnahmen haben zu viele Fehler.«

»Dann waren die Filmaufnahmen von den Flugzeugen doch nicht echt?«

»Nie und nimmer. In den Aufnahmen sind Unstimmigkeiten, Artefakte und Pixel. Vor allem durch die Analysen in den letzten Jahren wird das offensichtlich. Die Clips sind im Internet zu einem ziemlichen Hype geworden. Auf YouTube werden immer neue Analysen veröffentlicht. So viele, dass man nun schon wieder aufpassen muss, dass es sich nicht um *bewusst gefälschte Fakes* handelt. Allmählich wird es schwierig zu unterscheiden, was bereits bei den damals live gesendeten Aufnahmen manipuliert war und was erst Jahre später hinzugefügt wurde!«

»Du willst mich verwirren, Frank! Gefälschte Fakes, was soll das denn?«

»Nein, ganz und gar nicht. Es sind bereits ganz offensichtlich manipulierte Videoclips im Umlauf, die jedoch nach kurzer Zeit als solche entlarvt werden. Manchmal hängen diejenigen, die diese Videos ins Netz stellen, wiederum mit denen zusammen, die die Fälschung aufdecken. Das Ganze ist eine bewusste Fehlsteuerung, denn damit werden alle in Misskredit gebracht, die vorher die wirklichen Original-Fakes analysiert haben. Reine Taktik.«

Das musste ich erst einmal verdauen. Nicht nur, dass Frank unterstellte, dass im Live TV manipuliertes Material gesendet worden war, jetzt gab es angeblich im Internet auch noch gezielte Desinformationen? Wie sollte man als normaler Mensch überhaupt noch durch die Zusammenhänge blicken?

»Aber, es ist doch logisch, Peter. Die wahren Drahtzieher können doch nicht tatenlos zusehen, wenn nach und nach die Geheimnisse gelüftet werden. Also streuen sie immer neue verwirrende Informationen und Theorien in die Welt. Man nennt diese organisierten Aktivisten die *Trolls*.«

»Trolls?«

Ich war nun seit einigen Tagen in den Foren unterwegs und war bisher davon ausgegangen, dass die meisten Mitglieder einer Web Community auch wirklich an der Aufdeckung der Ereignisse interessiert waren. Doch das Argument von Frank leuchtete ein. 'Wehret den Anfängen.' Wenn tatsächlich andere Drahtzieher hinter den Anschlägen steckten, konnten diese in den Foren schnell die Richtung der aktuellen Diskussionen verfolgen und entgegensteuern. Was für ein perfides Spiel! Frank schritt zu einem Monitor. Wir sahen eine Bildeinstellung mit den beiden Türmen aus der Froschperspektive.

»Wisst ihr, ich habe die original gesendeten Berichte komplett aufgenommen. Die passen einfach nicht zusammen, ein Profi sieht das sofort. Hier ist eine Aufnahme, wo sich in wenigen Sekunden das angeblich herannahende Flugzeug in einer Autoscheibe spiegelt. Die verschiedenen Winkel waren schon lange vor der Aufnahme perfekt aufeinander abgestimmt und das Flugzeug wurde meines Erachtens erst später während der Bildbearbeitung eingefügt.«

Frank steuerte seine Rechner und schickte verschiedene Aufnahmen an seine Monitore. Unwillkürlich hatte ich das Gefühl, dass überall an den Wänden Aufnahmen vom 11. September erschienen. Es waren bestimmt mehr als dreißig Monitore. Jetzt war Frank in seinem Element. Er lief von Bildschirm zu Bildschirm.

»Guck mal hier. Siehst du das?«

Er führte Rosanna und mich zu einem weiteren Bildschirm, auf dem der Angriff auf das Pentagon zusammengestellt war.

»Hier schaut euch das an, hier sind Aufnahmen vom Pentagon, die wurden live im Fernsehen gezeigt. Da fährt doch tatsächlich ein Polizeieinsatzfahrzeug rückwärts durch das Bild. Rückwärts! In voller Geschwindigkeit. Das ist keine reale Aufnahme. Das wurde mit verschiedenen Layer – Techniken montiert. Dabei werden unterschiedliche Szenen übereinander gelegt. Das Polizeiauto wurde leider rückwärts fahrend zugespielt. Ein Fehler. Shit happens. Damit ist doch klar, dass bei den Aufnahmen manipuliert wurde. Es ist einfach unglaublich. Und hier ... das sind Aufnahmen von Shanksville. Ein Flugzeug, welches spurlos in der Erde verschwindet. Ohne jede Trümmerspuren? Und es blieb gar nichts übrig? Das gab's noch nie zuvor. Zumindest das Heck eines Flugzeugs übersteht meistens einen Crash. Das sind unglaubliche Aufnahmen, unglaublich.«

Frank sprühte vor Elan und hastete zu einem Bildschirm, auf dem eine Diashow ablief. Es waren Fotoaufnahmen von den Türmen, kurz nachdem die Explosionen stattfanden.

»Zurück zu den Türmen. Hier sieht man sogar noch, wie eine junge Frau in einer großen Öffnung des Towers steht, obwohl es hinter ihr so heiß war, dass bereits Stahlbalken schmolzen. Gar nicht zu schweigen von den *Jumper* Aufnahmen.«

Ich blickte ihn verdutzt an.

»Meinst du, die Aufnahmen sind auch nicht echt? Sind etwa gar keine Menschen aus den Türmen gesprungen?«

»Ich weiß es nicht, aber man könnte ebenfalls skeptisch sein. Schaut euch die Videos genau an. Allerdings gehören die *Jumper* zu den äußerst sensiblen Themen, die man in einer Recherche besser ausklammert. Das stärkste Argument der *Gatekeeper*, also von den Bewahrern der offiziellen Version, sind immer die Opfer und die Gefühle der Angehörigen. Das ist ihr größtes Argument überhaupt. Weil die vermeintlichen persönlichen Schicksale so tief damit verbunden sind, ist es das absolute Tabu.«

Der Begriff Tabu traf mitten ins Schwarze. Es war eine Mauer des Schweigens, die man nicht durchbrechen konnte. Alles rankte sich um die Opfer und deren Schicksale. Mit jedem Schritt in diese Richtung entfernte man sich weiter von einer öffentlichen Akzeptanz. Wahrscheinlich wurden diese Tabus bewusst in die Geschichte eingebaut, weil an diesem tragischen Punkt selbst die ansonsten völlig uninteressierten Mitmenschen zu engagierten Hütern der Moral und des Anstands wurden.

»Ich ... , ich ... , das habe ich nicht gewusst. Du hast all diese Aufnahmen hier archiviert?«

»Ja, und doch kann ich diese Schätze keinem zeigen. Da wird man doch als Spinner abgetan.«

»Nein, nein«, entgegnete ich. »Das ist doch faszinierend.«

»Schau mal hier. Da gab es einen Kameraschwenk. Das war zwischen dem ersten und zweiten Impakt. Das erste Flugzeug ist angeblich um 8.46 Uhr in den Nordturm geflogen, der zweite Einschlag ereignete sich um 9.02 Uhr. Was wurde in diesen 16 Minuten gesendet? Ich habe hier einen Live-Stream und es werden Menschen auf der Straße vor die Kamera geholt. Eine junge Frau wird interviewt und gefragt, wie das Flugzeug in den Nordturm geflogen ist. Sie sagt 'Nein, es gab kein Flugzeug, es waren Explosionen, das war alles.' Und dann wird ausgeblendet und die Szene unterbrochen. Merkst du etwas? Diese Zeugin bestätigte gar kein Flugzeug, sondern eine Explosion. Zu diesem Zeitpunkt waren die präparierten Zeugen wohl noch nicht greifbar, die rannten woanders herum. Aber zurück zu der durchgängigen Fernsehaufzeichnung. Schaut euch das an. Zwischen 8.46 Uhr und 9.02 Uhr sehen wir bei einem Sender keine einzige Totaleinstellung auf die Tower. Aber dann, zeitlich perfekt abgepasst, werden sämtliche Bildeinstellungen geändert. Als ob auf einmal jemand in der Regie genau wusste, was jetzt geschehen würde. Auf die Totale folgt der Zoom hin zu den Türmen. Einfach perfekt, um den Crash des Flugzeugs mit dem Südturm zu zeigen.«

Er rannte von Bildschirm zu Bildschirm. Wir sahen die TV Aufnahmen aller vier großen Fernsehsender. Nach einer fast fünfzehn minütigen Zeitraffer-Einstellung, wurden die letzten Sekunden vor dem Einschlag in Zeitlupe dargestellt. Für einen kurzen Moment zeigten alle vier Sender die gleiche Einstellung. Wie war so etwas möglich? Wurden die gesendeten Ausschnitte sorgfältig ausgewählt, um bei den Zuschauern exakt die beabsichtigte Wirkung zu erzielen? Wurden alle Sender von einem zentralen Pult gesteuert oder aus einem *Playout Center* mit den vorbereiteten Szenen versorgt? Konnten die Aufnahmen schon vorher manipuliert worden sein und wurden sie dann mit den echten Explosionen in den Türmen überlagert? Wurden die Flugzeugaufnahmen einfach während eines minimalen Zeitversatzes hineinkopiert? Dann zeigte uns Frank die *Nose-Out* Szene und manche der Einstellungen hatte ich schon in Italien bei Tom Skøby gesehen. Den 15-minütigen Bericht, der *vor* der *Nose-out* Aufnahme gesendet wurde, hatte ich allerdings noch nie zusammenhängend gesehen. In der Tat, dass zeitlich genau passend in die Einstellung mit dem Crash und der *Nose-Out* Szene geschaltet wurde, konnte nun wirklich kein Zufall sein. Man könnte wirklich meinen, dass jemand vorher Bescheid wusste, wann die zweite Explosion passieren würde - beziehungsweise wann das zweite Flugzeug filmtechnisch 'eingebaut' werden musste.

»Doch bei der Szene ist etwas grandios schief gelaufen ... «

»Ich weiß, die Flugzeugspitze kommt auf der anderen Seite des Turms wieder heraus. Bei der Fälschung war wohl die Maskierung verrutscht und als der Fauxpas auffiel, wurde blitzschnell auf ein schwarzes Bild umgeschaltet.«

Damit hatte ich ihn offensichtlich überrascht. Frank nickte mehrmals. Meine Äußerung brachte einen weiteren Effekt mit sich. Von diesem Moment an wurden die Aufnahmen und Analysen von Frank zunehmend anspruchsvoller. Er hatte in den letzten Jahren ganze Arbeit geleistet und ging mit uns in einen Nebenraum. Dort liefen Dokumentation über Manipulationen an Bildern und Filmaufnahmen. Es war schlichtweg eindrucksvoll. Warum hatte er das alles im stillen Kämmerlein recherchiert und nie etwas darüber veröffentlicht? Hatte er uns nicht zuvor den Spruch von Martin Luther King gezeigt, dass man eben nicht über die wichtigen Dinge schweigen sollte? So versuchte ich das Gespräch auf eine andere Ebene zu heben.

»Ich frage mich, warum das nie richtig an die Öffentlichkeit gedrungen ist? Nie hat die breite Masse davon erfahren. Wenn es etwas über 9/11 im Fernsehen gibt, werden die Conspiracy Theorien immer als dumm und verworren abgetan.«

»Wundert dich das, Peter? Die Skeptiker wurden doch allesamt diskreditiert. Glaubst du, *ich* würde damit an die Öffentlichkeit gehen? Niemals. Dann wäre ich der Spinner. Das würde sich doch sofort negativ auswirken. Auf meinen Beruf und auf meine Klientel. Ich bin doch kein Idealist, der die Welt verbessern will.«

»Und was war mit dem Zitat von Martin Luther King?«

»Eins zu Null für dich. Trotzdem, ich stehe mit beiden Beinen im Leben und ich bin gerne in meinem Beruf tätig, das weißt du. Ich möchte das nicht aufs Spiel setzen.«

»Du, das würde mir auch nicht anders gehen. Aber was ist denn, wenn es nun keine Spinnerei ist und die TV Aufnahmen wirklich gefälscht waren. Wenn am Ende andere Drahtzieher als die muslimischen Terroristen hinter den Anschlägen steckten?«

»Dann Gnade uns Gott! Darüber habe ich lange nachgedacht. Denn ... wie bekommt man die großen Fernsehsender in den USA dazu, solches Material zu senden? Warum wurde kritiklos hingenommen, dass das Material offensichtlich gefälscht war? Vielleicht hatte man bei der Vehemenz der Ereignisse die computergenerierten Images, die *CGIs*, noch gar nicht richtig wahrgenommen. Für mich steht fest, dass man im Zuge einer Kriegsübung die Terroranschläge in einer Art '*Scripted Reality*' inszeniert hatte. Die Anschläge wurden wie nach einem Drehbuch in Szene gesetzt und die entführten Flugzeuge waren nur eine Illusion.«

»Kannst du das näher erläutern. Ich kann dir jetzt nicht ganz folgen.«

»Peter, sagen wir mal so. Im Tagesverlauf des 11. Septembers wurden die Flugzeuge gar nicht mehr in Frage gestellt. Vor allem die Fernsehsender verbreiteten derart kritiklos die Flugzeugstory. Die Logik war recht einfach. Es mussten ja Flugzeuge sein, da Flugzeuge entführt worden waren. Es gab Fernsehaufnahmen und es gab Leute, die Flugzeuge in die Türme fliegen sahen. So passte alles zusammen. Ende der Geschichte.«

»D'accord. Doch warum haben die Fernsehsender dabei mit gemacht?«

»Dafür habe auch keine Erklärung, Peter. Aber ich denke darüber schon sehr lange nach. Es ist nicht einfach, das Puzzle zusammenzusetzen. An jenem Tag wurden viele Kriegsübungen durchgeführt, bei denen die meisten der Beteiligten gar nicht das große Bild kannten. Einige Teams hatten sich schon vorher, am Montag, in New York auf den Weg gemacht, um an einer Biowaffen-Übung teilzunehmen, die nämlich ebenfalls in dieser Woche stattfinden sollte. Merkwürdig, nicht wahr? Die Einsatzteams haben also gedacht, sie machten bei einer Biowaffenübung mit. Die Militärs wiederum, die an der großen Kriegsübung *Vigilant Guardian* teilnahmen, dachten vielleicht anfangs, dass die Geschehnisse zu ihrer Übung gehörten. Bis sie schließlich glaubten, alles sei die Realität. Den meisten Soldaten war doch gar nicht bewusst, dass sich parallel zu ihrer Übung inszenierte Geschehnisse abspielten. Selbst als die Meldungen über die Flugzeugentführungen beim Militär aufliefen, hatten das einige für einen verdammt gut gemachten Teil der Übung gehalten! Die kamen doch total durcheinander. Es gab Funksprüche wie ... *is this exercise or real world?* Keiner hat mehr durchgeblickt. Das war gewollt. Viele Teile des Terroranschlags wurden als Übung inszeniert und jeder glaubte, dass nur sein eigener Part eine Übung war. Alles andere wurde als die wahre Welt empfunden. Dann mischten sich die Bilder. Wirklichkeit und Theater wurden eins. Etliche haben den Tag erlebt als wären sie inmitten eines *Hollywood Movie*. Das hörst du immer wieder in den Kommentaren.«

Frank Simmons ging durch den Raum und nahm von der Wand einen Bilderrahmen mit einer weiteren Weisheit ab. *Mundus vult decipi* stand dort geschrieben. Frank klärte uns auf. »*Die Welt will betrogen sein*. Ein fünfhundert Jahre alter Spruch aus dem *Narrenschiff* von Sebastian Brants.«

Ich machte dazu einen Vermerk in meinem schwarzen Büchlein. Warum um alles in der Welt sollten sich die Menschen eher mit der Unwahrheit anfreunden wollen als mit der Wahrheit? Verdrängten Menschen gerne die Realität, weil sie sich am Ende nicht mit der eigenen Vergänglichkeit und der Endlichkeit aller Dinge abfinden wollten?

Neben einem hochgestellten Rack mit Rechnern und Servern befand sich ein Designerkühlschrank im Aluminiumlook. Frank holte einige Dosen Cola heraus und reichte sie uns. Mit einem lauten Zischen öffneten wir sie und setzten zu einem kräftigen Zug an.

Dann pflanzten wir uns alle drei auf cremefarbene, würfelförmige Hocker. Rosanna stellte ihre Cola auf den Fliesenboden und legte ihre Jacke ab. Frank griff zu einer Fernbedienung und dimmte das Licht des Raums weiter ab. Dann schaltete er die Monitore in den *Freeze* Modus, so dass Ton und Bild eingefroren waren. Ein einziger übergroßer Bildschirm zeigte bildgewaltig den typischen Vorspann eines Hollywood Films. Dazu dröhnte aus den Lautsprecherboxen ein raumfüllender Surround Sound.

»Immer wieder ihr hört in den Reportagen *'it's like a movie'*. Es wurde inszeniert, da bin ich mir mittlerweile sicher. Bis zu einem gewissen Punkt dachten viele der Mitwirkenden, dass sie in einem Spielfilm oder in einer *scripted reality* Show mitspielten. Einige waren geschmeichelt, dass sie ihren Kommentar zum Besten geben konnten. Andere waren so unprofessionell und fingen vor der Kamera an zu lachen. Manche wirkten tatsächlich wie bezahlte Akteure. Ich denke, die meisten haben es sogar im besten Glauben getan. Als sie dann erkannten, dass es *kein* Training war, so wie es im Vorfeld hieß, wurde für sie die Übung zur Wirklichkeit. Etwas anderes hätte ihnen nun auch niemand mehr geglaubt. Das ist doch die beste Methode, um die wahren Anschläge zu verschleiern.«

»Dennoch, mein lieber Frank. Wieso senden Fernsehsender auf diese Art und Weise manipuliertes Material, ich verstehe das nicht. Was, wenn einer anfängt zu quatschen?«

»Sachte, sachte. Du erinnerst dich vielleicht an diese widersprüchlichen Meldungen mit den Raketen, den *Cruise Missiles*. Einige Leute glaubten, sie hätten eine *Missile* gesehen.«

Ich nickte. Die *Missiles* stellten eine der verwirrendsten Komponenten dar. Allein die Vorstellung war beängstigend, dass in New York über bewohntem Stadtgebiet Raketen im Luftraum gewesen sein sollten. Dazu tauchten am 11. September regelmäßig kurze Versprecher auf, die eine Missile-Theorie untermauerten. Frank spielte ein Interview ein, in der ein

Reporter das Wort *Missile* bis zur Hälfte aussprach, dann seinen Fehler offensichtlich bemerkte und sich mit dem Wort *Plane* verbesserte. Dann fuhr er fort.

»Ja, ich halte das für die *Cover-up* Geschichte. Vielleicht hatte man dieses Drohszenario den Fernsehsendern im Vorfeld mitgeteilt und sie um ihre Mithilfe gebeten. Aus nationalem Interesse. Hätte man sie bereits vorher in die wahren Hintergründe eingeweiht, vielleicht hätten die Sender dann nicht mitgezogen. Denn wer wollte schon das amerikanische Volk und die ganze Menschheit täuschen, um in einen Krieg zu ziehen? Was aber, wenn man ihnen eine andere Geschichte aufgetischt hatte? Wollt ihr wissen, was ich denke?«

Er blinzelte verschmitzt mit seinen Augen. Frank steckte sehr tief in den Themen. Offenbar hatte er seine eigene Theorie entwickelt, die ihm als Erklärungsmodell für die gefälschten TV Aufnahmen diente. Seine Ausführungen waren in meinen Augen stimmig und plausibel. Es war fesselnd, seiner Argumentation zu folgen und wir nickten, damit er fortfuhr.

»Ihr Lieben, ich denke, dass man die TV Sender unter höchster Geheimhaltung über einen bevorstehenden, staatsbedrohenden Anschlag informiert hatte. Dass nämlich eine Terrororganisation am Dienstagmorgen gegen 9.00 Uhr *Raketen* auf das World Trade Center und auf andere Ziele abfeuern wollte. Es waren einige Al Qaida Kämpfer um Osama Bin Laden ins Visier der Ermittlungen geraten. Man würde alles versuchen, um die Anschläge zu verhindern. Doch bedauerlicherweise konnte das Militär eine erfolgreiche Abwehr nicht garantieren.«

Frank legte eine kurze Pause ein und griff zur Coladose. Dann atmete er noch einmal tief durch.

»Die Vorstellung, dass die Vereinigten Staaten auf eigenem Boden von fremden Kräften mit Raketen angegriffen werden sollten, war der pure Albtraum und das Ende der freien Welt. Vielleicht waren die Fernsehsender mit genau dieser Story konfrontiert worden. Falls es wirklich so kommen sollte, war man auf die Hilfe der öffentlichen Medien angewiesen. Ein Angriff mit Raketen, also mit *Cruise Missiles*, auf die amerikanische Nation – noch dazu auf eigenem Boden – durfte niemals herauskommen. Und dafür würde man eine Cover-up Story brauchen.«

Mein Freund schaute mich mit großen Augen an. 'Genial', dachte ich. Dieser Punkt war bisher meine Sackgasse. Denn die Einbindung der TV Sender erschien mir zu abwegig. Vor allem, wenn es um eine bewusste Manipulation gehen sollte. Aus nationalem Interesse jedoch den bevorstehenden Raketenangriff mit einem Flugzeugunfall zu kaschieren, das war vorstellbar. Man würde den Terroristen den Erfolg eines Raketenangriffs entziehen und es einfach als Unfall darstellen. Dann allerdings geriet die Geschichte außer Kontrolle und überlagerte sich mit den anderen Meldungen. Eine absolut geniale Storyline, bei der am Ende bei allen Beteiligten die totale Verwirrung herrschte. Ich schaute Frank fasziniert an.

»Du meinst, man hatte den Verantwortlichen der Fernsehsender erzählt, dass sie die *Cruise Missile* Geschichte als Geheimnis bewahren sollten und mit einer Flugzeugunfallstory überlagern sollten?«

»Richtig, genau! Es war sogar einkalkuliert, dass etwas über die *Missile* Bedrohung durchsickern könnte. Das würde nicht nur zu zusätzlicher Verwirrung führen, sondern ließe das berühmte Hintertürchen offen, falls bei der Flugzeugmanipulation etwas schief gehen würde. Die beteiligten Reporter hatten die Bedrohung der *Cruise Missiles* stets im Hinterkopf. In den Fernsehberichten hatte sich ein Kommentator fast verquatscht. Ich hatte euch die Szene bereits vorhin kurz eingespielt. Er bemerkte seinen Fehler und brach in der Mitte des Wortes *Missile* ab und vervollständigte den Satz mit dem Wort *Plane*. Sie sollten ihre nationale Aufgabe erfüllen und die Raketenexplosion mit einem Flugzeugunfall kaschieren. Die Behörden waren auf das Drama vorbereitet und es wurde alles getan, um die vermutlich betroffenen Etagen des Raketen-Einschlags frei zu räumen, so dass möglichst wenige Menschen in Gefahr kommen konnten. Die Fernsehsender hatten nun die patriotische Aufgabe, eine Flugzeugunfall-Geschichte darüber zu satteln. Nicht, dass ein Flugzeugcrash objektiv gesehen, weniger schlimm wäre, aber er ließ sich durch menschliches Versagen erklären. Man könnte den Unfall eines kleinen Sportflugzeuges annehmen oder was auch immer. Aber Raketen? Nein. Auf amerikanischem Boden durfte niemals eine fremde Rakete auf die eigenen Gebäude abgefeuert werden.«

Ich nickte, die Erklärungen waren in sich schlüssig. Rosanna hörte ebenfalls interessiert zu. Ich rückte etwas an sie heran und griff nach ihrer Hand. Ich wollte ihre Nähe spüren. Dann wandte ich mich Frank zu, der begeistert fortfuhr.

»Ja, das genau schloss die Lücke. Deshalb haben die Sender in bester Absicht mitgemacht, die Story nach vorne getragen und die Bilder in die ganze Welt gesendet. Das war natürlich von höchster Stelle abgesegnet. Unten in den Straßen warteten die Akteure, die bis zu einem gewissen Grad ebenfalls dachten, dass sie die *Missile* Geschichte kaschieren mussten. Am Schluss waren sie völlig verwirrt, weil weder ein Flugzeug noch eine Rakete in die Türme geflogen war. Einzig die Bomben zündeten. Es waren fulminante, heftige Explosionen. Solange noch nicht klar war, ob man wirklich mit der Flugzeugstory durchkam, musste man noch die scheinbare Wahrheit mit den Raketen in petto haben. Allerdings fehlten die angekündigten *Missiles*, aber über das Fernsehen wurde die Sage eines Flugzeugcrash dennoch verbreitet. Wisst ihr? Alle dachten, sie bauten eine kaschierte Story auf und waren zunächst verwirrt, dass die Raketenangriffe gar nicht stattgefunden hatten. Bis zu dem Moment, als es plötzlich hieß, dass Flugzeuge im Luftraum verschwunden waren. Die Fernsehsender selbst hatten zuvor den Grundstein für die Flugzeugstory gelegt.«

Ich beugte mich nach vorne und ergänzte die Zusammenhänge aus meiner Sicht.

»So wurde aus der *scripted reality* unerwartet die Wirklichkeit. Selbst die Beteiligten bei den TV Sendern mussten nun ihre eigene konstruierte Geschichte für die Realität halten. Die Masse nahm den Flugzeugangriff nach den TV Aufnahmen sowieso schon für bare Münze. Jetzt gab es auch bei den Beteiligten kein Zurück mehr, da sie es selbst für die Wahrheit halten mussten. Sie konnten ja nicht wissen, dass die Flugzeugentführungen nicht real waren.«

»Hm. Peter, du überraschst mich. Besser hätte ich das auch nicht auf den Punkt bringen können. Wir hätten uns vielleicht schon mal früher dazu unterhalten sollen. Übrigens kann es sogar sein, dass man vorher bereits mit dem sogenannten *Priming* begonnen hatte. *Priming*, sagt euch das etwas?«

Wir schüttelten den Kopf unwissend.

»*Priming*, so nennt man es, wenn die Zuschauer in eine ganz bestimmte Richtung gelenkt werden, ohne dass sie es merken. Ein Beispiel dafür ist die sublime Werbung. Man hatte in den 50er Jahren Experimente durchgeführt und einzelne Bilder eines Erfrischungsgetränkes in einen Film geschnitten. Bei den üblichen 24 Bildern pro Sekunde nahm kein Mensch die einzelne Abbildung bewusst wahr. Doch das Unterbewusstsein registrierte das Getränk und die Probanden wurden überraschend durstig. Echt clever, oder? Die Steuerung unseres Unterbewusstseins durch das *Priming* ist vielleicht eines der größten Spielfelder für Manipulationen überhaupt. Wenige Tage vor 9/11 lief im US Fernsehen eine Satire-Sendung. In kurzer Folge wurden ohne Zusammenhang Szenen des amerikanischen Präsidenten, von New York und dem World Trade Center, von Flugzeugen und sogar von Osama Bin Laden gezeigt. Alles innerhalb von 60 Sekunden. Niemand konnte daraus einen tieferen Zusammenhang ableiten. Die Filmschnipsel waren jedoch ins Unterbewusstsein gelangt und als dann einige Tage später die Bilder der Anschläge über den Bildschirm flimmerten, konnten die fehlenden Elemente aus der Erinnerung abgerufen werden. Ich denke, es wurden verschiedene *Priming* Methoden im Vorfeld eingesetzt.«

Ich stand auf. Frank musste sich schon sehr lange damit beschäftigt haben. Seine Überlegungen waren schlüssig.

»Aber eines möchte ich noch erwähnen: Es gab eine kritische Phase in der Berichterstattung, in der es theoretisch noch zu einem Abbruch kommen konnte. Wenn nämlich plötzlich alles aufgeflogen wäre. Falls weder die parallelen Hijack Simulationen gelungen wäre, noch die Telefonate aus den Flugzeugen. Oder falls irgendetwas anderes schiefgegangen wäre. Dann hätte man auf die *Missile* Variante zurückgreifen können. Deshalb waren einige der Flugzeugaufnahmen so manipuliert, als wäre unter dem Rumpf ein Raketen-Sprengkopf montiert. Dann hätte die Geschwindigkeit der Fluggeschosse wieder gestimmt und auch in dieser Geschichte würde alles wunderbar zusammen passen. Die Story mit den Verkehrsflugzeugen hätte man als Fantasterei abgetan. Die Zeugen, die ein Sportflugzeug gesehen hatten, wären diskreditiert worden. Dann wäre es doch die *Missile* Story geworden. Und wenn selbst das *Missile* Szenario nicht von der

Masse akzeptiert worden wäre, hätte man auf die Explosionen als Back-up zurückgreifen können. Die vermeintlichen Attentäter wären jedenfalls in jeder der Varianten identisch gewesen. Die Hinweise auf deren Identität wurden ja in der Nähe der Türme am Boden platziert. Auch bei einigen der Opfer war zunächst nicht klar, ob sie im Bürogebäude waren oder im Flugzeug saßen. Ich glaube, am Anfang hatten sich die wahren Drahtzieher die parallelen Optionen offen gehalten, bis um kurz nach neun Uhr klar war, dass sie mit der Flugzeugstory durchkamen.«

Das leuchtete mir ein. Von vornherein waren mehrere Alternativen vorbereitet worden. Flugzeuge, Raketen und Explosionen. Da waren Profis am Werk. Frank ließ sich nicht mehr stoppen.

»Und weil ein paar Leute eingeweiht waren, ist natürlich schon vorher etwas durchgesickert. Einige haben dann wohl gegen die Flugzeugaktien gewettet und damit ein kleines Vermögen gemacht. Denn in den Tagen vor den Attentaten gab es eine ungewöhnlich hohe Nachfrage bei Optionsscheinen, die auf einen baldigen Kursrutsch setzten! Allen voran bestand das Interesse an den Papieren von United Airlines und American Airlines. Das deutet doch auf ein Vorwissen hin, oder? Erinnert ihr euch noch, wie damals die Aktien am 11. September in den Keller rauschten?«

Rosanna stimmte ihm zu und ich holte mein Notizbuch heraus. Es war an der Zeit, dass ich mir Stichworte machte. So viele Details auf einmal konnte ich mir nicht merken.

»Ja«, sagte ich, »es sollen ja auch viele Mitarbeiter in den Türmen vorher gewarnt worden sein. Angeblich über eine Massen-SMS.«

Mein Freund guckte mich an.

»Waren denn an dem Morgen wirklich tausende von Menschen im World Trade Center? Glaubst du das?«

Ich schüttelte den Kopf.

»Die Touristen waren mit Sicherheit noch nicht da, denn die Türme wurden erst um zehn Uhr geöffnet. Vorher kam niemand hinein. Wahrscheinlich weißt du auch, dass in den Tagen zuvor keine Sprengstoffsuchhunde mehr im Gebäude waren. Wegen der Überstunden vom Wochenende mussten einige Mitarbeiter am Dienstag zuhause bleiben. Ich weiß nicht, wer am

Dienstagmorgen wirklich in den Gebäuden war. Viele Etagen waren nicht vermietet und etliche Firmen nutzten die Adresse nur als Aushängeschild. Manche glauben sogar, dass die beiden Türme nur in wenigen Etagen besetzt waren. In einem Forum sprechen sie von den *Hollow Towers*. Darüber findest du viele Infos. Aber wie dem auch sei, irgendwo in der Umgebung waren sicher Menschen unterwegs und deshalb kann man nicht ausschließen, dass jemand in den Türmen oder in der Umgebung doch ums Leben gekommen ist.«

Frank schaute mich beim Begriff der *Hollow Towers* an.

»Ja, davon habe ich gelesen. Es gibt auch die Theorie, dass keiner gestorben ist. *No deads* - keine Toten. Übrigens ... du weißt doch, wie die beiden französischen Brüder hießen, die die Ereignisse hautnah an dem Morgen gefilmt haben? Ursprünglich wollten sie eine Dokumentation über die New Yorker Feuerwehr drehen. Die Brüder *Naudet*, die *Naudets*. Mit ein bisschen Fantasie kannst du aus dem Namen *Naudets* auch *no deads* lesen, keine Toten! Und wenn du beim Wort *Naudets* die Buchstaben anders anordnest, dann ergibt sich ein Straßenname. *Duane Street*, auch geschrieben als *Duane St*. Check mal die Buchstaben! Genau in dieser *Duane Street* haben sie sich für die Aufnahmen um 8.40 Uhr postiert und siehe da, es war einer der wenigen Standorte überhaupt, an dem man den ersten Impakt filmen konnte. Was für ein Zufall. Irre nicht wahr? Man kommt ins Grübeln, oder?«

»Die *Naudets*, ein Anagramm!«

Rosanna war wie gebannt. Sie kannte sich mit Anagrammen gut aus. Ich spürte geradezu, wie sie im Kopf die Buchstaben der *Naudets* neu ordnete. So viele Übereinstimmungen und Koinzidenzen konnte es in den Abläufen einfach nicht geben. Ich notierte mir einen Satz in meiner Kladde: 'Wenn etwas zu gut ist, um wahr zu sein, ist es meistens zu gut, um wahr zu sein'. Warum gab es eigentlich so viele Anagramme im Umfeld der Terroranschläge. Schon der Name des mutmaßlichen Terroristen Atta war ein Anagramm in sich selbst. Der zweimalige Buchstabe 'A' konnte die Fluglinie American Airlines bedeuten, in der Atta angeblich saß. Das doppelte 'T' konnte für die beiden Türme stehen. Das Datum des 11. Septembers stellte die US amerikanische Notrufnummer 911 dar und war zugleich der erste Tag im Alexandrinischen Kalender. Sollte an diesem Tag eine neue Zeitrechnung beginnen? Das Datum war sicherlich genau so bewusst gewählt, wie der 11. März 2004 für die Anschläge in Madrid. Zahlen, Buchstabenspiele, Symbole. Das trug mit Sicherheit nicht die Handschrift von arabischen Terroristen.

»Ja«, sagte ich, »es ist unvorstellbar. Aber ich glaube schon, dass die Medien mitgemacht haben. Es gab ein nationales Interesse. Die mussten mitmachen und waren vergattert. Am Schluss haben alle wahrscheinlich geglaubt, dass sie gar nichts kaschiert haben, sondern nur die Wirklichkeit gezeigt haben. Da es keine echten Aufnahmen gab, die die Flugzeugeinschläge zeigten, kamen die vorbereiteten TV Szenen genau zur richtigen Zeit.«

Frank und ich nickten uns zu. Wir waren uns beide einig. Rosanna stand von ihrem Hocker auf und schaute uns verblüfft an, weil Frank und ich uns so gut zu verstehen schienen. Ihr Blick bewegte sich abwechselnd zwischen uns und ich entdeckte einen leichten Anflug von Begeisterung bei ihr.

»Na, ihr beiden Meister der Entschlüsselung. Habt ihr jetzt alles gelöst?«

War das ironisch gemeint? Mir war klar, dass man 9/11 nicht durch eine einfache Unterhaltung lösen konnte. Denn es war eine dermaßen komplexe Geschichte, die jede Vorstellungskraft überstieg. Was aber, wenn man alle intelligenten Köpfe dieser Welt in einer Community zusammenbringen würde, um die Geschehnisse zu lösen? War es am Ende nur eine - wenn auch weitaus kompliziertere - Variante des Einstein Rätsels?

Wir gingen die Treppe hinauf zurück in sein Büro. Frank Simmons bot uns noch einen weiteren Kaffee an. Wir setzten uns an seinen großen Schreibtisch mit einer Glasplatte und blickten aus dem Fenster in den großen parkähnlichen Garten.

Ich war völlig in Gedanken versunken. Was würde sich in der Welt ändern, wenn bekannt würde, dass die Vergangenheit umgeschrieben werden müsste? Würde sich überhaupt etwas ändern? Die Gefahr durch den Terror an sich war unbestritten real und existent. Wäre es dann nicht sogar aus Sicht der Drahtzieher legitim, das eine oder andere Ereignis den potentiellen Terroristen zusätzlich in die Schuhe zu schieben? Konnte man die Argumente gegeneinander abwägen?

Ich überlegte. Inwieweit trugen auch wir eine viel umfassendere Verantwortung in uns, sobald wir die Wahrheit zu kennen glaubten? Keiner von uns dreien sagte etwas. Unsere Unterhaltung legte eine kleine Pause ein, wir tranken unseren Kaffee und schauten uns wortlos an. Dann ergänzte Frank.

»Weißt du, Peter, ich habe in den letzten Jahren sehr viel darüber nachgedacht und nie mit jemandem darüber diskutiert. Hätte ich gewusst, dass du dich dafür interessierst, wir hätten uns schon längst mal unterhalten können. Meistens kommt man erst bei den Dingen weiter, wenn man darüber spricht.«

»Dazu muss ich aber gestehen, dass *mein* Interesse erst vor acht Tagen dafür entflammt ist. Wenn du mir damit vor einem halben Jahr gekommen wärst, ich hätte dich wahrscheinlich für verrückt gehalten.«

»Mag sein. Übrigens, ich habe mir die angeblichen Opfer angesehen und deren Webseiten recherchiert. Die besten Ergebnisse findest du wahrscheinlich auf den Seiten von *September Clues* und beim *Let's Roll Forum*. Es ist grandios, du kannst tagelang, wenn nicht sogar wochenlang, darin lesen.«

»Monatelang«, sagte ich knapp.

»Peter, du kennst diese Quellen?«

Ich nickte mehrmals und Frank schmunzelte.

»Es ist schon interessant, was dort zusammengetragen wurde. Selbst wenn manche Ideen ins Leere gehen, kann man sich aus den richtigen Teilen das Bild recht gut zusammensetzen. Doch eine Frage bleibt für mich immer noch unbeantwortet: Wer steckte eigentlich wirklich dahinter?«

»Das würden wir auch gerne wissen.«

Rosanna nickte ebenfalls und murmelte in sich hinein.

»Ja, wer weiß das schon.«

Auf diese offene Frage hatte niemand von uns eine Antwort. Wir sprachen dann noch über andere Themen. Frank erzählte von seinen neuesten Filmprojekten, die er für die Hamburger Industrie durchführte und zeigte uns einen Werbespot, der in Kürze gesendet werden sollte. Auf dem Weg zur Tür vereinbarten wir, dass wir uns möglichst bald wieder treffen wollten.

»Wenn ihr beiden mal Lust und Zeit habt, dann lasst uns doch nach Sylt fahren. Rosanna, es wird ihnen gefallen.«

Ich war nicht sicher, ob ihr Sylt etwas sagte. Die langgezogene Trauminsel an der deutschen Nordseeküste. Einerseits gab es dort die Einsamkeit von verträumten Häusern hinter den Dünen und andererseits war Sylt der Anziehungspunkt für den Jetset der oberen Zehntausend. Ruhe und Stille auf der einen Seite und die Exklusivität auf der anderen Seite. Beides vereint auf wenigen Quadratkilometern. Es war sicher ein Ziel, wohin ich sehr gerne mit Rosanna für ein langes Wochenende geflüchtet wäre.

In diesem Moment kam seine Sekretärin in den Raum und bedeutete Frank, dass ein Anruf auf ihn wartete. Wir machten uns nun endgültig auf den Weg und fuhren von seinem Grundstück. Mein Porsche wirbelte einige Kieselsteine vom Schotterweg der Einfahrt auf. Dabei dröhnte der satte Sound des Motors bis in das Fahrzeuginnere und übte auf mich eine einzigartige Faszination aus. Ich spürte eine unbändige Kraft, die mir ein unbeschreibliches Freiheitsgefühl verschaffte. Ich lenkte den Wagen auf den Stadtring.

»Rosanna, was meinst du?«

»Ja, okay. Zugegebenermaßen wirkte alles sehr plausibel. Die große *TV-Fakery*. Wir haben also alle nur eine große Show im Fernsehen gesehen, einen großen Kinofilm?«

»Mit Sicherheit. Deshalb wird der Stoff als Ganzes auch nie von Hollywood verfilmt werden. Es war eine große Geschichte. So gewaltig, dass keiner sich traut, sie infrage zu stellen.«

»Hey, wie kannst du *'mit Sicherheit'* sagen? Es sind doch nur Fantastereien von Leuten, die viel Zeit damit verplempern.«

»Was ist mit dir? Du hast so einen sarkastischen Unterton, du warst doch selbst skeptisch oder etwa nicht?«

»Na ja, aber nur bis zu einem gewissen Grad. Ich bin schließlich US-Bürgerin und ich bin es durch und durch, verstehst du? Die Feinde, … unsere Feinde sitzen in allen Ecken dieser Welt. Und wir müssen sie bekämpfen - mit allen Mitteln.«

Es fehlte nur noch das Wort 'Basta'. In einer für mich nicht nachvollziehbaren 180° Grad Wende hatte Rosanna eine Demarkationslinie gezogen. Während sich für mich die Indizien immer weiter zusammenfügten, schien sich bei ihr ein innerer Widerstand zu formieren. Ihre Sprache wurde zudem überraschend resolut.

»Mit allen Mitteln? Du meinst, der Zweck heiligt die Mittel? Wenn das Ziel stimmt, sind alle Mittel legitim, um dieses Ziel zu erreichen? Ist es das, was du meinst? Sag, Rosanna, ist es das?«

Mit meiner aggressiven Art hatte ich sie verschreckt. Vermutlich realisierte sie, dass - wenn es eben nicht die arabischen Terroristen gewesen waren - alles auf eine große Erklärungsnot bei den Zusammenhängen hinauslaufen würde.

Sie verstummte und blickte mich musternd an. Ihre Augen suchten hilflos nach einem Fixpunkt. Ihre Lippen öffneten sich leicht, als ob sie einen Satz beginnen wollte. Sie biss sich sodann aber wieder auf die Unterlippe. Woran hatte sie zu knapsen?

»Ja, vielleicht. Ich weiß es nicht. Aber unsere Feinde sind real und sie sind dort draußen, und ... und ... «

Emotional faltete sie die Hände und hielt sie vor den Mund, beide Daumen von unten an das Kinn gepresst und die Zeigefinger an die Nase gedrückt. Sie atmete einige Male in ihre Hände tief ein und aus. So, als ob sie sich beruhigen wollte. In einem Erste-Hilfe-Kurs hatte ich vor vielen Jahren eine ähnliche Methodik gelernt, um durch die erhöhte Kohlendioxidaufnahme ein Hyperventilieren zu vermeiden. Die Diskussion musste ihr verdammt nahe gegangen sein und sie war innerlich total aufgewühlt. Sie schaute wie versteinert nach vorne durch die Windschutzscheibe. Wir waren an einem Punkt angekommen, an dem es zumindest kurzzeitig nicht mehr darum ging, wo Diana sein konnte oder was mit ihr geschehen war. Entweder waren wir gefährlich nahe an den Punkt der Entschlüsselung gekommen, der zugleich ihre Ehre als US Amerikanerin angriff und ihre Loyalität auf eine empfindliche Probe stellte. Oder sie hatte erkannt, dass wir durch unsere Schlussfolgerungen selbst in Gefahr waren. In Lebensgefahr. So wie Diana Woods, Gonzales José und Herbert Zimmer. Und dass wir unverzüglich anfangen sollten, an unsere eigene Sicherheit zu denken. *'Mach niemals mein Problem zu deinem Problem'* hatte Diana als warnende Botschaft an uns geschrieben. Sollten wir nicht besser die Geschichte ruhen lassen? Oder waren wir bereits an einem Punkt angelangt, an dem es kein Zurück mehr gab?

Wie sollte es weitergehen? Mit Rosanna einen Disput anzufangen war das letzte, was ich im Sinn hatte. Obwohl sie mich mit ihrer Suche nach Diana Zug um Zug in die Thematik hineingebracht hatte, war ich selbst in den vergangenen Tagen zunehmend zum Treiber geworden. Ich kam nicht mehr richtig in den Schlaf, meine Gedanken waren unruhig und ich war wie besessen davon, eine Lösung zu finden. Fast war ich soweit zu glauben, dass es gar keine Flugzeugabstürze am 11. September gegeben hatte. Vielleicht waren am Ende mehr Menschen in die Sache verwickelt, als es ihnen selbst bewusst war.

Nämlich, dass alles eine perfekte Inszenierung war und dass die meisten Mitwirkenden - sowohl die Einzelakteure als auch die Fernsehsender und das Militär - das komplette Drehbuch der Ereignisse nicht *gekannt*, beziehungsweise als solches nicht *erkannt* hatten. Nach dem Gespräch mit Frank Simmons hatten wir ein Erklärungsmodell, welches viele Antworten geben konnte. Und ausgerechnet nun schwenkte Rosanna in ihrer Interessenlage um. Warum nur? Ich überlegte krampfhaft, wie ich die Diskussion entschärfen konnte. Vielleicht mit einem lakonischen Kommentar über einen Hollywood Blockbuster, um den Fokus in eine andere Richtung zu lenken? Oder mit dem Vergleich zu einer Theaterinszenierung? Heureka, mir fiel etwas ein, womit ich gleichzeitig an ihr Allgemeinwissen appellieren konnte.

»*Die ganze Welt ist eine Bühne, Und alle Männer und Frauen sind nur Spieler.*«

Mit einem Lächeln erhellte sich ihr Gemütsausdruck.

»*All the world's a stage, And all the men and women merely players*. Hey, du kennst Shakespeare? Das ist aus 'Wie es euch gefällt', weißt du wie es weitergeht?« Ohne Pause ergänzte sie.

»*They have their exits and their entrances, And one man in his time plays many parts.* Ich kenne nicht die deutsche Übersetzung, aber du hast recht, irgendwie spielen wir alle vielleicht nur unsere Rollen.«

Auf dem Weg zum Flughafen hielt ich Ausblick nach einer Filiale der Hamburger Sparkasse. Mein letzter Blick in die Geldbörse heute Morgen im Hotel signalisierte mir, dass ich dringend etwas mehr Bargeld brauchen könnte. Als eine kleine Zweigstelle am Straßenrand auftauchte, parkte ich meinen Porsche kurzentschlossen auf dem Kundenparkplatz und hastete in die Räume der Bank. Rosanna blieb solange im Wagen sitzen.

Am Bankschalter standen einige Kunden, daher begab ich mich dann doch zum Geldautomaten. Schließlich war ich in meiner eigenen Stadt. Was also sollte dagegen sprechen, wenn ich mir Bargeld aus dem Automaten zog? Es war ein ganz alltäglicher Vorgang. Gedacht, getan. 300 Euro sollten ausreichen, zumal ich in London eh meine Pfundnoten einsetzen würde. Zurück im Fahrzeug hielt ich das Portemonnaie kurz hoch.

»Der Speicher ist wieder gefüllt. Ich könnte dich jetzt auf ein Eis einladen. Hast du Lust?«

Rosanna schaute mich leicht irritiert an.

»Ein Eis essen? Ist das dein Ernst?«

»Natürlich nur, wenn du willst. Du hast doch bis jetzt so gut wie nichts von Hamburg gesehen. Wir könnten ins neue Hafenviertel fahren oder in ein kleines Café an der Elbe.«

»Ist es auch okay für dich, wenn wir das ein anderes Mal machen? Ich würde lieber direkt zum Airport fahren und die Flüge buchen. Dann lade ich dich auf ein Eis in London ein, versprochen.«

Wir fuhren über den Stadtring zum Flughafen. Wie zwei Globetrotter auf dem Weg zur nächsten Etappe. War es der Weg zur letzten Station unserer gemeinsamen Reise? Am Montag der vergangenen Woche hatten wir uns getroffen. Neun intensive Tage lagen hinter uns. London, die Isle of Wight, Paris und Zürich. Treffen in Rom, Madrid, Wien und Hamburg. Auf einer europäischen Landkarte würden unsere Flugverbindungen bereits ein wildes Strickmuster hinterlassen. Kreuz und quer durch Europa im Eiltempo. Immer waren wir in Bewegung. Ohne Stillstand. Was trieb uns eigentlich an? Gewiss, selbst wenn die Geschichte der *TV Fakery* sich genau so abgespielt hatte, wie es Frank vermutete, so waren wir noch keinen Schritt näher an die Drahtzieher gekommen. War es das? Wollte ich unbedingt wissen, wer dahinter steckte? Oder vielmehr: War ich mir selbst überhaupt sicher, dass ich das herausfinden wollte? Schon immer hatte ich mich zwar gerne mit Aufgabenstellungen beschäftigt, selbst wenn es keine erschöpfenden Antworten auf alle Fragen gab. Doch bei *9/11* lag die Sache anders. Es hätte mir keine Ruhe gelassen, die Thematik jetzt einfach *ad acta* zu legen. Denn es gab eine Verbindung zwischen *9/11* und Diana, nämlich über ihre Mutter Margreth Woods. Am nächsten Tag wollten wir uns mit Diana in London treffen. Dann könnte sich hoffentlich alles aufklären. Vielleicht bliebe es schlussendlich doch bei der offiziellen Darstellungsvariante von 9/11 und Diana würde in ein neues Leben als Nathalie Moore entschwinden. Diejenigen, die Diana auf den Fersen waren, würden sich zurückziehen. Für Rosanna und mich wäre der Weg frei für ein gemeinsames Leben.

Das klang fast wie ein Happy End. Wirklich? 'Aufwachen', sagte ich zu mir selbst. Nichts in den letzten neun Tagen war so, wie ich es erwartet hatte. Was also sollte ich tun? Theoretisch konnte ich noch aussteigen. Und zwar im wahrsten Sinne des Wortes: Meinen Porsche in eine Parklücke lenken, aussteigen und nicht den Flug nach London Heathrow antreten. Doch eine innere Stimme leitete mich magisch. Ich hatte kein gutes Gefühl und fuhr trotzdem wie von fernen Mächten gelenkt in Richtung Flughafen. 'Wie frei sind wir Menschen eigentlich wirklich in unseren Entscheidungen?', fragte ich mich. Im Parkhaus wählte ich einen Platz relativ nahe am Terminal. Aus der Mittelkonsole griff ich noch meinem iPod Touch. So hatten wir wenigstens etwas Musik dabei. Wir nahmen unser Handgepäck und gingen hinüber zum Flughafengebäude. Rosanna schaute mich an.

»Peter, obwohl wir in Hamburg sind, hast du überhaupt nicht von deiner Firma gesprochen. Kannst du dich davon lösen und mit mir nach London kommen? Bist du dir wirklich sicher?«

»Ja, es ist alles gut. Ich verbringe die Tage unwahrscheinlich gerne mit dir. Schau, du hast mich in der letzten Woche gefragt, ob ich Lust auf ein Abenteuer hätte. Auf ein Abenteuer, wie ich es noch nie erlebt habe. Du hast nicht zu viel versprochen. Ja, ich möchte mit dir zurück nach London ... außerdem wartet dort noch ein Koffer auf mich.«

Ein großes Lächeln war ihre Erwiderung und ihre Augen sahen leicht benetzt aus. Waren das Tränen? Woher kamen die plötzlichen Emotionen? War sie in mich verliebt? Ich lächelte zurück und küsste sie sanft auf die Wange.

»Es ist okay meine Süße, es ist okay. Wir machen weiter.«

»Ich liebe dich, Peter.«

Sie ließ das Gepäck zu Boden fallen, die Handtasche glitt ihr von der Schulter und sie warf beide Arme um meinen Hals.

Ich ließ meinen Koffer ebenfalls hinunter fallen, hob erst langsam meine Arme, um Rosanna dann um so heftiger zu umarmen. Wir wiegten uns im schnellen Rhythmus nach links und nach rechts und küssten uns leidenschaftlich. Wie im siebten Himmel. Einige Passanten gingen vorbei und wunderten sich über das umher liegende Gepäck. Doch nichts um uns herum störte mich. Das Zentrum der Welt lag hier, genau hier bei uns beiden.

»Ich liebe dich auch.«

Ihr Kopf lag nun zwischen meinen beiden Händen und ihre Augen strahlten voller Glück. Es war die Zeitlosigkeit des Augenblicks, die mich verzauberte. Wohin würde uns das Schicksal tragen? Unsere Augenpaare vertieften unergründlich ihre Blicke, so als ob wir nach einer geheimen Wellenlänge der Kommunikation suchten. Plötzlich zog ein Düsenflugzeug seine Bahn über unsere Köpfe hinweg und weckte uns aus unserem Tagtraum. Mit einem abschließenden Augenzwinkern hoben wir unsere Taschen vom Boden und machten uns auf den Weg zum Ticketschalter.

'Routine', dachte ich, 'alles Routine'. Wie oft hatten wir dieses Prozedere in den vergangenen Tagen wiederholt? Inzwischen waren es schon zahlreiche Flüge und Tickets geworden und ich rätselte, was unsere Trips in Summe wohl gekostet hatten. Es war mit Sicherheit ein erheblicher Betrag. Wofür eigentlich? Hatten wir das alles nur unternommen, um ihre Freundin Diana aufzustöbern?

Es blieben noch einige Minuten bis zum Abflug und wir setzten uns in die Lufthansa Lounge. Dort bestand die Möglichkeit, auf eine Dachterrasse zu gehen und den Start- und Landemanövern zuzuschauen. Die perfekte Ablauforganisation eines Flughafenbetriebes faszinierte mich immer wieder aufs Neue. Dann schauten wir uns etwas in der Lounge um. Und da wir an diesem Tag nicht mehr Autofahren wollten, gönnten wir uns noch ein Glas Champagner vor dem Abflug.

»Auf uns!«

Wieder trafen sich unsere Augenpaare. Wortlos und verträumt. Ich hoffte, dass wir in London nun endlich das Kapitel Diana Woods aufklären konnten. Es war das Ziel einer langen Reise und es war auf einmal greifbar nahe.

Kapitel 18

07. September, 2011

Mittwochabend

LONDON

Unser Flug wurde aufgerufen, die Direktverbindung von Hamburg nach London-Heathrow. Neun Tage waren seit meinem letzten Flug nach London vergangen. Neun Tage, die mein Leben von Grund auf verändert hatten. Nach der Landung folgten unsere standardmäßigen Schritte: Die Immigration mit der Passkontrolle und der Weg zur Gepäckausgabe mit der anschließenden Zollkontrolle. Wie ein Déjà-vu kam es mir vor, vertraut und bekannt. Es gab die bekannten Optionen, um in die Innenstadt zu gelangen. Wollten wir uns auf den Weg zur Underground Station machen? Wie vor neun Tagen, als wir uns zufällig in dem Waggon der *Tube* wiedergetroffen hatten? Wir standen vor dem Hinweis-Schild und ich schaute Rosanna an. Sie wusste genau, an was ich dachte.

»Nehmen wir die *Tube*? Oder heute doch lieber ein Taxi?«

Wir entschieden uns für das Taxi und ließen uns in die Londoner Innenstadt kutschieren.

»Darf ich raten, welches Hotel du gewählt hast?« Ich hatte nämlich weder mitbekommen, welches Hotel sie am Morgen über den Laptop gebucht hatte, noch hatte ich verstanden, welche Adresse sie dem Taxifahrer genannt hatte.

»Klar ... und, was meinst du?«

»Ich denke, du hast dasselbe Hotel wie in der letzten Woche gewählt, das Guoman an der Tower-Bridge, *The Tower Hotel*. Alleine schon deshalb, weil es in der Nähe des Towers liegt. Der Name ist ja voller Assoziationen.«

»Yes, Sir. Du kennst mich inzwischen sehr gut.«

An der Rezeption wurden wir freundlich begrüßt und wir wählten ein Nichtraucherzimmer. Nachdem die junge Dame unsere Daten aufgenommen hatte, wandte sie sich noch mit einem Anliegen an Rosanna.

»Misses Sands, erwarten sie noch eine Nachricht von einem Bekannten?«

Rosanna schüttelte leicht irritiert den Kopf. Was hatte diese Frage zu bedeuten?

»Das hatte ich mir schon gedacht. Es hatte nämlich vorhin ein Mann angerufen und wollte wissen, ob sie bereits eingecheckt hatten. Aber mit dem Hinweis auf die Vertraulichkeit unserer Hotelgäste haben wir dazu natürlich keine Auskunft gegeben. Und auch nicht, ob sie überhaupt bei uns zu Gast sind oder sein werden. Diskretion ist bei uns selbstverständlich.«

So sehr uns diese Verschwiegenheit beruhigen sollte, allein die Tatsache, dass uns offensichtlich jemand auf die Spur gekommen war, führte bei uns zu einer aufwühlenden Besorgnis.

»Nannte er seinen Namen?«

»Nein, er wollte sich später erneut melden. Soll ich ihn dann auf ihr Zimmer durchstellen?«

Rosanna verneinte und wir schnappten unser Gepäck. Mit dem Lift fuhren wir in eine der oberen Etagen. Von unserem Zimmer aus hatten wir einen prächtigen Blick über die Themse und auf die Tower-Bridge. Etwas weiter rechts von unserem Fenster musste der Tower mit den Kronjuwelen liegen. Wir richteten uns auf die Schnelle im Zimmer ein und ich war schon im Begriff, den Laptop hochzufahren. Rosanna klappte den Bildschirm einfach wieder zu.

»Lass ihn doch ruhen für heute, lass uns lieber einen Spaziergang machen.«

Ich stimmte ihr zu, zog mir eine leichte Jacke über und wir gingen ein paar Schritte. Zuerst in Richtung Tower und danach an der Themse entlang. Wir schlenderten Hand in Hand und genossen die sommerliche Luft.

»Peter, was denkst du? Was geht in dir vor?«

»Ach, Rosanna, das war eine aufregende Woche. Wir haben Diana überall gesucht, aber wenn du mich fragst, werden wir sie nie finden. Vielleicht will sie gar nicht gefunden werden.«

»Nee, das glaube ich nicht. Warum sollte sie abtauchen? Selbst wenn sie in etwas verwickelt sein sollte. Dann bunkert man doch nicht sein Vermögen und nimmt eine andere Identität an. Oder? Ich kann mir jedenfalls keinen Reim darauf machen.«

»Da bin ich nicht sicher. Schließlich hatte sie ihre Mutter verloren. Wer weiß, es kann doch sein, dass sie Rache nehmen wollte? Stell dir vor, dass sie den Drahtziehern von 9/11 auf die Spur gekommen ist und sich einer Organisation angeschlossen hat, die gegen die wahren Verbrecher kämpft. Was erwähnte Gonzales in Madrid? Die *Enco*, die *Esprit 'n Company*.«

»Du hast zu viel Fantasie, Peter. Wir kennen diese 'Company' nur aus den Erzählungen von Gonzales. Hast du das mal gegoogelt?«

»Ach, sicher. Aber da findet man nichts, das hätte mich auch überrascht. Diese *Enco* ist in einem Spiel, was zu groß für uns ist. Diana hat vielleicht mehr über die Zusammenhänge zwischen dem 11. September und dem 11. März in Madrid gewusst, als für sie gut war. Es kann doch sein, dass sie so tief eingedrungen war und deshalb sogar ein Mitwisser wie Gonzales zum Schweigen gebracht wurde!?«

»Das mit Gonzales und dem Herbert Zimmer ist echt grausam, da gebe ich dir recht, Peter. Dennoch ... «

»Es ist eine Spur, die einfach nicht weiter verfolgt werden darf. Es gibt Leute, die das unter allen Umständen verhindern wollen. Davor flüchtet Diana jetzt sogar in eine neue Identität.«

Meine Schlussfolgerungen fand ich logisch und demnach waren wir nach wie vor in Gefahr. Zu nahe an Diana Woods zu sein, war eindeutig gefährlich. Dem konnte auch Rosanna nichts entgegenhalten.

»Wir werden sehen. Morgen Nachmittag treffen wir sie. Dann wird sich alles aufklären, warte es ab.«

Wir setzten uns auf eine Parkbank mit dem Blick auf die Themse und ich nahm sie in meinen Arm. Die letzten Sonnenstrahlen des Tages wärmten unsere Haut. Gedanklich ließ ich die letzten zwei Wochen Revue passieren. Verflogen wie im Wind und zeitlich getaktet nach einem rastlosen Drehbuch. Trotz aller Lebendigkeit der Momente waren es zwei brandgefährliche Wochen. Irgendwo klopfte hier eine Wirklichkeit an die Tür, die mir unheimlich war.

Kaum dass wir uns kennengelernt hatten, wurde ein Angriff auf uns verübt, der in einem geheimnisvollen Zusammenhang mit ihrer Freundin Diana gestanden haben musste. Und dann, obwohl wir glaubten, keine Spuren während unserer Reise durch Europa hinterlassen zu haben, wurden zwei Menschen ermordet, mit denen wir kurz zuvor im Kontakt standen. Ich fühlte mich unbehaglich und hatte Angst, dass etwas in unser Leben eindrang, was wir gar nicht wollten. Möglich, dass mich erst die Nähe zu Rosanna in diese Gefahren brachte. Dennoch verdrängte ich jeden Gedanken an diese Möglichkeit. Ich wusste nur, dass ich sie liebte. Ein Leben ohne sie konnte ich mir nicht mehr vorstellen. Und umgekehrt: Konnte ich nach allem, was passiert war, wieder mein einfaches und trotzdem erfülltes Leben in Hamburg führen? Vielleicht würde sie ja mit mir kommen und Teil meines Lebens werden? Ich fragte sie. Sie schaute mich an, schüttelte leicht den Kopf und schloss dabei bedeutungsvoll ihre Augenlider.

»Peter, das geht nicht. Versteh das bitte. Ich bin in der Welt zuhause, überall und nirgends. Ich kann nicht für eine längere Zeit in einem festen Umfeld leben, in einer Wohnsiedlung oder in einem Haus. Das ist nicht meine Welt. Willst du nicht stattdessen mit in meine Welt kommen?«

Was hätte ich mir darunter vorstellen sollen? Ein ruheloses Vagabunden-Leben wie in einem Krimi? Auf der Flucht oder gar von den Polizeibehörden verfolgt? Ich wollte mich weder für ein klares *Nein* entscheiden und genau sowenig für ein deutliches *Ja*. Konnten wir denn nur zusammen bleiben, wenn einer von uns sein bisheriges Leben aufgab? Das wiederum wollte ich nicht. Zu ungewiss erschien mir die Zukunft.

»Warten wir es ab. Das Wasser sucht sich seinen Weg auch ohne uns, und das Leben wird irgendetwas für uns in petto haben.«

Wir spazierten noch ein paar Schritte an der Themse entlang, dann ging es zurück zum Hotel. Für den morgigen Tag wollten wir ein Date mit ihrem früheren Kontakt bei den Freimaurern vereinbaren. Rosanna erwähnte den Namen, Thomas van Meulen. Er sollte ein echter Insider sein. Gut, dass sie diese Verbindungen hatte und ich war gespannt, ob wir daraus neue Erkenntnisse ziehen könnten. Danach, für den Nachmittag, stand nun endlich das Treffen mit Diana an. Die große Frage war, ob das überhaupt stattfinden würde? Sie hatte uns schließlich einige Male versetzt.

Allmählich dämmerte es und dunkle Wolken zogen am Himmel auf. Zum Glück waren wir bereits auf dem Rückweg entlang der Themse. In Gedanken versunken vergaßen wir nahezu alles, was um uns herum geschah. Gerade als wir nach einer Steintreppe und einem Aufgang suchten, um wieder auf die Straße zu kommen, zog mich Rosanna näher zu sich heran.

»Peter, ich glaube wir werden verfolgt. Lass uns mal einige Schritte gehen und dann wieder anhalten. Fünf Schritte, okay?«

Ich nickte stumm und wir gingen wie verabredet weiter. Man hörte unsere Schritte, die mit einem leichten Echo von einer Steinwand oberhalb der Kaimauer widerhallten. Ich zählte bis zum fünftem Schritt und stoppte sodann. Tatsächlich in einiger Entfernung hörte ich die Schritte von jemand anderem, die dann mit einer kleinen Verzögerung ebenfalls verstummten. Außer den Schritten war es erstaunlich still.

»Du hast recht«, flüsterte ich.

»Lass uns langsam weitergehen«, sagte sie.

Wir setzten unseren Weg fort und lauschten, ob wir die Schritte der anderen Person orten konnten. Mittlerweile war es schon relativ dunkel hier unten am Fluss und wir wollten schnellstens wieder hoch zu den Lichtern der Straße. Zu unserer Bestürzung fanden wir keine Treppe. Es war einfach kein Aufgang in Sicht und so mussten wir weitergehen. Unmerklich erhöhten wir unsere Taktzahl und die Schrittfolge wurde schneller und schneller.

Angst stieg in mir hoch. Die Gedanken flogen durch meinen Kopf. Es waren nur wenige Schlagbegriffe. 9/11, Gonzales, *TV-Fakery*, *Missiles*, Herbert Zimmer. Angst, einfach nur Angst. Dieses Gefühl der Hilflosigkeit, welches plötzlich in mir hochkam, verstärkte sich von Sekunde zu Sekunde. Wenn ich sonst im Alltag meinte, mich mit den Gefahren des Lebens auszukennen, dann wusste ich eigentlich gar nichts. Es ging nicht um die Gefährdungen im Straßenverkehr oder um den Gebrauch von gefährlichem Werkzeug im Haushalt. Nein, es gab da draußen eine archaische Angst vor der Bedrohung an sich. Und diese wahre Existenzangst spürte ich in diesem Moment.

Unsere Schritte waren inzwischen so schnell geworden, dass wir auch gleich hätten joggen können und das taten wir dann auch. Wir liefen und liefen. In die Dunkelheit mischten sich Stimmen aus der Ferne, der Lärm des Straßenverkehres wurde allmählich lauter und die Sirene eines Ambulanzwagens ertönte. Wir hielten uns beim Laufen an den Händen. Unser Händedruck war fest und wir wollten uns nicht mehr loslassen. Wir wurden verfolgt. Von wem? Warum? Konnte es ein, dass es dieselbe böse Gestalt war, die Gonzales und Herbert Zimmer auf dem Gewissen hatte? Ein Auftragskiller? Wie hatte er uns gefunden? Schon im Hotel hatte sich jemand nach Rosanna erkundigt. Es war doch eigentlich gar nicht möglich. Wie konnten wir geortet werden?

Endlich! Es kam mir vor wie eine Ewigkeit und ich war völlig außer Atem. Es gab einen Aufgang und wir rannten die Treppe nach oben. Wir schlugen ein paar Haken und bahnten uns den Weg durch die Nebenstraßen. Straßenlichter kamen in Sichtweite und wir liefen auf dem Bürgersteig, bis es immer heller und belebter wurde. Gott sei Dank, ein Pub! Ein Pulk von jungen Leuten kam in diesem Moment heraus und wir drängten uns genauso energisch hinein. Der Pub war bevölkert von eigenwilligen, obskuren Gestalten. Alle hatten ihre vollen Biergläser auf den Tischen stehen und genossen den Alkohol. Wir verkrümelten uns in die hinterste Ecke des Pubs, so dass man von der Eingangstür keinen Blick auf uns hatte. Wir hatten unseren Verfolger abgeschüttelt. Bei einer vollbusigen Bedienung bestellten wir uns zwei Pints vom dunklen Guinness und das Bier wurde ziemlich flott auf den Tresen gestellt. Das tat richtig gut! Denn wir waren total außer Puste. Bis aufs Hemd nassgeschwitzt und immer noch aufgeregt. Wir nahmen tiefe Züge aus den Gläsern. 'Erst mal zur Ruhe kommen und den Puls herunterbringen', dachte ich.

»Wer kann das gewesen sein, Rosanna, wer um alles in der Welt verfolgt uns?«

»Ich weiß es nicht, aber ich habe Angst. Verdammt viel Angst.«

»Vielleicht weißt du doch zu viel oder du hast etwas bei dir, was sie von dir wollen«, sagte ich und schaute sie nachdenklich an. Sie stützte ihren linken Ellenbogen auf den Tresen und legte ihren Kopf mit der Stirn in die Handinnenfläche. Ihr Haar sah wild zerzaust aus.

»Was soll ich denn bei mir haben? Ich weiß auch nichts. Ich habe doch nur eins und eins zusammen gezählt und das kann doch jeder.«

»*Oops*«, sagte ich. »Wir sind jedenfalls zu nah am Feuer.«

Wir griffen unsere Gläser Das Guinness Bier wirkte erfrischend. Als wir endlich zur Ruhe gekommen waren, legten wir eine fünf Pfund Note auf den Tresen und verließen den Pub. Ich nahm sie ganz fest in meine Arme und sie kuschelte sich an mich.

»Hey, Rosanna, es ist abenteuerlich mit dir. Du hast vor einer Woche nicht zu viel versprochen, als du fragtest, ob ich bereit wäre für ein richtig großes Abenteuer.«

Sie schmunzelte.

»Ja, obwohl ich es *so* gar nicht gemeint habe.«

»Ich hatte das eben auch nicht so gemeint. Sorry, wenn ich dich mit meinen Vermutungen etwas direkt angefahren habe.«

»Schon gut. Es muss ja irgendetwas sein, was die wollen.«

Wir hatten einen leicht schunkelnden Gang. Es war inzwischen dunkel draußen und wir gingen schnurstracks in Richtung unseres Hotels zurück. Wir fühlten uns sicher genug, um eine etwas stillere Nebenstraße als Abkürzung zu nehmen. Die Geräusche und das Treiben der Stadt wurden mit jedem Schritt weniger. Aber wollten wir jetzt wieder umkehren? Wir drehten uns kurz um. Da schnellte auf einmal aus einer zurückliegenden Häusernische eine kräftige linke Hand unvermittelt an den Hals von Rosanna und drückte zu. Ein unheimlicher, großer Mann stand vor uns. Er war bestimmt einen Kopf größer als ich. Dann packte er nochmals zu und drückte ihr die Luft ab.

»Rosanna, es muss beendet werden. Hörst du?«

Er würgte sie heftig. Rosanna rang nach Luft und sie hatte eine panische Angst, was ich an ihren Augen ablesen konnte. Es waren stille Schreie. Ich hingegen schrie lauthals um Hilfe. Warum hörte mich niemand? Mit aller Kraft versuchte ich, ihr zu helfen und boxte mit meinen Fäusten auf den schwarzen Schattenmann ein. Doch mit seiner rechten Hand schlug mich der Riese mit einem mächtigen Hieb einfach nieder. Hilflos lag ich am Boden und schaute auf.

Ich konnte mich kaum bewegen und meine Knochen schmerzten fürchterlich. Es waren gewaltige Kräfte, die dieser Mann hatte. 'Unglaublich, was für ein Kraftpaket', dachte ich. Der Mann war nicht richtig zu erkennen. Er hatte sich eine dunkle Motorradmaske über das Gesicht gezogen und trug eine schwarze Schirmmütze, so dass ich nur seine Augen durch die Schlitze sehen konnte. War es derselbe Mann wie vor einer Woche? Nun nahm er auch die rechte Hand und packte Rosanna am Hals. Sie zappelte in Todesangst mit den Händen, konnte ihm aber nichts anhaben. 'Um Gottes Willen, wie konnte ich ihr helfen?' Als er seinen linken Arm höher reckte, schob sich sein dunkler Pullover ebenfalls nach oben und mir fiel auf, dass er eine auffällige Armbanduhr trug. Mit einem schwarzweißen Ziffernblatt und einem ansonsten recht sachlichen Design. Hatte nicht Herbert Zimmer etwas Ähnliches erwähnt? Ich versuchte aufzustehen, damit ich ihr zu Hilfe kommen konnte und schrie dabei weiter. Doch niemand kam. Er hob sie einige Zentimeter vom Boden in die Höhe und stieß sie dann weg, so dass sie auf den harten Asphalt stürzte und wenige Meter von mir entfernt landete. Langsam entfernte sich der Angreifer, drehte sich ein letztes Mal zu uns um und ging dann mit einem festen Schritt in die Dunkelheit. Rosanna zitterte am ganzen Leib. Es war nicht nur die Überraschung des Angriffs, weil wir uns nur wenige Sekunden zuvor in Sicherheit gewähnt hatten. Durch die Unmittelbarkeit des Überfalls erfasste uns die pure Lebensangst. Was ging hier vor sich? Es überstieg mein Vorstellungsvermögen und ich wollte einfach nur raus. Raus aus der ganzen Geschichte. Und Rosanna mitnehmen und retten. Wir rappelten uns langsam auf und untersuchten unsere Schürfwunden. Zum Glück war nicht viel passiert. Unsere Kleidung war jedoch ziemlich verdreckt. Wir klopften den Schmutz ab und schauten, dass uns nichts aus den Taschen gefallen war. Dann liefen wir so schnell wir konnten zurück zum Hotel. Dort angekommen hasteten wir schnell aufs Zimmer. Wir verbarrikadierten unsere Tür und stellten den Schreibtischstuhl leicht schräg unter die Klinke. Anschließend platzierten wir die verschiedensten Gegenstände vor dem Stuhl: Einen Sessel, eine Stehlampe und sogar den Kühlschrank aus dem Unterschrank. Auch mich hatte eine Beklommenheit erfasst. Es war die nackte Angst.

Während ich die halbe Zimmereinrichtung vor die Tür bugsierte, hatte Rosanna im Bad ihre Schürfwunden am Arm mit Wasser und einem Handtuch abgetupft. Mein Bollwerk war mittlerweile vollendet und stolz betrachtete ich die Barrikaden. 'Gut, das sollte reichen. Da konnte niemand mehr unbemerkt ins Zimmer kommen'.

Inzwischen hatte Rosanna bereits damit begonnen, den Kühlschrank zu plündern. Sie holte die kleinen Fläschchen allesamt hervor. Wodka, Whisky, Cola und Bier. Eine kleine Flasche Rotwein hatte sie ebenfalls gefunden. Sie zitterte immer noch. Ich schloss sie in meine Arme und sagte beruhigend:

»Es wird alles gut, es wird alles gut.«

»Fahr den Rechner nicht hoch, bitte. Lass alles so, wie es ist.«

Es lag fast ein Flehen in ihrer Stimme. Sie hatte Angst, richtige Angst. Welche Kräfte waren hier am Werk, was sollte geheim gehalten werden? Wir öffneten einige der Fläschchen und prosteten uns zu. Ich zog mein Notizbuch hervor und schrieb meine Gedanken auf, die mir durch den Kopf gingen. Die Bedrohung musste einen Sinn ergeben. Hatten wir die Details zur Lösung bereits aufgedeckt und fanden nur den Zugang nicht? Ich blätterte in den Seiten. Wo lag der Schlüssel? Sie zog mich ganz nah an sich heran und flüsterte.

»Peter, du musst jetzt alles wissen. Du sollst alles über Diana erfahren, aber ... du darfst es keinem verraten. Versprichst du mir das?«

Ich nickte und glaubte in diesem Moment zu verstehen, dass Rosanna doch mehr wusste, als ich bisher dachte. Offensichtlich schien sie zu wissen, warum Diana in Gefahr war und wir somit ebenfalls. Es gab verbrecherische Kräfte, die uns an einer Aufdeckung der Zusammenhänge hindern wollten. Mehr als eine undefinierte Ahnung hatte ich nicht. Doch der Lauf der Dinge musste sich ganz anders zugetragen hatte, als man es bisher annahm. Noch war nicht alles rund. Um welche Geheimnisse genau ging es? Waren es die Hintergründe der Terroranschläge vom 11. September oder vom 11. März in Madrid? Oder ging es etwa darum, das Geheimnis von der *Enco* zu bewahren? Sie nahm die restlichen Fläschchen vom Schreibtisch und wir leerten eines nach dem anderen. Als ob sie mir etwas erzählen wollte, fing sie immer wieder von neuem an.

»Du musst verstehen, es hat alles seinen Sinn ... «

So richtig verstand ich sie nicht. Was wollte sie mir eigentlich mitteilen? Es waren nur Fragmente. 'Diana wird es schaffen. Alles sei im Guten geschehen ...', sagte sie. Dann stockte sie wieder und brachte den Satz nicht zu Ende. Sie zitterte immer noch am ganzen Körper.

Aus diesem Grund schlug ich ihr ein heißes Wannenbad vor. Das war eine gute Idee, ich ließ das Wasser ein. Sie nahm sich den Wein mit an die Badewanne und ich steuerte Musik von meinem iPod hinzu. Viel gab es in ihrem Zustand jetzt eh nicht mehr vernünftig zu diskutieren, dafür war sie viel zu durcheinander. Womit konnte ich sie auf andere Gedanken bringen? Ich suchte in meiner Musikdatenbank und wählte einen uralten Love Song von Serge Gainsbourg und Jane Birkin aus. *Je t'aime*. Wenigstens zauberte ich mit meiner musikalischen Liebeserklärung ein Lächeln in ihre Augen. Sie warf mir einen Kuss zu. Der Badeschaum bedeckte ihre Schultern. Ich berührte ihren Arm, streichelte sie zärtlich und fasste dann ihre Hand. Voller Emotionen stiegen mir Tränen in die Augen. Ich schloss die Lider für einen Moment, um die Tränen wegzudrücken.

Später half ich ihr beim Abtrocknen und brachte sie hinüber zum großen Doppelbett. Allmählich wurde sie so müde, dass sie kaum noch ein Wort herausbrachte und einfach in meinen Armen einschlief. Vor einer Woche, in den ersten Tagen, kam sie mir viel stärker vor. So unbeeindruckt und selbstbewusst. Jetzt merkte ich, dass sie sehr sensibel und zerbrechlich war. Obwohl sie schon schlief, beugte ich mich ganz nahe an ihr Ohr und flüsterte:

»Was hat man dir angetan, Rosanna? Es wird alles gut, ich werde bei dir bleiben. Alles wird gut.«

Ich legte mich zu ihr. Mit den Gedanken an den nächsten Tag fiel ich in tiefe Träume.

Kapitel 19

8. September, 2011

Donnerstag

LONDON

Mit einem lauten Klopfen wummerte es an der Tür und eine kräftige weibliche Stimme ersetzte den Wake-up Call.
»Housekeeping. Somebody in? Housekeeping, are you ready?«
Ich schreckte augenblicklich aus dem Tiefschlaf hoch und war hellwach. Mein verstörter Blick musterte das Zimmer. Der Weg zur Zimmertür war völlig verbarrikadiert und ich hatte keine Ahnung, wie spät es schon sein mochte. Ich schaute auf die Uhr und rechnete noch die eine Stunde der Zeitverschiebung ab, da wir ja in England waren. Es war bereits zehn Uhr und höchste Zeit aufzustehen, denn wir hatten uns noch nicht einmal bei diesem Thomas van Meulen angemeldet. 'Das wird wohl heute nichts mehr', dachte ich. Dann klopfte es schon wieder an der Tür mit dem Schlachtruf *'Housekeeping'* und ich hörte, wie sich das Zimmermädchen am Türschloss zu schaffen machte. Ich erhob mich schnell, rannte zur Tür und ließ die Lady wissen, dass wir noch einige Zeit brauchen würden. Rosanna kuschelte sich noch etwas ins Bett ein. Ich zog die Vorhänge auf und ließ das Sonnenlicht in den Raum. Dann zog ich ihr die Decke weg.
»Aufstehen, du Langschläfer! Wir haben heute ein volles Programm.«
Der Schock vom Vortag saß uns noch in den Knochen und so waren wir deutlich langsamer als sonst. Dennoch hatten wir uns nach einiger Zeit gefunden und konnten sogar auf Anhieb erfolgreich einen Termin mit Thomas van Meulen vereinbaren.

Rosanna hatte mit seiner Assistentin telefoniert und ein Treffen für den späten Vormittag arrangiert. Ihre frühere Begegnung mit Thomas van Meulen wirkte wie ein Türöffner. In der Mittagszeit ab halb zwölf würde er sich für ein bis zwei Stunden Zeit für uns nehmen. Das passte ideal, da wir für den Nachmittag unser Treffen mit Diana geplant hatten. Ich räumte die Barrikaden vor unserer Zimmertür wieder frei. Nachdem wir unser Zimmer verlassen hatten, hängte Rosanna das rote Türschild *Please do not disturb* über die Türklinke und suchte in ihrer Handtasche nach einem kleinen Aufkleber, den sie im oberen Bereich zwischen der Tür und dem Rahmen platzierte. So würden wir bei unserer Rückkehr sehen, ob sich in der Zwischenzeit jemand Zugang zu unserem Zimmer verschafft hatte.

Wir nahmen ein Taxi und machten uns auf den Weg in die Londoner City. Zum Freemason Gebäudekomplex in der Great Queen Street. Das Bauwerk war bedeutend größer als ich dachte, fast wie ein Tempel angelegt. Weil uns der Taxifahrer an der Gebäudeseite herausgelassen hatte, mussten wir zunächst den Eingang suchen. Er befand sich direkt an der vorderen Straßenecke und eine imposante Treppe führte zum Eingangsportal. Dort prangte ein graviertes, goldenes Emblem an der Häuserfront *The United Grand Lodge of England – Freemasons' Hall*. Das Gemäuer gehörte zu den akkreditierten Museen in England. *The Library and Museum of Freemasonry*. Ich blickte nach oben. Allein die Bauweise wirkte schon respekteinflößend.

Entsprechend würdevoll betraten wir das Gebäude und meldeten uns bei einer Dame an der Rezeption mit der Bitte an, dass wir Mister van Meulen sprechen wollten. Mit ihr hatten wir offenbar auch zuvor telefoniert und den Termin abgestimmt. Es würde noch ein paar Minuten dauern und wir sollten doch bitte Platz nehmen, ließ sie uns wissen. Doch stattdessen wagte ich einige Schritte durch den großräumigen Saal und schaute ehrfürchtig an den Wänden nach oben. Dort waren die geschichtsträchtigen Eckdaten der englischen Freimaurerlogen in die Wand gemeißelt. Weitere breit angelegte Treppen führten ins Obergeschoss. Mein Blick orientierte sich bereits neugierig in diese Richtung, als Thomas van Meulen kam.

Er nahm uns freundlich in Empfang. Wir tauschten die üblichen Höflichkeitsfloskeln aus und Rosanna knüpfte an ein früheres Zusammentreffen mit ihm an. Augenscheinlich konnte er sich allerdings kaum noch an Rosanna erinnern. Bis vor einigen Jahren waren die Freimaurer extrem verschlossen. Ihrem Ruf eines Geheimbundes wurden sie in der Vergangenheit mehr als gerecht. In den letzten Jahren war interessanterweise eine Umorientierung zu erkennen. Selbst in ihre Heiligtümer gewährten sie ausgewählten Besuchern einen Einblick. Hier in London waren die meisten Räume sogar regelmäßig für die Öffentlichkeit zugänglich. Ich erinnerte mich an das Motto *While you see a chance, take it* nach einem Steve Winwood Song. Jetzt sah ich eine Chance, in die verborgenen Räumlichkeiten zu kommen. Ich fasste all meine Courage zusammen und wollte van Meulen danach fragen. Wenn nicht jetzt, wann dann? Mehr als eine Ablehnung war schließlich nicht zu befürchten.

»Ich finde es wirklich faszinierend hier bei ihnen. Darf ich sie etwas fragen und einen Wunsch aussprechen?«

»Aber sicher, jederzeit.«

»Ist es möglich, einen Blick in ihre Versammlungsräume zu werfen?«

Thomas van Meulen zögerte für einen Augenblick. Er schien, seine Überlegungen behutsam gegeneinander abzuwägen. Seine Zustimmung gab er mit einer sorgsam zelebrierten Gestik und einem befürwortenden Augenausdruck. Es war ein Nicken, obwohl sein Kopf dabei fast unbewegt blieb. Ich war angetan von der Ruhe und der Selbstbeherrschung, die er ausstrahlte.

Thomas van Meulen griff in ein Bord hinter der Rezeption und nahm einen schweren Schlüsselbund in die Hand. Er stellte klar, dass er selbst kein Mitglied der Freimaurer war, jedoch über gute Kontakte verfügte und einen fast unbegrenzten Zugang hatte. Er galt als weithin anerkannter Experte.

Dann führte er uns über die mächtige Treppe nach oben. Seine ausführlichen Erklärungen zu der Historie der Freimaurer in England begleiteten uns auf dem Weg. Die Wurzeln der Freimaurer reichten weit in die Geschichte zurück. Allein in England und Wales verfügten die Freimaurer über mehr als 300.000 Mitglieder, die in über 8.000 sogenannten Logen organisiert waren.

Thomas van Meulen widersprach auch sofort dem geheimen Charakter der Freimaurer.

»Das hängt ihnen an, ich weiß. Sie selbst definieren sich aber nicht als eine Secret Society. Ihre Regeln sind frei zugänglich. Allenfalls die Logen-Meetings wahren den privaten Charakter. Aber das ist doch schließlich nichts Ungewöhnliches!«

»Ich habe von den unsichtbaren Erkennungsmerkmalen der Mitglieder untereinander gehört und dass die Freimaurer sich am Händedruck erkennen. Stimmt die Story?«

Sein Blick sprach Bände. Noch forscher durfte ich sicherlich nicht werden, wenn ich mehr aus ihm herausbekommen wollte.

»Sagen wir mal so. Es gibt die traditionellen *modes of recognition*. Die finden jedoch nur Anwendung wenn ein Freimaurer in einer fremden Loge zu Gast ist. Mehr kann ich ihnen dazu nicht sagen. Das müssen sie verstehen.«

Ich nickte und signalisierte meine Zurückhaltung. Das war auch besser so, es ermutigte van Meulen, in seinen Erklärungen fortzufahren.

»Wissen sie, das gehört zu den vertraulichen Elementen, zu denen sich jedes Mitglied unter Eid verpflichtet. Es gibt selbstverständlich auch die *Guidelines*, die Verhaltensregeln. Die Verschwiegenheit nach dem *Arkanprinzip* steht dabei über allem anderen. Dieses Prinzip ist eine förmliche Verpflichtung, dass die Bräuche und Rituale nicht nach außen getragen werden dürfen. Wer sich nicht daran hält, muss mit einer Bestrafung rechnen.«

»Einer Bestrafung?«

»Ja, was ist schlimm daran? Das ist nicht anders als im normalen Leben. Aber keine Angst, ich spreche hier im ärgsten Fall von einem Ausschlussverfahren.«

»Sagen sie, wie viele Freimaurer gibt es eigentlich weltweit?«

»Weltweit? Hm, ich schätze die Zahl auf über fünf Millionen Mitglieder. Die frühesten Aufzeichnungen in England gehen zurück bis ins Jahr 1646 - bis zu Elias Ashmole. Die organisierte Freimaurerei begann mit der *Grand Lodge of England* im Juni 1717. Das war damals auch die erste *Grand Lodge*, die es weltweit gab.«

Thomas van Meulen sprach mit einem gewissen Stolz.

»Übrigens, die erste Freimaurer Loge in Deutschland wurde 1737 in Hamburg gegründet. Sie stammen doch aus Hamburg, oder?«

Ich nickte zustimmend. Woher wusste er das?

»Wenn sie dort in Hamburg in der Welckerstraße vorbeischauen, dann sehen sie in der Mitte des Saals das typische Schachbrett auf dem Boden und vorne vor dem tempelartigen Pult sehen sie das Symbol einer Pyramide mit vielen Strahlen. Wissen sie, die Freimaurer verstehen sich als ein ethischer Bund freier Menschen. Der Begriff geht zurück auf die Steinbildhauer aus dem 15. Jahrhundert. Von den Symbolen, wie der Maurerkelle, dem Winkelmaß und dem Zirkel, haben sie sicher schon gehört, nicht wahr?«

»Ja, sicher«, bestätigten Rosanna und ich im Einklang.

»Drei Grade kennzeichnen den persönlichen Weg in der Freimaurerei. Der Lehrling muss zunächst einmal seine eigene Unvollkommenheit erkennen. Wie ein unbehauener Stein muss er noch stark bearbeitet werden und er muss vor allem an sich selbst arbeiten. Der Grad des Gesellen wird durch einen kubischen Stein symbolisiert. Seine Stärke liegt in der Selbstdisziplin und in den sozialen, harmonischen Beziehungen zu den anderen Mitgliedern. Der Meister wird mit einem Bauplan oder auch mit einem Reißbrett in Verbindung gebracht. Er konzentriert sich im Bewusstsein seiner eigenen Vergänglichkeit auf seinen Lebensplan. Es geht im Grunde genommen um die persönliche Weiterentwicklung vom Lehrling über den Gesellen bis zum Meister.«

Mir schossen vielfältige Assoziationen durch den Kopf. Die drei Bewusstseinsgrade. Ich musste sofort an Friedrich Nietzsche denken. Er hatte in seinem Buch *Also sprach Zarathustra* doch eine ähnliche, dreistufige menschliche Entwicklung beschrieben. Und der kubische Stein des Gesellen? Dabei kamen mir unwillkürliche Überlegungen zu dem Monolithen aus dem Kubrick Film *2001 – Odyssee im Weltraum* in den Sinn. Ein kubischer Monolith mit den Kantenmaßen eins, vier und neun. Noch symbolträchtiger konnte eine intelligente Bearbeitung eines Steinquaders wohl keinesfalls erfolgen. Welche Verbindungen gab es? Es lag doch auf der Hand, dass diese Übereinstimmungen nicht nur Zufälle sein konnten. Gab es einen architektonischen Bauplan, der die Welt organisieren sollte? Die Thematik nahm mich nun vollends in Besitz. Jetzt wollte ich alles wissen.

Es war so, als hätte ich mein Leben lang einem Schachspiel zugeschaut, ohne die Regeln zu kennen. Um wie viel mehr musste ein tieferer Sinn hinter allem stehen, was in der Welt geschah. Van Meulen würde uns aufgrund seiner Verpflichtung zur Verschwiegenheit nicht in die wirklichen Geheimnisse einweihen können, so viel war klar. Doch wenn wir uns geschickt herantasteten, musste vielleicht das eine oder andere Detailwissen herauszubekommen sein.

Wir kamen in den großen Sitzungssaal und Thomas van Meulen erläuterte uns den Aufriss des Raumes und die Bedeutung des Zeremoniells. Die Wand- und Deckenmalereien gaben dem Saal einen fast religiös geprägten Charakter. Ich war total begeistert. Er führte uns in einen kleinen, abgeschiedenen Nebenraum mit einer niedrigen Decke. Spartanisch eingerichtet, nur drei Holzstühle waren um einen runden Tisch platziert. Wir setzten uns und van Meulen beäugte uns neugierig.

»Sie sagten meiner Assistentin, dass wir uns schon einmal früher begegnet waren, liebe Misses Sands. Was führt sie und Herrn Berg zu mir?«

»Ach, es ist schon einige Jahre her. Sie hielten im Rahmen einer Event-Veranstaltung einen Vortrag über die Freimaurer und gaben einen hervorragenden Überblick. Im Anschluss hatte ich das Vergnügen, mit ihnen beim Cocktail Empfang persönlich zu sprechen. Auch wenn sie sich nicht mehr erinnern, mir ist das noch sehr präsent.«

»Danke für die Blumen. Wissen sie, ich unterhalte mich gerne über unsere Welt und wie sie organisiert werden sollte. Doch nun verraten sie mir, womit ich ihnen helfen kann.«

»Auf den Punkt gebracht möchten wir wissen, was hinter den *Secret Societies* steckt. Wer sind diese *Geheimen Gesellschaften*? Wie muss man ihren Einfluss einschätzen?«, fragte ich.

Thomas van Meulen räusperte sich und fegte mit seiner rechten Hand über seine linke Schulter, so als ob er sich Flusen vom Sakko streichen wollte. Es ratterte in seinem Kopf, das spürte ich. Wie offen konnte er sich bei diesen Themen uns gegenüber positionieren. Erstaunlicherweise wollte er nichts weiter über unseren Background wissen. Gewissermaßen musste es ihm wohl schmeicheln, dass wir gerade ihn als Experten dazu befragen wollten.

»Geheimgesellschaften. So, so. An die Freimaurer wollen sie dabei hoffentlich nicht als erstes denken, oder?«

Nachdenklich strich er sich mit der Hand über sein Kinn und senkte leicht seinen Kopf. Ich überlegte krampfhaft, wie ich antworten sollte und wie mir der Einstieg am besten gelingen konnte, ohne dabei die ihm so vertraute Organisation der Freimaurer in den Fokus zu rücken. Zum Glück kam mir die Verbindung zu den Illuminaten in den Sinn.

»Es gab doch die Illuminaten. War das denn eine *Geheime Gesellschaft*, Mister van Meulen?«

»Möglicherweise, sagen wir mal so. Sie werden meine Vorsicht in den Aussagen sicherlich verstehen. Die Illuminaten nannten sich die *Erleuchteten*. Nach Luzifer, dem Lichtbringer, auch bekannt als das satanische Wesen. In ihrem Erkennungszeichen befindet sich das Symbol einer Eule. Das Illuminatentum wurde damals im 18. Jahrhundert von staatlicher Seite eindeutig als Satanismus eingestuft. Die Organisation geht zurück auf Adam Weishaupt. Er wurde am 6. Februar 1748 geboren und man sagt, er hatte ein angeborenes Überlegenheitsgefühl. Bereits in jungen Jahren entwickelte er einen Plan für eine neue Weltordnung, die er *Novus Ordo Seclorum* nannte - lateinisch für die 'Neuordnung der Zeit'. Im Alter von achtundzwanzig Jahren gründete er schließlich am 1. Mai 1776 die Geheimorganisation der Illuminaten, um seine Ziele für einen Umsturz und die Neue Weltordnung umzusetzen.«

Ich rückte meinen Stuhl zurecht. 'Das konnte sich zu einer Geschichtsstunde entwickeln.' Doch das untrügliche Gefühl machte sich in mir breit, dass wir immer näher an die Glut herankamen. Bei der Fülle an Informationen galt es, die richtige Auswahl an Stichworten zu treffen und ich notierte mir in meinem Büchlein nur die wichtigsten Hinweise, aus denen ich später die Zusammenhänge rekonstruieren wollte.

»Eine 'Neue Weltordnung', *Novus Ordo Seclorum*? Eine Revolution? Das klingt gefährlich, lieber Mister van Meulen.«

»Absolut, das war es auch. Weishaupt hatte sich beim Aufbau seines Ordens durchaus an anderen Organisationsformen orientiert. Auch an den Freimaurern. Allerdings waren bei den Illuminaten die Regeln äußerst extrem ausgeprägt. Die Geheimhaltung stand an der obersten Stelle und wer dagegen verstieß, musste um sein Leben fürchten. Es war faktisch eine *Geheime Gesellschaft* mit einer satanischen Ausrichtung.«

»Aber, wenn alles so geheim ablief, woher wusste man dann darüber?«

»Schauen sie, im Oktober 1785, es war der 11. Oktober um genau zu sein, starb ein Kurier, der für die Iluminaten auf dem Weg von Frankfurt nach Paris war. Angeblich wurde er durch einen Blitzschlag auf seinem Pferd tödlich getroffen. Die Papiere des Kuriers wurden an die bayerische Polizei weitergeleitet. So wurden viele Pläne der Illuminaten publik. Die Unterlagen des Kuriers brachten bedenkliche Inhalte zutage. Danach wurden unzählige Razzien bei vielen ihrer Mitglieder in Deutschland durchgeführt. Die meisten von ihnen waren lediglich Bauern auf dem Schachbrett und die wirklichen Spieler zogen ihre Fäden unerkannt hinter den Kulissen. Durch die Razzien erkannte die bayerische Regierung sofort, dass das satanische Gedankengut die Öffentlichkeit bedrohen konnte. Unter anderem fiel auch ein offizielles Dokument mit dem Namen *Originalschriften des Ordens und der Sekte der Illuminaten* in die Hände der Polizei. Die führenden Köpfe der Illuminaten waren sich ihrer Gefahr nun bewusst. Weishaupt selbst ergriff die Flucht und kam bei einem seiner adligen Schüler unter.«

Das musste ich mir unbedingt aufschreiben und ich zückte den Kugelschreiber. Thomas van Meulen ließ sich nicht beirren.

»Andere verließen Deutschland und Europa und machten sich auf den Weg über den Atlantik bis nach Amerika. Auch dort wollten sie ihren Einfluss ausbauen und ihr Streben nach einer Weltregierung weiter verfolgen. Allerdings hatte der amerikanische Unabhängigkeitskrieg schon begonnen und die Illuminaten konnten in Amerika zu diesem Zeitpunkt nicht mehr eingreifen. Dennoch wurden ziemlich rasch die ersten fünfzehn Logen des amerikanischen Illuminaten-Ordens gegründet. Darunter die Columbia-Loge im Jahre 1785 in New York. Seitdem hat sich der Wirkungskreis der Illuminaten stetig weiter ausgebaut. In Europa wiederum gab es parallel zu dieser Entwicklung einen wegweisenden Zusammenschluss von den Illuminaten und den Freimaurern.«

Thomas van Meulen legte eine kurze Pause ein. Mit einem bedeutungsvollen Blick hob er beide Zeigefinger. Ich stutzte.

»Habe ich richtig gehört? Es gab einen Zusammenschluss zwischen den Illuminaten und den Freimaurern? Wow.«

»Ja, so war es. Im Juli 1782 richteten beide Organisationen einen Kongress in Wilhelmsbad aus. Die Illuminaten und die Freimaurer besiegelten auf diesem Kongress endgültig ihre Zusammenarbeit. Die Mitgliederzahl betrug damals bereits mehr als drei Millionen Menschen. Es war eine gewaltige Macht, die weltweit unbemerkt im Untergrund agierte. Nur wenige der Mitglieder haben überhaupt den inneren Zirkel der Organisation erreicht. Es gab viele Hürden, die die Novizen überwinden mussten. Erst über ausgeklügelte Prüfungen hinsichtlich ihrer Loyalität und mittels aussagekräftiger Empfehlungen konnten sie immer näher an den inneren Kreis herankommen. Und nur für diejenigen gab es den Zugang zu den letzten, wahren Zielen des Ordens. Dieses Wissen war allerdings verbunden mit einem Eid auf eine absolute Verschwiegenheit und unbedingten Gehorsam.«

Unbedingter Gehorsam, das klang militaristisch. Ich schluckte und griff zu meinem schwarzen Notizbuch. Damit wollte ich auch seinem durchdringenden Augenausdruck entkommen.

»Welche übergeordneten Ziele waren es? Darf man darüber sprechen?«

»Ja, heute ist das bekannt. Das erste aller Ziele war die *Abschaffung jeder ordentlichen Regierung*. Als zweites galt die *Abschaffung des Privateigentums*. Das dritte Ziel war die *Abschaffung des Erbrechtes*. Das vierte Ziel definierte die *Abschaffung des Patriotismus*. Mit dem fünften Ziel war die *Abschaffung aller Religionen* verbunden. Als sechstes stand die *Abschaffung der Familie* auf der Agenda. Schließlich wurde die *Errichtung einer Weltregierung* als das siebte Ziel genannt. Die Ziele waren brisant, zweifelsohne.«

Das klang sehr beängstigend. Kam das einer Versklavung der Menschheit gleich? Würde dann eine neue Weltregierung global die Geschicke leiten und verantworten? Thomas van Meulen fuhr eindringlich fort.

»Die von Weishaupt aufgestellten Ziele wurden konsequent verfolgt. Die Außenwelt hatte wenig von den Inhalten des Kongresses mitbekommen und der Freimaurer Comte de Verieux war einer der wenigen, die darüber gesprochen hatten.

Auch er wollte zwar direkt zu den Ergebnissen des Kongresses nichts erzählen. Zitiert wurde er mit: *'Ich kann ihnen nur soviel sagen, das ist alles erheblich ernster, als sie glauben. Die geplante Verschwörung ist derart geschickt geplant, dass es der Monarchie und der Kirche gewissermaßen unmöglich sein wird, ihr zu entrinnen.'* Seit diesem Tag sprach de Verieux nur noch mit Abscheu von der Freimaurerei. Vieles danach passierte bei den Illuminaten im Untergrund und nur weniges drang an die Oberfläche. Viel weniger als die Spitze eines Eisberges. Manches wurde auch bewusst publiziert, mit der Idee, dass alles andere *niemals* an die Öffentlichkeit kommen sollte. *Niemals*, verstehen sie?«

Ein Unwohlsein lief durch meinen ganzen Körper. Diese zelebrierte Verschwiegenheit von unbekannten Zirkeln beunruhigte mich. Ich schaute hilfesuchend hinüber zu Rosanna und suchte mit meiner Hand nach ihrer.

»Sie sagten, dass immer wieder geheime Zeichen an die Öffentlichkeit gekommen sind. Können sich denn auch die Illuminaten durch Symbole und Rituale als Mitglieder des Ordens erkennen? An einem bestimmten Blick, an bestimmten Gesten oder der Art des Händedrucks? Wie finden Illuminaten denn ihre Verbündeten?«

»Lieber Herr Berg. Damit unterstellen sie, dass es heute noch offiziell die Illuminaten geben könnte. Vielmehr sollten sie eigentlich seit Jahrzehnten nicht mehr aktiv sein.«

Er hatte ein vielsagendes, süffisantes Lächeln aufgelegt und setzte seine Ausführungen fort.

»Doch, doch. Ich stimme ihnen zu. Die Illuminaten sind ganz sicher noch existent. Mit Millionen von Mitgliedern, die teilweise nicht einmal voneinander wissen, wo ihre Verbündeten sitzen. Man darf getrost von ihrer Existenz ausgehen. Umgekehrt, die Illuminaten *nicht* in seine Überlegungen mit einzubeziehen, wäre ein Irrtum und ein fataler Fehler.«

Er stand auf und machte einige Schritte durch den Raum. Mit einem an die Zimmerdecke gerichteten Blick, sprach er ganz leise weiter.

»Die Schachzüge der geheimen Orden und das unablässige Streben nach der Weltregierung, sind noch immer allgegenwärtig - seit Adam Weishaupt das Ziel klar formuliert hatte. Es geht um die Errichtung einer neuen Weltordnung und somit um den Beginn eines neuen Zeitalters. Die *Novus ordo seclorum*, mit einer neuen Weltregierung.«

»Sie meinen also wirklich, dass die Illuminaten auch heute noch in die Geschehnisse der Welt eingreifen?«

»Ich weiß gar nichts, aber ich könnte mir durchaus vorstellen, dass es so ist.«

»Sagen sie mal. Adam Weishaupt war ganz alleine der Vordenker für die Illuminaten? Und es gab keine anderen Drahtzieher im Hintergrund? Es ist doch erstaunlich, dass jemand im Alter von gerade mal achtundzwanzig Jahren solch eine mächtige Organisation aufbauen konnte.«

»Unbedingt. Das war eine beachtliche Leistung. Natürlich gab es verschiedenste Spekulationen über angebliche Hintermänner. Nie konnte etwas nachgewiesen werden. Nehmen sie jede Äußerung in diese Richtung als völlig ungewiss an und auch ich kann ihnen nichts Näheres dazu berichten. Wenn sie sich jedoch mit dem Einfluss der *Geheimen Gesellschaften* beschäftigen wollen, so sollten sie zunächst allen verfügbaren Quellen offen gegenüber sein. Und so wie die Illuminaten eine Weltregierung anstrebten, gab es interessanterweise bei vielen späteren Währungskrisen nicht nur Pläne für nationale Zentralbanken sondern auch für übergreifende Weltbanken. Gab es also eine Verbindung zwischen den Illuminaten und der Hochfinanz? Ich möchte keine Spekulationen anfachen, aber es soll angeblich sogar Hinweise gegeben haben, dass schon *vor* der Gründung der Illuminaten im Jahre 1776 in gewissen Bankenkreisen entsprechende Pläne erdacht wurden und anschließend Adam Weishaupt mit dem Aufbau und der Weiterentwicklung der Organisation beauftragt wurde. Wie gesagt, das ist eine reine Spekulation. Selbst wenn es so gewesen sein sollte, so wäre hierüber sicherlich so gut wie alles geheim gehalten worden. Insofern ist wahrscheinlich nichts davon wahr. Aber schauen sie sich einmal die beeindruckende Geschichte der Rothschilds an. Als geniale Bänker konnten sie seit dem 18. Jahrhundert unermessliche Reichtümer anhäufen und stiegen im 19. Jahrhundert schließlich zur reichsten Familie der Welt auf. Mayer Amchel Bauer war der Erste aus der Rothschild Dynastie. Nach dem Tode seines Vaters hatte er zunächst eine Banklehre in Hannover bei den Oppenheimers begonnen. In Frankfurt übernahm er im Jahre 1750 das Geschäft seines Vaters. Am Eingang hing ein rotes Schild. Dieses hatte einst sein Vater über der Tür angebracht. Denn er sympathisierte wohl mit den der Revolution nahestehenden Juden, die die rote Flagge mit sich führten. So änderte Mayer Amchel Bauer seinen Namen im Jahre 1750. Seitdem nannte er sich 'Rothschild'. Den schier unendlichen Reichtum hatte er mit den Finanzierungen des Hofes von Prinz Wilhelm von Hanau erzielt. Wilhelm von Hanau verfügte über Soldaten und Truppen, die er an jede beliebige Regierung vermietete. Heutzutage würde man das als eine Söldnertruppe bezeichnen. Unter anderen war die britische Regierung sein Kunde. Die wiederum brauchte die Truppen, um die amerikanischen Kolonien in Schach zu halten. Mit dem Geschäft der Truppenvermietung war Wilhelm sehr erfolgreich. Im Rückenwind dieses Erfolges segelte auch das Bankhaus 'Rothschild' von Erfolg zu Erfolg. Mayer Amchel hatte fünf Söhne und fünf Töchter. Sein Sohn Salomon soll Mitglied der Freimaurer gewesen sein und Nathan gründete das Bankhaus Rothschild in London. Der ganz große Erfolg kam dann mit der Schlacht um Waterloo. Nicht nur, dass von der Schlacht um Waterloo die Zukunft des gesamten europäischen Kontinents abhing, auch im Finanzbereich ging es um erhebliche Summen. In dieser Schlacht wurde entschieden, ob Napoleon seine französische Vorherrschaft auf dem europäischen Kontinent sichern konnte, oder ob er den englischen Truppen weichen musste. Als die Schlacht kurz vor der Entscheidung stand, stieg auch die Spannung an der Londoner Börse. Abhängig vom Ausgang der Schlacht würden die Kurse der Aktie *English Consul* entweder ins bodenlose Nichts abstürzen oder zu ungeahnten Höhenflügen ansetzen. Das Ergebnis war offen, keiner konnte etwas vorhersehen. Allerdings erhielt Rothschild über einen Agenten *vor* allen anderen Marktteilnehmern wichtige Informationen, wie es in der Schlacht stand. Angeblich verfügte Rothschild bereits über ein exzellentes Spionage- und Informationssystem mit sogenannten Spähern in ganz Europa. Das war eine der entscheidenden Stärken, nämlich die Informationen so früh wie möglich zu erhalten. Selbst wenn ihre Kommunikationsbriefe versehentlich abgefangen wurden, so fiel keinem Fremden dieses Wissen in die Hände, da der Inhalt in einem eigens geschaffenen *Judendeutsch* verfasst war. Der Informationsvorsprung war einzigartig. Das Netzwerk der Rothschilds war aufgebaut wie eine frühe Version des heutigen Internets. Das bringt es wohl auf den Punkt. Aber zurück zur Geschichte und zur Schlacht um Waterloo. Am 20. Juni 1815 erreichte ein Geheimbericht Nathan Rothschild. Nicht nur, dass er dieses Vorwissen direkt nutzte, nein, er agierte um einiges cleverer als alle anderen. Denn entgegen der allgemeinen Einschätzungen, dass Wellington die Schlacht um Waterloo gewinnen würde, *verkaufte* Rothschild nun die *Consul* Aktien. Alle anderen Marktteilnehmer vermuteten, dass Rothschild mehr wusste, nämlich dass Wellington die Schlacht verlieren würde. Dieses führte zu Panikverkäufen und der *Consul* stürzte gnadenlos im Wert. Es wurde berichtet, dass Nathan das Treiben an der Börse unbewegt beobachtete. Was niemand wusste war, dass er parallel seine Leute an andere Schalter geschickt hatte, um die *Consul* Aktien wieder aufzukaufen. Und zwar zu absoluten Tiefstkursen. So hatte er nicht nur seine eigenen Papiere binnen kürzester Zeit wieder zurückerworben, sondern er kaufte die Aktien der anderen Marktteilnehmer zu äußerst günstigen Kursen auf. Als kurze Zeit später Wellingtons Sieg bekannt wurde, stieg der Kurs der *Consul* Aktie unaufhörlich in die Höhe. Waterloo war einerseits der Inbegriff der Niederlage von Napoleon. Zugleich bedeutete Waterloo, dass Nathan Rothschild sein Vermögen mehr als verzwanzigfacht hatte. Es war eine einzigartige Taktik, womit er den Einfluss und die Kontrolle über die Börse gewonnen hatte. Damit vervollständigte Nathan, was sein Vater Mayer Amchel begonnen hatte.«

»Faszinierend, und das ist alles wahr?«

»Was ist schon wahr in dieser Welt, lieber Herr Berg? Es wurde so überliefert, was weiß denn ich, ob sich wirklich alles so zugetragen hatte. Aber sie haben recht, es ist faszinierend. Übrigens, was in Europa funktionierte, hat sich bei der Finanzierung des Amerikanischen Bürgerkrieges wiederholt. Die Banken gaben Kredite an beide Seiten der kriegerischen Parteien. Abraham Lincoln soll sich gegen die hohen Zinszahlungen gestellt haben und plante stattdessen eine eigene, neue Währung. Nach seinem Tod wurden diese Bestrebungen jedoch zu den Akten gelegt.«

»Lieber Mister van Meulen, wollen sie sagen, dass sich ein Kreis von den Illuminaten bis hin zu der Ermordung von Abraham Lincoln ziehen könnte?«

»Gemach. Es ist nicht an der Zeit heute über diese Verwicklungen und Spekulationen zu sprechen. Doch wenn sie sich ernsthaft mit dem Lauf der Welt beschäftigen wollen, kann eine gehörige Portion Fantasie dabei nur vorteilhaft sein. Was am Ende als Realität übrig bleibt, steht auf einem ganz anderen Blatt geschrieben.«

Unwillkürlich schluckte ich und ich bildete mir ein, dass beide meine Nervosität wahrgenommen hatten. Woran konnte ich überhaupt noch glauben? Oder spielte dieser van Meulen mit uns? Ich hielt mir seinen dezenten Hinweis vor Augen, dass selbst die Gründung der Illuminaten auf andere Drahtzieher zurückgehen könnte. Verrückt, dann würde sich schon wieder eine dahinter liegende Ebene auftun. Die Banken und die Illuminaten! Konnte es dort eine relevante Verbindung geben? Diese Gedanken schob ich an die Seite und heftete sie in der Rubrik *'zu unwahrscheinlich'* ab. Doch die Theorie hatte es in sich. Wenn man beide Seiten der kriegerischen Parteien finanzierte, würde man in jedem Falle zu den Gewinnern gehören. Meine Gedanken kreisten unaufhörlich und ich konzentrierte mich wieder auf die Illuminaten. Sie strebten eine Neue Zeitordnung an, die *Novus ordo seclorum*. Gab es ein besseres Startdatum für eine Neue Zeitrechnung als den Jahresbeginn? Den Jahresbeginn des Alexandrinischen Kalenders beispielsweise, der auf den 11. September fiel? Was, wenn es doch einen ganzheitlichen Plan für die Architektur unserer Welt gab? Den eine kleine Elite aufgestellt hatte und stetig kontrollierte? Jetzt drohte meine Fantasie vollends mit mir durchzugehen. Ich beschloss, mich sachlich auf die historischen Aspekte zu beschränken.

»Ich könnte ihnen stundenlang zuhören. Ging es nach dem Verbot in Deutschland überhaupt weiter oder landete der Geheimbund in der Versenkung?«

»In der Versenkung?«

Er warf mir einen spöttischen Blick zu.

»Sie ahnen ja nicht, wie groß sich die Kreise ziehen. So wenig sie die Luft um sie herum sehen können, so wissen sie doch, dass sie dort ist.«

Thomas van Meulen öffnete seine Hand und machte kreisende Bewegungen. Ich traute mich nicht, auch nur ein einziges Wort zu sagen und ihn jetzt zu unterbrechen.

»Natürlich ging es mit den Illuminaten weiter. Über viele Jahrzehnte. Lassen sie uns einen geschichtlichen Sprung in das 19. Jahrhundert machen. Albert Pike war ein Großmeister, sowohl bei den Freimaurern als auch bei den amerikanischen Illuminaten. Nun hören sie gut zu!«

Rosanna und ich nickten verständnisvoll, fast brav. Thomas van Meulen hatte etwas Oberlehrerhaftes an sich und wir wagten sowieso nicht zu widersprechen.

»Albert Pike legte bereits im August 1871 folgende fatale Ziele fest. Dass es im Ersten Weltkrieg darum gehen sollte, das Zarenreich in Russland zu zerstören. Im Zweiten Weltkrieg sollte es um die Manipulation der deutschen Nationalisten, um die Ausdehnung des russischen Einflussbereiches und um die Gründung des Staates Israel in Palästina gehen. Der Dritte Weltkrieg wiederum sollte zwischen den Zionisten und den Arabern entfacht werden. Unglaublich, dass dieser perfide Plan zur Welteroberung bereits 1871 von Albert Pike beschrieben wurde. Kann es sein, dass die spätere Wirklichkeit nach eben diesen festgelegten Plänen und Zielsetzungen *umgesetzt* wurde?«

Ich war sprachlos und drückte meine Skepsis aus.

»Ach, das ist sicher nur eine Sage. Die Aufzeichnungen wird es nicht mehr geben. Niemand kann das beweisen.«

»So, meinen sie? Albert Pike, der Führer der Illuminaten in Amerika, schrieb diesen Brief am 15. August 1871 und dieser Brief war bis in die 70er Jahre hier in London im Britischen Museum in der Bibliothek ausgestellt.«

Mein Atem stockte. Diese schrecklichen Details eines Planes von drei Weltkriegen sollten Punkt für Punkt schon lange vor den eigentlichen Ereignissen beschrieben worden sein? Kriege, die den Tod von Millionen Menschen in Kauf nahmen? Erschreckend, dass so etwas bereits 130 Jahre vor dem 11. September ausgedacht wurde. Und den Inhalt dieses Briefes konnte man bis vor wenigen Jahren im Britischen Museum nachlesen? Unheimlich.

»Verehrter Mister van Meulen, ich entnehme ihren Ausführungen, dass sie einen klaren Trennstrich zwischen den

Illuminaten und den Freimaurern ziehen, und das, obwohl sie doch sagten, dass es zum Zusammenschluss der Organisationen gegen Ende des 18.Jahrhunderts gekommen war?«

»Gut erkannt. Ja, für mich gibt es dort eine klare Trennlinie. Jedoch mögen die Grenzen bei manchen Mitgliedern fließend sein. Schauen sie, oftmals wird sogar behauptet, dass die Amerikanische Dollarnote die Symbole der Illuminaten trägt. Auf dem Greenback findet sich tatsächlich seit 1932 der Schriftzug *Novus ordo seclorom*. Ebenfalls tauchen die römischen Zeichen *MDCCLXXVI* am Fuße einer Pyramide auf. Es ist die Zahl *1776* und sie deutet gleichermaßen auf das Gründungsjahr des Illuminatenordens hin wie auch auf das Jahr der Amerikanischen Unabhängigkeitserklärung. Ein weiterer Schriftzug lautet *Annuit Coeptis*. Die Übersetzung heißt soviel wie *Er heißt das Begonnene gut* mit der Bedeutung *Unsere Unternehmung wird erfolgreich sein*. Noch ein Wort zu der Pyramide auf der Dollarnote. Die Spitze der Pyramide fehlt und wird durch das *Allsehende Auge* ersetzt, was wiederum für die weltweite Überwachung stehen soll. Obwohl die Symbole im Allgemeinen den Illuminaten zugeschrieben werden, so gehen sie doch tendenziell auf die Freimaurer zurück. Sehen sie, so schnell können sich die Informationen vermischen. Eines noch. Auf der Ein-Dollar-Note finden sie tatsächlich ein Symbol der Illuminaten. Nämlich das Abbild einer Eule, direkt auf der Vorderseite!«

Eine Eule? Das erinnerte mich doch an irgendetwas. Allerdings kam ich nicht sofort darauf. Ich verfasste eine kurze Notiz in meinem schwarzen Buch und wollte später darauf zurückkommen.

»Und sie glauben, dass diese Zeichen ganz bewusst bei der Gestaltung eingebaut wurden?«

»Sie zweifeln daran? Ein gewisser Charles Thomson wurde im Jahre 1782 mit der Gestaltung des Siegels der Vereinigten Staaten beauftragt. Auf dessen Rückseite finden sich sowohl der Schriftzug *Novus ordo seclorum* wie auch die römische Darstellung des Jahres 1776 und der Schriftzusatz *Annuit Coeptis*. Die Doppeldeutigkeit der Darstellungen kann durchaus ein beabsichtigter Schachzug gewesen sein. Die Interpretation überlasse ich ihnen ganz alleine.«

»Das mag alles sein. Aber trotzdem, ich kann mir nicht vorstellen, dass heute noch viele Mitglieder in diesen konspirativen Zirkeln organisiert sind und dabei untereinander nichts voneinander wissen.«

»Wissen sie, Adam Weishaupt hatte den Aufbau seiner Organisation sehr, sehr smart organisiert. Wie eine Pyramide. Jeweils zwei Mitglieder berichteten an den Chef einer Einheit. An die beiden Mitglieder berichteten nun wiederum jeweils zwei Mitglieder aus der Ebene darunter und so fort. Dadurch gab es ganz oben an der Spitze nur einen einzigen, nämlich Adam Weishaupt selbst. Das war die Ebene Null, wenn man so will. Oder auch $2°$, also zwei hoch null. Die erste Ebene darunter hatte zwei Mitglieder oder auch 2^1. Auf der zweiten Ebene waren es dann vier Mitglieder, 2^2, und auf der dritten Ebene acht Mitglieder mit 2^3. Verstehen sie? Es waren immer 2er Potenzen. Mit dieser stetigen Verdoppelung kommen sie auf der achten Ebene bereits auf 256 Mitglieder. Der Clou bei diesem Aufbau war, dass sich die Mitglieder auf einer Ebene untereinander nur pärchenweise kennen mussten und die Abläufe von einer stringenten Führung trotzdem sehr erfolgreich umgesetzt werden konnten.«

Mir kam die Geschichte vom Schachbrett und den Reiskörnern in den Sinn. Gefragt, was er sich als Belohnung für die Erfindung des Schachspiels vorstellte, wünschte sich der Entwickler ein Reiskorn auf dem ersten Feld, welches sich von Feld zu Feld verdoppelte. Der Wunsch war unerfüllbar, so riesig wurden die Berge aus Reiskörnern durch die stetige Verdoppelung.

»Keine Frage, das ist überzeugend. Dann kann eine sehr kleine Führungsmannschaft sehr effizient durchgreifen und die Ebenen untereinander erkennen so gut wie nichts vom Großen und vom Ganzen.«

Schnell verfasste ich in meinem Memo-Buch eine vereinfachte Skizze mit kleinen Kreisen und Strichen, wie die Organisation aufgebaut sein musste. Mir blieb wenig Zeit, denn Thomas van Meulen kam bereits auf das nächste Thema zu sprechen.

»Sie sagen es. Lassen sie mich ein Beispiel aus einem ganz anderen Bereich geben. Auch dort wurde ein organisatorischer Aufbau sehr wirkungsvoll umgesetzt. Auf den ersten Blick haben die Themen zwar überhaupt nichts miteinander zu tun.

Haben sie schon einmal etwas von England im Zusammenhang mit der *City of London* und der *Krone* gehört!«

Ich zögerte. Vage hatte ich alle Begriffe natürlich schon gehört, doch worin sollten genau die Unterschiede liegen? Van Meulen schaute eindringlich zu Rosanna hinüber.

»Und sie, Misses Sands, haben sie auch keine Ahnung? Na? Nun gut. Ich werde es ihnen darlegen. Es gibt in London einen Stadtbezirk, der zu den reichsten der Welt gehört. Die *City of London*. Nicht nur, dass sich hier die mächtigsten Finanz- und Bankinstitute befinden, hier laufen auch die Drähte einflussreicher Konzerne zusammen, vor allem aus der Verlagsbranche. Die *City* ist dabei vergleichbar mit dem Vatikan, ein Staat im Staate, denn sie gehört quasi nicht zu England. Der symbolische Eingang befindet sich an der Straßenecke zur Tempelbar. Die *City* besitzt eine unbeschreibliche Macht. Die *City* ist die *Krone*. Es sind zwölf bis vierzehn Männer, die die *Krone* regieren. Das sind diejenigen, die die Fäden ziehen, sie regieren ihre Welt. Der Einfluss der *City* geht sehr weit in die Geschichte zurück. Es gab zwei Machtzentren. Auf der einen Seite das englische Kolonialreich und auf der anderen Seite die Herrschaft der Krone. Das britische Kolonialreich hatte die Kontrolle über alle englischen Überseebesitztümer, vor allem über Territorien mit der weißen Bevölkerung. Das waren Australien, Neuseeland, Südafrika und Kanada. Alle anderen Kolonialbereiche unterstanden der Krone. Das waren die Überseegebiete mit den Menschen der damals sogenannten braunen, gelben und schwarzen Hautfarben - Ägypten, Indien, Malta, Zentralafrika und Singapur. Sie alle waren die *Kronkolonien*. Die *Krone* übte die totale Kontrolle über diese Territorien aus und aus den Kronkolonien wurden Jahr für Jahr riesige Gewinne eingefahren. Diese Gewinne blieben im Zugriff der *City*. Sehen sie. Eine kleine überschaubare Elite konnte weltweit große Gebiete verantworten, führen und ausbeuten. Haben sie jetzt eine Vorstellung?«

Ich schluckte.

»Ja. Ich denke, ich kann mir ein Bild machen. Es erinnert mich auch ein wenig an ein Unternehmen. Auch dort werden die wesentlichen Entscheidungen an der Spitze getroffen und dann generalstabsmäßig in die Bereiche delegiert.«

»Na, mit 'generalstabsmäßig' denken sie wohl eher an die Armee als an ein typisches Unternehmen heutzutage.«

Er hatte recht. Irgendwie war ich in seinen Jargon abgerutscht. Bei der Unternehmensführung hätte ich normalerweise an einen kooperativen Führungsstil gedacht. Ich spürte förmlich, wie sehr mich diese Unterhaltung beeinflusste.

Meine Gedanken drehten sich immer schneller. Von der *City of London*, der *Krone*, bis hin zu den Geheimorden der Illuminaten. Und ich dachte über die weitverbreiteten Freimaurer nach. Damit war genug Spielraum für allerlei mögliche Konstellationen gegeben. Wenn das Ziel von Thomas van Meulen die Verwirrung war, so hatte er bei mir bereits entscheidend gepunktet. Obgleich ich das Gefühl nicht los wurde, dass er mir versteckte Hinweise liefern wollte, so übertünchte er die wichtigen Details gekonnt mit Nebenkriegsschauplätzen. Das Weltgeschehen war das Weltgeschehen. Und sicherlich war nicht alles steuerbar. Doch was, wenn tatsächlich eine geheime Elite die Geschehnisse bewusst steuern wollte, so wie es Pike im August 1871 beschrieben hatte? Dabei konnten sie ihren weitreichenden Einfluss geltend machen und oftmals ging es weit über die nationalen Interessen hinaus. Die Entscheidungen lagen demnach bei dieser Elite, den Illuminaten oder wer auch immer dahinter steckte.

»Doch wie geschah die Umsetzung, wenn einmal erst die Entscheidung im Obersten Gremium gefallen war?«

»Oh, ja. Damit adressieren sie einen wichtigen Aspekt. Diejenigen, die die operative Umsetzung übernehmen, wissen in der Regel nicht, wer ihre Auftraggeber sind. Geschweige denn, welche Ziele den Aktionen überhaupt zu Grunde liegen. Sie sind die exekutive Ebene. Nennen wir sie das *Executive Team*. Sie sind die Schachfiguren auf dem Brett, denn die Kombinationen werden von anderen erdacht.«

»Sie sprechen im Präsens.«

Thomas von Meulen schaute mich irritiert an. Er verstand aber sofort meine Anspielung. Reichten diese Praktiken bis in die Neuzeit hinein? Er ging jedoch mit keiner Silbe darauf ein und blickte stattdessen nach oben an die Decke. Beeindruckend, wie schnell van Meulen einen Rundumschlag durch die Geschichte der *Geheimen Gesellschaften* gemacht hatte. Freilich, es war sehr selektiv. Er nannte die Freimaurer, die nach wie vor in ihren Logen zusammenkamen und dennoch fast im Schatten der Öffentlichkeit agierten. Dann erwähnte er die Illuminaten, über die viel weniger bekannt war. Erstaunlich, dass van Meulen mutmaßte, dass möglicherweise einflussreiche Banker *vor* 1776 hinter der Gründung des Illuminatenordens standen.

Auch die Prophezeiungen von Albert Pike erschienen mir wesentlich. Waren viele Kriege der Neuzeit erdacht und geplant worden? Kriege, in denen es darum ging, die Völker der Welt in Schach zu halten und den Reichtum von wenigen zu vermehren? Macht, Einfluss und Kontrolle. Allein die Möglichkeit, dass es so sein konnte, beschäftigte mich zutiefst. Ich fühlte mich unendlich hilflos.

Oder waren es doch nur Hirngespinste. Rosanna hatte inzwischen eine Dollarnote aus ihrem Portemonnaie geholt und betrachtete die geheimen Zeichen aufmerksam. Sie drehte die Note einige Male um und hielt sie gegen das vom Fenster hereinfallende Licht. Ich erspähte auf dem Geldschein die Pyramide mit dem *Allsehenden Auge*. Ein Symbol für die Überwachung. Joe! Hatte er nicht eindringlich vor dieser Überwachung gewarnt? Wer im Internet an den Knotenpunkten saß, der würde die allumfassenden Kenntnisse besitzen. Die Informationsfragmente flogen wie Blätter im Herbstwind durch die Sphäre. Ich musste die Teile nur noch in der richtigen Reihenfolge zusammensetzen. Thomas van Meulen brachte mich Schritt für Schritt näher an die Lösung, ohne dass es ihm selbst bewusst war. Wie konnte ich seinen Redefluss weiter lebendig halten?

»Glauben sie wirklich, dass Mitglieder des Ordens der Illuminaten solche Dinge planen und ausführen? Sind das nicht alles nur fantastische Geschichten?«

Thomas van Meulen erhob sich und mit einer sprichwörtlichen Erhabenheit schaute er zu mir hinunter.

»Wissen sie, Peter. Das einzige was ich weiß ist, dass ich nichts weiß. Alles was ich ihnen erzählt habe, können sie nachlesen. Und sie müssen sich gar nicht auf die konspirativ angehauchten Werke versteifen. Nehmen sie normale Dokumentationen, vieles finden sie in älteren Büchern, die heute nicht mehr aufgelegt werden. Die es auch noch nicht als Ebook gibt. Lesen sie, dann werden sie die Hinweise finden. Die Zeichen sind alle vorhanden und gar nicht so verborgen, wie sie denken. Schließlich müssen die *Involvierten* sie ja auch erkennen können. Und hin und wieder entdeckt vielleicht ein nicht Eingeweihter die Symbole und wundert sich. Der Fachmann staunt und der Laie wundert sich.«

Ich hatte diesen Satz schon einmal vor Jahren beim Schachspiel aufgeschnappt, als zwei Hobby-Schachspieler gegeneinander spielten. Nach dem Spiel wurde die Partie analysiert und dann kamen von den umher stehenden Zuschauern, den sogenannten Kiebitzen, verschiedene Hinweise auf alternative Züge und Kombinationsmöglichkeiten. Da wunderten sich dann tatsächlich die Hobbyschachspieler und erlebten eine fast mystische Erleuchtung, welche verborgenen Zugkombinationen in der Partie enthalten waren. Züge, die sie selbst nie gesehen hatten. Als hätte er meine Gedanken gelesen und meine Assoziationen zum Schachspiel erraten, fuhr er ähnlich fort.

»So wie ein Schach-Großmeister, der die Möglichkeiten einer Stellung auf Anhieb ausloten kann, so gibt es überall in der Welt Darstellungen mit Symbolcharakter, die sich nur einem Eingeweihten, einem 'Sehenden', sofort erschließen. Ob in Publikationen, in der Architektur oder in der Musik. Dort gibt es Symbole, die *sie* normalerweise nie erkennen können, weil ihnen der Zugangsschlüssel fehlt.«

»Ja. Das verstehe ich«, erwiderte ich. »Können sie mir denn sagen, wie auch *ich* Zugang zu diesen Zeichen erlangen kann?«

Er lachte lauthals. Als ob er diese Direktheit als zu plump oder sogar als eine Beleidigung empfand. War ich zu naiv vorgegangen? Auch Rosanna schaute mich unschlüssig an.

»Mein lieber Peter Berg. Gewiss, in der Mystik werden sie bestimmte Rituale finden, die sie dennoch nicht überschätzen sollten. Sie können beruhigt sein, es gibt keine geheime Armee, auf die die *Geheimen Gesellschaften* beliebig zugreifen können. Aber es gibt eine geheime Organisation für die Umsetzung, die umgekehrt nichts von der Geheimen Gesellschaft weiß. Die Verständigung erfolgt über Symbole.«

»Aha«, kombinierte ich. »Es geht um die Schnittstelle!«

»Richtig.«

»Aber *sie* kennen die Schnittstelle.«

»Nein, die kenne ich nicht. Genau so wenig wie jeder andere. Niemand weiß etwas Konkretes. Weder von den *Geheimen Gesellschaften*, von den Illuminaten noch von deren *Executive Team* und schon gar nicht von der Verbindungsstelle. Und was wir nicht wissen, ist in unserer Welt nicht real vorhanden. Damit sollten *auch sie* sich zufrieden geben.«

Ich verschränkte die Arme und warf einen Blick um mich herum. Ich konnte mir in diesem Moment gut vorstellen, wenn im angrenzenden Saal die vielen Stühle von Mitgliedern der Loge besetzt waren. Was wurde hier besprochen? Was gab es, was er mir nicht sagte?

Je mehr ich über alles nachdachte, um so abstruser kam es mir vor. Dass irgendwelche geheimen Gesellschaften etwas beschlossen und Aufträge an Agenten, Geheimnetze oder an Terrorkommandos gaben. Das war schon irre weit hergeholt. Abstrus. Weit hergeholt. Und dennoch möglich. Das eben war das Beunruhigende. Doch wie konnten diese Kommandos unerkannt an allen Militär- und Staatsschutz-Einrichtungen vorbeikommen? Es musste an vielen Stellen Sympathisanten oder eingeweihte Helfer geben. Das war sonnenklar. Sicherlich gab es eine Verbindung zwischen den geheimen Logen und ihrem *Executive Team*, wobei die Verständigung über geheime Zeichen erfolgen musste. Doch wie konnte man diese Zeichen entziffern? Mir fehlte irgendwie noch der Schlüssel und ich beschloss, ein letztes Mal nachzuhaken.

»Mister van Meulen, ich habe noch eine Frage, wenn sie erlauben. Sie sagten, dass alle Zeichen vorhanden sind. Wie kann ich die Erklärungen finden?«

Er fasste mit beiden Händen an meinem Stuhl und kam sehr nahe an mich heran. Seine Stimme war außerdem deutlich leiser als zuvor.

»Die Zeichen sind evident. Es ist alles da. Aber fast alle Menschen unterliegen einer Blockade. Ich will ihnen beiden ein Beispiel geben und sie entscheiden im Anschluss, was daraus abzuleiten ist. Einverstanden?«

Rosanna nickte. Ich blieb völlig unbewegt. Mir gefiel diese Inszenierung ganz und gar nicht.

»Das Bewusstsein, wie wir es kennen, wird definiert durch unsere Wahrnehmung der Welt. Durch das, was wir hören, schmecken, tasten, fühlen und was unsere Augen sehen. Unser Verstand gleicht die Sinneseindrücke gegeneinander ab. Wenn sie einem Menschen eine Prismenbrille auf die Nase setzen, so wird er zunächst seine Welt auf dem Kopf stehend wahrnehmen. Anfangs läuft er gegen alle möglichen Gegenstände.«

Das erschien mir nicht ungewöhnlich. Klar, eine Prismenbrille kehrte das Bild der Welt auf den Kopf. Wo war der Clou?

»Nach einigen Wochen jedoch 'kippt' in seinem Kopf erstaunlicherweise das Bild um 180° Grad. Er sieht alles wieder richtig herum und findet sich ausgezeichnet zurecht. Warum? Weil die Erfahrungen des Tastsinns mit den Bildeindrücken des Auges abgeglichen wurden. Ähnlich ist es, wenn wir einen Text lesen. Wörter, Sätze und Schriften sind dementsprechend aufgebaut. Dabei vergleichen wir das Erscheinungsbild eines Wortes mit dem, was wir irgendwann gesehen und gelernt haben. Einen Buchstaben erfassen wir nur dann als Buchstaben, wenn er uns so erscheint, wie wir es gelernt haben. In den sechziger Jahren, es war genaugenommen 1967, da hatte der amerikanische Wissenschaftler Robert Fischer mit seinem Team hochinteressante Experimente durchgeführt. Es ging um die Untersuchung der menschlichen Bewusstseinsebenen unter dem Einfluss von Drogen. Aber vorweg, sagt ihnen der Name Doktor Albert Hoffmann etwas?«

Ich schüttelte den Kopf.

»Hoffmann war ein brillanter Schweizer Chemiker und übrigens auch ein Philosoph. Albert Hoffmann gilt als einer der Väter von der Droge *LSD*. Ende der 50er Jahre fiel ihm ein Zeitungsbericht aus Mexiko über magische Pilze in die Hände. Angeblich hatten diese Pilze nach dem Verzehr bei der Landbevölkerung Bewusstseins erweiternde Halluzinationen hervorgerufen. Er hatte die Wirkstoffe akribisch analysiert. Seine Berichte wurden 1957 veröffentlicht und beschrieben die Wirkung des sogenannten *Psilocybins*. Selbst die *CIA* hatte in diesen Jahren Ausschau nach psychoaktiven Waffen gehalten und war an den Forschungsergebnissen sehr interessiert. Aber kommen wir zurück zu den Experimenten, die Robert Fischer Ende der sechziger Jahre durchgeführt hatte. Sie erinnern sich an meine Anmerkungen zu den Texten, Sätzen, Wörtern und Buchstaben?«

»Ja, natürlich. Aber was wollen sie mit den Buchstaben andeuten und was hat es mit der Droge auf sich?«

Immer tiefer zog er mich in Überlegungen, auf die ich nicht vorbereitet war. Ich fühlte mich unbehaglich. Fast verlegen griff ich zu meinem Notizbuch und verfasste einige Stichworte zu Albert Hoffmann und den Forschungen zum *Psilocybin*. Ich blickte kurz zu ihm und war neugierig auf die Zusammenhänge.

»In den Experimenten wurde in einem anspruchsvollen Text von jeder Schriftzeile ein erheblicher Teil der Buchstaben abgedeckt. Über 75 Prozent der Buchstaben wurden horizontal abgeschnitten, so dass am Ende nur noch das untere Viertel sichtbar war. In einigen Experimenten war der verbleibende Teil sogar noch geringer! Lieber Peter Berg, verehrte Rosanna Sands, was glauben sie? Keiner von ihnen beiden wird so einen Text flüssig lesen und entziffern können. Auf den ersten Blick sehen die Fragmente bestenfalls aus wie Hieroglyphen. Ein fehlerfreies Lesen ist völlig unmöglich.«

Klar, was sonst? Wie sollte das funktionieren?

»Aber nun kommt's. Das Team der Wissenschaftler hatte jedem der Probanden kleine Dosen des *Psylocybins* verabreicht, exakt 15 Milligramm. Als die Wirkung der Droge einsetzte, konnten die Testpersonen den Text auf Anhieb lesen. Flüssig, akzentuiert und inhaltlich absolut fehlerfrei. Es wirkte wie ein Wunder auf die Wissenschaftler. Wie war das möglich? Ganz offensichtlich hatte diese Droge verborgene Fähigkeiten bei den Menschen offengelegt. Vorher waren diese Talente definitiv nicht zugänglich. Das Gehirn musste blitzartig sämtliche Kombinationsmöglichkeiten aus den Fragmenten der Buchstaben analysieren und zusammensetzen. Anschließend mussten die Gesamtbuchstaben in einen Kontext gesetzt werden. Das Gehirn war plötzlich zu einem hochleistungsfähigen Computer geworden und verfügte über Kombinationsleistungen, die normalerweise einfach unvorstellbar waren. Ohne den Einfluss der Droge waren die Probanden an den bestimmten Synapsen blockiert. Zusätzlich spielen sich bei uns Menschen gewisse Fähigkeiten nur im Unbewussten ab und kommen gewöhnlich nicht an die Oberfläche der Realität. Erst wenn man sich den Zugang zu diesen tiefen Wahrnehmungsbereichen im Gehirn verschafft, erreicht man die erweiterten Bewusstseinsebenen.

Übrigens, auch an der Grenze zwischen Traum und Wirklichkeit können sich diese unbeschreiblichen Fähigkeiten entwickeln, die sonst in den Regionen unserer Hirnrinde einfach blockiert sind. Nur wer den Schlüssel besitzt, kann die Türen öffnen. Meine Freunde, verstehen sie jetzt? Auch die Textfragmente waren nicht erkennbar, bis die Experimente gezeigt haben, dass es einen Zugang geben kann.«

»Das ist stark«, verlieh ich meiner Begeisterung Ausdruck. »So lassen sich alle Symbole der Illuminaten entziffern.«

»Sachte. So simpel ist es nun wieder nicht. Ich habe nie behauptet, dass die symbolischen Geheimnisse der Illuminaten oder von anderen *Geheimen Gesellschaften* auf eine solche Art und Weise zugänglich wären. Es kann auch eine eigene Sprache sein, in Wort, Bild und Musik. Mit verbalen und nonverbale Signalen. Wer die Sprache versteht, kann die Botschaften entziffern und verstehen. Für ihn, den Eingeweihten, sieht das Geschehen der Welt plötzlich ganz anders aus. Ist es nicht auch manchmal so, dass verliebte Menschen eine eigene Sprache entwickeln, sich wortlos verstehen? Ein Außenstehender jedoch kann gar nicht nachvollziehen, warum ein verliebtes Paar plötzlich gleichzeitig in Gelächter verfällt. So ungefähr muss man sich das vorstellen. Es gibt eine andere Ebene, aber 99 Prozent der Menschen wissen nicht einmal, dass es diese andere Ebene gibt. Sie leben in den Tag hinein. Ihr Leben besteht aus Essen, Trinken, Schlafen und dem Konsum. Sie werden unterhalten durch Sport, durch Musik und Entertainment. Um ihren Lebensstandard zu halten, müssen sie arbeiten. Menschen werden für die Arbeit gebraucht, sie müssen ihre zugedachte Rolle in der Weltordnung spielen. Es ist nicht im Sinne der Sache, dass sie die wahren Zusammenhänge der Welt richtig erkennen. Auch werden sie nie verstehen, welcher architektonische Grundriss unserer Welt wirklich zugrunde liegt.«

Thomas van Meulen strich sich mit der linken Hand einmal durchs Haar und sein Gesicht bekam einen eitlen und süffisanten Ausdruck. Als ob er die absolute Deutungshoheit für sich allein beanspruchte. Ich konnte merklich spüren, wie überlegen er sich in diesem Moment fühlte. Erhaben, allwissend und fast Mitleid mit uns habend. Mich durchschoss nur das Attribut *widerwärtig*. Was bildete sich dieser Thomas van Meulen eigentlich ein?

Hatte er gerade in diesem Augenblick sein wahres Gesicht gezeigt? Wer war er wirklich? Zählte er sich ebenfalls zu der auserwählten Elite? Zu den Geheimen Kreisen, die meinten, sie seien etwas Besseres, Erhabenes? Nur weil sie sich durch eine verklausulierte Sprache abheben und separieren wollten? Widerwärtig und beängstigend. Und der Rest der Menschheit sollte ihrer Meinung nach ein quasi versklavtes Leben führen?

Ein versklavtes Leben bestehend aus Essen, Trinken, Schlafen und Arbeiten? Ohne dass es den Menschen überhaupt bewusst sein sollte? *'Welcome to the chicken farm*. Willkommen auf der Hühnerfarm', schoss es mir durch den Kopf. So wie ein Huhn niemals erfahren würde, wie die Gedankenwelt eines höheren Lebewesens – wie beispielsweise die des Menschen - aussah, so war auch ich bisher ein Mensch in der Masse gewesen. Ohne zu erfassen, was eigentlich wirklich geschah und wie die Welt gesteuert wurde.

Was war er doch für ein eitler Charakter? Freunde hatte er uns genannt? Im Leben nicht, wenn es nach mir ginge. Diese herablassende Art nahm ich Thomas van Meulen sehr übel. Bislang hatte er einen informativen und weltoffenen Eindruck auf mich gemacht. Mit einem Schlage waren diese Impressionen jedoch zunichte gemacht worden Ich ließ ihm noch einige Sekunden seiner inneren Zufriedenheit. Dann räusperte ich mich und musterte ihn nachdenklich.

»Thomas, können *sie* denn die Zeichen lesen und entziffern? Verstehen sie alles? Kennen sie den Bauplan der Welt?«

Offensichtlich hatte ich seine empfindliche Stelle getroffen. Sein Ausdruck änderte sich schlagartig. Ganz so überlegen und allwissend schien er wohl doch nicht zu sein. Obwohl er es sicher liebend gerne gewesen wäre. Jedenfalls hatte ich ihn damit aus dem Takt gebracht.

»Nein, ich weiß nur, dass es so ist.«

Ich schaute Thomas van Meulen distanziert an, denn alles was er sagte, war von einer absoluten Bestimmtheit gekennzeichnet, die mich einschüchterte. Trotzdem blieben meine Zweifel. Sollte es tatsächlich möglich sein, nach einer vorgegebenen Planung in den Lauf der Dinge einzugreifen?

»Vielen Dank, Mister van Meulen, das ist eine faszinierende Geschichte. Ich hätte diese Zusammenhänge niemals zuvor für möglich gehalten. Eine Frage noch. Glauben sie, dass man wirklich den Gang der Weltgeschichte beeinflussen kann?«

Seine Reaktion war ein erneutes Lächeln und ich konnte die Antwort förmlich ablesen: 'Was für eine Frage, sie können das nur rhetorisch gemeint haben.' Ohne direkt darauf einzugehen, stellte er eine Gegenfrage.

»Mein lieber Peter Berg. Wie glauben sie, wird denn sonst der Gang der Weltgeschichte bestimmt? Natürlich waren fast alle großen Entwicklungen bereits *vorgedacht*. Die Alternativen wurden gegeneinander abgewogen und letztendlich kam die favorisierte Variante zum Tragen. Nun, es ist gar nicht so banal oder trivial, wie Dinge passieren. Fragen sie sich doch bitte einmal, wie Tendenzen entstehen und wie Meinungen sich mehrheitlich durchsetzen. Nehmen sie als Beispiel die Musik. Warum werden manche Songs zu großen Hits und andere gehen in der Versenkung unter? Es ist ein gut gehütetes Geheimnis, wie Trends entstehen. Es ist das gekonnte Spiel einer Manipulation der Massen. Große Bewegungen formieren sich über Nacht und es entwickeln sich daraus Volksaufstände. Denken sie an die Montags-Demonstrationen bei ihnen in Deutschland. Am Ende stand die erfolgreiche Maueröffnung am 9.11.1989. Umwälzende Veränderungen, die aus dem Nichts entstehen? Nehmen sie die aktuellen Aufstände im arabischen Raum. In Tunesien, in Ägypten. Glauben sie, das kam wirklich aus dem Nichts? Manche Ereignisse *müssen* geplant werden, damit die Welt nicht im Chaos endet. Am besten geschieht es so, dass es den Massen nicht als durchgeplantes Manöver bewusst wird. Für die meisten Menschen sollten diese Entscheidungsebenen per se nicht erkennbar sein. Es ist doch gut, wenn die Menschen *glauben*, dass sie frei sind und frei entscheiden können.«

Ich war schockiert. Menschen sollten nach diesem Modell nur *glauben*, dass sie frei waren? Unwillkürlich musste ich an die Rede von Kennedy denken, ließ mir allerdings nichts anmerken.

»Aber wie macht man das? Wie bekommt man es hin, dass solche Trends entstehen, wie geht das? Das können doch nicht einige wenige hinbekommen.«

»Das ist richtig. Es gibt immer eine kritische Masse, die sie überzeugen müssen. Je nachdem, wie groß die zu erwartenden Widerstände in der Akzeptanz sind, umso intelligenter muss man entgegen wirken. Manchmal muss man sogar die Rolle der Opposition prophylaktisch gleich mit einnehmen. Man muss kontrollieren, wie die Skeptiker reagieren könnten und woher die Gegenströmungen stammen können. Sie müssen die latenten Skeptiker einsammeln, *bevor* diese aktiv werden. Dann erst gelingt es, die vollständige Kontrolle auszuüben.«

Das klang nach George Orwell und nach der totalen Überwachung. Die kontrollierte Opposition. Ich wurde nicht ganz schlau aus Thomas van Meulen. Entweder stand er diesem Gedankengut positiv gegenüber und hatte er sich derart in die Begeisterung geredet, dass ihm sein eigenes Outing gar nicht richtig bewusst wurde. Oder er stand diesen Machenschaften von Grund auf kritisch gegenüber und platzierte die warnenden Elemente sehr wohl in seinen Ausführungen. Irgendwie war es mir jetzt egal. Denn plötzlich passten alle Hinweise in das Bild der vergangenen Tage. Und das, obwohl in unserer langen Unterhaltung noch nicht ein einziges Mal etwas über *9/11* erwähnt wurde. Ich würde mich auch hüten, irgendetwas in diese Richtung anzudeuten.

»Ich verstehe es trotzdem noch nicht. Wer bewirkt das? Wie wird das umgesetzt?«

»Herr Berg, ich kann ihnen diese Frage nicht genau beantworten. Aber erstens brauchen sie handelnde Menschen für die Ausführung, das *Executive Team*, und für die Überzeugung der Massen brauchen sie wiederum Menschen. Denn nur Menschen können Menschen überzeugen.«

»Hm, richtig, das *Executive Team* ... «

»Jawohl. Die Organisation muss perfekt funktionieren. Kosmopolitisch, länderübergreifend und kulturübergreifend. Die handelnden Personen kennen sich oftmals selbst nicht untereinander und manche der Beteiligten wissen gar nicht, an welchem Projekt sie mitarbeiten. Wie eine hoch professionelle Firma.«

» ... wie eine *Company*«, fügte ich hinzu und van Meulen schaute mir gescheit in die Augen.

Sein Ausdruck schien freundlich und gelöst. Endlich war bei mir der Groschen gefallen. Das *Executive Team* war die *Company*. Die *Enco, Esprit 'n Company*. In Blitzes Eile fügte sich alles zusammen. An der Spitze der *Geheimen Gesellschaften* musste es eine Ebene geben, die die Zusammenhänge in der Welt tatsächlich viel tiefer kannte und die Ereignisse steuerte. Das *Executive Team* war das Bindeglied zwischen den Welten und setzte die Pläne der *Geheimen Gesellschaften*, oder von den Illuminaten, in die Realität um. Die *Enco* war nichts anderes als dieses ausführende Team. Ich war mir hundertprozentig sicher. Ein seltsam wohliger Schauer lief mir über den Rücken. Erstmals an diesem Nachmittag stellte sich auch bei mir ein leichtes Lächeln ein. Es war als hätten van Meulen und ich unerwartet die gleiche Wellenlänge gefunden. Ich blickte Rosanna an, sie war so stumm in den letzten Minuten gewesen. Sie atmete einmal tief durch, es klang fast wie ein Seufzer. Dann schaute sie mich an und sagte:

»Was machen wir jetzt, Peter? Was machen wir jetzt?«

Thomas van Meulen hatte den Wink verstanden und er warf einen demonstrativen Blick auf seine Armbanduhr.

»Misses Sands, Herr Berg, ich möchte nicht unhöflich sein, aber mein weiterer Tagesablauf ist ziemlich durchgeplant. Ich hoffe, dass ich ihren Wissensdurst zu den *Geheimen Gesellschaften* wenigstens ein wenig stillen konnte.«

»Ja, vielen Dank. Das war mehr als informativ. Nochmals, vielen Dank.«

Der Abschied war kurz und knapp. Keine großartigen Floskeln, keine Bekräftigungen, dass man die Unterhaltung noch einmal fortsetzen wollte. Dennoch war das Treffen für mich eine Bereicherung gewesen. Mein Bild vervollständigte sich zunehmend. Wir verließen den Raum und gingen durch den großen Saal direkt zum Ausgang. Arm in Arm schritten wir die große Treppe hinunter. Wir hatten unsere Köpfe aneinander gelegt und waren in Gedanken versunken, als uns eine junge Frau in einem leichten Sommermantel auf der Treppe entgegenkam. Kaum hatte ich sie wahrnehmen können, so schnell nahm sie ihre Schritte, doch sie kam mir bekannt vor. War sie nicht die Frau aus Berlin gewesen? Die mich in die Diskussion um die Mondlandungen verwickelte? Madeleine Adams, so hieß sie doch. Unmöglich, was hatte sie denn hier in der *Grandlodge* der Freimaurer verloren? Rosanna wandte sich zu mir.

»Was hast du?«

»Ach nichts weiter, es kam mir nur so gerade vor, als hätte ich ein Déjà-vu gehabt. Die Frau auf der Treppe, sie kam mir irgendwie bekannt vor.«

Wir verließen das monumentale Gebäude der Freimaurer und machten uns auf den Weg. Ich spürte eine gewisse Leere. Es war, als wären am Ziel einer langen Reise angekommen. Der Kreis hatte sich in London wieder geschlossen.

Wir spazierten durch einen kleinen Park, abseits vom Getümmel der Großstadt. Ich wollte die vielfältigen Informationen auf mich wirken lassen. Die *Geheimen Gesellschaften*, allen voran die Illuminaten, konnten sich tatsächlich in den vergangenen 235 Jahren seit 1776 durch verschiedenste Folgeorganisationen weiter verbreitet haben. Da sie nach dem Weishaupt'schen System aufgebaut waren, wussten die meisten der Mitglieder weder voneinander noch war ihnen bewusst, was an der Spitze entschieden wurde. Nur das Oberhaupt einer *Geheimen Gesellschaft* wiederum kam mit den Anführern anderer Vereinigungen zusammen. Der 1. Mai 1776 war also das Gründungsdatum der Illuminaten? So, so. Ich suchte nach eventuellen Assoziationen. Je nachdem, welche Zeitzone man als Referenz auswählte, wurde Osama Bin Laden angeblich am 1. Mai im Jahre 2011 ausgelöscht. Osama bin Laden, der mutmaßliche Anführer der *9/11* Anschläge.

Und der neue Freedom Tower im World Trade Center Projekt sollte eine Höhe von 1776 Fuß erreichen. Ein Zufall? Oder ein weiterer Hinweis, der sowohl auf das Jahr der Unabhängigkeitserklärung wie auch auf die Illuminaten unterschwellig hindeuten sollte? Die versteckten Zeichen auf der Dollarnote beschäftigten mich ebenfalls brennend. Thomas van Meulen erwähnte eine Eule. Die jedoch hatte ich noch nicht auf der Note entdecken können. Eine Eule? War sie nicht auch das Symbol beim *Bohemian Club*? Konnte es sein, dass die unterschiedlichen *Geheimen Gesellschaften* am Ende über eine verborgene Verbindung allesamt zusammenhingen?

»Rosanna, zeigst du mir bitte nochmal die Dollarnote?«

Sie zuckte den Schein aus ihrer Tasche und reichte ihn mir.

»Sag mal, weißt du, wo ich die Eule darauf finde?«

»Ja, das ist ein sehr, sehr kleines Symbol. Schau mal in dem oberen rechten Wappen von der Ziffer '1'. Da gibt es eine halbrunde Ausbuchtung. Und dort in der linken Ecke, da sitzt eine winzige Eule.«

Ich musste schon sehr genau hinschauen, doch dann sah ich das stilisierte Zeichen.

»Hey, da ist sie!«

»Peter, dreh den Schein doch einmal um. Siehst du die Pyramide? Die beiden unteren Ecken zeigen auf Buchstaben aus dem Schriftzug *Novus Ordo Seclorum*. Siehst du das?«

»Ja, die Spitzen zeigen auf das *N* und auf das *M*. Die obere Spitze führt ins Nichts.«

»Genau, und nun stell dir ein zweites Dreieck vor. In der gleichen Form wie die Pyramide, nur auf den Kopf gestellt. Es ist nicht ganz einfach, aber versuche die Buchstaben zu finden, auf die die Ecken nun zeigen.«

»Hm, ich denke, dass es die Buchstaben *A* und *S* auf der oberen Linie sein müssen, und die untere Spitze, lass mich checken, das wird das *D* oder das *O* sein. Ich tippe auf das *O*.«

»Alright. N, M, A, S und O. Wenn du nun die Reihenfolge anders zusammen würfelst, dann landest du bei M, A, S, O, N. Mason, die Freemason, die Freimaurer. Ein Anagramm.«

»Wow, Rosanna. Was gibt die Dollarnote sonst noch preis?«

»Eine ganze Menge. Aber es ist doch verwunderlich, dass alle bekannten Banknoten normalerweise nach spätestens dreißig Jahren ein neues Design erhalten. Nur die Ein-Dollar-Note ist seit fast achtzig Jahren völlig unverändert im Umlauf.«

Wir setzten uns auf eine Parkbank. Die Mittagssonne erwärmte unsere Haut, Rosanna trug ihre Ray-Ban Sonnenbrille. Kleine Spatzen und einige Tauben suchten nach den Krümeln, die Besucher des Parks zurückgelassen hatten. Ein kleiner Vogel kam sehr nahe an uns heran, fast so als würde er uns anschauen. Und vor uns auf der Rasenfläche las ein junger Mann eine Zeitung. Ich versuchte, die Schlagzeilen zu lesen, was gar nicht so einfach war, da er aus meiner Blickrichtung die Zeitung auf dem Kopf hielt. Mir kamen unwillkürlich die Versuche mit den abgedeckten Textzeilen in den Sinn.

»Diese Experimente mit der Droge waren cool.«

»Du meinst das mit den abgeschnittenen Texten. Ja, fand ich auch. Man darf sich bloß kein *X* für ein *U* vormachen lassen.«

Wir lachten und erinnerten uns an Signor Baralos in Rom.

»Ja, stell dir vor, dass man mithilfe dieser Droge Psycho … , wie hieß die noch?«

»*Psilocybin*«, warf Rosanna ein.

»Genau, dieses *Psilocybin*. Also wenn man damit aus den fragmentierten Informationen ein Gesamtbild zusammensetzen kann, dann brauchten wir nur alle gesammelten Details über 9/11 vor uns auszulegen und die Pille schlucken. Simsalabim. Dann müssen wir uns nicht mehr den Kopf zerbrechen, sondern würden die Lösung endlich erkennen.«

»Ganz so simpel wird das wohl nicht sein. Außerdem ist das Mittel wahrscheinlich verboten.«

»Das kann sein. War ja auch nur so ein Gedanke. Sag mal, van Meulen ist schon ein ziemlich skurriler Typ, was denkst du?«

»Oh ja, das kann man wohl sagen. Aber er ist ziemlich gut bewandert. *Du* warst derjenige, der alles über die Freimaurer wissen wollte.«

»Ja, ich fand das extrem faszinierend. Seit Gonzales die Freimaurer in Madrid erwähnte, hatte ich mir erhofft, dass wir hier eine Spur finden würden. Das war mehr als informativ.«

»Und? Meinst du wir haben unser Puzzle komplett, Peter?«

»Vielleicht, ja. Das *Executive Team,* diese *Company*, also die *Enco*, die muss damit zu tun haben. *Enco* ist die Deckorganisation für die Ausführung. Vielleicht haben die auch die Terroranschläge organisiert.«

»Das klingt, als wärst du davon gar nicht mehr abzubringen.«

»Hm, ja, so ist es. Und ich zermartere mir schon seit Tagen den Kopf, ob hinter diesem Namen *Enco* oder *Esprit 'n Company* etwas stecken könnte. Was denkst du? Gibt es eine Bedeutung?«

»Schreib doch die Buchstaben auf, eventuell finden wir etwas.«

Ich griff nach meinem Notizbuch. Die schwarzen Ränder waren bereits ein wenig abgegriffen, so häufig hatte ich es in den letzten Tagen in den Händen gehalten. Ich schrieb die Buchstaben einzeln auf. So richtig wollten sie keinen Sinn ergeben. *Esprit 'n Company*. Dann versuchte ich es nur mit den Versalien. Rosanna hatte eine Idee.

»Peter, das 'T' wird doch gar nicht gesprochen, streich das doch mal weg.«

Erneut ordneten wir die verbleibenden Elemente in den unterschiedlichsten Reihenfolgen an.

»Darf ich mal?«

Rosanna nahm mein Büchlein in die Hand. Sie wählte eine leere Seite und spielte mit den Buchstaben. Dann notierte sie ganz langsam M-A-N-Y C-O-N-S-P-I-R-E. Viele konspirieren. Das war eine Möglichkeit.

»Nicht schlecht, schon wieder ein Anagramm. Doch trotzdem bleibt noch ein *P* übrig und das *T*, welches wir vorhin schon weggestrichen haben.«

»Du bist ja päpstlicher als der Papst. *P* und *T*, das steht für … das steht für … für *TP*, für *Turning Point*, für den Wendepunkt. Für den Wendepunkt, der durch die Konspiration herbeigeführt wird. So!«

Nun, so richtig überzeugt war ich nicht. Vielleicht hatte *Enco* auch keine weitere Bedeutung. Nicht hinter jedem und allem gab es eine plausible Erklärung. Doch ich ließ ihr den Triumph.

»Glückwunsch. Das sieht logisch aus. Kann es sein, dass Diana eine Mitarbeiterin von der *Enco* ist?«

»Wer weiß. Allmählich kommen mir auch solche Gedanken.«

Die Teile des Puzzles passten ineinander. Ich beschloss, meine Gedanken zusammenzufassen.

»Meiner Meinung nach will sie aussteigen. Sie muss irgendwie in diese *Company* hineingeraten sein. Der Tod ihrer Mutter hatte sie vielleicht dermaßen mitgenommen, dass sie sich der Organisation angeschlossen hat. Und nun will sie wieder raus, hat ihre Immobilien abgestoßen und zu Geld gemacht. Doch vermutlich hat sie die Rechnung ohne den Wirt gemacht, ohne die *Enco*. Die wollen das verhindern und jagen sie.«

»Peter, du könntest recht haben.«

»Wann werden wir sie treffen und wo?«

Rosanna wühlte in ihrer Handtasche und zog eine Visitenkarte heraus.

»Hier. Es ist die Adresse einer Bed & Breakfast Pension. Gegen fünf Uhr hatten wir ausgemacht.«

»Das sind noch fast drei Stunden. Was sollen wir solange machen? Oder gibt es noch etwas zu recherchieren?«

Der kleine Vogel besuchte uns wieder und Rosanna schenkte ihm einen zutraulichen Blick. Sie hob einige Krümel auf und hielt sie ihm hin, bis der Vogel auf ihrer Handfläche saß.

»Schau mal, der ist ja richtig süß.«

»Was ist das für einer?«

»Keine Ahnung. Hoffentlich ist es keine Drohne.«

»Eine Drohne? Sag mal, geht jetzt die Fantasie mit *dir* durch?« Bisher war ich derjenige, der hinter jedem und allem eine geheime Agenda vermutete. Dass nun Rosanna hinter diesem kleinen, harmlosen und unscheinbaren Vogel eine Drohne vermutete, überraschte mich schon.

»Nein, war nicht ernst gemeint. Aber Drohnen sind das Fliegende Auge der Zukunft. Sie werden immer kleiner und überwachen bereits Demonstrationen in Großstädten. Erst vor kurzem hat das US-Unternehmen *AeroVironment* den Flugroboter *Hummingbird* vorgestellt. In einer Miniaturgröße, so wie es der Name schon sagt. So winzig wie ein Kolibri!«

»Wenn das stimmt, dann könnte sich so eine Vogel-Drohne auf einen Ast setzen und Gespräche aufzeichnen?«

»Yes, das ist richtig.«

Ich verscheuchte den Spatz mit einer energischen Handbewegung. Ich überlegte. London, London. Gab es hier noch etwas, was wir in unsere Überlegungen mit einfließen lassen sollten?

»Hey, Rosanna«, sagte ich ganz aufgeregt, »wir sind noch nicht am Ende. Ich hab's, die Anschläge vom 7. Juli 2005 in London. Vielleicht waren diese Terrorakte auch ein Teil des Gesamtplans. Es hieß doch wie bei *9/11* und bei den Bomben in Madrid, dass Al Qaida dahinter steckte, oder?«

In Madrid hatten wir mit Gonzales die mögliche Kette der Ereignisse diskutiert. Nach dem 11. September und dem 11. März brachte der schreckliche Anschlag vom 7. Juli 2005 den Terror in das Vereinigte Königreich. Sie sah mich an, waren wir doch noch nicht am Ende der Reise angekommen?

»Du hast recht«, sagte sie, »und es gibt da noch jemanden der damals an der Quelle saß. Er war damals ein *Comissioner* bei der Polizei. Ich komme gleich auf seinen Namen. In meinen Recherchen bin ich auf ihn gestoßen, er hat sich seit Jahren mit den 7/7 Anschlägen beschäftigt. Mal sehen, ob wir den Namen herausbekommen.«

Sie zog den Laptop aus der Tasche und startetet das Betriebssystem. Nach wenigen Minuten hatte sie den Kontakt gefunden.

»Paul O'Sullivan. Er ist inzwischen pensioniert. Du glaubst es nicht, er residiert hier ganz in der Nähe. Nur zwei, drei Underground Stationen entfernt. Ich rufe ihn an.«

Sie wirkte plötzlich richtig aktiv und dynamisch. Sie ließ mich allein zurück, um ein öffentliches Telefon zu suchen. Vielleicht musste sie dazu auch in ein nahegelegenes Hotel gehen, ich wusste es nicht. Ich wartete derweil auf unserer Parkbank und schaute mich um. Noch immer hatte ich diese mulmige Gefühl, dass uns jemand beobachten und verfolgen könnte. Ich schaute mir die Menschen im Park an. Was beschäftigte sie? Erstmals fühlte ich mich wie ein Beobachter, der ihnen nicht einfach nur zuschaute, sondern wie jemand, der von einer anderen Ebene auf sie blickte. Losgelöst und weit entfernt. Was war mit mir geschehen? Nach ungefähr einer Viertelstunde kam Rosanna zurück.

»Wir können ihn treffen, Paul O'Sullivan wartet auf uns!«

Kurzentschlossen nahmen wir unsere Sachen und fuhren die Stationen mit der *Tube*. Es war ein alter Backsteinbau, in dem er wohnte. Eine ältere, weißhaarige Frau öffnete uns die Tür. Paul O'Sullivan schien bereits in Pension zu sein. Er schickte seine Frau in die Küche und bat sie, uns einen Tee aufzusetzen. Paul hatte einen leichten Buckel und benutzte eine Gehhilfe. Seine Kleidung wirkte sehr abgetragen und sein viel zu großer blauer Pulli hing locker über seiner Cordhose. Er wirkte sehr bedächtig, geradezu höflich und wir kamen recht unkompliziert mit ihm ins Gespräch. Mir fiel auf, dass an der Wand viele Bilderrahmen aus seinem aktiven Polizeidienst hingen. Ich sah einige Awards und Auszeichnungen aus seiner aktiven Laufbahn. In einem großen Rahmen hatte er Zeitungsausschnitte gesammelt, die über die Attentate in London berichteten. Die Terrorakte im Sommer 2005 hatten ganz Europa erschüttert. Morgens im Berufsverkehr zündeten drei Sprengsätze gleichzeitig in der Underground Bahn. Eine Bombe ging ganz in unserer Nähe hoch. Zwischen den Stationen St.Pancras und Russel Square. Ich las die Schlagzeile ein zweites Mal. Russel Square? Dort war doch mein Hotel, wo ich eine Woche zuvor übernachtet hatte! Weiter studierte ich die Informationen in dem Bilderrahmen. Akribisch hatte Paul die Zeitungsausschnitte in einer chronologischen Reihenfolge zusammengestellt.

Die Explosionen fanden alle um 8.50 Uhr statt. Das lag erstaunlich nahe an der Zeit der angeblichen Flugzeugeinschläge am 11. September in New York. Eine knappe Stunde später gab es einen weiteren Anschlag, bei dem die Bomben in einem roten Doppeldeckerbus detonierten. Insgesamt starben an diesem Morgen durch die Anschläge 56 Menschen in London. Nach den großangelegten Fahndungen und Untersuchungen waren sich die Experten nicht mehr sicher, ob es sich wirklich um Selbstmordattentate gehandelt hatte. Nicht nur, dass die angeblichen Täter Rückfahrscheine gekauft hatten. Nein, sie trugen sogar ihre Ausweispapiere bei sich. Vier mutmaßliche Selbstmordattentäter sollten für die Anschläge verantwortlich sein. Ein Sprecher von Scotland Yard räumte später ein, dass die Täter möglicherweise *nicht* die Absicht hatten zu sterben. Einzige Hinweise waren ein Bekennervideo und die Reste von Sprengstoffspuren in ihren Wohnungen. Was, wenn die Täter gar nicht vorhatten, bei ihrem Einsatz zu sterben? Wurden sie benutzt? Wurden die Sprengsätze in ihren Rucksäcken aus der Ferne gezündet? Was, wenn sie gar nicht von der explosiven Fracht auf ihrem Rücken wussten? Ja, die 7/7 Anschläge von London konnten in das Bild passen.

Paul erzählte uns von seinem Einsatz am 7. Juli 2005. Davon, dass er mit seinem Team sorgfältig die Spur der Attentäter aufgenommen hatte und dass sie relativ schnell die Kette bis zu Al Qaida zurückverfolgen konnten.

»Wissen sie, es war verwirrend. Wir waren ohne Pause auf der Suche nach den Tätern und dann hörten wir von diesen merkwürdigen Berichten, dass genau an diesem Tag eine großangelegte Sicherheitsübung durchgeführt wurde. Genau an diesem Tag wurde eine Terrorattacke simuliert. Hier in London!«

Paul O'Sullivan empörte sich und seine Erregung war ihm deutlich anzumerken. Ich hakte nach. Das Muster kam mir bekannt vor.

»Eine Übung? Sie meinen parallel zu den wirklichen Anschlägen?«

»Ja, Peter. An genau denselben Standorten, an denen die Bomben dann tatsächlich explodierten und exakt zur gleichen Uhrzeit. Bis heute kann ich mir diese Synchronizität nicht erklären.«

Er schritt durch sein Zimmer zu einem alten Wohnzimmerschrank und wühlte in seinen Videokassetten. Es waren uralte VHS Bänder. Sie waren übereinander gestapelt und mit handschriftlichen Notizen versehen. Er hatte sie fein säuberlich nach Jahrgängen geordnet.

»Hier haben wir es, 2005.«

Paul hatte die komplette Fernsehübertragung der britischen Sender mitgeschnitten. Er spulte das Band bis zu einer ganz bestimmen Stelle vor. Ein ehemaliger Officer informierte in einem Interview über eine Simulation. *'Today we were running an excercise for a company, bearing in mind I'm now in the private sector – and we sat everybody down, in the city – 1,000 people involved in the whole organisation – but the crisis team.* Das musste ich mir erst einmal ausführlich notieren. Was für ein unglaublicher Zufall. Im Auftrag einer privaten Firma wurden an diesem Tag Simulationen von einer Terrorübung durchgeführt? Über 1000 Personen hatten an diesem Szenario mitgewirkt, welches die Bombenanschläge zur gleichen Zeit im Londoner Underground Netz imitierte? *And the most peculiar thing was, we based our scenario on the simultaneous attacks on the underground and mainline station. So we had to suddenly switch an excercise from fictional to real.'* Zur selben Zeit? Das konnte doch kein Zufall sein, oder? Eine solche Synchronizität war undenkbar. Und dann musste man von der Übung auf die Wirklichkeit umschalten? Noch skurriler konnte man sich solch einen schrecklichen Tag nicht ausmalen.

»Peter, Rosanna, stellt euch das bitte vor. Die sollten an diesem Tage eine Übung durchführen. Mit tausend Leuten! Und auf einmal wurde alles von den wirklichen Ereignissen überlagert. Nur gut, dass wir Schlimmeres verhindern konnten.«

Rosanna erhob sich und ging ein paar Schritte durch das Wohnzimmer.

»Ja, sehr merkwürdig, am selben Tag? Sehr merkwürdig. Man könnte fast meinen, die haben voneinander gewusst.«

»Korrekt, mir geht das auch nicht mehr aus dem Kopf. Ich habe die letzten sechs Jahre ständig darüber nachgedacht. Es passte einfach nicht zusammen.«

Paul O'Sullivan schüttelte seinen Kopf. Ich hielt das Zusammenfallen der Ereignisse allerdings nicht für einen Zufall und fing an zu spekulieren. Es wäre doch relativ simpel, einigen der mitspielenden Statisten etwas vom echten Sprengstoff unterzumischen. Den angeblichen Attentätern hatte man vorher mitgeteilt, welche Rolle sie an diesem Morgen einnehmen sollten. Alles unter dem Vorwand der strikten Geheimhaltung. Bumms. Dann gingen die Sprengsätze hoch per Fernsteuerung. Die armen Kerle bezahlten den Einsatz nicht nur mit ihrem Leben, sondern waren auch noch als gefährliche Terroristen abgestempelt.

Das Praktische bei mutmaßlichen Selbstmordattentätern war ja, dass sie sich nicht mehr verteidigen konnten. *Mea culpa*, diese Rolle bekamen sie noch zusätzlich obendrein, ungefragt und ohne zusätzliche Entlohnung.

Vielleicht lag ich mit meinen Kombinationen total daneben, aber wenn selbst ein Sprecher von Scotland Yard schon eingeräumt hatte, dass man nicht mehr von den Selbstmordattentätern überzeugt war, dann konnte auch bei 7/7 mehr dahinterstecken. Ich erinnere mich an die filmische Dokumentation über die Londoner Anschläge, *Seeds of Deconstruction,* die ich bei meinem Freund Frank Simmons gesehen hatte. Darauf musste ich unbedingt zu einem späteren Zeitpunkt einen erneuten Blick werfen. Ließen sich die Zusammenhänge von 7/7 einfacher lösen als bei 9/11? Das Entstehungsmuster wies jedenfalls gewisse Ähnlichkeiten auf. Wenn sich doch nur beweisen ließe, dass eine Organisation wie die *Enco* darin verwickelt war. Wenn man dann noch herausbekommen könnte, wer hinter der *Enco* stand? Die offensichtlich parallel durchgeführte Terrorübung war der Schlüssel, das war für mich evident.

Ich schaute zu Rosanna und hatte für mich beschlossen, hier nicht weiter nachzuhaken. Das Gespräch mit dem ehemaligen Commissioner war nett, mehr jedoch auch nicht. Paul war gefangen in der Welt der Fragenden, aber nicht zuhause in der Welt der Wissenden. Das stand für mich fest.

Inzwischen war auch seine Frau zu uns gekommen und wir tranken Tee mit ihnen. Da ich Paul nicht noch tiefer in seiner Skepsis bestärken wollte, drehte sich unsere Konversation dann nur noch um belanglose Themen, die uns völlig von 7/7 wegführten. Schließlich verabschiedeten wir uns herzlich.

All zu viel Zeit mussten wir nun nicht mehr überbrücken, bis wir Diana treffen würden. Wir schlenderten mit unseren Taschen die kleine Gasse hinunter, bis wir zur *Tube* Station kamen. Diana Woods, alias Nathalie Moore, hatte sich in einer kleinen Bed & Breakfast Pension im Stadtbezirk Notting Hill, nördlich des Hyde Parks, eingemietet. Wir standen vor einem typischen englischen Reihenhaus und suchten die Klingel. Die Eingangstür war angelehnt und wir kamen problemlos in das Gebäude.

Wir warteten einige Zeit an einem kleinen Tresen, der die Rezeption darstellen sollte. Da niemand kam, betätigten wir die kleine, silberfarbene Glocke. Selbst dann dauerte es nochmals einige Minuten, bis eine ältere Frau in ihrem grauen Arbeitskittel zu uns kam.

»Sie wünschen?«

»Guten Tag, sie haben einen Gast ... «

»Hää? Was sagen sie? Sie müssen bitte lauter sprechen. Ich kann nicht mehr so gut hören.«

»Bei ihnen wohnt eine Bekannte von uns, Nathalie Moore.«

Ich sprach extra laut. Nun hatte sie mich verstanden.

»Misses Moore. Ja, das stimmt. Da müssen sie die Treppe hoch in die dritte Etage. Es ist das Zimmer zur linken Seite.«

Nun gut, was sollten wir uns mit der Dame noch weiter unterhalten. Aus den Äußerungen konnten wir schließen, dass Diana offensichtlich anwesend sein musste. Obwohl wir uns auch dieses Mal nicht sicher sein konnten. Die Wirtin hätte es gar nicht mitbekommen, wenn Diana inzwischen die Pension wieder verlassen hätte. Wir gingen die alte Holztreppe hinauf. Im Hausflur herrschte eine merkwürdige Stille, die nur durch das Knarren der Stufen unterbrochen wurde. Normalerweise würde man Geräusche vermuten. Wortfetzen, die leise aus den Zimmern drangen. Aus Unterhaltungen, Telefonaten oder vom Fernseher. All das würde für den gewöhnlichen Geräuschpegel sorgen. Doch nein. Es war eher die Stille, die uns auffiel. War Diana also wieder entschwunden? Wir kamen in den dritten Stock und wunderten uns, dass die Zimmertür nur angelehnt war.

»Diana?«

Rosanna schob die Tür langsam auf.

»Hallo?«

Keine Antwort. Wir standen im Zimmer. Es machte einen aufgeräumten Eindruck. Das Bett sah unbenutzt aus und war mit einer Tagesdecke überzogen. Ein Koffer lag geöffnet auf einer Ablage und oben auf den Kleidungsstücken befand sich ein sorgfältig zusammengelegtes Satin-Nachthemd. Auf dem Schreibtisch lagen einige Dokumente, unter anderem ihr neuer Ausweis. Ich nahm ihn in die Hand. Nathalie Moore. Das Foto sah den Bildern aus dem Internet kaum noch ähnlich. Diana, oder besser gesagt Nathalie, trug nun kastanienbraunes Haar. Auf der Straße hätte ich sie niemals als Diana erkannt.

Rosanna warf einen neugierigen Blick in den Koffer. Doch dort gab es keinen Hinweis, der uns weiterbrachte. Auf dem Bett lag ein aufgeschlagenes Buch. Unwillkürlich schaute ich auf den Titel und las: *'Gesammelte Erzählungen'* von Jean-Paul Sartre. Ich wunderte mich, weil es in deutscher Sprache verfasst war. Wie kam Diana dazu, die deutschsprachige Fassung zu lesen? Ich warf einen Blick in den Einbandtext des Buchs. In der Geschichte sollte es sich um einen gewissen *Lucien Fleurier* handeln, der zu der Einsicht kam, dass er gar nicht existierte und dass nichts und niemand existierte. *Lucien* war auf der Suche nach seinem eigenen Wesen, das es für ihn nicht zu suchen, sondern zu erschaffen galt. Zwar hatte auch Diana sich selbst gerade als Nathalie neu erschaffen, dennoch konnte ich damit überhaupt keinen plausiblen Zusammenhang zu ihr herstellen. Lag das Buch also nur zufällig dort auf dem Bett? Umso mehr stellte ich mir noch einmal die Frage: Wie kam Diana dazu, die deutschsprachige Übersetzung zu lesen?

»Hm, sie ist wieder nicht da. Wäre ja nicht das erste Mal.«

»Nein, Peter. Das kann nicht sein. Ich habe doch mit ihr gesprochen und es war verbindlich abgemacht für heute.«

»Na ja, dass ihr telefoniert habt, ist schon einige Tage her. Wer weiß, was ihr wieder dazwischen gekommen ist.«

»Die Papiere, das ist merkwürdig, die lässt man doch nicht einfach so offen herumliegen, das macht keiner.«

Ich ging ans Fenster und schob die Gardine an die Seite. Vielleicht lag etwas auf der Fensterbank? Fehlanzeige. Rosanna hatte mittlerweile den Papierkorb auf den Kopf gestellt und fand ein kleines, geleertes Fläschchen Whisky, *Jack Daniels*. Rosanna hielt die Flasche gegen das Licht.

»Sieht ausgespült aus.«

Offenbar konnte sie keine Reste mehr vom Whisky darin entdecken. Doch warum sollte Diana die Flasche mit Wasser ausgespült haben? Das machte nun überhaupt keinen Sinn. Des weiteren hob sie vorsichtig ein zerbrochenes Stielglas aus dem Abfallkorb. Hatte Diana Wein getrunken? Es war nicht einfach, aus diesen wenigen Gegenständen irgendetwas Sinnvolles zu rekonstruieren. Doch Rosanna machte plötzlich einen sehr sorgenvollen Eindruck.

»Peter, was lag dort für ein Buch?«

»Etwas von *Sartre*, du weißt schon, der französische Schriftsteller und Philosoph.«

»Oh, nein. Bitte nicht, bitte nicht.«

Sie erstarrte am ganzen Körper und hatte einen angstvollen Augenausdruck.

»Was hast du, Rosanna. Was ist los?«

Wortlos zeigte sie auf die Badezimmertür. Die war versperrt und ich verstand nicht, worum es ging. Was hatte das zu bedeuten? Ich schaute sie fragend an. Zitterte sie? Warum zeigte sie auf die Badezimmertür, sollte ich etwa hineingehen? Ich drückte die Klinke der Badezimmertür langsam hinunter und schaltete das Licht an. Als ich einen Schritt in den Raum tat, bot sich mir ein grauenvoller Anblick. Eine Frau mittleren Alters lag bekleidet in der mit Wasser gefüllten Badewanne. Auf dem Rücken liegend und lang ausgestreckt. Nur der nach rechts geneigte Kopf ragte aus dem Wasser, und ihre Fußspitzen. Der Kopf ruhte auf ihrer rechten Hand, die mit einem weißen Handtuch umwickelt war. Die Augen der Frau waren geschlossen und ihr linker Arm lag auf der Brust. Ich fühlte die Wassertemperatur. Eiskalt. Die Eindrücke prasselten wie ein Blitzlichtgewitter auf mich ein. Dabei mischten sich die Bilder von dieser Frau in der Badewanne mit Erinnerungen an etwas, das ich allerdings noch nicht näher einordnen konnte. Shit. Sie wirkte auf mich, als ob sie tot war. Tot?

Rosanna stand in der Tür und schrie auf. Kurz und spitz, dann hielt sie sich die Hand vor den Mund, dass kein Ton mehr zu hören war. Sie schluchzte und schlug mit der Faust an den Kleiderschrank. Dabei ließ sie den Blick nicht von der Frau, die in der Wanne lag.

Ich drehte mich zu Rosanna und drückte sie fest an mich, um sie zu trösten. Ihr weinerliches Seufzen wechselte sich immer wieder mit einem 'Nein' und einem 'Warum' ab. Es dauerte einige Minuten, bis sie sich wieder gefangen hatte.

»Ist das Diana?«, wollte ich wissen.

Sie nickte stumm und schloss ihre Augen.

»Ja. Sie *war* es.«

»Du bist sicher, dass sie ... dass sie tot ist?«

Daraufhin löste sie sich von meinem Körper, ging näher an die Frau in der Wanne und legte die Hand auf ihre Stirn. Sie wandte sich zu mir und nickte.

»Selbstmord?«, fragte ich.

»Aber nein, wie kommst du darauf?«

»Na, ich dachte, dass sie vielleicht einige Beruhigungsmittel zusammen mit einem Glas Rotwein eingenommen haben könnte und dann ... «

»Peter, sie ist ermordet worden. Ja, Beruhigungsmittel waren wohl mit im Spiel.«

Nun spürte ich, dass mir mulmig wurde. Eine Woche lang hatten wir nach Diana Woods gesucht, jetzt hatten wir sie gefunden. Allerdings leblos in einer Badewanne und Rosanna behauptete, dass man sie ermordet hatte.

»Woran erkennst du das?«

»Das war ein Profi. Erst hat er ihr vermutlich ein Schlafmittel verabreicht, vielleicht in ein Glas Wein gemischt. Oder in das kleine Whisky Fläschchen, was erklärt, dass es ausgespült wurde.«

»Aber davon stirbt man doch noch nicht.«

»Nein, davon nicht, aber von den Mitteln, die ihr dann vermutlich rektal eingeführt worden sind.«

Allein die Vorstellung machte mich ganz unruhig.

»Wie kommst du darauf, das ist ja grässlich?«

»Ich tippe, es war *Noludar*.«

»*Noludar*?«

»Ja, das ist ein starkes Schmerzmittel, du hast sicher schon von den K.o.-Tropfen gehört. In einer hohen Dosis, als Cocktail mit verschiedenen anderen Medikamenten, wirkt das innerhalb weniger Minuten tödlich. Anschließend wurde Diana dann wohl in die Wanne gelegt.«

Ihre Bestimmtheit bei der Diagnose verwunderte mich. Warum konnte sie sich nach den wenigen Hinweisen so sicher sein? Starke Medikamente sollten Diana im bewusstlosen Zustand rektal verabreicht worden sein? Wie schrecklich. Ich stellte mir vor, wie man an dem nackten Körper von Diana brutal mit tödlichen Medikamenten hantiert hatte und sie danach wieder angezogen hatte, um sie in die Wanne zu legen. Gruselig, absolut gruselig.

»Bist du sicher?«

»Peter, das gesamte *Set-up* des Zimmers ist ein Zitat. Du müsstest dich eigentlich erinnern. Genau auf diese Art und Weise starb vor ungefähr zwanzig Jahren ein deutscher Politiker in einem Genfer Hotel.«

»Uwe Barschel!«

Mit einem Schlag konnte ich die Assoziationen deuten. Die Spekulationen, dass es sich bei dem Tod von Barschel nur um einen vorgetäuschten Suizid handelte, hielten sich hartnäckig. Es war damals ein großer Politskandal mit vielen Mutmaßungen und die Fotoaufnahmen des toten Politikers in der Badewanne gingen um die ganze Welt.

»Ja, gestorben am 11. Oktober 1987. Im Zimmer 317, im Genfer Hotel *Beau Rivage*.«

Da war sie wieder, die Elf. Am 11. Oktober und die Quersumme der Zimmernummer, 3 plus 1 plus 7, betrug ebenfalls elf. Mittlerweile gehörte meine gesteigerte Sensibilität für Zahlenkombinationen zur alltäglichen Routine, ohne mich jedoch auch nur ansatzweise zu beunruhigen. *Beau Rivage*, am schönen Ufer. Jetzt war Diana vielmehr am anderen Ufer gelandet.

»Peter, es wurden hier die gleichen Utensilien im Zimmer platziert wie beim Barschel Mord. Das Whisky Fläschchen, das Buch von Sartre. Ganz bewusst, wie ein Ritual. Schau dir die arme Diana an, sie wurde in der exakt gleichen Körperhaltung in die Wanne gelegt. Das ist kein Zufall, das ist eine Warnung.«

Die Gedanken schossen durch meinen Kopf. Es sollte demnach wie ein Suizid aussehen. Das heißt, wenn die Ermittlungsbehörden hier auftauchten, würden sie auf einen Selbstmord schließen. Die Identität wäre schnell festgestellt. Nathalie Moore. Fein säuberlich lagen die Papiere dafür präpariert auf dem Schreibtisch. Unter diesem Namen hatte sie in der Pension eingecheckt und wahrscheinlich hatte sie ihr Profil im Internet bereits in sämtlichen Social-Media Plattformen angemeldet, so dass nicht der Hauch eines Zweifels an ihrer Persönlichkeit auftauchen würde. Dann wären beide mit einem Schlag verschwunden. Nathalie Moore und Diana Woods.

Doch warum wurden die Indizien in Anlehnung an den mysteriösen Tod von dem Politiker Uwe Barschel angeordnet? Offenbar wusste der Täter, dass wir eine Verabredung mit Diana hatten und es konnte ein beabsichtigtes Zeichen in unsere Richtung sein, dass es sich *eben nicht* um einen Selbstmord handelte. Dennoch ergab sich mit dieser spielerischen Einlage eine nicht zu unterschätzende Gefahr für den Täter.

Schließlich könnte der Mord dadurch aufgedeckt werden. War das *Set-up* des Zimmers deshalb nur für uns inszeniert worden? Sollte es beim Eintreffen der Polizei gar nicht mehr als solches erkennbar sein? In Windeseile spielte ich die Varianten durch und witterte Gefahr. Rosanna musste offensichtlich ähnliche Gedankengänge kombiniert haben, denn sie fasste mich an die Hand und sagte:

»Peter, wir müssen hier raus. Irgendetwas passt hier nicht. Das Zimmer ist viel zu perfekt hergerichtet.«

»Was denkst du?«

»Möglicherweise ist hier Sprengstoff versteckt. Mit einem Zeitzünder.«

Dafür gab es genug Möglichkeiten. Im Koffer, unter dem Bett, in den Schränken. Wir wollten gar nicht erst danach suchen, sondern nur noch das Weite suchen. Ich kontrollierte meine Taschen, dass ich alles bei mir führte. Das Notizbuch mit meinen Eintragungen. Mein zweites Gedächtnis, das durfte unter keinen Umständen verloren gehen. Ich fühlte meinen iPod in der Hosentasche und zog ihn heraus. Wie magisch angezogen wählte ich die Foto-Applikation und machte einige Schnappschüsse vom Zimmer. Rosanna warf mir einen vorwurfsvollen Blick zu und mich beschlich ein schlechtes Gewissen.

»Du bist doch kein Sensationsreporter. Was soll das?«

»Sorry, ich lösche die Aufnahmen wieder. Aber weißt du, es wirkte so unwirklich, da musste ich die Eindrücke einmal festhalten.«

»Nichts auf dieser Welt können wir wirklich festhalten, Peter.«
Wir schnappten uns die Taschen und verließen das Zimmer, wie wir es vorgefunden hatten. Dann hasteten wir die Treppenstufen hinunter und wurden immer schneller. Die Rezeption war unbesetzt, daher rannten wir direkt aus dem Haus. Hinüber auf die andere Straßenseite. Kaum waren wir einige hundert Meter gelaufen, da erschütterte eine gewaltige Explosion die Umgebung. Aus dem Fenster im dritten Stock des Reihenhauses schoss eine riesige Feuerwolke mit schwarzem Rauch durch die Straßenflucht. Teile der Häuserwand wurden geradezu heraus gesprengt.

»Das war knapp.« Sie schmiegte sich an mich.

»Gerade noch rechtzeitig.«

Augenblicklich kamen Menschen aus ihren Häusern und beobachteten die Unglücksstelle. Fahrzeuge hielten an und versperrten den Weg. Die Feuerwehr tauchte kurze Zeit später auf und begann mit den Löscharbeiten. Bevor die Polizei eintraf, entfernten wir uns vom Ort des Geschehens. Einige Tage zuvor hätte ich noch darauf bestanden, dass wir uns als Zeuge bereit halten müssten. Inzwischen waren die Grenzen lange verwischt. Mit der Explosion hatte der Täter die Spuren größtenteils beseitigt. Wahrscheinlich würden ausreichend Indizien für einen Suizid übrig bleiben und die Ausweispapiere sichergestellt werden. Eine selbstmordgefährdete Frau, die sich zur Sicherheit am Ende auch noch selbst in die Luft gesprengt hatte. Nun, die Polizei konnte den Fall damit wohl relativ zügig zu den Akten legen. Meistens spürte man die Folgen eines Schocks erst viel später, genauso erging es uns. Wir überquerten die Straße und suchten uns einen schattigen Platz im Hyde Park unter einem großen Laubbaum. Rosanna zog eine Wasserflasche aus der Handtasche und reichte sie mir herüber.

»Möchtest du?«

»Gerne.«

Das Wasser tat gut - gerade wegen des ohnehin schon flauen Gefühls im Magen, da wir nichts zu Mittag gegessen hatten.

»War es das nun?«

Ein emotionales Sammelsurium wollte geordnet werden. Wie beim nahenden Ende einer Exkursion, drängten sich die zu treffenden Konklusionen förmlich auf.

Was hatten wir letztendlich erreicht? Diana war tot. Nach ihr hatten wir gesucht und nichts, aber auch rein gar nichts herausgefunden. Es sollte die harmlose Suche nach einer ehemaligen Schulkollegin von Rosanna sein. Und? Was war daraus geworden? Eine Exploration der Hintergründe von den schrecklichsten Terroranschlägen der vergangenen zehn Jahre. Eine Jagd nach den Drahtziehern, die sich in unbekannten Ebenen verborgen hielten. Eine Suche nach der ausführenden Organisation, der *Enco*, die jedoch unauffindbar schien. Am Ende blieb die Verwirrung. Leere und Enttäuschung. Der Boden unter meinen Füßen wankte. Ich blickte in die Ferne des Hyde Parks und sehnte mich zurück in mein überschaubares, wenn auch unspektakuläres Leben in Hamburg.

Es war genug passiert. Innerhalb von nur einer Woche wurde ich mit so vielen Todesfällen konfrontiert, wie noch nie zuvor in meinem Leben. Es gab persönliche Angriffe auf uns und es war gut möglich, dass auch wir inzwischen in höchster Lebensgefahr schwebten. Wie konnte unser Ausweg aussehen? Gab es für uns noch irgendeine Hilfe? Verdammt. Wir waren ganz auf uns allein gestellt. War es das nun?

»Wir sind noch nicht am Ende. Das darf nicht sein. Wir schaffen es, Peter.«

»Was meinst du? Was schaffen wir?«

»Ich muss nachdenken.«

Sie schloss die Augen und ich konnte ihr die vollkommene Konzentration eindeutig ansehen. Im Schneidersitz versank sie regelrecht in eine meditative Haltung. Von der Ferne drangen die Laute der Einsatzfahrzeuge und der Ambulanz leise an uns heran. Es nahm eine ganze Weile in Anspruch, bis Rosanna langsam die Augen wieder öffnete.

»Diana wurde umgebracht. Der Mörder soll nicht ungestraft davon kommen. Aber alleine werden wir es nicht schaffen.«

'Klug kombiniert, Lady', dachte ich. Das hätte ich ihr gleich sagen können. Am besten würden wir die Polizei um Hilfe bitten und den Beamten die ganze Geschichte erzählen.

»An wen denkst du bei der Hilfe?«

»Joe! Erinnerst du dich?«

»Klar, der Computer-Nerd. Der mit seiner Phobie vor der totalen Überwachung!«

»Hol bitte den Laptop heraus, Joe ist einer der wenigen, denen ich vertrauen kann.«

Jedenfalls war ich froh, dass sie ihn nicht als den *einzigen* vertrauenswürdigen Menschen bezeichnete. Damit hatte sie mich zumindest in ihre engere Auswahl mit einbezogen Mit wenigen, geübten Handgriffen war der PC betriebsbereit.

»Weißt du noch wie die *App* hieß, die Joe uns nannte?«

»Irgendetwas mit *Tele* ... «

Rosanna öffnete verschiedene Dateiordner auf dem Desktop und fand die Applikation *Tele'write*.

»Ich brauche das Passwort.«

»Hm, ich glaube es war sein Name und dann die *Elf*. Er hatte mir doch seinen Vortrag über die verborgenen Bedeutungen der *Elf* gehalten.«

»Richtig, *Joey11* und dann folgte noch ein *okay*. Ich versuche es erst einmal in Kleinbuchstaben.«

Der erste Versuch schlug fehl. Es waren Versalien für den Zusatz *OK*. Die Applikation startete und baute die Verbindung zu Joe auf. Es war eine Art privates Skype. Ein Internettelefon. Allerdings über eine mehrfach abgesicherte Verbindung. Nach wenigen Sekunden stand die Leitung.

»Hey, Joe. Gut, dass du da bist.«

»Rose, alles okay mit dir?«

»Nein, um ehrlich zu sein. Leider ist nichts okay. Diana ist tot.«

»Tot?«

»Ja, sie ist tot«, und ein leichtes Schluchzen mischte sich in ihre Stimme.

»Bist du noch mit diesem Peter unterwegs?«

Hallo? Was sollte das jetzt? Etwas freundlicher hätte er sich ja nun wirklich ausdrücken können. Und warum nannte er sie Rose?

»Ja, Joe. Wir haben eine ziemliche Odyssee hinter uns.«

»Ich weiß. Was wollt ihr jetzt tun?«

Wieso wusste Joe von unseren Stationen in Europa oder gab er nur vor, etwas darüber zu wissen?

»Können wir zu dir kommen?«

»Hm, ja. Seid aber vorsichtig. Keine Elektronik und keine Spuren. Nimm bitte den Akku aus dem Laptop.«

»Mach ich. Danke, bis gleich.«

Schnell fuhren wir den Rechner hinunter und nahmen den Akku aus dem Gerät. Auch in meinem *iPod Touch* kontrollierte ich die Einstellungen. Die Ortungsdienste waren sowieso ausgeschaltet, dann fuhr ich ihn in den vollständig ausgeschalteten Modus. Rosanna hatte inzwischen das spezielle Datentelefon von Joe ebenfalls auseinandergebaut und packte die Einzelteile in ihre Handtasche.

»Komm, lass uns gehen.«

Wir überquerten die Straße zur Tube-Station 'Holland Park' und wählten ungewöhnliche Strecken, die von unserem Ziel ablenken sollten. Unten, in den röhrenförmigen Gängen, hallte jedes Geräusch unheimlich nach. An einer Ecke saß ein Gitarrenspieler und ich erkannte das Stück *All along the Watchtower* von *Bob Dylan*. Das Echo der Gitarrenklänge in der Betonröhre gab dem Titel einen unverkennbaren, eigenen Sound. Es klang fast wie die Version, die ich von dem Gitarristen Werner Laemmerhirt in Erinnerung hatte. Die Textstelle mit der *Confusion* passte durchaus zu unserer Situation. Hoffentlich gab es tatsächlich einen Weg, der uns aus dem Schlamassel wieder herausführte. Wir nahmen die *Tube* nur bis zur nächsten Station, Shepherd's Bush, um dann wieder bei Tageslicht weiter zu laufen. Kleine Nebengassen führten uns in die Richtung des Stadtteils Olympia. An jeder möglichen Straßenkreuzung bogen wir ab. Aus der Vogelperspektive musste unsere Route wie ein sinnloses Strickmuster ausgesehen haben. Es gab keine Anhaltspunkte mehr, an denen ich mich orientieren konnte. Als wir eine Woche vorher bei Joe waren, war es zudem dunkel. Ich konnte beim besten Willen nicht mehr sagen, in welche Richtung wir uns begeben mussten. Rosanna kannte den Weg.

»Warte, wir sind gleich da.«

Rosanna blickte mit einem kontrollierenden Blick rings um sich und signalisierte, dass die Luft rein sei. Die Prozedur im Hausflur glich der vor einer Woche. Sie öffnete die Codeschlösser in derselben Reihenfolge wie zuvor. Erst an der rechten Seite der Tür, dann an der linken. Joe stand im Gang und schloss Rosanna zur Begrüßung in seine Arme. Da brach es aus ihr für einen kurzen Moment noch einmal heraus, mit einem Schluchzen nannte sie mehrmals den Namen ihrer Freundin.

»Rose, es ist brandgefährlich.«

»Ich weiß. Wir haben nicht mehr viel Zeit. Hast du die Dateien?«

»Noch nicht komplett. Aber es sieht recht vielversprechend aus.«

Was ging hier ab? Wonach suchte Rosanna wirklich? Anscheinend half ihr Joe bei den Nachforschungen.

»Kann ich an deinen Rechner?«

»Nimm besser den rechts in der Ecke. Der ist total isoliert und hängt an einem eigenen Stromnetz mit USV.«

USV, die unterbrechungsfreie Stromversorgung. Das sagte mir etwas. Joe war ein Profi und mehr und mehr konnte ich mich mit seiner Art anfreunden. Er bot mir Cola an und auf einen Stuhl stellte er eine Schale mit Keksen. Hungrig griff ich zu.

Rosanna holte aus ihrer Tasche eine kleine Packung mit einem Aufdruck aus dem Britischen Museum. Es war die kleine Kunststoffreplik vom *Rosetta Stone*. Sie zog die zwei Halbteile auseinander und der versteckte USB Stick wurde sichtbar. Clever! Der Datenspeicher war eine unscheinbare Nachbildung des *Rosetta Stones*, des genialen Übersetzungsschlüssels der altägyptischen Hieroglyphen. Sie hatte ihn am vergangenen Dienstag im Museum gekauft. Rosanna steckte den Datenspeicher in den USB-Port am Rechner.

»Hier Joe, ich habe schon einige Daten zusammengepackt.«

»Codiert?«

»Was denkst du denn. Selbstredend. Den Access gibt's nur mit dem korrekten *AES 256 Code*.«

Nun ging es aber schnell. Auf mich nahmen sie in ihrem fachmännischen Dialog keine Rücksicht mehr. Ausgesprochen sicher war ich nicht, was sich hinter dem *AES 256* verbarg. Ich vermutete einen Codierschlüssel für den Zugang zu den Dateien. Ich würde Rosanna zu einem passenden Zeitpunkt danach fragen. Sie hackte das Passwort in die Tastatur und öffnete den Datenbaum. Joe kommentierte den Code anerkennend.

»*AES 256*, okay. Ist auch besser so. Ich habe einige der Basisdaten gefunden, aber da sind tückische Cookies versteckt. Die senden, was das Zeug hält. Der Check geht nur auf einem völlig abgeschotteten Rechner, sonst hinterlässt du sofort Spuren und sie finden dich. So schnell kannst du gar nicht gucken.«

Joe stellte sich hinter Rosanna und zeigte am Monitor auf die unterschiedlichen Daten. Doch mehr als die kryptischen Dateibezeichnungen waren nicht auszumachen.

»Hier, zieh die noch mit darauf. Die Org-Charts ebenfalls.«

Er sprach in Rätseln. Dennoch versuchte ich mir, mein Bild zu machen. Org-Charts? Das mussten Übersichten sein, wie eine bestimmte Organisation aufgebaut war. Offenkundig hatte Joe in den unterschiedlichsten Netzwerken geforscht und war bis in die gesicherten Intranets von Firmen und Behörden eingedrungen. 'Ein Hacker', durchfuhr es mich. Zweifellos hatte er sich den Zugang zu geheimen Informationen verschafft. Das war mit Sicherheit die nächste grenzwertige Aktion, die ich an diesem Tage miterlebte.

Rosanna verschob die Dateien in wilder Folge auf den Memory-Stick. Die meisten Elemente waren erstaunlich klein und das war auch gut so, denn der Speicher hatte nur eine begrenzte Kapazität.

»Joe, kommen wir mit zwei Gigabyte aus? Größere Sticks gab's nicht im Museum und ich wollte ja unbedingt diesen nehmen.«

»No problem. Die zwei GB werden reichen. Ich habe alles immens komprimiert.«

»*Voilà. Tutto completto.* Fotos, Abbildungen, Namen und alle Projektbeschreibungen. Purer Sprengstoff.«

Rosanna lächelte siegessicher und für einen Moment lang schien sie den Tod ihrer Freundin vergessen zu haben. Hatte Joe die Geheimnisse gelüftet? Oder hatte er Daten gesammelt, die unsere Erkenntnisse stützten? Auf dem USB Datenspeicher musste sich ein komplettes Arsenal brisanter Informationen befinden. Zweifellos so brisant, dass für diese Inhalte schon einige Menschen ihr Leben lassen mussten. Ein eisiger Schauer lief mir durch den ganzen Körper. Ich wollte hier raus, traute mich indes nicht, etwas zu sagen und saß einfach nur so da. Wie angewurzelt knabberte ich an dem trockenen Keksgebäck. Rosanna nahm den Stick aus dem Rechner und schob die beiden Hälften wieder zusammen. Nun sah das Kunststoffteil wieder aus wie ein gewöhnliches Souvenir. So, wie der originale *Rosetta Stone* der Schlüssel für die Dechiffrierung der hieroglyphischen Schriftzeichen war, so ermöglichte dieser USB-Stick als digitaler Schlüssel vielleicht den Zugang zu den Machenschaften der

Geheimen Gesellschaften. Doch falls dieser Datenstick tatsächlich 'purer Sprengstoff' war, wie ihn Rosanna so treffend bezeichnete, dann waren wir in Gefahr. In Lebensgefahr. Sie warf das Souvenir einmal hoch in die Luft, schnappte es sich mit der Hand und verstaute es in ihrer Handtasche.

»Joe, besten Dank. Hast du eine Sicherheitskopie?«

Er nickte.

»Jetzt müssen wir uns alle in Sicherheit bringen. Es wird verdammt ungemütlich.«

Herzlichen Dank auch. Wer hatte mich eigentlich gefragt, ob ich mit von der Partie sein wollte? Ich grübelte, wann wir die Demarkationslinie überschritten hatten. Wann überhaupt hätte ich noch aussteigen können? Strenggenommen hatte ich nie eine Chance gehabt, seit ich Rosanna vor zehn Tagen in der *Tube* getroffen hatte.

»Wir werden uns so bald nicht wiedersehen, Joe. Bleibst du in London?«

Joe schüttelte den Kopf und legte kurz den linken Zeigefinger zum Psst-Zeichen auf seine Lippen. Dann pointierte er mit dem Finger auf Rosanna und lächelte dabei sympathisch. Sie packte unsere Sachen zusammen und hängte sich die Laptop Tasche über die Schulter.

»Werde ich dich finden, wenn ich dich brauche?«

»Ich werde primär *dich* finden. Das macht es einfacher für dich, Rosanna.«

Niemand von uns wollte Zeit verlieren und wir verabschiedeten uns rasch. Dabei sah ich, wie Joe ein kleines Döschen aus transparentem Kunststoff in die Handinnenfläche von Rosanna drückte. Eine Pillendose? Sie versteckte das Gefäß jedenfalls möglichst unauffällig in ihrer Handtasche.

Draußen dämmerte es bereits. Es war höchste Zeit, etwas zu essen. Wir gingen zur Hauptstraße, der Kensington Highstreet, und winkten ein Taxi herbei.

»Wohin wollen wir zum Dinner? Ins *Babylon*?«, schlug ich vor.

»Nein. Besser irgendwo hin, wo sehr viele Menschen sind. Am besten fahren wir in das touristische Zentrum am Piccadilly Circus.«

Sie nannte dem Fahrer das Ziel und wir lehnten uns auf der Rückbank aneinander, mehr oder weniger wie ein Liebespaar.

Tausende Menschen säumten die Plätze rund um den Piccadilly Circus. Zur Zeit des Britischen Empires wurde der Platz oft als Mittelpunkt der Welt bezeichnet und noch heute war er ein wichtiger Knotenpunkt der städtischen Verkehrsadern. Touristen aus aller Welt schossen ihre Erinnerungsfotos vor der markanten Lichtreklametafel. Wir begaben uns ein paar Schritte hinüber zum Leicester Square, wo einige der bekanntesten Kinopaläste um einen großen Platz angeordnet waren. Zahlreiche Restaurants ganz unterschiedlicher Richtungen machten uns die Auswahl nicht leicht. Wir wählten schließlich ein Steakhouse. Nach diesem langen und völlig verrückten Tag hatten wir einen Bärenhunger. Entsprechend üppig fiel unsere Bestellung aus. Das Porterhouse-Steak konnte gar nicht groß genug sein.

Fragen über Fragen und nicht enden wollende Gedanken beschäftigten mich. Trotzdem herrschte zwischen Rosanna und mir eine sanfte Stille. Ich spürte die Trauer in ihrer Nachdenklichkeit und ihrer betonten Zurückhaltung. Für allzu forsche Fragen bezüglich der Recherchen von Joe war es beileibe nicht der richtige Zeitpunkt. Rosanna blickte geradeaus, fast geistesabwesend und mit einem unbewegten Augenausdruck. Ich wollte sie nicht unterbrechen und so verfasste ich zwischen den Menügängen einige Notizen über die Ereignisse des Tages. Was würde morgen unser elfter Tag noch bringen? Wir hatten nichts mehr geplant und das Einzige, was uns eigentlich wichtig sein musste, war unsere eigene Sicherheit. Würden sich dennoch Antworten auf meine unendlich vielen Fragen ergeben? Vor allem, wie sah es mit uns beiden aus? Konnte es eine Zukunft geben oder war der Punkt gekommen, an dem sich unsere Wege trennten? Zehn Tage hatten wir zusammen verbracht und waren vom Team zum Paar geworden. Mein Leben hatte sich von Grund auf verändert. Zukunft oder Abschied. Ich war innerlich zerrissen, weil ich mit ihr zusammen leben wollte. Doch alle Zeichen standen auf Sturm und mich beschlich eine Ahnung vom drohenden Verlust.

Wir träumten eine ganze Weile vor uns hin, legten unsere Hände auf dem Tisch übereinander und schauten uns unendlich lange in die Augen. Unser Blick, ein Ozean bis zum Horizont. Als ob unsere Gedanken eins wurden. Noch nie war ich einem Menschen so nahe gekommen. Ich brauchte nichts zu sagen, ich *wusste* es. Sie brauchte nichts zu sagen, sie *wusste* es. Dass wir unsterblich ineinander verliebt waren.

Der Abend war ohnehin angebrochen. Jetzt ins Hotel zurückzugehen, hatten wir bestimmt nicht vor. Wir suchten das sichere Getümmel vieler Menschen und kamen auf die Idee, in eine Discothek zu gehen. Waren wir elegant genug dafür angezogen? Mit der entsprechend trendigen Kleidung? Das stellte in London überhaupt kein Problem dar. Sämtliche Geschäfte in der Touristenmeile am Piccadilly Circus hatten noch geöffnet und wir schlenderten durch die Shops. Rosanna kaufte sich eine schwarze Rock-und-Bluse Kombination mit einem tief ausgeschnittenen Oberteil, so dass ihr neu erstandener, schwarzer Designer-BH bewusst gut erkennbar war. Dazu trug sie modische Pumps und glitzernde Strass-Ohrringe, die allerdings täuschend echt im Stil eines Brillianten nachempfunden waren. Mit ihrem auffälligen, roten Lippenstift sah sie hinreißend verführerisch aus. Für mich fanden wir eine dunkle Chino-Hose und ein stylisches, weißes Hemd mit einem hochstehenden Kragen. Wir behielten unser neues Outfit direkt an und stopften unsere übrige Kleidung in die Papiertragetasche. Ganz in der Nähe, an der Frontseite der Gebäudezeile am Leicester Square, war die Discothek *Equinox*. Der Name hatte unverändert die Jahrzehnte überlebt. Bereits Anfang der 90er Jahre war ich einmal in dieser Disco, hatte aber nur noch vage Erinnerungen daran. Equinox, das stand für die Tag- und Nachtgleiche. Zweimal im Jahr war die Zeit zwischen Sonnenuntergang und Sonnenaufgang exakt genau so lang wie zwischen dem Aufgang und dem Untergang: Mit dem Beginn des Frühlings, beziehungsweise zum Herbstbeginn. Wir bezahlten den Eintritt. Dann gaben wir unsere Jacken und die Taschen mit unseren Klamotten an der Garderobe ab. Rosanna behielt nur ihre Handtasche bei sich und ich zog mein schwarzes Notizbuch aus der Jacke und steckte es in meine hintere Hosentasche. Zu wichtig waren mir meine Aufzeichnungen, als dass ich sie dem Personal anvertrauen wollte. Wir erkundeten die großflächigen Räumlichkeiten der Discothek. Es gab acht Bars und verschiedene Sitzecken neben den Tanzflächen. Von überall her dröhnten die wummernden Bässe der Trance Musik.

Die Beleuchtung der weitläufigen Tanzflächen folgte dem Takt der Musik und dazu verhüllte der künstliche Nebel die Räume, so dass man die rhythmischen Bewegungen der jungen Leute oft nur schemenhaft erkennen konnte.

Wir setzten uns an eine halbrunde Bar und bestellten uns zuerst einen Wodka-Martini. Richtig unterhalten konnten wir uns bei der Lautstärke sowieso nicht mehr, doch zum Abschalten war die Atmosphäre geradewegs ideal. Als nächstes tranken wir einen Prosecco und dann einen Wodka-Lemon. Rosanna kippte die Drinks hintereinander weg. War das ihre Methode, den Tod ihrer Freundin zu verdrängen oder zu verarbeiten? Die Luft war schwül warm und nach einigen Longdrinks zog es uns auf den Dancefloor. Trotz des Donnerstags war die Disco gut gefüllt und die unzähligen Körper drängten sich auf der Fläche eng aneinander.

Im Rhythmus der Musik verloren wir uns schon bald aus den Augen. Ich tanzte mich durch die Menschenmenge und hielt sporadisch nach Rosanna Ausschau. Irgendwann wurde ich durch zwei junge Frauen abgelenkt, die direkt vor mir ziemlich heiß rockten. Der gleichmäßige Sound der Bassriffs wirkte betörend und sie bewegten sich extrem erotisch, so dass meine Augen immer wieder zu ihnen hinüber blinzelten. Ich kam ganz schön ins Schwitzen. Auf einmal griffen zwei verhältnismäßig kühle Hände in meinen Nacken. Ich erschrak, drehte mich um.

»Wo hast du solange gesteckt, Rosanna?«

Sie lächelte nur und bewegte sich weiter im Gleichmaß des elektronischen Soundteppichs.

»Ich habe mir einige Stücke gewünscht. Du musst gleich mit mir tanzen, okay?«

»Okay, was kommt denn?«

»*Beauty of Silence.*«

Dann war kein Wort mehr zu verstehen. *Beauty of Silence*, so, so. Von wegen Silence. Die *Inpetto Remix Version* von *Andrea Doria versus LXR* wurde eingespielt und der Sound wurde stetig lauter. Die Nebelmaschinen und die Lasershow sorgten für eine psychedelische Atmosphäre. Die nassgeschwitzten Haare klebten teilweise auf ihrer Gesichtshaut. Hin und wieder berührte ich sie. Sie war erstaunlich erregt und ich fühlte ihren kalten Schweiß auf der Haut.

Es war eine surreale Stimmung und im Stroboskop-Gewitter der Laserstrahlen nahm ich alles nur noch bruchstückhaft wahr. Das Stück wurde in den nächsten Titel überblendet. Absolut betörend, mit orientalischen Elementen, dem Motiv von drei Klaviertönen und einem Streichensemble im Background. Mir kam das Stück zwar irgendwie bekannt vor und im Refrain glaubte ich, die Zeile *Uninvited* herauszuhören, dennoch kannte ich weder die Interpretin noch den Titel.

Die Klänge ließen meinen ganzen Oberkörper erbeben. Rosanna fuhr sich lasziv mit der Zunge über die Lippen und fixierte mich mit ihren Augen. Dann führte sie ihre rechte Hand an ihren Mund, legte die andere Hand an meinem Hals und zog mich ganz nahe an sich heran. Sie knutschte mich beinahe überschwänglich mit einem sehr intensiven Zungenkuss. Ich konnte und wollte mich keineswegs dagegen wehren und kostete jede Sekunde aus. Plötzlich spürte ich, dass sie mir ein kleines, rundes Etwas in meinem Mund an den Gaumen drückte und mit ihrer Zunge umspielte. 'Hey, was war das? Eine von den kleinen Pillen, die ihr Joe mitgegeben hatte?' Doch sie presste ihre Lippen so fest auf meine und umfasste mich mit ihren Händen so kräftig an meinem Nacken, dass ich keine Chance hatte, mich von ihr zu lösen. Ich ließ es geschehen.

Was auch immer sie mir verabreicht hatte, mein Widerstand war gebrochen. Ich schluckte und just in diesem Augenblick ließ sie mich wieder los, lächelte mich merkwürdig verklärt an und rockte heftig zu den Klängen der Club Music. Über sieben Minuten dauerte der Titel. Danach brauchten wir beide eine Pause. Wir gingen von der Tanzfläche und machten es uns in einer plüschigen Sitzecke bequem.

»Hey, was war das?«

»Das? Das war *Uninvited* von den *Freemasons*. Ein alter *Alanis Morisette* Titel.«

»Von den *Freemasons*? Echt?«

»Yep, *you're uninvited*. Küss mich, komm zu mir.«

»Du bist ja schon beschwipst, Babe. Aber nein, den Musiktitel meinte ich gar nicht. Ich wollte wissen, was du mir da gegeben hast.«

»Was das war? Ich würde sagen, dass war ein echt heißer Kuss.«

Sie war angeheitert, das stand fest. Die Tablette hatte mit einer verstärkenden Wirkung bestimmt dazu beigetragen. Was würde nun mit mir passieren? Welche Substanz auch immer es gewesen war, es war zu spät, ich musste es hinnehmen. Das tat ich, rückte näher zu ihr heran und wir kuschelten uns auf den Sitzkissen. Was danach kam, nahm ich nur noch lückenhaft wahr.

Alles drehte sich. Bilder und Bewegungen schossen durch meinen Kopf, bis mir schwindelig wurde. Wie bei einem 'Vertigo'-Gefühl verlor ich den Halt unter meinen Beinen. Als ob der Boden schwankte. Blitzende Lichter wechselten sich mit schnellen Bildfolgen ab. Klar umrissene Gesichter veränderten schlagartig ihr Aussehen und wandelten sich in farbige Symbole, die sich dann urplötzlich in ihre Komplementärfarben umkehrten. Ich nahm alles gleichzeitig wahr. Stimmen, Tonspuren und Videofragmente. Als ob ich im Multitasking Modus sämtliche Programme gleichzeitig geöffnet hatte, fegten die Bilder und Eindrücke der letzten Tage durch meinen Kopf. Ein großes schwarz-weiß kariertes Schachbrett lag wie ein Schleier darüber. Trotzdem fühlte ich mich extrem leistungsfähig und mein Verstand kombinierte auf Hochtouren. Allmählich verschmolzen meine Sinneseindrücke zu einem weißen Rauschen und als nächstes war ich für eine Weile eingenickt.

Wesentlich später, deutlich nach Mitternacht, wollten wir die Disco verlassen. Ich hatte seit Stunden nur noch Mineralwasser getrunken und fühlte mich nun glücklicherweise wieder nüchtern und ausgeglichen. Die allgemeine Beleuchtung wurde langsam aufgehellt. Zum Abschluss lief noch der klassische Schmusesong *When will I see you again* von den *Three Degrees*. Leicht verträumt summten wir die Melodie mit. Wann würde ich sie wiedersehen? Kein Abschied, kein Good-Bye. 'Dich Wiedersehen', das war die Losung! Wir ließen uns an der Garderobe die zurückgelegten Sachen herausgeben, riefen uns ein Taxi und fuhren zum Hotel.

Als wir vor der Zimmertür standen kontrollierte Rosanna den kleinen Aufkleber am oberen Türrahmen. Alles war unversehrt. Niemand hatte das Zimmer betreten und da das *Do not Disturb* Schild noch immer an der Türklinke baumelte, war das Zimmer auch nicht aufgeräumt worden. Nun denn. Wir fielen geradezu in unsere ungemachten Betten und schliefen tief und fest ein.

Kapitel 20

09. September, 2011

Freitag

LONDON

Völlig zerzaust und verkatert wurden wir vom Tageslicht geweckt. Ich musste mich erst einmal sortieren. Unsere Klamotten lagen wild im Zimmer verteilt und ich konnte mich beim besten Willen nicht mehr daran erinnern, wie wir unsere Sachen ausgezogen hatten. Aber die intensiven, beunruhigenden Träume waren noch allzu präsent.
»Guten Morgen, Kleines. Wie geht's dir?«
»Hm.« Rosanna schmollte mit ihren Lippen. »Ich liebe dich.«
Wir küssten uns leidenschaftlich und so direkt nach dem Wachwerden hatte es durchaus etwas Animalisches an sich. Wir lagen nebeneinander und ich strich ihr durchs Haar.
»Bist du okay?«
Rosanna schloss zustimmend ihre Augenlider und lächelte mich an.
»Ich möchte mit dir zusammenleben, Peter.«
»Geht das denn?«
»Ich weiß es nicht. Und du?«
»Oh, ob ich? Mit dir?« Ich biss mir beinahe auf die Unterlippe. »Ja, Rosanna, ja.«
Wir umarmten uns und drehten uns, bis sie oben auf mir lag und mir ins Ohr hauchte.
»Vielleicht könnten wir abhauen, ganz weit weg und irgendwo hin, wo uns niemand kennt.«
»Du meinst, ich soll alles Bisherige aufgeben? Meine Firma, meine Freunde, meine Familie, einfach alles?«
»Warum nicht? Dann wärst du wirklich frei.«

Das Zimmertelefon läutete, wer konnte das sein? Rosanna schüttelte den Kopf und bedeutete mir, dass ich bitte das Gespräch annehmen sollte. Ich konnte mir gut ihren Grund dafür vorstellen. Wahrscheinlich befürchtete sie, dass der *Schatten*, der Mörder von Diana, sich bei ihr melden könnte. Mit einem kurzen, unverbindlichen 'Hallo' nahm ich den Hörer ab. Es war nur die Rezeption, die uns darauf hinweisen wollte, dass die Check-Out Zeit bis elf Uhr vorgesehen war und wir anderenfalls das Zimmer für eine weitere Nacht bezahlen müssten. Rosanna hatte inzwischen einen Blick auf die LED Anzeige des Radioweckers geworfen.

»Elf Uhr? Das ist in einer Viertelstunde. *No way*. Das schaffe ich nicht. Sag ihnen bitte, wir zahlen die nächste Nacht.«

Es war ja nur Geld. Ihr Geld. Doch das schien sie herzlich wenig zu scheren. Wir wühlten uns dann noch einmal in das Laken und genossen die Minuten. An diesem Morgen, unserem elften Tag, ließen wir es bewusst langsam angehen. Ordentlich packten wir unsere Sachen zusammen und waren bereit zum Aufbruch. So ganz war unsere Unterhaltung, wie es denn mit uns weitergehen könnte, freilich nicht beendet, aber mir fehlte nun der Anknüpfungspunkt. So entschied ich über den vergangenen Abend zu reflektieren.

»Sag mal, was habe ich da gestern eigentlich geschluckt?«

»Du meinst die kleine Pille?«

»Ganz genau.«

»Keine Angst, das war 'ne harmlose kleine Spezialmischung. Bestenfalls homöopathische Spuren von *Psilocybin* waren beigemischt.«

»Homöopathisch, na du bist lustig. Ich habe die Sterne gesehen.«

»So, so. *Es ist voller Sterne*. Wolltest du das sagen?«

Natürlich verstand ich ihre Anspielung auf den Film *Odyssee im Weltraum* sofort, aber mir war die Sache eine Spur zu ernst.

»Ohne Witz, es war teilweise beängstigend. Ich sah die Dinge so plastisch vor mir, als ob ich alle Eindrücke und Erinnerungen gleichzeitig verarbeiten würde.«

»Dein Gehirn lief auf Hochtouren und vergiss nicht, du warst bereits vorher in der Disco einer ausgelassenen Stimmung.«

»War das gefährlich?«

»Nein, nein. Keine Angst, Peter. Das war nichts anderes als ein gering dosierter Stimmungsaufheller, mit einer Prise Wahrheitsfinder. Du kannst beruhigt sein. Da gibt es keine Suchtgefahr.«

»Dein Wort in Gottes Ohr.«

»Ich schwöre. Und nun sag, hast du etwas Neues dadurch erfahren?«

»Leider nicht, ich muss dich enttäuschen. Ja, es war intensiv und faszinierend. Nur, eine Erleuchtung ist mir dadurch nicht widerfahren.«

»Schade. Dann werden wir wohl nicht mehr weiterkommen. Wir haben jedenfalls alles versucht.«

Waren wir damit nicht nur am Ende unserer gemeinsamen Reise, sondern auch am Ende unserer Nachforschungen angekommen? Aus dem Tod von Diana würde Scotland Yard keine weiteren Erkenntnisse ziehen können. Als Nathalie Moore war sie nach London gekommen und als solche hier gestorben. Von einer Diana Woods wusste in London niemand außer uns. Und es führten auch keine verwertbaren Spuren zu Diana. In der Realität des Internets war sie schon seit mindestens einem Jahr nicht mehr richtig existent gewesen. Einzig der Vermieter auf der Isle of Wight, der Immobilienmakler Hubert Mooser aus der Schweiz und Professor Habermann aus Wien, würden sie noch identifizieren können. Doch wer würde diese Zeitgenossen überhaupt danach fragen? Für immer verschwunden, eine wahrlich ausgelöschte Identität. Waren wir also am Ende? Halt. Wonach hatte Joe für sie geforscht?

»Willst du mir verraten, woran Joe gearbeitet hat?«

»Woran Joe ... ? Was meinst du?«

»Die Dateien, die er für dich zusammengesucht hat.«

»Ach die Dateien. Die Sache ist kompliziert und die Daten könnten verflucht brisant sein. Da möchte ich dich besser nicht mit hineinziehen, du bist schon gefährdet genug.«

»Wie sehr gefährdet, Rosanna?«

»Nun. Ich bekomme dich noch aus dem Fokus, das wird schon klappen.«

Sie schluckte und atmete dann sehr tief ein.

»Wenn du heute Nachmittag im Flieger zurück nach Hamburg sitzt, wird das geregelt sein. Du wirst in Sicherheit sein.«

Sie wandte sich zur Seite ab und senkte leicht ihren Kopf. Abschied? Genau danach klangen ihre Worte. Ein Abschied im Sinne meiner Sicherheit? Vielleicht spürte sie durch meine Äußerungen, wie schwer es mir fallen würde, wenn ich mein gesamtes bisheriges Leben aufgeben müsste, um mit ihr zusammenzubleiben. Hatte sie bereits entschieden, dass sich unsere Wege trennten? Andererseits wunderte ich mich über meine Unschlüssigkeit, und dass ich nicht vehement dagegen hielt. Meine Intuition sagte mir, dass ich mich jetzt am besten treiben ließ, da ich nichts mehr erzwingen konnte. So stellte ich mich neben sie, legte meinen Kopf an ihren und fasste schweigend nach ihrer Hand. Die Schönheit der Stille. Keiner von uns beiden traute sich, den Anfang zu machen und das erste Wort zu sagen. Und dann hoben wir exakt im selben Moment an.

»Du, ich ... «

»Du, ich ... «

Wir schauten uns an und lachten wie befreit. Mit einem Mal war die Spannung wieder gelöst.

»Hey, Kleines. Vielleicht will ich gar nicht in Sicherheit sein, wenn ich dafür alleine sein muss.«

»Doch, du willst. Weil du leben willst.«

»Und was ist mit dir? Wie willst du dich denn in Sicherheit bringen? Der Killer von Diana rennt doch völlig frei und unbehelligt herum.«

»Der *Schatten*? Der kann mir nichts anhaben. Schatten verschwinden, sobald die Sonne hinter den Wolken verschwindet.«

»Hää? Rosanna, was meinst du? Du sprichst in Rätseln.«

»Schon gut. Mach dir um mich keine Sorgen. Ich werde zwar untertauchen müssen ... «

»So wie Diana? Das war bei ihr ja nicht gerade von Erfolg gekrönt.«

»Nein, anders.«

Obgleich ich all meine Sinne konzentrierte, konnte ich das Maß an Irritation nicht vollends wegwischen. Die gesammelten Informationen sausten bruchstückhaft durch meinen Kopf, doch sie wollten partout nicht zueinander passen. Meinen Fragmenten fehlte das entscheidende Verbindungsglied. Was verband die Terrorattentate von *9/11*, von 11-M und von 7/7? Worin lag die

Gemeinsamkeit der Schauplätze in New York, Madrid und London? 2001, 2004 und 2005. Manipulierte Videoaufnahmen und inszenierte Abläufe. Selbstmordattentäter wider Willen und Kriege in aller Welt als Folge. Der Krieg als Vater aller Dinge? Die totale Überwachung und das *Allsehende Auge*.

Wilde Gedanken schossen in schneller Folge durch meinen Kopf. Die drei Ebenen des menschlichen Bewusstseins. Vom unbehauenen Felsbrocken zum bearbeiteten Steinquader bis zum allumfassenden architektonischen Bauplan der Welt. Das Streben nach einer 'Neuen Zeitordnung', der *Novus Ordo Seclorum*. Gab es einen vorbestimmten Ablauf der Geschehnisse in unserer Welt? Ausgedacht von einer kleinen, elitären - vielleicht sogar in Zügen satanischen - *Geheimen Gesellschaft*? Wer waren die Drahtzieher in den Geheimbünden, von denen die breite Masse nicht einmal erahnen konnte, dass es sie gab? Gab es eine Verbindung zwischen den harmlosen Vereinigungen von Weltverbesserern, den philosophisch angehauchten Kreisen bis hin zu den religiös geprägten Orden? Welche Rolle spielten die Illuminaten, die *Geheimen Gesellschaften* und wie sich die Gruppierungen sonst noch nannten? Gab es die Umsetzung der vorgezeichneten Baupläne wirklich?

Die Architekten und die Statiker hatten die Pläne aufgestellt, die Handwerker sorgten für die Umsetzung. Übernahm die *Enco* die Rolle eines der *Executive Teams*? Wer sorgte für die Wirklichkeit, beziehungsweise für das, was wir als solche empfanden? Wie frei waren die Menschen? Waren wir alle nur Werkzeuge? Sklaven einer herrschenden Elite, die wir nicht einmal kannten, geschweige denn *er*kannten? War es das, wonach Joe so akribisch geforscht hatte? Die letzten Tage hatten dazu beigetragen, dass mir diese Überlegungen verwirrend ins Bewusstsein kamen. Noch waren die Antworten intransparent.

Letztlich blieb nur die Hoffnung, dass sich doch noch alles in Luft auflösen konnte. Rosanna machte den Eindruck, dass sie mir eine Brücke in diese Richtung bauen wollte. Dass ich endlich die abstrusen Spekulationen *ad acta* legen sollte und mich einfach in einem stinknormalen Leben in der westlichen, freien Welt wiederfinden konnte. Vielleicht war es tatsächlich das Beste, um nicht am Ende unkontrolliert durchzudrehen und in der Klapsmühle zu landen.

Selbst wenn es einen Regisseur gab, der mit seinem Team die Handlungen kontrollierte, was spräche denn dagegen, den Film zu genießen? Selbst dann, wenn der Film mein eigenes - bisher als frei empfundenes - Leben war? Ich willigte gedanklich ein. Rückzug hieß die Devise. Aber es sollte ein Rückzug in die 'alte, liebgewonnene Realität' werden. Zurück in mein früheres Leben. Die Reise und das Abenteuer waren vorbei.

»Okay. Von mir aus. Dann wollen wir also aufbrechen.«

»Danke, Peter. Es ist das Beste so und ... ehrlich gesagt, dieser Abschied wird nicht unser Ende sein. Eigentlich stehen wir erst ganz am Anfang.«

»Glaubst du das wirklich?«, fragte ich sie.

Sie antwortete nicht. Ihr Blick war leicht hilfesuchend, so als ob sie sich doch wünschte, dass wir weiter zusammenarbeiten und auch zusammenbleiben würden. Doch keine Antwort war auch eine Antwort. *Alea jacta est.* Die Würfel waren gefallen. Bevor wir unsere Koffer schnappten, hantierte Rosanna noch ein letztes Mal am Laptop und setzte offensichtlich eine Nachricht ab. Rasend schnell fegten ihre Finger über die Tastatur, bis sie zelebrierend und mit einem besonderen Augenmerk auf die Entertaste drückte. Dann klappte sie den Monitordeckel zu und sagte mit einer freudigen Dynamik:

»*Vamos*. Auf geht's.«

Flugs erhob ich mich vom Sessel und warf einen letzten Blick ins Zimmer, dass wir auch nichts vergessen hatten. An der Rezeption nahm sie die abgegebenen Koffer in Empfang und ich bekam meine extra deponierte Papiertragetasche mit meiner Kleidung zurück.

»Wollen wir direkt zum Flughafen, Peter?«

Unwillkürlich schüttelte ich den Kopf und rekonstruierte die bekannten Flugverbindungen zurück in die Hansestadt.

»Ich denke, wir haben noch etwas Zeit.«

»Gut, hast du Lust und Hunger auf ein Lunch?«

Ich nickte, das Frühstück hatten wir verpasst und mein Magen knurrte bereits. Insofern gab Rosanna ihre beiden Gepäckstücke wieder beim Concierge mit dem Hinweis ab, dass sie sie am Nachmittag abholen würde. Meine Tragetasche nahm ich mit, während sie sich die Laptop-Tasche über die Schulter warf und ihre Handtasche ebenfalls mitnahm.

»Hast du noch deinen Abschnitt vom Hotel, damit du deine Originalsachen auch wiederbekommst?«

Das war das Stichwort, ich kramte in meiner Geldbörse und fand schließlich die Quittung vom Russel Hotel zwischen Papierkärtchen und Rechnungskopien. Demonstrativ hielt ich den Beleg in die Höhe. Sie schmunzelte.

»Du bist halt gut sortiert. Wohin wollen wir? Mit 'nem Taxi oder ein paar Schritte laufen?«

»Ich würde gerne ein paar Schritte gehen. Die frische Luft wird uns gut tun, wir sind doch direkt an der Themse. Da finden wir sicher auch ein Restaurant.«

Wir verließen das Hotel und hatten eine pittoreske Aussicht auf die Tower Bridge. Verträumt legten wir unsere Köpfe aneinander und erheischten die wärmenden Sonnenstrahlen. Die Mittagssonne hatte an diesen ersten Tagen im September immer noch eine erstaunliche Kraft und zog die Menschen ins Freie. Wir spazierten am Themseufer entlang und uns kamen die unterschiedlichsten Charaktere entgegen.

Banker, die mit ihren Aktenkoffern auf dem Weg ins Büro waren. Asiatische Touristen, die mit ihren modernen Digitalkameras die Sehenswürdigkeiten ablichteten. Eine junge Familie mit einem Kinderwagen. Es war eine friedlich wirkende Szenerie. Die Promenade war auch eine beliebte Strecke für Skater und Jogger. Mit einem Mal kam uns ein großgewachsener, schlaksig wirkender Sportler entgegen gerannt. Er lief in seiner hautengen Funktionskleidung und trug die obligatorischen Kopfhörer, seine *Beats*, für die musikalische Unterhaltung.

In diesem Moment schmiss das Kleinkind eine Spielzeug-Rassel aus dem Kinderwagen auf den geteerten Weg, wodurch der Läufer dermaßen erschrak und aus dem Gleichtakt geriet, so dass er stolperte. Er fuchtelte mit seinen Armen durch die Luft und versuchte noch, Rosanna auszuweichen. Doch seine Geschwindigkeit war zu groß und er warf sie förmlich zu Boden. Ihre Handtasche wirbelte in einem hohen Bogen durch die Luft und die Utensilien fielen wie in Zeitlupe hinunter. Die Laptoptasche schlürfte über den Weg während sich der Läufer elegant über die Seite abrollte. Das Kind schrie nach seiner Rassel und die Eltern kümmerten sich nur um ihren Sprössling. Als ob dem Kind etwas passiert war?!

Zum Glück war Rosanna unversehrt. Ich half ihr auf die Beine. Der Jogger entschuldigte sich mit einem 'Sorry, Miss'. Er rückte seine Kopfhörer zurecht und sprintete langsam wieder los. Auf dem Boden lagen Rosannas Gegenstände aus der Handtasche wild verstreut, und ich bückte mich, um sie einzusammeln.

»Lass nur, ist schon gut.«

Die Handtasche - und vor allem der Inhalt - sind einer Frau heilig. Ein Mann hatte daran nichts zu suchen. Doch ich wollte ihr gerne meine Hilfsbereitschaft signalisieren und ließ mich nicht abhalten. Ich konnte ja nach den allgemeinen, unverfänglichen Gegenständen greifen. Mein Blick fiel unwillkürlich auf ihr Portemonnaie. Es musste wohl vorne in der Tasche gesteckt haben und lag kopfüber auf dem Boden. Ansatzweise sah man die Geldscheine und es waren auch ein paar Karten und Papiere herausgerutscht. Ich packte alles zusammen und hatte auch einige der Visitenkarten in der Hand. Eine davon nahm ich in die Hand, drehte sie, bis ich die Aufschrift lesen konnte. Es waren nur Zehntelsekunden, aber ich konnte den Schriftzug klar und deutlich lesen. *Enco - Esprit 'n Company*. Darunter fanden sich Ziffernkombinationen und viele andere Zeichen, die ich in der Kürze des Augenblicks gar nicht richtig wahrnehmen konnte. Ihre schlanke, grazile Hand griff blitzschnell nach ihrem Portemonnaie, verdeckte dabei auch die Karte. Mit einem diplomatischen Lächeln bedankte sie sich.

»Danke, dass du mir helfen wolltest, Peter. Aber das war vielleicht keine so gute Idee.«

Erschreckt schaute ich sie an, *Esprit'n Company*? *Enco*?

»Was hat das zu bedeuten, Rosanna. Was hast du mit der *Enco* zu schaffen?«

Sie sagte gar nichts und musterte mich.

»Lass mich mal so sagen«, fing sie an, »du bist ziemlich nahe herangekommen. *Esprit'N Company*, du hättest besser nie davon gehört. Vorhin erst habe ich dich *clean* gemeldet. Lass uns gehen. Wir brauchen einen Platz, an dem wir reden können.«

Shit, mir lief es eiskalt den Rücken hinunter. Nichts war vorüber. Ich spürte wie das Blut in meinen Adern pulsierte. Was sollte das heißen? Sie hatte mich *clean* gemeldet? Wer oder was war die Bedrohung? Ich war weder Zuschauer noch Spieler, sondern nur ein Spielball.

Wir nahmen unsere Taschen, sie blickte sich um und beurteilte die Lage. Dann starteten wir. Sie übernahm eindeutig die Führung und kannte sich blendend aus. Wir gingen in Geschäfte und verließen Geschäfte; wir begaben uns in Hotels, um sie über einen anderen Ausgang wieder zu verlassen. Der reinste Zickzack Kurs. Am Ende stiegen wir in ein Taxi, nur um uns in die Nähe des Britischen Museums fahren zu lassen. Offensichtlich wollte sie sicher gehen, dass uns keiner an den Fersen hing. Die letzten Meter gingen wir wieder zu Fuß. Es waren bestimmt fünfzehn Minuten, bis wir an einem sehr hohen Gebäude ankamen. Wir standen vor dem *Centerpoint*.

»Lass uns nach ganz oben fahren, da gibt es ein schönes Restaurant. Das *Paramount*.«

Ich nickte und wir meldeten uns an der Rezeption im Erdgeschoss an. Dann folgte ich ihr durch die Drehkreuze und wir nahmen den Lift bis in die oberste Etage. Dort suchten wir uns im Restaurant eine abgeschiedene Ecke mit einem weitläufigen Blick über London. Der *Centerpoint* gehörte zu den Londoner Wahrzeichen und lag direkt an der Tottenham Court Road. Nach dreijähriger Bauzeit wurde der Betonturm im Jahre 1967 fertiggestellt, um dann überraschenderweise ohne Mieter in den ersten fünf Jahren leer zu stehen. Mit 117 Metern Höhe und 34 Stockwerken gehörte das Gebäude noch immer zu den höchsten Bauwerken in London. Das Restaurant lag im 33. Stock und bot einen tollen Panorama-Blick über das bunte Treiben der Großstadt. In der 33. Etage? War nicht 33 die Meisterzahl bei den Freimaurern?

Nach und nach füllte sich das Restaurant mit den Gästen. Zu viel Publikum? Rosanna fragte die Bedienung, ob es noch einen ruhigeren Platz für uns gab. Der Kellner hielt Rücksprache mit seinem Chef und bot uns an, eine Etage höher in einer eigenen Ecke zu sitzen. Man würde uns das Lunch auch gerne dort servieren. Diese Etage nannte sich die *Viewing Gallery* und war eigentlich eher für einen Cocktailempfang geeignet. Doch die Ecke, die wir bekamen, war ideal und wir konnten ungestört reden. Wir hatten die Taschen neben unserem Tisch abgestellt und rückten etwas näher zusammen. Sie holte den Laptop heraus und fuhr ihn hoch. Meinen fragenden Blick registrierte sie sofort.

»Nur für alle Fälle«, sagte sie, »vielleicht gibt es noch Dateien, auf die wir zurückgreifen wollen.«

»Du kennst die wahre Geschichte?«, konstatierte ich und schaute sie prüfend an.

Sie schüttelte den Kopf.

»Nein, aber vielleicht kenne ich Teile davon.«

Sie schaute mich abwartend an, musterte mich noch einmal wortlos. Als ob sie mich fragen wollte, ob ich bereit war und wirklich alles hören wollte. Ohne etwas zu sagen, nickte ich und gab ihr damit zu verstehen, dass ich wollte. Ja, ich wollte alles erfahren. Sie schaute mit ihren Augen nach oben an die Decke, als ob sie ihre Gedanken sammelte und nach dem richtigen Anfang suchte.

»Weißt du, Peter, die Geschichte mit der *Esprit 'n Company*, also mit der *Enco*, fing bereits vor vielen, vielen Jahren an. Eigentlich schon vor über vierzig Jahren. Denn Mitte der 60er Jahre war klar, dass sich die Kriegsführung immer ausgefeilterer Methoden bedienen musste. Es wurden die verschiedensten Szenarien erdacht, im Detail geplant und auch teilweise ausprobiert. Wie weit war es möglich, die Öffentlichkeit zu beeinflussen? Das Weltgeschehen zu steuern? Darum ging es. So wie wir auf der einen Seite davon besessen waren, das Wetter zu kontrollieren, sollte auch die Politik beherrschbar werden. Genauso wie Trends, Strömungen und Meinungsäußerungen. Natürlich sollten auch Krieg und Frieden gesteuert werden. Du hast vom *Projekt Northwoods* gehört. Das war eigentlich ein Testfall, später wurde es zum Masterplan. Allerdings wurde *Northwoods* abgelehnt. Wie du weißt, hatte John F. Kennedy nicht zugestimmt.«

»Richtig, Kennedy hatte abgelehnt und schon vorher hatte er vor den *Geheimen Gesellschaften* gewarnt. Gonzales hat uns die Rede vorgespielt, ich erinnere mich. Hatte das irgendetwas mit dem späteren Tod von John F. Kennedy zu tun?«

»Nicht schlecht. Behalte deine Ideen, wir haben jetzt zu wenig Zeit. Irgendwann wirst du alles erfahren. Zurück zum *Projekt Northwoods*, denn die Idee an sich war noch immer in den Köpfen drin.«

»Dann steckte also doch das Militär dahinter? Im Auftrag der Politik?«

»Nein. Das wäre zu profan. Die Story von der *Enco* ist um vieles subtiler. Es ist eine uralte Geschichte. Genaugenommen reichen die Ursprünge des sogenannten *Executive Teams* hunderte von Jahren zurück.«

»So lange? Unglaublich. Bist du für die *Enco* unterwegs? Zu welchem Land gehört diese Organisation?«

»Warte, Peter, es ist anders, als du denkst. Du kennst sicherlich einige der Geheimdienste. CIA, NSA, Mossad, KGB und, und, und. *Die* arbeiten im nationalen Interesse. Wer sich beispielsweise beim Militär bewirbt und über außergewöhnliche Fähigkeiten verfügt, bekommt oftmals eine Chance im Geheimdienst. Aber nur die größten Talente werden angenommen. Die Methoden der Rekrutierung sind extrem effizient. An den Universitäten werden dabei nur die besten der Besten angesprochen. Sportler, Kämpfer oder Wissenschaftler. Gebildet, smart, intelligent, mehrsprachig und erfolgsorientiert. So müssen die Kandidaten sein. Das sind Attribute, die als Mindestbedingungen erfüllt sein müssen. Die Ausbildung in den Geheimdiensten ist exzellent. Verschwiegenheit steht an oberster Stelle. Wer sich einmal diesem System verpflichtet hat, der bleibt für immer darin. Für immer. You know?«

Das erklärte ihre ausgezeichnete Allgemeinbildung. Rosanna musste eines dieser Talente gewesen sein und über viele Jahre die Ausbildung durchlaufen sein. Frappierend. War sie also eine Agentin? Mit der Lizenz zum Töten? Doch worin lag der Unterschied zwischen den Geheimdiensten mit seinen Spionen und Agenten auf der einen Seite und der *Enco* auf der anderen Seite? Vor allem, für welches Land agierte die *Enco*? Warum machte Rosanna daraus so ein Geheimnis?

»Wie kommt man in die *Enco*?«

Sie lachte.

»Du stehst ab jetzt unter Eid, verstehst du?«

Ich nickte zustimmend.

»Schwörst du es?«

Das machte mir Angst. Ich stand doch hier nicht vor Gericht. Rosanna war also eine Agentin und legte nun ihre Lebensbeichte ab, das war mein Zwischenfazit.

»Ja, darüber werde ich nie, nie, nie mit irgendjemandem reden.«

»Also gut. Manche Missionen müssen so geheim ausgeführt werden, dass nicht einmal die Geheimdienste selbst wissen, was genau geschieht. Die Operationen wurden von Mal zu Mal abgeschotteter geplant und gehandhabt. Dafür wurden eigene Arbeitsgruppen gegründet, die bei keinem der bekannten Systeme mehr hierarchisch angesiedelt waren. Keine Dokumente werden jemals Zeugnis von deren Existenz ablegen. Selbst der Name der *Company* ist *top secret*. Wer einmal drin ist, wird die *Company* nie wieder verlassen, und er will auch nie wieder heraus. Es ist ein Schwur. Ein Eid auf Lebenszeit. Esprit, der Geist, das Gehirn. Die *Enco* ist perfekt organisiert. Ein Netzwerk von Gleichgesinnten, die sich schon erkennen, obwohl sie oftmals nicht wissen, zu welchem Kader der Organisation die Kollegen gehören. Die Order bekommt man von seinem jeweiligen Vorgesetzten, der wiederum von seinem Chef. Nur so erfahren die Mitglieder der *Company* von ihren Aufgaben und organisieren sich untereinander.«

»Hey, das ist ja aufgebaut wie das Weishaupt'sche System.«

»Oh, ja. Diese *Company* wird von keinem Staat der Welt mehr wirklich kontrolliert.«

»Das heißt, die *Enco* hat sich von den Ländern und ihren Geheimdiensten abgekoppelt und agiert überstaatlich?«

»So ungefähr.«

»Aber woher kommt das Geld?«

»Das Geld? Was ist schon Geld? Die finanziellen Mittel sind in unermesslichem Ausmaß vorhanden.«

»Unglaublich. Und die *Enco* hat 9/11 geplant?«

»Nun, zum Teil geplant, vor allem aber ausgeführt. Oder sagen wir besser, *ermöglicht*. Vieles lief am Ende wie von selbst.«

»Weißt du, was du da sagst, Rosanna?«

Sie stürzten in sich zusammen. Nicht nur die Zwillingstürme in New York vor zehn Jahren, sondern die Pfeiler meines Weltbilds in diesen Sekunden. Ich musste mich zusammenreißen, so sehr hatte mich eine innere Spannung erfasst, dass ich es kaum noch aushielt. Mit einem Male waren alle Bilder der vergangenen elf Tage quicklebendig und ich sah die Szenerie bedrohlich nahe vor meinem geistigen Auge.

»Ja, Peter. Die Geschichte 9/11 war seit langem vorbereitet worden. Die Anfänge der Idee reichten Jahrzehnte zurück und irgendwann stand fest, dass die beiden Türme des World Trade Centers ein ideales Objekt für die Umsetzung darstellten. Zu Beginn war noch nicht genau klar, für welche Story und zu welchem Zweck dieser vorgetäuschte Terrorakt dienen sollte. Fest stand nur, dass irgendwann die Türme zusammenfallen würden.«

»Du meinst, bevor Al Qaida und der Krieg gegen Afghanistan und gegen den Irak auf der Agenda standen?«

»Oh, freilich. Lange Zeit davor. Und dass man die Anschläge arabischen Terroristen in die Schuhe schieben wollte, war eines der unumstößlichen Grundmotive. Das wurde allein schon deshalb favorisiert, weil man im Kontext der Zukunftsplanungen von Albert Pike bleiben konnte.«

»Aber wenn doch die Planungen schon so lange im Vorfeld initiiert wurden, warum kam dann nie etwas davon an die Öffentlichkeit?«

»Warum? Weil die meisten doch überhaupt nicht wussten, um was es ging. Bei den Türmen war von langer Hand geplant, dass viele der Etagen gar nicht mit Büros besetzt waren. So fügte sich Stück für Stück der Plan zusammen. Das sorgfältig ausgesuchte Datum, der 11. September 2001, und die Kreation von 9/11, waren alles andere als ein Zufall. Dieses symbolische Datum trägt ja nun nicht unbedingt die Handschrift arabischer Terroristen. Nein, die Zahlenkombination 9/11 war ein Teil des großen Drehbuchs und unsere Autoren hatten hervorragende Arbeit geleistet. Die mystischen Symbole wurden aus ganz unterschiedlichen Gründen mit eingebaut. Zum einen dienten sie der Irreführung. Andererseits sollten die Zeichen Spuren im Unterbewusstsein der Menschen hinterlassen und eine Symbolkraft hervorrufen, deren propagandistische Wirkung nicht zu unterschätzen war.«

»Dann liefen die Anschläge also nach einem Drehbuch ab. Wie ein Kinofilm?«

»Hm, ja. Nur um viele Stufen komplexer. Wie eine hundertteilige Fernsehserie, wobei alle Handlungsstränge in einer einzigen Ausgabe mit einer Laufzeit von gerade mal hundert Minuten komprimiert wurden.«

»In Spielfilmlänge. Wahnsinn, da mussten doch unzählige Spezialisten mitgearbeitet haben?«

»Sicher. Doch die meisten wussten wie gesagt nicht, warum und wofür sie das machten. Es gab so viele verschiedene Teams. Eine der zentralen Aufgaben war die Vorbereitung der Zwillings-Türme und, *by the way*, die Türme waren mit Asbest verseucht. Früher oder später hätte man eine Kernsanierung durchführen müssen. Dann wären viele Millionen Dollar auf die Stadt New York zugekommen. Es passte alles gut zusammen. Kurz vor den September-Attacken erfolgte im Sommer noch der Eigentümer-Wechsel und parallel dazu begann eine unserer Gruppen mit der Vorbereitung der Türme für die Sprengung.«

Ich musste tief durchatmen und konnte nicht fassen, was ich hörte. Doch Rosanna sprach so glaubwürdig und konzentriert, dass es keinen Grund gab, an ihren Worten zu zweifeln. Die Türme wurden also doch gesprengt? Und es waren keine Flugzeuge, die die Gebäude zum Einsturz gebracht hatten? Unbeeindruckt fuhr sie fort.

»Andere Teams hatten bereits ein Jahr zuvor die designierten Terroristen ausgesucht und sie auf ihre Aufgaben vorbereitet. Unter fadenscheinigen Gründen wurden sie in die Flugschulen geschickt und quasi als die perfekten, späteren Attentäter aufgebaut. Strenggenommen waren sie allerdings ebenfalls Opfer.«

»Was für ein perfides *Bäumchen, wechsle dich Spiel*. Die Täter waren in Wirklichkeit Opfer? Und manche der Opfer waren dann wohl die Täter? Absurd. So absurd, dass es schon wieder wahr sein kann.«

»Du hast es erfasst. Das Muster hat sich bei den Anschlägen in Madrid und in London wiederholt. Immer waren am Ende die mutmaßlichen Terroristen tot. Nichts ist praktischer als Selbstmordattentäter, die sich in die Luft sprengen und sich dann nicht mehr verteidigen können. Ihnen kommt eine verdammt tragische Rolle zu. Aber einer ist immer der *Looser*.«

»Also dann waren Mohammed Atta und seine arabischen Komplizen unschuldig?«

»Naa, unschuldig würde ich nicht sagen. Die haben ihren Teil genau wie alle anderen gespielt. Ich weiß auch nicht genau, was aus ihnen geworden ist. Die waren in einem anderen Team.«

»Trotzdem, es hätte doch noch in letzter Sekunde alles daneben gehen können. Und was wäre dann?«

»In diesem unwahrscheinlichen Fall hätten unsere Sicherheitsfallschirme für die Rettung gesorgt. Denk an die *Missile* Story und welche Theorie dir dein Freund Frank Simmons dafür angeboten hatte. Er lag ziemlich richtig. Und wusstest du, dass in der besagten Septemberwoche großangelegte, militärische Übungen abgehalten wurden?«

»Ja, ich erinnere mich. Ich habe das in den Foren gelesen. Das kam erst lange *nach* den Anschlägen an die Öffentlichkeit.«

»Die *Wargames* waren der eigentliche Schutzschirm für die ganze Aktion. Wer so weitreichende Verbindungen mit der entsprechenden Durchgriffsgewalt innehat wie die *Enco*, konnte letztendlich auf alle Schalthebel der Macht zurückgreifen. Wir konnten sowohl die Informationen anzapfen, für wann exakt die militärischen Manöver geplant waren, als auch umgekehrt manche Termine der Militärübungen so modifizieren, dass sie sich perfekt in die große Geschichte einfügten. Falls nun irgendetwas total schief gelaufen wäre, so konnte alles noch kaschiert werden unter der Überschrift *'Es war doch nur ein Teil einer militärischen Übung'*.«

»Wie in London bei 7/7. Da fand doch auch diese gleichzeitige Übung statt.«

»Völlig richtig. Die Übungen waren nicht nur der *Fall-Back* Plan, sondern auch ein Teil der simulierten Anschläge selbst. Denn die Beteiligten konnten schließlich nicht mehr zwischen der Übung und der inszenierten Wirklichkeit unterscheiden. Sie wurden zu den perfekten Transporteuren der Lüge, ohne dass sie in die Inszenierung eingeweiht werden mussten. Das war einfach genial und die Rechnung ist voll aufgegangen.«

»Hey, Frank Simmons lag also richtig mit seiner *scripted reality*. Mann, wenn er das wüsste!«

»Von *dir* wird er es jedoch nicht erfahren, nicht wahr?«

»Nee, natürlich nicht. Aber ich habe dich unterbrochen. Wie ging es weiter?«

»Es war alles akribisch vorbereitet worden. Im Kern ging es letztendlich um die Sprengung der Türme. Die Fernsehanstalten würden für den Rest der Inszenierung sorgen. Auch sie wurden belogen und betrogen. Denn sie waren unter der höchsten Geheimhaltung darauf getrimmt worden, dass die Nationale Sicherheit von ihnen abhing. Sie sollten mit allen Mitteln versuchen, den befürchteten Raketenangriff professionell zu kaschieren. Demzufolge mussten sie die bildgewaltige Story von Flugzeugeinschlägen konstruieren. Genial, denn es gab keinen Raketenangriff. Genauso wenig wie es die Terror-Flugzeuge über New York gab. Die wenigen Eingeweihten bei den TV-Sendern handelten im besten Nationalen Interesse und wurden am Schluss selbst überrascht. Als nämlich das, was von ihnen als filmtechnische Überlagerung inszeniert wurde, plötzlich doch die Wirklichkeit zu sein schien.«

»Wow, auch diese Erklärung hatte Frank ins Feld geführt.«

»Oh ja. Das hatte mich sehr gewundert. Dass er alleine aus den Fernsehaufnahmen und seinen logischen Schlussfolgerungen darauf gekommen war. Alle Achtung.«

Das war die Lösung. Die Täuschung der Getäuschten. Die logische Inversion. *Aus A folgte B und aus Nicht-B folgte Nicht-A.* Rosanna war in ihrem Redefluss nicht mehr zu stoppen.

»Auf der einen Seite hatten die Fernsehsender wie abgemacht gerade berichtet, dass Flugzeuge in die Türme geflogen seien, obwohl sie davon ausgingen, dass es schlimmstenfalls eine *Cruise Missile* war. Für den Fall nämlich, dass das Militär den Raketen-Anschlag nicht erfolgreich verhindern konnte, sollten die manipulierten Flugzeugaufnahmen eingespielt werden. Wie verwirrt mussten nun selbst die scheinbar Eingeweihten gewesen sein, als sie hörten, dass *tatsächlich* Flugzeuge entführt worden waren und in die Türme geflogen seien. Alle, die in bester Absicht ihre erfundenen Augenzeugenberichte zum Besten gaben, wurden anschließend von der angenommenen 'Realität' eingeholt. Es war so real, dass sie am Schluss selbst daran glaubten.«

»Faszinierend, es war eine perfekte Steuerung der Wahrnehmung. Das ist unglaublich.«

»Nun, es wurden hunderte Simulationen durchgespielt und wir benutzten die profiliertesten Vorhersage-Modelle, trotzdem blieben einige Unsicherheitsfaktoren.«

»Wie viele Einsatzgruppen hattet ihr denn am Start?«

»Einige. Wir brauchten natürlich auch die Teams, die die Flugzeuge präparierten und die Entführungen inszenierten. Zwei der vier Maschinen sind tatsächlich geflogen und wir mussten ja auch die Illusion erzeugen, dass es die Passagiere wirklich gab. Andere Teams haben zu diesem Zweck monatelang vorher Identitäten vorbereitet.«

»Die *Vicsims*!«

»Ja, wenn du so willst.«

»Tom Skøby und all die anderen, sie liegen also richtig mit ihren Fotoanalysen? Es gab Opfer in den verschiedenen Kategorien?«

»Oh, ja. Es gab darunter die bereits verstorbenen Menschen, die wir quasi als potentielle Opfer für ein paar weitere Wochen – also bis zu den Anschlägen - scheinbar am Leben gehalten hatten, um sie dann endgültig am 11. September auch 'offiziell' sterben zu lassen. Andere Opfer hatten nie gelebt und waren komplett fabrizierte Identitäten. Zusätzlich schlüpften auch einige wirklich lebende Personen für einige Wochen in die Rolle der potentiellen Opfer. Mit dem Tag des Anschlags wurden auch deren Identitäten wieder gelöscht und sie lebten weiter als eine andere Person. Einige Identitäten waren völlig frei erfunden und tauchten somit nach dem Anschlag wieder ins 'Nichts' ab. Und obwohl wir es vermeiden wollten, sind bedauerlicherweise doch Menschen an diesem Tag ums Leben gekommen. Zum Glück jedoch deutlich weniger, als es die Opferzahlen weismachen wollen.«

»Das erklärt, warum so wenige der Gelder aus dem *Compensation Fund* abgerufen wurden und warum nur so wenige der Opfer in den *SSDI* Sterbetafeln auftauchten.«

»Tja, Peter. Unsere Zielsetzung bestand in den konstruierten Opfern und nicht in den wirklich verstorbenen Opfern. Aber wie gesagt, es gab Lücken. Bei einigen der gefälschten Opferfotos waren uns Fehler unterlaufen. Schau, es ist zehn Jahre her. Viele der Bildbearbeitungstechniken waren noch nicht so weit entwickelt wie heute. Die Foren mit ihren Experten sind ziemlich fit in den Recherchen. Deshalb nehmen wir auch zunehmend die alten Abbildungen aus dem Netz. Stattdessen vervollständigen wir die Profile bei den angeblichen Opfern mit 'neuen' Fotos und 'neuen' Informationen aus der Vergangenheit. Das ist ein Teil unserer Lernkurve. Ein kontinuierlicher Verbesserungsprozess.«

»Kaizen, wie die Japaner sagen.«

»Weißt du, andere Akteure haben sogar jahrelang ihrer Umwelt die konstruierte Identität als *echt verkauft*, um dann trauernde Angehörige zurückzulassen. Bei manchen von ihnen waren nicht einmal die Familien eingeweiht. Einige haben wirklich daran geglaubt, dass ihr Lebenspartner für immer verstorben war. Was diese Familien nicht wussten, war, dass ihre Angehörigen noch quicklebendig irgendwo auf der Welt unbeschwert weiterlebten.«

»Crazy, das ist einfach verrückt. Unfassbar. Ähh, und die Flieger? Wie habt ihr das gemacht?«

»Die Flugzeuge waren vorbereitet, inklusive der Piloten und der Passagiere. Fast alle von ihnen glaubten, dass sie an einer Übung teilnahmen. Im Rahmen der 'Nationalen Sicherheit', du verstehst? Die Notrufcalls waren eingeübt, es lief nach einem ausgefeilten Drehbuch ab. Ein Paradebeispiel für eine Konditionierung, wie beim Pawlowschen Hund: Entführte Flugzeuge und die Explosionen im World Trade Center – das musste für den Betrachter einfach kausal zusammenhängen! Dennoch. Solange noch nicht klar war, ob uns die Öffentlichkeit unsere Story komplett abnahm, hatten wir die *Fall-Backs* im Köcher. Das waren die vorbereiteten Alternativvarianten. Und notfalls hatten wir immer noch die *Cruise-Missile-Story* parat. Sie war ähnlich detailliert ausgetüftelt worden. Nicht ganz so spektakulär, aber auch das wäre gegangen.«

»Hey, warte. Aber die Opfer? Die mussten in den Flugzeugen sitzen, so war es doch vorbereitet.«

»Nee, viele der Opfer-Geschichten waren mehrfach angelegt. Letztendlich war es jederzeit möglich umzuschwenken, so dass diese Menschen - oder besser gesagt *die Identitäten* – nicht in den Flugzeugen, sondern in den Türmen beim Einsturz gestorben wären.«

»Rosanna. Was war mit dem Militär? Stell dir vor, die hätten eingegriffen?«

»Wen sollten sie denn bekämpfen? Es gab keine Angreifer! Wir wussten, wie die Kriegsübungen ablaufen sollten. Wir kannten ihre Schachzüge und wir planten *en detail*, wie sich die perfekte Verwirrung ergab. Es gab keine entführten Flugzeuge. Kein einziges! Das Militär hatte an diesem Tag Phantomen hinterhergejagt.«

»Phantomen! Deshalb konnten die Abfangjäger auch keines der Flugzeuge *scrambeln* und zur Landung zwingen!«

»Korrekt. Denn die beiden involvierten Flugzeuge waren längst sicher gelandet auf vorbereiteten Flughäfen. Selbst die wenigen Eingeweihten bei den Fluggesellschaften waren letztendlich davon ausgegangen, dass sie an einer minutiös geplanten militärischen Übung mitwirkten.«

»Bis zu einem gewissen Grad hatten sie ja auch mitgemacht. Es war alles so akkurat durchdacht, dass keiner darauf kommen konnte. Mit einem Mal wurde die Übung zur Wirklichkeit. Die totale Verwirrung bildete die perfekte Tarnung. Und du hast dabei mitgemacht, Rosanna?«, fragte ich völlig erstaunt. »Schlussendlich bleibt das trotzdem ein Verbrechen!«

Mein strenger Blick beeindruckte sie keineswegs.

»Nein, es war eine 'Operation'. Wir waren nicht die Richter und es war nicht unsere Aufgabe, darüber zu entscheiden, was richtig und was falsch war. Das haben die *Lenker*, unsere Auftraggeber, zeitig vorher überlegt. Wir waren schließlich nur die ausführende Mannschaft.«

» ... das *Executive Team*«, ergänzte ich.

»D'accord. Das *Executive Team*, das für den Erfolg der Mission verantwortlich war.«

In ihrer Stimme lag ein gewisser Stolz. Für sie und das Team war die 'Operation' ein voller Erfolg gewesen. Nicht nur, dass die Türme in sich zusammengefallen waren, das Pentagon von einer Bombenexplosion erschüttert wurde und in Shanksville ein Flugzeugabsturz simuliert wurde. Nein, der ganzen Welt wurde vor Augen gehalten, dass ein derartiger Terroranschlag möglich war und jeden Tag passieren konnte. Die ganze Welt hatte zugesehen und die Inszenierung als Realität akzeptiert. Die Bösen waren schnell ausgemacht und das Feindbild wurde weiter genährt. Die wenigen Zweifler konnten nichts mehr gegen das aufgebaute Lügengebäude ausrichten.

»Ihr habt ganze Arbeit geleistet. Niemand ist euch auf die Spur gekommen. Habt ihr mal überlegt, warum es so wenige Skeptiker gab? Die Anzahl der Verschwörungs-Theoretiker hielt sich ja relativ in Grenzen.«

»Oh, ja. Es war nur eine erstaunlich kleine Zahl. Wir haben lange versucht, dieses Phänomen aufzuspüren. Fast schien es uns sogar zu einfach gewesen zu sein. Dann begannen wir, den Background dieser vereinzelten Personen genauestens zu untersuchen. Ob es ein bestimmtes Muster gab, oder ob es Menschen mit einem rein investigativen Interesse waren. Möglich war auch, dass sie irgendeine persönliche Verbindung zu den Vorfällen hatten.«

»Hm, interessant. Denn die Mehrzahl der Menschen interessiert sich jetzt nach fast zehn Jahren überhaupt nicht mehr für die Ereignisse. Sie brauchen eine einfache, leicht zu verstehende Wahrheit, damit das Weltbild stimmt.«

»Trotzdem kam es uns fast zu einfach vor, wie gut die Manipulation funktionierte, und wir trauten der Ruhe nicht. Daher hatten wir eine kontrollierte Opposition gleich mit aufgebaut und konnten jederzeit verfolgen, wenn neue Interessenten zu der Bewegung stießen. Im Regelfall verließen sie die Gruppierungen wieder nach einer gewissen Zeit, um sich lieber ihrem normalen Leben zu widmen. Es gibt nur sehr wenige, die wirklich gefährlich lange dabei sind und ihre Theorien Stein für Stein weiter verfeinern. Das sind letztendlich diejenigen, vor denen wir Angst haben müssen. Dass doch mal jemand eins und eins zusammenzählt.«

»Und?«, ich schaute sie an. »Deshalb bist du jetzt auf so einer Art Europamission und checkst, ob ich vielleicht einer von denen sein könnte?«

»Nein, ... nein, Peter, nicht direkt. Die Foren und die Schar der Analytiker verfolgen wir im Netz schon seit Jahren. Da wissen wir genau, um wen es sich handelt und wie viel Einfluss zu erwarten ist. Ganz ehrlich ... das meiste ist völlig harmlos. Da wird sich niemals eine Bewegung formieren. Gegen die mächtigen Symbole und unseren Schutzschirm werden diese paar Einzelindividuen niemals ankommen.«

»Dann kommt die Wahrheit also niemals ans Tageslicht?«

»Tja, das ist es eben. Richtig gefährlich kann es eigentlich nur werden, wenn die Deckung aufliegt und unbeteiligte Bekannte oder Weggefährten einige von uns in anderem Zusammenhang plötzlich wiedererkennen und dann zuordnen können.«

Das verstand ich nicht. Sprach sie von ihrer Freundin?

»Diana? War das der Grund, weshalb du sie gesucht hast? Aber sie war doch eine Angehörige ... ach, ich verstehe jetzt gar nichts mehr.«

»Diana ... ?«, sie lächelte.

»... Diana war auch eine Kunstfigur. Nun, sie ist natürlich ein realer Mensch, vielmehr *war* sie ein realer Mensch. Sie wollte nach zehn Jahren aus ihrer Rolle aussteigen und irgendwo als freier Mensch wieder auftauchen. Daher hatte sie wohl ihre Immobilien zu Geld gemacht und sich den anderen Namen besorgt.«

»Nathalie Moore«, fügte ich hinzu.

»Hm, ja, das war leider etwas zu dilettantisch. Sie hatte die Rolle der Diana Woods nun zehn Jahre lang wahrgenommen. Plus die Monate davor, als wir sie konstruiert hatten. Sie wollte raus der Rolle, ihren letzten Auftrag erfüllen und dann endlich freikommen. Hast du dir ihren Namen mal genauer angesehen?«

»Diana, Diana Woods. Was meinst du?«

»Lege die Betonung etwas anders. DI ... ANA ... WOODS. Das war damals eine Spielerei unserer Kreativen. *Die in a wood,* Stirb in einem Wald. Ein Hinweis auf ihre Mutter, die bei dem Flugzeugabsturz ums Leben kommen sollte.«

»Gruselig. Einfach gruselig. Aber ihre Mutter saß doch gar nicht im Flieger, der in Shanksville über dem Waldgebiet abgestürzt war.«

»Ich weiß. Nur, das wussten wir noch nicht, als wir ihren *Alias* angelegt hatten. Wer in welchem Flugzeug saß, wurde lange flexibel gehalten. Es hätte auch sein können, dass sie in letzter Minute für die Türme vorgesehen war.«

»Ich fasse es nicht. War Margreth Woods ebenfalls eine künstlich geschaffene Identität?«

»Margreth Woods? Oh ja, Margreth war sogar eine der Kernfiguren. Hast du mal die Buchstaben ihres Namens anders angeordnet und nach einer Bedeutung gesucht?«

Ich schüttelte den Kopf. Sie spielte offensichtlich auf ein Anagramm an. Und obgleich ich auf einer Webseite vor einigen Tagen auf ein Programm für Anagramme gestoßen war, hatte ich bislang nicht den Namen Margreth Woods und die möglichen Wortkombinationen überprüft.

»Du weißt schon. Ein Anagramm, das Spiel mit den Buchstaben. Wenn du die Buchstaben von Margreth Woods anders anordnest, dann ergibt sich ... «, Rosanna legte eine kurze Pause ein. »W-A-R-S ... G-O-D-M-O-T-H-E-R. Verstehst du? *Wars' Godmother,* Margreth Woods war die *Taufpatin des Krieges.*«

Ich blickte sie erschrocken an. In den vergangenen Tagen hatte ich zwar so manche Überraschung erlebt. Und ich hatte gelernt, dass hinter vielem Trivialen die versteckten Layer liegen konnten. Doch das überforderte mich. Margreth Woods galt bislang als Opfer der Anschläge, nun wurde sie von Rosanna als eine der Kernfiguren bezeichnet?

»Die *Taufpatin des Krieges*? Was sind das für makabere Namen und Spielchen, Rosanna?«

»Ja, das sind die verborgenen Symbole. Unsere Autoren haben immer wieder Hinweise mit eingebaut. Und es gibt unzählige solcher Beispiele. Du hattest doch mit deinem Kollegen, Frank Simmons aus Hamburg, über die *Naudet - Brothers* gesprochen. *Naudet - no dead*, keine Toten. Ebenso wurden Symbole geschaffen. Manches wurde einfach passend gemacht und erstaunlicherweise hat die Welt alles geglaubt. Je absurder manche Zahlensymbolik war, umso ausgeprägter war bei der großen Masse die Bereitschaft vorhanden, alles zu akzeptieren.«

»Ich glaube das nicht, ich kann das einfach nicht glauben. Diana war keine Angehörige und ihre Mutter war vielleicht gar kein Opfer? Sie spielten nur die Rollen von erfundenen Persönlichkeiten?«

Rosanna nickte.

»Ja, natürlich. Diana wollte aussteigen. Allerdings auf eigene Faust. Das war fatal. Tut mir echt leid, ich mochte sie.«

»Du meinst, niemand kann aus der *Enco* wieder aussteigen?«

»Niemals. Jedenfalls nicht lebendig.«

Ich sortierte die Hinweise. Diana war also eine Mitarbeiterin von dem *Executive Team* der *Enco*. Sie musste zehn Jahre lang die angebliche Tochter eines der Opfer mimen. Nun wollte sie die Rolle abgeben, sich einen neuen Namen zulegen und die Organisation verlassen. Als Nathalie Moore. Dann wurde sie von der *Company* und ihrem Killerkommando ausgelöscht. Wie schrecklich. Doch welche Order musste sie vorher noch ausführen?

»Rosanna, du sagtest, dass sie noch einen letzten Auftrag erfüllen musste. Was war das?«

»Der Auftrag? Hm. Sie sollte ihre früheren Kontakte abklappern und ein Feedback geben, dass keine Gefahr von ihnen ausging.«

»Und Diana erhielt ihren Auftrag jetzt, weil genau zehn Jahre seit den Anschlägen vergangen waren?«

»Genau. Irgendwann sollte der Zeitpunkt kommen, an dem alle Akteure zurück in ihr altes Leben durften. Doch vorher musste überprüft und sichergestellt sein, dass alle Verbindungen sauber waren.«

»Zehn Jahre, das ist eine lange Karenzzeit. Wieso sollte dann noch eine Gefahr bestehen? Sag mal, gehörte Gonzales zu ihren Kontakten?«

»Gonzales? Ja, er stand mit auf ihrer Liste. Du hast es gehört, sie haben zusammen geschlafen. Das allein bedeutete ein erhöhtes Gefahrenpotential. Und du hast ihn erlebt, er war eine wandelnde Zeitbombe. Gonzales hat zu viel geredet. Damit war er zu einem Risiko geworden. Im Grunde genommen war er nur ein kleiner, unbedeutender Mitläufer. Aber vielleicht hatte er doch das eine oder andere mitbekommen. Ich denke, das hat ihn erledigt.«

Ich schaute sie erschrocken an.

»Hast du ... ?«

Ich zögerte und erinnerte mich, dass ich im Hotel in Madrid eingeschlafen war und erst nach einigen Stunden wieder wach wurde. Als ich zu mir kam, saß sie vor dem PC. Konnte es sein, dass Rosanna in der Zwischenzeit zu Gonzales zurückgefahren war und ... ? Ich zögerte. Langsam schloss sie ihre Augenlider und sagte:

»Nein, was denkst du denn? Das hat sicher mein *Schatten* erledigt. Du weißt schon, der große, starke Kerl.«

Auf der einen Seite war ich froh, dass sich mein Verdacht als unbegründet erwiesen hatte. Andererseits, was hatte das nun wieder zu bedeuten? In welcher Beziehung stand sie zu ihrem Schatten, dem Killer?

»Der große, starke Mann im dunklen Outfit ... , mit der schwarzen Mütze auf dem Kopf und der prägnanten Armbanduhr? Der den Anschlag auf uns verübte, dich am Hals gewürgt hat und wahrscheinlich auch Diana umgebracht hat? Das ist *dein Schatten*?«

Sie nickte.

»Ja, das sind unsere Schatten, die jede Mission begleiten. Sie sind das Kontrollorgan. Auf der einen Seite unterstützen sie die

Operationen. Auf der anderen Seite überwachen sie uns, wie gut wir unsere Aufgaben erledigen.«

Unwillkürlich musste ich schlucken. Es schmerzte, als hätte ich einen Kloß im Hals. Voller Entsetzen erkannte ich, dass sich die Ereignisse der letzten elf Tage bedauerlicherweise nahtlos ineinander fügten. Welche Rolle hatte sie dabei gespielt?

»Rosanna. Und du? Hattest du auch so einen Auftrag? War ich jemand, der auf deiner Liste stand? Wir haben uns doch nur zufällig getroffen.«

»Zufällig getroffen? Peter, glaubst du das wirklich? Hey, willkommen in der Wirklichkeit! Eine Woche bevor wir uns in der *Tube* getroffen hatten, warst du auf einer Geschäftsreise in Berlin, richtig?«

Sprachlos sah ich sie an. Woher wusste sie das? Das hatte ich ihr gegenüber nicht erwähnt.

»Du hast an einer Abendveranstaltung teilgenommen, die in dieser Location, *Clärchens Ballsaal*, stattfand. Und du hast dich angeregt mit einer attraktiven, jungen Frau ausgetauscht.«

Ich erschrak. Sie konnte nicht wissen, wo ich vorher gewesen war und mit wem ich mich unterhalten hatte. Unmöglich. Jetzt wurde es wirklich unheimlich.

»Die Frau nannte sich Madeleine Adams, richtig?«

Ich nickte wie ferngesteuert.

»Sie hatte dich in eine Diskussion über die Mondlandungen verwickelt und damit deine Bereitschaft abgeklopft, ob du dich überhaupt mit Verschwörungstheorien beschäftigen würdest und generell in Richtung *9/11* sensibilisiert warst. Das Team hatte eigentlich schon Entwarnung gegeben, aber ich musste ganz sicher gehen, denn es war *mein* Auftrag.«

Wowowow. Ich selbst war also das Objekt der Beobachtung? Ich dachte an den Abend in Berlin zurück. Was interessierten mich die Terroranschläge in New York? Auch die Frage, ob die Mondlandungen nur eine erste Variante der inszenierten Realität waren, besaß in meiner Welt doch überhaupt keine Relevanz.

»Einen Augenblick. Du wusstest demnach bestens über mich Bescheid und ich wurde bereits in Berlin beschattet? Ihr habt mich ausgekundschaftet? Und unser Wiedersehen in der Underground Bahn war gar kein Zufall?«

Rosanna schüttelte ihren Kopf.

»Nee, nee. Kein Zufall. Ich wusste, welchen Flieger du nehmen würdest und es war ein Kinderspiel, dich in der *Tube* abzupassen.«

»Shit, wie naiv musste ich gewesen sein.«

»Mach dir nichts daraus. Das wäre jedem anderen genauso ergangen.«

»Aber was genau wolltet ihr denn bei mir überprüfen? Was war dein Auftrag, Rosanna?«

Sie holte tief Luft.

»Wir sollten abschließend herausfinden, ob Menschen aus unserem früheren Umfeld ein Risiko darstellen könnten und irgendeine Gefahr von ihnen ausgeht. Ob also die Menschen, die wir in den letzten zehn Jahren kennengelernt haben, *uns* mit den Terroranschlägen in Verbindung bringen könnten. Ein letzter Check. Zehn Jahre danach, daher kommt der Name unseres Auftrags, *Operation Ten Solstice*. Die *Operation Sonnenwende*.«

»Die *Operation Sonnenwende*?«

»Ja, so ist es. Übrigens, hast du schon die Anzahl der Buchstaben gezählt?«

Schnell sortierte ich die Buchstaben vor meinem geistigen Auge.

»Es sind neun, beziehungsweise elf Buchstaben. Tatsächlich.«

Ich zuckte zusammen, während Rosanna zustimmend nickte.

»Genau. Nach dieser Mission sollte die alte Story endgültig abgehakt werden und wir sollten uns wieder neuen Aufgaben zuwenden. Deshalb wurde als Codewort der Begriff *Sonnenwende* gewählt.«

»Verstehe. Die Sonnenwende. Der längste Tag des Jahres und das Symbol für den Beginn eines neuen Zeitabschnitts. Ihr solltet also nach dieser Mission wieder in euer altes Leben zurückkehren? Und ich war der letzte auf deiner Liste, der dich davon trennte?«

»So ungefähr. Die meisten anderen konnte ich schnell abhaken. Bei dir wollte ich auf Nummer 'Sicher' gehen.«

»Und dann hast du es so arrangiert, als ob du mich rein zufällig wiedertreffen würdest? Alles war gesteuert.«

»Das war die Idee. Mit der Story um Diana wollte ich dich anlocken und sehen, wie weit du unter meiner Anleitung das Geheimnis lösen konntest.«

»Ein Spiel mit dem Feuer! Konntet ihr mich nicht einfach in Ruhe lassen? Ich ... ich verstehe nicht.«

»Peter«, sie nahm meine Hand und schaute mich an, sagte aber weiter nichts.

»Du hast mich abgefangen und auf die Spuren angesetzt«, empörte ich mich.

»Ja, aber du bist weiter gekommen, als ich je gedacht hatte. Du hast entscheidende Zusammenhänge entdeckt und die Initiative übernommen.«

»Ahh, ich verstehe. Erst dadurch wurde es für uns gefährlich und dein Schatten will uns nun ans Leder?«

»Nein, Peter. Wir haben ihn abgehängt. Du kannst beruhigt sein. Wir haben ihn eigentlich immer wieder abgehängt. Ich selbst war es, der ihn immer wieder auf die Spur gesetzt hatte.«

»Der Kerl hat dich gewürgt und dein Leben bedroht!«

»Nein. Das anfangs geschah das nur, um *dich* einzuschüchtern. Aber sein letzter Angriff hatte mich genauso überrascht und geängstigt. Die Aktion dauerte ihm wohl mittlerweile zu lange. Ich sollte zum Ende kommen und meinen Bericht verfassen.«

»Deinen Bericht? Über mich, nehme ich an!«

»Ja, ich habe dich vorhin *clean* gemeldet ... «

»So, und damit bin ich sicher? Das ist doch nicht dein Ernst. Rosanna! Wenn jemand ein Risiko für eure Machenschaften ist, dann bin ich es - jetzt, wo du mich so weit eingeweiht hast. Wie stellst du dir das vor?«

»Ich weiß es doch auch nicht, ich ... , ich ... «

Sie stammelte. Ihre Unsicherheit kam überraschend und passte nicht ins Bild. Und meine Gefühle fuhren Achterbahn. Ich liebte diese Frau. Doch wie konnte ich sie lieben, wenn sie mich doch in den letzten Wochen an der Nase herumgeführt hatte?

»Rosanna, was du ... , was ihr getan habt, es war ein Verbrechen! Ihr mögt es ja in bester Absicht im Sinne eurer Auftraggeber gemacht haben, aber dadurch sind unzählige Menschen gestorben.«

»Wir haben die Opfer nur konstruiert, Peter. Es sollte niemand wirklich sterben.«

»Vergiss nicht den Feinstaub von den eingestürzten Türmen. Denk an die Lungenschäden und die behinderten, krebskranken Menschen, die nur noch zuhause leben können.«

Wortlos schaute sie mich an. War es ein Blick des Bedauerns? Waren die gesundheitlichen Folgeschäden das einkalkulierte Restrisiko? Doch sie schien von ihrer Gesamtmission nach wie vor fasziniert zu sein.

»Peter, du kannst es dir nicht vorstellen. Wir hatten unseren Auftrag erfüllt und nur das zählte für uns.«

Davon war sie nicht abzubringen. Es war ein Job für sie. Nur ein Job.

»Ihr habt danach in Europa weitergemacht?«

»Ja, im Prinzip war das so. Wir wurden eingeteilt ... nun ja, erst waren wir einige Monate in Quarantäne. Das war die reinste Gehirnwäsche. Wir wurden komplett auf neue Identitäten gepolt und konnten uns das *Set-up* aussuchen, wo wir mit wem landeten.«

»Verstehe ich das richtig? Wie bei der Arche Noah? Ihr wurdet paarweise zusammengewürfelt?«

»Wir sind Profis, wir können damit umgehen. Manche von uns wählten die Konstellation einer perfekten Familienidylle. Irgendwo im Ausland. Manchmal übernahmen wir sogar Details aus der konstruierten Opfer-Vita mit in unsere neue Identität. Illusion und Wirklichkeit waren für uns kaum noch trennbar. Einige machten übergangsweise ihr Hobby zum Beruf oder bewirtschafteten eine Farm am anderen Ende der Welt.«

»Das galt für dich genau so?«

Sie nickte und ich wollte nicht weiter fragen. Möglicherweise war sogar die Ehe mit ihrem Ex-Partner nur gespielt.

»Das heißt, ihr wurdet aus dem Verkehr gezogen.«

»So würde ich das nicht nennen. Wir wurden nur für ungefähr fünf Jahre 'geparkt'.«

»Ihr wart also quasi 'Schläfer'? Bis zum nächsten großen Auftrag irgendwo auf der Welt?«

»Ja.«

»Und ihr hattet auch bei den Anschlägen in Madrid und in London eure Hände im Spiel?«

»Ja. Wie gesagt, manche von uns waren sowieso in Europa. Es kamen immer wieder neue Leute in die Teams. Aber Madrid und London waren auch nicht so komplex wie *9/11*. Wir wussten von den Übungen. Nach dem bekannten Muster hatten wir die angeblichen Attentäter aufgebaut. Die *scape-goats*, die

Sündenböcke. Wir wussten genau, welchen Al-Qaida Terroristen wir die Attacken diesmal in die Schuhe schieben konnten.«

»Aber in Madrid haben sich die mutmaßlichen Täter anschließend selbst in die Luft gesprengt.«

»Na ja, die haben sich natürlich *nicht* selbst in die Luft gesprengt, da haben wir schon kräftig nachgeholfen.«

» ... Gonzales hatte es geahnt.«

»Ja, Diana hätte sich nicht so mit ihm einlassen sollen.«

»Jetzt sind beide tot. Waren denn die Attentate in Madrid überhaupt notwendig?«

»Notwendig? Du stellst die falschen Fragen. Wenn du in deinem Business von einem Kunden einen Auftrag erhältst, fragst du auch nicht, ob das notwendig ist. Das waren Aufträge, Peter. Großangelegte Operationen. Nach dem gleichen Muster. Einige der Opfer waren vorfabriziert. Es war zwar längst nicht so kompliziert wie bei 9/11, doch es musste sein. Es waren die vereinbarten Nachschläge.«

»Als ein Teil des Gesamtplans?«

»Hm, erinnere dich an den Herbst 2001 und daran, welche Nationen mit in den *Kampf gegen den Terror* gezogen waren.«

Die Zahlen und Daten waren sorgfältig gewählt worden. Madrid am 11. März 2004, genau 911 Tage nach *9/11* und London mit der dreimaligen Sieben im Datum. 7. Juli 2005. *Seven/Seven*, *Nine Eleven*. Es war ein perfides Drehbuch von talentierten Autoren. Wahrlich trug es nicht die Handschrift von fundamentalistischen Terroristen, die sich in einer weit abgeschiedenen Höhle in Afghanistan aufhielten. Ich nahm den Faden wieder auf.

»Und deshalb habt ihr einige Jahre in Europa verbracht?«

»Ja, unsere Teams waren in alle Winde verstreut. Einige von uns waren für Europa eingeteilt. Abgesehen von den beiden Aktionen sollten wir für fünf Jahre untertauchen und ein möglichst unauffälliges Leben führen. Wer wollte, durfte sogar etwas an seinem Äußeren tun ... «

»Du meinst ... eine Schönheitsoperation?«

Ich schaute sie an.

»Dr. Weiss?«

Sie nickte und ein zustimmendes '*Hm*' signalisierte mir, dass ich auf dem richtigen Weg war.

»Oh, ja. Wer wollte, konnte auf Kosten der *Company* eine *plastic surgery* bekommen. Es war sogar im Sinne der Sache.«

»Trotzdem, die Vorstellung fällt mir schwer. Konntet ihr wirklich ohne Probleme als eine andere Person leben?«

»Das ist gar nicht so schwer, wie du denkst. Wir haben uns relativ schnell in die anderen Identitäten hinein gelebt. Natürlich waren die Partnerschaften nicht das, was man eine Beziehung oder Liebe nennt. Es waren Zweckgemeinschaften, was aber nicht schlecht sein muss. Wenn du in der *Company* bist, dann gehört das dazu. Dein Leben wird völlig anders organisiert.«

»Ich nehme an, finanziell wart ihr abgesichert?«

»Ja, natürlich«, sagte sie, »Geld war nie ein Thema und keiner von uns dachte je daran auszuscheren. Klar, es gab Regeln und wir hatten einige Einschränkungen, wen wir kennenlernen durften. Aber die *Company* ist groß genug, darunter sind immer interessante Menschen und ich kann dir eines sagen: Langweilig ist es nie geworden.«

Sie schaute mich mit ihren hübschen Augen an, blinzelte mir zu und hauchte mit leiser Stimme.

»Komm! Komm mit mir und wir verschwinden.«

»Wir verschwinden? Du meinst, wir geben unser bisheriges Leben auf? Das wird *dir* viel einfacher fallen als mir. Ich bin in meiner realen Welt zuhause und mein Lebensmittelpunkt befindet sich in Hamburg.«

»Mag sein«, sagte sie, »aber denk darüber nach. Es wäre möglich.«

Suchend tastete ich mit meinen Augen ihre Gesichtszüge ab, jedoch gelang es mir nicht, ihre Gedanken zu ergründen. Ich schaute zur Seite durch die Fenster der Galerie und mein Blick reichte bis in die Ferne über die Stadtkulisse von London. Ich wurde sehr nachdenklich. Mir schien, als läge in diesem Moment mein ganzes Leben vor mir. In den letzten Minuten hatte ich so viel Neues gehört, dass ich nicht mehr wusste, was ich überhaupt noch glauben konnte.

»Rosanna ... , hat dein Name auch etwas damit zu tun? Bist du genauso eine erschaffene Identität?«

Sie schaute mich nur lächelnd an und ermunterte mich.

»Mach ruhig weiter.«

Und so ließ ich meiner Fantasie freien Lauf.

»Rosanna Sands.« Vielleicht sollte ich das enthaltene Verb einmal durch deklinieren?

»Rose. *To rise, rose, risen*. Das bedeutet so viel wie 'aufstehen'. Rosanna Sands, *auferstanden aus dem Sand*? Bist du als neue Identität aus dem Sand auferstanden? Klingt blödsinnig, oder?«

»Ich sagte doch, du bist gut. Du bist viel weiter gekommen, als ich dachte. Ja, ich wurde zu Rosanna Sands, die *'Aus dem Sand Auferstandene'*. Meine Person als Rosanna Sands wurde aber erst nach dem 11. September 2001 entwickelt.«

»Tricky, ihr mit euren Namensspielen. Sand? Ist damit der Schutt der zusammengestürzten Türme gemeint oder der Sandboden beim Flugzeugabsturz in Shanksville?«

»So ähnlich, ja.«

»Aber du hast schon vorher eine Rolle gespielt und bei der Inszenierung der Anschläge mitgemacht, das habe ich deinen eigenen Worten entnommen.«

Ein anerkennendes Kopfnicken honorierte mein logisches Mitdenken. Sie sagte jedoch nichts.

»Auch wenn du es mir nicht sagen willst, irgendwie hast du die Fäden gezogen. Doch warum um alles in der Welt hattest du geglaubt, dass ich eine Gefahr sein könnte?«

Es folgte eine Pause, die mir endlos lange vorkam, weil ich nun endlich die Antwort auf meine Frage bekommen wollte.

»Ja«, sagte sie, »weil du mich wiedererkennen könntest.«

»Wiedererkennen? Wie du vor elf Tagen in der *Tube* aussahst? Oder wie du 2004 ausgesehen hast? Rosanna, ich kann mich teilweise nicht mal an das Aussehen von Menschen erinnern, die ich vor einem Monat getroffen habe. Außerdem 2004 ... , das ist sieben Jahre her.«

»Ich weiß, ich weiß. Erinnerst du dich noch daran, welcher Tag das war?«

»Nein, keine Ahnung. Im Sommer? Das weiß ich wirklich nicht mehr.«

»Es war der 11. September. Der 11. September 2004, ein Samstag. Wir hatten uns damals zum dreijährigen Jubiläum mit unserem europäischen Team getroffen. Es war so etwas wie eine stille Übereinkunft. Wir wollten an dem Tag einfach ein bisschen feiern. Mit einem Glas Champagner anstoßen. Auf den Erfolg unserer Operationen und dass die Welt unsere Geschichte zu hundert Prozent - *bullet proof* – geglaubt hatte. Wir waren letztendlich damit durchgekommen und hatten den Lauf der Geschichte beeinflusst. Allerdings, unser Treffen an dem Abend, das war wirklich zufällig. Ihr wart übrigens das perfekte Paar. Peter Berg und Claudia Berg. Hast du mal die Anzahl der Buchstaben in euren Namen gezählt?«

In Windeseile zählte ich die Buchstaben von unseren Vor- und Nachnamen. Es waren bei mir neun und bei Claudia elf Buchstaben. Unheimlich, einfach unheimlich.

»Das war ein Kinderspiel, wir waren damals derart trainiert, dass wir gar nicht mehr zählen brauchten, sondern schon bei einer bloßen Namensnennung eine versteckte Symbolkraft entschlüsseln konnten. Aber nein, das meinte ich nicht. Unser Treffen am 11. September 2004 war wirklich total zufällig. Das Risiko bestand darin, dass du mich erkennen könntest, wie ich im Jahre *2001* ausgesehen hatte.«

Ich atmete tief durch und schaute sie hilfesuchend an.

»Jetzt verstehe ich gar nichts mehr, Rosanna. Worauf willst du hinaus?«

In diesem Augenblick kam ein Kellner und fragte uns nach einem weiteren Getränkewunsch. Ich konnte nun ein großes Bier vertragen und Rosanna schloss sich meinem Wunsch an. Sie bestellte allerdings noch zwei Gläser des besten Whiskys, den sie auf der Karte finden konnte.

Dann holte sie den Laptop aus der Tasche und platzierte ihn vor uns auf dem Tisch. Sie hatte den Rechner aus dem Schlafzustand in den Betriebsmodus hochgefahren und klickte in schneller Folge ein paar Dateien an. Die Fotos und Bilder flackerten nur so über den Bildschirm. Worauf wollte sie hinaus? Ich kannte sie im Jahre 2001 noch nicht. Worum also ging es?

»Hier, guck mal.«

Sie hatte die Fotodateien aufgerufen, auf denen sämtliche Opfer abgebildet waren.

»Ist es dir nie aufgefallen, Peter?«

Shit, was meinte sie? Hatte ich eine Denkblockade?

»Nein, ich weiß beim besten Willen nicht, was du meinst.«

Sie klickte sich Bild für Bild durch die Opferportraits.

»Wonach haben wir denn die ganze Zeit gesucht? Denk nach, Peter.«

Sie setzte sich etwas zur Seite, quasi hinter den Laptop, so dass mein Blick wahlweise zwischen ihr und dem Monitor hin und her wechseln konnte. Sie war im Alphabet bereits ziemlich weit fortgeschritten, da schoss es wie ein Pfeil durch meinen Kopf.

»Margreth!«, stammelte ich, »Margreth Woods.«

Blitzschnell hatte sie das Foto aufgerufen und Margreth Woods schaute mich direkt vom Bildschirm an. Rosanna saß hinter dem Rechner und fixierte mich eindringlich. Eine Ahnung befiel mich und ich wechselte zwischen den Augenpaaren immer wieder hin und zurück. In der Zwischenzeit hatte sie ein Bildbearbeitungsprogramm geöffnet. Wie im Film liefen die nächsten Sekunden in einer traumatischen Zeitlupe ab. Es war wie in *Hitchcock's Vertigo*, als sich die geheimnisvollen Persönlichkeiten von Judy und Madeleine ineinander auflösten.

»Schau mal, das ist ein aktuelles Portrait-Foto von mir.«

Dann legte sie die beiden Bilder im Morphing-Modus übereinander, so dass ich wechselseitig einmal Margreth und danach Rosanna sehen konnte. Ich zuckte zusammen, die Augenpaare waren identisch.

»Rosanna, du bist Margreth?«

Ruckartig fiel ich zurück in den Sessel und ein Zittern erfasste meinen Körper. Ich schaute ihr direkt in die Augen. Ich sah Margreth Woods wahrlich vor mir. Dabei war Misses Woods eigentlich eine ältere Dame. Es konnte doch nicht wahr sein. Wie hatte Rosanna damals die Rolle der Margreth eingenommen? Es war jedoch das gleiche Gesicht. Die gleichen Wangenknochen und vor allem derselbe Augenausdruck. Alle biometrischen Daten passten haargenau überein. Hier und da gab es vielleicht geringfügige Abweichungen, aber sie war es. Sie war Margreth Woods. Rosanna Sands war die *Aus dem Sande Auferstandene*. Auferstanden aus dem Staub der Tower? Sie war Margreth Woods, die *Taufpatin des Krieges*. Ein Schaudern durchlief meinen Körper und mir wurde fast schwindelig.

»Ja, Peter, wir hatten viele Rollen damals zu vergeben. Wie gesagt, einige von uns waren für die Sprengungen zuständig, andere für die vorgetäuschten Flugzeugentführungen. Andere mussten die Rollen der Opfer wahrnehmen und einige Monate vorher in die Rollen schlüpfen. Da wir den Kreis der Eingeweihten nicht unnötig erweitern wollten, nahmen viele von uns mehrere Rollen gleichzeitig wahr. Wir wurden geschminkt, immer passend zum Zielalter des Opfers. Dann wurden die Fotos von uns geschossen. Bald hatten wir alle Persönlichkeiten aufgebaut und ich hatte die Rolle der Margreth eingenommen. Diese Rolle wurde immer weiter verfeinert. Wie bei allen anderen haben wir inzwischen im Internet weitere Berichte aus ihrer Vergangenheit hinzuaddiert. Die Rolle wurde weiter entwickelt und mit anderen Geschichten verknüpft, dass keiner mehr zwischen Dichtung und Wahrheit unterscheiden kann.«

»Warum habe ich dich nicht erkannt? Ich saß doch auf der Isle of Wight direkt vor dem Bildschirm und habe auf die Fotos von Margreth Woods gestarrt? Warum fiel mir das nicht auf?«

»Wahrscheinlich, weil du wie die meisten Menschen eine kontextbezogene Wahrnehmung hast. Du warst gebrieft. Für dich war Margreth Woods in diesem Moment eine tote Frau, die bereits zehn Jahre zuvor gestorben war. Dein Verstand hat sich sofort gegen jede andere Erklärung gewehrt.«

»Das ist also das Geheimnis«, stellte ich fest, »es gab nie eine Margreth Woods, sie ist auch nie gestorben. Es gab keine Tochter Diana Woods und dich - als ihre tote Mutter und ihre Freundin gleichzeitig - gibt es eigentlich auch nicht. Es gibt eigentlich keinen von euch.«

Nun hatte sie endlich ihr Lächeln wiedergefunden.

»Nein, ganz so war es nicht. Uns gibt es natürlich. Schau mich an, ich bin aus Fleisch und Blut!«

Ich sehne mich zurück nach den ersten Tagen unseres Zusammenseins. Dachte an die intensiven Tageseindrücke und an die heißen Nächte. Die Unbeschwertheit war gewichen und ich wusste nicht, wohin uns die Zeit tragen würde.

»Ich habe meine Rolle damals eingenommen und wir dachten, dass uns niemand auf dieser Welt jemals wiedererkennen würde. Wir waren ja auf den Fotos verfremdet und älter geschminkt worden. Anschließend hatten sich manche von uns von den besten Spezialisten verschönern lassen. Hey, wir waren uns absolut sicher. Peter, du hast mich schon damals nicht erkannt. Und auch jetzt in den letzten Tagen hast du mich nicht mit *9/11* in Verbindung gebracht, selbst als ich dich tagelang auf die Thematik angesetzt habe. Ich glaube, wir waren wirklich fast perfekt in der Tarnung. Wie ein Mimikry.«

»Nun, wenn ihr euch doch so sicher seid, warum unternehmt ihr dann diese *Operation Sonnenwende*?«

»Tja, wir *dachten* nur, dass wir absolut sicher waren. Aber dann tauchten im Internet immer mehr Berichte über die *Vicsims* auf, über die Fotomanipulationen. Mittlerweile gibt es sogar Softwareprogramme, die einen Fotoabgleich mit bekannten Personen checken können.«

»Ah, ich verstehe. Denn dann kann euch irgendjemand zufällig mit einem Handy fotografieren, das Programm laufen lassen und mit den 9/11 Opfern automatisch vergleichen lassen. Meinst du das?«

»Korrekt. Die *Company* war sich nicht mehr sicher, ob nicht vielleicht doch einige von uns irgendwo ihre Spuren hinterlassen hatten. Zunächst nahmen wir, so gut es ging, alle Fotos aus dem Netz. Wir durften uns auch nur noch so ablichten lassen, dass uns die aktuellen Programme nicht finden. Also keine neuen Portrait-Aufnahmen mehr. Schließlich mussten wir sämtliche Kontakte durchgehen, ob uns jemand erkennen würde. In einer U-Bahn, auf der Bank, im Supermarkt, an der Tankstelle oder in einer Bankfiliale. Ob man unsere Spur irgendwie wieder bis zum 11. September zurückverfolgen könnte. So habe ich – wie alle anderen von uns – in den letzten Monaten meine möglichen Adressen abgeklappert. Erst sobald man sämtliche Kontakte als *clean* gemeldet hat, werden wir in die Freiheit unserer wirklichen Identität entlassen. Deshalb sind wir alle noch ein letztes Mal auf die Reise gegangen.«

»Und ich war auf deiner Liste, weil wir unsere Email-Adressen 2004 in Paris ausgetauscht hatten?«

»So war es. Das war unsere Order. Zehn Jahre nach 9/11 sollten wir alle Kontakte überprüfen und dann *ad acta* legen. Das war die Aufgabe. Womit ich nicht gerechnet habe ist, dass … dass ich mich in dich verliebt habe.«

»Rosanna«, ich schluckte und die Emotionen überrannten mich. Sie sah mich an, legte ihren Kopf auf die Seite und fasste an ihr Ohrläppchen.

»Ja, ich habe mich verliebt. Das war in dem Plan nicht vorgesehen, niemals.«

»Vielleicht war es Schicksal«, ergänzte ich und griff nach ihrer Hand, die auf dem Tisch lag.

»Schicksal? Du meinst *unser* Schicksal?«, sagte sie mit einem verträumten Blick.

Lächelnd nickte ich ihr zu und versuchte mich dann zu konzentrieren. Wir steckten in einem Dilemma. Eigentlich wollten wir zusammen bleiben. Doch genau darin lag die Gefahr. Wollte sie die *Company,* die *Enco* wirklich verlassen? Sie sagte doch, dass niemand bisher die *Company* verlassen konnte. Gab es dort auch so etwas wie einen Ruhestand? Oder würde sie als Schläfer irgendwann wieder aus dem Dornröschenschlaf erweckt werden? Ich sah keine schlüssige Lösung und ließ mir die *Operation Sonnenwende* erneut durch den Kopf gehen. Es sollten die verbleibenden Risikofaktoren überprüft werden. Die Fotos der konstruierten Opfer zählten dazu. Mir kam dazu noch ein weiterer Aspekt in den Sinn.

»Rosanna, warum habt ihr euch damals selbst abgelichtet? Ihr hättet doch einfach computergenerierte Fotos nehmen können, so wie bei einigen der *Vicsims*? Warum seid ihr dieses Risiko eingegangen, wenn ihr doch als real existierende Personen in der Welt unterwegs seid?«

»Ja, das ist es gerade, das ist unser Risiko. Zum einen brauchten wir reale Personen für unsere Zeugen, die bestätigen sollten, dass es uns gab. Aber es hatte sich auch ein gehöriges Maß an Eitelkeit eingeschlichen. Professor Habermann würde von der Hybris sprechen. Wir, das *Executive Team,* wollten uns damit in gewisser Weise verewigen. Wenn irgendjemand mal unsere Story anzweifelt, wollten wir auf das Foto eines der Opfer zeigen und sagen: Schau mal, das bin ich, ich war mit dabei.«

»Das war ein Spiel mit dem Feuer.«

»Eindeutig. Es war ein Fehler. Hybris, Eitelkeit, nenne es, wie du willst. Aber wir konnten einfach nicht die Hände davon lassen. Wir fühlten uns ja unbesiegbar.«

»Hm. Ihr habt einfach nicht mit der Entwicklung des Internets und der Sozialen Netzwerke gerechnet. Auch bei der Fotoanalyse ist in den zehn Jahren viel passiert.«

»Ja, das haben wir unterschätzt. Einige haben sich noch kurz vor den Anschlägen in verräterischen Posen ablichten lassen. Klar, heute haben wir Angst, dass uns dieser Leichtsinn einholen kann. Aber es ist, wie es ist, das können wir jetzt auch nicht mehr ändern. Peter, was denkst du? Haben wir eine Chance?«

»Du meinst wir beide?«
Sie nickte.
»Rosanna, du weißt wie sehr ich dich mag. Ich liebe dich. Doch ich weiß nicht, wie weit ich schon bin. Es ist noch alles so verwirrend für mich.«
Der Kellner brachte uns den schottischen Whisky und goss ihn direkt aus der Flasche ein. Glen Morangie. Ich erkannte das Label und erinnerte mich. Diese Sorte hatten wir in der letzten Woche bei Joe getrunken. Wir nahmen einen doppelten Whisky, im klaren Glas, ohne Eiswürfel. Dann schauten wir uns wortlos an. Der Monitor war wieder heruntergeklappt. Die Gedanken schossen pausenlos durch meinen Kopf. Wer waren die Drahtzieher die unbekannten Auftraggeber für die Inszenierung der Anschläge? Wer erteilte die Order an das *Executive Team*. An die *Enco*, die *Company*? Ich dachte an die getrennt agierenden Teams. Sie hatten 9/11 perfekt in Szene gesetzt. So wie die gelungene Illusion bei einem hochkomplexen Zaubertrick. Mit Überraschungen, Täuschungen und Vertauschungen. Mit Knall- und Explosionseffekten. Mit dem Wissen der militärischen Übungen und einer bewusst irreführenden Manipulationen durch die TV-Stationen. Sie alle waren einem großen gemeinsamen Ziel verpflichtet, ohne die Details zu kennen. Die Flugzeugentführungen wurden simuliert und das Militär jagte nur virtuellen Phantomen hinterher. Flugzeuge, die eine Gefährdung darstellten, waren an dem Tag nicht am Himmel. Die Aufnahmen wurden ebenso konstruiert wie viele der Opfer. Die Fernsehsender hatten unbewusst im Interesse der Nationalen Sicherheit mitgemacht. Alle Akteure, die wissend oder unwissend am größten Schauspiel der Menschheitsgeschichte mitgewirkt hatten, dachten entweder, dass sie in einer Übung mitspielten oder sie waren selbst Teil der *Company*. 9/11 würde nie verfilmt werden. Das Ganze war ja bereits ein Schauspiel, wie ein großer Hollywoodfilm. Vielleicht der größte Film, der je gedreht wurde. Die Bilder haben sich in das allgemeine Weltbild geradezu eingebrannt und wir sind alle in unserem Empfinden dadurch geprägt worden. Hunderttausende Menschen sind seitdem in den Kriegen im nahen Osten gestorben. In Afghanistan, im Irak. Konnte es richtig sein, dass diese Kriege aufgrund eines inszenierten Schauspiels geführt wurden?

Doch war nicht dadurch die Freiheit unserer westlichen Welt letztendlich sicherer geworden? Sollten also 'gute' Ziele damit erreicht werden? Konnte es sein, dass die simulierten Anschläge im teleologischen Sinne durchaus vertretbar waren und im deontologischen Sinne aufs schärfste zu verurteilen waren?

Ich war verwirrt und wusste nicht mehr, was gut oder schlecht war. Schon gar nicht wollte ich den Richterstab erheben und mir ein Urteil bilden. Und nun fragte mich Rosanna, ob ich mit ihr das Leben gemeinsam verbringen wollte? Ich liebte diese faszinierende Frau. Aber ich zögerte und wusste in diesem Moment überhaupt nicht mehr, wohin ich gehörte.

Wir tranken unseren Whisky. Denselben edlen Whisky wie in der vergangenen Woche bei Joe. Bei Joe!

»Rosanna. Was ist mit Joe?«

»Was meinst du?«

»Er ist nicht im *Executive Team* und nicht in der *Enco*, oder?«

»Nein. Wir sind uns vor Jahren am Rande einer Mission begegnet, aber nein. Joe ist nicht in der *Enco*.«

»Aber er weiß Bescheid und ihr recherchiert etwas gemeinsam, stimmt's?«

»Joe ist smart und er ist ein Hacker. Ein echter Profi. Schon seit Jahren verfolgt er die Zusammenhänge im Netz und er ist verdammt tief in die weltweiten Datenströme eingedrungen. Du hast seinen Wahlspruch gehört: Beobachte die Beobachter. Genau das macht er!«

»Das heißt, er sucht nach den Auftraggebern? Gemeinsam mit dir?«

Rosanna hielt inne. Wollte sie sich also doch von der *Enco* lossagen? Was bewog sie dazu?

»Es ist komplex. Joe war bisher der einzige, dem ich vertrauen konnte.«

Liebend gerne hätte ich hinzugefügt, *'bis du mich kennengelernt hast'*. Ich verkniff es mir.

»Warum? Ich dachte, du bist der *Company* auf Lebenszeit verpflichtet!«

»Bin ich auch. Und alles, was in der Vergangenheit von uns organisiert wurde, war absolut okay. Doch es ist eine neue Operation geplant, die alles in den Schatten stellen wird.«

»Und dabei willst du nicht mehr mitmachen ... ?«

»Peter, unsere *9/11*-Aufträge waren wichtig und richtig. Solange wir wussten, dass wir für Amerika und die freie Welt arbeiteten, war alles gut. Das haben wir bis zuletzt geglaubt. Mittlerweile wissen wir jedoch, dass eine andere Ebene der Macht dahinter steckt. Die Gruppe steuert viel mehr in der Welt, als wir je gedacht haben. Sie ist eine Gefahr - nicht nur für Amerika, sondern für die Freiheit der gesamten Menschheit.«

»Wow. Redest du von den Illuminaten?«

»Wenn du sie so nennen willst, ja. Aber das ist nur eine Bezeichnung. Sie sind jedenfalls aus den Illuminaten hervorgegangen. Wie sich diese Gruppe heute wirklich nennt, wissen wir noch nicht.«

»Wie wollt ihr an sie herankommen?«

»Auch die Drahtzieher müssen irgendwie ihre Aufträge erteilen. Sie arbeiten zwar nie mit einem Mobiltelefon oder per Email. Doch Menschen pflegen Kontakte. Joe hat ein Simulationsprogramm entwickelt, welches in einem speziellen Algorithmus alle denkbaren Konstellationen zwischen Menschen analysiert. Es ist wie beim Einsteinrätsel. Mit den richtigen logischen Schlussfolgerungen kann man die fehlenden Informationen rekonstruieren.«

»Aber wenn die merken, dass Joe sie ausforscht, kann es eng für euch werden.«

»Klar, es ist immer eine Frage, wer schneller ist. Die Entwicklung bleibt nicht stehen. In unserem Team gibt es übrigens auch viele erstklassige Experten. Und von unseren angeblichen *9/11* Opfern waren nicht alle danach im reinen Standby-Modus geparkt. Einige haben fleißig weitergearbeitet. Beispielsweise an den Überwachungstechniken im Internet. Die systematische Auswertung der Sozialen Netzwerke war effizienter als alles, was wir mühsam in den Jahren davor recherchieren mussten. Die *Enco* ist auf dem besten Weg zum *Allsehenden Auge* zu werden!«

Das *Allsehende Auge*. Die Entwicklung war also stetig fortgeschritten. Mir kamen die Warnungen von Joe in den Sinn. Die Elemente fügten sich Stein für Stein zusammen.

»Und denk an die Drohnen. In unseren Gruppen sind einige der profiliertesten Spezialisten der Luftfahrttechnik. Auch die Drohnen werden in der nächsten Welle eine ganz entscheidende

Rolle spielen. Sie sind nichts anderes als die mobile Ausführung des *Allsehenden Auges*. Es zielt letztendlich auf eine Weltherrschaft und die totale Überwachung ab!«

»Nicht zu fassen. Und welche Operation soll dann als nächstes kommen?«

»Es ist etwas geplant, doch keiner kennt bislang die Details. Es wird in einigen Jahren starten und es soll eine sehr lang andauernde Operation werden. Ein *Priming* der gesamten Menschheit mit einer kontinuierlichen, langsamen Steigerung, bis sich alle Staaten verbünden müssen, um die Gefahr in den Griff zu bekommen.«

»Welche Gefahr? Ein Virus?«

»Vielleicht. Ich weiß es ehrlich gesagt nicht.«

»Oder Aliens? Nein, das klingt zu verrückt: Außerirdisches Leben als Gefahr für die Erde?«

»Sag das nicht, es ist denen zuzutrauen.«

»Hey, das glaubt doch niemand.«

»Hast du eine Ahnung! Alles eine Frage der richtigen Vorbereitung und Ausführung.«

»Naa.«

Ich machte eine leicht abfällige Handbewegung. Doch Rosanna schaute mich gewitzt an.

»Mach die Augen zu und stelle dir Berichte vor, in denen erstmals die Spuren von Wasser auf einem fernen Planeten entdeckt werden.«

Ich schloss die Augenlider und lauschte ihren weihevollen Worten.

»Darauf folgen Meldungen über ausgetrocknete Flusstäler. Okay? Anschließend tauchen Fotos von rundgespülten Steinen auf. Immer noch okay?«

Ich stimmte wortlos zu.

»Dann kommt's. Man findet Fossilien! Fossilien, die auf ein früheres Leben in der Kälte des Weltalls hindeuten und dann ... dann sind es nur noch wenige Schritte, bis mit den nächsten Meldungen eine Panik ausbricht. Perfekt inszeniert und alles lässt sich bequem steuern.«

Ich öffnete die Augen.

»Naa, du redest von Berichten über außerirdisches Leben? Das ist zu weit hergeholt. Leben auf dem Mond? Oder auf dem Mars?

Das glaubt kein vernünftiger Mensch. Du meinst, mit solch einer Geschichte müssen wir rechnen?«

»Wer weiß das schon. Ich tippe auch eher auf eine Virus-Story. Aber irgendetwas ist schon in Vorbereitung.«

»Das wird die nächste Operation? Mit dem Ziel, die ganze Menschheit in eine Panik zu versetzen?«

»Peter, die Panik und die Verwirrung werden nur der Auftakt sein. Das Ziel ist der Zusammenschluss aller Staaten unter einer einzigen Weltregierung. Am Ende werden alle Menschen quasi versklavt. Sie denken zwar, dass sie frei sind, sind es aber nicht. Sie werden arbeiten müssen und dürfen im Gegenzug essen, trinken, schlafen und sich unterhalten lassen. Willkommen auf der Hühnerfarm. Die Neue Weltordnung wird eine Diktatur sein.«

»Schrecklich. Das darf nie soweit kommen. Du meinst wirklich, dass die so etwas planen. Wer steckt denn deiner Meinung nach hinter dieser Gruppe?«

»Die heutigen Illuminaten? Nennen wir sie ruhig einmal so. Das ist eine zahlenmäßig kleine, aber sehr mächtige Gruppe, die sich aus politischen und militärischen Führern ebenso zusammensetzt, wie aus internationalen Bankern, führenden Wissenschaftlern und einflussreichen Topmanagern aus der Industrie. Die einzige Autorität, die sie akzeptieren, ist die ihres Anführers. Sie haben sich der satanisch geprägten Lehre von Adam Weishaupt und Albert Pike verschrieben. Ihr Ziel ist unverändert die Weltherrschaft in einem neuen Zeitalter mit der absoluten Kontrolle. *Novus ordo seclorum.*«

»Unfassbar. Kann man sie überhaupt stoppen?«

»Wer weiß das schon, doch wir müssen es versuchen. Noch ist unser Widerstand klein, sehr klein. Aber wir haben sogar einige verbündete Kämpfer innerhalb der *Enco* rekrutiert. Vielleicht wirst auch du eines Tages bei uns mitmachen!?«

Sie packte den Laptop ein und sagte bekräftigend:

»Peter, lass uns den Weg gemeinsam gehen, auch wenn wir *heute* nicht zusammen bleiben können.«

Zustimmend nickte ich und lächelte ihr mit meiner ganzen Sympathie zu. Wir beglichen unsere Rechnung und gingen über die Treppe eine Etage herab, um dann mit dem Fahrstuhl zurück ins Erdgeschoss zu fahren. Vor dem Gebäude stehend warf ich einen letzten Blick nach oben. War ich nun wieder auf dem Boden der Tatsachen gelandet?

»Wohin«, fragte ich.

»Lass uns noch ein paar Schritte gehen«, antwortete Rosanna, »hinunter zur Themse. Und dann trennen sich wohl unsere Wege, bis wir uns wiedersehen.«

Das Motiv des Abschieds baute sie jetzt in fast jeden Satz ein. Wir spazierten durch die Straßen und ich vermied jeden Blick auf meine Uhr. Es war mir völlig egal, wie spät es war. Die Zeit spielte keine Rolle. Irgendwann erreichten wir die Themse, standen Hand in Hand an der Kaimauer und blickten auf das London Eye, das Riesenrad am anderen Flussufer.

Sie griff in ihre Jackentasche und holte ein kleines Päckchen mit einem prägnanten Aufdruck heraus. Ich erkannte es sofort, erst am Tag zuvor hatte sie es bei Joe am Rechner verwendet. Es war das bekannte Souvenir aus dem Britischen Museum. Ein USB-Datenspeicher als kleine Rosetta Stone Nachbildung. Der magische Stein mit den ägyptischen Hieroglyphen und dem Dekret aus dem Jahre 196 vor Christus. Der Rosetta Stone war der Schlüssel mit den drei verschiedenen Sprachen, die textlich dasselbe Dekret wiedergaben. Der Übersetzungsschlüssel, um die Botschaft der nächsten sprachlichen Ebene zu lesen. Ein passenderes Utensil zur Dokumentation der vergangenen Tage konnte ich mir wirklich nicht vorstellen.

»Hier, nimm ihn. Es ist ein Memory-Stick und ich habe dir einige interessante Daten darauf abgespeichert.«

»Daten, die unsere Geschichte betreffen?«

»Ja. Zahlen, Daten, Fakten. Sowie einige Namen und die Zusammenhänge. Es ist der Schlüssel. Vielleicht brauchst du ihn einmal, um dich zu retten. Setze ihn jedoch niemals ein, um andere Menschen zu gefährden und falls du ihn verwendest, dann tue es niemals, wenn dein Rechner online ist. Manche der Dateien haben einen *online-key*, den selbst Joe trotz aller Versuche nicht entfernen konnte. Beim *online* Einsatz sendet der Schlüssel seine verräterischen Kennungen. Dann weiß man, wer du bist und wo du bist. Also falls überhaupt, mach es nur *offline*. Am besten lässt du den USB-Stick einfach geschlossen, so wie er ist.«

Sie seufzte.

»Und wenn du ihn siehst, dann denkst du vielleicht an mich.«

Ihre Augen wurden ein wenig glasig.

»Okay, Kleines«, sagte ich und nahm die Rosetta Stone Replik an mich. Ich warf einen prüfenden Blick auf den Speicherstick und spielte mit der Packung zwischen meinen Fingern.

»Ich nehme an, der Zugang ist verschlüsselt?«

»Aber natürlich, Peter«, sagte sie.

»Mit dem besten Schlüssel, den es gibt. Mit dem *AES 256*, korrekt?«, fügte ich hinzu. »Und da ich das Passwort nicht kenne, kann mir gar nichts passieren.«

Sie lächelte.

»Ja, natürlich. Aber du wirst es herausfinden. Denk an den Song, den wir damals im Restaurant *Babylon* hörten. Es war mein Musikwunsch.«

»*Out of Town*, meinst du diesen Song?«

»Ja, von *Zero7*. Aus dem Frühjahr 2001. Wir hatten ihn immer wieder bei unseren Vorbereitungen gehört und wir stellten fest, dass er perfekt zu unserem Motto passte. Die Anzahl der Buchstaben im Titel O*ut of Town*, es sind nämlich neun, entsprach dem Monat September. Der Name der Band *Zero7* ergab in der Addition der vier Buchstaben und der Ziffer '7' die Elf.«

»9/11«, ergänzte ich. »Das Passwort ist also der Musiktitel und der Bandname, getrennt durch den Aufstrich. Wie bei *9/11*. Ein perfektes Passwort, richtig?«

Sie nickte. Schnell zählte ich die Buchstaben im Titel und im Bandnamen durch. Tatsächlich. Neun Buchstaben und die Elf. Es war faszinierend, wie offenkundig manche Hinweise mir mittlerweile erschienen. Dann steckte ich das kleine Päckchen mit dem Rosetta Stone in meine Jackentasche.

»Rosanna, das wird ab heute mein Talisman sein.«

Von diesem Augenblick an sollte das Souvenir zu meinem Glücksbringer werden und mit jedem Blick darauf wollte ich an sie denken.

»Rosanna«, fragte ich. »Was wirst du jetzt tun?«

»Ich habe dir alles gegeben, was ich konnte. Du trägst jetzt die Wahrheit bei dir und du wirst weise entscheiden. Vielleicht spiele ich mit dem Feuer, aber ich kenne dich. Du wirst uns nicht in Gefahr bringen. Es geht um viel zu viel.«

Ich nickte.

»Ich weiß um was es geht, ... aber was wird aus unserer Welt?«

Sie zögerte kurz.

»Die Welt wie sie wirklich ist, werden wir vielleicht nie erfahren. Wir müssen sie gestalten und unsere Wirklichkeit schaffen im Sinne des Menschen.«

»Im Sinne der *61er* Kennedy Rede?«

»Ja, *Man will be what he was born to be. Free and independent*!«

Sie spielte an auf die Rede aus dem April 1961, in der John F. Kennedy eindringlich vor dem Einfluss der *Secret Societies* warnte. Der Widerstand, auch wenn er sich gerade erst formiert hatte, war auf dem richtigen Weg. Ich spürte plötzlich eine Bestimmung und einen Sinn. Ein wohliges Kribbeln lief durch meinen Körper und ich *wusste* mit einem Mal, wofür ich leben wollte. Ich spürte einen höheren Kontext. So wie es Friedrich Nietzsche in der Zarathustra mit den drei Stufen des Erkenntnisprozesses beschrieben hatte. Genauso war ich seit dem Kennenlernen von Rosanna vor elf Tagen auf die zweite Ebene gelangt und stand vielleicht gerade vor der Tür zur dritten und finalen Stufe. Doch ich war noch nicht soweit.

»Peter, ich verstehe, wenn du noch einmal zurück in deine Welt musst. Vielleicht kreuzen sich unsere Wege irgendwann einmal wieder, es wäre schön.«

Sah ich dort eine Träne? Sie strich sich verlegen mit dem kleinen Finger am Lid entlang.

»Peter, auf deinem iPod, hast du da etwas von Pink Floyd?«

»Ich glaube schon. Es sind jedenfalls 'ne Menge Songs darauf. Möchtest du etwas hören?«

»*Us and them*, wenn du es findest.«

Ich blickte auf das Display und blätterte in den Musikalben. Gesucht, gefunden, dann hielt ich den Player nahe an unsere Ohren und Rosanna schaute mich verklärt an.

»Küss mich und lass mich nie wieder los. Nie wieder.«

Ich nahm sie in meine Arme. Wir küssten uns und die ganze Welt schien sich um uns zu drehen. London. Hamburg. London. Wo war der Mittelpunkt der Welt? Genau hier, wo wir waren, hier war das Zentrum unserer Welt. Der Kuss schien ewig zu dauern, denn ich wollte sie nicht loslassen und diesen Kuss wollte ich niemals beenden.

Mir war sonnenklar, dass sich unsere Wege trennen würden. Ich würde mich auf den Weg zum Flughafen machen und in meine beschauliche Welt nach Hamburg zurückkehren. In der Hoffnung, dass dann der tödliche Schatten genauso schnell verschwinden würde, wie er gekommen war und dass das Kapitel *Enco und die Illuminaten* auch wirklich beendet war. Doch ein Teil der Faszination dieser anderen Welt und des Widerstands würde für immer bei mir bleiben.

Und Rosanna? Wohin würde sie gehen oder verschwinden? Würde sie in einer neuen Identität irgendwo wieder auftauchen und auch künftig Aufträge für die *Company* durchführen - solange, bis sich der Widerstand vollständig organisiert hatte? Das wäre allerdings ihr Ende als Rosanna Sands.

Sie schubste mich etwas von sich weg und wie bei einem Tanzschritt hielten wir uns an beiden Händen fest und drehten uns. Sie hatte ein unendlich bezauberndes Lächeln.

»Ich sehe dich«, flüsterte sie, »ich sehe dich irgendwann. Ja, irgendwann sehe ich dich wieder.«

Sie ließ meine Hände los und schaute mich noch einmal an. Dann nahm sie die Laptop-Tasche, verknotete den Trageriemen mit ihrer Handtasche und riss einen seitlichen Metallknopf aus der schwarzen Tragetasche. Zu meiner Überraschung schmiss sie die beiden Taschen in einem hohen Bogen in die Themse. Bestürzt schaute ich sie an, was sollte das? Warum warf sie all ihre Sachen inklusive des Rechners in die Themse? Wollte sie die Spuren versenken? Verblüfft schaute ich den Taschen auf der Wasseroberfläche hinterher, bis sie plötzlich explodierten. Es war ein lauter Knall. Die Explosion zerfetzte die Bauteile des Computers in tausend Einzelteile, die nach und nach in der Themse untergingen. Innerhalb von Sekunden bildete sich eine große Menschentraube auf beiden Seiten des Ufers. Die Detonation hatte sofort für Aufmerksamkeit gesorgt und ein interessiertes Publikum angelockt. Touristen zuckten ihre Fotoapparate und lichteten die verbleibenden Rauchschwaden über dem Fluss ab.

Dann sprang Rosanna selbst hinein. Mit einem wagemutigen Sprung hechtete sie direkt in die Wasserflut der Themse. Es gab keine Chance, sie davon abzuhalten. Völlig hilflos stand ich da. Alles geschah rasend schnell. In Sekundenbruchteilen.

Ich beugte mich ganz nahe an die Kaimauer und rief ihr leise nach.

»Rosanna, ... Rosanna«.

Doch es war nichts von ihr zu sehen. Ich schaute suchend nach rechts und nach links. Keine Spur. Kurz danach folgte eine weitere Explosion auf dem Wasser und eine Fontäne stieg in die Höhe. Das war's, mehr konnte ich nicht sehen, sie war verschwunden. Geistesgegenwärtig blickte ich auf den Minutenzeiger meiner Uhr. Ich wollte verfolgen, wie lange sie unter Wasser blieb. Hatte sie eine Überlebenschance oder war sie durch die zweite Explosion tödlich verletzt worden? Es gab keine einzige Spur. Sie war in den Fluten der Themse verschwunden. An der Wasseroberfläche war nichts zu sehen. Nein, sie war nicht mehr auffindbar.

Kurze Zeit danach bildete sich eine immer größer werdende Menschenmenge um mich herum. Alle blickten auf den Fluss und zeigten mit ihren Armen dorthin. Es gab große Diskussionen, was wohl passiert sei. Aus der Ferne hörte ich bereits eine herannahende Ambulanz. Fünf Minuten! Es waren schon fünf Minuten vergangen! 'Verflucht lange. Shit.' Ich erinnerte mich an die Taucher in Hamburg. Rosanna kannte sich erstaunlich gut in dem Metier aus. Was hatte sie erwähnt? Es gab bestimmte biologische Funktionen beim Menschen, so dass man *unter* Wasser doppelt so lange die Luft anhalten konnte? Wo lag der Rekord? Inzwischen waren sechs Minuten verstrichen und es war immer noch nichts zu sehen. Einige Polizeibeamte bahnten sich den Weg durch die Menschenmenge.

Ich nahm mein Tragetasche und zog mich langsam aus der Menschentraube zurück, bis ich in die letzte Reihe zurückfiel. Für das Publikum war es offensichtlich ein packendes Ereignis. Ein gefundenes Fressen für die Gaffer. Ich warf einen letzten Blick entlang der sensationsgierigen Zuschauer. Doch halt. Dort stand am anderen Ende der Reihe ein schwarz gekleideter, hochgewachsener Mann mit einer dunklen Sonnenbrille. Der *Schatten*? Und neben ihm? Die junge Frau kannte ich! Ohne Zweifel, es war Madeleine Adams. Die attraktive Frau aus Berlin. 'Dann war sie es doch gestern bei den Freimaurern? Was um alles in der Welt hatte sie hier verloren?' Ich beobachtete, wie sie ihr Handy nahm und telefonierte. Dabei gestikulierte sie wild.

Wahrscheinlich gehörte auch sie zur *Enco* und setzte nun ihren Bericht ab, dass sich ihre Kollegin umgebracht hatte. Rosanna hatte ihren Auftrag erfüllt. Ihre Klienten von der Liste waren abgearbeitet. Sie hatte sie als sauber, als *clean,* gemeldet und dann war sie selbst aus dem Leben geschieden.

Ich zitterte am gesamten Körper ... und betete. Das erste Mal seit vielen Jahren. Ja, ich betete und hoffte, dass Rosanna überlebt hatte und längst unentdeckt aufgetaucht war. Mochten die Chancen auch noch so gering sein, ich legte all meine Kraft in meine Gedanken an sie.

Ich griff nach meinem iPod in der Jackentasche, setzte die Ohrhörer auf und wählte bewusst einen ganz bestimmten Amy Macdonald Song. *Don't tell me that it's over.* Es durfte einfach nicht zu Ende sein. Ich drehte die Lautstärke so hoch es ging. Tränen stiegen mir in die Augen. Die Gefühle überrannten mich. Es war vorbei.

Dann bestellte ich mir ein Taxi und machte mich auf den Weg zum Flughafen. Das Kapitel London und Rosanna Sands war beendet. Genauso schnell wie sie in mein Leben gedrungen war, genauso schnell war sie nun unvermittelt entschwunden. Sie hatte Besitz von mir ergriffen, von meinen Gedanken und meiner Vergangenheit. Nun ließ sie mich im Ungewissen, ob sie überlebt hatte. 'Selbst ihr eigenes Ende war perfekt vorbereitet', dachte ich. Hatte sie sich mit diesem spektakulären Abgang aus dieser Welt von ihrer bisherigen Identität verabschiedet? Und wahrscheinlich würde schon in der Abendausgabe der Zeitung zu lesen sein, dass eine Amerikanerin in der Themse ertrunken war. Aller Voraussicht nach hatte sie ihre Ausweispapiere ganz in der Nähe hinterlassen – mit welcher Identität auch immer. Und es würden sich genügend Zeugen finden, die bestätigten, dass sie in den Fluten ums Leben gekommen war.

Ich verdrängte meine Gedanken und bat den Taxifahrer um einen kurzen Stopp am Russel Hotel. Dort holte ich nur schnell meinen Koffer ab und dann ging es schnurstracks zum Flughafen Heathrow.

Mit dem Start der Düsentriebwerke drückte ich mich in meinen Sitzplatz am Fenster und ließ den Blick schweifen. Das Kapitel London und Rosanna Sands war abgeschlossen, aber die

Erinnerungen an die vergangenen elf Tage gingen noch einmal in voller Intensität durch meinen Kopf. Unsere Momente, unsere Stationen. Ich schloss meine Augen und spielte vom iPod einige Musikstücke, die wir gemeinsam gehört hatten. Als Erstes wählte ich das *Nancy Sinatra* Stück *You only live twice*. Sie lebte also doch zweimal. Mindestens zweimal. Rosanna, die fremde, faszinierende Frau mit der geheimnisvollen Aura. Die Frau, die ich liebte. Tränen liefen über meine Wangen. Mit meiner linken Hand umklammerte ich in meiner Jackentasche den Memorystick mit dem Abbild des Rosetta Stones. Meine Playlist setzte sich fort mit *David Guetta's Without you*. Wie sollte es nun ohne sie weitergehen?

Ich atmete tief durch und schlummerte ein zu den Klängen der Musik.

So hatte ich Rosanna Sands in London kennengelernt und wieder verloren.

BUCH III

Kapitel 21 - Tag Vier

21. Juni, 2013

Freitagmorgen

TROMSØ

Wie aus Trance, in die er zuvor immer tiefer wie in eine Parallelwelt der Erinnerungen hinabgezogen wurde, erwachte Peter Berg und kam wieder in der Realität am Lagerfeuer bei seinem Sohn an. Sein Blick war immer noch in die Glut des Feuers gerichtet. Die letzten Holzscheite strahlten eine angenehme, flackernde Hitze ab. Über ihnen erstreckte sich die unendliche Weite des klaren Himmels einer friedlichen Sommernacht auf der nördlichen Halbkugel. Nur wenige Touristen hatten den Weg von Tromsø in die Gegend nach Sommarøy genommen. In der Ferne war eine Schar junger Leute am Strand unterwegs und man hörte einen Hund bellen. Die ruhige See spülte ihre sanften Wellen an den Strand und am Horizont hatte die Sonne den tiefsten Punkt erreicht. Ein einmaliges Naturspektakel. Sonnenuntergang und Aufgang zugleich. Die Sonnenwende, der 21. Juni des Jahres. Der Beginn des Sommers. Ohne dass es überhaupt dunkel geworden war, erwachte bereits wieder der neue Tag.

Peter Berg schaute seinen Sohn an. Was mochte Robert jetzt denken? Stundenlang hatte er den Erzählungen aufmerksam zugehört und saß nun in sich gekehrt, die Arme hinter dem Kopf verschränkt. Schon als kleiner Junge hatte er gerne den Ausführungen seines Vaters gelauscht, Robert konnte sich dann fallen lassen und die ganze Welt vergessen. Dichtung oder Wahrheit? Robert sammelte seine Gedanken. Konnte sich die Geschichte wirklich so zugetragen haben?

Andererseits gab es keinen Grund, warum ihm sein Vater etwas Falsches oder Ausgedachtes auftischen sollte. Robert erhob sich, zog seine Jacke etwas zu, da es sich abgekühlt hatte, und er machte ein paar Schritte um das Feuer. Dann legte er einen weiteren Holzklotz nach.

»Dad, und das ist alles wirklich so passiert?«

Peter Berg nickte.

»Ja, ziemlich genauso war es.«

Er klappte das schwarze Büchlein zu und tippte zweimal mit seinem Zeigefinger darauf.

»Mein zweites Gedächtnis. Sonst hätte ich inzwischen viele Details sicher vergessen.«

Robert hatte sich wieder hingesetzt, sein Kinn auf die Hand gestützt und schaute nachdenklich ins Feuer.

»Dad, das ist unglaublich, es ist einfach unglaublich. Du meinst, es gibt diese unbekannten Kräfte, die das Weltgeschehen beeinflussen? Geheime Gesellschaften und Drahtzieher.«

Peter nickte stumm.

»Und du glaubst, dass die Geschichte von Rosanna stimmt? Hat sie überlebt?«

»Ich weiß es nicht. Wie gesagt, ich habe mich anschließend sofort auf den Weg zum Flughafen gemacht. Natürlich habe ich gehofft, dass sie überlebt hatte, aber es war nichts darüber herauszufinden.«

»Wurde eine Todesanzeige veröffentlicht?«

Peter schüttelte seinen Kopf.

»Nicht, dass ich wüsste. Aber ich kann mir schon vorstellen, dass darüber etwas in der Presse stand. Da standen so viele Menschen. Alle schauten konsterniert auf das Wasser und auf die Reste der Explosionen. Einige schrien, dass eine Frau hineingefallen sei. Du, ich war ja nur froh, dass keiner behauptet hatte, *ich* hätte sie hinein gestoßen.«

Robert blickte seinen Vater erstaunt an, denn an diese Variante hatte er bislang noch gar nicht gedacht.

»Es gab kein einziges Zeichen von ihr? Weder tot noch lebendig?«

»Nichts. Du glaubst gar nicht, wie schnell ich Abstand davon gewinnen wollte und nichts mehr mit der Geschichte zu tun haben wollte. Ich war so froh, wieder zuhause in Hamburg zu sein. Am Sonntag war dann noch der zehnte Jahrestag, passend dazu Vollmond und ... «

»Du sprichst von *9/11*? Dem zehnten Jahrestag der Ereignisse, richtig?«

»Ja. Da liefen im Fernsehen die Dokus, stundenlang. Meine Version war inzwischen eine andere, wie du jetzt weißt. Doch damit war das Kapitel dann für mich beendet und nach ein paar Tagen war ich wieder vollkommen im Alltag angekommen. Endlich wieder im Business und bei meinen Kollegen. Nach einer gewissen Zeit bin ich auch wieder auf Partys gegangen. Zurück im ganz normalen Leben.«

»Denkst du noch an sie.«

Peter schaute seinen Sohn verblüfft an.

»Was für eine Frage. Ich werde sie nie vergessen.«

»Hast du sie denn gesucht oder weiter nach ihr im Internet recherchiert?«

»Nee, ich habe mich überhaupt nicht mehr getraut. Statt auf irgendwelchen Foren und Internetseiten zu surfen, habe ich alles in diese Richtung gemieden. Es war für mich bizarr. Einerseits hatte ich mich in diese Frau unsterblich verliebt und mir bisweilen vorgestellt, wie es wäre, wenn wir unseren Weg gemeinsam gegangen wären. Auf der anderen Seite empfand ich diese tiefe, tiefe Kluft, denn es war so surreal. Das inszenierte Weltgeschehen. Geheime Gesellschaften, die eine Neue Zeitordnung im Sinne haben. Und ein Widerstand, der das verhindern will.«

»Und, Dad, du hattest keine Zweifel, dass das Ganze vielleicht nur eine erfundene, wirre Geschichte war?«

»Ja, natürlich. Das ging mir auch durch den Kopf. Denn richtig greifbare Beweise hatte ich nicht. Und, letztendlich, was hatte sich in meiner Welt geändert? Ich hatte gemeinsam mit Rosanna eine Handvoll Menschen kennengelernt. In verschiedenen Städten in Europa. Wer weiß, ob diese Menschen am Ende nur *mich* auf die Probe stellten?«

»Na ja. Frank Simmons wohl nicht, das ist doch ein Freund von dir.«

»Stimmt, Robert. Ja, das stimmt.«

»Hey, Dad. Ich stelle mir das richtig spannend vor. Wahrscheinlich hast du genau die richtigen Gespräche geführt.«

Peter verschränkte seine Arme, als wollte er eine gewisse Distanz zu den damaligen Erlebnissen signalisieren.

»Vergiss nicht, das waren zwei mörderische Wochen. So etwas hatte ich noch nie erlebt. Es sind Menschen gestorben. In meiner nächsten Nähe.«

»Sag mal, gab es irgendwelche Untersuchungen? Von der Polizei, meine ich.«

Peter Berg schüttelte den Kopf.

»Nicht, soweit ich weiß. Schau, Gonzales starb in Madrid. Herbert Zimmer in Wien. Wer sollte denn eine Verbindung zwischen den beiden Morden herstellen. Wir konnten heilfroh sein, dass wir aus den Ermittlungen herausgehalten wurden.«

» ... und bei Diana führte ebenfalls keine Spur zu euch. Ich verstehe. Es blieb der Tod von Rosanna. Ob vorgetäuscht oder echt, das haben die Agenten unter sich ausgemacht.«

»Ja, Robert, schon deshalb wollte ich komplett die Finger davon lassen. Es ist ein abgeschlossenes Kapitel, aber ... «

»Aber?«, Robert machte aus seiner Neugier keinen Hehl. »Die Geschichte lässt dich nicht mehr los.«

»Nein, natürlich nicht. Du glaubst gar nicht, wie intensiv diese zwei Wochen waren. Es waren einfach so viele Zufälle. Dieses unerwartete Wiedersehen, wie aus dem Nichts. Und alle Begegnungen in den Tagen danach, das war einfach zu gewaltig. Doch wenn ich zurückdenke, es ist nichts geblieben. Kein Foto, nichts dergleichen. Nur eine Erinnerung, nichts als eine Erinnerung.«

»Aber du hast mir davon erzählt. Jetzt ist die Story nicht nur *deine* Erinnerung.«

Robert machte einige Schritte um das Feuer und dachte nach. Im Kontext der Erzählungen seines Vaters erschien ihm plötzlich der Anschlag auf die Agentur in Hamburg in einem völlig neuen Licht.

»Ja, aber es ist doch merkwürdig, dass gerade jetzt in Hamburg ein Anschlag auf deine Firma - vielleicht sogar auf dich selbst - verübt wurde. Kann das nicht doch irgendwie zusammenhängen?«

»Hm, ja. Das geht mir auch nicht aus dem Kopf. Als der Kommissar erwähnte, dass es Zeugenaussagen über einen großen, schwarzen Mann gab und meine Assistentin Susan sagte, dass ihr beim Täter die Uhr aufgefallen war. Die Uhr mit dem ins Auge fallenden schwarz-weißen Ziffernblatt. Da kamen bei mir sofort die Assoziationen zu Rosanna und zu London in den Sinn.«

»Der Schatten ... «

»Genau. Ich hatte Angst, dass sie mich nun ausfindig gemacht hatten und mich vielleicht ... «

Peter Berg beendete seinen Satz nicht, er wollte das Wort *beseitigen* nicht aussprechen, so furchteinflößend kam es ihm plötzlich vor.

»Doch wie haben sie dich gefunden? Nach immerhin zwei Jahren?«

»Darüber grübele ich auch die ganze Zeit.«

»Gibt es da irgendwie eine Verbindung? Du sagtest, dein Laptop wurde gestohlen. War es das Einzige, was fehlte?«

»Robert, es kann doch eine Verbindung geben!«

Peter Berg durchfuhr es plötzlich.

»Der Memorystick! Der Rosetta ... Stone ... USB ... Stick.«

Er sprach die Worte langsam und in die Länge gezogen aus. Es dämmerte ihm. Es gab eine Verbindung. Er selbst hatte das Zeichen gegeben. Ungewollt, aber das Signal musste von seinem Rechner gesendet worden sein. Robert schaute ihn an.

»Der Memorystick, den dir Rosanna gegeben hat?«

Peter nickte.

»Ja, ich denke, das war der Auslöser. Ich hatte den Stick als Talisman eigentlich immer bei mir. Nur hin und wieder ließ ich ihn schon mal auf meinem Schreibtisch liegen. Normalerweise war die USB-Funktion nicht erkennbar. Er sah halt aus wie ein gewöhnliches Andenken, vor allem, wenn er zusammengesteckt war. Manchmal allerdings hatte ich den Stein auseinander gezogen, wenn ich beim Telefonieren etwas in den Händen zum Spielen brauchte, um mich besser zu konzentrieren.

»Also hast du ihn selbst in den Rechner gesteckt?«

»Nein, das würde ich nie tun. Niemals. Aber als ich in der letzten Woche aus der Mittagspause zurückkam, da lag er einmal in beiden Hälften auf meinem Tisch. Ich wunderte mich, aber wahrscheinlich hatte ich einfach vergessen, ihn wieder zusammenzustecken. Und ich weiß ganz genau, dass wir eine Kundenpräsentation vorbereitet hatten. Es kann gut sein, dass

Susan mir die Präsentation in der Pause auf dem Stick abgespeichert hatte. Oh, *shit*. Wenn das so war, dann wird jetzt alles klar.«

»Dein Rechner ist immer online, richtig?«

»Ja, klar.«

»Und die Warnung von Rosanna war, wann immer du an Dateien gehen solltest, mach es offline. Niemals online.«

Peter Berg nickte.

»Hm. Die kleinen versteckten Dateifragmente, die kleinen *Auto-Exe* Programme, haben sofort ihre Signale gesendet.«

»Über deinen Standort, über deinen Rechner, über deine Identität. So haben sie dich gefunden«, vervollständigte Robert die Gedankengänge seines Vaters.

Peter nickte. Ihm wurde schlagartig klar, dass ihn der Datenspeicher demaskiert hatte. Und das, obwohl er selbst nie das Geheimnis lüften wollte. Oder präziser gesagt, das *vermeintliche* Geheimnis. Denn er wusste ja nicht einmal, welche Daten darauf gespeichert waren. Robert schaute seinen Vater an.

»Du, Dad, genauso kann es gewesen sein. So werden sie dich gefunden haben und dabei haben sie dir den *Flame* Virus zur Überwachung gleich mit auf deinen Rechner gesendet. Entweder vermuteten sie, dass sich jemand von ihnen zurückmelden wollte oder dass irgendein Unbefugter in den Besitz der Schlüsseldateien gelangt war. Jemand, der mit Sicherheit nicht in den Besitz kommen durfte. Dann steckst du ... , dann stecken wir beide mächtig in der Scheiße.«

Peter Berg nahm seinen Talisman aus der Jackentasche. Dabei sah der Rosetta Stone so harmlos aus. Kaum zu glauben, was darin wirklich steckte. Er begutachtete das Souvenir, zog die Hälften auseinander und schob sie sodann wieder zusammen. Eigentlich war es ein unscheinbares Andenken. Peter schaute sich ängstlich um. Welchen Inhalt auch immer er die ganze Zeit bei sich trug, der Talisman war zu einem tödlichen Signalgeber geworden. Das Lagerfeuer flackerte und in der Ferne hörte man die Schreie der Möwen. Die Natur schien zu spüren, dass die Nacht vorüber war und das, obwohl es gar nicht dunkel gewesen war. Es war zwar weit und breit niemand mehr in dieser Einöde am Strand zu sehen. Auch die Jugendlichen waren mittlerweile verschwunden. Peter und Robert waren sich sicher, dass eigentlich kein anderer Mensch in der Nähe sein konnte, trotzdem waren sie von diesem Moment an äußerst unruhig und besorgt. Sie schoben die Glut zusammen und machten sich bereit für den Aufbruch.

»Dad, hattest du so etwas schon im Gefühl gehabt? Denn wir sollten doch unsere Handys nicht mitnehmen und du hast keinem gesagt, wohin du möchtest.«

»Ach, nein. Hm. Na ja, vielleicht war es doch eine Ahnung. Ehrlich gesagt, die Gespräche mit der Polizei nach dem Anschlag, das alles hatte mich ziemlich geängstigt. Auch wenn ich mir anfangs die Zusammenhänge überhaupt nicht vorstellen konnte, so hatte ich doch eine innere Unruhe und erinnerte mich an Joe. Du weißt schon. Der Typ aus London. Mit seinen Tipps, wie man die Kommunikationsspuren hinter sich verwischen kann.«

»Dann können wir nur hoffen, dass uns das auch wirklich gelungen ist.«

Peter Berg nickte und zog an seiner Jacke den Reißverschluss bis nach ganz oben.

»Lass uns aufbrechen«, sagte er, »ich habe hier irgendwie keine Ruhe mehr.«

Sie packten ihre Sachen zusammen und verstauten die Reste der Lebensmittel in einem kleinen Korb. Der Korken kam auf die angebrochene Weinflasche. Anschließend löschten sie das Feuer mit Sand, so dass die Glut nur noch darunter weiter schwelen konnte. Ein letztes Mal genoss Robert den einmaligen Ausblick der skandinavischen Mittsommernacht-Stimmung am Strand von Sommarøy.

»Eine Sekunde noch, ich will nur schnell ein Foto machen.«

Robert griff in seine Hemdtasche und fummelte ein kleines Gerät heraus. Sein Vater schaute ihn besorgt an. Wahrscheinlich hatte sein Vater die Befürchtung, dass es sich um ein Mobiltelefon handeln könnte.

»Nein, nein. Keine Sorge. Es ist nur mein iPod-Touch.«

Peter überlegte, eigentlich konnte davon kein Signal ausgehen. Es gab zwar einen Wireless Modus im Gerät, doch er hoffte, dass sein Sohn den Flugmodus eingeschaltet hatte. Robert tippte auf das Display und machte Aufnahmen in der Panoramafunktion. Es bot sich ein beeindruckendes Naturschauspiel.

Bis zum Horizont zog sich der klare, wolkenlose Himmel. Die Sonne hatte mit ihrem scheinbaren Lauf den extremsten Punkt am Firmament eingenommen. Die Sommersonnenwende war ein einmaliges Ereignis auf der Nordhalbkugel. Gleichzeitig konnte Robert den Mond sehen. Am Sonntag würde Vollmond sein, in zwei Tagen. Eine einzigartige Konstellation. Die Sonnenwende mit dem höchsten Stand der Sonne, das durchgängige Tageslicht und dazu der Vollmond. Peter und Robert hatten kurzerhand ihre Sachen im Auto verstaut, setzten den Wagen zurück und machten sich wieder auf den Rückweg zu ihrem Ferienhaus in Tromsø. Mit Abblendlicht fuhren die beiden die Küstenstraße entlang. Der Himmel war immer noch in das leichte Morgenlicht getüncht. Peter hielt die Hände fest am Lenkrad, den Blick starr nach vorne gerichtet. Er war voll konzentriert. Hin und wieder warf er einen Blick in den Rückspiegel, dass ihnen auch ja kein anderes Fahrzeug folgte. Robert sah seinen Vater an und versuchte zu erahnen, was in ihm vorging.

»Und? Warum hast du nie versucht, die Datei zu öffnen?«

Peter Berg schüttelte den Kopf.

»Nein, ich wollte einfach den Abstand haben.«

»Vielleicht sollten wir uns die Daten einmal ansehen. Dann wissen wir, worum es überhaupt geht.«

»Ich weiß nicht. Manchmal ist es besser, nicht über alles eine Gewissheit zu haben. Außerdem haben wir sowieso keinen Rechner dabei.«

»Wie war das noch? Die Daten sind verschlüsselt, oder?«

»Ja, so hatte sie es mir erklärt. Verschlüsselt mit dem sichersten Code, den es zur Zeit gibt.«

»Mit dem AES 256, richtig? Und das Passwort war doch dieser Song *Out of Town* von der Band *Zero7*. Und wenn ich richtig zugehört habe, muss zwischen dem Titel und der Band noch ein Aufstrich-Zeichen eingefügt werden, so wie bei *9/11*.«

Schritt für Schritt tastete sich Robert an die Lösung heran und wurde immer agiler. Peter Berg hingegen hatte den Blick immer noch unverändert nach vorne gerichtet und stimmte zu.

»Ja, das kann gut sein. Aber du, ... ich habe wirklich noch nicht hineingeschaut. Ich möchte es auch nicht. Was hilft mir die Gewissheit? Ich möchte das lieber in dieser leichten Indifferenz halten. Damals war ich total unsicher. Ich wusste nicht mehr, was wirklich war und ob es überhaupt noch eine Wirklichkeit gab oder je gegeben hatte. Nein, den Talisman wollte ich zwar immer bei mir haben, um mich daran zu erinnern, aber ich wollte nie versuchen, das ganze Geheimnis zu lüften.«

»Das verstehe ich ja. Dennoch reizt es mich. Geht dir das nicht auch so?«

»Nein. Man sagt zwar, dass man manche Dinge ausprobieren muss, damit man weiß, wie sie sich anfühlen. Ich kann dir nur sagen mein Sohn: Noch mehr Stärke wirst du beweisen, wenn du manchen Versuchungen einfach widerstehst. Du kannst soviel Kraft daraus schöpfen, wenn du in diesen Momenten einfach die eigene Stärke und die Freiheit spürst und nicht irgendwelchen Zwängen nachgibst.«

'Typisch Vater', dachte Robert. 'Jeder Satz ein Vortrag.' Er biss auf Granit, das musste er einsehen. Aber vielleicht lag sein Vater richtig in seiner Einschätzung. Wer einmal vom Baum der Erkenntnis gegessen hatte, konnte unmöglich sein Leben wie zuvor weiterführen.

Die Straße schlängelte sich weiter durch das hügelige Land und für jeden Naturliebhaber wären es faszinierende Aussichten gewesen. Aber die beiden hatten keinen Sinn für die pittoreske Landschaft. Im Gegenteil, sie fühlten sich fast wie auf der Flucht. Scheinbar hatte eine kleine Datei ein Signal in die Welt gesetzt und auf diesem Weg seinen Kontrolleur erreicht. Damit waren sie in Lebensgefahr. Denn der gestohlene Laptop aus dem Hamburger Office hatte offensichtlich doch nicht die darauf vermuteten geheimen Dateien enthalten. Das hatte der Verfolger inzwischen sicher herausgefunden. Was sollte er mit Firmendaten, harmlosen Kontaktadressen und Präsentationen anfangen? Nein, der Laptop hatte nichts ergeben. Insofern musste der Angreifer davon ausgehen, dass sich die Daten immer noch im Besitz von Peter Berg befanden. Hielt Berg sich noch in Hamburg auf oder hatte er die Flucht ergriffen und womöglich bereits das Land verlassen? Peter wälzte die Optionen hin und her. Er war sich beinahe sicher, dass ihnen der *Schatten* bereits auf den Fersen war. Akribisch ging er im Kopf alle Stationen seit dem Aufbruch aus Hamburg durch. Ihm war kein Fehler bewusst. Dennoch, hatte nicht auch Joe vor zwei Jahren behauptet, dass er die Aufenthaltsorte von Peter und

Rosanna fast lückenlos während ihrer Tour durch Europa mitverfolgen konnte? Gab es in einem solchen Fall überhaupt noch einen sicheren Ort?

Sie kamen an eine Straßenkreuzung, an der die Landstraße 862 in Richtung Tromsø abzweigte. Das Tageslicht wurde immer intensiver, der Morgen brach an und Tromsø lag in greifbarer Nähe. Sie fuhren über eine große Brücke, die über den Fjord direkt bis zur Landzunge der Halbinsel von Tromsø reichte. An einer Stelle musste Peter noch abbremsen, weil eine Gänsefamilie die Straße überquerte. Dann hatten sie ihr Ziel erreicht, das Ferienhaus, und sie fuhren auf das abgelegene Grundstück. Das Fahrzeug parkten sie unter einer hohen Kiefer, nahmen ihre Taschen und gingen in geringem Abstand voneinander auf das Haus zu. Peter Berg wühlte in seiner Jackentasche und wollte den Haustürschlüssel herausholen. Er fand ihn jedoch zunächst nicht. Hilfesuchend schaute er seinen Sohn an.

»Habe ich dir vielleicht den Schlüssel gegeben?«

Nun fing auch Robert an, in seinen Taschen zu suchen.

»Lass mich mal schauen.«

In diesem Moment hatte Peter Berg allerdings die Tür leicht aufgestoßen. Sie war offensichtlich nicht in das Schloss gefallen und öffnete sich sehr langsam mit einem knarrenden Geräusch. Verdutzt schaute Peter seinen Sohn an.

»Robert, ich dachte, ich hätte abgeschlossen.«

»Ja, sicher. Aber es kann doch sein, dass unsere Vermieterin nach dem Rechten geschaut hat. Wir waren einige Stunden nicht hier, ich würde das nicht so eng sehen. In Skandinavien sind die Türen selten abgeschlossen ... , also denke dir nicht zu viel dabei. Es ist alles schon in Ordnung. Lass uns hinein gehen.«

Was sagte sein Sohn? Es sei alles in Ordnung? Nichts war in Ordnung. Peter beschlich ein seltsames Gefühl der Angst. Waren sie mit der Rückkehr zum Haus genau in die Falle getappt, der sie eigentlich entgehen wollten? Peter Berg schob die Tür mit seinem Fuß weiter auf, so dass sie nun völlig offen stand. Die beiden nahmen ihre Taschen, die sie auf der Veranda abgestellt hatten, und gingen vorsichtig ins Haus. Da die Räume zum Teil keine Fenster hatten und somit im Halbdunkel lagen, suchte Peter nach dem Lichtschalter. Er klackte einmal, zweimal auf den Schalter und schaute dann skeptisch zu Robert.

»Es scheint so, dass wir keinen Strom haben.«

Peter ging einige Schritte hinein. Auf einer kleinen Kommode stand das Festnetztelefon. Er nahm den Hörer ab. Instinktiv wollte er hören, ob es eine Verbindung gab. Kein Freizeichen! Er nahm seine rechte Hand, führte seinen Zeigefinger an die Lippen und signalisierte seinem Sohn ein Zeichen. *Psst*. Von diesem Moment an sagte Peter Berg kein Wort mehr. Mit der linken Hand fasste er intuitiv hinter sich und drängte Robert an die Wand. Aus einem unbewussten Antrieb heraus wollte er seinen Sohn schützen und ihn vor dem Unbekannten bewahren. Er selbst wich ebenfalls einen Schritt zurück und lehnte sich an die Wand. Peter schaute seinem Sohn in die Augen. Sie blinzelten in dem leicht dämmrigen Licht.

»Dad«, flüsterte er.

Peter gab ihm wortlos zu verstehen, nichts zu sagen und einfach stillzuhalten. Ihm schossen die Gedanken durch den Kopf. Angriff, Verteidigung, Flucht? Wäre es nicht das Sicherste, sich jetzt einfach wieder aus dem Haus zu schleichen und schnell mit dem Fahrzeug irgendwohin zu fliehen? Aber wie paralysiert standen beide an der Wand und wussten nicht weiter. Flucht oder Angriff? Sie bewegten sich nicht, hielten völlig inne und lauschten, ob sie irgendetwas vernahmen. Die Zeit kam ihnen vor wie eine Ewigkeit. Vielleicht waren es nur zehn Sekunden, zwanzig Sekunden, dreißig Sekunden. Kein Geräusch, nichts, rein gar nichts. Nicht einmal das Ticken einer Uhr. Es herrschte absolute Stille. Dann jedoch durchbrach ein Geräusch die Lautlosigkeit, womit sie nicht gerechnet hatten. Es war das heftige Klirren eines Fensters. Als ob eine Scheibe eingeworfen wurde. Die beiden zuckten angsterfüllt in sich zusammen. Was hatte das zu bedeuten? Robert zitterte förmlich vor Beklemmung und drückte sich an den Rücken seines Vaters. Das hatte er schon seit Jahren nicht mehr gemacht. Die beiden waren sich in den letzten Jahren eigentlich eher fremd geworden. Durch die Trennung seiner Eltern wusste Robert zuweilen gar nicht, wohin er gehörte. Er hatte stets darauf geachtet, seinen eigenen Weg zu gehen, seine eigene Persönlichkeit auszuleben und in gewisser Weise das Leben auf seine eigene Art zu genießen. Die letzten Tage hatten ihm jedoch gefallen, der Draht zu seinem Vater war besser geworden, als je zuvor.

Und jetzt? Jetzt gefiel ihm diese Rückendeckung so gut, als wäre er wieder der kleine Junge, der das Vorbild in seinem Vater suchte. Dieser machte sich unweigerlich etwas kleiner und drückte schützend seinen Rücken vor Robert. Was auch immer dieses klirrende Geräusch einer Glasscheibe verursacht hatte, die beiden kauerten sich regungslos in der Halbdunkelheit an die Wand und suchten mit ihren blitzenden und alarmierten Augen den Raum ab. Hinter ihnen befand sich die Eingangstür, links vor ihnen lag ein Flur zu den Schlafräumen, rechts sah man durch den offenen Durchgang zum Wohnraum und auf die Küchentür. War dort jemand? Ihnen stockte der Atem. Es war eine Atmosphäre, die vor Spannung durch nichts zu überbieten war. Egal wie lange diese Stille andauerte, gefühlt waren es viele Minuten. Dann öffnete sich ganz langsam die Küchentür, fast geräuschlos. Sie konnten einen Lichtspalt sehen, der immer größer wurde. Die beiden waren mucksmäuschenstill, den Blick lauernd auf die Küchentür gerichtet. Sie hörten nur gegenseitig ihre Atemzüge. Fast konnten sie ihre pochenden Herzen hören. Erschreckt sahen sie, wie sich einzelne Finger einer fremden Hand an die Küchentür krallten und sie langsam weiter aufdrückten. Bald kam die ganze Hand zum Vorschein. Kein Ring, der sie zierte. Über den Arm war ein schwarzer Pullover gestreift und je weiter die Hand die Tür öffnete, um so mehr schob sich der Pulli nach oben. Peter Berg konnte deutlich sehen, dass eine Armbanduhr am linken Arm sichtbar wurde. Ein deutliches, schwarz-weißes Ziffernblatt hob sich hervor. Es musste dasselbe Ziffernblatt gewesen sein, was seine Assistentin in Hamburg gesehen hatte. Vielleicht sogar dasselbe, was er selbst in London in jener Nacht vor fast zwei Jahren gesehen hatte. Die Gedanken schossen ihm durch den Kopf. Bilder, die sich überlagerten. Assoziationen, die sich gegenseitig suchten. Die Uhr, das Ziffernblatt. Sie waren in Todesgefahr. Konnte er doch nur an irgendetwas Unverfängliches denken, um sich selbst zu beruhigen. Er sah diese Uhr und die Uhrzeiger auf dem Ziffernblatt. Die Zeiger drehten sich rechts herum. Warum rechts herum? Wien und Professor Habermann kamen ihm in den Sinn! Die Zeiger dieser Uhr drehten sich rechts herum, weil Armbanduhren auf der Nordhalbkugel erfunden wurden. Mit diesen Gedanken versuchte Peter Berg, sich selbst zu beruhigen.

Rationale Welten waren seine Wirklichkeit. Jetzt hieß es, die Stille zu halten. Nur nicht überreagieren. Die Tür zur Küche stand nun komplett offen. Es waren zwei, drei Schritte auf dem Holzfußboden zu vernehmen und dann stand eine große, schwarze Gestalt im Türrahmen - von hinten mit einer gleißenden Aura des Lichtes umgeben. Das Gesicht war nicht auszumachen, es lag vollständig im eigenen Schatten, aber die Statur wirkte unglaublich furchteinflößend. Peter und Robert waren fast biblisch zu einer Salzsäule erstarrt. Die dunkle Gestalt sagte nichts, hob allerdings langsam den rechten Arm und Peter Berg glaubte, dort eine Pistole wahrzunehmen. Er zitterte vor Verzweiflung und war noch immer so geschockt, dass er sich nicht bewegte. Weder vor noch zurück. Angriff oder Flucht? Es war das pure Dilemma. Die große, schwarze Figur stand breitschultrig in der Tür und zielte mit der Waffe auf die beiden. Peter und Robert verharrten wie angewurzelt an der Wand, doch der Lichtkegel fiel verräterisch direkt auf sie. Peter Berg kniff kurz die Augen zu, er war versucht zu beten. Sammelte all seine Gedanken und suchte nach einer Kraft, die jetzt noch helfen konnte. Ihm schossen unendlich viele Gedanken durch den Kopf. Dann beschloss er, die Augen wieder zu öffnen und der dunklen Gestalt ins Angesicht zu sehen. Er sah die Figur, eine dunkle Silhouette mit einer Waffe im Anschlag. Auge in Auge. Es kam ihm vor wie eine Ewigkeit. Dann fiel urplötzlich ein Schuss. Ein Schuss und noch ein weiterer Schuss. Überraschenderweise realisierten Peter und Robert, dass sie nicht getroffen waren. Stattdessen sank der *Schatten*, die schwarze Figur, völlig in sich zusammen. Erst stieß er an den Türrahmen, schwankte nach links, dann nach rechts und fiel schließlich vornüber auf seinen Oberkörper. Ohne Laut und reglos in sich zusammengesackt. Peter Berg schrie laut auf.

»Huaaa!«

Es war ein befreiender Schrei. Peter hatte zwar keine Idee, warum sie noch lebten. Was auch immer in diesen Sekunden vor sich gegangen war, er musste alle Emotionen aus sich herausschreien. Robert dagegen rutschte an der Wand hinunter auf seine Knie und wimmerte, denn ihm war das alles zu viel gewesen. Peter Berg suchte noch einmal nach dem Schalter und versuchte erneut, das Licht anzuschalten. Wieder kein Erfolg.

In dem dämmerigen Licht des fensterlosen Raums konnte man nichts richtig wahrnehmen. Peter musterte die Lage. Im Wohnzimmer bewegte ein leichter Windzug die Vorhänge. Auf dem Holzparkett lagen Glasscherben. Offensichtlich war die Scheibe der Terrassentür eingeschlagen worden. Dann ganz plötzlich, und wie aus einer anderen Welt, sah er schemenhaft die Umrisse einer Frau. Ihre Figur und ihr langes, wehendes Haar hoben sich kontrastreich gegen das Licht ab, welches von draußen hereinfiel. Er konnte die Frau nicht erkennen, weil sie im eigenen Schatten stand. Leise flüsterte Peter einen Namen.

»Rosanna?«

Es lag eine gespenstische Ruhe über dem ganzen Haus. Sie gingen aufeinander zu, es war tatsächlich Rosanna. Sie trug ein schwarzes, enganliegendes Dress und hatte sich kurzerhand die Haare zum Pferdeschwanz zusammengebunden. Peter fiel ihr in die Arme und fühlte sich sicher. Auch Robert kam näher und wollte sich mit der Lebensretterin bekannt machen.

»Ich, ich bin Robert. Mein Vater hat mir von ihnen erzählt.«

Peter konnte nicht sehen, wie Rosanna darauf reagierte, es war noch zu dämmrig im Zimmer. Allen saß der Schock in den Gliedern. Die Männer setzten sich auf das Sofa, während Rosanna im Raum stehen blieb, und es sprudelte fast nur so aus Peter Berg heraus.

»Rosanna, ich fasse es nicht. Du bist hier, du lebst?!«

Sie hielt ihre Finger vor die Lippen und mahnte ihn wortlos zum Schweigen. Dann deutete sie mit den Händen auf verschiedene Gegenstände im Zimmer. Auf die Feuermelder an der Decke, auf Bilderrahmen und auf eine Stehlampe. Still erhoben sie sich wieder von ihren Sitzen und folgten ihr nach draußen auf die Terrasse.

»Es ist sicherer hier. Man weiß nie, wer uns im Haus ungebeten zuhört«

»Wer war das?«, fragte Peter Berg. »War das der Killer, der auch den Anschlag auf meine Agentur verübt hat?«

Rosanna nickte kühl. Peter wusste nicht, inwieweit sie von dem Opfer gehört hatte.

»Er hat kaltblütig einen völlig unbeteiligten IT-Fachmann niedergestreckt ... «

»Ich weiß, er hat ihn mit dir verwechselt.«

»Er war dein Schatten«, fügte Peter Berg hinzu. »Aber wer war er wirklich?«

»Ja, mein Schatten. Letztens nannte er sich Jack Henkins ... « Schnell zählte Peter die Anzahl der Buchstaben im Namen des Angreifers. Seit den damaligen Erfahrungen war er merkwürdig sensibilisiert, was Namen und Zahlen betraf.

»Vier und sieben Buchstaben, elf.«

Rosanna nickte.

»Ja, sie haben ihn wohl auf die Aktion angesetzt. Ich vermute, du hast irgendwann den Stick, den ich dir damals gegeben hatte, mit deinem Rechner verbunden. Und zwar, als du online warst. Die Kennungs-Datei hat sich eingewählt und eine Verbindung mit der *Company* aufgenommen. Die mussten von einem Datenleck ausgehen. Jack Henkins war der Verantwortliche für Mitteleuropa, also haben sie ihn ausgewählt.«

» ... und für diese Daten wird sogar getötet?«

»Ich sagte dir, dass es brisante Informationen sind. Jack sollte das in Ordnung bringen. Gerade im aktuellen Kontext passte das gar nicht. Denn der *Enco* war klar ... «

Sie drehte sich alarmiert zu Robert um, weil sie den geheimen Namen der *Company* erwähnte. Peter kommentierte mit einem beschwichtigenden Blick.

»Ich habe ihm heute Nacht davon erzählt.«

»Okay, dann ist er jetzt mit von der Partie.«

Verwundert schaute Peter sie an. Bislang war der Begriff der *Enco* das megagroße Geheimnis und nun schien es ihr plötzlich egal zu sein? Sie fuhr mit ihren Erklärungen fort.

»Somit hat die *Company* jedenfalls gewusst, dass ich mich entweder selbst in Hamburg eingewählt hatte oder jemand anderes an die Schlüsseldatei gelangt war.«

»Also war auch die *Company* nicht davon ausgegangen, dass du ums Leben gekommen warst?«

»Nein, die wussten Bescheid. Ich hatte in London meinen Report abgesetzt. Meine Kontakte in Europa waren komplett 'sauber' und keiner von ihnen würde auch nur ansatzweise auf die Spur der *Enco* kommen. Auch für dich hatte ich auf der Liste das grüne Häkchen gesetzt. Meine Mission in Europa war erfüllt.«

»Und dann hast du dich spektakulär abgesetzt.«

»Danke, fandst du es gelungen?« Sie blickte ihn leicht schnippisch an.

»Nun, ja. Ich hätte mir etwas anderes gewünscht.«

»Übrigens, Madeleine und Jack waren damals ebenfalls in der Nähe. Die waren wohl ziemlich verblüfft, nach dem, was ich anschließend so gehört habe.«

»Stimmt, die beiden habe ich gesehen ... «

»Weißt du, ich musste als Rosanna Sands abtauchen, denn ich durfte keinesfalls mit den neuerlichen Ereignissen irgendwie in Verbindung gebracht werden. Denn immerhin hatten wir uns ja mit ganz unterschiedlichen Menschen in ganz Europa getroffen. Die Spuren mussten verwischt werden. Es sollte nichts darüber in irgendwelchen Foren erscheinen, noch sollte eine Verbindung zu Gonzales oder zu Herbert Zimmer hergestellt werden.«

»Du bist zu einem Schläfer geworden.«

»Sozusagen. Irgendwann würde mich die *Company* wieder kontaktieren.«

»Wie hat uns dieser Killer gefunden? Und vor allem, woher wusstest *du*, wo wir sind?«

Rosanna lächelte.

»Joe! Er ist einfach genial. Vor ein paar Tagen gab mir Joe ein Alarmsignal. Wir haben ständig die Schritte von der *Enco* und damit auch die Spuren von Jack Henkins überwacht. Ich brauchte mich nur auf die Fährte von Jack zu setzen.«

»Und Jack? Woher wusste er von unserer Reise?«

»Das wird nicht so kompliziert gewesen sein. Im Besitz deines Laptops war es ein reines Kinderspiel. Anhand des Webprotokolls waren sicher auch die Seitenadressen deines Reisebüros sichtbar und die *Enco* kommt an alle Passagierdaten.«

»Das kann gut möglich sein«, Peter Berg nickte. Er verstand die Zusammenhänge oder er glaubte jedenfalls, sie zu verstehen.

»Wie geht's jetzt weiter? Sollen wir die Polizei verständigen?«

»Um Himmels willen. Wie willst du einen toten Mörder erklären?«

Auch Robert war bestürzt. Die Schilderungen seines Vaters hatten ihn in der durchwachten Nacht bereits merklich beunruhigt. Sollten sie den Toten jetzt einfach hier liegen lassen? Hunderttausend Gedanken rasten durch seinen Kopf. Rosanna behielt die Übersicht und wirkte völlig abgeklärt.

»Bleibt ruhig. Jack hatte sehr viele Menschen auf dem Gewissen. Niemand sollte Mitleid mit ihm haben. Meine Schüsse geschahen in Notwehr. Soweit dazu. Niemand, absolut niemand wird ihn vermissen. Sein Fahrzeug sicher auch nicht, denn er war ein Profi, der keine Spuren hinterlässt. Wenn wir ihn also in sein Fahrzeug verfrachten und eine geeignete Klippe an der Küstenstraße finden ...«

Weiter brauchte sie nicht zu reden. Peter verstand, obwohl ihm sehr mulmig zu Mute war. 'Das war mit Sicherheit ungesetzlich', schoss es ihm durch den Kopf. Aber gab es eine Alternative? Wahrscheinlich hatte ein Jack Henkins nie in dieser Identität gelebt. Schweren Herzens rang er sich durch und nickte. Sie trugen zu dritt den schweren, leblosen Körper zu seinem Fahrzeug, welches sich etwa hundert Meter entfernt unter hohen Bäumen befand. Rosanna durchsuchte seine Hosentaschen und hielt triumphierend den Autoschlüssel in die Höhe. Sie öffneten den Kofferraum und hievten den massigen Körper hinein. 'Klappe zu, Killer tot', dachte Peter. 'Er hat seine gerechte Strafe bekommen.'

Anschließend gingen sie noch einmal zum Haus zurück und räumten alles auf. Rosanna suchte im Schreibtisch neben der Kommode nach einem Briefumschlag und verfasste einige Zeilen an die Vermieterin, in denen sie auf das versehentlich zerbrochene Fenster einging. Sie zählte ein Bündel Banknoten in der Norwegischen Landeswährung ab und steckte die Scheine in den Umschlag. Robert und Peter hatten zwischenzeitlich die Möbel gerade gerückt und auch die Sicherung im Hauptanschlusskasten wieder eingeschaltet. Sie machten einen letzten Kontrollgang durch die Wohnung. Geistesgegenwärtig legte sich Rosanna auf den Fußboden und blickte über die Stelle, an der Jack Henkins zu Boden gegangen war. Es war zwar nichts zu sehen, die Kugeln waren offensichtlich im Körper von Jack verblieben und es gab auch keine Blutspuren. Dennoch griff sie kurzentschlossen zu einem Spülmittel aus der Küche und wischte über die Stelle auf dem Holzfußboden.

»Sicher ist sicher.«

Die beiden Männer schauten beeindruckt zu. Rosanna wusste, was zu tun war.

»Habt ihr noch irgendetwas im Haus?«, fragte Rosanna.

»Nein, wir haben alles fertig gepackt.«

»Gut, lasst uns aufbrechen.«

Peter legte den Hausschlüssel für die Vermieterin neben den Briefumschlag. Den würde sie sicher finden. Auf dem Weg zu ihrem Mietfahrzeug versuchte Peter sich vorzustellen, wie das Vertuschungsmanöver mit den Fahrzeugen ablaufen sollte.

»Sag mal, wie bist du eigentlich hierher gekommen?«

»Per Taxi. Das war das einfachste.«

Sie standen mit ihren Taschen vor dem Kofferraum. Wie sah der Plan aus? Rosanna übernahm ohne zu zögern die Oberhand.

»Wollt ihr mit eurem Wagen fahren? Dann fahrt am besten hinter mir her.«

Also verstauten sie ihre Sachen im Fahrzeug und Peter setzte sich hinter das Steuer. Rosanna holte das Fahrzeug von Henkins und fuhr mit einer flotten Drehung auf dem Schotterweg neben das andere Fahrzeug. Sie verständigten sich mit einem Handzeichen und schlichen die Hauszufahrt hinunter. Erst ging es über die Landstraße bis sie erneut die Verbindungsbrücke überquerten. Dann folgten sie dem Verlauf der Küstenstraße.

»Geht's jetzt wieder zurück nach Sommarøy?«, fragte Robert neckisch.

»Keine Ahnung. Doch wohin sie auch fährt, wir folgen ihr.«

Er hatte in diesem Moment das untrügliche Gefühl, dass es gut war, wenn sie die Führung übernehmen würde. Es gab kaum Verkehr, dennoch stellte sich Peter das Manöver äußerst riskant vor. Es dauerte eine ganze Weile, bis Rosanna den richtigen Platz ausgelotet hatte. Sie kehrte um, hielt in einer Kurve und stieg aus dem Auto. Es war ein Felsvorsprung. Davor gab es einen winzigen Parkplatz und wenige Schritte weiter ging es ungesichert in die Tiefe. Bestimmt zehn Meter tief, direkt hinunter in das Fjordgewässer. Abschließend begutachtete sie die Örtlichkeit. Da die Stelle dermaßen exponiert lag, würde es Minuten dauern, bis ein herannahendes Auto - sowohl von der linken wie auch von der rechten Straßenseite – in den Bereich des geplanten Unfalls kommen würde. Schlichtweg ideal. Rosanna setzte sich wieder hinein, legte allerdings keinen Sicherheitsgurt an. Dann wendete sie das Fahrzeug und gab Peter ein Zeichen, dass er warten möge. Aus der Ferne kam ihnen ein Bulli entgegen. Den passten sie noch ab, bis er außer Sichtweite war.

Dann herrschte Stille. Rosanna gab den Startschuss, fuhr einige hundert Meter, drehte das Fahrzeug rasant und beschleunigte, was der Motor hergab. Gebannt verfolgten die beiden Männer das Fahrmanöver. Es ging alles furchtbar schnell. Sie fuhr durch die Kurve auf den Parkplatz, riss die Tür auf und rollte sich aus dem Fahrzeug auf den steinigen Boden. Sie blickte auf. Gerade noch rechtzeitig, um zu sehen, wie das Auto mitsamt Jack Henkins in die Tiefe flog. Rosanna kroch an den Klippenrand und verfolgte den tosenden Aufprall auf dem Wasser. Das Fahrzeug schwankte in den Fluten, doch es schien nicht sofort unterzugehen. 'Was, wenn jetzt ein fremdes Auto auf der Landstraße kommen würde?' Die Minuten kamen ihr vor wie eine Ewigkeit. Jetzt konnte sie nichts mehr beeinflussen. Schließlich hatte sich der Fond gefüllt und die Schwerkraft zog den Wagen in die Tiefe. Erst dann erhob sie sich und klopfte den Staub von ihrer Kleidung ab. Mit dem Daumen nach oben gab sie Peter das Okay-Zeichen. Es war gut gegangen. Der Mörder hatte seine letzte Ruhe auf dem Meeresgrund gefunden. Rosanna machte einen zufriedenen Eindruck, Robert hingegen schluckte. Er hatte an den Geschehnissen mächtig zu knapsen. Wohin sollte das führen? Gab es einen Weg zurück? Rosanna setzte sich auf die Rückbank und legte ihre Hand auf Peters Schulter.

»Es ist gut, dass du wieder in meiner Nähe bist.«

Peter drehte sich mit einem fragenden Blick zu Rosanna um.

»Wohin soll's gehen, schöne Frau?«

»Lass uns bitte zurück nach Tromsø fahren. Zum Hafen.«

Sie lächelte. Alles war wieder wie damals. Peter fühlte sich augenblicklich zurückversetzt in den Sommer des Jahres 2011. Natürlich war er glücklich, sie lebendig zu sehen. Doch er ahnte bereits, dass sein Leben nun vollends aus den Fugen geraten würde. Innerlich begann Peter schon sein Hamburger Umfeld zu sortieren. Das Unternehmen würde weiterlaufen. Keine Frage, es war gut organisiert und Frederik hatte das Geschäft im Griff. Alles andere konnte problemlos weitergehen. Robert würde sicher liebend gerne seine Wohnung und den Porsche übernehmen. Finanziell war Peter einigermaßen abgesichert. Es müsste reichen, um einige Jahre über die Runden zu kommen. Hatte sich Rosanna inzwischen eindeutig für den Widerstand entschieden und war sie nur noch pro forma in der *Enco*?

Warum waren eigentlich die Informationen auf dem USB-Stick jetzt erst recht brisant? Sie erwähnte zuvor etwas von einem *aktuellen Kontext*? Die *Operation Sonnenwende* war doch bereits vor zwei Jahren abgeschlossen worden?

»Rosanna, du sagtest etwas von einem *aktuellen Kontext*? Sind die Daten deshalb so brisant?«

Sie atmete tief ein und machte eine kurze Pause.

»Du willst wissen, worum es geht? Der nächste Krieg hat gerade erst begonnen. Bisher ahnt noch niemand, was es sein wird. Denkt an die spannendsten Nachrichten der vergangenen Tage, es ist die Vorstufe.«

Beide Bergs schärften ihre Sinne. Wovon sprach sie? Ihnen kamen keine aktuellen Kampfhandlungen in den Sinn.

»Was meinst du, Rosanna?«

»Erinnerst du dich, worüber wir vor zwei Jahren sprachen? Es ist also doch kein Virus, aber vielleicht wird diese Variante noch hinzugefügt.«

Peter schwante etwas.

»*Curiosity*?«

Peter sah in den Rückspiegel, sie nickte. Robert mischte sich in das Gespräch ein.

»Eyh, ihr sprecht doch nicht etwa von den Marsmännchen, oder?«

Diese Möglichkeit kam ihm völlig abstrus vor. Er erinnerte sich an die verrückten Nachrichtenmeldungen über das angebliche Leben auf dem Nachbarplaneten. Erstens war noch nichts erwiesen und was sollten ihnen die kleinen, niederen Lebewesen überhaupt anhaben können? Doch Rosanna hatte einen sehr bestimmten Ausdruck.

»Abwarten. Das *Priming* hat jedenfalls begonnen. Es mag noch Jahre dauern, bis in dieser Story alle Stufen gezündet werden. Dennoch. Es gibt jetzt viel zu tun, wenn wir ein Drama verhindern wollen.«

Das war zu viel für Robert. Virtuelles, außerirdisches Leben sollte die Menschheit vereinen, um gegen einen gemeinsamen Feind zu kämpfen und am Ende würden alle Menschen unterjocht? Das kam ihm abwegig vor. Ein kleiner, vereinzelter Salamander konnte noch keine Neue Zeitordnung bewirken. Wo war der Ausgang, um aus diesem Albtraum zu erwachen?

Sie fuhren auf der Halbinsel durch die Innenstadt von Tromsø und dann hinunter zum Hafen. Vielleicht war es auch in der Nähe des Stadtzentrums möglich, das Mietfahrzeug zurückzugeben. Nach einigen Versuchen fanden sie die Autovermietung und erledigten die Formalitäten. Auf einem großen, menschenleeren Parkplatz standen sie nun zu dritt mit ihrem Gepäck und Peter überlegte, wie es weitergehen sollte.

»Wo hast du eigentlich deine Taschen?«

»Im Hafengebäude gab es Schließfächer. Wir haben noch etwas Zeit«, sagte sie.

»Zeit, wofür?«

»Bis das Schiff startet.«

»Das Schiff? Welches Schiff?«

Offenbar hatte sie im Vorfeld die nächsten Schritte schon vorbereitet.

»Ja, das Schiff in Richtung Sicherheit. Wenn du möchtest, Peter, kannst du ja *dieses* Mal mit mir in eine andere Welt kommen.«

Peter war perplex und zögerte noch. Im Unterbewusstsein hatte er sich jedoch bereits entschieden. Wohin die Reise auch ging, er würde mit ihr gehen. Er wandte sich zu seinem Sohn.

»Robert, was meinst du?«

»Dad, da fragst du mich? Ich wüsste, was ich tun würde. Deine Welt in Europa und in Hamburg hast du dein Leben lang gehabt. Außerdem läuft das nicht weg. Du selbst hast mal gesagt, wenn man eine Herausforderung nicht annimmt, weiß man nicht, wie es sonst gekommen wäre.«

Peter zögerte noch immer. Er ging einige Schritte auf seinen Sohn zu und sagte:

»Pass auf dich auf, mein Junge.«

Er reichte ihm sein schwarzes Notizbuch.

»Hier nimm, es stecken einige Lebensweisheiten darin.«

Akribisch waren darin alle wichtigen Ereignisse und Notizen vermerkt, Peter hatte dieses Buch noch nie zuvor aus seiner Hand gegeben. Dann nahm er Robert an beiden Händen, griff anschließend in seine Jackentasche und fingerte nach dem USB-Stick, ohne jedoch hinunter zu blicken. Peter spürte die kantigen Umrisse des kleinen Souvenirs und drückte den Rosetta-Stone in die Hände von Robert.

»Robert, dieses kleine Dankeschön ist jetzt alles, was ich dir geben kann«, er schaute Robert melancholisch an. Der verstand sofort. Er umfasste den USB-Stick, den Schlüssel, den *Key*. Mit einem Schlag war er zum Geheimnisträger geworden. Er nahm sich fest vor, den Stein so gut es ging zu hüten und immer unter Verschluss zu halten. Denn niemals wollte er in die Gefahren kommen, in die sein Vater geraten war. Robert übernahm den Stick und steckte ihn verantwortungsvoll in seine Jackentasche. Dann umarmte er seinen Vater, um sich zu verabschieden.

»Dad, ich möchte dir auch danken.«

Die beiden schauten sich lange an. Sie wussten, dass es ein Abschied für einen längeren Zeitraum sein konnte. Rosanna hatte alles perfekt arrangiert und gab die Instruktionen.

»Robert, das Beste wird sein, wenn du dir ein Taxi zum Airport nimmst. Ich denke, du hast schon ein Rückflugticket?«

Robert nickte.

»Vielleicht kannst du umbuchen und heute schon fliegen. Macht euch keine Gedanken, dass beim Ferienhaus irgendetwas auffällt. Es gibt im Haus keine Spuren mehr. Der Glasbruch ist großzügig beglichen. Und ohne Spuren wird es keine Untersuchung geben. Einen toten Killer wird auch in der *Enco* niemand vermissen. Macht euch also keine Gedanken.«

Man konnte Robert förmlich seine Erleichterung ansehen. Dann drehte sie sich zu Peter.

»Was genau weiß dein Sohn?«

»Hm. Nur oberflächlich. Ich habe ihm in den letzten Stunden von unserem Kennenlernen und unseren Recherchen erzählt. Er ist der einzige, der etwas weiß.«

Robert Berg spürte in diesem Moment, dass ihn sein Vater schützen wollte. Hatte er ihm zu viele Informationen gegeben? War er möglicherweise zu weit gegangen? Doch es schien für Rosanna okay zu sein. Dennoch war Robert damit zu einem Eingeweihten geworden.

»Sind wir in Gefahr? Und Robert ebenso?«, fragte Peter.

»Oh, ja«, sagte sie, »es ist noch nicht vorüber. Wir sind mitten drin. In Hamburg wird die Polizei zwar die Nachforschungen bald einstellen. Sie können den Anschlag in Hamburg nicht aufklären. Wie denn auch? Du, Peter, bist bestenfalls ein Zeuge. Vor allem aber bist du selbst in Gefahr. Keiner kann dir verübeln, wenn du dich in Sicherheit bringst. Das ist deine Story. Und sie stimmt.«

»Klar, das erklärt den Hamburger Anschlag. Und sonst?«

»Jack hatte keinen Erfolg mit dem Datenstick. In den nächsten Tagen werden sie die Zweitbesetzung schicken. Sie werden die Spur bis Tromsø aufnehmen. Doch hier wird sich jede Fährte verlieren. Wichtig ist, dass der Stick kein weiteres Signal sendet. Wo ist er eigentlich?«

Peter schaute erst hinüber zu Rosanna, dann zu Robert. Sie verstand.

»Nun gut. Versuchen wir es. Robert, vielleicht brauchen wir dich eines Tages auch auf unserer Seite. Befolge alle Sicherheitsvorkehrungen. Verwende den Memory-Stick niemals online. Sonst bist du deines Lebens nicht mehr sicher. Wir finden dich auch so, wenn du es willst oder wenn du in Gefahr bist.«

Peter fasste Rosanna an ihren Händen.

»Dann bist du nicht mehr in der *Enco*?«

»Offiziell schon noch und sie denken, dass ich unverändert dabei bin. Es ist ein gefährliches Spiel. Wir haben unsere Truppe inzwischen kräftig mobilisiert.«

Peter verstand. Die *Enco* hatte bereits mit einer neuen weitreichenden Operation begonnen. Wahrscheinlich würde diese alles in den Schatten stellen, was in den früheren Inszenierungen - von den Mondlandungen bis hin zu 9/11 - durchgeführt wurde. Die Widerstandsbewegung jedoch hatte sich formiert und Rosanna war mit dabei.

Peter musste sich entscheiden. Ihm gingen die drei Bewusstseinsebenen durch den Kopf. Ob von Friedrich Nietzsche in der Zarathustra beschrieben oder bei den Freimaurern begründet in den Motiven vom unbehauenen Fels, über den wohlgeformten Quader bis hin zum architektonischen Bauplan der Welt. Hatte er in seinem Leben die zweite Wahrnehmungsebene mit dem Kennenlernen von Rosanna vor zwei Jahren erklommen? Stand er nun an der Schwelle zur dritten Stufe? Er war bereit.

»Und wir?«, fragte Peter. »Wie wird es bei uns weitergehen?«

Sie schaute ihn lächelnd an.

»Heißt das, du kommst mit?«

»Ja, wenn du mir sagst, wohin es geht.«

»Wohin möchtest du, was kennst du noch nicht? Die Welt ist groß, such dir etwas aus.«

Das klang wie der Hauptgewinn in einer Lotterie.

»Du meinst, wir leben dann in einer anderen Identität ganz woanders auf der Welt?«

»Ja, wenn du willst. Du lässt alles hinter dir. Es ist ein Neuanfang, ein kompletter Neuanfang.«

»Oh, dann lass mich mal überlegen.«

Jetzt schmunzelte Peter auch.

»Mit etwas Fantasie wird mir da schon etwas einfallen. Aber meinst du denn, wir können Norwegen einfach so verlassen? Sobald wir die Grenze passieren, sind unsere Spuren doch relativ simpel nachvollziehbar, oder?«

Sie nickte.

»Deshalb werden wir das Schiff nehmen. Die Reise wird etwa zwei Tage dauern, die Fahrt geht durch die Fjorde. Vorbei am Nordkap durch die norwegische Eismeerküste. Wir werden am Sonntagmorgen ankommen, unser Ziel heißt Kirkenes. Das nordöstlichste Ende von Europa.«

»Vorbei am Nordkap? Stark, dann kommen wir an Hammerfest vorbei?«

Rosanna lächelte ihn zustimmend an. Ein Hauch von Urlaub schwang darin mit. Die reinste Erlebnisreise, spektakuläre Sonnenuntergänge und gleichzeitige Sonnenaufgänge waren zu erwarten.

»Warum gerade nach Kirkenes?«, erkundigte sich Peter Berg.

»Dieser Ort hat einen ganz besonderen Grenzstatus. Kirkenes liegt zwar noch in Norwegen, doch in nicht einmal zehn Kilometer Entfernung beginnt Russland.«

»Russland? Bist du sicher?«

»Ja, und seit drei Jahren gibt es eine Sonderregelung für die Einwohner im Grenzgebiet, so dass sie visafrei hin und her reisen dürfen. Ich habe etwas organisiert, wir kommen problemlos über die Grenze und von dort aus überall hin. Du wirst schon sehen«

»Aber nach Russland«, entgegnete Peter, »möchte ich eigentlich nicht!«

»Keine Sorge, es ist nur die erste Station. Ein Identitäts-Reset. Von dort aus starten wir ganz von vorne. *From scratch.*«

Peter war beruhigt. Nach all den aufregenden Momenten der letzten Tage lag ein klarer Plan vor ihm. Nicht weniger ungewiss, aber abenteuerlich in jedem Falle. Es blieb nur noch eine entscheidende Frage für ihn.

»Und du, Rosanna. Lässt du dann auch alles hinter dir? Die *Enco*, die *Company*? Alles?«

Sie nickte.

»Ja, ich habe mich entschieden. In London war ich damals genauso unsicher wie du und noch nicht bereit, meine Vergangenheit und die *Company* abzustreifen. Jetzt bin ich es.«

Er schaute sie entschlossen an.

»Ich komme mit dir, wir gehen zusammen.«

Er umarmte sie und drückte sie ganz fest an sich. Dann küssten sie sich. Sie waren bereit, es war die Zeit des Aufbruchs und des Abschieds. Peter ließ Rosanna los und wandte sich zu seinem Sohn.

»Robert, mach's gut mein Junge und pass auf dich auf. Wir machen uns jetzt auf den Weg.«

»Okay«, sagte Robert, »mach dir keine Sorgen um mich.«

Theatralische Abschiedsworte lagen ihm nicht, dafür nahm er seinen Vater herzlich in die Arme und drückte ihn fest an sich. In den letzten Tagen waren sie sich wieder sehr nahe gekommen. Robert spürte plötzlich eine tiefe Bestimmung und Wichtigkeit in seinem Leben. Dann verabschiedete er sich mit einer Umarmung von Rosanna und drückte ihr drei Münzen in die Hand. Drei Norwegische Kronen, die er zuvor aus seinem Portemonnaie gefingert hatte.

»Nimm sie, auch wenn hier kein Trevi Brunnen in der Nähe ist. Ich wünsche euch viel, viel Glück.«

Sein Vater schaute ihn verdutzt an und obwohl auch Robert die Bedeutung der drei Münzen noch nicht kannte, würde er sie bei nächster Gelegenheit herausfinden.

Bevor er sich auf den Weg zum Taxistand machte, schaute er den beiden von der Anhöhe hinterher, wie sie Hand in Hand die Gasse hinunter zum Hafen nahmen. Hinter ihnen konnte er das Schiff schon sehen, um halb drei sollte es anlegen. Rosanna hatte den Musikplayer auf ihrem iPhone gestartet und den Song *We've only just begun* von den *Carpenters* angesteuert. Ein letztes Mal drehten sie sich um und winkten Robert zu.

Dann legte Peter seinen Arm um Rosanna und zog sie ganz nahe an sich heran.

»Hey Babe, wie heißt du eigentlich wirklich?«

»Für dich heiße ich, wie du willst.« Sie lächelte Peter glücklich an.

»Nein, bitte sag mir deinen Namen, wie dich deine Eltern gerufen haben.«

Ihre Augen strahlten vor Freude.

»Ann, einfach Ann.«

Sie küssten sich leidenschaftlich.

Robert schaute ihnen nach und wünschte ihnen innerlich alles Gute. In der einen Hand hielt er fest umschlossen den Rosetta-Stone, mit der anderen Hand griff er in seine Jackentasche. Er holte seinen iPod heraus und schaute auf das Display. Es war noch eine Applikation geöffnet. Gut zu erkennen war das Symbol eines Mikrofons mit einem stilisierten Messinstrument, welches den Pegelausschlag der Geräusche anzeigte. Mit dem Finger tippte er auf den roten Aufnahmeknopf, um die Aufnahme zu beenden, *finish recording*. Das Gerät verarbeitete die Aufnahme. Er kontrollierte die Dateien. Offensichtlich hatte er in den letzten 24 Stunden enorm viele Tonaufnahmen mitgeschnitten. So sehr hatten ihn die Erzählungen seines Vaters dann doch interessiert. Zu sich selbst sagte Robert in einem bestimmenden Ton:

»Wer weiß, wozu das mal gut sein kann!«

Robert verstaute das Gerät wieder in seiner Jackentasche, zusammen mit dem schwarzen Notizbuch. Mit seiner Hand umfasste er ein letztes Mal den Rosetta Stone und machte sich auf den Weg. Der Tag lag vor ihm, die Zeit nach der Sommersonnenwende, und eigentlich lag alles vor ihm.

* * *

EPILOG

Epilog

Nichts war so, wie es schien. Peter und Rosanna waren in eine neue Welt entschwunden. Wohl wissend, dass die nächsten großen Ereignisse erst noch vor ihnen lagen und früher oder später ihr Eingreifen erfordern würden. Robert kehrte zunächst in seine Welt zurück. Vieles kam ihm anfangs vor wie eine rein fiktionale Erzählung. Und das war auch gut so. Doch je mehr er sich im Rückblick mit den Zahlen, Daten und Fakten beschäftigte, umso klarer wurde ihm, dass die Geschichte zumindest semi-fiktional war. Denn die Aufzeichnungen in dem schwarzen Notizbuch und den Memory Stick gab es wirklich. Allerdings waren die wahren Namen, Identitäten und Orte offensichtlich verändert und unkenntlich gemacht worden. Nach diesen Notizen und den Dateien konnte Robert die Geschichte aufzeichnen. Für ihn war danach klar: Wenn die Schilderungen seines Vaters nicht vollständig die Wahrheit trafen, dann geschah es bewusst und nur aus einem einzigen Grund. Um die Mitglieder der ausführenden Teams zu schützen. Sie waren das *Executive Team* und hatten gewissenhaft ihre Aufträge erfüllt.
Ihre Auftraggeber hingegen waren das wirklich gefährliche Kaliber. Als die wahren Drahtzieher agierten diese hinter den Kulissen und waren die Feinde eines freien und unabhängigen Menschen. Sie galt es aufzuhalten, wenn die Menschheit nicht in einer kommenden *Neuen Weltordnung* unterjocht werden wollte.
Einzig ein revolutionärer Clan aus dem *Executive Team* würde diesen Kampf aufnehmen und erfolgreich führen können.

Die Rebellion hatte gerade erst begonnen.

* * *

Die Akteure

Peter Berg	Selfmade-Businessman, Inhaber der M.E.P.-Agentur in Hamburg
Claudia Berg	Ex-Frau von Peter Berg
Robert Berg	Ihr Sohn, 21 Jahre, Student
Frederik Koop	Kompagnon von Peter Berg
Susan Landers	Assistentin von Berg und Koop
Norbert Meyer	Vertriebsleiter in der *M.E.P.* -Agentur
Claus Mertens	IT Experte, sucht den mysteriösen Virus
Hanno Winter	Kriminalkommissar in Hamburg
Prof. Antonius Hofer	Mathematik- und Forensikexperte
Christina Sørensen	Vermieterin vom Ferienhaus in Tromsø
Madeleine Adams	Junge Frau, bezweifelt die Mondlandung
Rosanna Sands	US-Amerikanerin, traf Peter Berg zufällig vor einigen Jahren in Paris
Diana Woods	Verschwundene Freundin von Rosanna
Margreth Woods	Mutter von Diana Woods, tödlich verunglückt bei einem Flugzeugabsturz

Joe *'Nenn mich Joe'*	Computerexperte, Hacker und Insider
Ben Howard	Vermieter auf der Isle of Wight
Dr. Weiss	Schönheitschirurg in Zürich
Hubert Moser	Immobilienmakler in der Schweiz
Hans Frey	Ex-Pilot, jobbt im Flughafenmuseum
Peter	Bedienung im Gasthof *Sternen*
Tom Skøby	Aussteiger, wittert eine Verschwörung
Signor Baralos	Ehemaliger Diplomat in Rom
Gonzales José	Aussteiger in Madrid, kennt Diana
Emil Habermann	Professor der Philosophie und Logiker
Herbert Zimmer	Kleinkrimineller, Dokumentenfälscher
Nathalie Moore	...hat in Wien das Licht der Welt erblickt
Stephanie und Dirk	Junges Paar auf der Hochzeitsreise
Hamburger Paar	...am letzten Abend vor einer Seereise
Frank Simmons	TV Experte und Unternehmer
Thomas van Meulen	Historiker und Kenner der Freimauer
Paul O'Sullivan	Pensionierter *Comissioner* in London
Jack Henkins	Der 'Schatten'

Timeline

Ausgewählte Kalendereinträge aus dem schwarzen Notizbuch:

BUCH I und BUCH III

Die erste zeitliche Ebene 2013

Di	18.Juni	Hamburg, Anschlag auf die Agentur
Mi	19.Juni	Polizeipräsidium und Flug nach Tromsø
Do	20.Juni	Tromsø, am Lagerfeuer in Sommarøy
Fr	21.Juni	Tromsø, Mittsommernacht, Aufbruch
Sa	22.Juni	Schiffsfahrt Tromsø – Kirkenes
So	23.Juni	Kirkenes/ Russische Grenze, Vollmond

BUCH II

Die zweite zeitliche Ebene 2011

Do	25.August	Berlin, Treffen mit Madeleine Adams
Mo	29.August	Hamburg/London, die *Tube*, Neumond
Di	30.August	London, im Britischen Museum, Dinner im Restaurant Babylon, der Angriff, Joe

... **BUCH II**, *die zweite zeitliche Ebene 2011*

Mi	31.08	London, Fahrt zur Isle of Wight
Do	01.09.	Isle of Wight, Recherche und Analyse
Fr	02.09.	Fahrt und Flug nach Zürich, Dr.Weiss
Sa	03.09.	Zürich, bei Hubert Moser, Hans Frey, im Gasthof Sternen, Rätsel der Astronomie
So	04.09.	Rom, bei Tom Skøby, Treffen mit Signor Barolos, Verfolgung, Flug nach Madrid
Mo	05.09.	Madrid, Gonzales kennt Diana
Di	06.09.	Madrid/Wien, bei Professor Habermann, Herbert Zimmer, Nathalie Moore, Flucht mit Stephanie/Dirk, Flug nach Hamburg
Mi	07.09.	Hamburg, Meeting mit Frank Simmons, Flug nach London, die plötzliche Attacke
Do	08.09.	London, die Freimaurer und Thomas van Meulen, Paul O'Sullivan, wo ist Diana? Stippvisite bei Joe, Discothek Equinox
Fr	09.09.	Der Schlüssel, *The Key*, Wiedersehen an der Themse, Rückkehr nach Hamburg
So	11.09.	Der zehnte Jahrestag der Ereignisse, die Nacht mit dem Vollmond

* * *

Navigation 2013

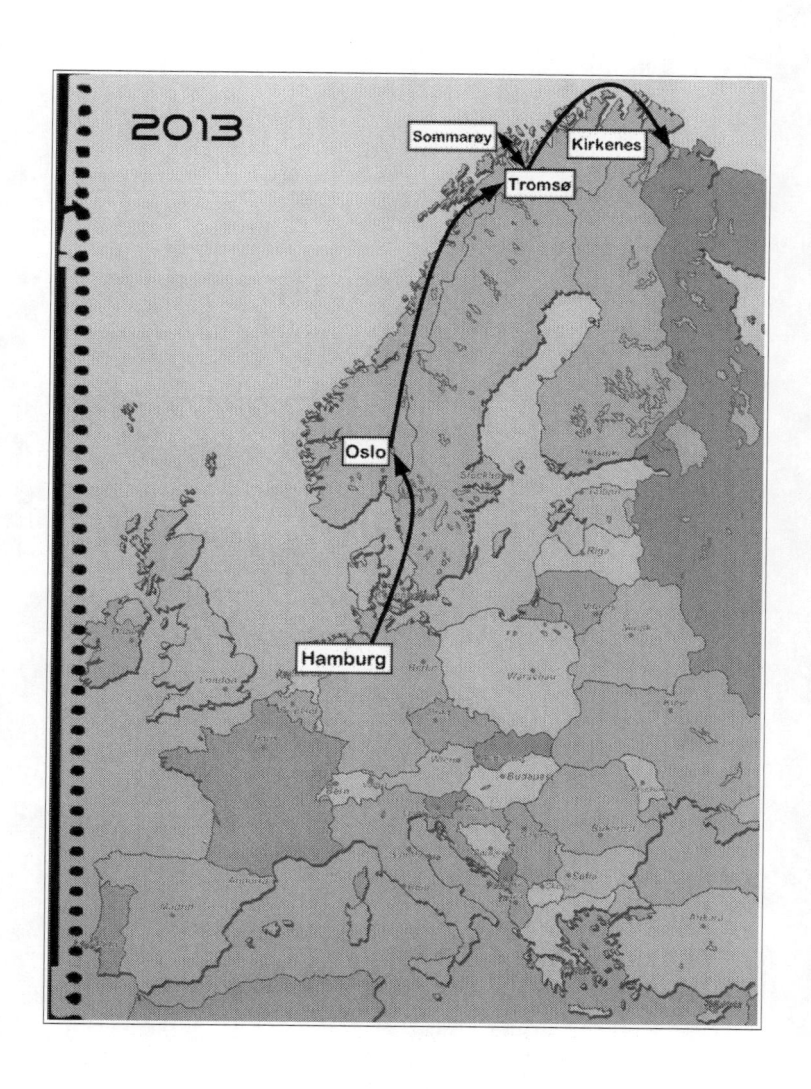

Navigation 2011

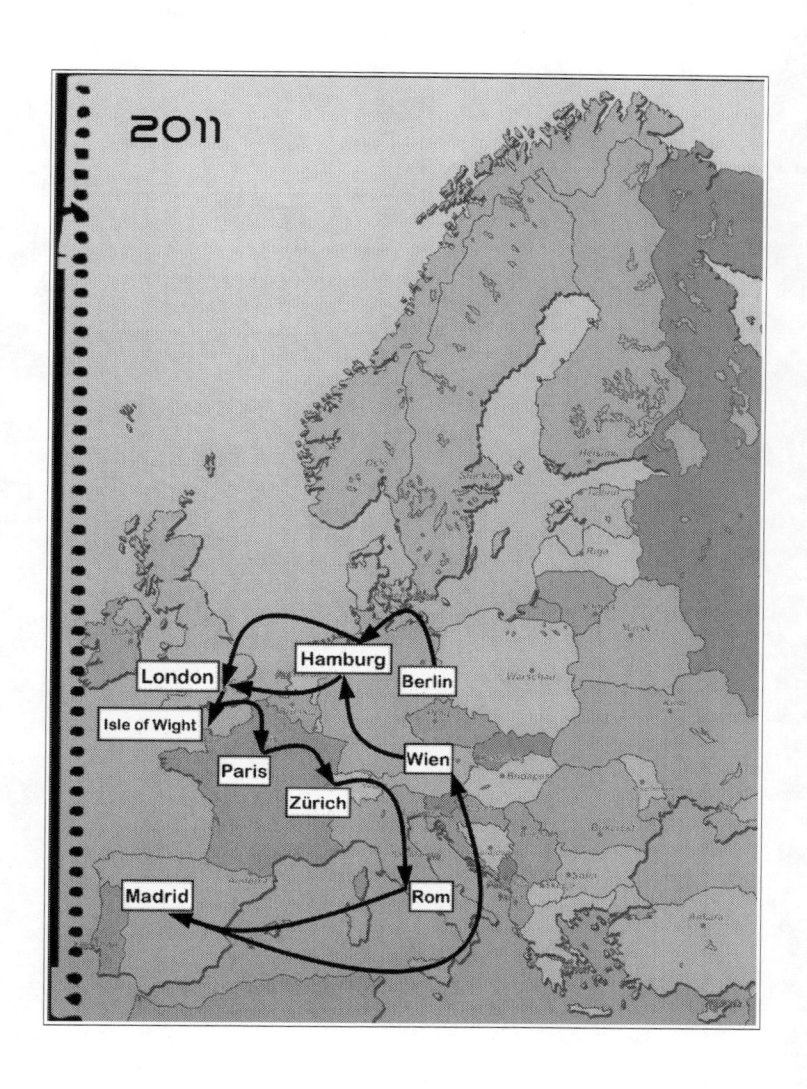

Navigation 2004

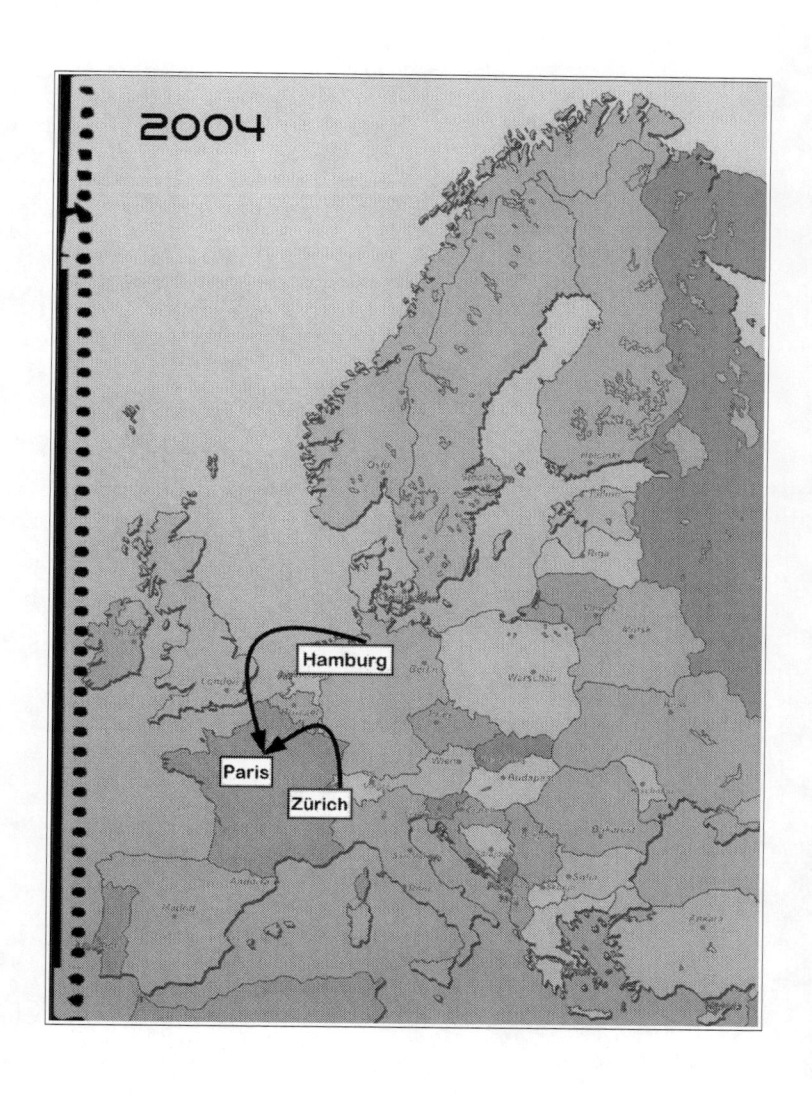

Playlist

Die Songs in der Reihenfolge der Erwähnung:

Don't tell me that it's over - Amy Macdonald
Guardian - Alanis Morisette
Out of Town – Zero7
Kashmir - Led Zeppelin
More than a Woman /Staying alive - Live Version - Bee Gees
You only live twice - Nancy Sinatra
Tales of Hoffmann - Jacques Offenbach
Bolero - Ravel
Could you be loved - Bob Marley
Somebody that I used to know - Gotye
False Flags - Massive Attack (zu Signor Baralos, nicht im Text erwähnt)
Entre dos Aguas - Paco De Lucia
17 Again - Eurythmics
Like a Hurricane - Neil Young
Nights in White Satin – The Moody Blues
Bohemian Rapsody - Live Version - Pink
Nathalie - Gilbert Becaud
Blue Danube - Johann Strauss
Titanium - David Guetta
Willst Du bei mir bleiben - Klee
Je t'aime - Serge Gainsborough/Jane Birkin
All along the Watchtower - Bob Dylan/Werner Laemmerhirt
Beauty of Silence - Andrea Doria versus LXR
Uninvited – Freemasons
When will I see you again - The Three Degrees
Us and Them - Pink Floyd
Don't tell me that it's over - Amy Macdonald
You only live twice - Nancy Sinatra
Without You - Usher/David Guetta
We've only just begun - The Carpenters

Sueno con Mexico – Pat Metheny (zum Epilog, nicht im Text erwähnt)

VOM MOND AUS BETRACHTET IST DOCH ALLES HIER AUF DER ERDE KLEIN UND UNWICHTIG.

WENN DIE WELT EINFACH UND UNKOMPLIZIERT WÄRE, WÜRDE SIE OHNE MENSCHEN AUSKOMMEN.
van Deus

NICHTS IST SO UNGLAUBWÜRDIG WIE DIE WIRKLICHKEIT.
Fjodor Dostojewski

DIE WIRKLICHKEIT IST NUR EINE ILLUSION, ABER EINE SEHR HARTNÄCKIGE.
Albert Einstein

DIE GANZE WELT IST EINE BÜHNE, UND ALLE MÄNNER UND FRAUEN SIND NUR SPIELER.
William Shakespeare

WE'VE ONLY JUST BEGUN.
The Carpenters

Dank

Mein Dank gilt vor allem ihnen, lieber Leser. Dafür, dass sie sich die Zeit genommen haben und sich mit der Erzählung beschäftigt haben.

Weiteren Dank möchte ich allen sagen, die sich einer tiefer gehenden Analyse der Zusammenhänge in unserer Welt verschrieben haben und die Geschehnisse kritisch hinterfragen. Stellvertretend für die unzähligen Initiativen seien das *September Clues Forum* von Simon Shack und das *Let's Roll Forum* von Phil Jayhan und Larry Williams erwähnt, denen ein großer Dank für ihren unermüdlichen Einsatz gilt. Der Dank trifft gleichermaßen auf die zahlreichen anderen Veröffentlichungen zu. Es sind einfach zu viele, als dass ich sie alle einzeln nennen könnte.

Aus vielen Fragmenten, einigen wahren Begebenheiten und einem gehörigen Schuss Fantasie konnte ich schließlich die Erzählung wie ein Puzzle zusammensetzen.

Mein größter Dank gilt jedoch meiner Frau und meinen Kindern, die mir bei dem Projekt den zeitlichen Freiraum gegeben haben und in der Zeit des Schreibens in vielerlei Hinsicht auf mich verzichten mussten. Ich danke euch.

So ist es schön, jetzt wieder eine Pause einlegen zu können, den Gitarrenklängen von Pat Metheny beim Titel *Sueno con Mexico* zu lauschen und die Gedanken schweifen zu lassen. Im zweiten Teil der *Triangular Files* Trilogie wird sich die Erzählung dann in der Zukunft fortsetzen.

Made in the USA
Charleston, SC
12 March 2013